16	3	2	13
5	10	11	8
9	6	7	12
4	15	14	1

Beatriz Bracher

GUERRA — I
Ofensiva paraguaia e reação aliada
novembro de 1864 a março de 1866

Romance

editora ■ 34

EDITORA 34

Editora 34 Ltda.
Rua Hungria, 592 Jardim Europa CEP 01455-000
São Paulo - SP Brasil Tel/Fax (11) 3811-6777 www.editora34.com.br

Copyright © Editora 34 Ltda., 2024
Guerra — I. Ofensiva paraguaia e reação aliada —
novembro de 1864 a março de 1866. Romance © 2024 by Beatriz Bracher

A FOTOCÓPIA DE QUALQUER FOLHA DESTE LIVRO É ILEGAL E CONFIGURA UMA APROPRIAÇÃO INDEVIDA DOS DIREITOS INTELECTUAIS E PATRIMONIAIS DO AUTOR.

Imagem da capa:
Helena Carvalhosa, Sem título, 2022,
óleo s/ tela, 40 x 50 cm, coleção particular (detalhe)

Capa, projeto gráfico e editoração eletrônica:
Franciosi & Malta Produção Gráfica

Pesquisa:
Lúcia Klück Stumpf

Tratamento das imagens e mapas:
Cynthia Cruttenden

Revisão:
Milton Ohata, Beatriz de Freitas Moreira

1ª Edição - 2024

CIP - Brasil. Catalogação-na-Fonte
(Sindicato Nacional dos Editores de Livros, RJ, Brasil)

B339g Bracher, Beatriz
Guerra — I. Ofensiva paraguaia e reação aliada — novembro de 1864 a março de 1866. Romance / Beatriz Bracher; textos em anexo de Lúcia Klück Stumpf — São Paulo: Editora 34, 2024
(1ª Edição).
536 p.

ISBN 978-65-5525-206-4

1. Literatura brasileira. 2. Guerra do Paraguai (1864-1870). I. Stumpf, Lúcia Klück. I. Título.

CDD - 869.3B

GUERRA — I
Ofensiva paraguaia e reação aliada
novembro de 1864 a março de 1866
Romance

Notas	13
Capítulo 1. Invasão paraguaia em Mato Grosso — novembro de 1864 a abril de 1865	19
os dias	21
Marquês de Olinda	22
os dias	26
Forte Coimbra	29
os dias	39
Colônia de Dourados	41
Combate do Desbarrancado	43
Manoel Cavassa	47
Corumbá	49
os dias	57
Anhambaí	60
os dias	62
Vila de Miranda	69
os dias	73
Frei Mariano	78
Capítulo 2. Partidas	81
os dias	83
Trechos do decreto de 7 de janeiro	87
os dias	89
Trechos da lei nº 602	108
os dias	109
O recrutamento e as cidades	111
os dias	115
Naufrágio do *Pedro II*	126
os dias	130
Capítulo 3. Primeiro semestre de 1865	133
os dias	135
Corrientes e Buenos Aires	143

Trechos do Tratado da Tríplice Aliança
e da Ata do Conselho de Guerra 145
   os dias 149
Batalha do Riachuelo... 167
   Dias anteriores à Batalha..................................... 168
   A Batalha.. 175
   A *Parnaíba* 186
   Dias posteriores à Batalha 190
   Última batalha do comandante Ezequiel Robles 193
   Dias posteriores à Batalha 194
   os dias 202

Capítulo 4. Invasão paraguaia no Rio Grande do Sul —
   junho a setembro de 1865.. 211
   os dias 213
São Borja 216
   Batalha do dia 10 de junho................................. 218
   A fuga.. 223
   A ocupação.. 225
   os dias 231
Combate de Botuí.. 238
   os dias 241
O almirante 245
   os dias 247
Combates que não aconteceram................................... 252
   os dias 257
Uruguaiana... 262
   A invasão... 262
   os dias 265
Combate de Jataí.. 271
Gangrena e tétano... 275
   Gangrena.. 275
   Tétano.. 276
Cerco a Uruguaiana... 279
   Cartas... 279
   Cerco... 284
   Cartas... 290
   Cerco... 295

Carta	306
Cerco	307
Rendição de Uruguaiana	312
Cartas	316
A rendição	318
os dias	327
Capítulo 5. Segundo semestre de 1865 até março de 1866	**331**
os dias	335
Castigo	364
os dias	368
Antônio Chiru	375
os dias	377
Formica leo	400
os dias	403
Angélica, a filha do fornecedor geral do Exército	413
os dias	415
Batalha de Corrales	423
os dias	427
Quarta-feira de trevas	435
os dias	437
Mulheres	448
os dias	450
Catástrofe do *Tamandaré*	459
os dias	464
Anexos. Sobre os autores dos fragmentos e sobre a guerra, *Lúcia Klück Stumpf*	
Lista de autores dos fragmentos, pela denominação adotada neste livro, e suas qualificações	473
Sobre os autores e seus escritos	478
Cronologia resumida da guerra	513
Apanhado histórico sobre a guerra	516
Fontes	523
Agradecimentos	533
Fontes das epígrafes e imagens	534
Sobre a autora	535

para Fernão e Carlito

aos combatentes-escritores, vozes deste livro

O tempo é a minha matéria, o tempo presente, Carlos Drummond
                              [os homens presentes de Andrade
a vida presente

Temos passado demais. Não de menos. Não somos sem Alberto Tassinari
memória, como dizemos. Ela está nas coisas, no mundo, nem é
preciso lembrar. Memórias terríveis. Na carne de cada um.

O que vive choca, João Cabral
tem dentes, arestas, é espesso. de Melo Neto
O que vive é espesso
como um cão, um homem,
como aquele rio.

Como todo real é espesso.

NOTAS

> Nunca pude sair de mim mesmo. Só posso escrever o que sou. E se os personagens se comportarem de modos diferentes, é porque não sou um só.
>
> Graciliano Ramos

Guerra é uma trilogia composta pelos romances:
1) Ofensiva paraguaia e reação aliada — novembro de 1864 a março de 1866;
2) Ofensiva aliada — abril de 1866 a dezembro de 1868;
3) Campanha da Cordilheira — janeiro de 1869 a março de 1870.

São livros escritos com pedaços de textos, em sua grande maioria, de combatentes brasileiros da Guerra do Paraguai.

Misturei esses pedaços entre si e os reorganizei em ordem cronológica da forma que me soou capaz de revelar a verdade que apenas a ficção é capaz de revelar.

Fontes

A maioria dos fragmentos foi retirada nos anos de 2016 a 2024 das edições existentes em sebos, coleções ou em livrarias. Alguns relatos, em menor número, recolhi de páginas que me pareceram confiáveis na internet e há também fragmentos de textos de jornalistas, políticos e de cartórios da época retirados de fontes primárias citadas em teses e artigos escritos recentemente.

Os autores dos fragmentos são todos brasileiros ou, quando estrangeiros, citados por algum autor brasileiro para ilustrar ou corroborar o seu entendimento.

No final do livro cito as fontes.

Guerra foi escrito com trechos de livros de história, cartas, diários, ofícios, memórias, artigos de jornal, ordens do dia e relatórios.

Guerra é um livro de romancista e, acima de tudo, de leitora.

Grafias, concordâncias e pontuação

A grafia das palavras foi atualizada, com exceção dos nomes próprios, mantidos de acordo com a edição de cada texto que utilizei e não a da data em que o autor escreveu.

A pontuação e as concordâncias verbais e nominais foram preservadas de acordo com as edições que li.

Ou seja, transcrevi os textos exatamente como eles foram publicados nas edições consultadas, com raríssimas exceções em que troquei "ele" ou "ela" pelo nome ao qual o pronome se refere, quando o nome está em um trecho anterior que não escolhi para a minha história; e nos casos em que o autor do diário que transcrevo marca a data apenas com o dia, então eu me permiti, quando achei necessário, acrescentar o mês.

Espaçamento, notas e itálico

O espaçamento que há entre trechos do mesmo autor significa que o texto não é contínuo no original.

No caso das datas, por vezes não coloquei espaçamento entre ela e o trecho seguinte mesmo quando no texto original havia uma passagem no entremeio que escolhi não incluir na história.

Todas as notas e os colchetes que vocês encontrarão ao longo do livro constam das edições de onde tirei os trechos.

Não escrevi nenhuma nota.

Os nomes das embarcações foram colocados em itálico, afora isso todas as palavras em itálico do livro assim estavam nos textos originais.

Mapas

Os mapas que aparecem no início de cada capítulo foram desenhados com base nas informações da pesquisadora Lúcia Klück Stumpf. O lugar de vários acampamentos, cidades e lagos é aproximado, pois foram determinados a partir de descrições pouco precisas dadas pelos escritores. Há lugares que existiram com aquele nome apenas o tempo em que os soldados lá estiveram.

O mundo construído pelos detalhes das vivências que chegam a nós pelas palavras dos soldados foi o que buscamos reproduzir nesses mapas.

Duas colunas

Quando a guerra é declarada, a maior parte das tropas brasileiras segue para o sul do país e para o Uruguai, onde irá se agrupar conforme chegam os contingentes de novos soldados, para daí seguirem à Argentina e, finalmente, ao Paraguai.

Há uma coluna menor que segue para Mato Grosso. Dos nossos autores, apenas Alfredo Taunay faz parte dessa segunda coluna.

Imersos no desconhecido

O resultado são três romances da guerra, não sobre a guerra.

A guerra nas palavras e na gramática de cada um, em nosso idioma, é o que constrói *Guerra*. Percorrer seus caminhos sem informações sobre que guerra e que homens foram esses além das que eles mesmo nos contam em sua escrita é a ideia da trilogia.

Assim como os autores descobrem o Brasil, até então desconhecido para eles em sua dimensão e diversidade, e vão em frente, assim nos vejo andando na colagem de seus escritos: assombrando-nos.

O sentimento de estar perdido, ou não completamente achado, faz parte da história.

O sentimento de saber apenas do perto, do detalhe, do que se passa do lado brasileiro é a história.

História

Nos anexos vocês encontrarão informações sobre os autores dos fragmentos e apontamentos históricos sobre a Guerra do Paraguai.

Ficção

Guerra, como todo romance, não é confiável.

Nenhum dos textos que fazem parte dessa colagem é ficção, nenhum deles é fruto do desejo de romancear a experiência ou o conhecimento de seu autor. Todos aqui estão exatamente como foram reproduzidos nos livros em que foram publicados. Ou seja, esses pedaços de diários e cartas e livros e artigos e ofícios foram escritos para retratar a realidade tal qual entendida por cada um. E, reforço, eu não mudei nenhuma palavra de seus textos.

Ao selecionar, recortar, misturar e colar criei três romances em que esse comprometimento com a realidade foi desfeito. Não há nada aqui a defender ou provar.

O que existe é o desejo de ser um romance, o desejo de que no final da leitura o sentimento seja o de ter apreendido uma verdade, qualquer que seja ela. Por exemplo, da guerra, do ser humano ou da nossa solidão. A verdade, no romance, não tem a ver com a realidade; a verdade é sempre seu objetivo final.

Por fim

São minhas as palavras das dedicatórias, dos agradecimentos, destas notas, dos títulos e resumos dos capítulos e subcapítulos.

Nenhuma outra palavra é minha.

Beatriz Bracher

GUERRA — I
Ofensiva paraguaia e reação aliada
novembro de 1864 a março de 1866

Romance

Capítulo 1

INVASÃO PARAGUAIA EM MATO GROSSO
novembro de 1864 a abril de 1865

Em que se conta da apreensão do navio Marquês de Olinda *no porto de Assunção e da invasão das forças paraguaias em Mato Grosso em duas frentes: a primeira, comandada por Barrios, ataca o Forte Coimbra, Albuquerque, Corumbá e imediações; a segunda, comandada por Resquín, entra pelas colônias de Dourados e Miranda e segue para Nioaque, Vila de Miranda e Coxim.*

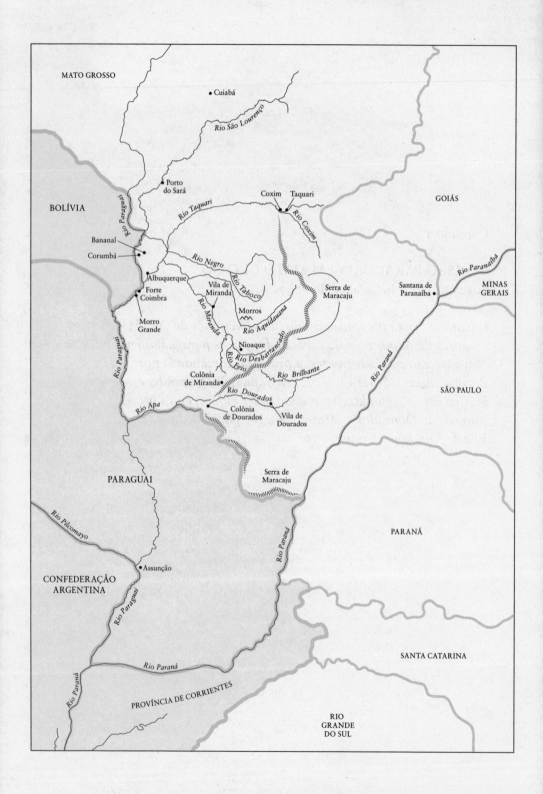

os dias

Graças à Divina Providência, continua inalterada a preciosa saúde de S. M. o Imperador e de Sua Augusta Família.

A 13 de outubro e 15 de dezembro do ano próximo findo, celebraram-se as núpcias de SS. AA. a Princesa Imperial com a S. A. R. o Sr. Conde d'Eu e da Sereníssima Princesa a Sra. D. Leopoldina com a S. A. R. o Sr. Duque de Sax.

Unamos, Srs., os nossos votos aos de todos os brasileiros para que estes consórcios, abençoados pelo céu, perpetuem a dinastia, cuja prosperidade e glória identificam-se com a prosperidade e glória do Brasil.

Certo dos sentimentos que vos animam e a vossos constituintes, julgaria faltar ao que de mim esperais, se deixasse de congratular-me convosco e com toda a província por tão plausíveis motivos, antes de começar a triste exposição dos males que nos afligem.

Augusto Leverger, presidente da Província de Mato Grosso, de agosto de 1865 até o final da guerra

MARQUÊS DE OLINDA
12 de novembro de 1864

Em que se conta do sequestro do navio brasileiro Marquês de Olinda *pelas forças paraguaias e a prisão de seus tripulantes na cidade de Assunção.*

Augusto Leverger

Há quase um ano, o Governo do Paraguay, com manifesta violação do direito das gentes, apoderou-se do *Marquez de Olinda* que, sem desconfiança e depois de passar na cidade de Assunção, onde se demoraria como era de costume, vinha seguindo para o porto de Corumbá com cargas de subido valor pertencentes ao Estado e a particulares. Trazia a seu bordo o exm°. coronel Frederico Carneiro de Campos, Presidente nomeado para esta Província, e outros súditos brasileiros, que foram traiçoeiramente aprisionados, e degradados para o interior da República.

Jorge Maia, tenente-coronel

Depois de se ter provido do necessário para continuar sua viagem, e satisfeito às formalidades de estilo em todos os portos, recebido as visitas, os cumprimentos e as despedidas, e outros atos de cortesia, em que, diga-se com franqueza, notava-se visível constrangimento, foi o paquete despachado pronto e apto para seguir viagem. Às 14h, suspendeu ferro e zarpou.

Seguia, não sem profunda preocupação de espírito para Corumbá, o coronel Carneiro de Campos, e, com ele, os seus infelizes companheiros de desventura, dos quais só dois, dos militares, conseguiram, depois de cinco anos (antes cinco séculos) de horrores inomináveis, escapar, apresentando-se ao Conde d'Eu, quando vitoriosamente marchava no encalço e perseguição de López, seu algoz; foram eles: João Coelho de Almeida, despachado escrivão para o vapor *Cuiabá*, e João Clião Pereira Arouca, despachado piloto para um dos vapores da flotilha de

Mato Grosso, para contarem, se bem que deficientemente, a odisseia de seus indescritíveis padecimentos; os demais morreram todos de maus tratos, crueldades e miséria.

Ilm°. Sr. — Saí do Rio de Janeiro para servir de escrivão do vapor *Cuiabá* da flotilha de Mato Grosso, no dia 23 de Outubro de 1864, indo de passagem no vapor de guerra *Beberibe*, que tocou em Buenos Ayres no dia 30 do dito mês; e ali passei para o paquete a vapor *Marquez de Olinda*, que seguiu viagem com destino a Corumbá no dia 3 de novembro do dito ano.

Coelho de Almeida, escrivão do vapor *Cuiabá*

Chegamos a Assumpção no dia 10 às 11h da noite pouco mais ou menos, e no dia seguinte foi o sr. coronel Carneiro de Campos, presidente e comandante das armas de Mato Grosso, visitado pelo nosso ministro residente e seu secretário, e depois de termos recebido carvão e uma encomenda do capitão do porto para ser entregue ao comandante do forte Olympo, seguiu nessa mesma tarde o vapor para seu destino.

No dia 12 às 10h da manhã avistamos o vapor de guerra paraguaio *Taquary*, o qual depois de nos cortar a proa no lugar denominado Potreiro, fez sinal com um tiro de artilharia para que parássemos, no que foi prontamente obedecido.

Recebemos então ordem para voltarmos a Assumpção, e ali chegando pelas 9h da noite, mais ou menos, notamos logo grandes movimentos nos navios paraguaios, os quais cercaram o paquete fazendo-o vigiar por grande número de escaleres: pouco depois apresentaram-se a bordo trinta homens armados e comandados por um oficial, que procurou o comandante do paquete e lhe disse *vengo hacer compañia con usted* e esta força nunca mais saiu de bordo.

Dias depois apresentou-se uma comissão composta de três indivíduos, declarando que tinham ordem do seu governo para varejar o navio; exigiram do comandante que lhes franqueasse tudo, e apoderando-se das cartas e mais papéis pertencentes ao navio e aos passageiros foram arrolando tudo que encontraram e lendo o que não estava lacrado.

Examinaram os livros, a carga do navio e a bagagem dos passageiros, fecharam, lacraram e selaram paióis e escotilhas;

afinal retiraram-se, levando consigo os caixotes com dinheiros do nosso governo, que iam para Mato Grosso, as malas do correio para Cuyabá, um caixote pequeno com espoletas para a flotilha, mais de 8:000$ em ouro pertencentes à companhia e que o respectivo comandante entregou, além de outros dinheiros de propriedade particular.

Em seguida recebeu o comandante ordem para ir à terra e imediatamente depois, cada um por sua vez, o coronel Carneiro de Campos, o 1° tenente Mangabeira, e o fiel Antonio Joaquim de Paula Reis e o escrivão do respectivo navio.

Jorge Maia

Em virtude de ordem expressa de López, o Ministro de Relações Exteriores José Berges mandou lavrar e assinou uma nota dirigida ao Ministro Brasileiro, ali residente, declarando rotas as relações diplomáticas etc., entre o Brasil e o Paraguai. Essa nota, porém, só foi entregue à Legação Brasileira no dia 13, à noite.

Coelho de Almeida

Conduziram-me a uma pequena casa próxima ao desembarque e aí fui apresentado a uma comissão presidida por um coronel, a qual depois de me deferir juramento perguntou-me:

1°. Se não sabia do protesto de 30 de agosto daquele ano:

Respondi que tinha notícia, porque dele tratara uma carta de Montevidéo transcrita no *Jornal do Commercio*.

2°. Se eu não sabia da entrada de forças brasileiras no Estado Oriental:

Respondi que ouvi falar que para lá tinham marchado.

3°. Se levava alguma instrução particular do meu governo.

Respondi negativamente, acrescentando que o meu emprego sendo secundário só tinha que cumprir as ordens do meu comandante.

4°. Como me atrevia a passar pelas águas do Paraguay, sabendo destas cousas, e se eu não temia da guerra que estava declarada ao Brasil.

Respondi que não havia semelhante declaração de guerra, e que eu tinha de cumprir as ordens de meu governo.

Findo este interrogatório, foi-me lido o depoimento, e achando-o conforme assinei com eles.

Tive então ordem para recolher-me ao vapor *Igurey* e para aí fui acompanhado de um oficial.

Às 6h da tarde desse mesmo dia, veio a bordo o comandante da esquadra, e fazendo-nos reunir, leu uma espécie de sentença, concluindo que a confissão, à vista dos nossos depoimentos nos considerava prisioneiros de guerra, e resolvera em consequência que nos recolhêssemos ao quartel da Ribeira com as nossas bagagens.

Cabe-me aqui mencionar que o mesmo comandante da esquadra procurou fazer-nos acreditar que sentia muito a contrariedade, porque passávamos e que fazer? dizia ele, são cousas do governo, tenham paciência.

Seguimos imediatamente para o lugar que nos foi designado, onde chegando, perguntou um capitão ao sr. coronel Carneiro de Campos, com qual dos companheiros desejava ficar, ao que lhe respondeu que com todos aqueles oficiais; acedendo a isto o capitão fez-nos entrar para uma cela às escuras, onde ficamos desde logo encerrados, dando-nos *buenas-noches*.

Em dias de dezembro vimos de nossa prisão embarcar forças para os vapores *Taquary, Iguarey, Salto de Guayrá* e *Marquez de Olinda,* (então armado em guerra) os quais seguiram viagem águas acima, levando a reboque duas chatas que montavam peças de calibre 68.

os dias

> Albino de Carvalho, presidente da Província de Mato Grosso do início da guerra até agosto de 1865

tratarei agora de cumprir o último dever do cargo que me coube a honra de exercer por espaço de dois anos e vinte e quatro dias, como prescreve o Aviso Circular do Ministério do Império de 11 de março de 1848, expondo a Vª Exª o estado do serviço público, não como eu desejara, porém como permitem as minhas enfermidades e acanhada inteligência.

A questão, a ordem do dia, é a guerra com o Paraguai.

Ela interessa por tal modo o espírito público brasileiro, que constitui o programa do novo Gabinete.

Tratarei portanto em primeiro lugar da
INVASÃO PARAGUAIA

No dia 10 de outubro de 1864 apresentou-se-me nesta capital o comandante do vapor — *Corumbá* — mandado pelo comandante da flotilha capitão-de-fragata Francisco Candido de Castro Menezes com as notícias vindas do Sul pelo paquete da Companhia de Navegação do Alto Paraguai, cujo paquete não trouxe as malas da Corte, conquanto saísse de Montevidéu a 20 de setembro.

Por ele recebi porém do nosso Vice-Almirante no rio da Prata, Barão, hoje Visconde de Tamandaré, e do nosso Ministro residente na Assunção, Cesar Sauvan Vianna de Lima, as comunicações reservadas do dito mês de setembro, cujos originais achará Vª. Exª. anexos sob números X, prevenindo-me da ameaça do Presidente da República do Paraguai, e ponderando-me a conveniência de preparar-me contra alguma surpresa desleal que ele tentasse sobre as fronteiras desta Província.

Para a defesa deste vastíssimo território, limítrofe com duas nações pretensiosas, cujas linhas fronteiras têm um desenvolvimento de mais de quatrocentas léguas, havia apenas uma guarnição de quatro corpos de linha, com pouco mais de mil homens disseminados por muitos e importantes pontos.

Isto quer dizer que a Província estava desarmada ou indefesa, sendo certo que este estado e suas consequências não podem atribuir-se à falta de previsão e energia do Governo local, porque muitos atos oficiais arquivados na Secretaria da Presidência, de mais de uma administração, provam o contrário.

Ordenei que os vapores da Flotilha — *Jauru* e *Corumbá* — e o novo — *Cuiabá* — fossem armados do melhor modo possível e seguissem a estacionar próximo ao forte de Coimbra para auxiliar a defesa deste e cobrir as povoações de Albuquerque e Corumbá.

Chamei a destacamento 234 guardas nacionais para fazer o serviço da guarnição desta Capital, e de vários pontos da Província, na ausência da força de linha.

dirigindo-me então ao Ministério da Guerra em ofício nº 192 de 17 de outubro, para dar-lhe conta de tais ocorrências, em lugar conveniente, disse:
"São estas as providências, que até agora tenho dado, achando-me nos maiores apuros por falta de dinheiro nos cofres da Tesouraria, onde apenas há pouco mais de sete contos de réis, sujeitos a dívidas, que montam a muito mais.
"Em tal conjuntura julguei indispensável despachar por terra o alferes do Batalhão de Caçadores, Manoel Estevão de Andrade Vasconcellos com esta participação a Vª. Exª., rogando-lhe haja de dar com a maior prontidão as providências que as circunstâncias exigem, sendo as principais a remessa de dinheiro e de soldados."

O alferes Vasconcellos, a quem mandei dar 537$000 de ajuda de custo, partiu daqui no dia 20 de outubro e chegou ao Rio de Janeiro em 21 de dezembro por causa das inúmeras dificuldades que teve de vencer, devidas às copiosíssimas chuvas dessa quadra.

FORTE COIMBRA
27 a 29 de dezembro de 1864

Em que se conta do ataque ao Forte Coimbra,
na Província de Mato Grosso, por forças paraguaias,
comandadas pelo general Barrios.

Em 1855, quando nossas relações com o Paraguai estiveram tão tensas que se esperava a todo momento um rompimento, o então presidente e comandante das armas da província, chefe de esquadra reformado, Augusto Leverger, em virtude de ordem do governo imperial, desceu pessoalmente os rios Cuiabá, São Lourenço e Paraguai e providenciou o que pôde, mandando, com os minguados recursos de que então podia dispor, fortificar, passageiramente, é verdade, porque mais não podia, o Morro Grande ou da Marinha, em frente a Coimbra, de modo a cruzar seus fogos com os do forte. Cessando este incidente, tudo caiu no marasmo habitual. Coimbra ficou piorando até o triste estado em que a encontraram os paraguaios; as fortificações de Morro Grande, em vez de serem melhoradas, tiveram a sorte das coisas inúteis.

Jorge Maia

Como é sabido, foi em fins do ano de 1864, que o presidente ditador da república do Paraguay Francisco Solano López iniciou a célebre e diuturna guerra dos cinco anos, em que empenhou tão desastrosamente a fortuna própria e a sorte daquele infeliz país, obra prima dos jesuítas e do sistema teocrático, mas nem por isso organização credora senão da maior lástima.

No dia 14 de dezembro, fez ele embarcar em Assumpção as tropas destinadas à invasão fluvial da província de Matto-Grosso em número de 3.200 homens, sob as ordens do general Barrios, seu cunhado, ao passo que outra coluna de cinco mil praças, comandada pelo coronel Resquin, marchava da cidade de Conception com destino à fronteira do rio Apa e ao distrito de Miranda.

Alfredo d'Escragnolle Taunay, segundo-tenente da Comissão de Engenheiros

Doze dias levou a esquadrilha de vapores e chatas a subir o rio Paraguay, e a 26 de dezembro, pela tarde, avistou o forte de Coimbra, cuja guarnição de 155 soldados tinha por comandante o tenente-coronel da arma de Artilharia Hermenegildo de Albuquerque Porto Carrero.

Bernardino Bormann, primeiro-tenente

Era este oficial muito conhecido no exército paraguaio, pois, fora seu instrutor, no tempo das atribulações da república.

O marechal ditador Francisco Solano Lopes tinha sido seu discípulo e o chamava: *mi maestro*. Era seu amigo particular; tinha sido seu companheiro de casa no Passo da Pátria e em Humaitá, quando esteve ali instruindo o exército.

A reputação de Porto Carrero era grande no Paraguay; era considerado um bravo oficial e também era homem perfeitamente instruído.

Albino de Carvalho

o nosso forte de Coimbra fora atacado no dia 27 do mesmo mês por uma expedição paraguaia, composta de forças navais e terrestres vinte vezes ou mais superiores às que defendiam aquele forte; que depois de dois dias da mais vigorosa resistência foi evacuado por sua guarnição que a bordo do vapor de guerra — *Anhambaí* —, seu auxiliar, seguiu para a povoação de Corumbá, onde já se achava sem perda de um só homem.

Carlos Augusto de Oliveira, coronel-comandante de armas no Baixo Paraguai, Corumbá

Ilmº. e Exmº. Sr. — Acabo de receber participação do tenente-coronel comandante do Corpo de Artilharia estacionado no forte de Coimbra, datada de ontem, de haver ali chegado, na manhã do mesmo dia, cinco vapores paraguaios e cerca de oito ou nove embarcações menores, e que o coronel comandante da divisão de operações, como Vª. Exª. verá da nota junta, lhe intimara para que dentro de uma hora se rendesse à discrição, pois que do contrário, findo esse prazo, tomaria a fortaleza à viva força ficando a sua guarnição sujeita às leis do caso.

Vai já para ali regressar o vapor — *Jauru* — que nos trouxe esta notícia, indo a seu bordo o Chefe da Flotilha e uma força de cinquenta praças com dois oficiais do 2º Batalhão de Artilharia a pé.

Viva animação reina em todos geralmente, sem exceção de militares e paisanos, que se me tem vindo oferecer voluntariamente para defesa do país.

O interior do forte era completamente descoberto. Do lado de NE, existiam algumas, poucas, casas e numerosos ranchos cobertos de palha onde moravam as famílias do pessoal que guarnecia o forte. A do comandante era a melhorzinha, única de telhas. Dentro do forte não morava ninguém; só tinha uma capelinha, secretaria, arrecadação, depósitos, paióis, corpo da guarda e prisões.

O forte estava artilhado com onze peças de diversos calibres, montadas e em reparos, quase todas em mau estado, mas só cinco podiam atirar, por falta de serventes para as outras seis; tinha mais vinte peças desmontadas ou em reparos, imprestáveis e armazenadas.

Sua guarnição, na ocasião, compunha-se de 102 praças (nove sargentos e 93 cabos, anspeçadas, soldados, músicos e corneteiros), do Corpo de Artilharia da Província, estando o resto em Corumbá e outros lugares; a que se juntavam um amanuense da polícia, quatro guardas nacionais de Albuquerque, cinco guardas da Alfândega, um operário contratado e um paisano, filho do tenente-coronel Portocarrero, de quinze anos de idade, Américo de Albuquerque Portocarrero, hoje general; dez presos militares (um sargento, nove cabos e soldados), oito presos civis e dez silvícolas do bando do capitão Lixagota (Cadiuéu), ao todo 142 homens, que, se juntarmos os doze oficiais, elevar-se-á a 154 combatentes e um médico.

Além destes existiam setenta mulheres e muitas crianças, de diversas idades e talvez em maior número, entre famílias de oficiais e praças, e homiziadas no forte.

A 27, terça-feira, amanheceu o dia envolto em densa cerração, nada se podendo distinguir claramente senão a pequena distância; porém com os primeiros raios do sol nascente foi-se dissipando de tal modo a cerração, que cerca das 5h, já as sentinelas do forte, que estavam prevenidas de que havia alguma coisa de extraordinário, mas que não se sabia o que fosse, distinguiram ao longe, meio indecisos, mastros de navios, e pouco depois, como clareasse melhor, os perceberam nitidamente; na mesma ocasião os vigias dos mastros da *Anhambaí* viram distintamente aqueles mastros, de modo que, quando o comandante do forte mandou avisar o da canhoneira, já a bordo havia movimento preparatório; examinando-se pouco depois de bem clarear o dia, percebeu-se distintamente que os navios eram paraguaios por causa das suas bandeiras que flutuavam nas extremidades dos mastros; não havia mais a menor dúvida, os boatos tornavam-se realidade, a Província estava invadida e o forte de Coimbra era o primeiro a receber o batismo de fogo e sangue do inimigo. O comandante da canhoneira, 2º tenente Hipolito de Simas Bitencourt, mandou levantar fogos e ativar os que estavam abafados, levantar ferros e preparar para a luta

Toda a guarnição do forte e o pessoal eventual que nele se achava chegou a postos e assumiu posições prontos e dispostos para o que viesse e pudesse precisar com a maior boa vontade.

Vicente Barrios, coronel e comandante das forças paraguaias, intimação enviada às 8h30

Diciembre, 27 de 1864. — El coronel comandante de la División de Operaciones del Alto Paraguay, en virtude de ordenes expressas de su Gobierno viene a tomar posesión de la Fortaleza de su mando, y queriendo dar una prueba de moderación y humanidad, invita á V. para que dentro de una hora la rinda, pues que de no hacerlo asi, y cumplido el plazo señalado, procederá a tomarlo á viva fuerza, quedando la guarnición sugeta a las leges del caso. — Mientras espera su pronta respuesta, queda de V. atento. — Vicente Barrios. Al señor comandante de Coimbra.

Jorge Maia

A impressão causada no tenente-coronel Portocarrero pela leitura da nota assinada por seu ex-discípulo, pessoa que tão bem conhecia desde 1851 a 1852, em que como esteve com o então 1º tenente Cabrita, no Paraguai, como instrutores da arma de artilharia, em face uma numerosa e poderosa frota, foi tal, que leu Vicente DAPPY, onde estava escrito Vicente Barrios! Erro que reproduziu ainda depois, em escritos oficiais.

Distrito Militar do Baixo Paraguai, no forte de Coimbra, 27 de dezembro de 1864. — O tenente-coronel comandante deste Distrito Militar abaixo assinado, respondendo à nota enviada por Sª. Exª. o sr. coronel Vicente DAPPY, comandante da divisão em opérações no Alto Paraguai, em que declara que, em virtude de ordens expressas do seu Governo, vem ocupar esta fortaleza, e que querendo dar uma prova de moderação e humanidade convida para que dentro de uma hora se renda, pois que, não o fazendo e cumprido o prazo assinado procederá a tomá-la a viva força, ficando a guarnição sujeita às leis do caso; tenho a honra de declarar a Vª. Exª. que segundo o regulamento e ordens que regem o Exército Brasileiro, a não ser por ordem superior, a quem transmito a dita nota, só pela sorte e honra das armas o fará, asseverando a V. Exª. que os mesmos sentimentos de moderação e humanidade que nutre Vª. Exª. também nutre o abaixo firmado. Fico aguardando as deliberações de Sª. Exª., a quem Deus guarde. — Hermenegildo de Albuquerque Portocarrero, tenente-coronel comandante. A Sª. Exª. o sr. coronel D. Vicente DAPPY.

Hermenegildo Albuquerque Portocarrero, comandante interino do Forte Coimbra

Cerca das 10h30, o 1º tenente Balduíno, na pequena canhoneira *Anhambaí*, que comandava interinamente, cometeu a audácia de descer o rio e com os dois únicos canhões de 32 rodízios, que a armavam, provocar e fazer fogo contra um inimigo tão superior, em número e em força, vindo depois, à tarde, empenhar-se no combate onde portou-se com um heroísmo e valor desmedidos, metralhando o inimigo e embargando-lhe o passo por várias vezes quando procurava contornar o forte pela sua frente em procura de melhor posição.

Jorge Maia

Cerca das 10h45, a esquadrilha paraguaia, ainda vacilante, avança um pouco para melhorar suas posições e iniciar o bombardeamento,

A *Anhambaí*, depois de alguns tiros contra a frota inimiga, voltou a colocar-se em posições em frente e mui pouco acima do forte, onde pudesse auxiliá-lo com sua metralha.

Cerca das 11h, a esquadra paraguaia rompeu um furioso e nutrido bombardeio. Seus tiros porém, eram inócuos, não só pela distância em que se achavam as unidades, como pela má posição em que estavam colocadas, e talvez pela incapacidade dos artilheiros.

<aside>Bernardino Bormann</aside>

De ambos os lados troveja a artilharia e esse duelo se prolonga até as 2h da tarde.

Só então o inimigo move-se para o assalto.

O 6º d'Infantaria toma a iniciativa.

Os *parapeitos*, sem *fossos*, e de pouca altura, seriam escalados se a impetuosidade do ataque fosse mais intensa.

Os nossos oitenta atiradores que os defendem, comandados pelo bravo 2º tenente Oliveira Mello; a metralha dos nossos cinco canhões e a do *Anhambahy*, dizimam os assaltantes.

Estes chegam aos *parapeitos* e recuam com profundos claros; voltam a cada momento aos gritos de viva o marechal Lopes, a República do Paraguay; mas a nossa metralha destroça-lhes as fileiras.

As granadas da esquadrilha do comandante Mesa silvam; mas, longe de nos hostilizarem, continuam a explodir nos pelotões paraguaios e assim parecem mais nossas aliadas do que inimigas!

Enfim, é noite. Ela vem em auxílio de uns e de outros. Às 7h, o inimigo retira-se mais uma vez para seus navios deixando para mais de duzentos mortos. No último assalto caiu ferido o comandante Gonsalez.

Algumas horas depois, tropas frescas do inimigo desembarcaram e tomaram posição para renovar a encarniçada luta.

A guarnição do forte estava entusiasmada e pronta para recomeçar o conflito; mas, infelizmente, pouco cartuchame nos resta de infantaria e até as balas que haviam de adarme 17 tinham sido esgotadas na refrega.

O que fazer?

> Vª. Exª. sabe que no forte de Coimbra só existiam dez mil cartuxos embalados, os quais reunidos a dois mil que me foram fornecidos pelo vapor *Anhambaí* perfaziam o número de doze mil.
> Terminada a resistência de que venho de falar, aos ataques de escala do dia 27, reconheci só existirem cerca de 2.500 cartuxos. Tomou-se, portanto, mister que todas as mulheres que se achavam homiziadas no interior do forte, em número de setenta, fabricassem cartuxame para a infantaria, durante toda a noite, sem dormirem um só instante

Albuquerque Portocarrero

> Todas as setenta mulheres que ali se achavam, sem distinção, prontificaram-se espontaneamente, auxiliadas por alguns dos que podiam deixar seus postos nos parapeitos, e mesmo alguns oficiais, a fabricarem durante a noite cartuchos para o dia seguinte, porque os homens todos não podiam deixar seus postos nos parapeitos um só instante, com receio de alguma surpresa. Não havia balas cilíndrico-cônicas para carabinas; foi preciso lançar mão das esféricas de adarme 17, de que havia grande cópia, e amassá-las circularmente com martelos, pedaços de canos de ferro e algumas pedras, para poderem se adaptar ao calibre das carabinas. Assim se conseguiu arranjar seis mil e tantos cartuchos, disse ainda o tenente-coronel Portocarrero em sua citada parte para opor ao inimigo embargo efetivo à sua entrada à força no forte.

Jorge Maia

> Logo cedo, cerca das 7h, rompeu o fogo a artilharia inimiga do rio e da terra, secundado pelos foguetes a Congrève, a que respondia calma e pausadamente a do forte, se bem que também sem proveito.
> Felizmente continuava a manifestar-se a incapacidade, a imperícia dos artilheiros paraguaios, associados à grande distância em que ainda se achavam e se mantinham, convencidos talvez de que o *seguro morreu de velho*.
> A parte das forças paraguaias que havia embarcado ontem à noite, o 6º e 7º batalhões, desembarcara hoje novamente, de madrugada, e pusera-se em posições para eles julgadas apropria-

das ao assalto quando dado o sinal. Só cerca das 14h, depois de furioso bombardeio, com grande dispêndio de munições, inutilmente, deu o comando, de bordo da Capitânea, o sinal de avançar, e as forças paraguaias, o 6º Batalhão, num ímpeto que seria irresistível, avançou contra o forte com um berreiro infernal (como fazem os silvícolas em seus ataques, como para infundir medo ao adversário) de imprecauções, vivas, morras e gritos desordenados de *riendanse* que eram correspondidos pelos brasileiros com outras equivalentes imprecauções e vivas. Eram verdadeiras avalanches vivas que iam esbarrar e quebrar-se de encontro às muralhas do forte, onde apenas conseguiam pôr as mãos, para caírem logo feridos, mortos ou com elas decepadas.

Albuquerque Portocarrero

O inimigo vinha a cada momento ao parapeito e era repelido com valor provocado pelos vivas e gritos desordenados de — *rendam-se*, — os quais eram correspondidos pelos nossos soldados com — *vivas ao Imperador, ao Brasil e ao Corpo de Artilharia de Mato Grosso*. — Postos em retirada às 7h da noite, mandei sair duas sortidas, uma com o bravo capitão Antônio José Augusto Conrado, e outra com o não menos bravo 2º tenente João de Oliveira Melo, a fim de recolherem todos os corpos semivivos para serem tratados com a humanidade que nos cumpre. Foram recolhidos dezoito nessas circunstâncias, dos quais foi um imediatamente amputado no braço esquerdo, outro morreu em seguida, e os demais foram convenientemente curados. As ditas sortidas recolheram ao forte 85 armas dos que haviam falecido, muitos bonés, inclusive dois que pareciam de oficiais, e outros muitos objetos encontrados, de pouco valor, no lugar do combate, informando-me que os mortos subiam de cem, e que ainda existiam muitos feridos por dentro do mato, onde se ouviam gemidos, mas que pela aproximação da noite se não podiam encontrar.

No momento em que isto se dava, em que o Corpo de Artilharia de Mato Grosso acabava de colher louros tão gloriosos, ao passo que o inimigo, destroçado, reembarcara, como acima disse, reconhecem as sentinelas que desembarcavam novas forças em número muito superior, frescas, e que já se encaminhavam para o forte em massas de infantaria, cavalaria e quatro bocas de fogo puxadas a cavalo, que se dirigiam à frente do portão à sombra dos tamarineiros que ali existem na distância de cerca de trezentas braças. Era, pois, evidente que ou na mesma noite, ou ao amanhecer do seguinte dia 29 teríamos novos e precisamente mais desesperados ataques, estando, contudo a guarnição do forte sobejamente disposta a recebê-los e a repeli-los de novo. Neste momento fatal, dirigindo-me ao comandante do forte para saber que cartuxame de infantaria nos restava, fui informado de que talvez não excedessem de mil, pois que cinco mil e tantos se haviam gasto naquela última tarde, e estes dos feitos pelas mulheres.

Foi o comandante da *Anhambaí* que, cerca das 20h30, foi ao forte e aconselhou ao tenente-coronel Portocarrero, que se achava indeciso, sua evacuação, em vista do estado indefeso em que se achava, oferecendo-se para levar rio acima os retirantes, visto as facilidades que se ofereciam pela posição dos paraguaios. — Jorge Maia

Não havia tempo a perder: começaram-se logo os preparativos, reunindo cada qual o que de melhor possuía e podia levar; às 21h, começou o embarque pelas mulheres e crianças, seguindo-se-lhes as praças e por último os oficiais, tudo na melhor ordem que se pode imaginar, porque as circunstâncias o permitiam.

Embarquei, pois, com toda a guarnição debaixo de todas as precauções, prevalecendo-me da escuridão da noite, e dirigi-me a este ponto, onde, apresentando-me a V.ª Ex.ª, fico aguardando suas ordens; restando-me a maior satisfação em declarar a V.ª Ex.ª que nenhuma só praça da guarnição do dito forte nem mesmo daqueles cidadãos que coadjuvavam, sofreu o mais leve ferimento. — Albuquerque Portocarrero

Em um dos primeiros dias de Janeiro às 9h30 da manhã, avistamos o vapor *Salto de Guayra* que fundeava, e logo ouvimos salvas, músicas, toques de sinos, vivas etc. — Coelho de Almeida

No dia seguinte desembarcaram quatro peças de bronze de

calibre 24, que sendo recolhidas ao quartel onde estávamos presos, reconheci serem as que meu finado pai, o tenente-coronel do exército, Vicente Coelho, tinha desenterrado do Guaporé, fazendo transportá-las do forte de Coimbra, onde fê-las montar e; bem como duas peças de calibre 6, algumas balas e metralhas, haste de bandeira, uma imagem de Nossa Senhora, paramentos de padre etc.

os dias

O vapor *Anhambahy*, conduzindo entre outros passageiros o comandante das armas e o da flotilha e o 2º Batalhão de Artilharia a pé, pode trazê-los incólumes até o porto do Sará na margem direita do rio São Lourenço.

Augusto Leverger

Muito cedo ainda, põe-se em marcha, de Albuquerque, onde pernoitou, a caravana dos infelizes retirantes de Coimbra, guiados por seus oficiais, menos o tenente-coronel Portocarrero, seu comandante, e com ele seus infelizes companheiros, que seguiram apressada e comodamente embarcados na *Anhambaí* para Corumbá.

Jorge Maia

Cerca de 10h, chegou aquela infeliz caravana, órfã de seu comandante, arrastando-se à sua desdita, mulheres e crianças, estufadas de canseira, carregando cada uma o que podia, faminta, à fazenda do Barão de Vila Maria, em Pirapitangas, que a recebeu carinhosa e humanamente, mandando imediatamente distribuir-lhe carne fresca e outros gêneros alimentícios, ficando ali de pouso para no dia seguinte prosseguir em sua penosa peregrinação para Corumbá, onde os esperavam, e dali por diante inauditos padecimentos. Ali hospedaram-se também os oficiais retirantes de Coimbra. Muito se conversou e comentou nesse resto de dia e parte da noite, até o dia seguinte, sobre o que se passou em Coimbra. É possível que algum dia seja divulgado o que ali se conversou.

Da importante fazenda dos Pirapitangas, de propriedade do Barão de Vila Maria, na estrada de Albuquerque para Corumbá, cerca de dez quilômetros, parte a triste e infeliz caravana, que começou a entrar em Corumbá já bem tarde, como um carreiro de formigas carregadeiras.

Até altas horas da noite, e mesmo já de dia, chegava gente, principalmente mulheres e crianças estropiadas. Na fazenda ficou o Barão, que permanecia ali com sua família e mais o pessoal da fazenda, esperando socorros que, dizia, deviam vir de Corumbá em socorro da gente da zona!

COLÔNIA DE DOURADOS
29 de dezembro de 1864

*Em que se conta da invasão da Colônia de Dourados
e de Nioaque pela coluna das forças paraguaias
comandada pelo coronel Resquín e do combate
oferecido pelo tenente Antônio João.*

Uma expedição seguiu para as colônias de Dourados, Miranda, Nioac e vila de Miranda, situadas entre os rios Taquary, ao norte, Apa ao sul e serra de Amambahy, a leste.

Bernardino Bormann

O seu comandante, tenente de cavalaria Antonio João, apenas com quinze praças, prevenido no dia 28 de Dezembro que ia ser atacado, imediatamente mandou participar ao comandante da colônia militar de Miranda e ao tenente-coronel Dias da Silva, cujo quartel era em Nioac, que a província tinha sido invadida, dirigindo, n'essa ocasião, àquele oficial um bilhete a lápis, onde se liam estas palavras que comprovam a alma heroica d'esse brasileiro:
"*Sei que morro; mas, o meu sangue e o de meus companheiros, servirá de protesto contra a invasão de minha pátria.*"

Bem cedo, na suposição de que ia surpreender a Colônia, o major Urbieta com o seu regimento para lá marchou, e onde chegou pouco depois; contava a Colônia apenas algumas casas, ou antes, alguns ranchos cobertos de palha; cercou-a de longe, por causa das dúvidas, e mandou o tenente Manoel Martínez, com alguns soldados, intimar seu comandante a que se rendesse prisioneiro de guerra. O tenente Antônio João nessa ocasião só tinha consigo sete praças do destacamento, por terem saído dois em diligência, quatro colonos ex-praças do Exército e um paisano operário contratado, todos mal armados e piormente municiados. A tão insólita quanto audaz e covarde intimação o tenente Antônio João, com o maior desprezo, respondeu: *Só me*

Jorge Maia

renderei à vista de ordem de meus superiores; sem ela, de modo algum. Apenas pronunciada tão heroica quanto nobre resposta, o tenente Martínez avança para o tenente Antônio João, que só tinha sua espada, agride-o, trava-se uma ligeira luta, em que é barbaramente assassinado o heroico soldado brasileiro; em seguida, são vitimados dois soldados, dois ex-soldados e três mulheres que se apresentaram na ocasião, e feridos dois soldados; os demais caíram prisioneiros e foram levados para o Paraguai, onde morreram de miséria, de maus tratos, de trabalhos forçados, sobre-humanos!

Cerca das 7h chegou a Nioaque, sede do distrito e residência de seu comandante, com o Corpo de Cavalaria da província de seu comando, vindo da colônia de Miranda, uma parada com a notícia de ter sido ocupada pelos paraguaios. Cerca das 10h, chegou também um soldado do destacamento da colônia dos Dourados, que tinha saído ontem cedo a *bombear* o inimigo, e apresentou-se ao comandante, tenente-coronel José Antônio Dias da Silva, a quem referiu o ocorrido na colônia, ontem, do modo seguinte:

Que tendo saído muito cedo a bombear *o inimigo, não o viu entrar na colônia, mas ao ouvir os tiros correu para ela e, escondido, mas vendo tudo, fugiu seguindo para Nioaque a toda pressa, a fim de comunicar ao comandante o que havia visto; dizendo mais que o tenente Antônio João e seus companheiros foram mortos, bem como dois paisanos e diversas mulheres que se haviam vestido de homens e, armadas, resistiam à invasão.*

COMBATE DO DESBARRANCADO
31 de dezembro de 1864

*Em que se conta do combate que ofereceram
o tenente-coronel Dias da Silva
e o capitão Pedro José Rufino às forças paraguaias
após a tomada das colônias de Dourados e Miranda.*

Sem perda de tempo, o chefe inimigo avançou para Nioac; mas, em caminho a sua vanguarda deparou no rio Feio com o comandante Dias da Silva que para deter a marcha do inimigo destruiu a ponte que ali existia, trocando-se alguns balázios com os exploradores inimigos.

No *passo* do Desbarrancado, travou-se, porém, uma fuzilaria mais viva, onde se assinalaram por sua bravura o capitão Pedro Rufino e um voluntário de nome Gabriel Barbosa, morto como patriota.

Bernardino Bormann

Pouco depois da chegada daquele soldado, chegou também a Nioaque um anspeçada do destacamento da colônia de Miranda comunicando que no dia antecedente, ao anoitecer, os paraguaios chegaram à vista da colônia de Miranda e dela se apoderaram.

Jorge Maia

Os paraguaios entraram pela colônia de Dourados dirigiram-se imediatamente sobre a colônia de Miranda, encontrando o tenente-coronel Dias à margem direita do rio Feio. No Desbarrancado houve pequena luta que lhes custou alguns homens. A entrada em Nioac e afinal em Miranda aos 12 de janeiro de 1865 efetuou-se imediatamente.

Alfredo Taunay

Nioac não foi mais feliz: ficou devastada.
O chefe inimigo, que desejara ardentemente surpreender os habitantes das povoações, ainda não o tinha conseguido; mas, n'essa esperança, marcha para a colônia de Miranda, onde, a 12

Bernardino Bormann

43

de janeiro, faz a sua entrada e, como nas outras até então, tudo era ermo, uma solidão completa.

Arrasou tudo.

Jorge Maia

Às 8h, correu um boato de que tinha sido ouvida uma descarga de infantaria; este boato, que depois se verificou ser falso, deu motivo a que esta pequena força montasse a cavalo a toda pressa e grande confusão, de sorte que não se sabia o número da força que seguia, ficando ainda nessa ocasião, não só em Nioaque como por diferentes partes, algumas praças que nunca mais se reuniram nem delas houve notícias. Um resto de civis, homens, mulheres e crianças, que ainda ali se achavam, fugiu espavorido como e com o que puderam levar de mais leve e menos volumoso, ficando Nioaque evacuada, completamente abandonada. Os fugitivos acamparam a cerca de quarenta quilômetros (seis léguas), na fazenda de Guaxupé.

José Antônio Dias da Silva, tenente-coronel

Chegando a meu conhecimento no referido dia 30 de dezembro, que no antecedente haviam sido tomadas as colônias de Miranda e Dourados por duas grandes forças paraguaias, fiz imediatamente partir um alferes do corpo com seis praças para verificar essa notícia e observar o movimento dos invasores, enquanto aprontava o corpo para marchar, o que fiz quatro horas depois, e apenas transpus o rio Nioaque mandei o capitão Pedro José Rufino com um alferes e vinte praças, fazendo a vanguarda da força que levava, a qual não excedia de 130 praças, inclusive alguns paisanos.

... chegando ao lugar denominado Desbarrancado às 8h da manhã, do dia 31.
Nesse lugar recebi a notícia de que a força inimiga se achava na margem oposta do rio Feio, distante do Desbarrancado meia légua, aquém do qual parou o mencionado capitão com a força de seu comando, até que, reunindo-me a ele, recebi um recado do comandante das forças inimigas em que me fazia conhecer o desejo de falar-me sobre negócios de paz. Aquiescendo a esse desejo, transpus o precitado rio Feio e ali aguardei a sua

presença, que, tornando-se custosa, lhe dirigi a lápis uma nota, cientificando-lhe de que iguais desejos nutria, a fim de expor-lhe as instruções que tinha do meu Governo, sobre o fato que nos ocupava, recebendo em solução a nota junta por cópia sob nº 1, que foi por mim respondida pela forma constante da cópia sob nº 2, na qual, repelindo a proposta humilhante, que se me fazia, protestei contra a invasão, que traiçoeiramente se havia feito em nosso território.

Poucos momentos depois da expedição de minha recusa rompeu o fogo da parte do inimigo por um tiro de artilharia; à vista do que vim retirando para aquém do rio Santo Antônio, sendo ainda forçado a abandonar esse ponto por saber que uma força de cavalaria inimiga, transpondo o dito rio pela minha esquerda, procurava passar também o Desbarrancado para cortar-me a retaguarda, e só aí pude reconhecer a força inimiga, que calculo em dois mil homens, composta das três armas combatentes: restando-me apenas tempo para debaixo de fogo cortar a ponte que existe sobre este último rio e retirar-me.

Tenho apenas a lamentar a morte de dois cabos, dois soldados e um paisano no ato do fogo, porém o mau estado da cavalhada, magra e cansada da viagem forçada que acabava de fazer, ocasionou o extravio da maior parte da força da qual poucos se tem reunido ao corpo posteriormente.

Cabe aqui mencionar a lenda da morte de Gabriel Barbosa, tal qual a encontrei em Mato Grosso.

A lenda da morte de Gabriel Barbosa: "Nossa força, perseguida com furor, teve de sofrer várias descargas; nessa corrida desenfreada o cavalo do jovem Gabriel Barbosa Marques (aliás, um dos melhores montados, assim o denominava o autor da lenda), afrouxou; o tenente-coronel Silva aconselhou-o que se lançasse no cerrado para evitar de cair nas mãos do inimigo e ser morto. Comandante, respondeu o ardente moço, hei de entrar no cerrado e morrer sem matar um paraguaio? Isto dizendo, parou o cavalo e esperou os cinco cavaleiros que de mais perto o perseguiam; chegando os inimigos ao alcance de tiro, Barbosa fez fogo com sua clavina e derrubou um dos contrários, sofrendo ele uma descarga de quatro tiros que lhe mataram o cavalo e o feriram gravemente; não obstante o seu estado, ele rasgou novo cartucho, carregou a clavina, e quando o inimigo já o alcançava fez fogo e matou um dos atacantes e os outros três o acabaram a lançadas."

MANOEL CAVASSA

Trechos de carta ao presidente da República
dos Estados Unidos do Brasil,
em 22 de fevereiro de 1894, em que Cavassa,
comerciante português estabelecido em Corumbá,
se apresenta e procura demonstrar as perdas que teve
na guerra por estar sempre ao lado do Brasil
e que, portanto, merece ser ressarcido.

Hoje, animado por bem fundada esperança, venho pedir ao Governo da República a justiça que não encontrei no Governo do Império; e não o faço por mim, que me encontro no último quartel da vida, isento de pretensões, mas sim, em face das circunstâncias precárias em que labuto, obedecendo ao impulso do dever, que tenho, de velar pelo bem-estar da minha numerosa família.

Manoel Cavassa, comerciante português estabelecido em Corumbá

Peço-vos pois, vênia, para ocupar por alguns momentos a vossa preciosa atenção, pelos méritos do bem, que tive a satisfação de praticar e pelo muito que sofri.

Sou bem conhecido, Ilustre cidadão, não só n'este Estado, onde há longos anos fixei a minha residência, como também nas Repúblicas do rio da Prata. Nasci em Lisboa, Reino de Portugal, sendo (...) pai italiano, minha mãe portuguesa e italiana minha consorte. Tendo ficado órfão na idade de sete anos, fui criado sob a tutela da então nação sarda, parte hoje do Reino de Itália. No ano de 1842 vim para América no brigue *Graciosa Fenix* do comando do capitão Pedro Triscornia de Savogno; e, depois de haver percorrido vários outros lugares, fomos a Buenos Ayres, onde fixei residência e por meio de insano labor consegui adquirir uma pequena fortuna.

Logo que foi franqueada a navegação do rio Paraguay para Mato Grosso, desejando conhecer esta parte do Brasil, prontifiquei-me em fins de 1857, e vim para esta cidade, que era então um lugar ermo, onde somente havia quatro ranchos de palha e nem uma só casa, pelo que vi-me obrigado a fazer do navio armazém, vendendo ali as mercadorias, que tinha trazido, aos habitantes d'este lugar e às embarcações que vinham da Capital, de Vila Maria e de Miranda.

Vendo que d'este modo prolongar-se-ia inconvenientemente a estada do navio, que já aqui estava havia dez meses, julguei conveniente mandar construir uma casa (que foi a primeira aqui edificada), para depósito do resto do carregamento, a fim de ir buscar outro, pois que estava satisfeito com o resultado do negócio, que fazia e tinha gostado do lugar, parecendo-me não haver outro, onde se pudesse encontrar mais sossego e tranquilidade, no que me enganei. É verdade que, aqui tendo-me domiciliado, ganhei muito dinheiro e estava satisfeitíssimo, pois pelos balanços de 1864 as minhas casas representavam um capital de 1.400 e tantos contos de réis.

Foi de terror e dúvida a impressão aqui produzida pela notícia de terem os bárbaros soldados de Solano Lopes atacado o forte de Coimbra, onde tinham-se dado dois fortes combates, nos quais morreram muitos paraguaios e nenhum brasileiro, felizmente foi sequer ferido.

O sr. Portocarrero, que comandava esse forte e resolvera abandoná-lo, por carecer de recursos; logo que aqui apresentou-se, confirmando aquela notícia, seguiu por ordem do comandante das armas, para Cuiabá, a fim de responder a conselho de guerra.

CORUMBÁ
4 de janeiro de 1865

*Em que se conta da tomada de Corumbá pelas
forças paraguaias; da ausência de comando do coronel
Carlos Augusto de Oliveira, responsável pela defesa
da região, e da consequente debandada da população.*

Corumbá tinha 23 canhões, tinha munições bastante e tantas que tiveram de ser inutilizadas atirando-as ao rio para não caírem em mãos inimigas a 2 de janeiro; os paióis da vila de Dourados estavam repletos de munições, especialmente pólvora, a população masculina apresentou-se toda ao comandante das armas pedindo para armar-se para defender a vila, afora a força do Exército que tinha trazido de Cuiabá, a que existia em Corumbá e a que vinha em retirada de Coimbra, que tudo reunido com o que vinha em fuga de Albuquerque, poderia armar mais de mil homens. Jorge Maia

No dia seguinte ouvi dizer que o comandante das armas tinha dito que, visto haver-se perdido o forte de Coimbra e não ser possível resistir-se aqui a uma força muito superior, tinha resolvido retirar-se para Cuiabá. Manoel Cavassa

Dessa exposição se conhece que o coronel Carlos Augusto de Oliveira, então comandante das armas da província, ou não esperava os paraguaios na fronteira do Baixo Paraguai, ou não tinha intenção de repeli-los, porque nenhuma providência eficaz deu para isso, e nem soube utilizar-se dos recursos de que podia dispor para uma heroica defesa. Albino de Carvalho

É muito de notar-se que estando à sua disposição os armazéns de Coimbra, de Miranda, dos Dourados e de Corumbá, nos quais havia grande cópia de munições de guerra, fosse o forte de Coimbra evacuado por falta de cartuxos de fuzilaria, tendo o dito coronel chegado a Corumbá em outubro, e sendo aquele forte atacado em fins de dezembro.

Ora, se 150 homens mataram no forte de Coimbra mais de quinhentos inimigos, alguma coisa se poderia fazer em Corumbá, com mais do quádruplo desta força, que ali podia estar reunida; mas nem ao menos quis avistar o inimigo, quem para isso devia estar preparado e disposto.

É também de notar-se que, opondo-se o comandante da flotilha a que se abandonasse o ponto de Corumbá, tomasse o coronel Carlos Augusto de Oliveira sobre si a resolução de abandoná-lo sem o parecer de um conselho de oficiais.

Alfredo Taunay

Um indivíduo, entre outros, que se apavorara demais, imaginou disfarçar-se em mulher, e nesse intuito meteu-se em saias e corpete, ao passo que esplêndida e negrejante barba lhe caía sobre enormes seios feitos de embrulho. Outro agarrou nervosamente num grande ananás, andou com ele o dia inteiro sem saber o que com esforço levava e só à noite é que pode, com esforço — contava ele próprio — abrir os dedos convulsos e todos feridos.

Jorge Maia

Corumbá, com as notícias que vinham chegando, era um caos; todos e cada um sugeria suas ideias, apresentavam seus planos, suas opiniões; cada qual queria saber mais; o comandante das armas, de idade já bem avançada, com sua saúde algo comprometida, ouvia tudo indiferente, estava indeciso, não sabia o que fazer; chegou a pensar em resistir, sugerindo a ideia de trancar o rio na sua parte mais estreita e outros que tais absurdos; mas, conhecendo a ineficácia de tudo e a impossibilidade de resistência com tão poucos e fracos elementos contra as poderosas e numerosas forças inimigas, caiu em desânimo; querendo distribuir sua responsabilidade com outrem, consultou o comandante do 2º Batalhão de Artilharia, tenente-coronel Carlos de Morais Camisão, de quem esperava ouvir outro parecer, que opinou pela resistência a todo o transe, e no caso de insucesso, a retirada para longe e lugar seguro da população inerme, e a guerra de guerrilhas, de recurso, para o que ali estava a cordilheira para concentração das forças e irradiação das guerrilhas, em cujos assaltos, muito mal poderiam fazer aos inimigos. A população civil, masculina, válida, com mais de mil homens, ofereceu-se abnegadamente para defender a população, pedindo para ser armada e municiada; o moral da tropa era animador, não havia uma nota dissonante: o comandante das armas vacilava e, nesse estado de irresolução, não atava nem desatava.

Vendo isso, a população masculina pediu então permissão para retirar-se calma e ordenadamente com suas famílias, com o que pudessem levar para lugar seguro e abrigado, defensável: — O comandante das armas não só indeferiu os pedidos como proibiu expressamente a saída da vila, o embarque para fora. Requintada perversidade.

Com a notícia de que navios paraguaios já haviam chegado ao porto de Albuquerque, o comandante das armas concentrou-se em si mesmo, não falou com mais ninguém, não ouviu mais pessoa alguma; era já noite, tudo corria a mercê do acaso: — a retirada estava resolvida, mas não a comunicou a ninguém. E assim passou-se a angustiosa noite.

Não havia aqui mais embarcações, que a canhoneira *Amambahy* e uma escuna de um particular, Santiago Deluchi, que estava carregada de couros e pronta para seguir para baixo. Começou então a desordem e o barulho: soldados bêbados e paisanos já não respeitavam os oficiais nem mesmo o comandante das armas; queriam matar os estrangeiros, caluniando-os, dizendo que estes sabiam da invasão dos paraguaios e nada lhes tinham dito, em vista do que vários estrangeiros se viram forçados a abandonar suas casas e refugiar-se no mato.

Ante um estado de cousas tão anormal, reinando a anarquia, a desordem, o comandante das armas, vendo sem prestígio a sua autoridade, pois que nem a ele já respeitavam, tratou de retirar-se imediatamente; e, como a canhoneira *Amambahy* não podia conduzir toda a força aqui existente, recorreu ao sr. Deluchi, pedindo-lhe a escuna, de que precisava, para conduzir soldados, no que foi atendido de boa vontade pelo dono da escuna.

<small>Comandante da flotilha em Corumbá</small>

Aproveito a ocasião para dar conhecimento a V^a. Exª. de que a saída do vapor *Anhambaí* de Corumbá, e assim o abandono deste ponto foi em virtude de requisição que me fez, no dia 2, às 5h da manhã, o exm°. sr. comandante das armas e que ignoro as razões que deram motivo a isso, pois até poucas horas antes havia toda a disposição de sustentar o ponto, embora fosse totalmente aberto e difícil de defender.

<small>Jorge Maia</small>

desde que o comandante das armas sentiu-se impotente para sua defesa, e premeditou sua fuga, não devia, não podia proibir nem impedir que a população inerme se retirasse com calma e tempo, como e com o que pudesse e quisesse; fazendo-o, cometeu grande perversidade, um crime mesmo, pelo qual deveria ter sido responsabilizado e punido. Dessa sua imprudente proibição resultou a fuga precipitada, desordenada, tumultuosa e a série sem número, inarrável de prejuízos, de desgraças, as maiores das quais ficaram para sempre ignoradas com as vítimas que as acompanharam.

Cerca das 8h, o comandante das armas, sem dizer nada a ninguém, além dos que o rodeavam, começou a embarcar na *Anhambaí*, sendo ele o primeiro, onde já se achava o comandante da flotilha, e era comandada pelo primeiro-piloto José Israel Alves Guimarães, acompanhado de seu Estado Maior, seguindo-se-lhe o tenente-coronel Camisão, com sua oficialidade; major Rêgo Monteiro e sua oficialidade; diversos oficiais do Exército que ali se achavam e o Inspetor da Alfândega, com seus empregados e as famílias destes.

Este embarque assim e tão ineptamente feito, divulgou-se com rapidez extraordinária. O que então se deu é indescritível com suas próprias cores. Ainda nessa ocasião, o coronel Carlos Augusto de Oliveira, comandante das armas, cuja intenção ficou bem patente, mostrou a toda evidência, sua pequenez e hediondez moral, encarando com a maior indiferença, que tocava as raias do cinismo, o pranto, o clamor, as imprecações, a confusão, a ansiedade dos que queriam também embarcar e com ele fugir do perigo que os ameaçava. Era um quadro horroroso!

Os mais audazes e fortes conseguiram invadir a canhoneira, que dentro em pouco tinha carga muito superior à sua lotação, às suas possibilidades. Era de ver o carinho com que o heroico marinheiro, comandante interino da canhoneira acolhia e acomodava como podia as pobres e infelizes mulheres, mães debulhadas em pranto, sobraçando seus tenros filhinhos com um braço, enquanto a mão livre conduzia quase arrastados, outros. Como isso contrastava com o procedimento do comandante das armas!

E muitas delas eram das setenta que assistiram e trabalharam em Coimbra, que o tenente-coronel Portocarrero ao evacuar mandou que fossem os primeiros a embarcar.

E esta canhoneira, assim tão sobrecarregada, devia ainda levar a reboque uma escuna particular, por nome *Jacobina*, onde já estavam embarcados os soldados do Corpo de Artilharia da província e parte do 2º Batalhão de Artilharia a Pé, que não puderam embarcar na canhoneira e ainda mais civis entre homens, mulheres e crianças mais retardatários ou timoratos.

Tudo era confusão, ninguém se entendia; todos falavam, mandavam, ninguém obedecia sem relutância. Tinha cessado toda noção de autoridade, porque ela deixou mesmo de existir.

Na evacuação de Corumbá, cresceu de importância o papel do tenente João de Oliveira Mello. Pondo-se ostensivamente à testa dos inferiores e soldados, que a fraqueza e irresolução dos chefes deixavam à mercê da sorte, fez ele embarcar essa gente, com suas mulheres e filhos e muitas famílias de paisanos, em uma escuna.

Alfredo Taunay

De novo pedi-lhe, dizendo-lhe: — Sr. Comandante das Armas, aquelas praças ainda não almoçaram até esta hora (9h30 da manhã), não têm gêneros nenhum para a viagem, e demais são praças de meu corpo e não têm junto a elas sequer um oficial para as dirigir. — Com isso obtive a concessão pedida, e, mesmo o vapor andando, mandou-se atracar um escaler e nele embarquei conjuntamente com o 2º tenente Antônio Paulo Corrêa e o sargento-quartel-mestre, Antônio Batista da Cunha, os quais se ofereceram para me acompanhar, e todos fomos lança-

João de Oliveira Mello, segundo-tenente

dos no barranco do rio, um pouco distante da escuna. Tão logo saltei no barranco, mandei algumas praças matar oito rezes, conduzi-las para a mencionada escuna, depois do que embarquei num escaler e fui a Corumbá, e ali comprei, no negociante Nicóla, farinha e sal, e ao negociante Guior, bolachas, mandando logo embarcar no dito escaler os referidos gêneros. No meu regresso para o embarque passei no quartel em que havia aquartelado o 2º Batalhão de Artilharia, e aí achei um quarto com muitos cunhetes de cartuchame, e uma porção de barris de pólvora encartuchada para artilharia.

Não achando nenhum outro meio de inutilizar essa imensa porção de cartuchos, tratei logo de formar um rastilho de pólvora até a distância conveniente e daí pretendia, por meio de fogo inutilizá-la.

O tenente Melo, que já estava com a escuna do outro lado da vila, veio a terra com quatro praças buscar víveres, de que precisava e que lhe foram fornecidos pelo comerciante Manoel Bianchi; e, estando ali a beber, ocorreu ao mencionado tenente mandar pôr fogo à pólvora, para não deixá-la aos inimigos, pólvora que estava no quartel em grande quantidade de caixões.

O sr. Manoel Braga, que estava presente, ponderou ao mesmo tenente a inconveniência d'esse ato pelo perigo que corria a população d'este lugar, que seria destruída pela explosão; e, não sendo atendido pelo tenente, que persistia na sua ideia, o mesmo sr. Braga foi de casa em casa avisar os seus habitantes, a fim de se retirarem em vista do grande perigo, que corriam. De fato, já estava o dito tenente preparando o rastilho, afim de ao embarcar realizar o seu plano, o que vendo o sr. Nicola Canale, observou ao tenente que, se o fim que tinha em vista era inutilizar a pólvora, para que os paraguaios não a utilizassem, podia lançar-se-a ao rio; e chegando eu ali n'esse momento com idêntico objeto, combinamos lançar a pólvora ao rio, conseguindo-se assim conjurar o perigo que todos nós corríamos, e pusemo-nos todos imediatamente a carregar os caixões para atirá-los ao rio, e o tenente Melo retirou-se com a força sob suas ordens.

Manoel Cavassa

Nessa ocasião apareceram os negociantes estrangeiros e pediram-me que não deitasse fogo à pólvora, que eles se comprometiam a deitar no rio todos os cunhetes e barris, o que, em minha presença cumpriram

Em tal emergência e na iminência da invasão que já se aproximava com todos os seus horrores, o povo no delírio da fuga e desordenadamente, embarca no que tinha, no que pode obter, no que acha e como e com o que pode. Igarités, canoas, escaleres, botes, chalanos, montarias, tudo serve, não se olha seu estado, só se procura embarcar e subir o Paraguai acima. Não havia outro recurso.

Logo após a partida dos dois vapores *Rio Apa* e *Iporá*, Barrios fez desembarcar os dois batalhões, 6º e 7º, que se haviam uniformizado do melhor modo possível, fazendo o segundo a vanguarda. Eram cerca das 10h. À proporção que desembarcavam, os soldados iam formando com presteza e subindo as ladeiras em passo acelerado e armas suspensas numa atitude extra belicosa, como se fossem tomar de assalto a inerme e indefesa povoação, penetrando afoitamente com ares vitoriosos pelas poucas ruas que davam acesso à praça, onde iam formando seus pelotões.

Alguns raros paisanos estrangeiros, confiantes nas suas imunidades, empunhando bandeiras de suas nacionalidades, apareciam como que dando as boas vindas, e eram olhados com desprezo, com desdém, com horror. Barrios, de bordo da capitânia com o comandante Meza, rodeados de seus estados-maiores e outros oficiais, assistiam prazenteiros a tão fácil conquista.

Terminado o desembarque da força, Barrios, acompanhado de Meza e seus numerosos e luzidos estados-maiores, desembarcaram e tomaram posse da vila de Corumbá, em cuja ocasião foram recebidos e cumprimentados por aqueles estrangeiros: espanhóis, italianos e portugueses etc., que ali haviam ficado.

Alojadas as forças que desembarcaram e as que chegaram por terra, foi facultado o saque geral, dirigido por oficiais e sargentos. A soldadesca faminta e sedenta atirou-se aos comestíveis e bebidas, principalmente, com uma voracidade que causava tanto horror como nojo e pena. Também os oficiais e sargentos que dirigiam o saque iam se apoderando de todos os objetos de valor que iam sendo encontrados e mandados a Barrios.

> George Thompson, inglês, tenente-coronel e engenheiro militar do Exército paraguaio

Las mujeres fueron muy maltratadas, dando el exemplo el mismo general Barrios. Un cabalero brasileño y su hija fueron llamados a bordo de su buque, y rehusandose el anciano a dejar a su hija en poder de Barrios, fué arrojado de ali, amenazado con fusilarlo y quedando su hija en poder del general.

> Manoel Cavassa

Às 8h da noite mais ou menos aqui chegaram a canhoneira *Taquary* e parte das forças inimigas, que veio por terra, vindo já nomeadas as autoridades, que aqui vinham funcionar.

Parecia aquela uma noite de São João: vinham mortos de fome os invasores, pelo que tudo que encontram, porcos, cabras etc., ia para o fogo, e começou o saque das casas de comércio que não tinham moradores.

Na manhã do dia seguinte o comandante das forças invasoras mandou chamar-nos a sua presença e nos advertiu que todos aqueles que tivessem em seu poder objetos pertencentes a brasileiros deviam manifestá-los por escrito sob pena de que aqueles que o não fizessem, quando se soubesse que possuíam tais objetos, seriam castigados conforme as leis da guerra.

Quando nos retirávamos d'ali, disse-me um espanhol que, passando pelos fundos d'uma minha casa de negócio, tinha visto uma porção de soldados que, tendo arrombado a porta a estavam "despejando". Fui verificar esse fato, já não encontrei soldado algum, verifiquei, porém, que tinham carregado quase tudo, tendo deixado pouca cousa. Deliberei ir comunicar esse fato ao chefe das forças paraguaias, o que de fato fiz, pedindo-lhe ao mesmo tempo que me dissesse se podíamos ou não contar com algumas garantias. Depois de olhar-me fixamente para a cara, respondeu-me o dito comandante: Que garantias, nem meio garantias! Mande-se mudar d'aqui!

os dias

Nas críticas circunstâncias em que se acha esta província depois da invasão paraguaia, e da evacuação pelas nossas forças do forte de Coimbra, notícia esta que consternou a Capital, dirigiram-me algumas praças dos corpos da província, que aqui se achavam presas para sentenciar, o requerimento que junto apresento por cópia a Vª. Exª., pedindo para tomarem parte na defesa da Província.

À vista das circunstâncias mencionadas, e de não serem graves os seus crimes, mandei soltar e já marcharam em uma expedição ao sul desta capital os 38 praças de pré do 2º Batalhão de Artilharia a pé e do de Caçadores.

Albino de Carvalho

Em observância às ordens do ilmº. sr. comandante desta flotilha saí do porto de Corumbá, às 7h da manhã, do dia 2 do corrente com destino a este porto transportando algumas famílias que se retiravam daquele lugar em consequência da invasão paraguaia que a todo momento se esperava chegar até aí, conduzindo a reboque, o iate *Presidente* que do serviço da Alfândega passou a servir de depósito de pólvora: pouco adiante do referido porto ordenei que se picassem os mastros do referido iate para não retardar mais a marcha do navio de meu comando, que, sendo de pouca força como é, com um reboque mais demorado se tornaria: pelas 9h45 minutos da manhã, do mesmo dia, ouvindo tiros de artilharia e de fuzilaria em o mesmo ponto, e prestando atenção vi que partiam da bateria assestada nos morros de Corumbá, e por outros tiros de artilharia que ouvi e reconheci serem de maior calibre e portanto é bem de crer ser nessa ocasião atacado aquele ponto pelas forças paraguaias;

Balduino José Ferreira, comandante da lancha *Jauru*

o fogo de artilharia durou de dez a quinze minutos, continuando, porém, o de fuzilaria. Em tais circunstâncias determinei meter a pique a embarcação que rebocava, e com as ordens que precedentemente havia dado a tal respeito, já o carpinteiro achava-se pronto a passar para o referido iate a fim de cumpri-las; porém, sendo para isso necessário diminuir a marcha do navio, foi tal o terror de que se apoderaram as famílias, vendo que tinha de parar o vapor, que todos, em pranto, e com grandes clamores e rogos me pediam que não parasse, porque receavam ser alcançados pelos vapores dos inimigos; constrangido por tal modo, largou-se por mão o reboque; porém, como tinha de passar junto ao vapor *Anhambaí*, provavelmente este o tomaria.

Quis desembarcar as famílias que conduzia e voltar para Corumbá a fim de, reunindo-me ao vapor *Anhambaí*, único que tinha ficado no porto, fazer face ao inimigo, porém não me foi possível fazê-lo, não só porque as margens alagadas como estavam não permitiam o desembarque, mas também porque, a artilharia com que jogava este vapor, sendo de calibre 12, era de intuição que nenhum dano faria ao inimigo, que se servia com a de calibre 68, além de raiada, e portanto jogava de longe. Ao chegar ao lugar denominado Três Barras, tendo de tomar lenha para combustível da máquina desembarquei perto de quarenta pessoas.

Manoel Cavassa

No dia seguinte de manhã avisou-me um meu vizinho que uma turma de soldados tinha arrombado a machado a porta da mesma minha casa de negócio e estavam carregando o resto do roubo anterior. Animado pela indignação, fui ver a casa roubada, onde nada mais encontrei, senão dois machados, com que tinham arrombado a porta e que eu levei, a fim de apresentá-los ao comandante e ao chefe de polícia. Chegando ao quartel onde residiam essas autoridades disse-me a sentinela que elas estavam almoçando e perguntou-me o que eu queria e porque levava os dois machados na mão; satisfiz-lhe a pergunta, dizendo-lhe que ia levar àquelas autoridades os machados, com que tinham arrombado a porta de minha casa os ladrões, que a tinham roubado e lá os tinham esquecido, mandando-me a sentinela que me retirasse e voltasse mais tarde.

Albino de Carvalho

É-me doloroso dizer, mas a minha obrigação me impõe esse dever, que se a fronteira do Baixo Paraguai estiver, como se presume, ocupada pelos paraguaios, não tem esta Província meios de retomá-la à vista dos recursos de que dispõe o Governo do Paraguai, como por vezes se tem demonstrado ao Governo Imperial.

Com os maiores sacrifícios não pode esta Província dispor de mais de ... homens, e por isso nesta ocasião previno aos Presidentes de Goiás, Minas e São Paulo que estejam prontos a socorrer-me, logo que recebam ordens do Governo Imperial.

Manoel Cavassa

N'esse interim tinham subido dois vapores paraguaios carregados de soldados, que iam no encalço da escuna em que ia o tenente Melo com praças, que logo que avistaram os navios paraguaios, saltaram na margem do rio e fugiram, tomando o inimigo conta da escuna. Seguindo os paraguaios rio acima encontraram a *Amambahy*, que vinha descendo e, logo que avistou os navios paraguaios, voltou águas acima defendendo-se com o rodízio, que tinha na proa, digo, na popa, dos inimigos, que procuravam alcançá-la, investindo finalmente contra a barraca, onde d'ela apoderaram-se os paraguaios, salvando-se, segundo creio, poucos dos seus tripulantes.

O general Barrios, cunhado do Lopes, tendo sabido que tínhamos lançado a pólvora no rio, mandou chamar os srs. Nicola Canale e João Biacava e a mim, a fim de perguntar-nos qual o motivo que nos induziu a inutilizarmos aquela pólvora por tal modo. Em balde lhe fizemos ver que a isso fomos compelidos pela salvação de todos nós habitantes d'este lugar, que só por esse meio pudemos conseguir que o tenente Melo, que não queria que o inimigo se utilizasse da pólvora, deixasse de lançar-lhe fogo, fazendo ir tudo aqui pelos ares.

O comandante que nos interrogava, mostrou-se muito zangado e mandou recolher-nos à prisão, onde estivemos quatro dias.

ANHAMBAÍ

Em que se conta da vitória do vapor paraguaio Iporá,
do tenente Herreros, sobre a Anhambaí,
do piloto brasileiro José Alves Guimarães,
e do trágico destino de seus tripulantes.

Jorge Maia

Depois de provido de suficiente lenha no Sará, onde desembarcara sua pesada carga, descia a *Anhambaí* a ver se ainda podia prestar algum auxílio, socorro etc., aos retirantes que tinham ficado atrás; era tarde, mas enfim seu digno comandante interino julgou que ainda podia ser-lhes útil. Já no Baixo São Lourenço, próximo à sua confluência no Paraguai, abaixo do Morro do Cará-Cará, avistou, cerca das 9h30, os dois vapores paraguaios *Rio Apa* e *Iporá*, que subiam à toda força de suas máquinas lutando com a forte corrente do rio.

O comandante interino da *Anhambaí*, 1º Piloto José Israel Alves Guimarães, prevenido, descia devagar, cauteloso, vigilante, porque com tão insidioso inimigo tudo era pouco, de modo que não foi apanhado de surpresa.

Virar de proa águas acima e subir preparando-se para o que desse e viesse, foi questão de minutos. O 2º Piloto Josias Baker, cidadão inglês, que era artilheiro e atirava regularmente, logo que pôde começou a fazer uso do rodízio de popa, não fazendo do de proa por não poder. Infelizmente só pôde fazer doze bons tiros, porque ao 13º, devido ao mau estado do vapor e de seu material, do choque e do forte recuo do canhão, desmontou-se o rodízio, ficando o navio desarmado.

Tão bons tiros fez, porém que não só causou grandes avarias a seus perseguidores, como matou o alferes Benitez.

A *Anhambaí* era *muitíssimo inferior* a qualquer de seus dois perseguidores, tanto em força como em armamento e marcha; ainda assim, só depois de quatro horas de perseguição e luta, conseguiu o *Iporá* alcançá-la às 14h30, pouco acima do Morro do Cará-Cará, onde havia um banco de areia na margem direita do rio, ligado com o barranco e numa das mais estreitas e pronunciadas voltas do rio.

Com o violento embate e choque da proada do *Iporá*, que ia na frente por ser de melhor marcha, a *Anhambaí* foi de encontro ao barranco, encalhou e não pôde mais subir, nem safar-se. Encostarem os vapores inimigos e abordarem o navio encalhado e indefeso, foi questão de momentos; a luta foi horrível; os da *Anhambaí* vendiam caro a vida, apesar do desproporcionalmente superior número de seus atacantes.

Comandava o *Iporá*, e era o chefe da expedição, o tenente Herreros, cuja crueldade já era tão notória como a sua vileza e covardia.

De posse do navio brasileiro o tenente Herreros, ainda não saciado do sangue que fizera correr, mandou arrear os escaleres dos seus dois navios, pois já havia chegado o *Rio Apa*, e embarcar neles numerosos bárbaros chacinadores de seu ignominioso comando e perseguir os fugitivos que procuravam escapar a nado, assassinando-os bárbara e friamente a tiros e a golpes de arma branca, machadinhas etc.

Esta perseguição estendeu-se até a terra onde existiam muitos refugiados escondidos, que tiveram a mesma sorte de seus inditosos compatriotas. Só por uma inaudita felicidade escaparam o piloto Josias, o comandante da flotilha e poucos mais!

Depois do combate do glorioso *Anhambahy* que já relatamos, os poucos prisioneiros que n'ele o inimigo conseguiu fazer, foram, em sua maioria, assassinados; as orelhas cortadas, enfiadas em um cordão e guardadas.

Bernardino Bormann

O *Iporá* seguiu depois para Assumpção com as notícias das *vitórias* e ancorou, no porto da capital da República do Paraguai, com o cordão, no mastro de honra, em que estavam as orelhas das vítimas!

os dias

Manoel Cavassa

Seguiu no dia seguinte outro vapor que foi reunir-se aos dois que já tinham subido, e foram aprisionando toda a gente, que d'aqui tinha saído em canoas e a que iam encontrando pelas barrancas do rio (famílias, empregados da Alfândega etc.), trazendo-a para aqui, indo cada um para sua casa só com a roupa que tinha no corpo, todos mortos de fome, pois havia dois dias que não comiam aqueles infelizes, nem tinham o que comer como também não tinham roupa para vestirem, pois tinham perdido o que tinham levado e nada encontraram do que em suas casas tinham deixado.

Jorge Maia

Dia 5-1-1865. Quinta-feira. Em Corumbá, continuava o saque geral

O saque era dirigido e assistido pelo comandante da praça capitão Gorostiaga, que recolhia o que tinha algum valor para ser remetido para Asunción e distribuído com os saqueadores o que não tinha valor ou aplicação na República. Diversos oficiais já calçados com sapatos e botas roubados, o auxiliavam. O francês Júlio Amardeil, que estava muito doente, de cama, sem poder mover-se, ficou reduzido à miséria, sem nada poder reclamar. O italiano Manoel Bianchi, que quis impedir a entrada dos saqueadores em sua casa e opor-se à entrega dos gêneros de seu negócio, foi violentamente agredido, e teria sido morto se não tivesse fugido. Um norte-americano, cujo nome perdi, porque verberou o procedimento dos saqueadores, só ficou com a roupa do corpo. Todas as casas brasileiras, depois de completamente saqueadas, eram marcadas com um grande B. As infelizes mulheres que não puderam embarcar e não puderam resistir à fome nos matos para onde haviam fugido, e voltaram para a vila, sofreram horrores que a pena se recusa a escrever e a moral manda calar.

De Corumbá, Barrios expede o 2º tenente Manoel Delgado com uma partida de vinte praças de cavalaria, a fim de explorar os campos da fazenda do Barão de Vila Maria nas Pirapitangas, e outras propriedades agrícolas e pastoris dali, para arrebanhar toda a cavalaria e mulada que por ali houvesse. De regresso esta quadrilha, seu chefe comunicou não ter encontrado nada do que procurava; em compensação encontrou grande quantidade de gado vacum, que foi depois arrebanhado, roubado e remetido para o Paraguai, juntamente com o que vinha roubando a horda de Resquín no distrito de Miranda.

As pequenas embarcações, igarités etc., que os vapores alcançavam e encontravam no rio lutando contra a correnteza no afã de salvarem-se, eram metidos a pique com uma proada do vapor, e seus passageiros, homens, mulheres e crianças, deixados a se debaterem com a forte correnteza da água do rio cheio, onde morriam quase todos afogados; e de bordo divertiam-se fuzilando os que, sabendo nadar, procuravam salvar-se.

Dia 7-1-1865. Sábado. Informado Herreros de que os fugitivos de Corumbá haviam desembarcado no Sará e ainda lá se achavam acampados, para lá subiu com os três vapores, que agora constituíam sua divisão: *Iporá*, *Rio Apa* e *Anhambaí*, sem contudo, abandonar seu propósito de perseguição aos fugitivos que fossem encontrando, por água e por terra.

Em caminho apoderou-se de duas lanchas que desciam vazias, abandonadas à corrente.

Informado, porém, de que em São Bento se achavam ocultas diversas famílias, para lá se dirigiu o tenente Herreros com o *Rio Apa*, deixando o *Anhambaí* com o *Iporá*, e, dando desembarque, aprisionou o que lá encontrou: homens, mulheres e crianças, amontoou-os nas duas lanchas e mandou tocar para Corumbá, com a inaudita felicidade de não terem sido assassinados como muitos outros foram.

Alfredo Taunay

O tenente João de Oliveira Mello sabia que, nada menos de quatrocentas vidas, homens, mulheres, crianças e velhos, dependiam só e unicamente da sua serenidade e coragem e dessa convicção tirava recursos para encarar sem desfalecimento as mais cruéis e desesperadoras conjunturas. Também severíssima e meticulosa disciplina reinava naquela mísera coluna, a que se haviam juntado não poucos índios *terenos*, *laianos*, *quiniquináos* e *guanás*, e os castigos não eram poupados ao mais leve delito — caso de salvação pública.

Jorge Maia

Desembarcar todo o pessoal, fazer rodar rio abaixo a escuna e seus escaleres, fazer desaparecer habilmente e com perícia todo e qualquer vestígio que pudesse denunciá-lo, colocar sentinelas e vigias convenientemente dispostos em altas árvores, dispor o pessoal na melhor ordem para passar a noite ao longo do barranco do rio, foi um trabalho só executável por um espírito privilegiado como era o do herói da defesa de Coimbra.

Os primeiros raios d'alva do dia 4 despontavam quando o 2º tenente Melo pôs-se em cauteloso movimento e começou a fazer mover-se o seu povo; e já quando risonha despontava a aurora, o bulício era geral, mas silencioso, como a situação exigia. A marcha, porém, só pôde ser iniciada às 5h. Começava a dolorosa peregrinação através dos pântanos de Corumbá e São Lourenço, e, passados esses, os de Cuiabá, afora outros muitos obstáculos e perigos que por ali se lhes deparavam indescritíveis, em busca do desconhecido!

Daqui por diante os dados fornecidos pelo relatório do 2º tenente Melo são escassos, e as informações que pude colher, muito deficientes e pouco merecedoras de confiança.

Continuava João Pires da Costa Sobrinho na sua faina patriótica e humanitária de exploração pelos inundados e pantanosos campos de São Lourenço, em busca de fugitivos e extraviados e *bombeando* os movimentos dos navios paraguaios.

Aí soube que no Bananal de baixo existiam escondidas duas canoas com gente brasileira, que tem sido perseguida pelos paraguaios, que estavam sem recursos, e que por esses campos a fora e beira do rio existiam outros fugitivos nas mesmas condições. Nesse mesmo dia, 3, seguiu para o Bananal de baixo, a fim de socorrer as pessoas que ali se achavam, com suas canoas, onde chegou a 4, tendo sido nessa viagem, no lugar denominado Alegre, perseguido por um grande escaler paraguaio, que felizmente não o alcançou; mas avistou na fazenda do Bananal, acima do lugar onde estavam as canoas escondidas, grande número de soldados paraguaios que andavam capturando os brasileiros que encontravam e roubando o que podiam. Nesse mesmo dia, encontrando as canoas referidas, fez com que elas se afastassem mais para longe da beira do rio, onde existia um vapor inimigo, prestando os socorros que pôde

em caminho, encontrou uma canoinha puxada por três pessoas que lhe contaram que tinham sido prisioneiras diversas canoas carregadas de gente, sendo que eles haviam escapado

esse morador, que se chamava Maranhão, era perseguido pelos paraguaios, que tinham feito alguns prisioneiros, dentre os quais uma mulher de nome Antônia, cujo filho, menor, por chorar, foi morto pelos paraguaios agarrando-o pelas pernas e dando com a cabeça de encontro à caixa da roda do vapor. Desse lugar despachou uma *parada* para o lugar denominado São Pedro, onde contava existirem grande número de fugitivos, que os paraguaios pretendiam atacar, segundo informação de Maranhão, e seguiu viagem com os fugitivos que tinha encontrado e os mais que ia encontrando pelos campos, com destino à capital.

O major Salvador Corrêa da Costa, ao saber dos desacatos e horrores que vinham praticando os paraguaios, a duas léguas ainda de sua fazenda, abandonou-a e fugiu com sua família e mais pessoas nela empregadas e homiziadas, pelos pantanais a fora.

o Corpo de Artilharia e o 2° Batalhão da mesma arma foram inutilizados pelo desastroso abandono que fez o comandante das armas da florescente povoação de Corumbá, metendo-se por esses pantanais alagados, onde essa força tem sido dispersa por vezes, não se sabendo ao certo o que é feito dela, tendo uma parte desta gente morrido de fome e afogada, outra sido prisioneira, e outra não se sabe por onde anda.

À vista disto V*. Ex*. vê que está aniquilada a limitadíssima força de linha da Província.

Augusto Leverger   Uma coluna inimiga, dirigindo-se pelo alto do terreno, percorreu, sem encontrar obstáculo, os campos regados pelos afluentes do rio dos Dourados e do Brilhante, aprisionando e afugentando os seus moradores.

O restante da expedição desceu a serra e passou pela colônia militar de Miranda, abandonada pelos seus habitantes. A imensa superioridade de suas forças tornou-lhe fácil o desbaratar o Corpo de Cavalaria que, vindo de Nioac onde estava aquartelado, fez inútil esforço para disputar a passagem do rio do Desbarrancado junto à fazenda do mesmo nome.

Jorge Maia   O tenente José Martins Teixeira de Castro ficou, por ordem do comandante Dias, em Nioaque, encaixotando o arquivo da secretaria, casa da ordem e companhias, bem como todos os livros, e fazendo embarcar em canoas, não só esses objetos como as bagagens dos oficiais e de alguns particulares, embarcando também as famílias, e a esperar pela última hora e ordem.

Cerca das 16h, chegou o tenente-coronel Dias e ordenou-lhe que incontinenti fizesse seguir as canoas bem tripuladas para a vila de Miranda com todas as famílias e bagagens, bem como o arquivo do corpo; e tudo seguiu rio Miranda abaixo.

A 5-1-1865, já os paraguaios eram senhores do forte de Coimbra, de Albuquerque, de Corumbá, do posto naval de Dourados e em perseguição dos seus fugitivos, das colônias dos Dourados, de Miranda, de Nioaque, e em marcha para a vila de Miranda.

Dia 8-1-1865, domingo. No Sará, bem cedo, os debandados de ontem, da noite passada e da madrugada de hoje, prosseguiram em sua fuga desordenada, sem coesão, sem guia, cada qual como queria, podia, sabia, em barca de Poconé para dali seguirem para Cuiabá; mas a debandada, a desordem foi tal, que ninguém se entendia, nem tinha mesmo com quem se entender; a ocasião era, desde o dia 2, do — salve-se quem puder, — e nem todos tomaram a melhor direção: houve de fato grande dispersão, que causou numerosas perdas e sacrifícios de vidas.

No dia 8 de janeiro saímos da prisão e nos fizeram embarcar com a nossa bagagem no ferro carril, e daqui partimos até a última estação, de onde nos transportamos a São Joaquim, acompanhado de um oficial e três praças desarmadas que nos trataram com bondade.

Coelho de Almeida

Durante o trajeto fomos bem acolhidos pelas autoridades dos lugares onde tocávamos para repousar, sendo para notar que apenas chegamos a qualquer ponto desses já encontrávamos animais, carretas prontas etc.

Chegamos finalmente a São Joaquim (quarenta e tantas léguas pouco mais ou menos distante da capital) em um domingo: fomos bem recebidos pelo comandante que mais tarde teve de ser sacrificado por nos tratar bem foi segundo me disse um patrício meu (Botelho) soube que o dito comandante faleceu nos cárceres de Cerro Leon trazendo nos pés grandes barras de ferro.

Dia 9-1-1865, segunda-feira. De Corumbá, o coronel Barrios mandou o vapor *Iporá* a Dourados receber uma grande partida de pólvora que devia transportar com outras coisas para Asunción.

Jorge Maia

A condição e acondicionamento da pólvora eram tão mal e desastradamente feitos, que talvez devido mesmo à sua grande quantidade, era derramada em não pequenas porções pelo chão pedregoso em longo rastilho. Era tão mal feito o serviço, que o oficial que o superintendia chamou a atenção do tenente Herreros fazendo ver o perigo que se corria com um serviço tão importante e perigoso assim mal feito. Estava escrito no grande livro dos destinos humanos que naquele dia Herreros devia pagar as barbaridades e crueldades que mandou e consentiu praticar, e ele próprio praticou, nos infelizes fugitivos de Corumbá e algures.

Este fogoso e intrépido marinheiro, chasqueando do prudente oficial, fê-lo retirar-se para bordo e tomou ele próprio a direção do serviço ativando-o ainda mais.

Eram 13h, hora em que o sol a pino dardejava seus raios candentes sobre o solo pedregoso já insuportavelmente quente. Nem uma nuvem, nem uma aragem que minorasse o ardor canicular daquele fatal dia, em que se ia manifestar a Justiça Divina.

De repente, sem que se soubesse como, nem porque, dá-se a explosão do grande paiol, apenas começado a esvaziar.

Um estrondo medonho, uma enorme coluna de fogo, fumo, pedras e homens voa a uma altura extraordinária. Um estilhaço de pedra atinge a cabeça do tenente Herreros e fulmina-o.

VILA DE MIRANDA
12 de janeiro de 1865

*Em que se conta da fuga desordenada dos habitantes
da Vila de Miranda e da chegada das forças paraguaias.*

Nos últimos dias de 1864 dera-se a invasão paraguaia com a transposição do rio Apa pelas forças do coronel Resquin, em número superior a cinco mil homens. No dia 28 de dezembro fora o assalto da simples paliçada da colônia de Dourados, isto é, o morticínio do glorioso Antônio João Ribeiro e dos companheiros; a 1º de janeiro de 1865 o combate do rio Feio, em que houve alguma resistência, ficando, a 2, ocupada a povoação de Nioaque.

Alfredo Taunay

Na vila de Miranda, vinte e poucas léguas distantes, a perturbação nesse dia havia tocado ao auge.

Pela madrugada chegaram os restos desordenados do 1º Corpo de Caçadores e tudo quanto morava nos arredores para lá afluíra. A quantidade de índios de raça *chané* (*terenas, laianos, quiniquinaus* e *chooronós* ou *guanás*), *guaicurus* e até *cadiuéos* e *beaquiéus*, que são, contudo, pérfidos aliados, malvistos dos brancos, era considerável, todos a pedirem, em altos brados, armas e munições de que estava repleto o depósito de artigos bélicos, para correrem a preparar tocaias.

Propunham alguns habitantes que se tratasse quanto antes da defesa e aconselhavam duas esperas excelentes no Lalima e no Laranjal.

Declaravam outros qualquer tentativa de luta inútil e impossível e só esperavam pela voz de debandada. Outros, enfim, e entre os mais notáveis, e até então influentes, já não se importavam senão de abarrotar de trastes as canoas e igarités, com que pretendiam descer o rio Miranda para demandarem a foz do afluente Aquidauana.

No meio da grita das mulheres, do chorar das crianças, das lamentações dos fracos, do vozear dos índios, dos conselhos encontrados, das discussões calorosas, de todo o ponto impertinentes, em tão grave emergência, aqueles que deveriam tomar providências para o bem geral e assumir a responsabilidade de imediata resolução, quer no sentido da resistência, quer no de pronta retirada, perderam a tramontana e deixaram-se, irresolutos e inertes, arrastar pelo movimento da população, que, a 6 de janeiro, em peso, abandonou Miranda, na mais extraordinária confusão.

Nem sequer ficou indicado um ponto, em que todos se devessem reunir. Seguiram uns em canoas como que à mercê das águas; afundaram-se outros nas matas; o maior número a pé e em dolorosíssima procissão, tomou a direção da serra de Maracaju, dali a vinte léguas, e em cujas brenhas tinha tenção de se ocultar.

Augusto Leverger

Os índios moradores das aldeias vizinhas, depois da evacuação da nossa tropa e antes da entrada dos paraguaios, apoderaram-se da porção de armamentos que existia nos armazéns militares, e com eles hostilizaram o inimigo, mas este não tardou a domar essa resistência, que não era de esperar fosse eficaz, atendendo a inferioridade de número dos mesmos índios e a sua falta de disciplina.

Frei Mariano, vigário de Miranda

A principios de 1865 me encontraba, por orden de mis superiores, en la ciudad de Miranda, en las fronteras del Brasil y del Paraguay, para encargarme del cuidado de tres mil indios, entre los cuales habia construído una iglesia, dedicada a nuestro fundador, gracias á la confianza del Obispo de Cuyabá, del gobierno y de las poblaciones del lugar; era yo al mismo tiempo cura, delegado episcopal y visitador en la vasta division eclesiástica llamada Bajo Paraguay.

Por este tiempo una horda de Guaranies, mas furiosos que los Caldeos, invadió este município, tan floreciente en outro tiempo, y hoy tan desgraciado. Por do quiera pillan, queman, matan. Los pobres habitantes, tanto indios como civilizados, tomados de sorpresa y desarmados, huyen ante los vandalos, abandonando todo por salvar su vida. Se me rego, á mi que era el pastor, que me quedase para proteger el resto de los habitantes en caso de invasion.

Dije con San Martin, como debia hacerlo: Domine, si populo tuo sum necessmius, non recuso laborem.

Os paraguaios, porém, vinham marchando muito vagarosamente, tanto assim que só a 12 de janeiro entraram na vila entregue pelos índios a completo saque, principalmente no que dizia respeito ao armamento e cartuchame. E fizeram muito bem, não há contestar.

Alfredo Taunay

O depósito da Nação continha, entretanto, ainda tantas espingardas, tal o número de clavinas, tamanha quantidade de pólvora, balas, metralha, enfim tantos apetrechos bélicos que Resquin observou, com toda a razão e até espírito: "Parece que o governo brasileiro pretendia defender as suas fronteiras com simples cabides de armas".

Uma vez de posse de Miranda, aquele chefe publicou um bando que declarou haver, daquele dia em diante — *para todo sempre* proclamava com arreganho espanhol — passado o distrito a pertencer à República do Paraguai sob o título de distrito militar do Mboteteu. E convidou a população a recolher-se tranquilamente às suas casas, sob pena de serem os recalcitrantes sem mais apelo passados pelas armas.

Como era de prever, ninguém se apresentou. Os fugitivos que tinham descido por água mantinham-se ocultos no lugar chamado Salobro, a duas léguas da vila, sujeitos a milhares de privações e, o que mais doloroso se tornava, dilacerados pela discórdia e divididos pelas mais pueris intrigas.

Tudo era motivo para acerbas e injuriosas recriminações.

Assim ficaram os paraguaios na plena e efetiva posse do distrito de Miranda.

Augusto Leverger

Na resenha que acabo de fazer-vos da invasão dos paraguaios, é factível que deixasse de mencionar fatos notáveis, e que não seja perfeitamente exata a exposição dos que tenho mencionado, mormente aqueles que tiveram lugar no distrito de Miranda. Tão várias, e até discordantes entre si, são as relações que se dão, que é quase impossível exprimir juízo seguro a semelhante respeito; tanto mais quanto poucas são as testemunhas oculares que vieram para esta cidade, quase todas refugiaram-se pelo lado das províncias de Goiás, Minas e São Paulo.

Só com o tempo será patente a verdade.

os dias

Pelo mesmo vapor — *Jauru* — há notícias dadas por índios Guaicurus, de que os campos de Miranda tinham sido talados, e a mesma vila e a povoação de Nioac incendiadas.

A verificar-se a tomada do Corumbá e o incêndio de Miranda, fica inteiramente aniquilada a pouca força de linha da província, à qual só restará a Guarda Nacional desarmada pela maior parte e sem disciplina.

Albino de Carvalho

Curioso por certo parecerá ao leitor saber que fim teriam levado os índios de Miranda durante todos aqueles dolorosos e inesperados sucessos.

Mais de dez aldeamentos fixos e regulares contava o distrito por ocasião da invasão paraguaia,

Os *terenas*, em número talvez superior a três mil, estavam estabelecidos em Naxedaxe, a seis léguas da vila, no Ipeguê, a sete e meia, e na Aldeia Grande, a três; os *quiniquinaus* no Agaxé, a sete léguas NE; os *guanás* no Eponadigo e no Lauiad; os *laianos* a meia légua — todos estes da nação chané. Dos *guaicurus* havia mais acampamento do que aldeia no Lalima e perto de Nioaque. Quanto aos *cadiuéus*, vagavam pelas regiões do Amagalabida e Nabilékê, também chamado rio Branco, sempre prontos a atacar deslealmente brasileiros e paraguaios, que apelidavam portugueses e castelhanos.

Quando ecoou o primeiro tiro do invasor naquela vasta zona, cada tribo manifestou as tendências particulares. Nenhuma delas, porém, congraçou com o inimigo. O castelhano era por todas considerado, de séculos passados, credor de ódio figadal e irreconciliável. Umas, portanto, identificaram-se com as des-

Alfredo Taunay

graças dos portugueses; outras, deles se separaram, outras, enfim, começaram a hostilizar a gente de um e outro lado.

Guanás, *quiniquinaus* e *laianos* intimamente se uniram com a população fugitiva; os *terenas* isolaram-se e os *cadiuéus* (*guaicurus*) assumiram atitude infensa a qualquer branco, ora atacando os paraguaios na linha do Apa, ora assassinando famílias inteiras, como aconteceu com a do infeliz Barbosa Bronzique, no Bonito.

Foram os *quiniquinaus* os primeiros que subiram a serra de Maracaju, pelo lado aliás mais íngreme e estabeleceram-se na belíssima chapada que coroa aquela serra de grés vermelha.

A este planalto, por caminhos diversos, foram chegando outros, fugidos; entretanto, como ele era coberto em quase toda a superfície de mata vigorosa, esplêndida floresta virgem, cortada aqui e ali de limitados descampados, vários núcleos se formaram sem que comunicassem, logo, uns com os outros.

Jorge Maia

Na mesma data, no distrito de Miranda, uma partida paraguaia, cujo número não se pôde avaliar, mas que não era pequena, das forças de Resquín, andava saqueando as fazendas, sítios e propriedades dispersas; chegando ao Aquidauana, na fazenda do capitão Joaquim Pires, com intento de passar o rio para saqueá-la, foi repelida, batida, derrotada e posta em fuga desordenada, deixando oito mortos no campo dos seus, e o soldado brasileiro que lhes servia de guia, apesar deste, de joelhos, com braços abertos, pedir que não o matassem, por uma partida, forte, de cavaleiros da tribo Tezena, que espontaneamente se prestavam a bater os paraguaios, seus figadais inimigos, a quem faziam grande mal roubando-lhes animais e o mais que podiam e matando os que apanhavam, surpreendiam etc. Diversas foram as partidas, deste gênero, que não chegaram a nosso conhecimento.

Albino de Carvalho

Apesar de se haver dito muitas vezes, é do meu dever repetir à V^a. Exª. que não podem ser piores as condições desta Província, que se acha sem força de linha, sem dinheiro e sem recursos, e que o Governo Imperial não atender muito seriamente para estas circunstâncias, está ela aniquilada e em iminente perigo de perda para o Império, e por isso peço instantemente à Vª. Exª. que a socorra com toda a brevidade, enquanto ainda é tempo.

Sendo de reconhecida necessidade manter pronta comunicação entre esta província e a de Mato Grosso, estabelecendo-se uma linha de correio que se dirija à vila de Santa Anna de Parnahyba, passando pela Cidade da Constituição ou do Rio Claro, Araraquara, São Francisco, Campo Belo, com um curso de 131 léguas; e devendo este serviço ser feito por estafetas a cavalo, que percorrerão em 24 horas vinte léguas, rogo a Vossa Senhoria a mercê de prestar-me detalhadas informações a este respeito, declarando se lhe será possível coadjuvar a administração neste empenho, arranjar-nos pessoal e os animais necessários, para que o serviço entre essa vila e a de Santa Anna de Parnahyba se faça com a devida segurança e celeridade; e no caso afirmativo, qual a despesa provável, que com ele se fará.

<small>João Crispiniano Soares, presidente da Província de São Paulo</small>

A força que tomou a colônia de Miranda vem arrasando toda essa parte da fronteira até a vila do mesmo nome, e a que tomou a dos Dourados seguiu pela serra de Maracajú, vindo pelo Brilhante até ao Taquaruçu com o mesmo sistema de dilapidação.

<small>Dias da Silva</small>

No estado de nudez e miséria em que se acha a pequena força que comigo se retira, sigo até à vila de Santana do Paranaíba a fim de esperar ali as determinações de Vª. Exª. a quem com toda a insistência solicito alguns recursos pecuniários e de fardamento que me habilitem a mover-me com presteza para onde Vª. Exª. entender conveniente.

O coronel Carlos Augusto de Oliveira, comandante das armas desta província, está inteiramente inutilizado pelas consequências da desastrosa retirada que fez de Corumbá; é portanto indispensável e urgente a sua substituição por um general, ou pelo menos coronel, que tenha as qualidades correspondentes a semelhante cargo, em tão melindrosa situação, e se ocupe exclusivamente da gerência do ramo militar, ao menos enquanto durar esta situação.

<small>Albino de Carvalho</small>

Se ele surgir dos pantanais do rio São Lourenço, em que se meteu, e onde ainda estão dispersos e estragados, sem honra nem proveito os dois Corpos de Artilharia de linha existentes na província, pretendo suspendê-lo do exercício do seu emprego, passando-o ao oficial a quem competir, visto que não é possível deixá-lo continuar a exercer um emprego que não pode mais desempenhar devidamente.

Se não o tenho feito é porque estou na esperança de que apareça e se me apresente o tenente-coronel Carlos de Moraes Camisão, extraviado depois da dita retirada, visto que não posso contar tão cedo com o tenente-coronel José Antônio Dias da Silva, suposto em Nioac, nem também dispor do tenente-coronel Hermenegildo de Albuquerque Portocarrero, fora do serviço pelo procedimento que teve ultimamente no ponto do Melgaço, que lhe dei a comandar pela absoluta falta de oficiais superiores, há muito aqui experimentada.

É esta a triste situação da província, e por isso peço e rogo com a maior instância a V^a. Exª, que mande com toda a brevidade, antes que ela sucumba, socorro de forças das províncias de Goiás, Minas, São Paulo e Paraná, um comandante de armas resoluto e experimentado, oficiais superiores, dinheiro e armamento.

Jorge Maia

No distrito de Miranda: — Os refugiados de Nioaque, em grande número, depois de assistirem, de seu esconderijo, no mato, a cerca de oitocentos metros, onde estiveram sofrendo as maiores privações, por não poderem transitar pelas estradas e campos, cortados de tropas paraguaias, ao incêndio e depredações de suas propriedades e da povoação, ficando reduzidos à última miséria, foram obrigados pela fome a deixá-lo e partir à aventura em busca de socorro, proteção etc., contra a possível e provável descoberta de seu paradeiro ali tão perto, pelos paraguaios, caminhando centenas de léguas, a pé, alguns só com a roupa do corpo, através dos cerrados e campos sujos, em direção e busca de Santana do Paranaíba, onde chegaram pelo meado de março, na maior miséria que se pode imaginar.

Ao partirem, esses infelizes foram obrigados a deixar ali João de Morais Ribeiro com sua numerosa família, porque sua mãe, velha de oitenta anos, aleijada e paralítica, não os podia acompanhar. Ficaram todos ali entregues a sua triste sorte. Que seria feito delas?

O abastado fazendeiro de Nioaque, Antônio Cândido de Oliveira, que havia recolhido sua família em carros ao longo de um capão próximo a sua fazenda, com tudo que podia levar de mais necessário e ia abandonar-se à aventura, foi aprisionado com toda sua família, e mais pessoal da fazenda, todos muito mal tratados e injuriados, e depois do habitual e horroroso saque de tudo que possuíam, foram mandados, a pé, como *prisioneiros de guerra* para o Paraguai, Concepción, onde morreram quase todos de miséria.

Mais de trinta mil cabeças de gado bovino, fora grande número de outros animais de diversas qualidades, foram arrebanhadas das fazendas daquela redondeza de Nioaque e remetidas para o Paraguai.

Como já participei à Vª. Exª. em diferentes ofícios acha-se esta Província invadida pelos paraguaios, e sem meios de repelir a invasão.

Albino de Carvalho

FREI MARIANO

*Em que se conta da reação de Frei Mariano
frente à invasão paraguaia.*

Debalde o vigário de Miranda, Frei Mariano de Bagnaia, capuchinho virtuoso e tão querido dos brancos quanto dos índios, tentava restabelecer a paz, tão necessária naquelas tristes conjunturas. Não era ouvido e via-se desrespeitado.

Tornou-se, em breve tempo, o acampamento dos refugiados intolerável a muitos. Tocaram uns as suas canoas para mais longe, indo fazer rancho à parte; outros, em pequeno número, foram espontaneamente apresentar-se aos paraguaios.

Entre estes figurava Frei Mariano. O piedoso frade sentia-se fraco e acabrunhado ante tanta desgraça, e as lágrimas lhe corriam, noite e dia, ao lembrar-se de quanto os seus índios, — a quem chamava filhos — estariam sofrendo, esparsos pelos montes ou, sem dúvida, caídos em poder do inimigo.

Depois de haver penetrado no seu espírito a ideia de se entregar ao invasor e dele obter compaixão para todas aquelas vítimas — mulheres principalmente e débeis crianças — não descansou um só instante até ir, acompanhado do tenente da Guarda Nacional João Faustino do Prado e do alferes João Pacheco de Almeida, oferecer-se à prisão em Miranda, no dia 22 de fevereiro de 1865.

Havia na vila uma razão que o atraía com força irresistível; a igreja matriz que construíra, com grande trabalho, nela empregando os magros honorários e côngrua, além de quanto conseguia da caridade dos fregueses.

Correr, portanto, à igreja para afinal, após tantas semanas, poder celebrar uma missa, foi o que logo fez Frei Mariano, num estado de júbilo difícil de descrever. Quanto tempo havia passado longe daqueles altares, arredado de todos os objetos dos seus extremos, da sua adoração!

As ruínas que por toda a parte o cercavam, casas desabadas, a meio devoradas pelo fogo, ruas atravancadas, de todos os lados sinais da destruição, nada o impressionava, nada lhe detinha os passos!

Voava em busca da cara matriz.

Aí também o esperavam destroços que tomavam feição de negro sacrilégio. As torres sem os sinos, os altares despidos dos santos ornatos, o teto esburacado, o chão coberto de caibros e caliça, até imagens mutiladas, de pronto feriram os olhos pasmados de Frei Mariano.

Llegaron; me presente á ellos, la cruz sobre el pecho, pidiéndoles grada para mis neófitos y mis feligreses. Me respondieron que la órden que habian recibido de López, su jefe, era de devastar todo, y de conducir lo que pudiesen coger. Y despues de haber vidto, como Jeremias, la destruccion del templo y de las casas, perdi la libertad. Me llevaron junto con la Vírgen y los feligreses que escaparon de la matanza. Veinte y seis bandidos armados e implacables me obligaron á partir bajo uma lluvia torrencial. — Frei Mariano

Então varreram-se-lhe da mente todos os projetos de conciliação e, transfigurado pelo desespero e pela dor, em terríveis brados, no meio daquele templo esboroado, fulminou com a excomunhão todos os paraguaios, desde o chefe até ao último soldado. — Alfredo Taunay

A eloquência selvática e a voz atroadora do capuchinho aterraram os oficiais e soldados que o cercavam.

— Foram os Mbayás! — gritou assombrado um deles.

— Não, não foram — protestou o padre. — Meus filhos não fariam jamais isso. Sabiam que eram os símbolos da minha religião. Foram vocês, infames sicários, vocês paraguaios malditos, sobre cujas cabeças cairão todos os raios do céu, vocês cuja pátria será perdida, aniquilada, pisada de um extremo a outro pela planta vingadora dos pés brasileiros!

Capítulo 2

PARTIDAS

Em que se conta da mobilização nacional,
do alistamento dos autores e de outros brasileiros;
do recrutamento forçado; do trajeto dos combatentes
de suas cidades até o Rio de Janeiro; de suas despedidas.

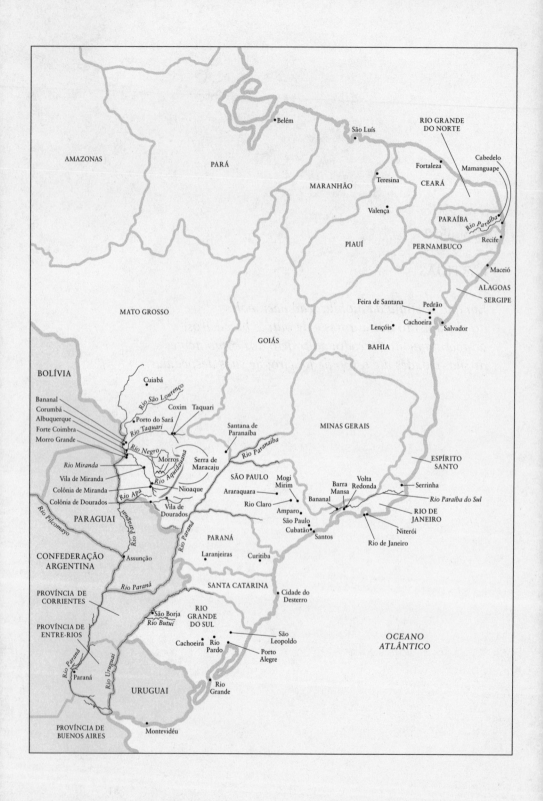

os dias

Dia 1º de janeiro do ano do criador do universo de 1865.
O que temos para este ano? Só Deus sabe... Parte dos atores já estão em cena; os mais não podem já demorar a conhecerem-se, e então farei minha ideia sobre os resultados da presente guerra.

<small>Manuel Lucas de Oliveira, coronel, próximo ao rio Candiota, Rio Grande do Sul</small>

Já se sabia em Curitiba que o vapor *Marques de Olinda*, havia sido aprisionado em Assunção por ordem do Marechal Francisco Solano Lopes, ditador do Paraguai.
O povo comentava esse fato e aguardava algum acontecimento importante.
Este não tardou a verificar-se: foi a declaração de guerra ao Paraguai.

<small>Cristiano Pletz, major, Curitiba</small>

Enquanto os brasileiros discutiam, o Paraguai se preparava para a guerra.

Construíram a fortaleza de Humaitá, mandaram vir oficiais franceses que lhes preparam um exército de vinte a trinta mil homens etc., etc.

Pergunto a mim mesmo — ninguém me fez jamais essa observação — como foi possível que todos os governos passados do Brasil tenham consentido que se construísse uma fortaleza tão formidável, sem dizer uma palavra, justamente no único lugar por onde se pode chegar facilmente à importante província de Mato Grosso.

<small>João Batista Calógeras, primeiro oficial de gabinete do Ministério dos Negócios Estrangeiros</small>

Não podendo mais servir-nos do rio para transportar nossas tropas, teremos que as enviar por via terrestre, e fazê-las atravessar várias centenas de léguas, num país onde não há nem estradas, nem subsistência.

mas temos nós bastantes homens para isso, e são eles bastante corajosos, bastante exercitados, para enfrentar o fogo contínuo da fortaleza? Não o creio.

Francisco Barbosa, sargento

Francisco Pereira da Silva Barbosa, nasceu no dia 2 de abril de 1843, em um Domingo, às 8h30 da noite, na Fazenda do "Caximbau", povoação da Serrinha, Província do Rio de Janeiro. Ainda criança, mudei-me com meus Pais para a Fazenda da Ponte Alta, em Barra Mansa, margem esquerda do rio Parahyba. No dia 25 de julho de 1858, faleceu meu pai, o sr. Zeferino Pereira da Silva, alferes da Guarda de Honra do imperador d. Pedro 1º e filho do guarda-mor Francisco Pereira da Silva. Em janeiro de 1860, recomendado por meu tio e padrinho, o sr. major Luis Rodrigues Soares, parti para o Rio de Janeiro, empregando-me na casa comercial do sr. João Henrique Urick até fins de 1864.

Adolpho Pritsch, voluntário da pátria

Nasci na Prússia, Alemanha, em 23 de julho de 1848, tendo vindo com meus pais para o Brasil quando contava 9 anos de idade. Meus pais se localizaram na colônia de São Lourenço, que então foi inaugurada. Aí me criei até a idade de 15 anos. Saí de São Lourenço com um companheiro para a nova colônia de Santa Cruz, município de Rio Pardo, naquela época. Trabalhei em Rincão d'el Rey e em Santa Cruz durante dois anos.

André Rebouças, engenheiro militar, Rio de Janeiro

9 — Janeiro.
— Ocupei-me em ler durante o dia o liberal decreto que cria os corpos de "Voluntários da Pátria" e deu-me vontade de oferecer-me para ir com o Antônio abrir no tempo mais curto possível uma estrada estratégica da Província do Paraná ao Paraguai aproveitando o rio Curitiba.

22 — Janeiro.
Depois das últimas notícias do Sul estava num estado de frenesi novo em mim — parece-me que nada faço ocupando-me de cousa estranha quando corre sangue brasileiro...

Jantei com o Carneiro da Rocha em um hotel e fomos depois assistir ao 2º meeting do Dr. Dias da Mota no Teatro Lírico — que correu muito mais brilhante e entusiasmado do que o 1º.

O Teatro estava todo iluminado e continha para mais de duas mil pessoas. Falou em primeiro lugar o Dr. Sebastião Dias da Mota. Seguiu-se lhe o Carlos Bernardino de Moura, entre muitas outras ideias pediu a abolição da chibata durante a presente guerra, o que aplaudi calorosamente.

15 — Março.
a 8 pela manhã, entusiasmado pela leitura do Decreto dos Voluntários, emiti a meu pai e à família a ideia de ir com o Antônio abrir uma estrada pelo vale de Curitiba.

Recomenda-se aos srs. pedestres a captura de um escravo, que saindo a passear no dia 9 de janeiro próximo passado não voltou à casa de seu senhor o cônego José Mendes de Paiva. Chama-se Manoel, pardo (claro), estatura regular, ainda que bastante magro, rosto comprido, sem barba e queixo delgado, com 20 anos de idade. Foi encontrado na cidade trajando calça branca, paletó de alpaca preta, chapéu baixo de aba estreita cor de castanha, e relógio de prata dourada com corrente de prata; supõe-se, porém, que ele tenha assentado praça, ou embarcado para o Rio Grande em algum dos vapores que partiram no dia 10 do mesmo mês. Gratificar-se-á generosamente a quem o apreender, levar à rua do Rosário nº 76, armazém de molhados.

Jornal do Commercio, jornal do Rio de Janeiro

Nesse tempo rebentou a Guerra do Paraguay e, sentindo patriotismo em defender o Brasil, fui me apresentar ao coronel Maurício Bahia, em Rio Pardo, para incorporar-me ao Exército e servir como soldado voluntário.

Adolpho Pritsch

Francisco Barbosa, Barra Mansa

Tendo, em janeiro de 1865, o governo publicado o decreto, chamando voluntários para a Guerra do Paraguay, despedi-me da casa, seguindo para Barra Mansa e, na Fazenda da Ponte Alta, com minha prezada mãe D^a. Rosa Soares da Silva, minhas irmãs Clara, Anna, Querida, meus irmãos Manoel, Diogo e Antonio e meu cunhado José Alves Pereira, aí estive até o dia 15 de fevereiro, e nesse dia despedi-me de todos, tendo dias antes me despedido de minha irmã Malvina, casada com o Sr. Bernardino Antonio de Carvalho, morador na Freguesia do Passa-Vinte, (freguesia) em Minas Gerais.

Com meus irmãos Manoel e Diogo, segui a cavalo para a Ponte do Ferraz, em Volta Redonda, tomando uma barca no rio Paraíba. Descendo-o, reunimo-nos na fazenda do Comendador José de Sousa Breves, em Pinheiros, à grande quantidade de voluntários que haviam descido de Barra Mansa e Quatis. À tarde fui, com meus irmãos, à fazenda de minha tia e madrinha D^a. Anna Rodrigues Soares, na "Boa Esperança". Despedindo-me, regressamos no mesmo dia, pousando na Fazenda dos Pinheiros.

Nicolau Engelmann, 2º sargento do Corpo de Pontoneiros

Nasci a 1º de novembro de 1845, na picada de Dois Irmãos, filho de Heinrich Engelmann e sua esposa Catharina, nascida Closs. Ainda não completara 17 anos, quando já portava a espada em São Leopoldo, mas não por minha causa e sim em lugar de meus irmãos que pertenciam à Guarda Nacional. Na primeira vez servi em lugar de meu irmão Jakob que, posteriormente, pereceu na Guerra do Paraguai e lá recebeu seu jazigo eterno.

Alfredo Taunay

Em casa toda a família estava abatida e acabrunhada no meio das contínuas e terríveis notícias da invasão paraguaia das províncias argentinas de Corrientes e nossa de Mato Grosso, ao passo que o Rio de Janeiro em peso estremecia de entusiasmo e ardor bélico, concorrendo para a formação dos batalhões de Voluntários da Pátria e assistindo à chegada dos contingentes do Norte, muito bisonhos e matutos. Mal aportavam seguiam logo para as bandas do Sul, empilhados em péssimos transportes.

TRECHOS DO DECRETO DE 7 DE JANEIRO

Criação dos Voluntários da Pátria.

DECRETO Nº 3.371, DE 7 DE JANEIRO DE 1865

Cria Corpos para o serviço de guerra em circunstâncias extraordinárias com a denominação de — Voluntários da Pátria —, estabelece as condições e fixa as vantagens que lhes ficam competindo.

Atendendo às graves e extraordinárias circunstâncias em que se acha o país, e a urgente e indeclinável necessidade de tomar, na ausência do Corpo Legislativo, todas as providências para a sustentação, no exterior, da honra e integridade do Império, e tendo ouvido o meu conselho de ministros, hei por bem decretar:

Art. 1º. São criados extraordinariamente Corpos para o serviço de guerra, compostos de todos os cidadãos maiores de dezoito e menores de cinquenta anos, que voluntariamente se quiserem alistar, sob as condições e vantagens abaixo declaradas.

Art. 2º. Os voluntários, que não forem Guardas Nacionais, terão, além do soldo que percebem os voluntários do Exército, mais 300 rs. diários e a gratificação de 300$000 quando derem baixa, e um prazo de terras de 22.500 braças quadradas nas colônias militares ou agrícolas.

Art. 3º. Os Guardas Nacionais, praças de pret, que se apresentarem, serão alistados na primeira Linha com as mesmas vantagens do art. 2º, passando nos postos, que tiverem nos corpos da mesma Guarda, a que pertencerem.

Art. 9º. Os voluntários terão direito aos Empregos Públicos, de preferência, em igualdade de habilitações, a quaisquer outros indivíduos.

Art. 10º. As famílias dos voluntários que falecerem no campo de batalha, ou em consequência de ferimentos recebidos nela, terão direito a pensão ou meio soldo, conforme se acha estabelecido para os Oficiais e praças do Exército. Os que ficarem inutilizados por ferimentos recebidos em combate, perceberão, durante sua vida, soldo dobrado de voluntário.

Art. 11º. Todos os voluntários de que trata este Decreto trarão no braço esquerdo uma chapa de metal amarelo com a Coroa Imperial, tendo por baixo as seguintes palavras — Voluntários da Pátria —, da qual poderão usar mesmo depois da baixa.

Os Meus Ministros e Secretários de Estado dos Negócios das diversas Repartições, assim o tenham entendido e farão executar. Palácio do Rio de Janeiro em sete de janeiro de mil oitocentos e sessenta e cinco, quadragésimo quarto da Independência e do Império

Com a Rubrica de Sua Majestade o Imperador.

Francisco José Furtado.
José Liberato Barroso.
Carlos Carneiro de Campos.
João Pedro Dias Vieira.
Henrique de Beaurepaire Rohan.
Francisco Xavier Pinto Lima.
Jesuino Marcondes de Oliveira e Sá.

os dias

Naquela ocasião, fins de fevereiro (acabava eu de fazer 22 anos) e princípios de março estava se organizando uma expedição que devia seguir por terra a dar execução ao plano de atacar-se a República do Paraguai pelas suas duas fronteiras meridional e setentrional, entrando as colunas de um lado por Corrientes e do outro pelo distrito de Miranda, em Mato Grosso, e zona do Apa, plano muito razoável no gabinete e à vista de mapas que simplificam tudo, enormes distâncias, fornecimento de víveres e o mais, mas cuja realização era quase impraticável.

Alfredo Taunay

Estavam as cousas nesse pé, quando em fins de janeiro chegou à cidade do Recife a notícia detalhada e pormenores da invasão de Mato Grosso e da ocupação do forte de Nova Coimbra, cuja guarnição de 120 homens, comandada e dirigida pelo pernambucano tenente-coronel Hermenegildo de Albuquerque Porto Carrero, cometeu, nos dias 26 e 27 de dezembro de 1864, os mais gloriosos atos de bravura contra um exército de seis mil paraguaios

Joaquim Silvério de Azevedo Pimentel, tenente

Então... houve uma espécie de frêmito em todo o país. Não se conheciam distinções de classes. Tudo assentava praça, até os que estavam dela isentos por lei, como casados e viúvos.

Cada homem exigia uma arma e um campo de manobra, enquanto não pudesse chegar ao campo de batalha; e, no dia 20 de março de 1865, estava completo o 1º batalhão de Voluntários da Pátria de Pernambuco e quase pronto o 2º.

> Cesar Sauvan Vianna de Lima, ministro residente em Assunção, ao ministro dos Negócios Estrangeiros

A força total do Exército paraguaio monta a cerca de trinta mil homens, divididos do modo seguinte:

14 mil recrutas no acampamento de Serra León, que fica no interior a dez léguas desta Capital, e com a qual se comunica por meio de um caminho de ferro quase ultimado.

2.500 soldados em Humaitá.

3.000 soldados em Assunção.

3.000 na Vila da Conceição (na margem do rio Paraguai).

900 engajados na construção do referido caminho de ferro.

800 no Apa desde a sua foz até ao forte da Boa Vista.

400 na Vila da Encarnação, antigamente chamada Itapua, na margem do Paraná a 85 léguas de Assunção.

400 destacados ao Chaco em frente a esta cidade.

5.000, muitos dos quais se acham espalhados em diversas guarnições e outros fora do serviço ativo.

Esta força numérica do Exército da República, a qual conta só uma população de perto de oitocentas mil almas, e onde o sexo masculino está apenas na proporção de 13% em relação ao feminino, prova que hoje estão em armas, por assim dizer, todos os homens válidos.

Confesso, porém, a V.ª Ex.ª que pouca confiança me inspira o Exército paraguaio, e é minha íntima convicção que dez mil homens de boas tropas regulares o derrotariam sem grande esforço, e fariam desaparecer esta fantasmagoria do poderio de López, como aconteceu a Rosas depois de Monte Caseros.

> Euzébio José Antunes, secretário e ajudante de ordens do Almirante Tamandaré

Eis o modo por que éramos servidos! Imprevidência de uma parte, descuido de outra, ignorância completa do valor militar do inimigo, e a vaidade de saber tudo dessa China da América! Assim empreendemos ao acaso esta guerra desastrosa!

É digno de ler-se integralmente este ofício escrito pelo Almirante ao Ministro dos Negócios Estrangeiros em 12 de outubro. Ele revela a sua impaciência por incitar as operações, e o seu anelo por nos ver colocado em uma posição sobranceira às dificuldades que se debruçavam no horizonte!

Basta deixar registrado que ainda nessa época o Exército Brasileiro, aumentado pelo 1º Corpo de Voluntários que havia chegado da Bahia e pelo corpo fixo da mesma província, não atingia sete mil homens!

Francisco José Lemos Magalhães, que encarregado como mestre de obras na nova matriz de Santo Antônio da Jocatinga — ofereceu-se para tomar parte na guerra atual como voluntário da pátria.

Repartição dos Negócios da Guerra

Sabe-se que no recrutamento as pessoas são presas na calada da noite, algemadas como bandidas pelas mãos e pelos pés e acorrentadas juntas.

Colonie-Zeitung, jornal da colônia alemã de Joinville

De todas as classes da sociedade apresentam-se diariamente cidadãos pedindo a honra de alistarem-se nos corpos, que seguem para o Sul e Mato Grosso. Pais de família, empregados públicos, todos procuram concorrer com a desafronta do país, sem olhar para os trabalhos de viagem, e comodidades que abandonam.

Repartição dos Negócios da Guerra

recrutar para o serviço do Exército os guardas nacionais que, sendo solteiros, vadios, mal casados ou turbulentos, estiverem no caso de servir no mesmo Exército.

João Crispiniano Soares, ao subdelegado de Araraquara

do maior número de recrutas que nessa província pudessem apurar, por meio de engajamento, ou do recrutamento, de preferência nas populações do centro da mesma província, que se dão a indústria pastoril, e sabem montar a cavalo.

Ministro da Guerra, a Luís Antônio Barbosa de Almeida, presidente da Província da Bahia

Eustáquio da Costa Rezende, Jacintho Borges de Sampaio Junior e Paulino Genaro Rezende — ofereceram-se para servir de voluntários da pátria.

Repartição dos Negócios da Guerra

João Marcelino da Silveira, professor jubilado de primeiras letras — Ofereceu-se para substituir o professor de primeiras letras da vila do Curumpu, capitão Francisco Manuel da Cunha

Junior, que segue como voluntário, cedendo os vencimentos que perceber por esse trabalho para as despesas de guerra.

Antonio Pires Godoy Jorge, 1º suplente em exercício do juiz municipal da vila do Amparo (...) deu a quantia de 100$000 a Antonio de Padua da Silveira Franco, e a de 30$ e uma cavalgadura, a Joaquim Pedro de Moraes Cunha, que tinham de ser alistados como voluntários da pátria.

Anfrísio Fialho, major, Rio de Janeiro

quando a guerra já tinha começado por parte do Paraguay, e que o governo, não podendo mais recuar, resolveu mandar da corte para o teatro da guerra uma brigada d'infantaria e artilharia com um contingente do batalhão d'engenheiros, tive a satisfação de ser incorporado neste contingente.

Augusto Stellfeld, farmacêutico, Curitiba

Como filho adotivo do Brasil, julgo do meu dever contribuir conforme as minhas forças para o bom êxito desta guerra destinada a castigar um inimigo insolente e traidor e vingar a honra nacional ofendida.
Venho pois me oferecer para fornecer gratuitamente durante a guerra atual, às famílias dos voluntários soldados deste distrito, os medicamentos precisos, como também aviar gratuitamente as receitas da enfermaria militar, desta guarnição.

Quirino Antônio do Espírito Santo, capitão-comandante da 1ª companhia de Zuavos Baianos

impelido por uma força sobrenatural venho oferecer-me ao governo para ir combater em prol da honra, integridade e soberania do Império, que vis gaúchos pretendem insanamente macular

O *Alabama*, jornal de Salvador

inúmeros cidadãos crioulos sentem-se dispostos a marchar para o Sul, pelo que, se a imaginação me não cega, creio que todos nós reunidos poderemos formar um respeitável corpo de voluntários, que pelo seu denodo, coragem e amor à pátria recordará mais uma vez os valorosos combatentes sobre o comando do célebre Henrique Dias

As ruas estão cheias de homens robustos, decididos, animados, indignados das barbáries de López, mas proibidos de marcharem, porque além da pátria, têm um senhor.

Por este mapa seguem para essa Corte 225 praças, sendo 150 da Guarda Nacional, 32 voluntários, 34 recrutas para o Exército, dois voluntários para a Armada e sete praças de linha.

Pelo vapor *Paraná*, em 3 de agosto, foram, sob o comando do coronel José Maria Barreto, não contando os oficiais, 522 homens.

Nos vapores seguintes, 128; por este vapor 150. Total oitocentos homens.

Para completar a totalidade das praças da Guarda Nacional com que deve contribuir esta província, 1060, ficam faltando consequentemente 260.

<small>Lafaiete Rodrigues Pereira, presidente da Província do Maranhão</small>

faça vacinar todas as praças dos corpos de linha e outros, bem como os recrutas que ainda não o tem sido e que de aí houverem de partir com qualquer destino, porquanto a falta dessa providência determinada no artigo 14 das Instruções anexas ao Decreto número 2.171 do 1º de maio de 1858 tem produzido o desenvolvimento da epidemia de bexigas nos corpos que para esta Corte tem vindo ultimamente e nos que daqui seguido para o Sul.

<small>Recomendação do Ministério dos Negócios da Guerra</small>

O decreto de 7 de janeiro de 1865 repercutia no vasto território do Império, como na França o de 11 de julho de 1792, chamando às armas o povo para resistir à invasão da Europa feudal, que avançava rugindo. Na França revolucionária, exaltada pela palavra brilhante de Danton, a leitura do decreto fazia-se após um rufo de tambor; e a grande bandeira negra, do perigo, ondeava nas torres sem flecha da Notre Dame e nas cumeadas do Hotel de Ville com a famosa legenda de X. Vergniaud: *Citoyens, la patrie est en danger*. Na minha terra, a bandeira era auriverde, tremulando desfraldada a frente do povo entusiasmado, que se alistava, formando batalhões ao som do hino nacional.

<small>Dionísio Cerqueira, cadete</small>

No meio daquele grande entusiasmo, dores calaram-se para esconder injustiças. Lembro-me de uma, porque ecoou na minha alma. Um primo carnal, o major da Guarda Nacional João Evangelista de Castro Tanajura, moço rico, organizou formoso corpo de gente escolhida no sertão, alimentou-o e transportou-o até a capital, onde foi aquartelado a fim de seguir para o sul. Não pôde, porém, o malogrado realizar o desejo ardente de sua alma patriótica, porque morreu de uma febre cerebral, causada, decerto, pela decepção amarga de ver seu batalhão dado ao comando de outro, influência política do partido dominante. Há sempre dessas ingratidões, principalmente na política partidária. O ardor da Bahia nunca arrefeceu, entretanto; e foi preciso, para cessar a grande leva, que o governo lhe dissesse: Não precisamos mais de voluntários. A Bahia foi, entre as irmãs, a que deu para guerra maior número de voluntários.

Antonio Silva, delegado de Lençóis, carta ao governo provincial da Bahia

sendo todos os indivíduos que se apresentam como voluntários pobres e sem os preciosos recursos para por si fazerem a viagem daqui à Capital, tenho-me achado na impossibilidade de enviá-los todos a Vª Sª, visto não querer a coletoria adiantar-lhes a diária indispensável não só para a viagem como para o tempo durante o qual esta delegacia consiga reunir um número suficiente, que possa descer comandado por uma pessoa de confiança.

Gualter Martins e João Batista, cidadãos baianos

Asseguramos a V. Exª. que o nosso dito irmão (Ramiro Mizo) marchará com os voluntários, que ajuntarmos puder, livres de qualquer despesas até embarcarem para essa Capital, sendo, portanto, a nossa oferta livre de despesas pelos cofres públicos, e somente à nossa conta: apenas exigimos as garantias que S. M. Imperial houve por bem decretar em favor dos voluntários

Repartição dos Negócios da Guerra

ofereceu para serem alistados como voluntários da Pátria, seu filho João Capistrano Montarroyos e dois netos.

André Rebouças, Rio de Janeiro

... Depois do jantar fui com meu pai visitar o major Galvão, comandante do 1º Batalhão de Voluntários da Baía e o capitão Quirino dos Zuavos Crioulos. O major com os quatro irmãos e meu tio Manuel Maria Rebouças foram dos heróis da tomada da canhoneira lusitana no rio Paraguassú, em frente à Cachoeira em 1822.

Deu-se ontem no aquartelamento da Armação um triste conflito. Os policiais de Alagoas atacaram aos voluntários da Baía desarmados, mataram três e feriram dez, e obrigaram a atirar-se ao mar uns trinta — que quase morreram afogados. O alferes Galvão, filho do comandante Galvão com quem travei conhecimento, portou-se muito bem durante o conflito, interpondo-se de espada nua entre os soldados d'Alagoas e os Voluntários da Baía.

Às 3h da tarde estava na Secretaria da Guerra. O Conselheiro Ferraz disse que eu estava nomeado para seguir como engenheiro, sob as ordens do Dr. Carvalho. Perguntei-lhe qual a marcha de operações do nosso exército. Disse que hoje estava tudo isso dependente do tratado de tríplice aliança com as Repúblicas Argentina e do Uruguai e que provavelmente o Paraguai seria atacado pelo Passo da Pátria.

A esta guerra, começada sem plano, e feita na maior desordem, só a Divina Providencia lhe pode dar bom fim.

Rio de Janeiro, sábado, 18 de fevereiro de 1865. Fugiu, no dia 30 de janeiro próximo passado, da fazenda Campo Alegrete, distrito do Bananal, província de São Paulo, o escravo pardo Benedito, com os sinais seguintes: estatura acima da regular, reforçado, pouca barba, cabelo corrido e crespo nas pontas, sem dentes, idade 25 anos, falador e gostando de usar lenço na cabeça e chapéu ao lado. Levou roupa fina, um ponche forrado de baeta azul e chapéu de pano preto. Supõe-se ter ido para Mambucaba a apresentar-se como voluntário para assentar praça. Quem o apreender e levar à sua senhora D. Anna Pereira de Mello, na fazenda acima indicada, ou a Furquim & Irmão, no Rio de Janeiro, rua dos Beneditinos nº 28, será bem gratificado.

Jornal do Commercio

Calógeras

Ainda uma triste notícia. Nosso excelente poeta, talvez único brasileiro digno desse nome, o sr. Gonçalves Dias, de volta da Europa, de onde vinha para terminar seus dias no país natal, pereceu à vista desse mesmo país! Vinha a bordo de um navio francês, e ficava sempre deitado no seu quarto, pois estava bem doente, o que não o impedia de escrever. O navio naufragou à vista de São Luís do Maranhão, todo o mundo se salvou, exceto Gonçalves Dias. Uns dizem que, quando correram para o quarto dele, já estava morto; outros, que naquele momento o mastro caiu sobre o quarto onde ele estava e o esmagou.

Marquês de Caxias, general do exército brasileiro e senador do Império, em sessão do Senado de 15/7/1870

Continuaram os preparativos; principiavam a chegar os contingentes do Norte. Um dia em que tinha de embarcar um desses contingentes (parece-me que o primeiro que seguiu para o Paraguay), fui a bordo do vapor, que o tinha de transportar, na qualidade de ajudante de campo de Sua Majestade o Imperador, aí estavam reunidos todos os membros do ministério; Sua Majestade conferenciou com eles e depois desta conferência o sr. Rohan se dirigiu a mim e comunicou-me que o governo acabava de resolver que eu partisse imediatamente para o Rio Grande do Sul, onde devia organizar o Exército afim de com ele seguir para o Paraguay. Respondi a S^a. Exª. (formais palavras) "Se V^a. Exª. quer que eu siga neste mesmo vapor, conceda-me duas horas de demora para mandar buscar à casa duas canastras com roupa". Disse-me S^a. Exª. que não era necessária tanta precipitação; bastava que eu partisse naqueles oito dias. Retirei-me para minha casa e passaram-se dias sem que eu recebesse o decreto da nomeação.

Sr. Rohan procurou-me e disse: "— Sr. marquês, o que assentamos ontem, não pode ter lugar; não sou mais ministro. —" "— Pois bem", respondi-lhe, "se V^a. Exª. não é mais ministro, minha palavra também está retirada."

Para substituí-lo no Ministério da Guerra, foi nomeado o sr. visconde de Camamu. Esta nomeação importava tornar-me impossível para a comissão que se pretendia confiar-me, pois era sabido no exército que o visconde de Camamu era o único oficial general do Império com quem eu não entretinha relações.

Chegando à Praia Vermelha fomos apresentados ao oficial de estado. Subimos à secretaria do batalhão, onde juramos bandeira, depois de lidos os 29 artigos de guerra do Conde de Lippe. O ato, longe de ter a solenidade que eu esperava e ainda hoje acho que o deve decorar, passou-se num tom joco-sério, porque o oficial que lia os célebres artigos, mirava-me de soslaio, com ar de mofa, como que dizendo: — "Vê, desgraçado, o que te espera?"

Dionísio Cerqueira, Rio de Janeiro

Fui adido a uma companhia, onde me deram um par de sapatos reiunos enormes, uma fardeta ou jaqueta de pano branco muito ordinário, uma calça que não me abotoava e um gorro de recruta em forma de pão-de-ló. À paisana, fui ao picão, onde estavam o Savaget, ainda cadete, o Tourinho, também praça de pré, o Pimentel, já oficial, e outros rapazes, desligados para seguirem na primeira oportunidade para o sul. Eram todos meus camaradas.

Eu havia sido calouro deles em 1863. Em pouco tempo, a conversa degenerou em calorosa discussão, na qual o amigo Pimentel se mostrou demasiado violento, atacando a Bahia e resultando, entre nós dois, uma luta corpo-a-corpo.

A minha estreia na vida militar foi portanto um ato de insubordinação, previsto e castigado pelos artigos 7º e 8º do código Lippe.

Vesti-me com o uniforme fino do José Graça, que ele me deixou quando partiu e fui ao sirgueiro comprar um boné de artilharia, com tope nacional, distintivo dos que iam para a guerra.

Senti-me orgulhoso, quando formei na 7ª Companhia em ordem de marcha, no dia 5 de fevereiro para embarcar a bordo do vapor *Imperatriz*, com destino a Montevidéu. Um ano antes voltara da Bahia, num belo paquete francês, repotreado em cômoda cadeira de vime da Madeira, em bom camarote, e com todas as comodidades e conforto. No *Imperatriz* por concessão especial de D. José, fui para a ré e estendi no tombadilho a minha manta reiuna, tendo por cobertor o capote, e por travesseiro a mochila com a roupa da ordem.

<small>Barão de Nagé, comandante superior da cidade de Cachoeira, Bahia</small>

sendo esse batalhão composto de contingente de guardas nacionais quer deste município quer de outros, não parece justo que se soltem nessa capital em mangas de camisa e porcas, fato que por sem dúvida deslustra o brilho da Guarda Nacional deste município, cujos habitantes sempre tiveram por costume festejar o embarque dos briosos defensores da pátria que daqui partem para o teatro da guerra.

<small>Azevedo Pimentel, Recife</small>

Tendo sido anunciado a bênção da bandeira,[3] rica oferta do comércio de Pernambuco ao batalhão, para o dia 7 de abril, na Conceição dos Militares, verificando-se que o corpo da igreja não comportaria o número de pessoas, realizou-se a cerimônia na Igreja do Carmo, nessa mesma data.

[3] Esta bandeira, rico trabalho artístico de desenho heráldico, é devido às delicadíssimas mãos de uma distinta patrícia nossa, cujo nome, infelizmente, não lho guardou a História, a qual se oferecera ao comércio de Pernambuco para bordá-la gratuitamente.

Dia 27 de abril de 1865 — Às 11h da manhã. Formamos no quartel do Hospício para o embarque à Corte com 1.016 homens, sendo 39 oficiais e 987 praças.

Saímos do quartel às 12h30 do dia. Marchamos pela rua do Hospício e Imperatriz, em cujas casas se viam às janelas e varandas, colchas verdes e amarelas, bandeiras de todas as nações.

Choviam flores e discursos sobre nós e senhoras agitavam os lenços, aclamando-nos das varandas e sacadas.

A marcha era vagarosa, para atender às solicitações populares. E assim, lentamente caminhando, passamos a ponte da Boa Vista e entramos na rua Nova, onde apanhamos um aguaceiro prolongado e forte.

o cais do Arsenal estava coberto de povo. Pela última vez, fizeram-se ouvir os oradores e poetas populares da época, Tobias Barreto, Victoriano Palhares e outros.

Pusemos pé a bordo. Separados da terra apenas por uma prancha de três metros de distância, pernoitamos já a bordo do majestoso *São Francisco* (o antigo *Cotopaxi* dos norte-americanos), que tinha por comandante o glorioso Vital de Oliveira, sendo seu imediato o 1º tenente Francisco Romano Steple da Silva.[4]

[4] Achava-se a bordo do *São Francisco*, que viera do Maranhão, o 1º Batalhão de Voluntários da Pátria daquela província, composto de 370 homens.

Assentei praça no 1º Corpo de Voluntários da Pátria, a 17 de fevereiro de 1865, em conformidade com o Decreto nº 3.371, de 7 de janeiro de 1865. Fui incluído na 6ª Companhia sob o nº 4 e promovido a 18 ao posto de Furriel da mesma. Por aviso do Ministério da Guerra de 23, foi-me concedido o direito de usar distintivo de "Soldado Particular".

Francisco Barbosa, Rio de Janeiro

Embarquei com o corpo para o Rio Grande do Sul a 5 de março, desembarcando a 9 na Cidade do Rio Grande onde passei a sargentear a minha Companhia.

Promovido a 2º sargento da mesma a 12, embarquei com o corpo para Porto Alegre a 24, tudo de março.

29 de julho de 1865.
Fui despedir-me em casa de d. Rita. Todos choraram. A simpática Bibi mostrou-se bastante comovida e não tentou esconder as lágrimas.
Se ela sentisse por mim o que eu sinto por ela...

Miguel Antônio Freixo, tenente, São Luís do Maranhão

em 25 de fevereiro de 1865, os irmãos Francisco e Cristiano Pletz e João José Pichet combinaram entre si a resolveram apresentar-se, voluntariamente, ao presidente da província, afim de marcharem para o campo de batalha, sendo aceitos pelo presidente.

Cristiano Pletz, Curitiba

Sendo os três voluntários alferes da Guarda Nacional, o presidente da província escolheu Cristiano Pletz, como mais velho, para comandante da companhia e o promoveu a 1º tenente, ficando a promoção dependente da aprovação do Governo Geral.

As notícias de afronta à nossa bandeira despertavam indignação em todo o país.

Uma entusiástica reação patriótica se fez sentir na capital e em outras cidades do Império, chegando até nós o eco desse movimento.

Os voluntários foram aquartelados e faziam, diariamente, exercícios militares.

Com a incorporação de novos voluntários, que vinham chegando de várias localidades da província, achando-se o seu número elevado a mais de quarenta, o presidente da província ordenou que a companhia marchasse para Antonina, afim de embarcar para o Rio de Janeiro.

Luís Manoel de Lima e Silva, comandante superior da Guarda Nacional de Porto Alegre

Tendo-se de organizar nesta cidade um Batalhão de Voluntários da Pátria, com as mesmas condições e vantagens com que foram criados iguais batalhões em diferentes províncias do Império, convido portanto a todos os cidadãos dos diferentes municípios da província, bem como os estrangeiros que se queiram alistar quanto antes, a darem seus nomes na Secretaria do Comando Superior da Guarda Nacional desta capital, em todos os dias úteis, das 10h da manhã às 2h30 da tarde; igualmente convido a todos que se queiram engajar, na qualidade de músicos e corneteiros, para o mesmo batalhão.

Declaro ainda que o Batalhão de Voluntários há de ser por mim organizado, disciplinado, armado e fardado como entender conveniente, e pertencerá à arma de caçadores.

Ambrósio Leitão da Cunha, presidente da Província do Maranhão

A minha ida a alguns municípios do interior, para assistir ao recrutamento dos Corpos da Guarda Nacional, julguei imprescindível, esperando assim conseguir alguns voluntários, para dar desde logo começo à organização dos Corpos destacados, pois a deixar a apresentação deles aos respectivos comandantes, era para nada se esperar, estando, como julgo, esses Corpos pelo interior desorganizados

assinaram-se na subscrição que se abriu no município de Valença promovida pelo comandante superior Antonio Leôncio Pereira Ferraz [no] total de 800$000 [que] foi distribuída com os voluntários para se fardarem e suas despesas, a quantia de 600$ e a restante fica para os demais voluntários que forem apresentando

A Imprensa, jornal de Teresina

Recife, 9h da manhã do dia 10 de agosto de 1865.
Chegamos ontem a Pernambuco. A cidade é bonita — bem bela —; eu, porém, pouco tenho passeado, pois que estou nomeado ajudante de campo interino e não saio de palácio e da casa destes fidalgos da terra.

Miguel Freixo, Recife

Não me sai dos olhos a figura de minha mãe, de minha pobre mãe, pálida, magra, cadavérica, se finando com saudades minhas!

No dia 29 do mês passado, nesta cidade (Belém), às 5h da tarde, teve lugar, na Igreja das Mercês, a bênção da bandeira, oferecida por algumas senhoras paraenses, que representavam as mais distintas famílias da capital, no valor de 1:000$000.

Jornal do Commercio, correspondente de Belém

Depois da bênção, o auditor de guerra, dr. Bandeira de Melo, proferiu um discurso, sendo seguido com a palavra pelo negociante Augusto da Costa, que representou a Comissão da Praça do Comércio, à qual o presidente Couto de Magalhães havia encarregado de fazer aquisição de uma espada de honra para ser oferecida ao comandante do Corpo de Voluntários. Finalizando, o sr. presidente entregou a bandeira ao comandante tenente-coronel José Luís Gama, proferindo no ato uma alocução altamente patriótica.

Portava-se minha mãe com muita coragem, aparentando toda a serenidade, embora claramente se visse o esforço que fa-

Alfredo Taunay, Rio de Janeiro

zia sobre si mesma. Ocupava-se, porém, muito com os preparos da iminente e longa viagem e com a roupa destinada às duas malinhas de cangalha, a que se adaptava uma cama de campanha, que, entre parênteses, prestou-me sempre ótimos serviços durante mais de dois anos. De inexcedível préstimo me foram em toda a viagem e expedição de Mato Grosso três coisas: 1ª) essas malas com a competente cama; 2ª) esplêndida barraca forrada que me foi dada pelo Arsenal de Guerra da Corte; 3ª) um par de botas altas, de couro da Rússia, que comprei na loja do Queirós por sessenta mil réis.

No dia 30, ouvindo minha irmã soluçar com desespero, acompanhando minha mãe que chorava baixinho, como que acordei de um sonho. "Meu Deus", exclamei de mim para mim, "faltam só um dia e poucas horas para as terríveis despedidas! E se não me for dado tornar mais a ver minha gente? E se a morte estiver me esperando nos fundos sertões de Mato Grosso?"

O dia 31 foi cruel. Mal podíamos olhar uns para os outros sem que as lágrimas nos desfiassem pelas faces. E quando abracei, na manhã de 1º de abril, minha mãe..., que momentos! Todo fardado e de espada e revólver à cinta, chorava como um menino que segue para o colégio. Meu pai, disfarçando quanto podia a emoção, dizia-me com voz cortada, que buscava ser de ralhos: "Vamos, Alfredo! Vais perder o navio de Santos. Vamos, filho, é preciso apressar-te. Já o imperador deve estar a bordo."

<small>Antonio Carlos de Arruda Botelho, tenente-coronel da Guarda Nacional, São Paulo</small>

Anteontem presenciei uma cena tocante, que foi a marcha de seiscentos homens para a guerra do Paraguay, o José Maria foi comandando a força.

É um ato tocante e triste ver-se despedir uma porção de homens dos quais muitos lá hão de ficar.

<small>Joaquim Cavalcanti d'Albuquerque Bello, tenente-coronel, Belém</small>

28 de março.
Saí da província do Pará a bordo do vapor *Oÿapock* comandando o corpo paraense de Voluntários da Pátria, com destino ao Rio de Janeiro; tivemos muitas demonstrações de amizade e estima nessa ocasião; fomos felicitados por comissões do

corpo do comércio, Guarda Nacional e assembleia provincial da mesma província; as ruas por onde passou o corpo estavam todas cheias de arcos triunfais e alcatifadas de folhas e flores; a conivência do povo era extraordinariamente grande; eu recebi muitos buquês ricamente arranjados, dei um a minha comadre d. Máxima e mandei outro a minha mulher; grande número de amigos me acompanharam até a bordo onde se conservaram até a noite; ora que também recebi uma comissão da Sociedade Firmeza a Humanidade que foi fazer sua despedida e me felicitar em nome da mesma. O exm°. sr. presidente Couto de Magalhães, o dr. chefe de polícia Danin, o dr. Malcher presidente da Câmara e outras muitas pessoas foram também à noite fazerem as suas despedidas. Meus filhos Alfredo, Adolpho e Joaquim me acompanharam até a bordo e quando se despediram choram muito, menos o Joaquim, que por ser muito inocente ainda não compreendia o que se passava, julga ser algum brinquedo, e por isso mostrava-se satisfeito; coitadinho, não sabia a dor que seu pai sentia se despedindo d'ele e lhe beijando talvez pela última vez! o tenente-coronel Miranda foi quem se encarregou de os levar para casa; dizer aqui a dor que senti quando os vi sair de bordo, é impossível.

Eu que tinha o coração na rua das Flores, procurei com a vista descobrir minha casa que se avista do rio no ponto que costumam os vapores passar; e conquanto minha casa estivesse agrupada com outras, era tal a força de vontade que tinha n'essa ocasião que representou-me estar vendo minha mulher e meus filhos a me dizerem a Deus e entre todos que me parecia estar vendo, vi ainda mais; vi dois olhos que sem movimento algum estavam como uma fonte derramando uma torrente de saudosas lágrimas! esses dois olhos, eram os de minha cara mulher que naturalmente estava na varanda da casa rodeada com seus filhinhos para ainda uma vez se despedirem de mim! Foi grande a minha dor, meu coração soluçava, e a brisa da manhã trazia-me aos ouvidos os soluços de minha cara mulher e filhos!

Chegamos ao Maranhão às 4h da tarde, desembarquei e fui visitar o presidente dr. Leitão da Cunha, e pedi-lhe para não

Albuquerque Bello, São Luís

fazer embarcar uma força do 5º Batalhão que embarcava para a Corte, em consequência das minhas praças ainda não terem tido bexigas, e nesta cidade estar grassando muito, o dr. Leitão não anuiu ao meu pedido, e no dia seguinte fez embarcar cento e tantos praças inda um recruta com bexigas!

<small>Albuquerque Bello, Ceará</small>

Comprei dois lenços de labirinto e algumas rendas para mandar a minha mulher, cada lenço custou 10$000.

Chegou hoje a este porto às 8h da manhã o vapor *Tocantins*, vindo de passagem o sr. Augusto Ramos Proença que segue para o Pará, e por ele mandei a minha mulher umas atas e um queijo, e lhe escrevi nesta data. Às 4h da tarde embarcou o corpo de guarnição desta província, e saímos às 10h da noite.

Passou este dia sem novidade; apenas muitas caçoadas entre os passageiros, aparecendo uma folha denominada *Neptuno*, na qual apresentavam os defeitos de muitos senhores que se portavam mal na mesa etc. Esta folha é escrita pelo Maribondo, Garrocho e outros; o alferes Zosimo é quem mais tem cavaquiado por tratar d'ele.

<small>Albuquerque Bello, Cabedelo</small>

Saímos de Cabedelo à 1h da tarde; às 7 da noite estando uma porção de passageiros deitados junto ao leme, brincando uns com os outros, estando n'esse número o Garrocho, e Maribondo, sucedeu ter-se arrebentado um cabo que prendia uma pipa com água, esta rola e deita água por cima d'eles, e gritam todos ao mesmo tempo "água! água! água!" do que resultou a Senhora do Dr. Jance assustar-se e ter um ataque que esteve sem fala algumas horas; o Dr. Macario e o Dr. Pontes foram quem trataram d'ela. Nesse mesmo dia chegamos a Pernambuco à meia noite.

<small>Albuquerque Bello, Recife</small>

Desembarquei às 8h da manhã e fui aos Afogados, onde estive com minha mãe e mana Alexandrina; o preto Domingos que nos criou ao me ver abraçou-me e se pôs a chorar, coitado está velho! e eu tive tantas saudades ao me lembrar da minha infância! Fui a Matriz visitar e rogar a Nossa Senhora da Paz por mim e minha família que ficava consternada com minha ausência.

Voltei tomei café dei cem mil réis a minha mãe e beijando-lhe outra vez a mão saí dizendo-lhe que voltava; pobre mãe! em tão pouco tempo que junto a ela estive contou-me tantas cousas! e me pediu que não deixasse de voltar; mas eu entendi que não devia tal fazer para não lhe ferir mais o coração com minha despedida; faziam dez anos que ela não me via, ela não me conheceu, minha mana foi quem pronunciou logo o meu nome.

Segui para o Recife, e na Rua Nova encontrei meu pai que para cá tinha vindo pela manhã; ao me ver conheceu-me logo, abraçamo-nos, e na rua mesmo as lágrimas correram; tanto ele como minha mãe estão bastante velhos

Assisti à bênção da bandeira do Corpo de Voluntários pernambucano de que é comandante o coronel Leal.

Chegamos hoje às duas horas da manhã neste Porto da Baía. Não desembarquei porque o tempo está mau. O meu ajudante foi a terra levar o mapa ao Presidente, e ao desembarcar foi ao mar, tomou um banho e perdeu o barret e uma libra em ouro, veio muito insultado com o trote que levou; e eu ri-me bastante. À meia noite saímos deste Porto. *Albuquerque Bello, Bahia*

O tempo vai melhorando. Este dia não nos vai muito bom; caiu um homem no mar e custou-se bem para salvá-lo em consequência do mar estar muito cavado.

Dia 28 de Abril — Às 6h da manhã, o alteroso *São Francisco* aproou à barra e mudando de direção ao sul, para a então Corte, fez-se ao alto mar, cujas ondas pacíficas, tornavam-no o que se chama um mar de rosas. *Azevedo Pimentel, de Maceió a Salvador*

Às 6h30 da tarde enfrentávamos a cidade de Maceió e no dia 29, às 9h da manhã, fundeávamos em frente à pitoresca cidade de São Salvador da Bahia.

Dia 1º de Maio — Assistimos ao embarque do corpo de voluntários Zuavos Baianos, composto de homens pretos e belamente fardados à moda dos Zuavos Franceses. Conduzia-os o paquete inglês — *Paraná*. Por esse motivo havia grandes festejos em terra. Às 2h deixávamos também o porto da Bahia.

Hino dos Zuavos Baianos, de Francisco Moniz Barreto

Sou crioulo: da guerra na crisma
Por *zuavo* o meu nome troquei
Tenho sede de sangue inimigo
Por bebê-lo o meu sangue darei

Jornal do Commercio, correspondente de Porto Alegre

Há dias aqui chove muito; se o tempo permitir, partirão para o Rio Pardo o Batalhão 22º de linha e o 25º Corpo de Voluntários; ainda ficam nesta capital o 8º de Sergipe, o 28º do Rio Grande do Norte e uma ala do 32º de Voluntários.

a bordo do vapor *Paraná* chegou ontem a esta corte uma brigada de guardas nacionais do Maranhão, formada do 1º e 2º Batalhões, com uma força de 517 praças.

Chegaram ontem no vapor *Tocantins* 240 praças e 16 oficiais do 2º Corpo de Voluntários do Pará.

Miguel Freixo, Rio de Janeiro

19 de agosto de 1865.
Chegamos ontem aqui, na corte, onde fomos recebidos como cachorros!!!... Se eu tivesse tempo e não estivesse um pouco incomodado (caluda!) contar-te-ia tudo por miúdo. Basta dizer-te que os únicos conhecidos que até agora nos têm aparecido foram o Cazuza Miranda e José Belbra!!!...

20 de agosto.
Esta carta é uma espécie de diário. Ontem, à noite, cismava, se não chorava no meu quarto: veio-me ao pensamento ir à corte; mandei vir um tílburi ($ 500), fui à ponte das barcas e tomei uma passagem para a corte ($ 160).
A rua do Ouvidor às 8h da noite é uma maravilha, fica acima de todo o elogio; só noto um defeito — é um pouco estreita.

Cego pelas luzes e com minha mãe no pensamento — procurava um objeto que lhe atestasse que dela nunca me esquecerei.

Ah! Mundico, não calculas como eu a amo! De repente os olhos se me encheram de lágrimas e eu voltei para o meu degredo. No meu curto passeio, vi a praça do Comércio, Correio, Paço Imperial, São Francisco de Paula, o Carceler etc. etc.

Em frente de meu quarto fica a corte e por detrás ergue-se altivo o Corcovado, que vai esconder o cume lá no céu, e à esquerda fica o tão decantado Pão de Açúcar, de uma só pedra; é um Rodes. É curioso ver-se as nuvens esbarrarem no meio desses colossos.

É escusado dizer-te que a janela do meu quarto dá para o mar. Aqui o frio é tanto que tenho os beiços rachados, e vê-se tudo através de um véu de neblina, a quarenta passos de distância.

apresentou para ter praça no corpo de Voluntários da Pátria, o indivíduo de nome Joaquim Libaneo Ribeiro. Repartição dos Negócios da Guerra

Capitão reformado José Maria Gavião Peixoto, tenente-coronel comandante do corpo de municipais permanentes — Ofereceu-se para, juntamente com o corpo de seu comando, servirem no exército enquanto durarem as circunstâncias atuais.

Coronel comandante superior da Guarda Nacional do Rio Claro, José Estanislao de Oliveira. — Convidou os guardas nacionais da mesma cidade a alistarem-se como voluntários da pátria, oferecendo de seu bolso particular, além das garantias do Decreto nº 3.371 de 7 de janeiro findo, a gratificação de 200$ rs., aos que pelo seu estado ou circunstâncias o exigirem.

TRECHOS DA LEI Nº 602

*Lei de 19 de setembro de 1850
que dá nova organização
à Guarda Nacional do Império.*

Art. 1º. A Guarda Nacional é instituída para defender a Constituição, a Liberdade, Independência e Integridade do Império; para manter a obediência às Leis, conservar ou restabelecer a Ordem e a tranquilidade pública; e para auxiliar o Exército de Linha na defesa das Praças, Fronteiras e Costas.

Art. 121. Se o número de voluntários não for suficiente para completar o contingente exigido, serão designados os Guardas que hão de fazer parte dos Corpos destacados dentre os compreendidos na lista do serviço ativo, que não estiverem dispensados em virtude desta Lei, classificando-se todos na ordem seguinte:
§ 1º Os solteiros.
§ 2º Os viúvos sem filhos.
§ 3º Os casados sem filhos.
§ 4º Os casados com filhos.
§ 5º Os viúvos com filhos.

Art. 122. A designação principiará pela primeira classe, e não se passará à segunda sem estarem designados todos os da primeira, e assim por diante. Em cada uma das classes se principiará pelos mais moços, seguindo-se a ordem das idades.

Art. 123. O irmão mais velho de órfãos menores de pai e mãe, o filho único, ou o mais velho dos filhos, ou dos netos de uma viúva, ou de um cego, aleijado, ou sexagenário (quando lhe servirem de amparo) entrarão na classe dos casados com filhos.

os dias

Solicito que ordene ao diretor do aldeamento de São Pedro de Alcântara a não ocupação das canoas do aldeamento para fins pessoais, uma vez que, com a iminência da guerra contra o Paraguai estas serão necessárias para enviar força e trens bélicos para a província do Mato Grosso.

Emílio N. C. Menezes, delegado da repartição das terras públicas e colonização na Província do Paraná

Folgo declarar-vos que graças ao civismo dos briosos paranaenses já desembarcou na corte a primeira companhia organizada nesta capital com 75 oficiais de *pret* e três oficiais; e atualmente posso dizer que se acha incorporada a segunda.

André Augusto de Pádua Fleury, presidente da Província do Paraná

o comandante superior efetivo aqui chegando limitou esse número a setenta, que procura preencher já com voluntários aquartelados, já com pessoas que incorreram em seu desagrado sem distinção de classe e finalmente com os próprios inspetores de quarteirão, deixando de parte centenas de indivíduos que se acham debaixo de sua proteção

Comissão encarregada dos trabalhos de alistamento para a guerra, em Lençóis, Bahia

Parece incrível que o Piauí, província pequena e acanhada, pobre de todos os recursos, com péssimas vias de comunicação e sem hábitos de guerra, esteja tão adiantada em patriotismo a ponto de, no curto espaço de dois meses, ter conseguido dar um contingente tão reforçado, excedendo assim a outras suas irmãs em condições mais favoráveis.
Em março expediu S. Exa. o Corpo de Guarnição composto de perto de quatrocentos homens e os primeiros Voluntários da Pátria.

Liga e Progresso, jornal de Teresina

Em abril, a Companhia de Polícia com oitenta. Agora, o 1º de Voluntários com 320 praças.

Autoridades de
Vila de União, Piauí

um grupo de acoutados que, em busca de alimento, assaltam pretos escravos que por sua vez propalam que provocarão desordens logo após a saída da Guarda Nacional

O *Alabama*

Consta que haverá recrutamento em grande escala por mar e por terra; dizem que embarcam o 8º de caçadores, o corpo fixo, o policial, a Guarda Nacional do serviço ativo e da reserva. É bem provável que venha a fazer a guarnição e o policiamento desta província o regimento das mulheres, ou o batalhão da Mata-Cobra.

Leitão da Cunha,
carta ao
ministro da Justiça

Nas atuais circunstâncias não se pode dispensar destacamentos da Guarda Nacional para manter a segurança pública na província.

O RECRUTAMENTO E AS CIDADES
(Deus é grande, mas o mato é maior)

Em que se conta o efeito sobre as cidades brasileiras do recrutamento forçado para a Guarda Nacional.

É certo que, não obstante esses esforços, não tem sido ainda apresentado pelos comandantes dos corpos todo o contingente, a que estão obrigados, mas fazendo justiça, devo informar a V^a. Exª., que eles, para o completarem, têm expedido pessoalmente com os oficiais das companhias, os quais têm encontrado grandes dificuldades em fazer aquartelar os guardas designados para o contingente pelo motivo, geralmente conhecido, de haverem estes abandonados suas residências e ocupações, e se ocultando nos matos.

<small>Comandante da Guarda Nacional da Bahia sobre o recrutamento na cidade de Feira de Santana, 1º semestre 1865</small>

Alguns de nossos tipógrafos foram chamados a serviços da Guarda Nacional. Se não houver qualquer providência, por parte do governo, emudecerão as oficinas tipográficas. Tanto o estabelecimento do *Correio Paulistano*, como o do *Diário* vivem com o trabalho de operários guardas nacionais. É sabido que não há isenção legal para os guardas nacionais, empregados em tipografias; mas há estilos a observar e equidades a fazer.

<small>*Diário de S. Paulo*, jornal de São Paulo, 3/8/1865</small>

Tendo sido avisado para apresentar-se fardado o guarda nacional José Bressane Leite, que exerce o emprego de veterinário no Matadouro Público desta cidade, e sendo igualmente chamado para o serviço do destacamento o guarda Fermino Antonio Rodrigues Passos, que exerce o emprego de caseiro do mesmo Matadouro; resolveu a Câmara Municipal, por bem deste ramo do serviço público, pedir a Vossa Excelência a dispensa destes guardas do serviço ativo, enquanto ali estiverem empregados.
Deus Guarde a Vossa Excelência.
Paço da Câmara Municipal de São Paulo, 16 de setembro de 1865.

<small>Antonio José Osório da Fonseca, presidente da Câmara Municipal de São Paulo, carta ao presidente da Província de São Paulo, 16/9/1865</small>

Diário de S. Paulo,
19/9/1867

Na freguesia de Juqueri foi recrutado um trabalhador de uma fábrica de algodão da Terra Preta, o qual é filho único e sustenta sua mãe, e quatro irmãs solteiras.

Correio Paulistano,
jornal de São Paulo,
12/1/1865

Conforme se vê do ofício que publicamos em lugar competente, não podem ser recrutadas aquelas pessoas que entrarem na cidade com o fim de vender gêneros de primeira necessidade para consumo dos habitantes da capital. Assim os indivíduos que trouxerem lenha, víveres e outros quaisquer objetos nessas condições, estão isentos do recrutamento.

Correio Paulistano,
25/4/1867

Começam as bárbaras cenas de um recrutamento infrene: ontem de manhã um carreiro trazia uma carrada de lenha para vender nesta cidade: no Largo da Cadeia foi assaltado pelos agentes do recrutamento, e porque teve a ousadia de correr e esconder-se no corredor de uma casa, foi dali arrancado a murros e pescoções. O carro e bois lá ficaram no largo abandonados até que horas do dia.

Diário de S. Paulo,
25/11/1866

Estamos ameaçados de fome. Não entram cargueiros na cidade, porque, com razão, temem o brutal recrutamento, em que não há isenção possível. Já no sábado passado, não apareceram senão quatro a cinco carros de madeiras, alguns dos quais conduzidos por mulheres.

Diário de S. Paulo,
20/12/1866

Na cidade de Mogi Mirim os agentes recrutadores têm cometido toda a sorte de desatinos. Tropeiros e carreiros foram recrutados, sendo forçados a deixar nas estradas, ao desamparo as cargas que conduzem.

Jornal da Bahia,
sobre fato ocorrido
no distrito de Pedrão,
14/5/1865

com o apoio do dr. delegado e do comandante da Guarda Nacional, os subdelegados do distrito do Pedrão formaram uma tropa composta de recrutas e de réus de polícia, comandada por alguns inspetores de quarteirões e deram um assalto no arraial daquele distrito, onde, aos domingos havia uma feira e ali amarraram uma porção de indivíduos solteiros, casados, aleijados, e enfim todos quantos não puderam correr, dos quais foram apurados somente quatro, que encerrados em um quarto ou antes um chiqueiro, enquanto se preparava cordas, conseguiram evadir-se, e bem assim me informe se é certo andarem grupos para igual fim, emboscando pelas estradas e roças, perseguindo a todos que encontram, dispersando por esta forma o povo que, assim perseguido, tem abandonado as casas e as lavouras e vive embrenhado pelo mato.

Aqui, nesta cidade, apenas existem seis ou sete brasileiros empregados; os mais todos são estrangeiros. Por quê? Porque as casas comerciais têm medo de chamar para seus empregados os nacionais, visto como praticar o contrário é zelar pelos seus interesses. Os vadios, povo, abundam aí pelas ruas; mas, a escandalosa proteção também os acompanha. O governo acha que deve recrutar justamente os que trabalham. Anteontem, povo, de uma padaria foi arrancado um pobre moço para recruta.

Diário de S. Paulo, 1/12/1866

Estando o mestre da oficina d'alfaiate Jezuino Martins de Almeida avisado para destacar como Guarda Nacional (1º Batalhão, 3ª Companhia) do 1º de janeiro futuro em diante, e sendo a sua falta neste estabelecimento muito sensível principalmente agora que se está trabalhando na manufatura de roupas para os educandos, que se ressentindo da falta quase absoluta delas, importando a sua ausência fechar-se a oficina, rogo a Vª Sª. que tomando em consideração estas circunstâncias se digne expedir as suas ordens, não só para que seja ele dispensado do dito destacamento, como que também seja considerado guarda de reserva enquanto aqui estiver empregado.

Luiz Nicoláo Varella, diretor do Seminário de Educandos, 12/12/1865

Amparo, 8 de fevereiro de 1865. Senhor redator — Venho dar notícias desta vila. O recrutamento tem causado um grande abalo no ânimo desta população: só se ouve falar em guerra, necessidade de soldados, de ordens apertadas às autoridades para o recrutamento ser feito em maior escala etc. etc., os nossos homens andam assustados, e acham que o melhor é internarem-se nos matos; poucos vêm ao povoado, e a consequência é que há carestia de gêneros de primeira necessidade, sendo os poucos que aparecem comprados por preços elevados.

Correio Paulistano, cidadão de Amparo, São Paulo, 25/2/1865

Inspetor de quarteirão da comarca de Laranjeiras, Paraná, 11/4/1865

Cumpre-me levar ao conhecimento de Vª Exª foi recrutado José Ribeiro morador neste quarteirão, único amparo de avó septuagenária e uma irmã solteira, acrescento ser ele cidadão quase demente, pelo que se emprega exclusivamente em puxar lenha. Peço, pois, a Vª Exª que se digne de dar as providências precisas afim de que seja ele posto em liberdade. Não é meu fim proteger preso algum, pois sou verdadeiro cidadão e conheço as circunstâncias atuais do nosso país, e creia Vª Exª que se esse moço seguir a miséria baterá às portas de sua família, e quem sabe se o poço da prostituição receberá mais uma vítima.

Diário de S. Paulo, 21/11/1866

Aos nossos assinantes. Pedimos desculpa aos senhores cujas mãos houvesse falta da entrega do nosso jornal. Os nossos entregadores foram também presos, e quem os substitui não tem ainda prática alguma.

os dias

Chegou o dia da partida.

Cristiano Pletz, Curitiba

A Companhia de Voluntários da Pátria formou em perfeita ordem, com o seu comandante e oficiais a postos, tendo à frente a banda de música e a de corneteiros e tambores.

Foi um notável acontecimento na então pacata cidade.

Eram rapazes, pertencentes a famílias conhecidas e amigas, que partiam para a guerra, sem saber se tornariam a ver os seus parentes e a terra querida.

O povo moveu-se todo.

Reinava indescritível entusiasmo e emoção no meio do povo curitibano.

Quase à hora da partida fomos os três, eu, meu irmão Francisco e João Pichet, fazer as últimas despedidas aos nossos pais e parentes.

O desditoso João Pichet, cheio de coragem e de esperanças, ao beijar nossa sobrinha Gabriela, uma criança de dois anos, ouviu de seus lábios inocentes estas palavras: "Até logo!" — que ele tomou como bom augúrio, dizendo:

"A menina diz — até logo: é sinal que todos nós voltaremos."

Depois dos últimos preparativos, no quartel, sito à rua da Entrada, a companhia pôs-se em marcha, ao som de um dobrado militar e seguida de enorme acompanhamento.

O povo moveu-se todo.

Nas janelas notavam-se senhoras e homens, que à passagem dos voluntários, agitavam lenços ou levavam-os aos olhos.

As senhoritas conduziam bandeiras e flores, que colocavam nos cinturões dos oficiais e praças.

É impossível descrever o entusiasmo do povo: — os velhos enxugavam as lágrimas, os moços davam vivas aos voluntários e ao Brasil, acompanhando os jovens guerreiros até o Alto da Glória, onde se deu a separação.

Azevedo Pimentel, Rio de Janeiro

Dia 4 de maio — Às 6h30 da tarde passávamos o cabo de São Thomé e, às 4h da madrugada de 5, entrávamos no canal entre Santa Cruz e Pão de Açúcar. A cidade do Rio de Janeiro ainda dormia e uma longa faixa de luz, desde o Morro da Viúva até ao Arsenal de Marinha, apresentava o efeito de um traço luminoso, paralelo à superfície do mar. Ancoramos no paço.

Quando amanheceu o dia, tivemos o deslumbramento que sente todo viajante, quando sulca as águas da incomparável Guanabara, cercada e defendida por um círculo de alterosas montanhas, que fecham e escondem tão formosa baía.

Baltazar de Araújo Aragão Bulcão, presidente da Província da Bahia

Com a saída para o sul do Império da força de linha existente nesta província, conta apenas a presidência para quaisquer emergência que possa haver unicamente com aquele corpo de linha capaz de reagir contra o levante de africanos, os quais, Vª Exª sabe, aproveitam-se sempre de tais ocasiões para aterrar os ânimos dos habitantes.

Muniz Ferraz, ministro do Guerra, em resposta a Aragão Bulcão

infundados os receios que aí nutrem e que portanto todas as províncias, inclusive aquelas que possuem numerosa escravatura, não têm feito objeção alguma em relação àquele assunto, nem tem hesitado na remessa das respectivas forças.

José Campello d'Albuquerque Galvão, tenente, Paraíba do Norte

José Campello d'Albuquerque Galvão, tenente da 1ª Companhia do Batalhão nº 5 da Guerra da Paraíba do Norte: servindo de secretário no Batalhão de Guerra em Paraíba do Norte com destino ao Sul do Império — à Guerra do Paraguai.

Depois da arribada do vapor *Pedro II* em virtude da qual tudo perdi, inclusive toda a escrituração que tinha e muitas notas de minha viagem da Paraíba do Norte até aqui, tive precisão de recorrer à memória para tudo restaurar.

No meio do mês de março, vim à Paraíba — de Mamanguape — me oferecer ao governo para marchar ao Sul do Império e tomar parte na Guerra do Paraguai. Voltei a Mamanguape, fechei o escritório pelo tempo da guerra, preparei meus negócios públicos e particulares, e no dia 28, parti para a Capital, onde me apresentei no dia 29.

No dia 3 de abril, fui mandado fazer parte do Batalhão de Guerra, criado em virtude do Decreto 3.783, a 25 de janeiro.

Saí da Paraíba do Norte no porto da capital no vapor *Tocantins*, com o Batalhão de Guerra formado dos contingentes

Passando a entender-me com os índios da tribo Coroado, os quais acham-se sob minha direção de intérprete como sou acerca de meus serviços na questão atual do Paraguai, convenci sem o menor fingimento a entusiasmo que apresentam a cumprir qualquer ordem que lhes seja ordenada a bem de coadjuvarem nossas tropas repelindo assim ao Paraguai.

E nessa convicção ofereço a Vª Exª uma turma de índios de setenta mais ou menos, e suponho marchar à frente deles fazer com prudência todo e qualquer serviço concernente à guerra, procurando ajudar a defender o insulto da Nação que sou humilde súdito.

No caso de ser aceito o oferecimento que passo com todo o respeito levar ao conhecimento de Vª Exª julgo de meu dever pedir a Vª Exª o armamento necessário para esses voluntários soldados, e bem assim o fardamento que Vª Exª julgar apropriado, e afianço que farei tudo com o melhor acordo e prudência a bem de meu país.

Frutuoso Dutra, intérprete do Paraná

O sr. Feliciano Dias d'Abreu, filho do falecido coronel João Guilherme d'Abreu, morador na vila do Rosário desta província e sócio de uma casa comercial estabelecida naquela vila acaba de oferecer-se como Voluntário da Pátria e apresentou para o

A Coalição, jornal de São Luís do Maranhão

mesmo fim dezessete amigos seus, os quais todos já foram devidamente alistados no referido corpo de voluntários que está aqui se organizando.

Visconde de Camamu, ministro da Guerra

tínhamos antes da guerra apenas alguns corpos existentes na corte, e na província do Rio Grande do Sul, apresentavam um aspecto lisonjeiro; os outros, porém, fracionados e distribuídos em destacamentos por diversas localidades, mal fardados e armados, sem a verdadeira disciplina, faltando-lhes a instrução necessária, e aplicados a serviços de polícia e em outros inteiramente estranhos à sua instituição [...].

Albuquerque Bello, Rio de Janeiro

Às 4h da tarde S. M. o Imperador veio visitar o corpo e gostou muito de ver o pessoal, o fardamento e equipamento do corpo; conversou em particular comigo a respeito dos oficiais e suas instruções; nesta visita acompanharam a S. M., o ajudante de campo [e] dois camaristas, o duque de Saxe, e um outro príncipe filho da princesa d. Francisca. S. M. tratou-me com muita consideração, e disse-me que estimava muito que eu fosse oficial do exército; muito caçoou ele com o príncipe falando em francês, por eu ter chamado pacovas em vez de bananas, na ocasião que eles foram no rancho, dizendo ao príncipe que no Pará se chama pacovas; eu fiz que não entendi; depois perguntou-me quem era um capitão tupinambá que eu tinha no corpo, apresentei-lhe o Maribondo, que lhe beijou a mão, e ele conversou em alemão com o príncipe duque de Saxe.

o Imperador já estava no arsenal à espera dos corpos para benzer a bandeira do 3º e assistir ao embarque; o Imperador estava com um pavilhão ricamente ornado para a bênção da bandeira; logo que cheguei o Imperador mandou por um dos seus camaristas me chamar para onde ele estava e que levasse a minha bandeira, a qual foi conduzida pelo alferes Ferreira; depois da bênção da bandeira do 3º, S. M. pediu ao ministro minha bandeira, entregou-me-a e abraçando-me disse "defendei-a com honra e valor", fiz-lhe uma vênia, beijei-lhe a mão e tomei conta da bandeira.

O corpo foi geralmente admirado pelo povo do Rio de Janeiro, que o qualificou como o primeiro que ali tem embarcado para a campanha, já pelo seu pessoal como pelo arranjo do seu fardamento, equipamento e disciplina; eu estava num dia verdadeiramente entusiasmado, porque tudo me ajudava para que a província do Pará que me tinha confiado este corpo tivesse uma glória; os soldados pareciam que faziam os movimentos por meio de uma mola; e ainda mais os ajudava a bela música que marchava em nossa frente; recebiam-nos flores de quase todas as varandas da rua Direita até o arsenal; me foi oferecido no meio do caminho um ramalhete primorosamente bem arranjado de mimosas flores, que logo o destinei para minha cara mulher, e guardei-o nas minhas malas logo cheguei a bordo.

20 — Maio.
Desci às 8h. Custou-me muito deixar minha boa mãe doente e ignorando a minha partida e toda a minha família!...

Às 6 da tarde estava em São Cristovam. Quando entrei o imperador ouvia um sem número de mulheres pobres que o cercavam. Tinha a mão esquerda carregada de petições. Acenou-me para que me aproximasse. Perguntou o que eu queria. Disse-lhe que ia partir para a Guerra do Paraguai. Disse sorrindo-se: "Então já para o Paraguai". Respondi-lhe que sem dúvida.

André Rebouças,
Rio de Janeiro

Os voluntários Pernambucanos embarcaram em primeiro lugar no *São Francisco*. No *Imperador* embarcaram as duas companhias de Zuavos da Baía.

Fez-se boa viagem e às 8h da noite estávamos no porto do Recife — província de Pernambuco. Aí estivemos o dia 31 e no dia 1º de junho, pelas 5h da tarde, seguimos para Maceió, onde chegamos com boa viagem no dia 2, pela manhã. Estivemos nesta cidade dia 2 e saímos no dia 3, pelas 11h do dia.

José Campello,
Recife

Tive tempo de visitar a capital da província das Alagoas, que achei bem pequena pobre; não obstante, há uns quatro edifícios que avultam, entre estes, a casa da Assembleia. Nem um hotel havia, porque este nome não merece a espelunca dum ita-

José Campello,
Maceió

liano onde estivemos, que nos roubou escandalosa e cinicamente; passeamos a carro — porém que carros!! — uns velhos carros puxados por cavalos tísicos.

<small>José Campello, Salvador</small>

Seguimos para a Bahia e aí chegamos no dia 4, pelas 3h da tarde, nos demoramos até o dia seguinte às 5h da tarde, quando largamos para o Rio de Janeiro.

Muito gostei da Bahia: a entrada do porto é bela e imponente, as casas parecem velhos gigantes que se levantam das águas.

O espírito sente-se arrebatado pela antiguidade que representa a cidade: cada casa testa um século! A Cidade Baixa está colocada no declive duma ladeira que se sobe por estradas tortuosas feitas somente para este fim, cavadas na ladeira e tendo nas ribanceiras reparos gigantescos de pedra e cal, para preservar de caírem sobre as casas, nas invernadas.

<small>José Campello, Niterói</small>

Saímos da Bahia no dia 5 de junho com boa viagem chegamos à Corte no dia 9 pela manhã; fomos recebidos por um coronel que nos conduziu a Niterói e aquartelou no Asilo de Santa Leopoldina, levando nisto quase todo o dia, que passamos sem comer e sofrendo sol furioso. Em Niterói, estivemos 10 dias.

<small>Repartição dos Negócios da Guerra</small>

Tenente-coronel Joaquim Lourenço Correa, e mais cidadãos da vila de Araraquara. — Ofereceram-se para engrossar as fileiras dos Voluntários da Pátria, oferecendo o mesmo tenente-coronel para esse fim dois filhos seus.

Comendador Luiz José Henriques, negociantes Raymundo Salazar & Cia., e lavrador Raymundo Andio Salazar. — Ofereceram: o primeiro, como voluntários três cidadãos, já que por alquebrado e no último quartel da vida não podia achar-se no campo de luta em que está empenhado o Império; e os dois últimos a quantia de 400$ rs. para o auxílio das urgências do Estado.

Manoel Antonio Ayrosa — ofereceu para assentar praça como voluntário a Pedro, pardo claro, a quem concedeu carta de liberdade.

O sr. comendador Antonio Alves de Araújo, infatigável em promover o alistamento de voluntários da pátria apresentou a V^a Exª o sr. presidente da província mais três distintos paranaenses, que já juraram bandeira, são os srs. João Antonio, Francisco Antonio da Cruz e Joaquim Antonio da Cruz.

Dezenove de Dezembro, jornal de Curitiba

Nunca pensei que fosse tão falho de saudosas emoções um embarque de tropas. Eu e todos os outros parecíamos inteiramente indiferentes ao grave passo que dávamos.

Saímos à barra as 2h da tarde. Li durante o resto do dia o Relatório do Ministro da Guerra.

André Rebouças, Rio de Janeiro

Lá estava também grande número de oficiais do exército e todos os do Corpo Policial, cuja excelente banda de música pôs-se a tocar os trechos mais ternos e plangentes da *Traviata*, o que provocou em mim nova explosão de lágrimas no lugar mais retirado do vapor que me foi dado encontrar. Eu não podia encarar meu pai, que, do seu lado usava a valer do lenço de seda vermelha para ocultar o rosto, alegando ao imperador, por tocante ardil, enorme defluxo. Por cima, Catão e Lago me causticavam, o que aliás me fazia algum bem e me obrigava a ter império sobre a minha dor, tão insistente e aguda. Afinal pedi a meu pai que me deixasse só e embarcasse para que recuperasse algum sangue-frio, e ele acedeu. Ao ver longe, já bem longe, o lenço de seda vermelha a dizer-me adeus, adeus! e os acenos da saudação do Gregório e do Tomás, com os chapéus de palha, corri ao camarote e chorei até pegar no sono.

Alfredo Taunay, Rio de Janeiro

Dia 5 de maio — Às 6h da manhã o vapor levantou ferro e foi fundear definitivamente no ancoradouro de São Bento, no Arsenal de Marinha, recebendo imediatamente a visita do Imperador, seus semanários e camaristas.

Divulgara-se cedo na cidade a notícia da chegada do grande batalhão de Pernambuco e tudo quanto foi pernambucano,

Azevedo Pimentel, Rio de Janeiro

homens e senhoras, aprestou-se e foi fazer-lhe alas, desde o portão do Arsenal de Marinha até a entrada da rua do Ouvidor. Desembarcado o corpo de Voluntários da Pátria, teve tamanha recepção e tão carinhoso acolhimento, sendo que, começando o seu trajeto desde as 10h da manhã, só às 5h30 da tarde entrava no quartel do Campo da Aclamação, tais foram os discursos, poesias recitadas, aclamações e vivas.

Cristiano Pletz,
Rio de Janeiro

Seguimos para o Rio de Janeiro, desembarcando no Arsenal de Marinha, de onde marchamos para o quartel do Campo de Sant'Ana, ficando aí aquartelados, à disposição do Ministério da Guerra.

Depois de cinco dias de permanência no quartel, fazendo exercícios, embarcamos todos nos vapores *Apa*, *Imperador* e *Imperatriz* e seguimos viagem para Montevidéu.

Benjamin Constant,
tenente-coronel,
Rio de Janeiro

Deixamos a Baía do Rio de Janeiro às 5h30 da tarde depois da competente visita Imperial e seguimos barra fora.

Estou descansado, o mais que é possível, a respeito da família, porque além do teu bom pai e tuas manas, deixo amigos verdadeiros que não a deixarão passar necessidades.

Jornal do Commercio

Rio de Janeiro, segunda-feira, 7 de agosto de 1865. Fugiu o escravo Honorato, pardo, de 25 anos, presumíveis, estatura regular, cheio de corpo, bem falante e andar ligeiro; levou vestido calça e paletó branco, e foi visto calçado no Arsenal de Marinha no dia 10 do corrente, é oficial de marceneiro e lustrador; presume-se assentar praça em algum batalhão de voluntários e pede-se, portanto aos Ilmº. Srs. comandantes dos mesmos não o aceitarem como tal. Quem o apreender levar à rua do Rosário nº 21-A, ou mesmo der notícias, será bem gratificado.

José Campello,
Rio de Janeiro

Nada encontrei na Corte que admirar.

O imperador, que no dia 17 à tarde nos visitou, em Santa Leopoldina, veio assistir ao nosso embarque. Já estávamos a bordo quando ele chegou. Correu todo o vapor, mandou um doente para o hospital e depois de ver a ambulância que trazíamos, se despediu de toda a oficialidade, desejando-nos boa viagem.

Além do grande amontoamento de povo de todas as nações, do grande comércio, em nada difere a Corte de qualquer cidade. A entrada da baía, a da minha província é mais bela.

O Barreto deu parte de doente e pediu que o Sousa ficasse com ele na corte; mas ainda não se desligou. Miguel Freixo, Rio de Janeiro

Que o Barreto ficasse eu esperava, mas que fosse por doente, como um tambor!... O Barreto é um infame. O Batista mendigou miseravelmente uma desligação e conseguiu uma vergonhosa comissão para o Maranhão. Este é apenas um covarde.

O Antônio Augusto, este é um tolo, vai cumprir um dever sem consciência, impelido pela força motora de certas pessoas — não saber o que quer. Este marcha.

25 de agosto.
Hoje é véspera de nossa viagem.
Sabes por que marcho? É porque, como o ministro está no Sul, os desligamentos aqui são dificílimos, e o Antônio Augusto garantiu-me que antes de largar o comando me desligará.

26 de agosto de 1865.
À última hora — uns cinco minutos antes de embarcar — adeus, meu amigo, adeus.

participou ter dado a liberdade a um seu escravo de nome Epifanio, com a condição de marchar para o Sul como soldado, e sem a gratificação concedida aos Voluntários da Pátria. Repartição dos Negócios da Guerra

Sua Majestade, Altezas e comitiva, que do Arsenal de Marinha se passaram para bordo, aí fizeram suas despedidas, abraçando Sua Majestade o Imperador, ao comandante coronel Leal, Azevedo Pimentel, Rio de Janeiro e a um oficial de cada companhia, aos quais pediu que transmitissem esse abraço aos seus soldados. Despedindo-se a comitiva Imperial, às 2h30, às 3h levantou ferro o *São Francisco* com destino a Montevidéu.

<small>Alfredo Taunay, Santos</small>

Ao aportar o vapor *Santa Maria*, às 11h do dia 2 de abril de 1865, ao cais da cidade de Santos, era eu já outro, todo cheio de ideia de ir viver bem sobre mim, entregue ao prazer de ver gentes e cidades novas, percorrer grandes extensões e varar até sertões imperfeitamente conhecidos e mal explorados.

<small>Benjamin Constant, em direção a Santa Catarina</small>

Viajamos todo o resto da tarde e de cima do tombadilho fui vendo sumirem-se uma a uma todas essas montanhas e formosas praias que cercam a nossa cidade onde deixo a alma presa. Os nevoeiros acompanhados de alguns chuviscos e a noite que se aproximava ocultaram-me de todo o belo espetáculo da entrada da nossa barra onde a natureza se ostenta com tantas graças, como é proverbial. Eu porém achava triste, é que minha alma sofria e o coração era o pintor que espalhava a saudade por todo aquele quadro amortecendo-lhe o brilho. Continuei sempre sobre o tombadilho fumando e ouvindo estupidamente a vozeria dos passageiros que, uns alegres e outros tristes, conversavam e cantavam em torno de mim.

<small>José Campello, em direção a Santa Catarina</small>

O comandante deste vapor era Custódio dos Santos Martins, logo se nos pintou por um homem baixo, orgulhoso e sem educação. Logo neste dia, começou a maltratar os oficiais cadetes que vinham a bordo. O vapor, muito pequeno e de péssimas acomodações, que mal podia comportar duzentos homens, trazia mais de quatrocentos.

Vi um oficial, o alferes Samuel Lopes Delgado de Maroja perguntar onde era a latrina, e ele arrogantemente perguntar-lhe se sabia ler e, tendo resposta afirmativa, pegá-lo por um braço conduzindo-o até a porta da latrina, dizendo-lhe: Leia aqui!!!

<small>Benjamin Constant</small>

Começou dentro de pouco a cena muito comum e muito prosaica àqueles que navegam, ao menos pela primeira vez, o enjoo começou a atacar a quase todos os passageiros. O Marciano foi um dos primeiros que lançou carga ao mar. Eu lutei até a meia-noite, porém não foi possível resistir-lhe por mais tempo, o mar muito cavado e o vento SE fresco sacudiam o vapor dando-lhe horríveis solavancos. Paguei por minha vez o tributo, enjoei lançando tudo quanto o estômago possuía para entreter suas prosaicas mas indispensáveis funções. Tivemos uma péssima viagem, apanhamos um grande temporal que nos pôs por muitas vezes em risco, o vapor jogava desesperadamente e o mar jogava sobre ele montanhas de água que o lavavam de popa a proa. Os pobres soldados foram os que mais sofreram. O comandante disse-me que se não fosse a confiança que tinha no vapor teria arribado imediatamente.

NAUFRÁGIO DO *PEDRO II*
junho de 1865

*Em que José Campello d'Albuquerque Galvão
conta do naufrágio em Santa Catarina do vapor* Pedro II
que levava suas tropas em direção ao sul.

José Campello

No dia 21, ao meio-dia, como dizia, declarou o comandante que ia arribar, e arribamos, à vista da terra, mas que ele não conhecia; desconfiávamos estar perto de Santa Catarina; com pouco, a tormenta apareceu com fúria, o tempo escureceu, perdemos de vista a terra, e o inferno se abriu para nós; o vapor começou a fazer muita água, e tanta que, tendo a máquina se coberto d'água, deixou de trabalhar; uma vela não havia que pudesse conduzir o navio, nem uma bomba que o pudesse esgotar.

corri à máquina gritei aos soldados que ajudassem o esgoto; tive a satisfação de ver homens corajosos, na hora extrema da vida, lutarem contra a morte como verdadeiros heróis: um Antonio Damião, crioulo da Paraíba (Capital), um infeliz Manuel Batista Alves, índio da Vila Preguiça (Paraíba), um Melquíades, e outros.
O trabalho era esgotar o Vapor, porque não havia bombas nem baldes, servíamo-nos de caldeirões de ferro, próprios para rancho de soldados e marmitões. Era, portanto, quase impossível. Cem homens pelo menos trabalhavam incessantemente neste empenho em duas partes principais, no depósito da máquina e no do carvão; dentro desses depósitos ia um inferno vivo: os embates das ondas ali dentro faziam jogar para um e outro lado enormes massas de carvão, tábuas e ferragens que de hora em hora iam se despregando, e dentro desse inferno de envolta com carvão, tábuas e ferro, havia homens recebendo canecos, caldeirões, enchendo d'água e daqueles maços para serem içados para

outros. É horrível encarar outro principalmente quando é um seu irmão, um seu amigo, momentos antes de morrer...

Ali, já ninguém tinha esperança de salvação: todos esperavam que o vapor se despedaçasse ou que uma onda o submergisse — já era o desespero que lutava contra a morte; o trabalho redobrava-se; mas a água crescia e o navio como que adernara, já era quase insensível ao furor das ondas, como o moribundo, que já não geme quando a morte se aproxima

o comandante e o capitão Medeiros, um seu especial amigo, estavam deitados em suas camas na câmara do vapor, cercados de toda essa ruína e barulho — em torno deles estavam todas as mesas, louças e vidros quebrados, de envolta com todos os fracos e doentes que, não podendo resistir ao inferno que ia por cima, ali vieram ter, bem como as entranhas da tartaruga, cujo casco se dilacera.

um português piloto e um maquinista, apresentaram ideia de atirar-se toda carga ao mar, a ver se aliviado o vapor da grande carga, poderia resistir melhor mesmo tomar menos água, subindo mais à flor d'água, porque esta entrava pelos costados, junto à caixa das rodas, onde as tábuas se tinham desconjuntado. Esta medida foi abraçada por todos nós; imediatamente, tudo se jogou ao mar, desde a mochila do soldado até o nosso último baú.

Estamos, portanto, reduzidos ao último extremo, às 2h da noite, de 23 de junho de 1865: só possuíamos as vidas, e estas já votadas à morte e ao pasto dos monstros marinhos, mas a Providência ainda velava por nós.

O trabalho continuava como dantes. O vapor, tendo-se elevado, já recebia menos água, mesmo o furor das ondas diminuíra um pouco, já se tirava quanta água entrasse, e ao amanhecer do dia, não só o vapor se conservava, como estava, esgotado, como também — prazer indizível, alegria louca — vimos terra!

às 8h30 da noite, já estávamos tão próximos de terra que quase víamos os homens em roda das fogueiras; aí julgamos conveniente lançar ferros e o fizemos. Na manhã do dia 25, vimos casas, gente e canoas que podiam vir salvar-nos. Não havia dúvida, estávamos salvos.

Todos traziam fome de três dias, mas ninguém a sentia; todos mais ou menos estavam pisados, mas ninguém sofria dor nem cansaço. Às 7h, pouco mais ou menos, principiaram a aparecer pessoas na praia como que divisáramos moverem-se as canoas. Mais tarde, duas se encaminharam para nós, e com pouco estavam em roda do vapor, como que desconfiados; chamamos os canoeiros à fala e eles disseram vir da parte da polícia da terra saber quem éramos.

Tratou-se do desembarque e com tal perícia que às 4h da tarde não havia mais a bordo um só indivíduo; todos estavam em terra, sãos e salvos, em pequenas canoas, muitas das quais não conduziam mais de duas pessoas; entre elas, havia umas três maiores.

Quando chegamos em terra, já estavam dadas as providências: havia comida para todos e com abundância. Nessa pequena praia, onde temíamos não achar recursos, houve fartura.

No dia 30 de junho, o nosso bom amigo Miguel Soares da Rocha apresentou os transportes e, pela manhã do 1º de julho, nos conduziu à bordo.
Esse homem se despediu de nós sensibilizado, ao ponto de derramar lágrimas que não eram fingidas; um pobre homem chorar a ausência de quatrocentos hóspedes que eram soldados! É verdade, porém, que os soldados portaram-se muito bem, respeitosamente, para com os moradores; não houve o menor barulho, nem desrespeito; nem tão pouco me consta que nenhum oficial abusasse da hospitalidade recebida.

Pela manhã, desembarcou a tropa. Fomos recebidos em Santa Catarina com curiosidade, todos queriam ver os soldados do *Pedro II*. Na verdade, a tropa desembarcou em estado de causar pena, tudo mal vestido e cada um de duas formas.

os dias

Albuquerque Bello, em direção a Montevidéu

A viagem vai boa. São 9 da noite, os rapazes tocaram e cantaram. Hoje às 10h da manhã o tempo foi escurecendo, e ficou noite completamente a ponto de se acender as velas para podermos almoçar; consequência do eclipse d'este dia; ao meio dia já aparecia alguma claridade a 1h já estava dia.

A viagem vai boa. Nosso divertimento tem sido todas as noites, são diversos oficiais e cadetes a tocarem violão e cantarem modinhas da Baía; quase todos os cantantes são do 3º de Voluntários da Baía.

Benjamin Constant, Santa Catarina

Tenho estado como te disse no Hotel Brasil. Tenho comido excelente peixe, como peixe ao almoço, peixe ao jantar e à ceia, deixei a carne para ir comê-la no Sul. Frutas não há agora. Só se encontram no mercado laranjas, bananas, ameixas, mas estas boas e em abundância. Há apenas na ilha doze mangueiras que raras vezes dão fruto. Há pêssegos bons, alguns marmelos, macieiras nenhumas. Os pêssegos e marmelos são agora raríssimos (não é tempo deles).

Repartição dos Negócios da Guerra

Francisco Azarias de Queiroz Botelho, delegado de polícia. — Mandou apresentar na Corte diversos cidadãos que se alistaram como Voluntários da Pátria.

Coronel Chicuta, Butuí, Rio Grande do Sul

Aconselho me recomendar saudosamente a vocês e à minha sogra e ao Leôncio e para sua irmã são em [...] e diga a ela que não tenha muito cuidado de mim que espero um dia ainda ter prazer de ir contar a estória do que por aqui se tem passado;

adeus até um dia [em] que Deus for servido. Seu cunhado e amigo obrigado.
Chicuta.

Alguns fazendeiros ao sul da ilha fazem plantação de linho e têm teares em que preparam panos. Não se servem porém do linho puro, misturam-no com algodão. Ia me esquecendo de dizer-te que preparam também aqui cera extraída de um bichinho que se encontra nas goiabeiras e se chama, por isso, bicho da goiabeira. Esta cera é muito delicada e assemelha-se ao espermacete. Vi aqui obra de meia libra dela, sendo preciso para isso apanhar uma grande quantidade dos tais bichinhos. Talvez se pudesse desenvolver a multiplicação desses úteis bichinhos mas por ora nem se tem pensado nisso.

<small>Benjamin Constant, Santa Catarina</small>

embarcamos em pequenos vapores subindo o rio Cachoeira em direção à cidade do mesmo nome para dali seguirmos pela Campanha, por terra, para São Borja, em Uruguaiana.

<small>José Campello, rio Cachoeira</small>

Quando da eclosão da guerra contra o Paraguai, trabalhava como oficial de ferreiro com Heinrich Reichmann, São Leopoldo, e ainda não completara 16 anos. Convocada a Guarda Nacional, gostei imensamente desse movimento colorido. Alistei-me como voluntário, sendo aceito de imediato. No início achei muita graça naquilo. Mais tarde, porém, perdi o entusiasmo e não cumpri com meus deveres. Como, naturalmente, não houve compreensão para com meus sentimentos fui, certa vez, preso por 24 horas. Aí meditei sobre a situação curiosa de ser um voluntário sem possibilidade de manifestar minha própria vontade!

<small>Jakob Dick, voluntário da pátria, São Leopoldo</small>

Osório dizia, com abundância de fundamentos, que um Exército bisonho, baldo de instrução, embora valente, numeroso, arremessado ao inimigo, assim descriteriosamente, além de uma desgraça colossal para o país, representava verdadeira desumanidade, senão crime hediondo.

<small>José Luís Rodrigues da Silva, primeiro-cadete</small>

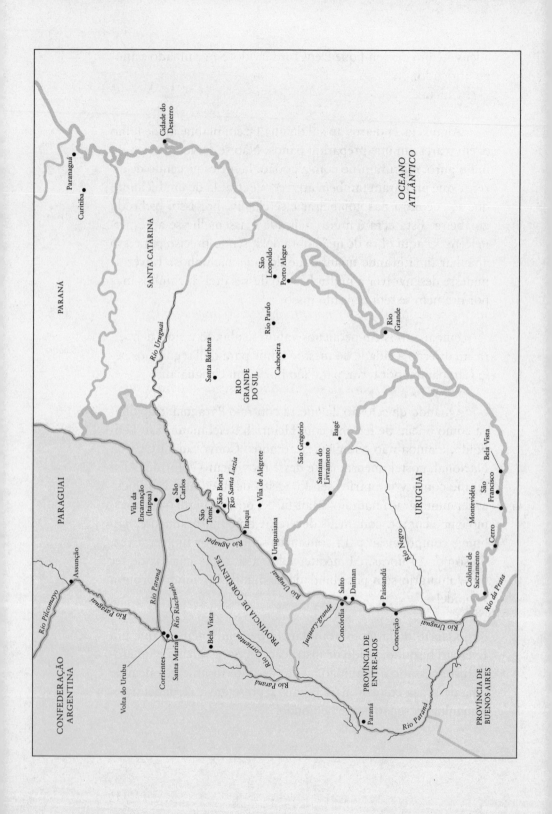

Capítulo 3

PRIMEIRO SEMESTRE DE 1865

*Em que se conta o prosseguimento do estado de guerra em
Mato Grosso; o início das marchas rumo às zonas de conflito:
Taunay segue com a coluna que vai para Mato Grosso
por um trajeto que passa por Santos, São Paulo, Campinas
e cidades mineiras; todos os outros autores seguem para o sul,
alguns para cidades e acampamentos no Uruguai,
como Montevidéu, Cerro, Daiman, Juqueri e Salto,
onde Osório reúne a força brasileira, e outros para
o Rio Grande do Sul; a Batalha do Riachuelo.*

os dias

Secretaria de Estado dos Negócios da Guerra. — 2ª Diretoria Geral em 24 de janeiro de 1865, na cidade de Bagé.
Ilmº. e Exmº. Sr. — A ser verdade que os paraguaios invadirão o estado de Corrientes, me parece conveniente redobrar a nossa vigilância e meios de repelir qualquer agressão, e por isso julgo necessário chamar-se a destacamento maior força da Guarda Nacional, a fim de organizar-se, com presteza, uma coluna volante às ordens de um chefe ativo e empreendedor.

<small>João Frederico Caldwell, tenente-general, comandante das armas do Rio Grande do Sul</small>

Com a invasão do Coxim desapareceram as estafetas do Correio postal, e nenhuma notícia tenho da Corte e de outras províncias desde 20 de Março; tendo aqui chegado somente um terno dos ditos estafetas em 6 do mês passado.
Não sei nem da força de Goiás, nem de Minas, e nem de São Paulo, nem o lugar por onde entrarão, nem a organização que terão, nem onde têm de operar.
Se vierem é preciso providenciar que de São Paulo e Minas venham mantimentos por Itapura e Santana do Paranaíba, porque aqui já lutamos com a fome.

<small>Albino de Carvalho, Mato Grosso</small>

Acerca das forças inimigas existentes nas fronteiras do sul da província, as informações que tenho são que em todo o distrito de Miranda há dois mil homens, e no Baixo Paraguai mil, entre Dourados, Corumbá, Albuquerque e Coimbra.

Os brasileiros que têm sido apanhados pelos paraguaios, vivem no mais atroz cativeiro e a mísera povoação de Corumbá sofre os mais cruéis tratos.

> Davi Canabarro, comandante das fronteiras no sul, Rio Grande do Sul

Esta guerra do Paraguai abriu uma situação nova, que reclama a criação de Exército Brasileiro em pé de trinta mil homens, para ocupar a posição que lhe cabe entre as nações vizinhas. Por a Flores na Presidência e seguir ao Paraguai.

> Alfredo Taunay, Serra do Mar em direção a São Paulo

Começou a ascensão da serra e, desde as primeiras voltas da estrada, não muito má, que esplendor das paisagens fomos descortinando por tarde fresca, belíssima, em atmosfera da maior pureza...

Até certa altura, o espetáculo desdobrado aos meus olhos muito me lembrava a subida da Tijuca, pois também, por todas aquelas quebradas, os enormes ramalhetes das flores de quaresma (melastomáceas) e cássias pontuavam de vivíssimo amarelo, ou então de roxo e branco, o esplendoroso verde da floresta imensa. Mas, depois, quando mais e mais nos elevamos, tais proporções tomou a perspectiva, que impossível se tornou qualquer comparação e sem razão mais de ser ficou a melancolia que me iam infundindo o paralelo e a saudosa rememoração.

É colossal o círculo que o olhar abrange, dominando mil incidentes nas múltiplas dobras da serra, a vastidão da planície que vai ao mar e, além, o oceano fechado pela linha última da sua curvatura.

Num cantinho da várzea, riscada pelos rios Cubatão e Casqueiro, a cidade de Santos, como um pontozinho luminoso a chamar as vistas, e, por todos os lados, opulenta vegetação, que ora se alteia mesmo à beira do caminho debaixo da forma de árvores robustíssimas, ora rompe, com altaneiras comas, a quebrada terminal dos pincaros a ressaltar no azul dos céus.

E quanta água deliciosa e límpida por toda a parte, já murmurantes regatos, que se ouvem, mas não se veem, já lacrimejantes mananciais, já copiosas cascatas que listram de argênteos fios certos planos verdes um tanto distantes!

> Dionísio Cerqueira, Vila Unión

Tudo aquilo me povoava o espírito de impressões singulares e novas. Nos meus primeiros dias de campanha, parecia-me estar transportado para outro mundo. A língua estranha, os hábitos diferentes, a decadência estética dos meus amigos, os tipos curiosos dos soldados de Flores, aquela cidade de alvas tendas de algodão, mal alinhadas e pior armadas, os dias bochornais e as noites frias, a vegetação raquítica e diferente da nossa, aquelas cercas de pitas com folhas colossais, os cavalos magros da cavalaria, arreados de prata, as casas da Vila Unión sem telhados, tão usadas na Espanha; tudo me impressionava profundamente.

No dia 20 ou 21 de fevereiro, não me recordo bem, desarmou-se o abarracamento, e entramos em forma em completa ordem de marcha.
A mochila, a princípio, fatigou-me muito: não estava habituado àquele peso e não sabia arranjar bem ao alto.

Dionísio Cerqueira, em direção ao Cerro

Apesar de não ser longa marcha, cheguei ao Cerro cansadíssimo, com a cintura dolorida pelo peso dos cem cartuchos embalados, e os ombros pisados pelas correias da mochila e pela carabina, que passava, alternadamente, de um para outro.

Dionísio Cerqueira, Cerro

O tempo não está bom, há grande temporal, não se pode ir a terra sem grande risco. Alguns dos meus oficiais já voltaram para bordo. Escrevi a minha mulher e mandei a carta para o correio pelo Cadete Bastos.

Albuquerque Bello, Montevidéu

O tempo vai melhorando, estou a bordo, não tenho ido a terra, veio da terra o comandante do 3º de Voluntários e foi para terra o Maribondo com todo mau tempo.

O vapor *Jaguaribe* entrou ontem de Santa Catarina, trazendo 256 praças (ala direita) do 30º Corpo de Voluntários de Pernambuco; a bandeira, toda bordada a ouro e com pedras preciosas, primava pelo bom gosto e riqueza.

Jornal do Commercio, correspondente de Porto Alegre

Porto Alegre está uma verdadeira praça de guerra; aqui estão vários Corpos de Voluntários, inclusive o 30º de Pernambuco e o Batalhão Provisório de Infantaria, organizado no Desterro, em Santa Catarina, além de um Parque de Artilharia de Voluntários alemães. Com a chegada de vários Corpos do norte do país, têm-se desenvolvido a "bexiga" e a "moléstia do peito" e nos hospitais normalmente existem para mais de trezentos doentes.

Albuquerque Bello, Montevidéu

Comprei na Cale 18 de julho uns arreios para cavalo por 96$, um capote para mim por 36$ e um para o Cadete Finta por 18$; o Finta me acompanhou e voltou comigo. Gostei muito da cidade de Montevidéu, as casas são muito bonitas, todas de sotea, as ruas bastante largas, mas muito mal calçadas. As senhoras andam se encontrando pelas ruas; são bonitas, os seus toaletes são elegantes e simples, mas a respeito d'elas corre geralmente muito má fama, com honrosas exceções.

André Rebouças, Montevidéu

A cidade de Montevideo e toda a campanha em torno tem precisamente o aspeto de uma cidade do Meio Dia da França da ordem de Cette ou Bayonne. O grande número de indivíduos de origem bosque que se encontra pelas ruas completa a ilusão. As casas são muito ligeiramente construídas com maus tijolos e argamassa, são, porém, adornadas com luxo e gosto, com enfeites de argila cozida, pelos arquitetos italianos. O interior da Igreja Matriz é belo e majestoso. As lojas são elegantes bem que menos ricamente fornecidas do que no Rio de Janeiro.

Cristiano Pletz, Montevidéu

No Rio de Janeiro grassava a epidemia de varíola, de modo que foi fácil a contaminação: — em viagem desenvolveu-se a moléstia e chegamos todos atacados do terrível *morbus* na capital do Uruguai.

Os hospitais de Montevidéu estavam repletos de variolosos e no cemitério daquela cidade ficaram sepultados numerosos patriotas brasileiros.

Cristiano Pletz, São Francisco

Demoramos em Montevidéu cerca de dois meses em tratamento, seguindo depois, embarcados, para São Francisco, em Paissandu.

Aí o exército foi horrivelmente atacado de disenteria, sendo dizimado.

Nada havendo de medicamentos, fiz pedido de todo o necessário propondo mandar-se buscar em Paissandu o que fosse de urgência. Nada consegui, mas na mata que nos cercava encontrei camomila, melissa, carqueja e algumas avencas.

Dr. João Severiano da Fonseca, segundo-cirurgião tenente, Hospital do Cerro

já esgotei não só o meu dinheiro — inclusive certas moedas raras ou notáveis que eu destinava ao meu museu — na compra de medicamentos e dietas.

Tenho gostado muito da estada aqui. Estamos sendo muito obsequiados sobretudo pelos estudantes e lentes da Academia. Das paulistas pouco poderei dizer por enquanto, pois muito pouco as tenho avistado. São as famílias aqui em geral muito retraídas, como bem sabemos, pouco saem a passeio.

Alfredo Taunay, São Paulo

Noto alguns rostos bonitos, de belas cores e ótimas peles, mas infelizmente contrasta com essas prendas o desleixo pelos dentes. Muitas fisionomias de moças que seriam agradáveis ao olhar apresentam a deformação de uma boca mal tratada, pela falta dos dentes ou pelo aspecto dos maus dentes. É realmente pena!

Muitas mulheres de mantilha se veem pelas ruas encaminhando-se às igrejas. Dizem-me aqui que em Campinas há muito mais sociabilidade do que em São Paulo. Vamos a ver.

Àquele tempo, os cadetes, mormente os de Voluntários, estavam em número extraordinário e, como a classe ombreava com os oficiais, a câmara de ré tornava-se insuficiente, dificilmente se transitava. O asseio do compartimento de refeições, camarotes e mais dependências do navio não correspondia às exigências higiênicas. Os transportes encalhavam seguidamente, dois ou três dias no rio Uruguai. Então, o mal-estar de todos incrementava-se, ultrapassando os limites traçados à resignação.

Rodrigues da Silva

Imagine-se a angustiosa emergência resultante do aglomero de 2.500 e tantos indivíduos a bordo de um paquete imobilizado no meio do rio, sem o conforto preciso no mês de março, em que a canícula senegalesca quase ferve. Esse era, em miniatura, o belo prenúncio do que haveríamos de experimentar nas plagas que serviram de túmulo a mais de cem mil brasileiros patriotas.

Dionísio Cerqueira, Cerro

Durante os dois meses que permanecemos acampados ali, não me lembro de ter ouvido uma única vez toque de formatura para exercício. As únicas que tínhamos, eram para as revistas regulares.

Passávamos a vida de acampamento sem fortes impressões. Pouco a pouco, foram chegando batalhões de linha que estavam de guarnição nas províncias mais afastadas; e os corpos de Voluntários da Pátria, cujo uniforme se distinguia pelo chapéu negro de feltro, com a aba levantada, onde se viam, o número e o tope nacional, e por uma divisa de latão *Voluntários da Pátria*, na manga da blusa.

João Frederico Caldwell, Rio Grande do Sul

O 1º Batalhão de Voluntários da Pátria acha-se em Santo Amaro, à espera das carretas, para seguir para São Borja; muito mal fardado vai este corpo, apenas com uma blusa de brim e outra de baeta de péssima qualidade de fazenda

A base das futuras operações de campanha necessariamente será sobre aquela fronteira de Missões. Penso que será indispensável estabelecer um depósito de artigos bélicos em Alegrete ou mesmo em São Borja.

Dionísio Cerqueira, Cerro

O primeiro serviço que fiz foi: *Dia ao hospital*. Arranjei um cavalo e fui levar ao outro lado do Cerro os soldados que baixaram.

Impressionou-me mal o cheiro nauseabundo que exalava aquele estabelecimento sanitário improvisado. Haviam-no colocado num *saladeiro*, onde se abatia grande número de reses e preparava-se charque.

Oficial do 4º Batalhão de Voluntários, próximo a Montevidéu

Conta a força aqui acampada mais de oitocentos doentes, os quais estão muito mal acomodados, mal medicados, e finalmente, mal adietados: não há medicamentos próprios para as enfermidades que geralmente acometem os homens do norte neste clima frio, e que vêm comer só carne verde. A diarreia abunda, as bexigas continuam a fazer muito mal, os médicos para oitocentos doentes são cinco: o 4º batalhão de voluntários conta mais de setenta doentes aqui, deixou em Santa Catharina 43, em Montevidéo 112: são de menos 225 praças deste corpo.

Os corpos trabalham todos os dias em exercícios, à exceção dos sábados, que o general reserva para a limpeza, e domingos para descansar. Ontem chegou a 3ª Brigada.

As barracas que recebemos em Montevidéo são tão más que já estão rotas; as rações que a tropa recebe neste acampamento são as seguintes: um boi para oitenta praças, farinha um alqueire para cinquenta praças, aguardente uma garrafa para doze praças, bolacha quatro onças, sal duas onças, fumo uma onça, açúcar duas onças cada dia.

Por agora temos o Paraguai declarado e duvidosa a conduta de Corrientes e Entre Rios onde está esse famoso caudilho Urquiza, com visos de neutralidade, enquanto seus satélites cruzam-se em missões secretas ao Paraguai e Blancos, e rumorejam contra nós.

> Davi Canabarro, São Gregório

Ao Presidente Gonzaga,
Livramento, 13 de abril 1865.
Pela carta junta por cópia recebida ontem dou conhecimento a Vª. Exª. do movimento dos paraguaios aglomerando-se novamente aquém do Paraná. Sem dúvida querem fortificar e talvez cometer a loucura de virem à nossa fronteira como ousam propalar. Seria uma fortuna, se viesse todo o Exército do Paraguai, porque poucos voltariam deixando abertas de par em par as portas de Assunção.

> Davi Canabarro, Livramento

A 27 de abril se distribuiu pelos corpos mais necessitados o fardamento vindo de Bagé que constava de fardetas de brim, ditas de pano, calças de brim, chapéus e blusas de baeta; não supriu a roupa de lã de que agora carecem os corpos.

Duas mudas de roupa a cada praça, poncho de pano, chapéu, barracas, são os artigos indispensáveis; tenho adiantado um pedido pelo estado efetivo.

Cristiano Pletz, Concórdia

Estando comandando a guarda do hospital o alferes Francisco de Paula Pletz e tendo de ser transportados todos os doentes para o hospital da cidade de Concórdia, o referido alferes ajudando a erguer e colocar na padiola o alferes João José Pichet, que estava gravemente doente de tifo, rendeu-se e teve também de baixar ao hospital.

O alferes Pichet, falecia, daí há poucos dias no hospital.

CORRIENTES E BUENOS AIRES
abril de 1865

*Em que se descreve a tomada da cidade argentina
de Corrientes pelas forças paraguaias
e as condições, segundo os autores, que levaram
o Tratado da Tríplice Aliança a ser assinado.*

No dia 14 de abril (Quinta-feira Santa), a esquadra paraguaia se apresenta amigavelmente no porto da cidade de Corrientes, capital da província argentina desse nome, se apodera à traição dos vapores de guerra argentinos *Vinte Cinco de Mayo* e *Gualeguay*, passa a degolar suas tripulações e carrega com os dois navios. Pela manhã de 15 de abril (Sexta-feira Santa), enquanto o povo cristão da capital de Corrientes chorava nas igrejas a morte do Salvador do mundo, uma esquadra e um exército paraguaios, que se diziam cristãos, se apoderaram da cidade inteiramente indefesa e surpreendida.

Jean Pierre Gay, cônego de São Borja

Wenceslau Robles, general dos invasores, servo do vil déspota do Paraguai, estabeleceu seu quartel-general na cidade de Corrientes. Aí, a 17 de abril, dirigia ele cartas autógrafas aos antigos chefes federais da Confederação Argentina para os fazer sublevar contra o governo legal do benemérito presidente Mitre, e anunciando ao mesmo tempo que uma divisão do exército a seu mando estava em marcha para operar sobre o rio Uruguai.

O pessoal do Governo correntino a dez léguas de sua capital invadida está reunindo os argentinos de sua província a fim de rechaçar os invasores; para esse fim expede circulares a todos os chefes como aos Coronéis Reguera e Paiva.

Davi Canabarro

A conduta vandálica do ditador paraguaio facilitava a missão do novo ministro brasileiro que devia, em virtude de suas instruções, esforçar-se a chamar a uma aliança ofensiva e defensiva a república junto a quais se achava acreditado.

Bernardino Bormann

143

Paranhos, durante a sua missão, fez imensos esforços para conseguir essa aliança; mas achou o presidente Mitre, pouco disposto a ela, embora alegasse nutrir simpatias pessoais pelo Brasil.

Como era natural, a população de Buenos Aires ao saber do ataque e invasão de Corrientes, bradou vingança.

O general Mitre, presidente, foi chamado pelo povo às janelas do palácio do governo e respondeu, às manifestações belicosas do povo, com um belo discurso que terminou com estas palavras: "Depois da provocação lançada, senhores, nosso governo não vos pode dizer outra cousa senão que estaremos dentro de vinte e quatro horas nos quartéis; dentro de quinze dias em campanha e em três meses em Assumpção!"

Estas palavras, infelizmente, não passaram de retórica; a guerra não era popular na república.

O nosso diplomata não compreendeu bem a situação e continuou a insistir pela aliança, dando tudo isso em resultado o impolítico e malfadado *Tratado da Tríplice Aliança*, assignado a 1º de maio de 1865.

Esse tratado entregava a direção suprema da guerra a um general estrangeiro, cheio de grande méritos pessoais, uma alta ilustração; mas inábil como general

Assinado esse inqualificável *Tratado de Aliança* que uniu as três potências, Brasil, Repúblicas Argentina e Oriental contra o Paraguai, começaram os aliados a preparar-se para a campanha.

TRECHOS DO TRATADO DA TRÍPLICE ALIANÇA E DA ATA DO CONSELHO DE GUERRA
1º de maio de 1865

Formaliza a união dos governos uruguaio, argentino e brasileiro na guerra contra o governo paraguaio, em que se determina de quem será o comando das forças aliadas e os termos permitidos para a negociação visando o final do conflito, além de vários outros itens.

TRATADO DA TRÍPLICE ALIANÇA

O governo da República Oriental do Uruguai, o de S. M. o Imperador do Brasil e o da República Argentina:

Achando-se os dois últimos em guerra com o governo do Paraguai, por lhes ter ela sido declarada de fato, por este governo, e o primeiro em estado de hostilidade e a sua segurança interna ameaçada pelo referido governo, que violou o território da república, tratados solenes e os usos internacionais de nações civilizadas, cometendo atos injustificáveis, depois de haver perturbado as relações com os seus vizinhos, pelo mais abusivo e agressivo procedimento:

Convencido de que a paz, segurança e bem-estar de suas respectivas nações são impossíveis enquanto existir o atual governo do Paraguai, e de que uma imperiosa necessidade exigida pelo maior interesse fazer desaparecer aquele governo, respeitando a soberania, independência, e integridade territorial da República do Paraguai; resolveram n'esse intuito celebrar um tratado de aliança ofensiva e defensiva, e para isso nomearam seus plenipotenciários, a saber:

Pela República Oriental D. Carlos de Castro, pelo Império do Brasil Francisco Otaviano de Almeida Rosa; pela República Argentina D. Rufino Elizalde, os quais concordaram no seguinte:

Carlos de Castro, ministro das Relações Exteriores do Uruguai, Francisco Octaviano de Almeida Rosa, ministro plenipotenciário do Brasil, e Rufino de Elizalde, ministro das Relações Exteriores da Argentina

Art. 1º. A República Oriental do Uruguai, S. M. o Imperador do Brasil e a República Argentina unem-se em aliança ofensiva e defensiva na guerra provocada pelo governo do Paraguai.

Art. 2º. Os aliados concorrerão com todos os meios de que puderem dispor por terra e nos rios, segundo for necessário.

Art. 3º. Devendo as operações da guerra principiar no território da República Argentina, ou numa parte do território paraguaio limítrofe com o mesmo, fica o comando em chefe e direção dos exércitos aliados, confiados ao presidente da República Argentina, e general em chefe do seu exército, brigadeiro general d. Bartholomeu Mitre.

As forças marítimas dos aliados ficarão debaixo do comando imediato do Vice-almirante Visconde de Tamandaré, comandante em chefe da esquadra de S. M. Imperador do Brasil.

As forças de terra da República Oriental do Uruguai, uma divisão das forças argentinas e outra das brasileiras que serão designadas pelos seus respetivos comandantes superiores, formarão um exército debaixo das ordens imediatas do governador provisório da República Oriental do Uruguai, o brigadeiro general d. Venancio Flores.

As forças de terra de S. M. Imperador do Brasil formarão um exército debaixo das ordens imediatas de seu general em chefe, Brigadeiro Manoel Luiz Osorio.

Art. 4º. A ordem militar em terra e economia das tropas aliadas dependerão exclusivamente de seus respetivos chefes.

O soldo, víveres, munições de guerra, armas, fardamento equipamento, e meios de transportes das tropas aliadas, serão por conta dos respetivos Estados.

Art. 6º. Comprometem-se os aliados solenemente a não depor as armas senão de comum acordo, nem antes de haverem derribado o atual governo do Paraguai, e a não tratar separadamente com o inimigo, nem assignar qualquer tratado de paz, tréguas, armistício, ou convenção alguma para terminar ou suspender a guerra, salvo com perfeito acordo de todos.

Art. 8º. Obrigam-se os aliados a respeitar a independência, soberania e integridade territorial da República do Paraguai.

Conseguintemente, poderá o povo paraguaio escolher o seu governo e dar a si mesmo as instituições que quiser, não se incorporando, nem pedindo um protetorado debaixo de qualquer dos aliados como consequência da guerra.

Art. 11º. Derrubado o atual governo do Paraguai, passarão os aliados a fazer os ajustes necessários com a autoridade constituída para assegurar a livre navegação dos rios Paraná e Paraguai, de modo que os regulamentos ou leis d'aquela república não impeçam, dificultem ou onerem o trânsito e navegação direta dos navios mercantes ou de guerra dos Estados aliados que se dirigirem para seus respetivos territórios, ou domínios não pertencentes ao Paraguai, e exigirão as garantias convenientes para que se tornem efetivas estas estipulações sobre a base d'esses regulamentos de polícia fluvial, quer tenham de ser aplicados aos dois referidos rios ou também ao Uruguai; serem feitos de comum acordo entre os aliados e quaisquer outros Estados ribeirinhos, que no prazo que for fixado pelos mesmos aliados aceitarem o convite que se lhes dirigir.

Art. 16º. Para evitar as discussões e guerras que as questões de limites envolvem, fica estabelecido que os aliados exigirão do governo do Paraguai que celebre tratados definitivos de limites com os seus respetivos governos, sobre a seguinte base:

A República Argentina ficará dividida da do Paraguai, pelos rios Paraná e Paraguai, até encontrar os limites do Império do Brasil, que na margem direita do rio Paraguai vão na Baía Negra.

O Império do Brasil confinará com a república do Paraguai do lado do Paraná, pelo primeiro rio abaixo do Salto das Sete Quedas, que segundo o recente mapa de Mouchez é o Igurey; e da foz do Igurey seguindo o seu curso até chegar às nascentes. Do lado da margem esquerda do Paraguai pelo rio Apa; desde a sua foz até as nascentes. No interior pelos cimos da serra de Maracajú, pertencendo as vertentes orientais ao Brasil, e as ocidentais ao Paraguai; e traçando-se linhas o mais retas possíveis da referida serra às nascentes do Apa e do Igurey.

Art. 18º. Este tratado se conservará secreto até se alcançar o principal fim da aliança.

Art. 19º. As estipulações d'este tratado que não dependem de autorização legislativa para a sua retificação, principiarão a surtir efeito apenas aprovadas pelos respetivos governos e as outras depois da troca das ratificações, que será na cidade de Buenos Aires, dentro do prazo de quarenta dias, da data do referido tratado, ou antes se for possível.

Em fé do que os abaixo assignados, Buenos Aires, 1º de maio de 1865 — Carlos de Castro — Francisco Otaviano de Almeida Rosa — Rufino de Elizalde.

ATA DO CONSELHO DE GUERRA

Bartolomeu Mitre, presidente da Argentina, Venancio Flores, presidente do Uruguai, Urquiza, capitão geral argentino, Visconde de Tamandaré, almirante e comandante da Armada brasileira, Osório, general e comandante do Exército brasileiro, e o ministro da Guerra argentino

Reunidos em conselho de guerra o presidente da República Argentina (Mitre), o governador da República Oriental (Flores), o capitão-general Urquiza, o almirante Visconde de Tamandaré, o brigadeiro Osorio e o ministro da Guerra da República Argentina, para trocar ideias sobre as operações militares da campanha do Paraguai, e sobre as medidas que para esse fim se deveriam adotar, concordaram nos seguintes pontos, depois de detido exame:

1º — O objetivo das operações da campanha deve ser a posição de Humaitá e a ele devem subordinar-se as operações e itinerários militares.

5º — A distância do Passo da Pátria a Humaitá é só de sete léguas, por terra, e quaisquer que sejam as dificuldades do terreno, a menor distância, o menor tempo e o fato de golpear-se o inimigo no coração compensam assaz os inconvenientes que o terreno possa apresentar.

os dias

Findou a neutralidade de Mitre e por conseguinte a de Corrientes. O Governo é nosso aliado.

<small>Davi Canabarro, Rio Grande do Sul</small>

Se o exército já estivesse pronto, convinha até precipitar a sua marcha ao Paraguai; porém, da maneira por que vejo as coisas, sobretudo a demora que ainda pode haver na reunião e aprontamento de forças, não convém certamente. Neste caso acho mais prudente invernar, aprontar tudo o que for preciso para entrar no verão seguinte. O Paraguai é falto de gado vacum e cavalar, devemos contar com o que levarmos e mandarmos buscar. Na estação invernosa não se pode fazer isto, porque os animais ficam de tal sorte magros, que se não podem mover. Demais os caminhos que conduzem ao Paraguai são de muito e extensos banhados, intransitáveis no inverno. Acho muito acertado fazer uma invernada de cavalhadas em Missões, onde há campos bons, não faltando sal, e outra por cá, ou mesmo no Estado Oriental, se não puder ser em campo deste lado como parece, por estarem todos mais ou menos povoados.

O inimigo tinha n'aquela província alguns partidários, por isso organizou logo na capital um governo provisório que declarou Corrientes, Estado livre e independente, sob a proteção do Paraguai.

<small>Bernardino Bormann</small>

O nosso governo aprovou o Tratado da Tríplice Aliança contra o Paraguay.
O Mitre tem muita gente, porém está sem armamento, mas o espera; é dizer que fomos todos surpreendidos pelo Paraguay.

<small>General Osório, São Francisco</small>

Torno a pedir-lhe, com urgência, a remessa da cavalhada, que deve vir já reúna e por troços, em proporção que a for reunindo, para não haver demora.

Bernardino Bormann

Agora pretende invadir também o Rio Grande, pois, desde janeiro (1865) forças paraguaias passam o Paraná, em Itapüa acampam em São Carlos e aí reúnem-se 42 mil homens sob o comando do coronel Estigarribia.

Azevedo Pimentel, Santa Catarina

Dia 23 de maio — Às 3h da tarde paramos em frente à barra do norte em Caieiras (Santa Catarina), onde deixamos alguns variolosos. Às 5h fizemos proa ao sul, continuando a viagem; a essa hora formavam-se a sudoeste pesados castelos de nuvens negras. Era o Pampeiro que se avizinhava. Efetivamente, meia hora depois os cicios do vendaval anunciavam a sua violenta queda, um trovão, nos ares estrugiu medonhamente e o temporal desabou com máxima violência acompanhado de chuva miúda e vento frio. Ninguém se sustinha na tolda; à meia noite eram calculadas as ondas em doze metros de altura. O navio forte e bem construído resistia como que se desconjuntando, um vagalhão embarcou na proa arrebatando um boi que nela estava amarrado e jogou-o no pélago, um escaler de bombordo suspenso aos turcos foi também arrebatado por outra onda, não se tendo nunca mais notícia dele.

O navio guinava medonhamente e sua oficialidade descalça agarrava-se a tudo que lhe ficava à mão para não ser sacudida de amurada a amurada; nas cobertas os pobres soldados rolavam como se fossem barris vazios, ouvindo-se com tristeza como que um só gemido partido de mais de mil corações aflitos.

Este estado de cousas, esta prolongada agonia durou até a manhã do dia 27.

Azevedo Pimentel, Montevidéu

Navegamos todo o dia. Suspendendo pela manhã o denso nevoeiro e tornando-se o dia brilhante e límpido, fomos descobrindo terra sucessivamente, de sorte que navegamos sempre com terra à vista. Às 7h da noite fundeou o vapor no porto de Montevidéo.

Dia 28 de maio — Apesar do frio terrível que nos deixara o Pampeiro, experimentamos também as agruras do *Minuano*. Encheu-se o tombadilho de gente enjoada para ver a alegre cidade oriental. Ao lado diréito dela ergue-se o célebre Cerro Coroado com uma fortaleza.

O Cerro não se prestava para acampamentos intensos, e as forças engrossadas dia a dia, dos contingentes que iam recebendo, avolumavam-se sobremaneira. Por tal motivo, Osório fê-las embarcar Uruguai acima, direção ao Salto, estabelecendo-as de modo consentâneo.

Rodrigues da Silva, de Cerro a Salto

O regimento acampava bem ao alto da coxilha e as barracas estavam mal seguras, por falta de boas estacas. Em março as noites no Cerro são bastante frescas. Deitei-me cedo. Alta noite despertou-me um rumor surdo que parecia de trovões longínquos. A barraca começou a estremecer. Em pouco tempo agitava-se fortemente. O ruído aproximava-se, ora semelhando o alarido de mil vozes, ora a estrupida de cavalhada em disparada. Sentia frio e cobri-me bem com o ponche reiuno, forrado de baeta vermelha. O clamor vinha perto. A barraquinha voou pelos ares, levantei-me açoitado pela ventania. Todas as alvas tendas voavam no espaço como aves noctívagas levadas pelo furacão, e os brasidos dos fogões lançavam fagulhas e chispavam crepitantes como forjas onde deram aos foles vigor. Era o Pampeiro, que nos visitava pela primeira vez. Não tardou muito que o céu luzisse estrelado e límpido.

Dionísio Cerqueira, Cerro

O Paraguai há muito se prepara para nos agredir; de nossa parte agora tem começo a defesa que deve repelir os invasores.
O tempo que nos dão devemos aproveitá-lo. Peço a Vª. Exª. com instância que mande ativar a remessa de armamento, fardamento, arreamentos, barracamento, etc. etc.
Temos na fronteira homens, cavalos e gado, mas não armas, e sem elas estamos fora de combate, inofensivos.

Davi Canabarro, Rio Grande do Sul

Dionísio Cerqueira, de Cerro a São Francisco

Levantamos acampamento em fins de abril. Não posso precisar a data, porque, às vezes, me falha a memória. Embarcamos no porto do Cerro em *goletas* e *gadanhos* para bordo dos transportes que nos iam conduzir Uruguai acima. A travessia era curta — um dia apenas — até o nosso destino.

Dionísio Cerqueira, São Francisco

Chegamos ao porto de São Francisco, onde desemboca, no grande Uruguai, o arroio do mesmo nome, um pouco acima da cidade de Paissandu. Ali armou o exército, pelas coxilhas afora, seu acampamento de tendas de algodão de formas variadas, desde a cônica, usada pelos povos do Oriente, até a de cumeeira, que é a mais espaçosa e cômoda. A vida passava entre a indolência e a monotonia, só interrompidas quando chegava algum transporte com corpos novos, que vinham reforçar o pequeno exército, a se organizar lentamente, como se tivéssemos certeza de que o inimigo nos esperaria. O general fazia o que podia, mas estávamos tão mal preparados quando foi declarada a guerra, que, apesar dos esforços empregados pelo governo e do patriotismo dos brasileiros, seis meses depois ainda nada podíamos tentar para tomar a ofensiva.

Entretanto, o nosso inimigo tinha em armas cerca de oitenta mil homens instruídos e disciplinados, prontos para defenderem um território inteiramente desconhecido por nós, protegido no interior por intermináveis esteiros; e, pelos lados Leste e Oeste, circunvalado por imensos rios, limitando extensas regiões desertas, onde não havia uma estrada para dar acesso a invasão, que só poderia ser feita pelo Sul.

João Frederico Caldwell, Porto Alegre

Por achar-se prestes a partir para essa cidade o vapor de guerra *Fluminense*, deixo de fazer outras respeitosas observações, limitando-me em perguntar a V^a Exª qual o destino que terá o exército de operações no Estado Oriental, ou se haverá algum plano de operações, combinado com a confederação argentina, na guerra em que se acha envolvido o Império.

Dia 29 de maio — Às 4h da tarde foi baldeado o batalhão do *São Francisco* para o transporte *Apa*, onde encontramos embarcado o 3º Batalhão de Artilharia a Pé, e às 7h largou ferro o *Apa*, e subiu o Prata. À meia noite apanhamos água doce do rio. Ao amanhecer do dia 30 ainda não se avistavam as margens do rio, cujas águas barrentas e amarelas como oca em ondas revoltas davam a medida da grandeza do temporal caído nos últimos dias. Era um verdadeiro mar amarelo; os naufrágios foram tantos que se contaram cerca de quarenta embarcações afundadas, deixando ver fora d'água as borlas dos mastros. Às 10h desse dia passamos ao longe pela colônia do Sacramento, ao meio dia pela ilha de Martin Garcia, e pouco depois entravamos no majestoso rio Uruguay, e às 4h passávamos a Vila Nueva Palmira, onde pouco adiante fundeou o vapor para passar a noite.

Azevedo Pimentel, de Montevidéu a Colônia de Sacramento

3ª — 2 de maio
Seguimos hoje para Paÿssandú.

Albuquerque Bello, de Montevidéu a Paissandu

5ª — 5 de maio
O vapor encalhou abaixo pouco de Paÿssandú. Mandei desembarcar o corpo para aliviar o navio, e não conseguiu passar abaixo, mandei novamente embarcar a gente; o ponto onde estamos encalhados fica na frente de Conceição do Uruguai. Chegou um vapor de guerra para nos conduzir.

Tendo o Comandante me convidado para ir à câmara, ali bati com a cabeça de encontro ao forro que é muito baixo, e machucando o lobinho que tenho na cabeça, caí sem sentidos.

Estava acampado à margem de um pequeno arroio, na ourela de uma mata rarefeita de salgueiros. O João Teles era cadete-sargento e servia com o irmão. Havia umas três barracas armadas, alguns cavalos a *soga*, duas varas com *matambres sovados* e mantas de carne gorda estendidas, uma chaleira ao fogo e dois enormes *churrascos*, espetados em varas fincadas junto a um grande brasido e que um cabo soassava, virando de um lado para outro. Não havia nem cadeiras nem bancos. Os assentos eram troncos de árvore ou os nossos calcanhares.

Dionísio Cerqueira, São Francisco

Logo de chegada, correu o mate a roda. Vinha sempre *gordo* porque o cabo *cevador* era mestre na sua arte. Depois de sorvidos alguns *porongos*, aproximamo-nos mais do fogo e o cabo pôs um punhado de sal numa tampa de marmita, que encheu de água do arroio e colocou ao lado de um dos assados. Éramos cinco. Cada um com sua faca, separava um grande naco daquela carne aromática e apetitosa, molhava-o na marmita da salmoura e levava-o a boca, cortando-o de baixo para cima, sem receio de ficar sem a ponta do nariz. De vez em quando, tirávamos um pouco de farinha com a ponta da faca e assim continuamos, de cócoras, até ficar limpo o espeto. Tomamos mate depois e fumamos o nosso cigarro de palha de milho.

A curtos espaços, renovamos o ataque, até que anoiteceu. Estendemos os arreios debaixo de um grande *umbu*, e, ao relento, sob um céu excepcionalmente límpido, onde as estrelas cintilavam com brilho anunciador de forte geada, deitamo-nos ao lado uns dos outros e passamos uma noite agradável, certamente mais do que as do acampamento, fechados na barraquinha, tremendo de frio e respirando ar viciado pelo gás carbônico, que nós mesmos exalávamos, suspenso, por mais pesado, nas camadas mais baixas, onde o aspirávamos de novo, com prejuízo do organismo.

Alfredo Taunay, São Paulo

Já comprei uma bela e forte besta tordilho-queimada. Vendeu-ma o francês recomendado por Tonton Theodore. Paguei-a caro (240$000) mas é um animal soberbo, e dei-lhe o nome de Dona Branca.

Alfredo Taunay, Campinas

Houve, decerto, exagero; mas não há dúvida, gastou-se inutilmente tempo bastante precioso, começando a mostrar-se o nosso chefe de todo impróprio para as coisas grandes e sérias.

Em vez de marchar, com o seu Estado Maior, diretamente para Cuiabá a levantar o moral da mísera província de Mato Grosso, então em grandes áreas ocupada por forças paraguaias, conforme lealmente lhe aconselhava o Miranda Reis, aproveitava qualquer pretexto a esperar esta e mais aquela repartição, para ir-se deixar ficando no círculo de senhoras de boa sociedade, ricas, bonitas e moças, que constituíra em torno de si.

Nós da Comissão de Engenheiros desfrutávamos em regra as vantagens daquela demora, envolvidos como estávamos em todas as festas e bailes, tornando-se saliente o apreço que merecíamos do high life campineiro pela nossa educação e comedimento.

As deserções foram frequentes na cidade de Campinas, e quase toda a força que marchou apresentou-se nesta cidade, dando de seu procedimento criminoso, causas que não ouso apresentar.

João Crispiniano Soares

Não só os que haviam feito a recente campanha no Uruguai, como os que vinham chegando, estavam bastante desprovidos do fardamento e equipamento. Os nossos arsenais não podiam, pelo que se via, satisfazer as nossas necessidades, e o Ministro da Guerra, visconde de Camamu, ordenou ao general Osório que mandasse comprar no rio da Prata o que fosse necessário.

Dionísio Cerqueira, Paissandu

Daí, originou-se a falta de uniformidade do nosso fardamento. Recebi uma blusa de baeta vermelha, alpercatas de *gringo* com sola de corda trançada e *calzoncillos* de gaúcho, com franjas.

Não era raro o uso de *chiripá* na nossa cavalaria; e o *ponche-pala* dir-se-ia peça regulamentar do uniforme. Desde o general-chefe até as suas ordenanças, usavam-no todos. O próprio general Sampaio, que podia ser apontado como modelo em qualquer exército, ainda o mais rigoroso na disciplina, usava muitas vezes o seu *bicunha*, de cor amarelada sobre a farda nova, bordada a ouro. O uso do chapéu de feltro negro tornou-se geral. O do general Osório, de copa alta, dava-lhe um tom agauchado especial que o tornava muito simpático e criou-lhe o tipo, como a *cartola* fez o do general Urquiza.

Sobre o fardamento da Infantaria e Cavalaria concordo com V^a. Exª. — bem armados e agasalhados do tempo e nada mais.

Davi Canabarro, Rio Grande do Sul

Quanto ao calçado e esporas V^a. Exª. se convencerá com esta simples reflexão — o cavaleiro em lide tem uma mão na rédea outra na arma; só a espora pode fazer obedecer a seu cavalo nos rápidos movimentos da cavalaria. Os nossos homens da campanha por causa da necessidade de esporas, quando não têm outro calçado, fazem o que chamam "bota de vaca". Há falta de bandeiras para os corpos desta Divisão. Muito pesar teria se os corpos entrassem em combate sem o pavilhão nacional. Peço a V^a. Exª. a remessa delas proporcionalmente aos corpos.

André Rebouças, em direção a Salto

A passagem da tropa de um vapor para o outro terminou às 6 da tarde, seguindo logo a *Apa* rio acima trazendo a reboque uma *chata* com barracas de lona, mandadas fazer em Montevideo pelo general Osório para servir em lugar das de um brim muito ordinário, enviadas do Rio.

Estando também a tropa sem roupa de inverno mandou-lhes fazer blusas de baeta vermelha.

Dionísio Cerqueira, São Francisco

Arranchei com o Costa Matos; e o nosso faxineiro Quintiliano servia-nos admiravelmente. Era um velho soldado condutor, muito asseado, sabendo fazer bons churrascos, cevar bem o mate, e limpar, como ninguém, as nossas armas e equipamentos.

Alfredo Taunay, Campinas

Temos tido a melhor impressão de Campinas, cidade próspera e rica, muito animada e progressista cujo adiantamento dia a dia se comprova pelo aumento da população, as construções de novas e numerosas casas e a abertura de estabelecimentos comerciais importantes. Sente-se que é uma cidade opulenta onde há grandes fortunas e onde as transações avultam.

As terras do município ubérrimas produzem grandes safras de café nelas havendo fazendeiros importantíssimos, senhores de grandes escravaturas.

José Campello, Volta do Urubu

Quem nunca viu a marcha dum exército não pode fazer uma ideia aproximada do que homens, burros, cavalos, cargas e carretas caídos e misturados de instante em instante, e o exército com uma massa impassível passando por cima de tudo.

Ilmº. e Exmº. amigo e Sr. Canabarro.
São Francisco, 30 de maio de 1865.

General Osório,
São Francisco

No dia 27 do corrente saí de Montevidéo e desembarquei esta madrugada em São Francisco, onde recebi o seu ofício e carta do 1º de maio, e a outra carta de 20 a que respondo. Ainda deixei um batalhão em Montevidéo, embarcado, que espero nestes dois dias, e talvez mais três mil homens e um parque de artilharia, que me diz o Ministro da Guerra deviam partir dali no dia 21: ainda ficará mais força a marchar.

Aqui tenho doze mil homens, sendo nove mil de infantaria e artilharia; a cavalaria vem muito a pé e ainda não está no arroio Grande, deste lado do rio Negro, e só nestes quatro dias chegará. Já vê que preciso de dois ou três mil cavalos com toda a brevidade, os quais serão pagos neste acampamento, de dez a doze patacões cada um, que seja gordo e manso.

Na noite de 25 chegou de Buenos Ayres a Montevidéo um ajudante de ordens do Tamandaré, que trouxe carta do Mitre para o Flores. Mitre pedia a Flores que se pusesse em campanha, e este me disse que o faria daí a dez dias. Creio que sairá de Montevidéo a 3 de junho, embarcado com a sua infantaria e com a direção ao Salto. Mitre dizia na carta que os paraguaios, em número de dezesseis mil, vinham Paraná abaixo e estavam na Bella Vista de Corrientes, e já noticiava a outra força de que Vª Exª me fala por São Thomé; se diz mais que pelo centro vinha outra coluna que, a ser verdade, creio para mim que se dirigirá a Uruguayana.

Volta do Urubu, em Corrientes,
7 de Abril de 1866

José Campello,
Volta do Urubu

Saímos de Santa Maria às 5h da manhã e acampamos aqui às 9 horas do dia; fez-se uma boa marcha, o dia estava muito fresco os soldados não sentiram enfado; fez-se duas léguas.

Até aqui nada tem faltado: há muitos matos (capim, água e bom pasto para os animais). Estamos atravessando campos desertados, apenas vê-se de duas a quatro léguas de distância, pequenas taperas de capim e muito pouca criação; se havia, deve ter sido retirada.

Alfredo Taunay, Campinas

Chegou de Mato Grosso um oficial enviado pelo coronel Dias, comandante das armas, perto de Nioac, este coronel comandava 158 homens quando foi atacado por três mil paraguaios. Parece que fez milagres de bravura secundado pela sua pequena tropa. Engodou o inimigo, cortou-lhe a retaguarda, a que derrotou, e aguentou-se em combate três dias, no campo entre pântanos. Perdeu uns cinquenta soldados e retirou-se com o resto, sua família, mulher e filhinhos, depois de destruir muito importante ponte.

Continuo a morar com Chichorro. Que bom rapaz é. Possui a mais sólida instrução, sabe matemática como poucos e vive agarrado aos livros. Como é o mais velho de todos nós da comissão lhe chamamos o Vovô. Infunde-nos certo respeito pela sua muita erudição a que alia a mais perfeita modéstia. Infelizmente tem saúde precária e agora sofre de terrível bronquite proveniente de fortíssimo resfriado apanhado em São Paulo. Tem enorme paciência para com os colegas que às vezes abusam de sua bondade realmente enorme. O fundo do seu caráter é, porém, muito melancólico; tímido e reservado, pouco fala de sua mocidade. Dizem que teve grandes desgostos na vida e dificuldades com o pai na Bahia, onde nasceu.

Uma noite acordou-me com os seus gritos — Que é isto, Chichorro? perguntei-lhe. Estás morrendo? Qual morrendo! respondeu-me em tom de profundo desalento, que me fez rir, sonhava que lia um lindo livro dourado de rica encadernação e onde havia magníficas gravuras. E de repente haviam derramado café sobre uma dessas estampas realmente finíssimas.

Vou-me dando muito bem como os meus companheiros de comissão, muito mais chegado porém a Chichorro, Lago e Catão do que aos demais (Barbosa e Fragoso).

Lago é um caráter excelente, firme como raros, desses que quebram mas não torcem. É um tipo de energia e resolução, homem feito por si, pela tenacidade, o amor ao trabalho, e o desejo de subir honestamente.

Foi soldado raso e veio da sua província analfabeto. Aprendeu a ler e a escrever no quartel, estudou como pôde e afinal formou-se já maduro. Era engenheiro da província do Rio e é casado e já anda perto dos quarenta anos. Homem de gênio excelente não se zanga com as nossas caçoadas. Tem um apetite de lobisomem e nós lhe chamamos capitão Pansa o que não lhe faz mossa alguma. Catão você conhece-o bem; o gato gordo como os rapazes o alcunharam na escola. Damo-nos imensamente melhor do que antes. Continua sempre engraçado quando não dá para a tristeza.

O capitão Firmiano de Oliveira e Melo foi portador da notícia de estarem os paraguaios em São Tomé a duas léguas de São Borja além do Uruguai.

<small>Davi Canabarro, Livramento</small>

A povoação de São Tomé está assentada em uma colina a pouca distância do Uruguai. É insignificante como o são todos os povos jesuíticos. A respeito deste se verifica o que se tem dado com os outros: ou não florescem ou se transformam em ruínas.

<small>José Carlos de Carvalho, tenente-coronel e chefe da Comissão de Engenheiros</small>

Continuamos em Campinas sem saber positivamente o que teremos de fazer. Por enquanto nos ocupamos muito ativamente de um baile, aqui, em Campinas, marcado para o dia 31 de maio de 1865.

<small>Alfredo Taunay, Campinas</small>

Ao meio-dia saltamos no norte da cidade do Paraná [na Argentina].

<small>Benjamin Constant, cidade do Paraná, Argentina</small>

É um povo ainda inferior ao do Rosário inimigo dos brasileiros e de más tradições. As informações que tivemos previnem-nos contra esta gente. Esta prevenção não é porém mal-entendido. Os muitos fatos de roubos e assassinatos feitos em estrangeiros, principalmente brasileiros, não dão lugar a dúvidas a esse respeito. [...] testemunha da nenhuma hospitalidade, do modo indigno, insolente e brutal por que somos aqui recebidos (e são nossos aliados). Os homens covardes e pusilânimes correspondem respeitosos aos comprimentos (sic) que lhes [...]

quando passeamos por seus povoados e, pelas costas, chamam-nos de macacos, macaquitos, dão assovios, etc. Respeitam-nos quando andamos em número suficiente para repelir os seus insultos, mas insultam-nos e provocam-nos quando andamos dispersos. Enfim, ninguém sai desarmado para passear nestas cidades.

Imbuíram-lhes ideias falsas a respeito do Brasil e julgam-nos seus inimigos, apesar das muitas provas que o Império tem dado de sua boa-fé e suas boas intenções a estes maus vizinhos. Os enormes sacrifícios de sangue e de dinheiro que temos feito por eles são sempre mal interpretados. Agora que a tríplice aliança do Brasil com estas repúblicas todas [...] favorável aos aliados e iminentemente desfavorável e até [...] deixa ver a toda luz quanta generosidade verdadeira e até [...] boa-fé tem-se tido com eles, ainda muitos jornais nos insultam, atribuem-nos más intenções que não temos e nunca tivemos.

A natureza é aqui sempre a mesma e não há variedade nem no aspecto do terreno nem na vegetação. Uma espécie de sapé a que chamam macega, arbustos e [...] de má aparência espalham a monotonia por todas estas [...] pequenas cidades, alguns povoados miseráveis e algumas palhoças de índios muito distantes entre si, tudo o mais é um completo deserto.

Os soldados e os policiais andam descalços, vestidos de chivipás e trazem chapéus de palha ou de feltro, sem nenhuma uniformidade, espadas tortas e [...].

Fala-se muito o guarani por esta cidade (a gente baixa). Não se ouve, quando passam pelos outros, senão — batecópa, batecoporá —, isto em língua de gente quer dizer: como estás, estou bem, obrigado. Eu também fui dando batecópas a toda aquela gente e quando me davam batecópa arrumava-lhes com o batecoporá. Foi só o que aprendi, mas fui [...] extração a estes meus conhecimentos. Dei batecópa a um meninozinho, a um batecopazinho e falou mais de dez minutos sem dizer batecoporá; necessariamente estava me passando alguma grande descompostura.

O caboclo, tostado pelo ardente sol da América, habituado às excursões no alto mar na sua igarité, ou jangada, vivendo continuamente da pesca, estranho às emoções da vida das cidades, ou dos campos, conduzido a bordo de um navio de guerra, identifica-se em poucos dias com o serviço, arrosta os perigos das tempestades com calma e resignação, resiste mais do que outro qualquer à invasão das moléstias, e é o tipo especial, que o país tem para a formação de boas guarnições.

Carlos Xavier Azevedo, médico, chefe de divisão e cirurgião-mor da Armada

Com efeito, a 8 de maio tivemos em São Borja a notícia de que as forças paraguaias tinham passado o rio Aguapeí (limites do Paraguai) e tinham penetrado no Departamento correntino de São Tomé, e que, a marchas forçadas, elas se dirigiam sobre o povo do mesmo nome.

Cônego Gay, São Borja

"Caipiras escorraçados", porém são os que teremos de encontrar na nossa marcha pelo Oeste da província de São Paulo e o antigo sertão da Farinha-Podre em Minas, anunciou-nos.
— Com a sua chegada as casas de beira de estrada ficarão vazias, tudo fugirá, afirmou-nos.

Alfredo Taunay, Campinas

Está fora de dúvida que o destacamento do Taquari, meio caminho entre esta Capital e Santana do Paranaíba, foi ocupado por forças paraguaias vindas de Miranda; o que ainda se não sabe é o número desta força, que se diz ser considerável, e se ela tenta marchar sobre esta Capital, o que já mandei verificar. Com esta notícia está a Província assustada, a qual corre iminente perigo se os auxílios que houver de mandar, forem tão retardados como têm sido.
É uma necessidade urgentíssima desalojar os paraguaios do Taquari por forças vindas de São Paulo e Minas, caso eles ali persistam, para podermos ter livres as comunicações com essas Províncias, e para desassombrar esta Capital.

Albino de Carvalho, Mato Grosso

Nossa expedição, como você deve saber, vai começar a marchar. E suas cartas deverão ter o endereço de Franca ou Uberaba, onde nos esperarão quiçá por muito tempo. Eu lhe escreverei sempre, por todos os meios possíveis. Nossa correspon-

Alfredo Taunay, Campinas

dência vai tornar-se irregular, pela razão que você sabe, por isso não há motivo para inquietações.

Cônego Gay, próximo a São Borja

nossos corpos foram acampar a cinco ou seis quadras do rio, quase junto ao acampamento de nossa seção de infantaria. Esse contingente dos quatro corpos era perto de 1.600 homens, e, segundo se soube depois, os paraguaios, que os viram desfilar, criaram bastante terror, se bem que naquela ocasião nenhum corpo da brigada fosse perfeitamente armado.

O corpo que tinha uma arma carecia de outra. Um corpo só tinha recebido fardamento, o mesmo que a seção de infantaria, que também recebera barracas.

Todos os mais estavam com a roupa que os soldados levaram de suas casas. Vários soldados se achavam quase nus, e outros cobriam-se com farrapos; ou porque fossem recrutados sem terem tempo de levar sua roupa, ou porque por pobres não a tivessem. Acontecia também que as poucas munições de guerra, que foram distribuídas aos soldados, não serviam para as armas que levavam.

Às vezes, os cartuchos eram de maior dimensão que o cano das armas de fogo

Albuquerque Bello, Paissandu

27 de maio — Sábado — Faleceu o soldado José Ventura meu camarada, senti muito a morte desse soldado por ser muito bom homem, e na qualidade [de] meu camarada tratava-me com o maior cuidado possível, e se me via incomodado não saía mais de junto de mim.

Cônego Gay, São Borja

A vinda da brigada para São Borja, assim como as palavras e as promessas do coronel Fernandes e a esperança de que o general Canabarro chegaria brevemente com as forças a seu mando, fizeram renascer a confiança aos habitantes de São Borja, que tinham se retirado da vila, para onde regressaram todos às suas casas, salvo duas ou três exceções.

Azevedo Pimentel, Daiman

Dia 2 de junho — Às 6h continuamos a viagem e às 10h, descendo, passava por nós o vapor *Princeza*. Às 4h da tarde saltamos e acampamos no arroio Daymann, junto à vila do Salto. O batalhão que deixara doentes na Bahia, Rio de Janeiro, Santa Catarina e Montevidéo, chegou a Daymann com 983 homens, sendo difícil encontrar barracas no depósito para tão crescido número.

Dia 3 de junho — Muito frio e geada, dando-se princípio a dois exercícios diários.

Os recrutas recém-chegados do norte do Brasil, não habituados aos rigores do inverno excepcionalmente frio no ano de 1865, baixavam aos hospitais em grande número; e as fileiras rarefaziam-se rapidamente. Lembro-me de um luzidio batalhão de voluntários paraenses que desapareceu vitimado pela brusca troca do clima cálido de sua terra pelo frio intenso de São Francisco e, provavelmente também, pela mudança de alimentação, quase exclusiva de carne muito gorda com a qual não estavam habituados. A disenteria, flagelo dos exércitos em campanha, grassava intensamente e fazia inúmeras vítimas.

<small>Dionísio Cerqueira, São Francisco</small>

Fui à enfermaria e voltei cheio de horror por ver tanta miséria! pobres soldados! O meu camarada José que ali está, assim que me avistou pôs-se a chorar.

<small>Albuquerque Bello, Paissandu</small>

Entraram algumas praças para o hospital, com bexigas; no Rio de Janeiro deixei dezenove praças doentes. Do porto deste acampamento fiz voltar para Montevidéu nove praças com bexigas, a bordo do *Oÿapock* morreu uma outra.

As bexigas têm-se desenvolvido muito com o frio, já tenho muitas praças doentes. O 3º de Voluntários que ia conosco também está sofrendo mesmo mal.

Principiaram os exercícios e as praças têm sentido muito em consequência do frio que é extraordinário.

O tempo vai mau, e o frio aumentou-se; as praças entram em grande escala para o hospital; já tendo morrido algumas.

O tempo melhora e o frio continua; as praças continuam a baixarem ao hospital.

Tenho perdido muitas praças no hospital.

Morreu hoje uma mulher do corpo. As minhas saudades cada vez se aumentam mais; minha mulher e meus filhos são os meus sonhos.

Morreram hoje três praças do corpo.

Baixaram ao hospital quatro praças e morreram duas.

O tempo vai melhorando, mas o frio é excessivo. Continuam a morrer as praças de bexigas; morreu hoje uma mulher e uma criança do corpo.

Aos vinte e um dias do mês de maio de mil oitocentos sessenta e cinco, no acampamento do exército brasileiro junto ao rio São Francisco em Paissandu no Estado Oriental, faço a declaração que se segue para a todo o tempo constar: Declaro que sou casado com d. Francisca Firmina de Caldas Bello, de cujo matrimônio tenho oito filhos a saber: Hortência, Alfredo, Leonor, Amélia, Adolpho, Joaquim, Francisca, e Afonso. Minha família reside na província do Pará. Nada tenho que legar a minha mulher e meus filhos, unicamente deixo-lhes o meu nome.
Joaqu.ᵐ Cavalcanti d'Albuq.ᵉ Bello
Notas que tirei de um caderno de lembranças desde que saí do Pará.

Dr. João Severiano, Hospital do Cerro

... Não são as doenças, nem o número de doentes que me assustam; o que me acovarda, Sr. General, ou antes, o que me desespera é a impossibilidade que tenho e os meus companheiros, de socorrer os enfermos, e de combater e prevenir as moléstias porque, de um lado, faltam-me completamente os meios de ação, não tendo esta Divisão, de três mil homens, um só grão de medicamento, um só fio de curativo; e de outro, sendo nossa voz tão desautorizada, que não se atende os nossos conselhos, nem se busca satisfazer os mais comuns e necessários preceitos de higiene e profilaxia militar, adaptado ao soldado em campanha. Desde 1º do corrente que peço, insisto e suplico medicamentos, dietas, barracas, enfermeiros, cozinheiros. Se umas coisas têm sido obtidas depois de muito esforço, outras, e quiçá as principais, têm até hoje completamente faltado parecendo não serem de utilidade e urgência; entregando-o a vida de centenas de enfermos puramente à mercê de Deus como se não fosse preceito Seu, que nos ajudássemos para Ele nos ajudar. Até esta data não recebi, dos medicamentos tantas vezes pedidos, a Vª Exª senão uma garrafa de água inglesa remetida pelo 5º Batalhão de Infantaria, e outra de vinho quinado, pelo 6º da mesma arma, segundo ordens de Vª Exª, conforme foi declarado. Das ambulâncias das brigadas recém-chegadas nada há a aproveitar, sendo incrível e cruel que se mandasse para um exército em operações ambulâncias de cirurgia para 1.100 praças, sem um único instrumento cirúrgico, e apenas um saca-rolhas e um isqueiro; e noutro caixão pequeno, mas de madeira, pesadíssimo, fornecido no Pará pelo sr. farmacêutico (...), apenas doze garrafas, das quais duas vazias, indicando restos de seu conteúdo que tinham tido infusão de chá e mel de abelhas. Mais de duas arroubas de pó de serra calçavam essas doze garrafas. Eis os meios de que disponho para curar os nossos enfermos. Tenho-me esforçado em fazer o que é da competência do Estado, mandando buscar no comércio tudo o que há de favorável a eles; dantes daria a herborizar e colher vegetais medicinais, mas isso mesmo tem faltado por que tive de delegar a outros, a quem faltam os conhecimentos e prática necessários, estando eu proibido por Vª Exª de sair fora do Hospital, tendo apenas tido ontem, por graças especial a mercê de poder ir ver e tratar o tenente-coronel Francisco Leão Cohn, gravemente enfermo em seu acampamento.

Sem Hospital, sem dietas, sem medicamentos, Sr. General, não se pode curar, não se pode ser médico.

Peço, pois, licença a Vª Exª para ainda e sempre importuná-lo, solicitando providências: 1º. a construção de galpões ou palhoças para abrigo dos enfermos, e enquanto estas se não fazem, empregar nisso as carretas vazias do fornecimento. 2º. mandar distribuir aos doentes dietas apropriadas ao seu estado patológico, para o qual o rancho regimental é quase sempre prejudicial. 3º. mandar comprar em Paissandu ou Montevidéu medicamentos para socorro dos enfermos, que irão no caminho dos oitenta idos, se continuarem as mesmas causas e falharem sempre os socorros.

Jornal do Commercio, correspondente de São Francisco a Daiman

Saímos de São Francisco no 1º de junho, e sabemos que a mortalidade continua de dez a quinze por dia.

O exército achava-se todo neste ponto, à exceção de uns quatrocentos homens que ficaram com os oitocentos e tantos doentes em São Francisco.

O transporte foi malfeito, grande atropelo se deu; a bagagem de três corpos esteve separada de nós três dias. Os vapores conduziram mais pessoal do que comportavam.

Albino de Carvalho, Mato Grosso

Parece-me que as forças de São Paulo e Minas devem reunir-se em Santana do Paranaíba para dali tomar a direção que as circunstâncias indicarem.

BATALHA DO RIACHUELO
11 de junho de 1865

*Em que se conta o ataque das forças paraguaias
à esquadra brasileira, próximo ao arroio Riachuelo,
afluente do rio Paraná, ao sul da cidade argentina
de Corrientes, então ocupada por tropas paraguaias;
a participação no combate também de
soldados paraguaios distribuídos nas barrancas
às margens dos rios Paraná e Riachuelo.*

Quando o moroso carteiro urbano te entregar este volumoso envelope já terás ouvido na Rua do Ouvidor os comentários dos estrategistas de borla e capelo sobre a mortífera batalha naval de que me vou ocupar; mas ignorarás por certo os detalhes da ação.

Mesmo pelas partes oficiais pouco adiantarás esses documentos, em geral lacônicos, são por sua natureza frios e modelados em estilo convencional, sobretudo estas, em obediência à recomendação de Barroso: "Nada de circunlóquios; curto e resumido".

Antônio Luís von Hoonholtz, comandante da canhoneira *Araguari*, carta ao irmão escrita no dia 22/6/1865

Tem havido uma série de transtornos depois do sucesso do dia 11, que estou fora de mim. Não tenho cabeça, estou fatigado e estropeado, e torto ou direito vou escrevendo o que me ocorre, quer tenha nexo ou não.

Almirante Barroso, comandante da Armada brasileira na Batalha do Riachuelo, diário, 13/6/1865

Hoonholtz

Saberás naturalmente que a esquadra brasileira bateu-se com denodo que os inimigos eram muitos e valentes, guarnecendo uma esquadra de catorze unidades das quais oito vapores de guerra e seis baterias flutuantes guarnecidas de canhões de calibres 68 e 80.

Talvez saibas também que essa esquadra paraguaia trazia, além das guarnições completas, um reforço de mil e tantos homens escolhidos para a abordagem, e, como sobressalentes, possantes viradores destinados ao reboque das presas.

Terás lido nos boletins distribuídos pelas folhas da tarde, que a ação durou nove horas sem mudar de cenário, sempre desenrolando-se pertinaz e sangrenta no mesmo trecho do rio Paraná, na curva pronunciada onde desagua um insignificante riacho sem nome — El Riachuelo — ladeado de barrancas inçadas de canhões e de estativas de foguetes à Congrève secundadas por infindas linhas de atiradores, tudo isto mascarado pela mata ou oculto em valas paralelas à margem...

Tudo isto, repito eu, será velho para ti quando te chegar à casa este relatório, porém o que de ninguém terás ouvido é justamente o principal, o mais interessante, isto é a descrição circunstanciada da ação desde o começo.

Eis o que vou tentar nesta carta, si a tanto me ajudar engenho e arte, como disse outrora o poeta caolho.

Dias anteriores à Batalha

Almirante Barroso

28 de maio
Bom tempo, vento do lado do norte, toda a esquadra fez lenha em terra para alimentar as caldeiras. Ao amanhecer regressou a canhoneira que tinha estado de observação. Perguntei aos navios a quantidade de praças a municiar, e eu verifiquei que havia 2.081.

29 de maio
Depois que o *Ipiranga* chegou da margem oposta, onde passou a noite, mandei-o à Ilha do Banco, porque me informaram que nela havia gado. Regressou às 3h, não tendo encontrado nem uma só cabeça. Tive notícia de que o *Amazonas* com a *Ivaí* já estavam na Esquina há três dias; portanto breve aqui devem estar. O rio de ontem para hoje cresceu quinze polegadas.

30 de maio
Continua o mesmo tempo. Às 10h30 avistou-se o *Amazonas* com duas escunas a reboque, e também o *Igurey*, os quais fundearam próximos a nós à 1h da tarde, trazendo aquele só

carvão para 36 horas. Da escuna *Costa* com 122, mandei dar combustível à *Araguari* e depois à *Mearim* e à *Iguatemi*.

31 de maio
Bom tempo, vento de cima. Continua a água a subir, o que admira neste tempo. Trata-se de descarregar o patacho *Giovanni Costa* que trouxe carvão; passou-se recibo de 56 toneladas ao mestre da escuna *Anna Maria*.

1º de junho de 1865
Houve excelente noite e conservou-se permanente o vento para lado do N; o que não deixa de ser desagradável, por não poderem subir os navios de carvão e mantimentos.

em breve escasseará a carne, faltando já bolacha em alguns navios. Como deste gênero ou pão, e carne contávamos obter suprimento em Corrientes, tendo sido ocupada esta cidade pelos paraguaios, nada recebemos, e temos de recorrer ao pouco que trouxemos. Convém que sejamos remediados quanto antes.

Dia 2 de junho
À 1h15 da madrugada, depois que se pôs a lua, viu-se e ouviu-se fogo de artilharia; era uma bateria volante que tinham colocado sobre o barranco para fazer fogo à canhoneira. Os tiros passavam por cima, uns dois ou três deram no navio, e mataram um carvoeiro e feriram duas praças, levando a mão a uma destas que era soldado de polícia; tem dois escaleres furados e creio que algumas insignificâncias.

Às 11h desceu uma escuna carregada de laranjas, vindo de cima da cidade, mas tinha estado nela; perguntando-lhe sobre a artilharia disse-me que na cidade referiam que eram dez ou doze peças que se tinham reunido ao exército, que estava fora da cidade.

Faleceu às 4h da tarde um soldado de polícia de câimbras de sangue, a bordo do *Araguary*; chamava-se Luiz Pereira da Silva, da 2º Companhia.

Às 8h da noite faleceu a bordo do vapor *Amazonas* o Soldado do 9º Batalhão de Infantaria, 5ª Companhia, Joaquim Ferreira Cintra, do ferimento recebido no dia 25 de maio.

Às 6h da tarde faleceu o soldado do Corpo Policial do Rio de Janeiro (Província) da 3ª Companhia nº 34, Pio Americo do Brazil, de diarreia de sangue.

Dia 3 de junho

Não houve novidade durante a noite e a madrugada. Esteve de observação a canhoneira *Araguary*. Desceu o rio duas polegadas. Aragem toda a noite do lado do N. Faleceu ontem na enfermaria do vapor *Belmonte* o grumete-imperial Manoel Jacintho, 14ª Companhia nº 203, de meningite raquidiana. Morreu hoje às 6 da manhã o soldado da 3ª companhia, do 9º Batalhão de Infantaria José Ferreira da Silva, de gastro intestinal. Todos os navios com fachina de lenha para terem para cozinhar e alimentar fogos.

Veio hoje fugido de Corrientes um alemão que com dificuldade o conseguiu pela vigilância que os paraguaios empregam.

Disse que há hoje com os 4.500 paraguaios dezessete peças de seis a doze; que a bateria que tinha vindo hostilizar era de quatro bocas de fogo com o apoio de um batalhão. Que se calculava a perda dos paraguaios, entre feridos, mortos e prisioneiros, em 450 a 500, no dia 25.

Desceu o rio seis polegadas. Excelente tempo; a aragem e brisa sempre do lado de cima.

Faleceu hoje às 7h, de perniciosa, o soldado do Corpo do Espírito Santo, 1ª Companhia nº 49, Heleodoro José Nunes, destacado a bordo do vapor *Beberibe*.

Ao meio-dia faleceu a bordo do vapor *Amazonas*, o soldado da 6ª Companhia do 9º Batalhão de Infantaria Bernardino Ferreira de Carvalho, de diarreia.

Temos duzentos doentes, para mais, de diarreia, bexigas, tifos, que a falta de comodidade e de dietas, concorre para que com qualquer incômodo, fiquem por muitos dias nas enfermarias.

noite muito clara e trovoada armada para S, que se foi desfazendo para SE. A aragem se chamou a E e ESE.

Às 8h50 começaram os paraguaios a fazer fogo sobre a canhoneira, tendo colocado várias peças distantes umas das outras, porque o fogo não saía de um só ponto; fizeram 34 tiros.

Dia 5 de junho
Amanheceu o dia sem que tivesse ocorrido novidade; aragem por E fraca.

Faleceu a 1h30 da madrugada a bordo da canhoneira *Araguary* o soldado da 2ª Companhia do 9º Batalhão de Infantaria Germano Marques, de entero colite aguda.

Desceu o rio seis polegadas.

Dia 6 de junho
Não houve novidade durante a noite e madrugada. Desceu o rio sete polegadas.

Provavelmente os paraguaios não tardarão a colocar alguma peça de calibre mais grosso para nos hostilizarem onde nos achamos, que é o mais a propósito para que nada passe para cima e para obstar se faça a lenha precisa para alimentar as caldeiras e cozinhar, bem como que a tropa lave a sua roupa e se banhe.

Sem notícias; não sei do general Paunero, não sei do adiantamento do general Urquiza, que dispondo de boas cavalhadas devia já achar-se em posição que se fizesse sentir sobre a coluna paraguaia ao mando de Robles.
Espero a cada momento que me chegue o *Ypiranga*, que mandei ver a carne o qual necessariamente me há de trazer algumas notícias.

Faleceu às 6h da manhã a bordo do vapor *Amazonas*, de varíola confluente, o soldado do 9º Batalhão de Infantaria 3ª Companhia nº 108, Manoel Jorge de Vasconcelos. Sei que morreram mais dois que por não ter ainda a parte oficial não declaro os nomes e a que corpos pertencem, o que farei.

Dia 7 de junho
Não houve novidade durante a noite, a aragem sempre NE. Desceu o rio nove polegadas.

Faleceu ontem às 6h da tarde, de varíola confluente, o soldado do 9º Batalhão de Infantaria 3º Companhia, nº 110, Benedicto Lopes. Faleceu hoje às 3h da madrugada a bordo do vapor *Beberibe* de tubérculos pulmonares, o Imperial Marinheiro de 3ª classe 3º Companhia nº 403, José Joaquim de Sant'Anna, e ontem a bordo do vapor *Parnahyba* de febre tifoide, o Imperial Marinheiro de 2ª classe 10ª Companhia nº 472 Miguel Cardoso dos Santos.

Ontem à 1h da tarde morreu quase repentinamente à bordo da canhoneira *Araguary*, de uma angina com caráter gangrenoso, que em poucas horas o levou à sepultura, o Imperial Marinheiro de 2ª classe, 9ª Companhia nº 904 Saturnino Francisco. Ontem também faleceu a bordo do vapor *Iguatemy*, às 2h da tarde, de diarreia, o grumete do Corpo da Armada Daniel Ferreira Pimenta. Faleceu mais hoje às 10h15, à bordo do vapor *Beberibe* de gastrohepatite de natureza choleriforme, o cozinheiro Luiz Coutinho.

Chegaram esta tarde, vindos de Corrientes, dois alemães, sendo um o dono dos objetos que vêm na escuna *Misericordia* e à qual passei o documento do que nela tinha tomado.

Este alemão dá notícia de que há ali cerca de quatro mil homens; que são vinte e tantas as peças que lhes vieram, e que com dez e tropa é que marcharam do norte para nos fazer fogo, e que uma das nossas balas lhes tinha ferido e morto alguns soldados. Que haviam chegado três carretas com feridos, uma força que estava para E, que se havia encontrado com uma força Correntina.

São 7h da noite, não me chegou ainda o vapor *Ypiranga*; não posso atribuir a demora senão a alguma encalhadela, o que não será estranho, pois como temos tantos inconvenientes para obter carne, haja ainda mais este; vai amanhã o vapor pequeno *Igurey* a procurá-lo.

O tempo tem estado excelente e de temperatura quente: a tropa em terra ainda se banha, lava suas roupas, indo todos os dias de cada navio uma quarta parte, que regressa às 4h; portanto há asseio; mas as diarreias, bexigas e tifos fazem demasiados estragos.

Dia 8 de junho
Não houve novidade durante a noite; esteve a canhoneira em observação retirando-se ao romper do dia. Desceu o rio nove polegadas, vento sempre de cima.

Chegou às 9h15, o *Espigador*, respirei vendo que trazia bolacha que me dava para alguns dias a meia ração, até que me venha novo reforço. Carnes é do que estou necessitado, é preciso que venham com a maior brevidade.

Faleceu hoje a bordo do vapor *Parnahyba*, às 4h da manhã, o Imperial Marinheiro de 2ª classe 10ª Companhia nº 412, Joaquim José de Sant'Anna, de congestão pulmonar. Toda esta diminuição de Imperiais Marinheiros é sensível, devem ser substituídos na primeira ocasião.

Às 4h seguiu o vapor *Espigador* com a correspondência até as palavras: dar-lhes duro. — A esta mesma hora apareceu o vapor *Ypiranga* vindo de baixo e fundeou às 5h15 pelo través. Não trouxe carne!

Os paraguaios estavam próximos e disse o Administrador Quevedo, cunhado do Lafon que tinha a bandeira inglesa içada; que Robles lhe tinha dito se desse carnes aos brasileiros, que degolava a ele, e a toda a família e largaria fogo ao saladero. Não quis violentar e se retirou: pela parte junto se verá o ocorrido.

Hoonholtz

Na terrível monotonia dessa vida de bordo, comendo mal, bebendo uma água impossível e martirizado dia e noite pelos mosquitos, nada me era mais agradável do que a diversão que me proporcionavam os múltiplos exercícios cotidianos de combates simulados figurando todas as hipóteses, inclusive a abordagem e incêndio.

Quando, após três ou quatro horas desse fatigante *entrainement*, satisfeito pela prontidão dos movimentos e pelo entusiasmo com que minha guarnição acudia rápida e alegre aos seus postos de combate e desempenhava-se de seus deveres, eu reunia na tolda o meu Estado Maior, a minha frase predileta era sempre esta:

— Pena seria se os paraguaios não viessem ao nosso encontro!

Antonio Valentino, prático argentino da corveta *Parnaíba*

Os brasileiros não esperavam ter um combate naval. Eles acreditavam que seria fácil para eles impor-se sobre os paraguaios com o poder de seus navios.

Almirante Barroso

Dia 9 de junho

Destinei o vapor *Ygurey* a partir amanhã ao romper do dia para Buenos Aires a conduzir doentes para assim aliviar as cobertas dos navios que compõem as duas divisões.

Há nas duas divisões falta de oficiais para o serviço, que não deixa de ser pesado pela muita vigilância que todos os navios conservam.

Entendo que se os há, devem vir do Rio, devendo atender que estando aqui quase toda a esquadra há só: chefes de divisão um, capitão de mar-e-guerra um, capitães-de-fragata dois, capitães tenentes não passam de oito.

Às 4h da madrugada começou a carregar para o lado do O, veio chuvisco e aragem também do O. Com o clarear do dia veio o vento fresco pelo OS e foi ventando até o S.

Antes de pôr o sol foram para o vapor *Ygurey* os doentes que devem seguir para o hospital e que ao romper do dia deve largar.

Dia 10 de junho
Depois da 1h da madrugada mandei a correspondência para o vapor *Ygurey* e este depois das 3 suspendeu rio abaixo. Excelente noite e de lua cheia.

Aclareou o dia com névoa, a qual logo desapareceu e ficou bom. Desceu o rio cinco polegadas: o vento por ESE que se conservou por todo o dia. Gente dos navios cortando lenha e lavando roupa, vindo todos para bordo antes do sol posto.

A Batalha
11 de junho de 1865

Plano da volta do Riachuelo, mapa de Hoonholtz

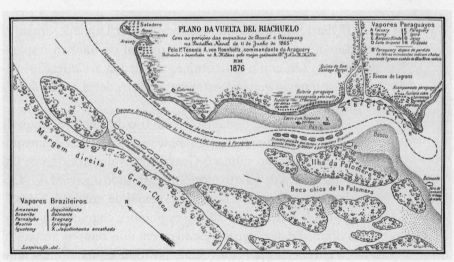

Meu querido Fritz
A 11 do corrente raiou afinal o dia por mim tão ardentemente desejado.

Doravante não serei simplesmente um oficial patesca com honras de hidrógrafo.

Hoonholtz

Realizou-se o sonho que eu sempre afagara em minha mente; já não cinjo uma espada virgem; o batismo de fogo consagrou-me homem de guerra, e doravante não é uma simples ficção o qualificativo de *oficial combatente* com que figuro no quadro da Armada.

Antonio Valentino

Quando a esquadra inimiga apareceu a mesa estava sendo posta em nossos navios.

Almirante Barroso

Dia 11 de junho (Domingo da Santíssima Trindade)
Tinha ido de manhã cedo o prático com a lancha do vapor *Jequitinhonha* buscar carne no Chaco, pois tinha comprado cerca de trinta reses, e tinha mandado carnear cinco ou seis.

Havia um belo dia, vento do lado N e quando às 9h íamos almoçar dão parte de um, dois etc., vapores; eram os paraguaios que desciam a bater-nos; pelo ofício seguinte dirigido ao Vice-Almirante Visconde de Tamandaré se verá o ocorrido.

Hoonholtz

O dia 11 de junho, que era domingo da Trindade, amanheceu fresco, sereno e iluminado por um sol brilhante a resplandecer n'um céu como de costume, terminada a baldeação preparava-se o navio para a mostra geral que eu devia passar depois do almoço da guarnição.

Por minha parte, tomado o banho frio da manhã e depois de feita a toalete domingueira, saboreava eu na câmara a canequinha de café, quando súbito o Guarda-Marinha Rodrigo de Lamare, que estava de quarto, gritou-me, abrindo a *gayúta* — "Comandante, o navio da vanguarda faz sinal de inimigo à vista!"

"Mande tocar a postos!" — respondi, e engolindo o último trago do meu café galguei a escada e em dois tempos atravessei a tolda e trepei ao passadiço, meu posto de comando. Os tambores rufavam, os clarins soavam clangorosos em toda a esquadra e os apitos trilavam chamando cada um para seu lugar de combate.

Vou falar-te com o coração nas mãos e em linguagem chã para que te identifiques comigo e ao finalizares a leitura desta carta te persuadas que ao meu lado tomaste parte nessa terrível jornada.

Bordo do vapor *Amazonas*, surto abaixo do Riachuelo, em Corrientes,
12 de junho de 1865,
Viva Sua Majestade o Imperador. Viva o Império do Brazil.
Ilm°. e Exm°. Sr. Almirante.
Não fizemos tudo mas fizemos o que pudemos. No dia 11 do corrente, Domingo da Santíssima Trindade, foram tomados pela Divisão sob meu comando quatro vapores de guerra paraguaios, e seis chatas com rodízios de 80. Passo a expor a V^a. Exª. ainda que laconicamente ocorrido, pois fatigado como fiquei e assim tenho continuado, me é impossível fazer de outro modo.

<small>Almirante Barroso, carta ao almirante Visconde de Tamandaré</small>

Enfim, durante dez minutos foi um *fervet opus* como nos exercícios costumados; porém desta vez a chamada a postos era *pour de bon*. Enquanto isto se passava na tolda e nos paióis, saía o bom carvão das carvoeiras para substituir a lenha verde do Chaco, e logo rapidamente a pressão subia nas caldeiras.

<small>Hoonholtz</small>

Pouco depois das 8h da manhã de 11, tendo a vigia do mastro da proa desta canhoneira avistado navios do lado da ilha Mera mandei içar o sinal de — inimigo à vista — o qual foi reconhecido imediatamente pelo navio chefe.

<small>Elisário José Barbosa, primeiro-tenente, comandante da canhoneira *Mearim*</small>

Soavam 8h30 da manhã quando lá em cima surgira, por detrás do basto arvoredo da ponta do Chaco fronteira à cidade de Corrientes, o primeiro vapor inimigo.
A reboque trazia uma embarcação de forma indefinida; parecia nessa distância, mesmo com o auxílio do óculo de alcance, uma longa prancha sobre a qual formigava uma multidão em movimento.

<small>Hoonholtz</small>

À medida que os primeiros desapareciam encobertos pela ponta da margem oposta que se estende ao sul da dita cidade, outros vapores inimigos se iam projetando na curva longínqua do rio.

Contei oito bons vapores e seis baterias flutuantes. Os vapores pareciam mais alterosos do que eram na realidade, como depois verifiquei, e a razão era a seguinte: trepados sobre a borda de estibordo, traziam, formados em fila, os soldados escolhidos e destinados à abordagem!...

Essa fila unida de homens de calça branca e blusa vermelha afigurava-se-me, de longe, uma pintura da parte superior do casco, em duas fachas ou bandas longitudinais, uma branca e outra encarnada!... Mas era gente!

Solano Lopes ao ordenar essa ostentação de forças, sem dúvida no intuito de nos amedrontar, não conhecia ainda efeito da metralha. Como vais ver, esses coitados representaram desde o começo da ação o triste papel de *chair à canon*!...

Almirante Barroso

Desciam eles águas abaixo que com a correnteza do rio não seria menos de doze milhas, portanto em um quarto de hora passavam em frente a nós os oito vapores paraguaios com seis chatas a reboque. Fizemos-lhes as honras que mereciam, às quais contestaram por igual modo; balas e metralhas de parte a parte era chuva, e chuva de respeito.

Assentei que seria malograda a minha descida com a esquadra sobre eles, porque dariam volta a duas ou três ilhas, as quais têm um canal não de muita água, e pelo qual subissem sem que a menos ficasse um deles.

Hoonholtz

acossados pelas bombas e balas rasas dos nossos rodízios que pelo seu grande alcance os acompanharam até desaparecerem atrás das ilhas Palomeras, a mortandade fora enorme (segundo contam os prisioneiros) e já as avarias eram consideráveis quando transpuseram a Punta Santa Catalina e se ocultaram às nossas vistas.

Ao vê-los desaparecer fiquei intrigado. Que manobra seria essa? Teriam fugido ou seria plano de Mezza romper o bloqueio, e, confiado na boa marcha da sua esquadra, descer rapidamente com o fim audacioso de bombardear Buenos Aires, ou apoderar-se de Montevideo, onde contava o auxílio poderoso dos Blancos?...

Esperam-nos; e por que nos esperam?... — Almirante Barroso

Enfim, mostraram-se de novo os inimigos umas quatro milhas de distância, e desta vez aproados águas arriba. — Hoonholtz
Que alívio!
Imagina, se tivessem escapado águas abaixo, o terrível *steeple chase* que se estabeleceria. E se não os apanhássemos em caminho, que vergonha das vergonhas! Nem quero pensar em tal... Não fugiam, pois ao contrário, subiam bater-nos...

O *Amazonas* içou o sinal — *Bater o inimigo o mais próximo que cada um puder.*

Belmonte virou águas abaixo; seguiu-a o *Jequitinhonha* (comandante Pinto) tendo a tremular no tope o pavilhão do Chefe Segundino.
Por sua vez virou *Parnahyba* (comandante Garcindo) seguindo-se na ordem em que estávamos: a *Iguatemy* (comandante Coimbra); *Beberibe* (comandante Bonifácio); a *Mearim* (comandante Elisiário Barbosa); o *Ypiranga* (comandante Álvaro de Carvalho), e a *Araguary*, do meu comando, na cauda da linha por ser eu o mais moço mais moderno em patente.

Despertados os fogos, e disposto o navio para combate, em virtude da ordem de Vª. Exª. esperei o sinal de ataque, que foi feito, logo que o inimigo chegou ao alcance da artilharia e rompeu o fogo, principiando pela canhoneira *Belmonte*, testa da coluna. — Elisário José Barbosa, *Mearim*

O *Amazonas* (comandante Britto) que arvora o pavilhão do chefe Barroso, não virou águas abaixo; conservou-se onde estava, pairando sobre rodas para assistir ao desfilar dos seus comandados, tendo nessa ocasião substituído sinal anterior pelo mais expressivo do nosso velho Regimento: *o Brasil espera que cada um cumpra o seu dever.* — Hoonholtz

Uma bateria que ninguém suspeitava nas barrancas das margens desmascarou-se furiosa em toda a extensão da curva até a boca do Riachuelo, onde emendava com a linha das catorze unidades da esquadra de Mezza, ainda secundada pela fuzilaria e pelos foguetes Congrève do alto da Punta de Santa Catalina!...

O *Jequitinhonha*, navio chefe da vanguarda, vendo isto virou outra vez águas arriba sem dúvida para tomar posição com a sua Divisão justamente pelo través do inimigo; e assim entendemos todos, pois que a *Parnahyba* imitou-o, e todos os demais navios executaram a mesma manobra, sempre por contra-marcha afim de evitar confusão e abalroamentos. A *Belmonte* que navegava na vanguarda não se apercebeu dessa manobra e continuou a descer toda a força, mesmo porque, engajada n'aquele canal estreito, não podia proceder de outra forma. Suportou pois sozinha o primeiro fogo de Bruguez e de Mezza, mas o grosso da nossa esquadra não se fez esperar entrou logo em ação, como vais ver.

Só que te digo é que com tal manobra vi-me durante cerca de duas horas metido nas profundas do inferno, tal o fogo e o horroroso troar dos canhões, acompanhado pelo berreiro dos paraguaios que se batiam debaixo de gritos e alaridos como que para se encorajarem mutuamente ou para amedrontar-nos.
Nunca vi cousa assim!
Tive bem ocasião de apreciar sons eólios que nunca ouviste as balas de artilharia produzem ao passar, não um silvo, mas um som plangente semelhante ao uivar do cão; menos as que rastejam pela gente, pois estas urram como touros bravios.

Joaquim Francisco de Abreu, primeiro-tenente, comandante interino da canhoneira *Belmonte*

Só sinto que não pudesse fazer o que desejava, porque depois de ter passado toda a linha inimiga, e quando voltava, procurando aproximar-me do navio chefe, que me parecia abordado por um navio inimigo, declarou-se fogo na coberta, produzido por uma bomba inimiga, e pouco depois deram-me parte que havia muita água no porão; assim vi-me obrigado a tocar atrás, e como a água aumentasse extraordinariamente a ponto de estar já dois pés acima do soalho da coberta, encalhei o navio como único meio de salvá-lo, e imediatamente tratei de tapar os rombos, o que ainda não consegui.

A nossa metralha varria o convés dos navios mais próximos, nos quais cada bala rasa abria um rombo; ao passo que na barranca os nossos projetis abriam claros na mata levando de rojo as árvores e até canhões...
O arvoredo que os mascarava e que devia ampará-los tornara-se um instrumento de destruição pois cada árvore atingida fazia o efeito de uma terrível catapulta, arrasando tudo quanto encontrava em caminho.
Durante cerca de duas horas bombardeamo-nos mutuamente com furor, nós brasileiros no intuito de desalojar Mezza dessa fortíssima posição, e os paraguaios na esperança de nos meterem a pique.

Por volta do meio-dia e quando eu já tinha quatro homens fora de combate e uma porção de rombos no liso costado da *Araguary*, vi que lá em cima o *Amazonas* passara à fala do *Jequitinhonha* e virara águas abaixo.
Palavra de honra que já não era sem tempo essa manobra, por isso que até então as pequenas canhoneiras suportavam todo o fogo convergente do inimigo, enquanto as mais poderosas unidades se batiam quase fora do raio de ação.
Não te posso ocultar a estranheza que me sugeriu tal fato...

Assim pois, quando vi o *Amazonas* descer majestosamente entre a nossa linha e a inimiga expandiu-se-me a alma; e, quando, ao aproximar-se descobri sobre passadiço a figura de Barroso, ereto, impassível sob aquela saraivada de projetis, de porta-voz em punho acofiando com a mão esquerda longa barba branca que flutuava ao vento... senti pela primeira vez entusiasmo por esse Chefe brusco e pouco comunicativo que nunca me inspirara, nem simpatia, nem confiança.

chegando o porta-voz à boca bradou com voz forte e clara: *Siga nas minhas águas que a vitória é nossa!*

Almirante Barroso

Subi, minha resolução foi de acabar de uma vez com toda a esquadra paraguaia, o que eu teria conseguido se os quatro vapores que estavam mais acima não tivessem fugido. Pus a proa sobre o primeiro, que o escangalhei ficando inutilizado completamente, de água aberta, indo pouco depois ao fundo. Segui a mesma manobra contra o segundo que era o *Marquez de Olinda*, que inutilizei, e depois o terceiro que era o *Salto*, ficou pela mesma forma. Os quatro restantes vendo a manobra que eu praticava e que eu estava disposto a fazer-lhes o mesmo, trataram de fugir rio acima. Em seguimento ao terceiro vapor destruído aproei a uma chata que com o choque e um tiro foi a pique.

O *Amazonas* abalroando e pondo a pique um navio paraguaio, desenho de Hoonholtz

Bonifácio Joaquim de Sant'Ana, capitão-tenente, comandante da corveta *Beberibe*

Vendo eu então que quatro dos vapores inimigos seguiam rio acima, procurando evitar a sorte dos outros, que já estavam destruídos, ou tomados, dei-lhes caça, e, aproximando-me ao maior deles com a firme tenção de abordá-lo, cheguei a partir o pau da giba em sua popa, fazendo-lhe grossa avaria não só com o rodízio como com a fuzilaria.

Tinha, porém, o inimigo com ardil procurado o banco, e, dando-me o prumo duas braças, evitei que o meu navio encalhasse como me assegurava o prático, guinando para o canal, porque, estando só nessa ocasião, teria de suportar, se encalhasse, a abordagem talvez dos quatro vapores que seguiam em pequena distância um dos outros.

O inimigo conheceu que não me deixava levar por sua manobra, e que lhe fazia muito mal com a artilharia. Pôs-se, por isso, em fuga por cima do banco, seguindo a toda força, e prevalecendo-se da superioridade de sua marcha.

Ainda continuei por algum tempo a dar caça aos fugitivos, acompanhado então da canhoneira *Araguari*, que se aproximava a mim, mas desisti desse intento por não poder alcançá-lo.

O navio chefe fez para o *Jequitinhonha* sinal de bater o inimigo mais próximo possível; indo-se executar esta ordem, teve-se de virar águas abaixo; nessa manobra encalhou o *Jequitinhonha* no banco de areia, que divide os dois canais estreitos em frente à bateria de terra do inimigo e por mais esforços que se fizeram não foi possível safá-lo.

Fez-se sinal de estarmos encalhados.

Começou então sobre nós um fogo vivíssimo de terra e dos navios inimigos, dos quais três separando-se da linha subiram e nos cercaram, tentando por vezes abordar-nos; porém foram repelidos e fugiram rio acima, perseguidos pelo vapor *Beberibe* e outros da nossa esquadra que apareceram.

Na terrível posição em que nos achávamos sustentamos a força toda da bateria de terra, que cessou de hostilizar-nos ao escurecer, perdendo-se, meia hora depois de encalhar-se, o prático do rio, e durante o combate os oficiais e mais praças da relação junta.

Joaquim José Pinto, capitão-tenente comandante interino da corveta *Jequitinhonha*

O navio chefe já havia feito sinal de reunião para os navios distantes. Chamou-me à fala o navio chefe e ordenou-me que fosse tomar conta do *Paraguari*, vapor paraguaio, que se achava encalhado: segui na popa do navio chefe que foi sobre um navio paraguaio e abordou-o, parando quase de seguimento; e, não podendo eu parar imediatamente, abalroamos, não havendo, porém, maior avaria apenas perdendo este vapor o pau da giba.

Caí a ré, e, arribando pela popa do navio chefe, passei ao lado do vapor paraguaio *Salto*, que tinha ido com a popa de en-

Álvaro Augusto de Carvalho, primeiro-tenente, comandante da canhoneira *Ipiranga*

contro ao barranco, fiz-lhe fogo de bala e metralha, porque vi que estava de bandeira içada, trabalhando para safar e com muita gente debaixo das toldas; as balas vararam-lhe o costado e arrombaram-lhe as caldeiras deitando logo vapor pelo costado, e a metralha obrigou a saltar a guarnição pela popa atirando fora as camisas encarnadas.

Hoonholtz

Vendo o meu proposito de ir-lhes em cima, os dois da frente guinaram depressa para o lado da barranca, mas o *Taquary* (de onde em altos gritos me intimavam a parar), teimou em abordar-me, e quando se prolongava pelo meu bombordo chupou em cheio a descarga dos meus três rodízios carregados de bala e metralha, bem à queima-roupa, varrendo-o de lado a lado, arrancando-lhe a caixa da roda e virando de pernas para o ar todo pelotão de abordagem aí encarapitado e pronto a saltar no meu convés...

Foi um *Dies iræ*, um momento da mais terrível confusão n'aquele grupo de navios envolvidos pelo fumo espesso e onde o estampido dos tiros e o berreiro dos paraguaios eram de ensurdecer...

Almirante Barroso

Exm°. Sr. Almirante, todas estas manobras eram feitas pelo *Amazonas*, debaixo do mais vivo fogo, quer dos navios e chatas, como das baterias de terra, e mosquetaria de mil espingardas.

Elisário José Barbosa, *Mearim*

segui águas acima com destino ao vapor *Marquês de Olinda*, que, apesar de vencido, trazia içada a bandeira paraguaia: atraquei a ele, fiz dar fundo e arriar a bandeira.

Recolhi, na volta que foi preciso fazer evitar a abordagem, duas praças da canhoneira *Parnaíba*, que estavam quase a afogar-se.

Cumpre-me dizer a V^a. Exª. que recolhi dois soldados inimigos, e que prestei-lhes os socorros de que necessitavam.

Batalha do Riachuelo, com uma chata à frente, e soldados paraguaios nas barrancas do rio, à direita, desenho de Edoardo de Martino

Quando a esquadra voltou de águas acima, seguindo o arrojo da fragata *Amazonas*, que investiu de proa sobre alguns vapores e chatas da esquadra inimiga, metendo-os a pique, esta canhoneira, não tendo mais navio inimigo a combater, foi colocar-se junto ao vapor *Jequitinhonha*, que estava encalhado e sofria um fogo terrível de uma bateria colocada na barranca.

Pouco depois de chegar a este ponto, sendo 3h da tarde, fui ferido gravemente por tiro de metralha na junta do pé direito, estando a meu lado no passadiço o major do corpo policial Antônio Luís Bandeira de Gouveia, ao qual felizmente passou de leve uma bala sobre o ombro, rasgando a farda, sem a menor contusão.

Chamei incontinenti o imediato e entreguei-lhe a direção do navio, recomendando-lhe que não desamparasse o *Jequitinhonha*, e continuasse a sustentar o fogo com o mesmo vigor.

Fui logo conduzido para baixo a fim de receber os socorros médicos, e conheci então que estava inutilizado.

O meu imediato o 1º tenente Joaquim Xavier de Oliveira Pimentel, que, cheio do seu costumado entusiasmo foi ocupar o meu lugar, foi morto cinco minutos depois, por uma bala de artilharia que levou-lhe a cabeça.

Continuou a sustentar o fogo com não menos ardor o 1º

Justino José de Macedo Coimbra, primeiro-tenente, comandante da canhoneira *Iguatemi* tenente José Gomes dos Santos, cumprindo à risca todas as ordens que eu debaixo lhe mandava, até que às 6h da tarde calaram-se as baterias de terra e terminou todo o fogo.

<small>Bonifácio Joaquim de Sant'Ana, *Beberibe*</small>

Achando-se encalhado o vapor *Jequitinhonha*, sofrendo fogo vivíssimo da bateria colocada em terra, segui a protegê-lo, reunindo-me aos navios que se achavam próximos a ele, e empreguei com os mesmos em fazer calar a bateria inimiga cujo fogo cessou depois das 5h da tarde.

<small>Hoonholtz</small>

Por toda a parte o rio estava coalhado de destroços e de gente que aparecia e desaparecia acarreada pela violência da correnteza.

A *Parnaíba*

Em que se conta do ataque de três vapores paraguaios à corveta Parnaíba *e da luta travada em seu convés.*

<small>Hoonholtz</small>

Quando, subindo de novo, descortinamos a curva do Riachuelo deparamos com um espetáculo dos mais contristadores.
No primeiro plano vimos a *Parnahyba*, abordada pelos mesmos três vapores cuja abordagem eu repelira ao descer... e de bandeira arriada!!!

Infeliz navio!
O que presenciei e o que me contaram é tão contristador que não me animo a passar adiante...
Quero mesmo apagar da minha memória o que vi e o que soube...
. . . .

<small>Antonio Valentino</small>

Apesar do primeiro movimento ter sido feito pela esquadra paraguaia, o almirante brasileiro ordenou que se aumentasse o vapor nas caldeiras e partimos em direção aos canhões inimigos; nos posicionamos e iniciamos o combate.

Em cerca de três quartos de hora de disparos o espaço entre os navios estava inteiramente coberto de fumaça e mal víamos o inimigo nem os nossos navios.

Por essa razão mandou-se interromper os disparos para que se pudesse enxergar e em seguida o Almirante mandou virar o navio e virou rio abaixo.

Durante todo o trajeto sustentamos vivo fogo de artilharia com as baterias do Riachuelo e a esquadrilha inimiga. Em consequência de se terem adiantado os outros vasos da esquadra, ficamos na cauda da linha, e pela proa do *Jequitinhonha*, que a fechava. O inimigo, percebendo que este último havia encalhado, atacou a nossa linha, cortando-a na altura da *Parnaíba*.

Avançaram sobre nós três vapores paraguaios, que mais tarde reconheci serem o *Taquari*, o *Paraguari* e o *Salto*.

Aurélio Garcindo Fernandes de Sá, capitão-tenente comandante da corveta *Parnaíba*

O comandante do *Parnahyba* ordenou então que toda a artilharia fosse levada para um lado, e eu me opus já que não conseguíamos nada com a artilharia, porque eram muito superiores as forças que se dispunham a nos abordar usando armas brancas.

O segundo comandante chamou a atenção de seu superior, porque no mar as coisas se passam de modo diferente de como são no rio e ele deveria atender ao guia que conhece a região.

Então o comandante, que nada resolvia, vendo o perigo que se aproximava, me disse:

— Faça o senhor o que julgar mais conveniente.

Antonio Valentino

Então me pareceu que o perigo menor seria abrir caminho atacando o navio mais forte do inimigo e coloquei a proa na direção do *Paraguary*, que não se desviou do ataque e pelo contrário veio em nossa direção.

O choque foi tremendo. Atingimos o casco do *Paraguary* e derrubamos parte dos mastros, que caíram na água.

Sendo inevitável a abordagem, ordenei que funcionasse a máquina com toda a pressão do vapor, e dirigi-me sobre o *Paraguari*, tendo a felicidade de metê-lo a pique.

Fernandes de Sá, *Parnaíba*

> Antonio Valentino

O comandante, que estava na ponte, caiu no tombadilho e se feriu, e os paraguaios, achando que seu navio afundava, se atiravam na água, escalavam as correntes da proa do *Parnahyba*.

O comandante ferido se retirou para a Sala de Armas e seu imediato ordenou que a tropa se colocasse na proa e protegesse da abordagem aquela parte da embarcação. Esse movimento deixou desguarnecida a embarcação desde o mastro da mezena até a popa, e então fomos abordados por outros barcos. Os paraguaios saltavam furiosos, sacudindo facões enormes, e destroçando as redes de abordagem invadiram o tombadilho.

> Fernandes de Sá, *Parnaíba*

O *Taquari* abordou-nos pelo lado de BB, e o *Salto* por EB.
Apenas guarnecido o segundo rodízio de BB, que disparou dois tiros de metralha, toda a guarnição defendeu a abordagem, inclusive as 1ª e 6ª Companhias do 9º Batalhão de Infantaria destacadas a bordo desta corveta sob as ordens do seu distinto comandante e tenente-coronel José da Silva Guimarães.

Nesta luta heroica em que cada oficial, marinheiro e soldado cumpriu com o dever de verdadeiro brasileiro, muitas vidas preciosas foram sacrificadas no altar da pátria.

O capitão do 9º Batalhão de Infantaria Pedro Afonso Ferreira e o Guarda-marinha João Guilherme Greenhalgh sucumbiram defendendo o pavilhão nacional, que chegou a ser arriado por um oficial do *Taquari*.

> Antonio Valentino

Os marinheiros e os soldados lutavam como podiam, porque quando o comandante se retirou para a Sala de Armas foi seguido por todos os oficiais. Eu abandonei o timão e corri para a proa, encontrando fechadas hermeticamente todas as escotilhas exceto a passagem da escada para a Sala de Armas. Os paraguaios se dirigiam a ela e me ameaçavam com seus sabres, assim sendo me atirei por ela e fechei a entrada por dentro.

Desse modo ficamos todos embaixo e os paraguaios lutando e matando os brasileiros que tinham permanecido no tombadilho, sem poder descer.

Eles se apoderaram do timão, içaram a bandeira paraguaia e mandaram seguir adiante.

Sendo a luta desesperada, e cada vez mais crítica a nossa situação, por haver-nos abordado pela popa o *Marquês de Olinda*, e durante talvez já uma hora o combate de mosquetaria e ferro frio, fizemos todos um esforço supremo de patriotismo, aplaudindo com entusiasmo a ordem transmitida pelo oficial imediato o 1º tenente Felipe Firmino Rodrigues Chaves, de combinação comigo, para que se lançasse fogo ao paiol da pólvora, ordem esta que ia ser imediatamente executada pelo corajoso escrivão de 2ª classe, José Correia da Silva, quando felizmente ouviram-se gritos de viva a nação brasileira, o imperador, o Almirante Tamandaré, o Chefe Barroso e a guarnição da *Parnaíba*.

Fernandes de Sá, *Parnaíba*

Eram vozes de nossos marinheiros e soldados, acometendo resolutamente os paraguaios, que se escapavam por haver percebido que o *Amazonas* e *Belmonte* vinham em nosso auxílio, e também a *Mearim*.

Grande foi nessa ocasião a desordem do inimigo. Os trinta cadáveres deixados em nossa coberta, inclusive o do atrevido oficial que profanou nossa bandeira, atestam bastantemente o revés sofrido por eles, devendo aqui adicionar que todos os outros paraguaios, que então se achavam a bordo, precipitaram-se ao rio, e ganharam a margem do Chaco.

Teve este navio 33 mortos, 28 feridos e cerca de 20 extraviados, que se supõe terem caído ao rio nas defesas que houveram.

Almirante Barroso

De duzentos e setenta homens embarcados no *Parnahyba* entre tripulação e soldados, de tarde apenas oitenta estavam de pé.
Havia mais de setenta feridos graves e o tombadilho estava coberto de cadáveres.

Antonio Valentino

Hoonholtz

Quero mesmo apagar da minha memória o que vi e o que soube...

. . . .

Só te direi que sobre o convés, em meio de uma grossa camada de sangue coagulado, encontrei estendidos *pêle-mêle* os cadáveres dos trinta bravos que haviam sustentado a luta com os ferozes assaltantes.

Dias posteriores à Batalha

Dr. José Pereira Guimarães, segundo-cirurgião, após a Batalha do Riachuelo

Observações cirúrgicas do 2º cirurgião Dr. José Pereira Guimarães.

1ª

Raphael Machado, grumete, ferido na parte média da fronte, e no cotovelo direito, curado, e recolhido à coberta, onde morreu depois em consequência de um estilhaço de bomba, que rebentou, e produziu-lhe uma fratura das cinco primeiras vértebras dorsais, com contusão da medula espinhal.

2ª

Geraldo Bispo, grumete, teve fratura cominutiva dos dois fêmures, acompanhada de dilaceração, e destruição da pele, e dos músculos no terço médio das coxas. A desordem das partes era tão pronunciada, que os dois segmentos dos membros abdominais estavam seguros apenas por algumas fibras musculares, e tendinosas, que uma tesoura seria suficiente para separar do resto do corpo. Era um doente irremediavelmente perdido, porquanto seu estado era tal, que toda, e qualquer operação lhe abreviaria os momentos, a face era pálida, os olhos desvairados, e o corpo agitado de estremecimentos nervosos. Curei-o simplesmente, e passei a pensar os outros feridos, que gemiam, e gritavam, que os socorresse.

A única operação a tentar neste caso, era a amputação, muito em cima, de ambas as coxas, mas para praticá-la, deveria fazê-la logo, e abandonar os outros feridos, o que não podia de modo algum ser; além disso teria sido impossível a qualquer a prática de duas tão grandes operações, atendendo-se a que não tinha um ajudante, à confusão, que reinava no navio em meio do combate, e à falta de lugar conveniente. O doente teria inevitavelmente morrido durante a operação, porque apenas durou uma hora nesse estado de entorpecimento físico, e moral, consequência constante dos ferimentos de armas de fogo.

3ª

José Pedro de Freitas, soldado do 12º de Voluntários, ferido por bala de fuzil, que entrando no abdômen, um pouco acima da virilha esquerda, foi sair um dedo transverso acima da parte anterior da crista ilíaca do mesmo lado, falecendo dois dias depois do combate.

4ª

Estevão de Santa Anna, cozinheiro, teve em todo o corpo queimaduras do 1º e 2º grau, e uma fratura da parte média dos ossos da perna direita (tíbia e perônio) com dilaceração da pele, e de algumas fibras musculares.

A gravidade destes dois ferimentos, cujo prognóstico era fatal, foi aumentada por uma série de incidentes, que tiveram lugar a bordo, durante e depois do combate. Estes infelizes foram tirados da coberta completamente molhados, suas vestes tiveram de ser substituídas por outras insuficientes para cobri-los, estiveram deitados, assim como todos os outros feridos em cima da tolda, porque tínhamos água até dois palmos abaixo das escotilhas. Aí, apesar de se ter abarracado um toldo, o vento frio, e umidade imperavam com toda a força e energia.

José Pedro de Freitas faleceu de uma forte peritonite, e Estevão de Santa Anna de uma verdadeira hemorragia nervosa, determinada pelas dores horríveis, de que foi atacado no dia 12.

Concluída esta faina, seriam 4h da tarde, tratei de tomar as chatas, que a aproximar-me d'elas eram abandonadas, saltando todos ao rio, e nadando para terra, que estava a curta distância. *Almirante Barroso*

Nessa ida em busca deles o Guardião descobriu uma quarta chata escondida sob a ramagem do riacho, e ao aproximar-se vi alguns vultos saltarem na margem e sumirem-se nas trevas. só ficou n'ela um vivente, um feio cachorro... *Hoonholtz*

Almirante Barroso

    A *Belmonte* recebeu tais rombos abaixo do lume d'água, que se viu obrigada a encalhar para não ir a pique. Encheu-se d'água até dois pés abaixo dos vãos do convés, tendo-se perdido todos os mantimentos, pólvora etc. Trato da melhor forma para conseguir tapar os rombos, para o que já ofereci por cada um que se tapasse, e que por este motivo ficasse quase estanque, uma onça. Espero que V^a. Exª. aprovará esta minha resolução.

    Ordenei que a *Iguatemy* fosse coadjuvá-lo no seu desencalhe. O *Ypiranga* que fosse para o lado do vapor paraguaio. O *Amazonas* para o lado da *Belmonte*, que está cheia d'água. A *Mearim* a ir rebocar a *Parnahyba*, que tem o leme partido, para vir para onde nos achamos. Assim tudo disposto, veio um escaler do vapor *Jequitinhonha* com o 1º tenente Monte Bastos, a dizer-me que o Chefe Segundino precisava de mais uma canhoneira, pois tomado o *Ypiranga* para o ajudar, este também encalhou, e que só a *Iguatemy* nada podia fazer. Ordenei então que fosse a *Mearim*, depois que de bordo tiver saído o Dr. Antunes, médico do *Amazonas*, que tinha ido fazer amputações.

Joaquim José Pinto, *Jequitinhonha*

    Ao escurecer tencionei espiar o navio por EB, com um ferro, porém, faltava-me uma embarcação para isso, pois que havia perdido a lancha e os maiores escaleres.

    Apareceu então a canhoneira *Iguatemi*, que aproximando-se atravessou-se com a correnteza sobre a proa do *Jequitinhonha*, e só safou-se dessa posição quando o vapor *Ipiranga* veio tomá-la a reboque.

    Aproximou-se então o *Ipiranga* para nos auxiliar e ficou encalhado, atravessado na nossa popa. Principiamos a safar o *Ipiranga*, gastando todo o dia seguinte e resto da noite, mas nada conseguimos.

Hoonholtz

    A *Araguary* gemia por todas as juntas, a hélice revolvia a água e a areia, os meus bons marinheiros de peito encostado às barras empregavam toda a força em virar as linguetas, mas o *Jequitinhonha* não se movia...

Livre da encalhadela o *Ypiranga* tomou afinal posição pelo meu través de Bombordo, o mesmo fez *Mearim*, e todos à uma, reunindo nossas forças trabalhamos com a melhor vontade de salvar esse excelente navio..., mas em vão!

Às 5 tive de acudir ao chamado da *Parnahyba*; depois tomei a mim o serviço de mandar enterrar os mortos d'ela com os meus em seguida avistando o *Marquez de Olinda* ainda guarnecido fui dar-lhe abordagem, que teve felizmente caráter pacífico pela submissão dos 55 paraguaios que ainda restavam com vida; d'aí, dirigindo-me ao navio chefe, tive ordem de subir de novo ao Riachuelo afim de auxiliar o desencalhe do *Jequitinhonha*

Última batalha do comandante Ezequiel Robles

Dr. José Pereira Guimarães

D. Ezequiel Robles, paraguaio. Comandante do vapor *Marquez de Olinda*, recolhido no dia 12 à noite, dois ferimentos: 1º fratura cominutiva do terço médio do braço esquerdo, com ruptura, e dilaceração da pele, e camadas musculares; 2º produzido por uma pequena bala de metralha que, penetrando a pele, que forra a 6ª costela esquerda, 1,5 polegada, distante da coluna vertebral, percorreu a face externa da costela, e foi parar na parte lateral esquerda do tórax, pouco mais ou menos, na união do terço anterior com os dois terços posteriores do osso; sentindo-se aí o corpo estranho.

Percorrendo com o dedo a pele intermediária ao ponto de entrada, e de fixação do corpo estranho, sentia-se a crepitação própria do enfisema, não havia dispneia, e a escutação fazia perceber algumas bolhas úmidas na parte inferior do pulmão.

Às 3h da madrugada do dia 12 de junho, clorofomizado o doente, pratiquei a amputação do braço pelo terço superior, método circular, processo de Dupuytren. Feito o curativo, procedi à extração do corpo estranho do modo seguinte: fiz primeiramente sobre a pele, que cobria-o, uma incisão paralela à linha mediana; depois extraí com uma pinça um corpo metálico, achatado, que parecia ter tido uma forma esférica, e cujo peso calculou-se em quatro onças, e mais um pedaço de pano azul, havendo ainda um outro pedaço de pano, que achava-se fortemente seguro no 5º espaço intercostal, era uma verdadeira rolha; não tive a menor dúvida da existência de uma perfuração da cavidade pleurítica, e como fosse necessário extrair esse corpo estranho, mandei aproximar as bordas da incisão, deixando apenas um espaço suficiente para segurar o pano, a fim de evitar a entrada de grande porção de ar. Ao tirar o corpo estranho, um sibilo particular manifestou a entrada de uma pequena porção de ar, que não continuou a invadir a cavidade pleurítica, porque fiz aproximar logo os lábios da ferida, e cosi-os com pontos de linha separados por um pequeno intervalo. A entrada dessa diminuta quantidade de ar, não enfraqueceu o murmúrio respiratório, porque foi insuficiente para comprimir o pulmão.

O doente, desesperado pela derrota que sofrera, começou no dia seguinte a arrancar os aparelhos, que foram mudados seis vezes, e a bater com o coto de encontro ao beliche. O resultado foi, que a ferida da amputação, que não podia de modo algum gangrenar, por ser de um vermelho vivo, ficou completamente negra! À noite sobreveio o delírio, e uma forte pleuropneumonia, que, apesar dos meus cuidados, e dos do dr. Antunes, fizeram o doente sucumbir no dia 14 às 8h da noite.

Dias posteriores à Batalha

Almirante Barroso

Dia 12 de junho
Às 2h chegou o major Peixoto mandado pelo Segundino, a dizer-me que estava ferido em uma perna, e que a bordo estavam sem se entender, que era preciso dar providências. Há da tropa 23 feridos.

O *Ypiranga* está encalhado na popa do *Jequitinhonha*; portanto, estou com 4 navios inutilizados. Tenho duas canhoneiras em baixo, a *Ivahy* e *Itajahy*; ainda que nada receio, com tudo temos que ter toda a atenção. Sentirei se tiver que abandonar o *Jequitinhonha*.

Na tarde do dia 12, veio o sr. capitão-de-fragata Teotônio Raimundo de Brito, comandante do vapor *Amazonas* com algumas canhoneiras prestar-nos auxílio, no que foi incansável e conseguiu, durante a noite, safar o *Ipiranga* por duas vezes, mas quando tinha de procurar o canal, vinha de novo contra a popa do *Jequitinhonha*.

Joaquim José Pinto, *Jequitinhonha*

Depois de uma vitória obtida, aparece-nos estes transtornos de encalhadelas. *Parnahyba* com o leme partido, a *Belmonte* cheia d'água: estou no maior desespero possível. Conto que daí me ajudem.

Almirante Barroso

Todos os navios estão sem escaleres, o *Amazonas*, todos perdeu, só tem a canoa, e está furada, um outro escaler, uma bala partiu a quilha e parte das taboas de fundo.

O *Jequitinhonha* perdeu a lancha *2 de Julho* e escaleres; a *Parnahyba* só está com um fazendo muita água; assim, todos se acham por esta forma.

Os fogos foram pelos dois lados, o mais perto possível. O estarem encalhados o *Jequitinhonha* e *Ypiranga* no lugar que estão, é que me tem desesperado

Às 7h veio a nado para a bordo um paraguaio fugido da ilha em frente onde encalhou o *Paraguary*, onde há cerca de sessenta e tantos oficiais; que os soldados marinheiros querem vir para bordo; que tiveram entre soldados e marinheiros bastantes mortos os quais foram lançados ao mar.

Estou que na Esquadra não há menos de 160 pessoas fora de combate. Foi muito arrojo e ousadia dos paraguaios de descerem e virem bater-se conosco: eles julgaram que as vitórias obtidas em Corumbá, Miranda e Nioac, sobre o *Marquez de Olinda*, *25 de Maio* e *Gualeguay*, a obteriam sobre a Esquadra a mim confiada.

Dr. Joaquim da Costa Antunes, segundo-cirurgião de comissão

Canhoneira *Mearim*:
1ª
Guarda marinha Antonio Augusto de Araujo Torreão. Ferido por bala de artilharia na mão, e antebraço esquerdo com fratura cominutiva, contuso no abdômen, e escroto. Morte às 10h da noite.
2ª
João Ignacio de Souza, imperial de 3ª classe. Ferido por bala de artilharia no antebraço esquerdo com fratura cominutiva, amputação no terço superior do antebraço, método circular. Cura.

5ª
Silverio do Nascimento, soldado do 12º batalhão de Voluntários. Ferido por bala de fuzil na caixa toráxica tendo penetrado o pulmão, entrando pela parte posterior, e saindo acima da mama esquerda. Seguiu para Buenos Ayres aos cuidados do dr. Adrião Chaves.
6ª
Theodoro Vaz, prisioneiro paraguaio. Feridas simples em diversas regiões por instrumento cortante. Cura.

Almirante Barroso

Dia 13 de junho
Receio pelo *Jequitinhonha*, e me será muito doloroso se o tenho que abandonar.

Eu não durmo mais que três horas e não me dispo há quarenta dias, sempre de botas e armado.

Estou bem convencido de que havemos de ter abordagens com frequência.

Doze a catorze escaleres, botes ou bocetas, são indispensáveis, é preciso que venha o quer que for, para termos para ir de um navio a outro.

Tem havido uma série de transtornos depois do sucesso do dia 11, que estou fora de mim. Não tenho cabeça, estou fatigado e estropeado, e torto ou direito vou escrevendo o que me ocorre, quer tenha nexo ou não.

Na manhã do dia 13 de junho desencalhou o *Ipiranga* e principiamos a fazer o mesmo ao *Jequitinhonha*, reconheceu-se que se faria com muito esforço, senão estivéssemos a todo momento expostos ao fogo da bateria de terra: então o sr. comandante Brito mandou que fosse a maior parte dos soldados para os outros navios, ficando o resto para embarcar, quando nos atacassem de terra.

Foi então espiar-se um ferro pela popa para aguentar o navio: estava-se nesse serviço quando rompeu de terra um fogo de artilharia que só parou ao escurecer, e disso nos aproveitamos para retirar-nos para os outros navios da esquadra, pois o *Jequitinhonha* estava arruinado.

Joaquim José Pinto, *Jequitinhonha*

Ao pôr do sol cessou o fogo, mas creio que com a noite escura mandaria buscar algumas cousas dele, no que muita dificuldade havia de ter por falta de escaleres. São 10h30 da noite; descem duas das nossas embarcações vindas do lugar onde está o *Jequitinhonha*, veremos o que há.

Chegaram e o que há de haver? desgraças! dez a doze bocas de fogo fazendo constantemente fogo sobre o *Jequitinhonha*.

Almirante Barroso

5ª
José Rodrigues de Campos, soldado do 12º de Voluntários, apresentando uma queimadura do 1º grau em toda a face, e em ambos os membros toráxicos, e uma ferida na parte ínfero-externa da coxa direita, ferida de lábios irregulares, de 1,5 polegada de extensão, e dirigida obliquamente debaixo para cima, e de trás para diante. À primeira vista parecia compreender unicamente a pele, e as camadas musculares superficiais, examinada, porém, com atenção, mostrou continuar-se para cima, para diante, e para dentro, formando um trajeto, no tecido muscular, que, produzido por um pedaço de metralha, se estendia obliquamente até meia polegada abaixo da virilha, onde se sentia esse corpo estranho. Não havia ruptura de vaso arterial, nem fratura do osso. O corpo estranho estava em um ponto, que ex-

Dr. José Pereira Guimarães

cluía a ideia de manobras feitas pelas pinças, e saca-balas, e exigia uma incisão pronta, e imediata. O doente de caráter pusilânime, e sofrendo horrivelmente, não consentiu de modo algum, que o operasse sem clorofórmio. Mas onde encontrar clorofórmio em um navio completamente cheio d'água? Tinha muitos feridos ainda, e passei a socorrê-los. Às 11h da noite, quando acabei a minha tarefa, fui chamado à canhoneira *Mearim*, que estava sem médico, e aí fiquei em companhia do dr. Joaquim da Costa Antunes até o dia seguinte. Neste ínterim o membro inflamou consideravelmente, e como fosse imprudente fazer a extração do corpo estranho, esperei, que diminuísse de volume. No dia 14, graças aos emolientes, consegui reduzir consideravelmente a parte de volume, e estava disposto a extrair o corpo estranho, quando manifestou-se o tétano, cujo fenômeno incipiente era um forte trismos. Chamado então o dr. Antunes, e depois de o ouvir em conferência, cloroformizei o doente, e pratiquei a operação, que consistiu em uma incisão vertical, compreendendo a pele, e o tecido celular, por ela consegui extrair, servindo-me de uma pinça ordinária, um pedaço de ferro brilhante, arredondado, e pesando oito onças, pouco mais ou menos. Para combater a moléstia, prescrevi uma poção, contendo seis gotas de clorofórmio (para tomar às colheres) e pílulas de um grão de ópio (para tomar uma de hora em hora), pratiquei ainda três cloroformizações.

Apesar desta enérgica medicação, o tétano invadiu todo o corpo, e o doente faleceu às 10h da noite.

Almirante Barroso

O comandante Brito tratou de embarcar a gente mesmo antes de começar o fogo, por ter visto virem peças para aquele lugar; assim quando principiou o fogo estava quase tudo passado, e assim mesmo houve na *Mearim* três mortos, soldados de polícia, e cinco feridos, e no *Jequitinhonha* quatro feridos. Ficando mui destruído o vapor por serem mui certeiros os tiros; vou ainda ver se amanhã de noite com a escuridão se saca armamento, mantimentos etc., e se lhe deita fogo.

o patrão ao regressar trouxe-me um bilhetinho a lápis, do comandante Britto, transmitindo-me ordem de subir de novo ao Riachuelo afim de incendiar os cascos do *Paraguary* e *Jequitinhonha*, e inutilizar a chata que para aí fora conduzida por uma das canhoneiras.

<small>Hoonholtz</small>

Dia 14 de junho
Estão as cobertas cheias de amputados, feridos graves, bexiguentos etc., o que tudo diminui o número de prontos para a defesa que devemos fazer, pois Lopes não se importa sacrificar paraguaios.

<small>Almirante Barroso</small>

6ª
Julio Benito, imperial de 3ª classe, e chefe de peça, apresentava fratura na bossa frontal direita, com destruição de parte do lóbulo anterior do hemisfério cerebral direito. O prognóstico era gravíssimo. Não obstante, como se não tivesse manifestado nos dias seguintes acidente algum, aguardávamos, esperançados, a cura do doente. No dia 24 começam a manifestar-se fenômenos precursores da varíola, e a 26 torna-se franca. A varíola era discreta, e longe de aumentar a gravidade do doente, pareceu, a princípio, colocá-lo em melhores condições, em consequência da revulsão, que determinara para o lado da pele. Assim estávamos, quando no dia 30 de junho, às 6h da tarde, Julio Benito é atacado de congestão cerebral, que, malgrado uma medicação antiflogística enérgica, o faz morrer às 9h da noite.

<small>Dr. José Pereira Guimarães</small>

7ª
Manoel Jeronymo da Silveira, imperial de 3ª classe, com uma grande ferida situada transversalmente na parte póstero--superior do antebraço direito, interessando a pele, e as camadas musculares superficiais, na extensão de 1 1/2 polegada, havendo além disto algumas escoriações na face, e couro cabeludo.

Dia 15 de junho
Bom tempo; vento pelo N não tendo ficado bem colocado tive de descer mais quatro amarras até a embocadura da Palombera, para assim ver os dois passos e arbitrar a passagem.

<small>Almirante Barroso</small>

Nada de aparecer o vapor *Esmeralda* pelo qual espero comestíveis. O *Amazonas* só tem carvão para oito horas. Aleluia; dão-me parte às 4h que aparece um vapor de baixo e com bandeira inglesa, é o *Esmeralda*, fundeou às 4h45; com efeito, traz a de torna viagem e alguns mantimentos.

Recebi comunicações do comandante do *Itajahy*, que me traz a chata com algum gado, e que a *Ivahy* traz o brigue com algum carvão que tomou abaixo do Paraná e mantimentos de uma escuna *Margarida*. Recebi a correspondência, que responderei a que poder fazer.

Tive parte hoje, da morte de três praças todas de ferimentos recebidos.
Faleceram ontem, o Soldado do 9º Batalhão de Infantaria Francisco José Rodrigues, de tifo, e João Christovão Francisco Rezende, do mesmo batalhão, proveniente de ferimentos de bala do dia 11.
A bordo do *Beberibe* faleceu de febre perniciosa, achando-se ferido, o soldado do Espírito Santo, Luiz Pinto de Alvarenga.
Da *Iguatemy* o 2º Marinheiro Joaquim José de Santa Anna, proveniente de ferimentos do combate do dia 11.

Dr. José Pereira Guimarães

10ª
Primeiro-tenente Joaquim Francisco de Abreu, comandante da canhoneira *Belmonte*, apresentando uma ferida contusa, produzida por um estilhaço de madeira, na parte anteroinferior da coxa esquerda, um pouco acima da articulação femorotibial. Esta ferida interessava a pele, e o tecido celular subcutâneo, e ocupava a extensão de 1 1/2 polegada. O doente restabeleceu-se em poucos dias.

12ª
José Antonio dos Anjos, foguista, servindo de fiel, queimadura do 2º grau no bordo interno, e face posterior da mão esquerda. Cura.

13ª

Severino Leite de Oliveira, soldado naval, apresentando uma escara na parte média, e anterior da coxa direita, de forma de um círculo, tendo de diâmetro um e meio centímetro, foi eliminada no dia 19 de junho, e a 30 a ferida terminou o trabalho cicatrizador.

14ª

Umbelino Pereira Caldas, grumete, ferida levemente contusa na parte posterior do dedo médio da mão direita. Esta ferida de um centímetro de extensão, cicatrizou a 28 de junho.

os dias

<small>Cônego Gay, do acampamento de Santa Bárbara a Itaqui</small>

naquele mesmo dia e no mesmo acampamento de Santa Bárbara, o coronel Fernandes teve aviso de Itaqui de que uma força paraguaia, como de quinhentos homens, se achava sobre o rio Caí do outro lado do rio Uruguai, a umas dez léguas mais ou menos ao norte da referida vila, e se lhe pedia que acudisse em sua defesa. Não podendo fazer seguir os quatro corpos, por causa da extraordinária enchente do arroio Santa Luzia e do rio Butuí, o coronel Fernandes, no dia 27, fez marchar os Corpos nºs 10 e 23, que deram uma grande volta e atravessaram vários banhados para cruzar o Santa Luzia e o Butuí, onde, no lugar de desponte, essas tropas tiveram que nadar mais de uma quadra, em cujo trajeto a nado se perdeu ou ficou inutilizada bastante cavalhada.

No dia 28, à testa dos Corpos nº 11 e 22 o coronel Fernandes tomou a Estrada Real de Itaqui, passou o Santa Luzia a nado, e com eles chegou à margem direita do Butuí, na estância do capitão Rufino Rodrigues dos Santos.

Aí, Sua Senhoria foi informado de que a vila de Itaqui não se achava em perigo, pois que a força que se divisara nos Quaes era do coronel Paiva que se retirava, e não força paraguaia.

<small>Bernardino Bormann, de Montevidéu a Daiman</small>

Prevendo a invasão do Rio Grande, o general Osorio que pelo seu valor tanto se ilustrou n'essa campanha, era de opinião que o nosso exército se organizasse n'aquela província, em Missões, e aí fosse a nossa quarta base de operações, ou então nas proximidades de Uruguayana, na barra do Quarahym; mas o ilustre general não foi consultado oficialmente pelo governo.

No acampamento junto ao Daiman dissera uma vez o general Osório ao Brigadeiro Andréa: "O Brigadeiro Sampaio é aqui quem mais trabalha; eu descomponho a todos; V. nem ao menos grita!..."

André Rebouças, Daiman

N'esse ponto reuniam-se aos nossos, alguns batalhões argentinos e a 24 d'aquele mês transpunha-se o rio Uruguay e acampava-se no arroio Juquery-Grande, próximo à cidade da Concordia, na província argentina de Entre-Rios.

Bernardino Bormann, Concórdia

O general Mitre passou, aí, uma revista, na qual formaram quinze mil brasileiros, inclusive dois mil homens da intrépida cavalaria rio-grandense.

O general Osorio, nomeado comandante do exército brasileiro, acompanhou o general em chefe a essa revista, a qual também compareceu o general Urquisa que prometera auxiliar aos aliados com dez mil homens de cavalaria entrerianna, verdadeiros gaúchos, que se reuniam n'essa ocasião em Basaldo.

Pouco depois da chegada de Mitre ao campo da Concordia, aí também apresentou-se o general d. Venancio Flores com a sua divisão de Orientais.

Pouco adiante da Concórdia atravessamos o acampamento do general Mitre, o qual, imparcialmente, excede muito ao nosso em desordem e contravenção aos mais simples rudimentos de higiene: a carneação se fazia exatamente no meio da estrada...

André Rebouças, Concórdia

Pelas 3 da tarde a primeira divisão recebeu ordem do próprio Osório de acampar à direita da 1ª, que já tinha feito alto. O general estava desesperado da desordem em que fora feita a marcha; o que dirá o Mitre, disse-nos ele, vendo esta debandada!

O general Mitre nos havia com efeito, encontrado pouco antes, recebendo do general Andréa, e do 1º Batalhão de Infantaria, que ia na frente de nossa coluna e que marchou bem regularmente, a respectiva continência.

Corpos inteiros tinham na verdade ficado dispersos. — E como não ser assim? Marchar pela primeira vez em uma só coluna; desfilando por uma estreita ponte e pelas ruas de uma cidade, com a tropa mais ou menos em jejum, formada com mochilas e barracas desde às 6 da manhã (algumas da divisão Sampaio, desde às 5) até às 3 da tarde, em um passo extremamente rápido.

André Rebouças, São Francisco

O general queixou-se muito do mau estado de saúde do Exército. A bexiga, o tifo e o sarampo são as moléstias dominantes. O Batalhão dos Voluntários Policiais da Baía é de todos o que menos tem sofrido, só havia perdido quatro praças até esta data.

As moléstias parecem ter principalmente por causa a mudança de clima, a epidemia de bexiga transportada do Norte, principalmente do Maranhão, pelos voluntários, e a falta de medidas higiênicas no acampamento. O Hospital de São Francisco por que passamos, era uma simples palhoça situada num terreno que havia sido alagado numas grandes chuvas que caíram pouco depois da chegada das tropas e no entanto cercado de colinas! O acampamento já tinha um péssimo cheiro, devido principalmente a se carnear em todas as barracas desde a guarda do Porto até atrás da barraca do próprio general, deixando-se pelo chão as peles e os ossos. Acrescentando-se a tudo isso a ignorância e a revoltante indiferença da mór parte dos médicos do Exército.

Albuquerque Bello, Daiman

Chegamos hoje no acampamento de Daiman. O tenente-coronel Ferguenstein teve essa noite um ataque de cólica e está bastante doente. Dirigi um ofício ao comandante do vapor agradecendo-lhe as maneiras urbanas com que nos tratou a bordo.

André Rebouças, Daiman

É uma cena grandiosa e de que dificilmente se pôde dar ideia o despertar de um acampamento militar. — A corneta do quartel-general, quase sempre a melhor do Exército, rompe o silêncio da madrugada, tocando aflautadamente a alvorada.

Dir-se-ia a voz de um anjo que baixasse para dizer ao Exército: — Erguei-vos — o Representante do Onipotente vai despontar no horizonte — adorai na sua obra-prima o Senhor dos Exércitos.

Aos maviosos sons da corneta do quartel-general respondem logo os das Divisões e sucessivamente os das Brigadas e dos Batalhões. Em breve um coro marcial de cornetas, de pífaras e de tambores surgindo como por encanto da terra em toda a vastidão do acampamento, parece repetir a todos os soldados — Erguei-vos e adorai no Sol Aquele que decide da sorte das batalhas.

Soube pelo Dr. Carvalho que tinha chegado pelas 8 da manhã uma carta do general Canabarro prevenindo que o Exército Paraguaio avançava sobre Uruguaiana e que lhe mandasse reforço para sustentar a posição pois só tem cinco mil homens. O general Sampaio oficiou imediatamente ao general Osório dizendo que estava pronto a marchar a marchas forçadas com a sua brigada. Infelizmente há grande falta de cavalhada e carretilhas. A artilharia a cavalo está desmontada. — Um negociante, que havia prometido fornecer onze mil cavalos nunca os apresentou, e os que trouxe impunha que fossem recebidos sem escolha.

Mandei chamar esse desertor, que no dia 4 de junho (domingo do Espírito Santo) me fez as declarações seguintes, em presença de muitas pessoas. Disse chamar-se Vicente Ferreira, natural de Pernambuco, ser desertor do Exército brasileiro e ser morador em São Tomé desde os 10 anos e lá casado.

<aside>Cônego Gay, São Borja</aside>

Antes da invasão desse povo pelos paraguaios, ele fez passar sua família para São Borja e ficou escondido no mato, na esperança de poder cuidar de algumas vacas leiteiras que possuía. Em uma ocasião em que ele saiu ao campo atrás de suas vacas, foi preso pelos paraguaios, que o quiseram degolar.

Mas, antes de proceder a essa operação, lhe tiraram toda a roupa do corpo, para não a manchar com sangue, diziam eles, e a repartiram entre si. Porém, protestando o infeliz que era desertor brasileiro residente desde anos em São Tomé, sem poder vir ao Brasil, onde seria preso, e sendo isso confirmado por um correntino que se achava presente, pararam com os preparativos da execução e exigiram que Ferreira os conduzisse a seu rancho.

Declarou saber, por o ter ouvido dizer aos oficiais que de noite se reuniam ao redor do fogão, em cuja ocasião ele ordinariamente fingia estar dormindo, que a força paraguaia que se achava em São Tomé e seus arrabaldes era de mil e tantos até dois mil homens.

tema predileto da conversação dos chefes das forças paraguaias em São Tomé, todas as noites no fogão, onde conversavam até meia-noite, comendo suas tropas desde o anoitecer até essa hora, era de passarem o rio Uruguai para tomarem São Borja, onde supunham haver muitas fazendas para vestuário, muita riqueza e muita moça bonita, fazendo os oficiais de antemão repartição delas entre si, querendo cada qual que lhe tocasse maior quinhão, e ambicionando todos os demais amplo quinhão, e diziam que levavam ordem de saquear completamente São Borja e de fazer nessa vila tudo o que quisessem.

Só esperavam ainda suas carretas com canoas e mais dez mil homens de tropa para efetuarem sua passagem no Passo de São Borja e, depois de saquearem esta vila, eles iriam fazer o mesmo a Itaqui e a Uruguaiana.

Acrescentou o mesmo desertor que continuamente os paraguaios indagavam o número dos soldados da infantaria da Guarda Nacional destacada no Passo de São Borja, dos movimentos da brigada do coronel Fernandes e da divisão do general Canabarro, e pediam notícias de um batalhão que se dizia vir vindo do Rio de Janeiro.

5 — Junho

Até estas horas (8h) ainda nem fumega a canhoneira *Araguari* que deve levar ao general Osório as importantes comunicações enviadas de Uruguaiana. Dizem que não parte por ter a bordo, doente o comandante do 2º Batalhão de Infantaria que não quer vir dormir em barraca. — Que disciplina! que Exército de compadres!!

Ainda não há no Exército carros nem redes para transportar doentes. Os que podem andar têm ido a pé para o Hospital do Salto — isto para uma distância de uma légua e um quarto.

Os que não podem andar são envolvidos em um lençol amarrado pelas duas pontas em um pau nos ombros de dois soldados.

Deverei parar na cidade de Paraná para comprar picaretas, pás etc. Até esta data não há esses indispensáveis utensílios no Exército. A ponte, em que se desembarcou a artilharia neste acampamento foi feita só com o socorro de sabres, baionetas, com os quais se tirou terra, se cortou madeira, etc.

Um soldado do Bm 8° deu uma facada em um do 4° nas carretilhas do comércio. Não há ainda no Exército repartição de Justiça Militar.

Mandei o seguinte ofício ao comandante da Brigada. Sendo o corpo de meu comando o que mais tem sofrido aqui de bexigas, neste exército, por não terem sido as praças vacinadas, e não sendo possível aqui extinguir-se esse mal; proponho a V^a. Exª. para mandar o corpo para o Salto, onde havendo mais recursos pode-se vacinar o restante das praças, e assim a mortandade que tem sido demasiadamente crescida no supradito corpo sob meu comando; proposta que espero V^a. Exª. a tomará na devida consideração.

Albuquerque Bello, Daiman

Acerca das forças inimigas existentes nas fronteiras do sul da província, as informações que tenho são que em todo o distrito de Miranda há dois mil homens, e no Baixo Paraguai mil, entre Dourados, Corumbá, Albuquerque e Coimbra.

Albino de Carvalho, Mato Grosso

8 — Junho
Chegou pelas 7 da manhã o *El Uruguai*; veio nele o Dr. Fontes e uma comissão médica. Vieram também as duas companhias de zuavos.

André Rebouças, Daiman

Dizem que a 16 ou 17 de junho virão o Tamandaré, Mitre e Flores para conferenciarem com Osório e Urquiza, sobre a junção dos exércitos afim de cairmos já sob os paraguaios, que consta terem retomado Corrientes.

Jornal do Commercio, correspondente em Daiman

Os argentinos saíram de Buenos Ayres, e lá vão desembarcar já na Concórdia, e nós saímos há um mês de Montevidéo, para andarmos desembarcando e embarcando atropeladamente por estas margens, sem vantagem alguma, pelo contrário com perdas fabulosas de dinheiros públicos, conduzindo uma bagagem pesadíssima, e adoecendo grande número de nossos soldados.

Tudo é carregado ao ombro do soldado. Os acampamentos sempre distantes dos portos, fá-los andar grande extensão com estes enormes pesos.

Azevedo Pimentel, Daiman

Dia 20 de junho — Chegando ao acampamento a notícia da estrondosa vitória da Batalha do Riachuelo, travada a 11 do dito mês de junho, as músicas tocaram alvorada no quartel-general e nos acampamentos, havendo salvas de artilharia, regozijo e entusiasmo geral.

Dia 24 de junho — Frio horrível, temperatura 11° abaixo de zero, geada densa.

Pedro Werlang, alferes, Concórdia

A 8 de maio deixamos Santa Luzia, iniciando nossa marcha rumo à província do Paraguai. No dia 27 de junho atravessamos o rio Uruguai, não longe das cidades de Concórdia e Salto Oriental, e acampamos junto à nossa infantaria e artilharia que lá se achavam.

A essa altura, então, foi organizado o nosso Exército e o nosso general-em-chefe ficou sendo d. Manoel Luiz Osório.

Bernardino Bormann, Rio Grande do Sul

De todos os pontos do Rio Grande marchavam corpos de guardas nacionais para as fronteiras.

Infelizmente, os seus comandantes não pareciam acreditar na possibilidade da invasão, e, por isso, não se apressavam e, assim, a boa vontade e energia do presidente perdiam muito pela morosidade das marchas.

Para cúmulo de males, reuniam-se a isso velhas desavenças, inimizades, entre os chefes David Canabarro e Barão de Jacuhy, comandante da fronteira de Bagé.

Estes dois homens, filhos da mesma província, nem sob a dolorosa pressão de uma invasão estrangeira na terra que fora o berço de ambos, tiveram bastante patriotismo para esquecer os recíprocos ressentimentos!

Capítulo 4

INVASÃO PARAGUAIA NO RIO GRANDE DO SUL
junho a setembro de 1865

*Em que se conta o ataque paraguaio às cidades de São Borja,
Itaqui e Uruguaiana; a ineficiente reação das forças brasileiras
no Rio Grande do Sul; a vinda de tropas brasileiras
que estavam no Uruguai e de tropas argentinas e uruguaias;
o cerco realizado pelas forças aliadas a Uruguaiana;
a rendição dos paraguaios.*

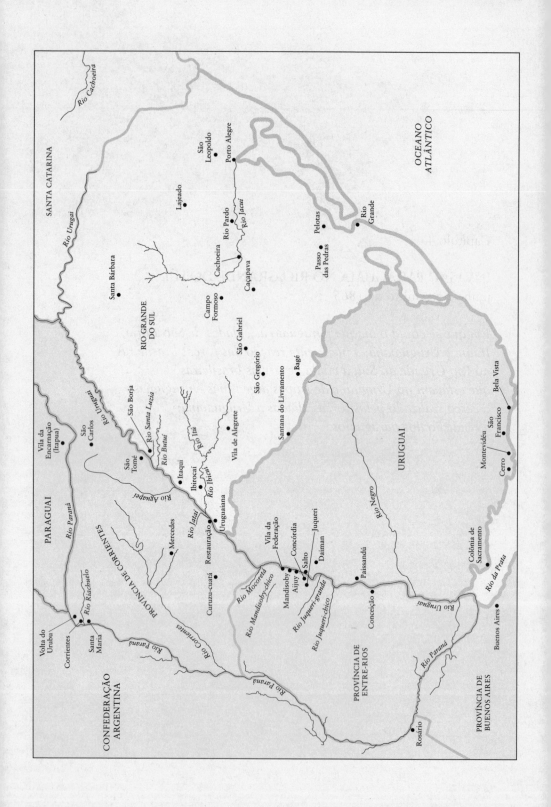

os dias

> Cônego Gay,
> São Borja

Para não ser vítima dos ferozes invasores, que no dia 10 de junho de 1865 acometeram a fronteira brasileira do Uruguai pelo Passo de São Borja, tive naquele dia que retirar-me ao interior do município de São Borja, onde me conservei até princípios do mês de setembro, seguindo então para o nosso exército em operações nesta província, em frente da vila de Uruguaiana. Aí presenciei, no faustoso dia 18 de setembro, o grande feito que purificou esta fronteira das pisadas vergonhosas do inimigo.

Em minha emigração, e no exército, tomei notas do que vi e das informações exatas que estava recebendo sobre os acontecimentos do teatro da guerra nesta fronteira. Em meu regresso a esta vila de São Borja, pus minhas notas a limpo, esmerando-me em narrar os fatos com a maior exatidão. Assim, formei este opúsculo histórico, que os brasileiros amantes de seu país lerão com interesse. É nesta esperança que tenho o prazer de oferecê-lo ao público, pedindo-lhe que não repare em sua imperfeição.

São Borja, 1º de novembro de 1865.
O cônego-vigário, João Pedro Gay.

Desde o dia 14 de maio, o rio Uruguai crescera extraordinariamente. A 15, ele estava campo afora, e se conservou muito cheio até os primeiros dias de junho. Alguns moradores de São Borja pensaram comigo que, sendo informado do perigo que corria a vila de São Borja, o nobre Almirante Tamandaré, herói de Paissandu, mandaria subir uma esquadrilha para salvar a nossa vila, porém foi mais uma ilusão!

Tal era o pensamento que dominava São Borja (salvo várias exceções) e que dominou até o dia 10 de junho; pensamento que autorizava o proceder do coronel Fernandes, que deixava São Borja, a chave de nossa fronteira, quase sem defesa e ao abandono, supondo nós que Sua Senhoria tivesse participações, de nós ignoradas, que lhe certificassem o estado de segurança da fronteira que o governo confiou ao seu valor e à sua prudência.

Davi Canabarro, Ibirocaí

Por ofício do general das armas de 27 de abril nº 45 sei que por falta de pano não vêm os ponchos destinados e absolutamente precisos na estação presente, e tanto mais que devemos transpor o Uruguai.

Pois que não pode haver demora em suprir semelhante falta, assim como das barracas, peço e espero que V^a. Exª. me autorize a mandar fabricar na Uruguaiana os que faltarem, ponchos e barracas. Estará a vantagem de não despender fretes de carretas.

Cônego Gay

o coronel Fernandes recebeu em Itaqui, além das declarações do desertor Ferreira, o aviso mandado do Píerval correntino pelo Sr. Borges, de que quatro mil paraguaios haviam caminhado da costa do rio Paraná, tomando a direção da Tronqueira do Loreto, onde decerto se reuniu o exército que invadiu a fronteira de São Borja. Enfim, no dia 8 de junho, um sr. capitão Melo, que ultimamente se tinha mudado de Santana do Livramento para o departamento de São Tomé e que, tendo caído prisioneiro dos paraguaios, o fizeram estes passar uma noite em estacas, soltando-o no dia seguinte, na suposição de que ele era oriental, tendo conseguido fugir dos paraguaios, se apresenta ao sr. coronel Fernandes e lhe disse que, visto que sua idade e suas enfermidades não lhe permitiam mais prestar serviços ao seu país, ele todavia ia lhe prestar um, fazendo ao benemérito comandante da fronteira de São Borja as participações seguintes: e com o semblante mui aflito ele contou que, no acampamento dos paraguaios, tinha adquirido a certeza de que no dia 3 de junho tinham saído da Tronqueira do Loreto 4.800 soldados de infantaria paraguaia, 2.400 de cavalaria, 50 carretas com seis ou oito peças de artilharia e com uma grande porção de canoas;

que estas forças paraguaias vinham juntar-se com sua vanguarda composta de 1.500 homens que já se achavam em São Tomé, para aí passarem o rio Uruguai e caírem sobre São Borja de improviso. (Uma carta que um amigo meu me escreveu de Itaqui, no dia 8 de junho, me dava todos estes pormenores, porém eu a recebi quando os paraguaios tinham já dado seu golpe. Ela me foi entregue no dia 14, achando-me em retirada a muitas léguas da vila de São Borja.)

Conforme asseguraram, o coronel Fernandes, segundo uns, não acreditou na notícia, ou ao menos não lhe deu importância. Dizem outros que o sr. coronel calculou que, havendo trinta léguas da Tronqueira do Loreto a São Borja e que, marchando o exército inimigo três léguas por dia, ele só poderia chegar a São Borja no dia 13 de junho; portanto, Sua Senhoria não se deu pressa em pôr em movimento os corpos da brigada a seu comando. Depois da tomada de São Borja no dia 10, dizem que o coronel Fernandes confessou que seu cálculo foi errado, porque não reparou na diferença que há, a menos, das léguas castelhanas para as léguas portuguesas, sendo estas um quinto maiores que as primeiras, de sorte que caminhar três léguas portuguesas em um dia é quase caminhar quatro léguas castelhanas no mesmo espaço de tempo.

SÃO BORJA

Em que se conta o desembarque de tropas paraguaias no Rio Grande do Sul; a ocupação de São Borja; a fuga de seus habitantes.

Ofício do coronel João Manuel Mena Barreto, comandante do 1º Batalhão de Voluntários da Pátria

Campo do Formoso, em 13 de junho de 1865.
Ilmº. e Exmº. Sr. — Tenho a honra de passar às mãos de Vª. Exª. a narração dos graves acontecimentos que assinalaram o dia 10 do corrente, e em que coube larga parte ao 1º Corpo de Voluntários da Pátria, que se acha a meu mando.

Tendo falecido no dia 9 do que rege o Soldado da 1ª Companhia José Zacarias da Silva, achava-se o batalhão procedendo à sepultura no dia 10 pelas 7h da manhã, no Lajeado, distante duas e meia léguas de São Borja, quando constou por um viajante que os paraguaios se haviam aproximado muito da margem direita do Uruguai, quiçá na intenção de tentarem a passagem para o nosso território.

Cônego Gay

Porém, para impedir essa passagem ao inimigo, achavam-se em São Borja, no dia 10 de junho de manhã, o Batalhão de Infantaria nº 3 da Guarda Nacional, reduzido pelas licenças a pouco mais de cem praças; a reserva que, conforme confessa seu comandante, tinha cinquenta praças, das quais menos de trinta capazes de pegar em armas; e o Corpo de Cavalaria nº 22, reduzido pelas licenças a menos de 230 praças, cujas forças davam um contingente total de 370 homens.

O inimigo estava bem ao fato do que se passava em São Borja, pois que o serviço da polícia desta fronteira era tão mal feito que, tendo vindo vários indivíduos da fronteira de São Tomé, onde o inimigo se achava, para São Borja, se deixava que eles regressassem sem maiores averiguações. Assim, os paraguaios sabiam tudo o que se passava em São Borja.

A invasão se realizara no dia 10 de Junho. Um exército paraguaio forte de dez a doze mil homens reunido em São Thomé sob as ordens do coronel Antonio Estigarribia, ajudante de campo do Ditador, se fracionara em duas colunas, e enquanto uma descia pela margem direita do Uruguay comandada pelo major Pedro Duarte, a outra coluna mais numerosa e tendo à sua frente o próprio Estigarribia atravessa o rio em um ponto abaixo da nossa vila de São Borja.

Augusto Fausto de Souza, primeiro-tenente

Um padre sanguinário, Estevão Duarte, parente e espião do Ditador, acompanhava esta coluna na qualidade de mentor e fiscal dos atos do comandante, e com ele alguns orientais, chefes do vencido partido *blanco*, inimigos figadais do Brazil que haviam fugido para o Paraguay, depois da tomada de Paysandu e do convênio de Montevidéo, em fevereiro desse ano.

Pelas 8h da manhã de 10 de junho de 1865, viu-se no Passo de São Borja e da vila de São Tomé para o rio Uruguai um grande número de carretas e uma fileira de tropas paraguaias não interrompida sobre a superfície de légua e meia de comprimento, de São Tomé ao Uruguai.

Cônego Gay

Apenas as carretas paraguaias chegaram à barranca do Uruguai, os soldados de improviso lançaram as canoas n'água e imediatamente em cada uma dessas canoas (*sui generis*), espécie de jangadas, embarcou um grande pelotão de soldados paraguaios. Logo que tiveram assim embarcados quatrocentos homens, as canoas (conservando-se os soldados em pé, armados dentro delas) se dirigiram para o lado da fronteira do Brasil, um pouco acima do porto do Passo de São Borja.

A bizarra infantaria do major Rodrigues Ramos os esperava e lhes fez várias descargas seguidas, que, dizem, mataram vários paraguaios.

Estes retrocederam então com suas canoas para a orelha do rio do lado de Corrientes, e principiaram a remontá-lo junto à costa e, quando chegaram a certa altura, largaram as canoas para atravessar o rio, dirigindo-se a vários pontos da nossa costa para desembarcar. Esta manobra do inimigo obrigou o major Rodrigues a dividir seu pequeno batalhão em quatro companhias, que repartiu pela costa do rio para acudir a vários pontos de desembarque; mas, apesar dos esforços que fizeram, sobretudo as companhias comandadas pelo capitão Godinho e o alferes Vaz, apesar da intrepidez de alguns oficiais, como o alferes Manuel dos Santos Pedroso, que comandava uma companhia, esses denodados soldados não puderam impedir o desembarque do inimigo, que dispunha de forças mui superiores às nossas em número, em alguns pontos onde os nossos não podiam acudir tanto por falta de gente como por causa dos matos e das águas que lhes trancavam o trânsito.

Francisco Barbosa

O 1º Batalhão de Voluntários da Pátria, composto de soldados bisonhos, com pouco exercício, em marcha para São Borja, a uma légua de distância, recebeu aviso que os paraguaios estavam atravessando o rio Uruguai. Deixamos aí as barracas e mochilas cheias de roupa, recebemos cartuchame e, a toda a pressa, marchamos para ver se ainda era possível evitar a passagem.

Mena Barreto

Sem demora mandei ordem ao capitão Raimundo que viesse a marche-marche: o que, com efeito, efetuou, apresentando a 1h da tarde o batalhão, que acudia cheio de entusiasmo em socorro de seus irmãos de São Borja.

Batalha do dia 10 de junho

*Em que se conta da resistência brasileira
à invasão de São Borja, com a participação
do 1º Batalhão de Voluntários da Pátria.*

Cônego Gay

A meia légua do Passo de São Borja, ou, para melhor dizer, do lugar onde o inimigo pôs o pé sobre o nosso território, à entrada da vila propriamente dita, ele formou uma fileira ou linha de atiradores de quatro soldados de frente, e pôs-se incontinenti em marcha para o lado da vila. Em vão, o tenente-coronel Tristão, com a cavalaria, e o major Docca, com os lanceiros do Corpo nº 22, lhes dispersavam seus tiros sobre sua direita; os paraguaios que se encontravam no lugar atacado por nossos bravos paravam, morriam, mas o grosso de suas forças caminhava sem cessar.

Somente de vez em quando sua fileira se abria para dar passagem aos tiros de algumas pequenas peças de artilharia que puxavam à mão, aproveitando a escuridão da fumaça dos tiros para as empurrar mais adiante.

o guarda nacional Leocádio Francisco das Chagas, do Corpo Provisório nº 28, se achava no dia 10 em São Borja, onde residia sua família.

Estava ele de licença: tomou suas armas e se dirigiu para o lugar onde brigava nossa infantaria. Por três vezes, sem ser mandado por ninguém, ele foi sozinho, à disparada, unicamente com lança, investir contra a força paraguaia e, de cada vez, matou um inimigo. Mas, embriagado por seu bom sucesso, voltou uma quarta vez à carga, contra o conselho de seus camaradas, e foi recebido por uma descarga geral do inimigo que estendeu morto a este infeliz que teria sido um bravo num exército disciplinado.

O inimigo, tendo caminhado algumas quadras e reconhecendo que as forças que lhe faziam frente eram insuficientes para lhe impedir a entrada na vila de São Borja, quis assegurar sua presa. Por isso, ele destacou de sua fileira, que se dirigia para a rua mais ocidental da vila, uma forte coluna que tomou a direção dos terrenos sitos a leste dela, como querendo cercar São Borja para impedir a saída das famílias.

Esta coluna tratou logo de ir cortar a retirada das famílias, enquanto os recém-desembarcados se dirigiam diretamente à vila; mas ela parou e retrocedeu quando ouviu tocar a música do 1º Batalhão de Voluntários da Pátria.

Mena Barreto   Faltam expressões para narrar devidamente a V^a. Exª. as cenas pungentes que em meu caminho encontrei: vi mulheres desoladas, crianças, velhos, doentes, em grupos percorrerem a estrada de São Borja, desvairados, pedindo-me socorro contra as crueldades, que todos receavam, do bárbaro inimigo que acabava de invadir o nosso território.

Em breve achei-me em frente do inimigo, onde encontrei um grande desapontamento, pois que em lugar de dois corpos de infantaria, e um corpo de cavalaria, apenas topei com 125 a 180 homens mal armados e pessimamente equipados, sem lições, pertencentes ao Corpo de Infantaria Montada, acompanhados de sessenta a setenta praças de cavalaria.

Cônego Gay   Mui perto estava a coluna inimiga da entrada da rua (menos de oito quadras), quando se lhe apresentou na frente o 1º Batalhão de Voluntários da Pátria, com bandeira alçada, que, depois de dar vivas a Sua Majestade, o Imperador etc., e ao toque de sua música marcial fez uma terrível carga sobre os paraguaios. Estes, surpreendidos por este aparecimento que não esperavam, pararam e mesmo recuaram, e formaram quadrado, enquanto sua coluna, que se dirigia para leste da vila, retrogradava e ia se colocar na retaguarda do quadrado. O fogo então tornou-se animado, os soldados da nossa Guarda Nacional criaram novos brios à vista do auxílio tão oportuno que lhes chegava. A infantaria descarregava sobre o inimigo pela esquerda, os lanceiros e a cavalaria, pela direita

Mena Barreto   Um só golpe de vista bastou para convencer-me que, com as forças diminutas de que eu dispunha, apenas poderia por um golpe audaz salvar as vidas e a honra das famílias que ainda se achavam na indefesa vila de São Borja. Persisti pois no ataque.

Tendo o major José Cardoso de Sousa Doca, à testa dos 32 lanceiros, carregado sobre a ala direita do inimigo, conforme as minhas ordens, e deixando o capitão Cardoso Tico com 36 ou 40 praças de cavalaria para observar o meu flanco direito, avancei com o corpo de meu comando sobre o centro inimigo, recebendo a uma distância de 140 a 150 braças uma descarga de metralha, e o fogo de toda a linha inimiga, de que resultou a morte de cinco praças do meu batalhão sem contar numerosos ferimentos.

Os meus soldados paravam para dirigir sobre o inimigo um fogo bem nutrido e certeiro, achando-me eu na frente das minhas linhas.

Esta luta desigual prolongou-se desde 1h30 da tarde às 2h30, tempo em que, julgando preenchido o meu fim, mandei retirar o batalhão para o interior da vila, o que efetuou em perfeita ordem, depois de haver, cansado de uma longa viagem, e exausto de duas horas de marcha forçada, sustentado durante três quartos de hora o fogo vivíssimo de uma força dez vezes maior.

O nosso comandante tenente-coronel João Manoel Menna Barreto, estendeu em linha de combate o batalhão, mandando dar o sinal de fogo. Este foi sustentado por mais de meia hora. Vendo, porém, que setecentos homens não poderiam resistir a mais de seis mil, recuou para uma praça, no centro da povoação, colocando piquetes em todas as ruas, a fim de dar tempo para as famílias se retirarem.   Francisco Barbosa

Em seguida ao primeiro contato com o inimigo, o 1º de Voluntários da Pátria perdeu a formatura e recuou desordenadamente. O coronel Mena Barreto, então, de revólver em punho, dando tiros para o ar e censurando asperamente esse procedimento, conseguiu, com notável energia e extraordinário esforço, restabelecer a ordem e voltar ao combate, recuando, em seguida, para dentro da vila, para melhor resistir. Essa manobra levou o inimigo à desconfiança de contarem os defensores com maiores recursos e então desistiu do combate, retirando-se para o Passo, onde permaneceu, na expectativa, até o dia 12.   Cônego Gay

Vi o coronel Mena Barreto, a cavalo, de revólver em punho, dando tiros para o ar e proferindo palavras ásperas, correr de um lado para outro, a fim de conter seus camaradas   João José de Oliveira Freitas, cadete fez enérgica e brilhante alocução, retornando, então, na melhor ordem e ao som da banda de música

nesse regresso não encontraram mais o inimigo que, ao que parece, presumindo tratar-se de nova força, retirou-se em direção ao Passo.

Francisco Barbosa

Reunindo depois o batalhão seguiu por uma rua, à nossa esquerda, em coluna de marcha, com a música tocando à frente e passando à vista dos inimigos que, embasbacados, não deram um tiro! Contornando à direita da povoação retiramo-nos, até onde havíamos deixado as mochilas, e protegendo sempre as famílias, seguiu o batalhão em direção a Itaqui.

À vista do inaudito arrojo do coronel Menna Barreto, fazendo desfilar pela frente do inimigo um punhado de bravos, como quem marchava para uma revista, ao som de ruidoso dobrado, tiveram eles receio fosse alguma cilada para atraí-los e serem envolvidos pela Divisão Canabarro, que julgavam estar oculta por traz da povoação. Deixaram-se ficar no mesmo lugar por espaço de três dias!!! Ao bravo coronel Menna Barreto, deve o 1º Batalhão de Voluntários da Pátria a sua salvação, pela coragem e sangue frio que teve durante o ataque e pela brilhante retirada que executou. Só no 3º dia é que Estigarribia sabedor da nossa fraqueza, tratou de nos perseguir cruelmente. Mesmo perseguido, serviu sempre o batalhão de amparo à grande quantidade de famílias que fugiam à aproximação dos bárbaros.

Por ordem do comandante, ao chegarmos em São Borja, deixamos as mochilas e capotes no campo. Quando voltamos, não houve tempo para escolher a que pertencia a cada um. Pegamos na que estava mais próxima e durante o pouco tempo que descansávamos, tratávamos de procurar a que nos pertencia; mas aquele que melhorava, tratava de ocultar, ficando por isso, a maior parte trocada e com muitas faltas.

Cônego Gay

Enquanto o 1º Batalhão de Voluntários da Pátria fazia seu batismo de sangue, e merecia a gratidão das famílias de São Borja, das quais foi o salvador, via-se dentro da vila um espetáculo que é impossível se descrever. A população estremecia de susto. Só se ouviam gritos e lamentações pelas ruas que estavam apinhadas de gente. Homens, senhoras, mulheres e crianças, a maior parte descalços, com lágrimas nos olhos, com os cabelos desgrenhados, carregando à cabeça e nos braços um filho e um atado de roupa, procuravam fugir, e tomavam indistintamente a direção que julgavam oposta à do inimigo.

Nesse labirinto, membros da mesma família chegaram a se perder uns dos outros; houve mães até que perderam seus filhos etc.

Se bem que os paraguaios tivessem suspendido sua marcha, sua posição ficava de momento a momento mais favorável, pois que de vez em quando suas canoas lhes traziam maior número de combatentes, pois naquele dia desembarcaram sobre nosso território uns quatro mil paraguaios e alguma cavalaria.

à boca da noite do mesmo dia, o coronel João Manuel Mena Barreto, bem informado do número das forças inimigas que tinham desembarcado, julgando que não podia sustentar-se em São Borja, evacuou a vila sem ser percebido pelo inimigo, reuniu todas as forças na chácara do Sr. Torres, a um quarto de légua e, de noite, se puseram a umas três léguas de distância de São Borja, que ficara deserta, pois naquela vila só tinham ficado alguns estrangeiros com três ou quatro famílias, que lhes pertenciam. Também ficou um outro brasileiro absolutamente impossibilitado de fugir.

A FUGA

Posso asseverar a V^a. Exª, que não ficou uma só família em São Borja, pois que à frente de meu batalhão se retiraram as que ainda ali existiam.

Mena Barreto

Tristão de Araújo Nóbrega, tenente-coronel

De ordem do sr. coronel Barreto, cobri a retaguarda das forças e famílias em retirada e em debandada, fugindo de um inimigo selvagem e mais que bárbaro. Não é possível descrever a desgraça de um povo correndo espavorido de seus lares ao estrondo do canhão; saíam as mães porta fora descalças, com os filhinhos nos braços, perdidas dos maridos, confundidas as donzelas no populacho e a tudo expostas! Mulheres distintas sem um xale nem com o que se cobrirem e assim todo o povo pela estrada pantanosa, em uma noite de frio excessivo, de marcha forçada! Tocou-me a ser desgraçada testemunha.

Cônego Gay

O desejo de cuidar do salvamento das principais alfaias da igreja, dos livros paroquiais e de alguns papéis manuscritos meus de importância, me fez, apesar do perigo, demorar minha retirada. Já choviam balas dentro da vila, já havia rebentado uma bomba ao lado de minha casa, quando já muito depois do meio-dia o Sr. Lacerda, juiz municipal, e o Sr. Marcos de Azambuja, encarregado do fornecimento das tropas de São Borja, penetraram no aposento em que me achava e, me conduzindo ambos por um braço, me obrigaram a montar a cavalo e a me retirar, sendo um dos últimos a fazê-lo.

Não tardei a alcançar um indivíduo que puxava um cavalo montado por quatro pessoas entre grandes e pequenos e, como o ridículo se encontrava quase sempre ao lado do patético, pouco depois alcancei duas índias que carregavam cada uma um gato no regaço com tanto carinho como se esses bichos fossem seus filhos.

Vi comitivas de mulheres com trouxas de roupa à cabeça, levando 31 crianças a pé e, mal podendo caminhar, afastarem-se da vila. Houve duas mulheres pejadas, a quem o susto fez adiantar o termo, que na noite de 10 para 11 de junho tiveram seu sucesso no meio do campo.

Esta mesma estrada estava então apinhada de gente. Rodavam sobre ela mais de trezentas carretas, fora o grande número de pessoas que iam a cavalo e a multidão que ia a pé. Os homens que haviam escapado ao rigoroso recrutamento da Guarda Nacional, e mesmo alguns soldados, tocando as carretas dos emigrantes, tocavam ao mesmo tempo cavalos e algum gado para municio. Mas não tardou que chegassem novos recrutadores, que não somente agarravam vários desses soldados e desses homens que prestavam este serviço, como também uma parte da cavalhada que as famílias levavam para os misteres de sua viagem, tirando-os à força para auxílio das tropas, deixando as pobres famílias em pior posição.

Bom número de fazendeiros, que emigraram, foram mui humanos para com a pobreza, já dando-lhes de comer, já fornecendo-lhes condução, já amparando-os, como, v. g., o sr. José Manuel Mendes, que, em suas carretas, levou mais de 140 pessoas, e muitos outros que tiveram o mesmo louvável proceder. Outros, à maior distância, hospedaram os emigrados da melhor forma que lhes foi possível, dando-lhes o sustento quando dele careciam e prestando-lhes mil serviços, como praticaram os srs. Francisco Belém Bandeira, nas Tunas, e o tenente Firmino Alves da Silva, no 6º distrito de Itaqui, que hospedou comitivas numerosas de emigrantes.

Quando, no dia 12 de junho, os chefes de exército paraguaio fizeram sua entrada na vila de São Borja, e a encontraram quase desocupada, seus chefes ficaram desapontados e, julgando que as famílias e o vigário de São Borja, a quem traziam ordem de prender, se achariam ainda perto, ordenaram que a vanguarda do seu exército, composto de 1.200 homens escolhidos e dos mais aguerridos, seguisse em sua perseguição.

A OCUPAÇÃO
12 de junho de 1865

Em que cônego Gay nos conta da entrada das tropas paraguaias em São Borja, do saque a sua casa e a toda a cidade.

ao amanhecer do dia 12, São Borja se achou cercada pelos paraguaios. Se estes tardaram até o dia 15 de tarde para enviar sua vanguarda em perseguição das carretas do 1º Batalhão de Voluntários da Pátria, do mesmo batalhão e das famílias, foi para que os oficiais e soldados da vanguarda tivessem durante alguns dias sua parte no saque da malfadada vila de São Borja.

Era meio-dia e pouco mais. Tinha sido determinado que o saque do dia 12 seria feito unicamente pelo frade Duarte e pelo coronel Estigarribia, devendo a vila ser franqueada aos oficiais e ao exército somente no dia seguinte, 13 de junho, e nos subsequentes. Já também estavam preparadas, à entrada da vila, umas cinquenta carretas para receber os objetos mais preciosos do saque. Posteriormente, o saque foi transportado para o Passo de São Borja. Gastou-se cinco dias em passá-lo em canoas ao outro lado do rio Uruguai. De Formigueiro, perto de São Tomé, o saque de São Borja foi levado em carretas para o Paraguai. As carretas levaram ao mesmo tempo 250 feridos e doentes.

Daí a pouco o frade, o coronel e os demais estavam na frente da casa do vigário de São Borja, junto da qual chegavam. Enquanto os soldados do piquete tomavam posição para que ninguém pudesse fugir de dentro da casa do vigário, o coronel Estigarribia, vendo em frente da casa o basco espanhol Francisco Zaretea, que o vigário deixara de caseiro, fez-lhe várias perguntas quase todas relativamente ao mesmo vigário. Por fim, lhe ordenou de abrir as portas, ao que o basco contestou que as portas estavam já abertas. Então o Revmº. Frade Duarte aproximou-se da porta do vigário, que empurrou com sua comprida vara, feito o que recolheu-se um pouco e lançou sua bênção sobre a entrada da casa, para a purificar das pisadas dos *perros* brasileiros, como geralmente os paraguaios se expressavam. Depois *el vicario*, seguido do coronel e do seu secretário, penetraram na casa do vigário de São Borja.

Durante este tempo, *el vicario* tinha revolvido e examinado toda a correspondência oficial e particular do padre Gay, tinha revistado seus manuscritos literários, tinha examinado suas coleções de plantas e de objetos de História Natural, e tinha apartado e posto dentro de caixões os objetos, os papéis, os manuscritos, que foram de seu agrado, e que mandou levar para suas carretas.

E tal foi a busca, o dano e o roubo que se fez, que de mil e tantos volumes que continha a livraria somente foram encontrados depois uns dez volumes, todos desirmanados e pela maior parte rasgados. Ficaram muitos papéis e muitas cartas espalhadas no chão à intempérie e que se recolheram molhados depois.

Desapareceram inteiramente os documentos que serviram ao vigário para a composição da *História da República Jesuítica do Paraguai*, alguns livros e manuscritos guaranis, todos os trabalhos do vigário sobre esta língua, como: *Nouvelle Grammaire de la Langue Guarany et Tupy*; *Manuel de la Conversation en Quatre Langues: Français, Portugais, Espagnol et Guarany*; *Noveau Trésor de la Langue Guarany en Quatre Langues*, ou *Noveau Dictionnarie Guarany, Français, Portugais et Espagnol*, obra já muito adiantada.

Desapareceu totalmente uma coleção de pedras e produtos esquisitos da natureza, alguns dos quais estiveram na Exposição Nacional do Rio de Janeiro em 1861, e um pequeno herbário de plantas das Missões, que o vigário principiou a formar em fins de 1862.

Já era tarde, o sol estava entrando; o frade, o coronel e sua comitiva saíram da casa do vigário, e, apenas tinham eles posto os pés fora da porta, o frade Duarte com sua vara comprida quebrou vários vidros da janela da casa. O coronel e os soldados imitaram seu exemplo.

Por fim, chegara o dia tão desejado pela soldadesca paraguaia, o dia do saque. Quando as tropas paraguaias estavam para sair do seu país, antes de passarem o rio Paraná, o general (uns dizem que foi o mesmo Presidente López) se lhes apresentou na frente e lhes dirigiu sua arenga, dizendo-lhes que iam para um país rico sob todos os respeitos, e que o governo da república lhes concedia livremente o saque de todas as povoações brasileiras que tomassem; que eles saíam nus, mas que lá haviam de se vestir muito bem; que tinham fome, mas que lá haviam de ter comida em abundância; que estavam pobres, mas que no Brasil haviam de enriquecer.

No dia 13 de junho, ao nascer do sol, *el vicario* Frade Duarte, general-em-chefe do Exército Paraguaio pôs-se à testa da metade de seu exército. Em um instante, Sua Reverendíssima quebrou com sua espada os vidros das janelas de uma porção de casas, deu o seu primeiro golpe às suas portas, e lançou sua santa bênção sobre a entrada, franqueando-a assim a seus famintos soldados, que não podiam tocar em uma janela, bater em uma porta, nem por ela entrar, sem que ele tivesse procedido a esta sagrada cerimônia.

O primeiro cuidado de muitos foi de se lançar como tigres esfaimados sobre tudo o que tinha aparência de alimento e bebida. Vários abriam a machado barricas de açúcar e comiam a punhados, outros comiam a punhados farinha de mandioca e de trigo de que despejavam os sacos no chão. A maior parte tomava bebida a largos tragos, servindo-lhes de copos todo e qualquer vaso, como baldes e bacia. Não tardou muito que eles recuperassem comida mais substancial, e eis seu prato predileto. Em um tacho ou em qualquer outra vasilha esvaziavam certa porção de vinho que engrossavam com açúcar e, algumas vezes, com um pouco de polvilho, que batiam com os dedos e comiam depois a punhados.

Quase toda a roupa das casas, como pratos, copos e todos os utensílios de cozinha, foi carregada pelos soldados paraguaios para seu acampamento, e as panelas, os pratos, os copos etc., que não levaram, foram todos quebrados e atirados à rua. Não se vê quase mais nas vidraças senão pedaços de vidro, e é quase impossível transitar pelas ruas por causa da infinidade de cacos de garrafa, de vidros e de louça que nelas estão espalhados.

Alguns pianos que existiam na vila foram literalmente despedaçados e suas teclas espalhadas pelas ruas. As cadeiras, os sofás, as marquesas que não foram levadas para o acampamento, sobretudo as de palhinha e as mais ricas, foram cortadas com facas, fazendo-se-lhes no meio uma ou duas cruzes para as tornar inservíveis. As mesas, as mais ricas, sobretudo as de mármore, foram viradas, quebradas, e o mármore espedaçado como que a golpes de martelo ou de machado. Quanto maior era o luxo que eles achavam em uma casa, mais se empenhavam em tudo destruir.

Encontravam eles em uma loja um caixão de botas de sapatos, ou alguns pares deles em casas de família, os experimentavam em seus pés, e ficavam com eles se lhes serviam, mas no caso contrário os cortavam à faca.

Uma porção de soldados paraguaios — e para este mister tinham-se designado os mais moços (sendo para notar que no Paraguai se é soldado da idade de 13 a 65 anos) — estava ocupada a receber na porta das casas os panos, os merinós, as chitas, as ferramentas e enfim todos os objetos que seus companheiros saqueavam. Carregavam eles estes objetos até a entrada da vila, no lugar onde se achavam suas carretas. Atiravam tudo em um montão. Alguns oficiais aí colocados faziam a escolha dos objetos melhores, que mandavam acomodar dentro das carretas por subalternos que tinham às suas ordens para esse fim.

Punham em um montão à parte os objetos que menos lhes agradavam, sem que se saiba ao certo o destino que se deu a estes objetos de menor estimação; mas é bem provável que tudo fosse enviado para o Paraguai, porque só os oficiais paraguaios se vestiram de novo em São Borja; os soldados de lá saíram quase com os mesmos farrapos que tinham entrado. E, segundo referem alguns extraviados e prisioneiros, não é pequeno por este motivo o descontentamento que reina entre os soldados do exército invasor, por verem frustrada a solene promessa que lhes tinham feito de os deixar possuidores dos produtos do saque. Só se cederam três varas de algodão a cada soldado, mas a distribuição não foi feita a todos.

A 18 de junho, à tarde, todo o exército inimigo desfilou pelas ruas de São Borja, atravessou a praça e foi com seu carretame acampar a pouco mais de um quarto de légua da vila, sobre a estrada real de Itaqui.

os dias

Quartel-general do comando-em-chefe do exército de operações contra a República do Paraguay, junto à barra do Dayman, 15 de junho de 1865.

Ilmº. Exmº. Sr. — Neste momento, 12h da manhã, acabo de receber notícia de que os paraguaios haviam invadido São Borja, e que fora batido o coronel Assumpção; o que fizeram com forças grandes. Hoje até amanhã espero aqui os generais Mitre, Flores e Tamandaré.

Deus guarde a Vª. Exª. — Ilmº. e Exmº. Sr. General David Canabarro, comandante da divisão ligeira. — Manoel Luis Ozorio, brigadeiro.

General Osório a Davi Canabarro, Daiman

Peço a V. Exa. que mande todo o fardamento que estiver em Bagé, pois que na Uruguaiana não tenho o recurso de manufaturar.

Davi Canabarro ao presidente da Província do Rio Grande do Sul, Ibirocaí

Os soldados do Batalhão de Engenheiros, que foram postos pelo Ministério à disposição da Comissão, ficaram no acampamento de São Francisco, ocupando-se principalmente em enterrar os mortos.

André Rebouças, Daiman

Ainda hoje apenas disponho de oitocentos homens, contando com o meu batalhão, desgarrado no meio de uma campanha exposta a qualquer golpe de mão do inimigo, no meio de habitações desertas, e baldo de todos os recursos, em que nem sequer um cavalo se encontra, com quase toda a minha oficialidade a pé, que na ocasião do encontro com o inimigo perdeu a sua ca-

Mena Barreto, entre São Borja e Itaqui

valhada; espero porém, reunir-me amanhã ou depois ao sr. coronel Fernandes, que me consta achar-se reunido à sua brigada, em grande parte licenciada.

<small>Davi Canabarro ao presidente da Província do Rio Grande do Sul, Ibirocaí</small>

Devemos dar golpe de mestre nestes paraguaios e para isso nos preparamos. Havendo perda de roupas, autorizei o coronel a comprar a que houvesse feita no Itaqui e fazendas para manufaturar em Alegrete. Vª. Ex.ª certamente há de aprovar estas medidas na emergência dada.

Também o autorizei a comprar medicamentos e alugar carretas para montar uma enfermaria volante.
Ordenei que fizesse retirar a população de Itaqui.

<small>André Rebouças, Daiman</small>

Consumou-se a maior vergonha! Os paraguaios invadiram a província do Rio Grande do Sul por São Borja! E não há três dias se me afiançava que os paraguaios tinham abandonado de todo, o plano de atacar a província, e só haviam deixado mil homens em frente a São Borja: — que tudo isso era sabido com certeza por informações do Mitre!!

... Será verdadeiramente irrisório que o Exército Brasileiro vá expelir de Corrientes os paraguaios, deixando-os assolar a província do Rio Grande do Sul!!

<small>Cônego Gay, próximo a São Borja</small>

No dia 16 de manhã e bem cedo, chegou a expedição paraguaia à casa de dª. Ana Joaquina Lopes de Almeida, viúva do capitão Fabiano Pires de Almeida, a sete léguas de São Borja. A casa, como todas aquelas que esta força encontrou na sua passagem, como a do sr. coronel Lago, do tenente João Machado de Almeida e outros, foi completamente saqueada; e os trastes, quase todos quebrados, foram espalhados por baixo das laranjeiras, pela estrada e pelo campo.

Saquearam as casas, degolaram as ovelhas, inutilizaram tudo o que não podiam carregar, v. g., derramando pelo terreno uma considerável porção de erva-mate, que nas casas estava armazenada, picaram os couros que encontraram e, por fim, queimaram as moradas, retirando-se depois tranquilamente como se estivessem no centro do Paraguai, conduzindo da estância como uns trezentos cavalos e como doze mil reses.

Queimou a casa da estância da viúva de Ângelo Vieira de Oliveira, de Rafael Dutra e, mais adiante, a do Sr. José Manuel Mendes. A casa da estância do Sr. Mendes tinha um pequeno sobrado e era quase nova. Como o inimigo pernoitara nesta casa, teve ocasião de fazer grandes estragos nas mangueiras, nas lavouras, nos grandes cercados que a rodeavam, os quais destruíram completamente, queimando-os com as casas.

A notícia da invasão espalhou-se imediatamente em todo Rio Grande.
Apesar dos fortes contingentes de rio-grandenses de que se constituía a cavalaria do exército, às ordens do general Osorio e dos que, de diversos pontos da província, marchavam em direção às fronteiras; e, ainda mais dos que se compunha a divisão, sob o comando de David Canabarro e Barão de Jacuhy; não obstante, organizavam-se mais corpos de guardas nacionais.
Os voluntários surgiam às centenas.
A indignação produzida pelo acontecimento só podia ser aferida pelo imenso entusiasmo dos bravos rio-grandenses. Um brado de vingança se ouvia em toda parte.

David Canabarro, porém, não se move!

Bernardino Bormann

... A chuva, que atravessava a minha barraca, bem que fechada, obrigou-me a fechar este meu jornal. O chão alagou de meia polegada, todo o vale fronteiro está completamente alagado; nele grasnam já um grande número de rãs.

André Rebouças, Daiman

Ibirocaí, 19 de junho de 1865.
Há necessidade de armar os vasos de que se pode lançar mão, em face da invasão inimiga?
Certamente, todos os meios são bons.
Tudo o que se pode fazer se há de fazer sem olhar o preço, façam-se os sacrifícios pois que a defesa própria os exige imperiosamente.

Davi Canabarro a Timóteo Pereira da Rosa, amigo e deputado, Ibirocaí

Itinerário da invasão do Rio Grande do Sul, mapa reproduzido no livro de Fausto de Souza

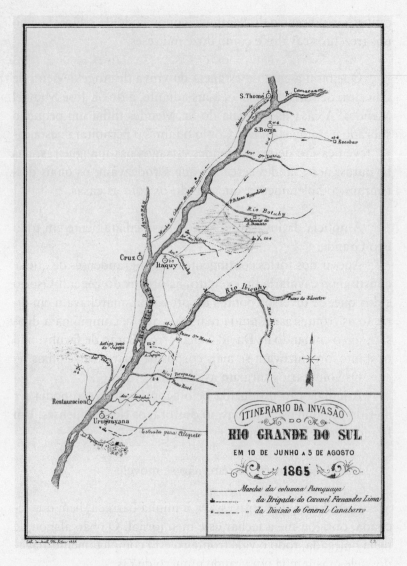

Antonio Fernandes de Lima, coronel, a Davi Canabarro, próximo a São Borja

Ilmº. e Exmº. Sr. — Pelas descobertas que tenho sobre a força inimiga, consta-me que a que se achava na fazenda de São Lucas contramarchou outra vez para os lados de São Borja, incendiando no seu trânsito algumas casas. Fiz seguir imediatamente com os majores José Fernandes de Souza Doca e Severino da Costa Leite uma força de duzentos homens, picando-lhes a retaguarda e para observar a direção que tomam. Do resultado darei ciência a Vª. Exª. a quem Deus guarde.

Já se acha além do Ibicuhy o tenente-coronel Sezefredo com os Corpos nºs 19 e 26.

Ao coronel Fernandes reitero as ordens que já tem recebido para acossar o inimigo em seus acampamentos e em marcha por meios estratégicos, enquanto eu não puder reunir uma força bastante para atacá-lo de frente.

Davi Canabarro a João Frederico Caldwell, Ibirocaí

o arrombamento das casas e o sangue se fez rigorosamente em todas as casas que os soldados da vanguarda paraguaia avistaram

Cônego Gay, entre São Borja e Itaqui

Pelas 3h da tarde apareceram no acampamento da Concórdia — Mitre e Flores.

O presidente Mitre tem um tipo assaz distinto de espanhol; pálido, magro, olhos esverdeados, cabelos pretos não muito abundantes. Flores é baixo, chato de corpo; tem o tipo grosseiro dos Orientais do campo; cabelos quase todos brancos; trajava a paisana em luto fechado.

André Rebouças, Concórdia

Ilmº. e Exmº. Sr. — Neste momento chega-me o oficial que estava de observação no Itaqui; traz a notícia de vir pela parte de Corrientes uma força paraguaia de quatro mil homens ao rumo de Itaqui. Esta parte é dada pelo coronel Paiva, comandante da força correntina.

É de supor que aquela força inimiga venha proteger passagem das forças paraguaias naquele ponto.

Deus guarde a Vª. Exª. — Campo no Passo de Maria, 22 de junho de 1865.

Sezefredo Alves Coelho, tenente-coronel, a Davi Canabarro, Passo de Maria

Acampamento volante em Butuí, 24 de junho de 1865.

Dirijo-lhe esta com o fim de dar-lhe notícias minhas. Até o presente, vamos passando sem maiores incômodos graças a Deus. No dia 16 do corrente, nos reunimos a esta Brigada, já nessa ocasião estando o povo de São Borja invadido pelos paraguaios. Desde esse dia, temos andado em apuros: e vá para cima e vá para baixo, sempre falqueando o inimigo visto nossa força não ser suficiente para atacar.

Coronel Chicuta, Butuí

No dia 20, já tivemos a ocasião de ver dar trezentas bordoadas em um soldado por ter desistido da trincheira. Hoje já temos soldados no 5º porque eles estão vendo que cá não é o que se quer, é o que pode ser.

Francisco Barbosa, Vila de Alegrete

O batalhão chegou à vila de Alegrete todo roto e esfarrapado; foi preciso passar uma revista e o soldado que estava com sua blusa e calça em melhor estado, cedeu o capote ao que estava quase nu; entraram muitos com roupa a paisana e capote por cima, por ter de emprestar a sua farda ao companheiro; muitos descalços e outros de alpercatas de couro cru, amarradas com correias também cruas.

Francisco Barbosa, de São Borja à barranca do rio Itú

Sofremos muito de São Borja até a barranca do rio Itú. Muitas vezes mal arriávamos as mochilas, tornávamos a levantá-las e a marchar sem carnear. Outras vezes, depois de mortas as rezes, éramos avisados que o inimigo estava próximo. Mal tínhamos tempo de dividir a carne e carregávamos crua, até ao novo acampamento, em que, na maior parte, faltava a lenha, aproveitando nós o estrume seco dos animais para assar a carne ou fazer o cozido, ficando tudo com um cheiro e sabor desagradáveis!

Atravessamos para a margem direita com água pela cintura e levando a mochila à cabeça, segura com uma das mãos, apoiando a outra em um laço que atravessava o rio, tendo presas as extremidades em árvores das barrancas. Alguns metros abaixo foi colocado um cordão de cavalarianos, que salvaram alguns que, escorregando nas pedras limosas e arrastados pela muita correnteza do rio, escapavam do laço.

Fazia muito frio e a água estava quase gelada, mas com o inimigo a poucos passos atrás, o comandante major Carlos Betbzé de Oliveira Nery, que há poucos dias havia substituído o coronel Menna Barreto, obrigou-nos, quase a patas de cavalo, a entrar n'água.

O que faremos? diz V^a. Exª. Respondo: derrotar o inimigo.

Atacar o inimigo com probabilidade?
Não. Com certeza infalível do triunfo, sim. Não tendo esta certeza faremos o mal que pudermos restringindo-o ao campo de seus piquetes.

Davi Canabarro ao presidente da Província do Rio Grande do Sul, Ibirocaí

COMBATE DE BOTUÍ
26 de junho de 1865

Em que Bernardino Bormann narra o combate entre forças brasileiras e paraguaias às margens do rio Botuí.

Bernardino Bormann

A coluna paraguaia, às ordens do major Duarte, avançava pela margem direita do Uruguay, regulando os seus movimentos pelo de Estigarribia.

No flanco esquerdo d'este, está agora o coronel Fernandes que marcha de observação com a 1ª Brigada, a qual se deve reunir à 4ª, a do chefe Sezefredo. Fernandes espreita uma oportunidade favorável para atacar os invasores. Ainda bem!

Como é natural, a vizinhança do coronel Fernandes, não agrada ao inimigo e, assim, este resolve batê-lo.

Um destacamento de quinhentos homens, avança para esse fim, em sua maioria composto de infantaria.

O grosso da coluna inimiga estava no rio Botuhy. Aquele destacamento atravessou esse rio no *passo* de Dª. Anna Hyppolito e, depois, tomou a direção da estância de Fortunato de Assumpção, em cujas proximidades estava a brigada d'aquele coronel.

A intenção do inimigo era surpreendê-la; mas a 25 de junho, o comandante do Corpo de Cavalaria nº 28 de guardas nacionais, Manoel Coelho Souza que, apenas tinha cem homens mal armados e quase nus, marchava pelo Rincão da Cruz, quando foi prevenido por um indivíduo morador do lugar, de que os paraguaios se achavam perto.

Momentos depois aí estava na frente o inimigo.

Na noite de 25 para 26, depois de meia-noite, marchou então o coronel ao encontro do adversário, tendo antes mandado prevenir ao comandante Sezefredo que viesse a toda pressa reunir-se a ele, visto achar-se já perto e poder por isso tomar parte n'ação.

O fogo irrompe de parte a parte.

Os paraguaios avançam mais um pouco para procurar posição favorável; afinal, acham-na e aí fazem alto.

Estão sobre a fralda de uma coxilha, próxima a grandes banhados, semeados de *capões* de mato.

Aí, a infantaria estende linha de batalha, protegendo o flanco direito com a sua cavalaria, apenas avista o grosso das forças do coronel Fernandes.

Este imediatamente prepara-se para o ataque.

Eram 10h do dia.

O coronel, ansioso por combater, com a consciência cheia de remorsos por não haver cumprido o seu dever de rio-grandense e bom patriota no momento da invasão em São Borja; manda carregar sem esperar a junção da 4ª Brigada, de Sezefredo.

Aos vivas à nação, ao Rio Grande, e ao imperador, Feliciano Prestes à frente do Corpo nº 23 e Dóca com os seus clavineiros, atiram-se sobre a direita inimiga; Nunes, com o 11º Corpo, investe furiosamente o centro; Luz Cunha com o 40º arroja-se sobre a esquerda.

A direita inimiga é rota e a cavalaria que a protegia, levada de rojo, é quase toda destruída, escapando apenas alguns homens a pé pelos *capões* do mato.

A esquerda e centro, atingidos pelo choque dos nossos, cedem terreno; mas, em boa ordem.

As investidas da nossa cavalaria se sucedem e, no fim de uma hora de luta, o inimigo abriga-se por traz de um grande banhado e dos *capões* ali semeados, que lhe ficam à direita.

Surge afinal, no campo da luta Sezefredo com a 4ª Brigada.

O tiroteio cessa de parte a parte por alguns momentos.

O inimigo que vê chegar essas lanças rio-grandenses, forma quadrado e, n'essa formatura, move-se procurando ainda melhor posição que encontra logo e aí aguarda.

O chefe Rodrigues Ramos rompe fogo certeiro que desfalca as fileiras do quadrado paraguaio: e após, o coronel Fernandes manda tocar carga. Simultaneamente, apenas expira a última nota das cornetas, os Corpos da 1ª e 4ª brigadas arremessam-se sobre as baionetas.

Ao ver os esquadrões brasileiros arrojarem-se, sem medir as dificuldades do terreno, o inimigo desanima; abaixa o cano de suas espingardas, querendo entregar-se.

A fúria e a cólera dos nossos são indescritíveis!

Estão cegos de furor; não podem assim observar, infelizmente, essa atitude do inimigo.

Este, então, pensa que não lhe queremos dar quartel e resolve vender bem cara a vida.

Trava-se, pois, de novo a refrega encarniçadamente.

Os paraguaios repelem, com grande valor, as cargas; estas se renovam a cada instante.

O inimigo afinal é inteiramente derrotado. Alguns paraguaios que podem escapar metem-se pelos banhados; mas, aí mesmo procuram persegui-los alguns dos nossos e n'esse afã, atolam-se com seus cavalos e encontram a morte. Apenas oitenta fugitivos podem livrar-se incólumes do ferro e, entre eles, estão major oriental Salvanãc que comandava a direita inimiga; mas, vaga 119 dias pelos nossos campos e *capões* até que consegue reunir-se a Estigarribia.

Esta ação recebeu o nome de ataque do Botuhy. N'ela tivemos 40 mortos e 78 feridos; entre os primeiros, os bravos capitão João Prestes e tenentes Israel Moraes e Leandro Fortes.

os dias

Levo ao conhecimento de Vª. Exª. que desde o dia 29 do mês último me acho neste ponto, estância nova do alferes Amancio Machado Palmeiro, onde tenho aguentado um temporal de chuva e frio a tal ponto de morrerem cavalos, aliás gordos, e a maior parte da força de meu comando está completamente desfardada e nua, tanto que me vi obrigado a dividir as praças pelas diferentes casas destas circunvizinhanças, a fim de poderem resistir à intempérie, do contrário morreriam também de frio; assim é que peço a Vª. Exª. alguma providência, a fim de socorrer esta força, ao menos com mil ponches, que é o artigo de maior necessidade; esta brigada não recebeu ainda abarracamento, além de umas cem barracas, que foram distribuídas ao 3º Batalhão de guardas nacionais, mas que ficaram em poder dos paraguaios, quando se deu a invasão de São Borja.

Antonio Fernandes de Lima a Davi Canabarro, Estância Nova

À 4ª Brigada, que aqui se acha, também tive que fornecer cavalhada, porque estava completamente a pé; assim é que peço a Vª. Exª. se digne obter do governo ordem para ser paga essa cavalhada.

O inimigo acha-se até hoje pelas imediações da estância denominada do Padre, a seis léguas de Itaqui; eu tenho o major José Fernandes de Souza Doca, com 150 homens, em observação ao mesmo, e hoje faço seguir mais força para o mesmo fim, e, logo que o tempo dê lugar, marcharei para mais perto do inimigo, mesmo porque por estas paragens não há pastos para a cavalhada.

Do Passo das Pedras o exército paraguaio se dirigiu em mui pequenas marchas sobre a coxilha por onde passa a estrada ge-

Cônego Gay

ral que vai da Cruz Alta e dos Hervais para a vila de Itaqui. Aí, durante alguns dias de chuva e de frio, descuidando-se um pouco da boiada das carretas que acompanhavam o exército, o valente major Docca lhe arrebatou 118 bois no dia 2 de julho, e mais nove bois no dia 4, que, apesar de seus esforços, os paraguaios não puderam reaver, puxando depois suas carretas a braços, segundo afirmam. Mas eles se vingaram de seus guardiões dos bois, degolando dois deles no lugar do pastoreio, onde os deixaram nus e sem sepultura. Esta boiada gorda apresada ao inimigo dá sinal de ter sido trazida do Paraguai, ou ao menos de Corrientes, por serem todos bois de carro.

General Osório a Davi Canabarro, Concórdia

Recebendo as duas cartas e cópias anexas, de 22, 23, 24 e 25 do mês corrente, levei tudo ao conhecimento do sr. general-em-chefe dos exércitos aliados, que resolveu que a força de seu comando não deve comprometer um choque decisivo com o inimigo, que lhe é superior em infantaria e artilharia, até que V^a. Exª. não tenha os maiores elementos de que possa dispor, e para isso deve reconcentrar todas as suas forças em frente do inimigo, devendo porém hostilizá-lo vigorosamente, para o que lhe dá vantagem a velocidade da cavalaria, arma em que V^a. Exª. está superior ao inimigo; e que talvez assim, em um momento dado pode obter algum triunfo, como por exemplo nas circunstâncias indicadas pelo coronel Fernandes.

Francisco Barbosa, Ibirocaí

No acampamento de Ibivocay, pela primeira vez, fui preso porque, como sargenteante, levei para a formatura de parada um soldado sem a competente escovinha!!!!

André Rebouças, Concórdia

O dr. Carvalho diz que ainda está pendente a tal expedição, fluvial; Mitre a ela se opõe pela penúria de forças em que se acha; que lhe tem desertado muita gente sob pretexto de não quererem combater ao lado de brasileiros; que o general está aflitíssimo com essas delongas.

... O Mitre cita muito fora de propósito a campanha 1827; a grande questão é que ele não consegue formar exército, e está com dois a três mil estrangeiros, que desertam a qualquer pretexto.

Entre Rios, junto a Concordia, 4 de julho de 1865.

Exmº. Sr. Conselheiro. — Ainda estou lutando na passagem das carretas, cavalos e bois, no Uruguay, que está muito cheio, e se não fosse o vapor *Era*, nem em um mês concluiria a passagem, porque os meios são improvisados e sem capacidade para o efeito: a luta que aqui temos há de reproduzir-se no Paraná, se não se mandar aí fabricar barcas a propósito, para embarque e desembarque de animais e artilharia.

Ontem me chegaram dois batalhões, que trouxeram-me mais bexigas, e eu no campo não tenho onde arrumar doentes dessa classe; já vê Vª. Exª. qual será o fim desses infelizes; em marchando o exército, que não tardará, atravessaremos o centro de uma campanha quase deserta e que se pode considerar um charco neste tempo.

<small>General Osório ao ministro plenipotenciário Octaviano, Entre Rios</small>

Foi no dia 7 de julho que o exército paraguaio fez a sua entrada na vila de Itaqui, abandonada pela maior parte das famílias desde 11 e 12 de junho.

<small>Cônego Gay, Itaqui</small>

Lastimo não poder voar à parte do território de minha pátria invadida pelos bárbaros, porém entendo que devo primeiro que tudo sustentar os compromissos nacionais da Aliança e o centro de onde devem partir as operações com segurança.

<small>General Osório ao ministro Octaviano, próximo a Montevidéu</small>

Canabarro insta por socorros e quer defender o passo do Ibicuhy. Tratava-se de fazer subir o general Flores com alguns batalhões, em pequenos barcos, até a Uruguayana. Esperava-se somente pelo visconde de Tamandaré, o qual, tendo sido muito contrariado na sua viagem, só chegará a Concordia na tarde do dia 5, data das últimas notícias.

<small>Ministro Octaviano ao ministro da Guerra, Buenos Aires</small>

O que os depravados paraguaios praticaram na vila de São Borja com o sexo débil foi por eles também praticado em Itaqui, e até me asseguraram que nesta última vila a sua depravação teve incremento. Em algumas casas, as infâmias que praticaram foram agravadas por tais atos de crueldade e de barbarismo que causa horror neles pensar.

<small>Cônego Gay, São Borja</small>

Ministro Octaviano ao ministro da Guerra, Buenos Aires

Missão especial do Brasil — Buenos Ayres, 8 de julho de 1865.

A coluna invasora de São Borja passou o Botuhy, junto da barra, e seguiu em direção a Itaqui. Outra força inimiga de três mil homens desceu pela margem direita do Uruguay, passou ao sul do Aguapehy (o que não parecia acreditável aos estrategistas argentinos) e já estava, desde o dia 1º de julho, na antiga povoação da Cruz.

Supõe-se que baixarão até o passo de los Libres (hoje Restauración) e que a coluna de São Borja irá até Uruguayana em frente àquele passo.

O exército paraguaio de Corrientes tornou avançar para o sul e estava em São Lourenço.

Segundo escrevem os generais Mitre e Ozorio, tudo os induz a crer que intenta o inimigo fazer descer suas forças do Paraná a incorporar-se com as do Uruguay, e que nas imediações deste rio teremos em breve uma grande e importante batalha.

General Osório ao ministro Octaviano, próximo a Montevidéu

o general Canabarro insiste por uma força de infantaria deste exército, que o ajude, porque tem falta desta arma; porém, consultando ao general-em-chefe a respeito, pressente-se (sic) que não quer desprender-se de forças brasileiras e propõe que o general Flores com alguns batalhões faça esta expedição em navios que aproveitando a cheia do rio cheguem até Uruguaiana; neste estado esperamos ansiosos a vinda do sr. Tamandaré, se é que vem, ou então dizer-nos que não vem, porque o comandante de Uruguaiana, cumprindo ordens do general Canabarro trata de armar ou já o fez, dois lanchões, um pequeno e fraco vapor que ali existe e está de observação para os lados de Itaqui

O ALMIRANTE

Em que características do almirante Tamandaré, comandante da esquadra brasileira, são descritas e analisadas por seu secretário e ajudante de ordens, Artur Silveira da Mota.

Naquela época verificaram-se em Tamandaré visíveis sintomas de velhice precoce que se manifestava por fortes achaques de reumatismo gotoso, seguidos de um estado de torpor cerebral que lhe não permitia fixar inteligência sobre assunto algum, mesmo sobre aqueles que exigiam com urgência a sua atenção. Fora dessas crises, aliás frequentes, o seu temperamento nervoso-sanguíneo impelia-o ao movimento, mas mesmo nesses espasmos, traía-se o seu estado valetudinário pela indecisão e perplexidade em que se debatia seu espírito antes de tomar qualquer resolução.

o motivo de seus excessos de zelo e de autoridade, de suas resoluções inconsideradas, de seu destemor das mais graves responsabilidades, de seu desprezo pela crítica, de sua indocilidade a todas as advertências, era o seu patriotismo sublimado que, preconceitos irredutíveis contraídos nas campanhas latinas de sua mocidade, tornavam-no suspicaz e irritável no comando da esquadra no Paraguai.

A impetuosidade do seu caráter e a vivacidade da sua imaginação explicavam-se por algum desequilíbrio das faculdades mentais. O seu desdém pelas minúcias na economia dos navios fazia crer que o seu espírito era refratário a toda ordem administrativa; e, finalmente, as suas ideias draconianas sobre disciplina militar o tornavam, no navio do seu comando em chefe, intolerável. Por todas essas razões, causou na Marinha o assombro do imprevisto a nomeação de Tamandaré para o comando da esquadra que devia ir ao Prata para apoiar as reclamações que faziam o objeto da missão Saraiva.

Artur Silveira da Mota, secretário e ajudante de ordens do almirante Tamandaré

Pelos seus gestos e atitudes, sobretudo a bordo, ninguém poderia hesitar em reconhecer em Tamandaré o almirante. Ao seu porte másculo, em que a farda caía admiravelmente talhada ao corpo, juntava-se a barba branca ornando-lhe o rosto e os sulcos profundos de sua fronte. Os olhos chamejavam debaixo de bastas sobrancelhas, seus gestos, amplos como os seus passos, davam-lhe a imponência que em nossa imaginação está sempre ligada ao comando supremo.

O caráter de Tamandaré era jovial e sociável no mais alto grau. Dificilmente suportava uma hora sequer de isolamento.

A conversação e a mesa eram seus maiores prazeres. A leitura fazia-lhe sono e nada o contrariava mais do que ser obrigado a escrever. Chamava-me, muitas vezes, interrompendo o meu trabalho de secretaria, só para conversar. Depois das refeições, demorava-se à mesa uma e às vezes duas horas, que era um tormento para os fumantes de seu Estado Maior, não fumando ele.

A mínima falta no cumprimento das suas ordens, a menor transgressão das formalidades de bordo bastavam para produzir verdadeira explosão de cólera em que, muitas vezes, era ele mesmo quem incorria em deploráveis desvios de correção militar, ou praticava excesso de autoridade, como, por exemplo, chamando de relaxado ou de inepto um comandante perante os seus subordinados, ou demitindo um comandante tão somente porque não veio recebê-lo ao portaló, surpreendido em um banho no momento em que o almirante chegava a bordo.

A verdade é que em seu espírito conserva-se vivaz o ressentimento e o antagonismo contra o argentino, o inimigo que enfrentara durante três anos na guerra desgraçada em que perdemos com a Cisplatina o mais belo florão da Coroa do Império do Brasil.

Ainda um outro motivo de ordem subjetiva, detinha-o em Buenos Aires. Tamandaré não estava convencido da sinceridade da aliança argentina, nem a julgava necessária.

os dias

Concordia, 6 de julho de 1865.

Exmº. General e amigo Sr. David Canabarro. — Eis-me aqui ansioso por transpor o Salto Grande com os vapores que puder, para tratar de castigar os ousados paraguaios, que se atreveram a pisar e insultar o solo rio-grandense. Pretendo subir no dia 8, levando comigo os vapores *Taquary*, *Tramandahy* e *Onze de Junho*: conto levar mil a mil e duzentos infantes para reforço das guarnições dos navios, e ajudá-lo aí a atacar o inimigo em terra.

Aí me terá pois Vª. Exª. em poucos dias, para de melhor acordo e boa vontade debelarmos os bárbaros que ofenderam o mais nobre de nossos brios. Conto que não haverá rio-grandense, que possa empunhar uma espada ou lança, que não corra a vingar a honra da pátria. Adeus até à vista.

De Vª. Exª. amigo e dedicado patrício, Visconde de Tamandaré.

<small>Almirante Tamandaré, comandante da esquadra brasileira, a Davi Canabarro, Concórdia</small>

A demora do visconde foi enquanto tratou de reforçar a esquadra com alguns vasos e outros misteres. Este exército prepara-se para marchar breve. No meu último ofício lhe dei a opinião do general-em-chefe, que é hostilizar Vª. Exª. o inimigo quanto possa, mas sem arriscar um combate decisivo que nos possa prejudicar uma força tão importante, como a que Vª. Exª. comanda.

<small>General Osório a Davi Canabarro, Concórdia</small>

14 — julho
... Às 6h da tarde, depois de quinze horas de trabalho, com 25 carpinteiros e 50 praças do Batalhão de Engenheiros, estava

<small>André Rebouças, Concórdia</small>

pronta a ponte, roçada a entrada ao lado do acampamento... Preveniu-me o dr. Carvalho que ao toque de alvorada do dia seguinte, todo o Exército se poria em movimento para atravessar o Juquerí pela ponte.

General Osório ao ministro da Guerra, Concórdia

Ilm°. e Exm°. Sr. — Às 5h da tarde deixei com o sr. Tamandaré o quartel do general Mitre, que nos informou que o general Urquiza tinha licenciado suas cavalarias, até segunda ordem, e que o mesmo general Urquiza, com a sua escolta de duzentos homens, era por ele esperado: o motivo desse licenciamento foi porque saindo o general Urquiza de seu campo, para vir conferenciar com o general Mitre, e já com quinze léguas de marcha, foi alcançado pela parte de que oitocentos homens das divisões Nogoyá e Victoria se tinham retirado do campo; voltando a seu acampamento arengou à tropa, e esta lhe deu vivas; porém na noite seguinte continuou a deserção. Isto pois parece que o resolveu a tal licenciamento: apesar desta ocorrência nos preparamos para marchar, o mais breve possível, para a altura da Uruguayana, com o fim que já Vª. Exª. sabe; pois neste caso pensa o general Mitre que há necessidade de algum sacrifício que neutralize a impressão moral que esta ocorrência deve produzir. Amanhã espero concluir a passagem das cavalhadas.

Cônego Gay

A 10 de julho, Sua Majestade o Sr. D. Pedro II, com seu imperial acompanhamento, deixou a corte. A 16, Sua Majestade desembarcava na cidade do Rio Grande e, em uma tocante proclamação, convidava os rio-grandenses a se reunirem sob o pavilhão imperial para vingarem a honra nacional.

Proclamação de Pedro II, imperador do Brasil

RIO-GRANDENSES! — Sem a menor provocação, é por ordem do governo do Paraguai invadido segunda vez o território da nossa pátria. Seja vosso único pensamento o vingardes tamanha afronta, e todos nos ufanaremos cada vez mais do brio e denodo dos brasileiros.

A rapidez das comunicações entre a capital do Império e a vossa província permite a mim e a meus genros, meus novos filhos, presenciar vossos nobres feitos.

Rio-grandenses! Falo-vos como um pai que zela a honra da

família brasileira, estou certo de que procedereis como irmãos, que se amam ainda mais quando qualquer deles sofre.
Palácio do Rio Grande, 16 de julho de 1865.
D. Pedro II.
Imperador Constitucional e Defensor Perpétuo do Brasil.

Nestes últimos dias tem aparecido o entusiasmo popular para a guerra.   Lafaiete Rodrigues Pereira

Um grande número de jovens maiores de 18 anos de idade, pertencentes às melhores famílias, vieram à minha presença e se ofereceram a formar um Corpo de Voluntários para guardar a pessoa de sua Majestade o Imperador no teatro da guerra.

Aceitei o oferecimento, mas sob a cláusula de, se Sua Majestade os dispensasse daquela honra, seguiriam eles para o ponto que lhes fosse marcado. Ao que anuíram de boa vontade. A ideia é boa e provavelmente atrairá muitos moços, que de outra maneira se recusarão a tomar parte na guerra.

Deram-me notícia de mais quatro assassinatos perpetrados por desertores e malfeitores, sem que eu saiba os pormenores, assim como de alguns roubos de moças. E quanto a roubos de bens móveis, e sobretudo de cavalos e gado, são tão numerosos que não têm conta.   Cônego Gay

16 — julho   André Rebouças, Juqueri
Fui, logo depois do almoço, ao quartel-general, e lá tive a felicidade de encontrar o meu camarada, o pobre Joaquim João, com a minha barraca já armada, contendo toda a minha bagagem, salva miraculosamente, do atropelo de ontem. Não pude deixar de gratificá-lo, dando-lhe o dobro da sua gratificação semanal.

Que horrível noite! Das 10h em diante caiu o maior temporal que hei suportado. Desde as 2 da noite perdeu a barraca os seus espeques... Foi só pelas 6 da manhã que o meu camarada pôde tirar-me de tão incomoda posição...

Quase todo o abarracamento amanheceu por terra. As barracas dos soldados (coitados) bem poucas ficaram de pé.

No entanto consolava-me a ideia de que a chuva poderia fazer crescer o Uruguai e permitir que a Esquadrilha chegasse a tempo de salvar Uruguaiana.

<small>Ministro da Guerra ao General Porto Alegre, comandante do exército brasileiro no Rio Grande do Sul, Porto Alegre</small>

Gabinete do ministro da Guerra — Porto Alegre, 20 de julho de 1865.

De ordem de S. M. o Imperador é Vª. Exª. nomeado para comandar a fronteira de Missões, que compreende a linha que, tendo origem em São Borja, passa por Uruguaiana e Quaraí e vai ter a Santana do Livramento, e tomar conta do comando-em-chefe das forças que tiverem de operar na mesma fronteira ou fora dela em alcance do inimigo que a invadir, forças que passam a ter a denominação de *Corpo de Exército em operações na fronteira de Missões*.

Compreende Vª. Exª. que não há tempo a perder e por isso cumpre que nestes três dias se ponha em marcha para exercer imediatamente a comissão a qual lhe está confiada e em cujo desempenho obrará sempre de acordo com o general Osorio, com quem deverá estar na mais completa harmonia, com o intuito de combaterem em comum o inimigo e livrar esta província das consequências fatais de uma invasão, para o que terá Vª. Exª. sempre em vista o plano combinado pelo mesmo general e pelo comandante em chefe das forças aliadas.

Prestará Vª. Exª. forças e todos os auxílios que lhe forem requisitados pelo mesmo general Osorio, reforçando mesmo em caso de necessidade o nosso exército em operações em território estrangeiro; *e, se nessas circunstâncias for preciso passar para fora do Império, ficará Vª. Exª. às ordens do general Mitre, o qual comandará todas as forças no caso de se entranharem os exércitos aliados em nosso território ao alcance e em ato contínuo de perseguição do inimigo.*

<small>Azevedo Pimentel</small>

Dia 16 de julho — Moveu-se o exército em Juquery, às 7h da manhã, transpondo o rio desse nome em ponte construída pelo Corpo de Engenheiros, passando pelo meio da vila da Concordia às 9h da manhã com as bandeiras desfraldadas, tocando as músicas. A povoação é triste, pois a sua casaria é toda feita a tijolo descoberto. No entanto, há certo luxo e boa pintura no interior dos prédios. Aí o general Mitre com o seu Estado-Maior assistiu ao desfilar do exército brasileiro. Em frente a esta vila e na margem esquerda do Uruguay, está situada a risonha vila do Salto. É esta a primeira marcha do corpo.

18 — julho

Pelas 2h da madrugada disparou a cavalhada da cavalaria, que acampa imediatamente à nossa vanguarda, pondo em sobressalto todo o acampamento. É na verdade de um efeito imponente o disparar de centenas de cavalos, que se precipitam furiosamente, precedidos por um milhar de gritos da tropa amedrontada, pelo som de trovão de suas patas sobre o solo, e levando de rojo tudo que encontram.

Dizem que muitas vezes são essas disparadas promovidas pelos vendedores de cavalos...

André Rebouças, Juqueri

COMBATES QUE NÃO ACONTECERAM
Passo de Santa Maria, a 18 de julho de 1865
Toropasso, a 27 de julho de 1865

*Em que se conta o avanço das forças paraguaias
em direção a Uruguaiana e a decisão de Davi Canabarro
de não lhes dar combate; transcrição de trechos de cartas
escritas no momento da ação e outras, meses depois,
em acertos de contas entre João Frederico Caldwell
e Canabarro.*

Cônego Gay

Consumada a obra do saque de Itaqui, o exército inimigo principiou a evacuar a vila e dela se retirou a 18 e 19, de julho, tomando a direção de Uruguaiana e costeando o rio Uruguai, pela margem esquerda. Acampou na fazenda do tenente-coronel José da Luz Cunha, que devastou, queimando a rica soteia, onde o comandante do Corpo Provisório n° 10 tivera sua residência habitual. Para ir à vila de Uruguaiana, o exército paraguaio tinha de atravessar o possante rio Ibicuí, que desemboca no rio Uruguai umas nove léguas ao norte de Uruguaiana, e umas sete léguas ao sul de Itaqui. Em mui poucos dias percorreu esta última distância, e se achou sobre o Passo de Santa Maria, no Ibicuí, que se acha mui próximo da barra deste rio, no Uruguai.

Bernardino Bormann

O general Caldwell, no dia 19 estava a uma légua do inimigo, naquele rio, no Passo de Santa Maria; Canabarro, em Jequiquá, quatro léguas à retaguarda daquele general.

Caldwell reconheceu a localidade e, como era natural, achou-a excelente para se bater nela o inimigo de frente e de flanco.

Reconhecendo o Passo de Santa Maria e toda localidade adjacente, o brioso general Caldwell dirigiu uma carta a Canabarro, que é um documento de seu alto patriotismo, um atestado de grande valor histórico.

Ilmº. e Exmº. Sr. brigadeiro David Canabarro. — Acabo, neste momento (6h da tarde) de chegar do campo inimigo, onde descobri a melhor posição possível para Vª. Exª. atacá-lo de frente e flancos. Vi também grande parte da força ainda do outro lado do Ibicuhy, e os nossos esquadrões ameaçando-a.

Veja pois Vª. Exª. o que resolve a respeito, e diga-me o que julga melhor. Creia Vª. Exª. que tão oportuna ocasião não se proporcionará mais para levarmos de vencida aos nossos inimigos, que continuam queimando e devastando tudo.

Vª. Exª. há de lembrar-se do meu pensar quando pretendi fazer adiantar uma coluna composta das três armas, para se opor à passagem daqueles bárbaros, quando logo se aproximassem ao Ibicuhy, e infelizmente Vª. Exª. contrariou esse meu plano, que vejo hoje seria magnífico, se por ventura se tivesse realizado.

Permita ainda que lhe diga que, se Vª. Exª. não atacar o inimigo amanhã cedo, perde outra ocasião de não só livrar o país dos bárbaros invasores que assolam esta província, como também de adquirir mais um título ao reconhecimento dos brasileiros. Perdão se achar que falo com demasiada franqueza: o considero na altura de um benemérito soldado, e desejo sobretudo que Vª. Exª. adquira ainda mais, se for possível, a consideração do imperador. Estas razões é que me levam a fazer-lhe as ponderações, que me sugeriram o golpe de vista de um seu velho camarada, que, como sabe, tem gasto uma vida inteira no serviço militar.

Com consideração e estima me assigno de Vª. Exª., camarada e amigo. — João Frederico Caldwell. — Estancia do Adão, 23 de julho de 1865

Caldwell a Canabarro, 23/7/1865, Estância do Adão

1º quesito. — Respondo: — Que Vª. Exª., compreendendo desde logo a facilidade de hostilizar o inimigo, quando este pensava passar o rio Santa Maria, foi Vª. Exª. servido de mandar-me ao brigadeiro Canabarro para em continente nomear uma força de cavalaria, com artilharia montada cujo comando Vª. Exª. confiava a mim, para que em uma noite e mais algumas horas me apresentasse no passo daquele rio, a fim de disputar a

Mena Barreto a Caldwell, 6/9/1865

passagem do inimigo, enquanto Vª. Exª. com o resto da força marchava em proteção: esta bela manobra não pôde ser executada porque aquele brigadeiro se opôs decididamente a ela, dizendo que toda a divisão chegava a tempo, por já tudo haver providenciado; foi assim que chegou a divisão depois do inimigo ter já efetuado a sua passagem!

Escusado é dizer o que se passou nesta entrevista; Vª. Exª. bem ouviu a recusa formal que apresentou aquele brigadeiro, que, com a maior sem cerimônia, não só disse que não atacava como disse mais que, no caso de Vª. Exª. tomar sobre si essa responsabilidade, ele, mesmo assim, entregaria o comando de sua divisão a outro, porque não queria ver a província sacrificada nem a gente que comandava!

Cônego Gay

O general-em-chefe chegou mesmo a mandar estender a linha do nosso exército para fazer o ataque; porém, exigindo dele o brigadeiro Canabarro ordem por escrito de atacar e não podendo Sª. Exª. se prestar a esta exigência insólita de um subordinado, formou-se uma questão que a marcha do inimigo veio resolver a favor do brigadeiro Canabarro, pois ele já se achava tão aproximado da vila que nosso exército não podia fazer suas manobras de ataque.

Caldwell a Ângelo Muniz da Silva Ferraz, ministro e secretário de Estado dos Negócios da Guerra, 5/8/1865, Uruguaiana

Ilmº. e Exmº. Sr. — É sob a pressão da mais acerba dor, que apresso-me a comunicar a Vª. Exª. o que acaba de passar-se há pouco na divisão do brigadeiro David Canabarro, a cuja frente me acho, pelas circunstâncias aflitivas por que está passando esta província.

Finalizo aqui, dizendo a Vª. Exª., que o inimigo acaba de passar o Ibicuhy, e mais três rios, sendo dois a nado, sofrendo apenas as hostilidades de que já terá tido conhecimento.

Caldwell a Silva Ferraz, 3/11/1865, Porto Alegre

Em todos estes documentos vê-se que os chefes concordaram que se não devia atacar o inimigo pela sua superioridade disciplinar etc., eu também concordei em não aceitar, nem oferecer uma batalha campal pelas razões expendidas; mas disputar a passagem do Ibicuhy, como bem demonstra o coronel João Manoel Mena Barreto, na sua informação, de que tratei no já citado ofício de 7 de outubro, seria sem dúvida possível

Se os chefes, a que me refiro, foram de opinião que se não disputasse a passagem do rio Ibicuhy, é evidente que outro tanto se deu em Toropasso, onde em conselho, na noite de 27 de julho, pronunciaram-se contra minha ideia, declarando que resultariam graves consequências, se arriscássemos um combate duvidoso, atendendo que a nossa força compunha-se de recrutas etc. mas, que eles chefes cumpririam qualquer ordem.

Não basta o esquecimento do passado! e que passado Exmº. Sr.?

Porque não tiroteou nas passagens dos rios o inimigo, que o vinha em todo o seu trajeto, por uma brigada que se ocupava dos flancos e retaguarda, e tanto que não ousava desprender uma partida. Tirotear o inimigo nas passagens dos rios para desagravo das ofensas recebidas, isto é — levar a morte e o ferimento a uma parte deles, enquanto a outra seguia avante, e, o que é mais, em seguimento dos nossos que lhe davam as costas para fugir!

Canabarro a Caldwell, 3/10/1865, quartel-general a uma légua de Uruguaiana

Se os russos em 1812, para colher o grande exército de Napoleão, queimaram a sua rica capital de Moscou, não é muito que deixássemos queimar algumas casas, pela maior parte cobertas de capim, — para colher dez mil paraguaios; aqueles que ousavam a mão armada depredar nossa terra, e que deviam pagar bem caro a sua ousadia. O sacrifício foi de coisas, não de pessoas.

O exército que um general comanda é a arma com que vai jogar na luta com seus adversários; deve pois conhecê-los para entrar na lide.

Tínhamos cavalaria, sem instrução, indisciplinada, armada em parte, e montada em maus cavalos.

Infantaria 2º e 10º de linha, comandantes e oficiais que davam exercícios a seus soldados, e que os sabiam conduzir combate; o 1º e 5º de voluntários, apenas organizados no Rio de Janeiro, embarcaram, nesta província, sempre em marcha, nada podem saber, e mesmo de seus oficiais só aqueles já conhecedores da arma.

Artilharia, no exercício a fogo que presenciei no Ibirocay o alvo ficou sem ofensa alguma, antes perto de mim passou uma bala, que se afastara dele quase uma quadra.

Na margem esquerda do Toropasso, Vª. Exª. mandou pelo coronel João Manoel Mena Barreto e capitão Luiz Fernandes de Sampaio examinar o terreno para forte tiroteio de infantaria e artilharia na passagem do inimigo, foi na tarde de 27 de julho; declararam, que o terreno se prestava, menos a cavalaria, que não podia manobrar. Vª. Exª. consultou-me assim como aos comandantes de brigada, tudo estava pronto, mas é certo que nada houve, e também que as ordens de Vª. Exª. foram cumpridas: elas nunca deixaram de o ser, aqui no Santa Maria e em toda parte.

Vª. Exª., hábil militar, nunca quis assumir a responsabilidade das operações perigosas; consultava aos comandantes das brigadas e aceitava seus pareceres: jamais pode dizer que foi contrariado.

Vª. Exª. mostrando-se despeitado com o voto do conselho que convocara, eu declarei a Vª. Exª. que me desse ordem escrita para atacar, que eu a saberia cumprir: tudo havia prevenido.

Os comandantes de brigada, não obstante seu voto, haviam declarado alto e bom som que eram soldados, que não recuavam ao combate, conquanto vissem nele a fatalidade de nossas armas.

Deu Vª. Exª. a ordem pedida? Não. Por que a não deu?

Vª. Exª. vacilou, temeu o naufrágio do baixel de tantas vidas nos escolhos das baionetas inimigas.

Deus guarde a Vª. Exª. — Ilmº. e Exmº. Sr. Conselheiro General João Frederico Caldwell, ajudante-general. — David Canabarro, brigadeiro.

os dias

24 — julho
Às 11h o general Andréa com seu Estado Maior, de que faço parte, passou revista às 7ª e 11ª brigada — O 1º e o 3º d'Infantaria estavam quase tão brilhantes como numa parada do Rio; havendo a notar que todo o exército formou com calças brancas.

André Rebouças, Juqueri

Pouco depois de termos entrado em alinhamento, passou-nos revista o general Osório, acompanhado de Mitre e Urquiza, que vinha com um filhinho de cinco anos, quando muito. É muito corpulento; tem o aspecto geral de um *farmer* ou fabricante inglês — trazia mesmo a barba preparada com eles.

Achava-me na Europa com a Princesa Imperial, em viagem de núpcias, quando a guerra brutalmente provocada pelo ditador do Paraguai tomou feição mais séria, invadindo as forças paraguaias o território da República Argentina e, logo depois, a nossa província do Rio Grande do Sul.

Conde d'Eu, esposo da princesa Isabel, genro de Pedro II, França

Não existia então, como é sabido, telégrafo submarino para o Brasil. (Nesse mesmo ano de 1865 foi estabelecido o que comunicou a Inglaterra com os Estados Unidos.)

Ao chegar a Pernambuco viemos a saber do triunfo decisivo obtido pela valentia da armada brasileira no imortal combate do Riachuelo; mas ainda não havia notícia da entrada das forças paraguaias em São Borja, o que infelizmente se verificara no dia antecedente, 10 de junho.

Só quando aportamos ao Rio de Janeiro, a 17 de julho, foi que soubemos ter este acontecimento determinado a partida do imperador para a província invadida, acompanhando-o nesta viagem meu concunhado, o Duque de Saxe.

Sôfrego de ir-lhes sem demora no encalço, não pôde, entretanto, meu desejo ser satisfeito imediatamente.

Forçoso foi esperar que algum navio estivesse pronto a seguir para o Sul; e pois somente a 1º de agosto pude empreender a viagem, cuja tosca narrativa vai aqui transcrita.

Mencionarei também que estas imperfeitas impressões de viagem eram destinadas principalmente à minha família na Europa, para quem a Princesa, no paço de São Cristóvão cuidadosamente as recopiava; e que, recém-chegado ao Brasil, não estava eu ainda familiarizado com muitos dos usos especiais da terra, dando esta circunstância lugar a algumas considerações que já não oferecem interesse. Não quis porém suprimi-las para não tirar ao modesto escrito o cunho de originalidade, que é seu único mérito.

Castelo d'Eu, 10 de fevereiro de 1920.

<small>Conde d'Eu,
Rio de Janeiro</small>

1º de agosto — Era quase meio-dia quando saímos à barra defendida pelos fortes de Santa Cruz e São João, a bordo do vapor *Santa Maria* fretado pelo governo.

<small>Conde d'Eu,
Forte de Santa Cruz</small>

Paramos para tomar piloto diante do forte desmantelado de Santa Cruz, situado em um ilhote chamado Anhatomirim, separado do continente por um braço de mar de uns seis mil metros de largura.

Assim que vi preparar-se o nosso escaler para ir com este fim à terra, o meu primeiro pensamento, como era natural, foi perguntar que notícias havia do Sul, onde ferve a luta contra os paraguaios. Infelizmente a resposta não correspondeu aos meus desejos.

— Não sabem nada, porque há dez dias que não têm comunicado com a cidade. (É de notar que a cidade estava já à vista do outro lado do canal.)

— Mas, enfim, quais são as últimas notícias que têm? E de quando são?

Não se lembram.

O *São Paulo* transporta para Porto Alegre dois batalhões de voluntários, um do Piauí, o outro do Paraná e da província de Santa Catarina, que é o 25º dos Voluntários da Pátria.

Conde d'Eu, Desterro

O Desterro é com efeito, atualmente, um depósito onde os vapores que, em razão de demandarem muita água, não podem entrar no Rio Grande, como, por exemplo, o *Oiapoc*, deixam os contingentes do Norte sendo estes depois transportados para Porto Alegre em vapores menores.

O serviço do comandante militar da província de Santa Catarina consiste em receber as tropas à proporção que vão chegando do Norte, aquartelá-las no Desterro conforme pode, fazê-las seguir para o Sul logo que se oferece vapor que as possa levar. Raras vezes sucede, segundo me informam, que um batalhão tenha de esperar no Desterro mais de dois dias.

Ao descer para a cidade tive conhecimento de que o teatro se achava também transformado em quartel para a Guarda Nacional da província da Paraíba, e desejei ver este quartel de nova espécie. É realmente curioso, quando mais não fosse, pela escuridão que nele reina; mas tudo está ocupado, palco, plateia, até as duas ordens de camarotes, cujas divisórias tinham sido tiradas. Aqui dormem os soldados no chão; no outro quartel tinham camas de tábuas.

Sem embargo, o corpo do tenente-coronel Bento Martins e mais algumas forças nossas se colocaram em frente da vanguarda paraguaia, entre o arroiozinho Sauce e a vila de Uruguaiana. O general-em-chefe e o barão de Jacuí foram tomar posição na esquerda, muito próximo à estrada real que seguia o inimigo, e mandaram pedir algumas peças de artilharia ao brigadeiro Canabarro, que tinha oito, para ao menos inquietar os paraguaios em sua entrada na vila. Asseguraram, porém, que o sr. brigadeiro Canabarro lhes mandou quatro peças de artilharia, porém sem artilheiros e sem munições!!! A obra da entrega de Uruguaiana estava consumada.

Cônego Gay

<small>Caldwell ao ministro da Guerra, Porto Alegre</small>

Marchando o inimigo do Imbahá na direção da Uruguayana, sem que fosse hostilizado, apenas indo na vanguarda o Corpo de Cavalaria nº 47, sob o comando do tenente-coronel Bento Martins, e flanqueado com pequenas guerrilhas, julguei desairoso aos brios e à honra nacional que uma povoação brasileira fosse invadida impunemente pelas colunas inimigas; e por isso reuni mais uma vez o conselho, dando em resultado a maioria que só o que se podia fazer era — aparentar —; depois de algumas observações, bem inconvenientes que se manifestaram nessa ocasião, ordenei que fossem as brigadas para o fim de — aparentar — e com o meu Estado Maior aproximei-me aos invasores.

Mandei daí, pelo meu ajudante de ordens o capitão Francisco José dos Santos, ordem ao comandante da 1ª Divisão para fazer avançar quatro bocas de fogo, porém, mandou-me as oito, e quando chegaram ao lugar onde me achava, estavam os animais completamente cansados e nem sequer os fez acompanhar por cavalaria ou infantaria, como lhe cumpria, para — aparentar — em harmonia com o que se tinha resolvido no predito conselho; nesta desagradável situação mandei contramarchar a artilharia.

<small>Mena Barreto</small>

A guarnição que havia na Uruguayana naquele tempo era de duzentos homens, mais ou menos; porém, sem a mais pequena aparência de soldados, inclusive o seu próprio comandante: munição havia bastante e bocas de fogo lembro-me de ter visto duas, que me consta terem sido aproveitadas pelos paraguaios, logo que tomaram conta daquela infeliz povoação.

<small>Cônego Gay</small>

Por ordem do brigadeiro Canabarro, a vila de Uruguaiana tinha sido fortificada como para sofrer um sítio. Se ela não tinha sido cercada totalmente de fortificações, tinham-se feito cercos de parede de tijolo, de tábuas e vários fossos. Nela tinham armazenado grandes provisões de víveres com o mesmo fim de sustentar um sítio. O sr. general Canabarro tinha dado sua palavra aos habitantes da vila de Uruguaiana de que os paraguaios não haviam de entrar naquela vila e, em consequência, as casas de comércio e a alfândega estavam atopetadas de fazendas e de gêneros; os particulares não tinham quase retirado seus interesses.

Mas, quando o inimigo se achou no arroio Imbaá, como a umas duas léguas de Uruguaiana, o sr. brigadeiro Canabarro, que nunca tinha ido visitar as fortificações e que talvez não as mandava dirigir por pessoas competentemente habilitadas, lembrou-se de as mandar examinar por uma comissão de homens profissionais. Esta comissão cumpriu o seu mandato no dia 3 de agosto e, segundo se julga, não as achou boas; em consequência, S^a. Exª. mandou no dia 4 inutilizar parte delas, e foi então que o comércio e os moradores de Uruguaiana compreenderam que sua vila ia ser entregue ao inimigo, como já lhe tinham sido entregues as de Itaqui e São Borja. Porém, não havia barcos no porto nem carretas na vila; força foi, pois, aos moradores de tratarem de escapar da melhor forma que podiam, abandonando seus interesses.

Todos se retiraram, e algum tempo depois apareceu o encarregado do fornecimento, dizendo que os patrões dos barcos pediam um frete muito grande

> Joaquim do Nascimento Costa da Cunha e Lima, juiz municipal, para Joaquim Antonio Xavier do Vale, comandante da guarnição de Uruguaiana

URUGUAIANA

Em que se conta da invasão e ocupação da cidade de Uruguaiana pelos paraguaios.

A INVASÃO
5 de agosto de 1865

Cônego Gay

O tenente-coronel Bento Martins, indo sempre na vanguarda do inimigo, entrou pelo lado do norte, e atrás dele entraram imediatamente os paraguaios, e com tanta velocidade que dentro da vila ainda agarraram alguns soldados do tenente-coronel Bento Martins, que, atravessando a vila, saiu logo dela pelo lado do sul. Seus pobres soldados que foram agarrados pelos paraguaios foram por eles conduzidos a uma coxilha fora da vila, nas vizinhanças do cemitério, onde acamparam, e aí degolados à vista do brigadeiro Canabarro e de todo nosso exército. Isto se passava a 5 de agosto de 1865.

O inimigo em Uruguaiana continuou as fortificações principiadas pelo brigadeiro Canabarro e circulou toda a vila com um fosso bordado de uma parede ora de tijolos, ora de tábuas. Abateu todas as casas que se achavam fora das fortificações para fazer os tijolos de que eram construídas as mesmas paredes das fortificações e para que as casas não servissem de reduto às nossas forças. Lançou mão das tábuas dos forros, dos soalhos das casas e das armações das casas de negócio para paredes e parapeitos nas fortificações.

Serviu-se também de todas as tábuas que encontrou, das portas, das janelas, das casas, dos armários, dos caixões, para construir umas cento e tantas canoas grandes, das quais forrou uma porção com couro, a fim de se evadir nelas como tentou fazer três dias antes da conclusão do sítio. Serviram-se do mesmo material para construir dois fortes. Era com estas mesmas madeiras que eles faziam fogo, que acendiam às vezes dentro de casa, prendendo fogo a algumas e queimando o soalho de outras.

Na Uruguayana encontraram as casas vazias de habitantes (com exceção de algumas famílias estrangeiras que nelas se deixaram ficar), mas tanto as lojas, armazéns, depósitos do comércio, como a mesma alfândega abundantemente provida de víveres; e aí se instalaram comodamente, enquanto consumiam e abasteciam de gêneros a coluna de Pedro Duarte, como haviam praticado em São Borja e Itaquy.

Fausto de Souza

Desta vez, porém, causava-lhes inquietação a posição assumida pelas forças brasileiras que, tendo-os acompanhado até então, sem tentarem combate mesmo em pontos muito favoráveis, como nas passagens dos rios caudalosos, agora manifestavam intenções hostis, acampando na sua frente e flanco, como se estivessem dispostas a impedir o prosseguimento de suas operações.

Enquanto o inimigo saqueava Uruguaiana, onde achou grande quantidade de fazendas, tanto nas casas de comércio como na alfândega, bom sortimento de bebidas de toda classe e uma imensa quantidade de víveres ali armazenados pelos brasileiros que pretenderam, a princípio, defender-se dentro da vila, constando estas provisões de dez mil quintais de bolachas, cerca de oito mil de farinha, quatro mil arrobas de carne salgada e muitas outras provisões, o exército brasileiro acampado na coxilha, como cercando a vila, sofria de fome, de frio e de nudez.

Cônego Gay

Sofria de fome, porque passou bastante tempo sem farinha, sem erva-mate, sem fumo e várias vezes sem carne; e de frio e de nudez, porque por aquele tempo a estação invernosa cresceu de intensidade, caíram chuvas em abundância, o frio fez-se sentir mais, e nossos soldados em geral não tinham recebido fardamento, nem soldos para comprar roupas com que se cobrir, chegando a desgraça de alguns, no campo raso em que estava nosso exército acampado, a terem somente uma enxerga velha que dobravam no chão para nele se sentar, a fim de não se sentarem no meio do barro, e a se cobrirem com um couro fresco, que furavam ao meio para lhes servir de ponche, faltando-lhes absolutamente todo o vestuário, como ceroulas, calças, camisas e blusas.

os dias

7 — Agosto
Fui reunir-me ao companheiro de comissão Salgado. Enquanto o colega esperava pelo seu almoço (só Deus sabe quanto custa aos pobres camaradas preparar-nos a comida, nestes afanosos e tristes dias de Pampeiro, chuva e cortante minuano).

André Rebouças,
Juqueri

A notícia da Batalha de Jatahy, na margem esquerda do Uruguay, e ganha pelo general Flores contra os paraguaios, assim como a comunicação que ao general Ozorio fazia aquele general de ir passar o Uruguay afim de, juntamente com as forças brasileiras ao mando dos generais David Canabarro e Porto Alegre, tomar a vila da Uruguayana, que tinha caído em poder do inimigo, decidiram-me a ir tomar parte naquele assalto.

Anfrísio Fialho,
Concórdia

Tinha eu então em meu poder uma carta de meu pai (que era n'aquela época deputado geral), pela qual me recomendava ao general Osorio

O general Osorio aquiesceu ao meu pedido, e *uma hora depois* parti para a Uruguayana, que dista de trinta a quarenta léguas da Concordia.

Na mesma noite recebi também a visita de um major honorário, de apelido Matos, que acaba de perder um filho em Montevidéu e me trazia o segundo, que tem dezesseis anos pedindo-me que o levasse comigo para Porto Alegre e o fizesse incorporar em qualquer batalhão de voluntários. Recusei, porque era apenas uma criança, que mal me chegava a meio do peito.

Conde d'Eu,
Rio Grande

> Conde d'Eu, Porto Alegre

tratei com o presidente acerca do meu transporte para o interior, ficando assente que eu partiria dentro de 24h para Rio Pardo no pequeno vapor *Tupi*, e que ali encontraria cavalos, para ir-me reunir ao imperador. O presidente, querendo tentar informar o imperador da minha chegada, mandou um correio por terra; mas pouco depois o correio voltou com a notícia de que um dos rios, que era preciso passar, já não oferecia vau.

Sempre gelado, fui passear a pé pela cidade, e vi uma companhia de artilharia a fazer exercício. Esta companhia tinha a particularidade de ser toda composta de indivíduos de origem alemã, uns que tinham vindo da Europa, outros que eram cidadãos brasileiros de nascimento. Os oficiais são também alemães e as vozes de comando dão-se em alemão.

De volta, entrei num quartel que contém dois batalhões de voluntários, um desta província, o outro da de Pernambuco. Não estão bem alojados; ainda assim, muito melhor que os do Desterro. Entre os homens da província de Pernambuco, assim como entre os do Pará, vê-se em muitos rostos o tipo do caboclo, nome que se dá no Brasil a todo indígena de raça americana quer seja civilizado, quer não. É um tipo de nariz grande, testa retraída e olhos alongados e suaves, que revela, a meu ver, menos inteligência que o das raças africanas. Entre os homens da província do Rio Grande do Sul, há 25 de língua alemã: pedem com muito empenho que os transfiram para a companhia em que se comanda em alemão.

> André Rebouças, Juqueri

Visitei ao general Sampaio, que lia do lado de sua barraca a *Virgem da Polônia*. Gosta muito de ler, apesar de não ter tido a felicidade de receber a instrução superior; admirou-me vê-lo citar bem regularmente o sistema de construção do quebra-mar de Marselha, que tinha lido na memória publicada em 1862 pelo *Correio Mercantil*. Dirigindo-se naturalmente a conversação sobre as operações de guerra, referi-me que tendo o ex-ministro Camamú mandado consultar em ofício reservado ao general Osorio sobre a conveniência de invernar o exército nas imediações de Paissandú ou em Uruguaiana ele instara por esta última localidade; que se preferira, no entanto, o acampamento-cemitério de São Francisco por considerações aos nossos bons aliados (conter o partido *blanco*, promover a formação do exército de Mitre, etc.); mas que logo que se recebera a triste notícia da invasão de São Borja, pedira para partir em socorro de Uruguaiana; e era, enfim, muito contrariado que ali se achava quando podia estar prestando melhores serviços reunido a Canabarro, ou, pelo menos já com Flores deste outro lado do Uruguai, em lugar de estar a esperar que Urquiza cumpra sua palavra de apresentar exército!

Entramos no quartel, ou antes, nos dois corredores escuros onde foram alojados (provisoriamente, segundo me dizem) os pobres paraenses que vieram no *Santa Maria*. Desembarcados esta manhã, já tinham aberto as mochilas e estavam a estender ao sol as suas roupas, que o mau tempo molhara durante a viagem. Agradaram-me estes cuidados, tão prontamente tomados: confirmaram o bom conceito em que eu já tinha o seu tenente-coronel. O que me causou menos agradável surpresa foi encontrar quatro mulheres miseravelmente vestidas acocoradas, cosidas umas com as outras, no canto mais escuro do alojamento; um soldado, direito como uma estaca, ao pé deste grupo, parecia estar de guarda às mulheres. Apurado o caso, soube-se que eram mulheres de soldados de outro corpo, que tinham alugado este canto da sala antes da chegada do batalhão paraense: consentiu-se com efeito que os voluntários levassem consigo a bordo e em campanha as suas mulheres, e mesmo os filhos e vieram muitas, sobretudo do Norte, com os soldados de raça indígena, raça que, mais que nenhuma outra, liga importância aos laços de família. Quando eu tal soube pareceu-me isto um enorme abuso, muito prejudicial à disciplina e à mobilidade das tropas. Todavia os comandantes dos batalhões, longe de se queixarem desta concessão, asseguram que estas mulheres prestam muitos serviços, que andam muito bem a pé, com os filhos às costas, e que, sobretudo, quando os maridos estão no hospital, só elas sabem desempenhar com dedicação o serviço de enfermeiro.

Conde d'Eu, Porto Alegre

Muito maior satisfação tive em ver o Batalhão 25 de voluntários, composto de homens das províncias do Paraná e de Santa Catarina, que estava a fazer exercício na praça do palácio. Com as suas blusas azuis de patilhas amarelas nos ombros e os seus chapéus de feltro com a aba levantada de um lado, posso dizer que era um lindo batalhão. Tem muito mais brancos que os batalhões do Norte e, sem embargo da minha simpatia pelas raças não europeias, vejo-me obrigado a confessar que o elemento branco não prejudica o aspecto nem do conjunto nem dos pormenores; pelo contrário; e todavia não se podia dizer que fossem, na maior parte, homens de muito boa figura. A sua estatura era, na média, inferior mesmo à média que se observa no sul da Europa, e havia entre eles grande proporção de mancebos imberbes que, segundo suponho, ainda não tinham vinte anos. Mas todos tinham aspecto inteligente, estavam atentos e obedeciam às vozes com a maior prontidão.

Conde d'Eu, Rio Pardo

Continuávamos a navegar por entre as árvores mas o rio tinha-se estreitado muito e as margens eram também mais acidentadas. Pelas 8h da manhã avistamos por cima das árvores, em um alto, as casas de Rio Pardo, e ao mesmo tempo uma manada de cavalos atravessando o rio a nado, vigiada pelo pastor que estava numa canoa. Na encosta que separa a cidade do rio, viam-se alguns cavaleiros com os seus ponchos do mais vivo escarlate de cor-de-rosa.

Decidiu-se pois que no dia seguinte de manhã embarcaríamos no *Tupi* para continuar a viagem. Em seguida tratamos de obter cavalos e mandá-los por terra para Cachoeira. Não foi coisa fácil. Às minhas primeiras indagações sobre este assunto, responderam-me que efetivamente o ministro dera ordem ao comandante militar da cidade para comprar os cavalos que fossem necessários para mim e uma escolta de sessenta praças da Guarda Nacional a cavalo que devia acompanhar-me; que andavam a procurá-los nos campos circunvizinhos, mas que ainda não os tinham ajuntado.

— Mas quantos são então — perguntei eu — esses cavalos tão difíceis de encontrar?

— Trezentos, suponho eu — respondeu-me com a mais perfeita fleugma o juiz de direito.

Caí das nuvens. Parecia-me que, mesmo contando com os sessenta homens da escolta, visto que a nossa sociedade se reduzia a seis pessoas, setenta cavalos seriam mais que suficientes. Explicaram-me então que os cavalos da província do Rio Grande do Sul, como não comem absolutamente senão capim, têm pouquíssima força; que nunca há certeza de se conservar nenhum em pé até o fim da jornada, e que portanto nenhum gineteiro viaja sem três cavalos pelo menos.

Toda a habitação que cai em poder dos paraguaios é saqueada e incendiada; em São Borja nem a bandeira tricolor, que alguns franceses arvoraram em suas casas, os pôs ao abrigo das violências dos invasores. Todo o cidadão brasileiro de que podem apoderar-se é imediatamente morto; porém os escravos são poupados. Procedem assim os paraguaios esperando poder ser ajudados na invasão por uma revolta de escravos.

Conde d'Eu, Cachoeira

Não posso facilmente imaginar existência mais triste que a destes estancieiros, perdidos no meio daqueles imensos campos. As suas casas, que nunca têm senão andar térreo, são de taipa, apenas caiadas, com tetos de madeira; às vezes sem assoalho e sem janelas: nesse caso é preciso optar, como tivemos de fazer esta noite, entre o frio e a escuridão; e todavia nestas modestas habitações aparecem sempre fronhas e lençóis enfeitados de rendas!

Conde d'Eu, da estância do major João Tomás à estância do sr. Ricardinho

13 — Agosto

Estive com o general Sampaio; dirigi a conversa sobre Uruguaiana. Foi abandonada aos paraguaios, disse-me ele torcendo as mãos com desespero. Apesar de semi preparado pelos boatos, causou-me esta triste nova uma dor profundíssima!

André Rebouças, Juqueri

Que fatalidade, o único exército regular reduzido assim por uma infeliz aliança a mais triste inutilidade! Voltei à minha barraca; sob a pressão destas ideias não me foi possível estudar; julguei do meu dever comunicá-las ao próprio Osorio e, vencendo todo receio de ser por ele mal-recebido; voltei de novo ao quartel-general. O marechal Osorio acabava de chegar e estava encerrado em sua barraca; logo que saiu e se achou a sós, dirigi-me a ele, que me recebeu com a afabilidade do costume; chamei a conversação sobre os sucessos de Uruguaiana, expondo-lhe a proporção que vinham a propósito, as ideias da nota que escrevera no dia 13. Disse-me que a esquadrilha estava sob as ordens de Tamandaré, e que não podia dar ordens; confirmou-me que foi com a maior repugnância que atravessara o Uruguai sob a pressão das ordens do Governo, que ordenara positivamente a concentração das forças na Concordia sob as ordens de Mitre; que ainda ultimamente recebera aprovação deste ato, que ele estava convencido ter sido um erro; que desde que tomara conta do Exército oficiara ao presidente do Rio Grande do Sul sobre a necessidade de concentrar as forças, que estavam na fronteira do Jaguarão; que o tal presidente Gonzaga lhe respondera com razões muito fora de propósito.

Fausto de Souza, Uruguaiana

Como precioso e oportuníssimo auxílio foi recebida a pequena força naval, porquanto aparecia a tempo de transportar para o nosso lado as tropas de Flores e Paunero; e ainda mais, vinha completar o cerco, tornando impossível ao inimigo toda a comunicação pelo rio; e por consequência, tirando-lhe toda a esperança de receber socorros ou ordens procedentes de Assumpção.

André Rebouças, Salto

A meu pedido o dr. Carvalho tomou nota para mandar comprar fazenda para se fazerem sacos para servirem ao transporte de terra, e nos revestimentos das obras que tiver de executar o Batalhão de Engenheiros.

Fausto de Souza, Uruguaiana

enquanto fosse possível comunicarem-se as duas colunas, por meio das chalanas e canoas que as seguiam descendo o Uruguay, o futuro não os atemorizava, pois que em último caso, reunidas as duas, apresentariam uma força respeitável das três armas, o que lhes permitiria avançar, até poderem ser auxiliados pelos *blancos* do Estado Oriental e pelos urquisistas de Entre Rios, com os quais contavam.

COMBATE DE JATAÍ
17 de agosto de 1865

*Em que se conta o combate ocorrido entre forças aliadas
comandadas pelo general Flores, uruguaio,
contra forças paraguaias, comandadas por Duarte,
em terras argentinas ao lado do arroio Jataí,
em frente a Uruguaiana.*

em meados de julho, reuniu-se uma junta ou conselho de guerra dos generais aliados e, deliberou-se ir, sempre, em auxílio das forças que operavam no Rio Grande, batendo-se primeiro a coluna de Duarte que marchava pela margem direita do Uruguay.

Bernardino Bormann

Tocou ao general Flores o comando da expedição e combinou-se que o vice-almirante, barão de Tamandaré, deveria subir com uma esquadrilha para auxiliar a mesma expedição; mas, como o rio estava baixo não foi possível seguirem os navios, e, assim, voltou Tamandaré para Buenos-Ayres

O general Flores avançou no dia 18 d'aquele mês com a sua expedição. Ela era composta do exército oriental; de um batalhão de infantaria brasileira; do regimento *San Martinho*, de cavalaria argentina com trezentos homens; ao todo, 4.200 praças das três armas, com os chefes Goyo Soares, Henrique Castro, Nicasio Borges, Leon de la Palleja, todos orientais; e Kelly e Fidelis da Silva, brasileiros.

A marcha foi penosíssima, porque o inverno corria excepcionalmente frígido; as chuvas quase constantes, os rios cheios a transbordar, de modo que tudo isso influía para grandes sofrimentos.

Quando as forças aliadas avançaram sobre a planura ocupada pelo exército paraguaio, foram à marchas violentas, ladeira acima, e desabrigadas, visto como em circunstâncias tais, os

Dr. Joaquim Monteiro Caminhoá, primeiro-cirurgião

271

soldados deixam com as mochilas tudo que opor-se pode à ligeireza dos movimentos, entrando neste número os capotes, por cujo motivo tiveram eles de ficar expostos à ação de um frio intenso, como havia muito tempo não se experimentava naquelas localidades.

Desalojado o inimigo da posição superior, que ocupava, e os nossos havendo carregado sobre ele até o banhado, dentro do qual, para melhor persegui-lo, também entraram, molharam os pés, e pernas, que permaneceram assim umedecidas durante mais de seis horas.

A 13 de agosto, o general argentino Paunero que já conhecemos, chamado do interior de Corrientes, onde se achava de observação ao exército inimigo, fez junção com Flores, trazendo-lhe um reforço de 4.500 homens e 24 bocas de fogo, ficando, assim, a coluna superior a 8.500 homens que, com a artilharia que já se trazia, agora elevava-se a 32 canhões.

Seguia, pois, essa coluna em demanda do inimigo.

A força inimiga, em número de 3.500 homens, estava na vila da Restauração ou Passo dos Livres, em frente a Uruguayana.

O comandante Duarte, avisado pelos espiões que o adversário avançava, pediu reforços a Estigarribia, pedido que não podia ser atendido, como não o foi, apesar da proximidade das duas colunas; pois, estavam apenas separadas pelo rio. Estigarribia, achava-se também em más condições. Toda sua gente era pouca para defender as trincheiras que havia levantado ao arredor da vila e que podiam ser assaltadas, de um momento para outro e, até mesmo na ocasião em que Duarte fosse investido na margem oposta.

Duarte retirou-se da povoação e foi colocar-se junto ao arroio Jatahy; mas, com ele pela retaguarda; tomou posição em umas chácaras, aproveitando-se dos cercados que ali existiam; das dobras do terreno e de uns valos que mediam mais de dois metros de fundo e outros tantos de largura.

Apenas a cavalaria da vanguarda avista os atiradores inimigos, abrigados nos valos, parte a galope para colocar-se à esquerda das colunas, no intuito de desembaraçar a frente.

O general Flores procura logo estabelecer a linha de batalha, adiantando-se um pouco com a infantaria oriental, o 46º Batalhão brasileiro, e a artilharia. D'essa infantaria desprendem-se companhias de atiradores que avançam imediatamente sobre as do inimigo, resguardadas nos valos, d'onde em poucos minutos são rechaçadas.

A cavalaria inimiga, que está atenta, carrega sobre os nossos atiradores; mas, um regimento oriental sai-lhe ao encontro, envolve-se com ela, travando um rápido combate a lança e a espada e, então, aquela cavalaria volta a galope para a sua linha de batalha, com grandes perdas.

O chefe Duarte, n'esse momento, completa as suas disposições para a peleja.

O general Paunero observa isso, e imediatamente faz marchar a galope uma bateria argentina que desvia-se dos valos e entra em combate. Toda nossa linha de batalha ganha terreno e já se estabelece deixando os valos à retaguarda.

Estes eram os maiores obstáculos que nos oferecia o terreno; vencidos, o fogo de infantaria crepitava em toda linha, ardentemente, mesclado com os trovões da artilharia.

Em um ou outro ponto da nossa linha cessa, por momentos, a fuzilada para dar lugar às cargas de baioneta.

Ora, é a brigada brasileira, às ordens de Kelly que investe o inimigo; ora, são os batalhões argentinos.

Duarte, a cavaleiro, de espada na mão, incita a coragem dos seus; mas, as cargas, em vários pontos da linha e a metralha fazem grandes estragos; os batalhões inimigos perdem a firmeza, cedem terreno.

Naquela multidão já inconsciente, ressurge o instinto de conservação, e ela pende para uns banhados, próximos à confluência do arroio Jatahy com o rio Uruguay, ao ver cortado, pela cavalaria, o único caminho do vão.

Então, penetra pelos banhados e, por momentos, alivia-se

do fogo da infantaria que a envolvia; mas, chega logo uma bateria argentina, comandada pelo capitão Viejobueno e despeja metralha e só cessa de o fazer, para dar lugar a que alguns batalhões orientais metam-se nos banhados, com água até a cintura, e aumentar a mais a carnificina.

Ainda aí, sempre na maior desordem e confusão, o inimigo resiste.

Afinal, aquela multidão dispersa-se; espalha-se pelo rincão formado pelos dois rios; parte atira-se ao Jatahy, parte procura a margem do Uruguay, tentando atravessar o rio; mas, perseguida pela cavalaria, apenas uma pequena fracção logrou tal intento.

Venceram os aliados.

<small>Fidelis Paes da Silva, coronel</small>

Aprisionamos 45 homens do inimigo, e se por três vezes não mandassem retirar os meus soldados, que perseguiam o inimigo, muitos mais teria e não daria lugar a que os outros o fizessem, aproveitando-se dessa ordem.

Em consequência da gravidade do meu ferimento, passei o comando do batalhão ao sr. major José Groppi, durante meu impedimento: o que comunico a Vª. Exª. para sua inteligência.

Deus guarde a Vª. Exª. por muitos anos. — Hospital de sangue, em Restauração, do exército em operações. — Sr. brigadeiro Manoel Luiz Ozorio. — Fidelis Paes da Silva. — coronel.

<small>Bernardino Bormann</small>

No campo de batalha jazem 1.700 cadáveres do inimigo; temos 1.200 prisioneiros, incluindo o comandante da força; trezentos feridos, quatro bocas de fogo, quatro bandeiras, muito armamento, munição, carros, cavalarios e toda bagagem.

Na coluna de Duarte, como na de Estigarribia, haviam correntinos e orientais.

Durante a refrega, não foram de nossa parte esquecidos os sentimentos de humanidade; mas, o inimigo, em geral, preferia a morte à generosidade e, os que caíram prisioneiros já não tinham munição. Nós tivemos 340 homens feridos; 188 orientais, 99 argentinos e 53 brasileiros.

A cifra dos mortos foi de 83, inclusive seis oficiais.

GANGRENA E TÉTANO

Gangrena

Cumpre notar, que todos, que atualmente acham-se com gangrena, disseram-me, que estavam calçados durante aquelas evoluções nos banhados, portanto todos conservaram sapatos úmidos, e resfriados pelo vento, que soprara por muitas horas, com uma temperatura baixa, o que, como é sabido, aumenta a intensidade de ação, sentindo entorpecerem-se lhes as extremidades, a ponto de alguns não poderem acompanhar seus camaradas, que perseguiam o inimigo em debandada. Continuando depois o entorpecimento, declarou-se a tumefação seguida da aréola gangrenosa, que veio tirar de todo a dúvida, de que tratava-se da mortificação das extremidades dos membros inferiores, que enegreceram-se, e tornaram-se completamente insensíveis.

Dr. Caminhoá

Entre os paraguaios soube que o mesmo se tinha dado, e em larga escala. O sr. Ortiz, cirurgião paraguaio, prisioneiro no combate de Jatahy, com o qual entretive amigáveis e íntimas relações, por seu belo caráter, modéstia e sinceridade, assegurou-me, que não só essa terrível enfermidade tinha acometido os soldados de sua nação, que ocupavam a província de Corrientes, ocasionando a queda dos artelhos, falanginas, falangetas etc., como até pôde apreciar pela primeira vez nas enfermarias, a seu cargo, casos de mortificação profunda da face!

Uma ideia errônea, que eu tinha até então nutrido, de que tais acidentes apenas se produziam sob a ação de um frio intensíssimo, que coincidisse na maior parte dos casos com o congelar dos rios, lagos etc., foi desvanecida completamente em vista desses desagradáveis acontecimentos, havidos em nossos valentes soldados, que se lastimavam por não haver perdido seus membros no campo de batalha por bala inimiga, considerando inglória sua missão de soldado, como se não fosse de igual valor, ante os olhos de um governo justo, o perder a vida o soldado por bala, moléstia, ou qualquer outra das mil causas de destruição, que o rodeia.

Não porque ignorasse, que muitas vezes um frio, que não é comparável ao do norte da Rússia, por exemplo, pode congelar, como aconteceu na Itália; porém, porque certos conhecimentos, muitas vezes, comezinhos, só se fazem bem compreender em presença da eloquência dos fatos!

Os soldados, que pela maior parte foram mais sofredores, eram filhos das diferentes províncias do norte do Império, sobretudo do Ceará, Maranhão, e Pará, e isso aconteceu não só no rio da Prata, como no Baixo, e Alto Uruguay.

A temperatura nos principais portos do rio da Prata, durante o inverno, que acaba de passar, foi baixa, em geral, havendo noites de cair não só neve, como até de se formar polegada e meia, e duas polegadas de gelo sobre o convés dos navios, segundo testemunharam oficiais nossos, que me narraram, havendo morte por asfixia até nos quadrúpedes, isso em um sem número.

Tétano

Dr. Caminhoá

Cinco casos de tétano foram por mim vistos

Havendo uma oportunidade tão boa, tínhamos vários tratamentos, a fim de ao mesmo tempo nos convencermos de sua eficácia, e ainda mais por não haver até agora coisa alguma positiva sobre este assunto.

A um dos nossos empreguei o álcool até à embriaguez. Este a princípio foi vítima de maiores, e mais frequentes contrações, do que havia sido até momentos antes da ingestão da substância, de que trato; depois do quinto cálice porém (o álcool era de 22°) começaram a calmar as convulsões para recrudescerem de novo quatro horas depois. Renovei a aplicação, e ele chegou a ingerir doze onças do líquido, ficando completamente embriagado, e dormindo seis horas, depois das quais apliquei-lhe um clister de fumo (metade de um charuto ordinário para um litro de água a ferver até à evaporação da metade para três clisteres). As melhoras foram a mais, e como no terceiro dia depois das melhoras houvesse ameaços de novo acesso, apliquei, como anteriormente, o mesmo tratamento, com o que melhorou cada vez mais, chegando a escapar, e restabelecer-se completamente. Tentei o emprego do clorofórmio em outro dos nossos, esperando obter resultados favoráveis, que tive ocasião de observar na clínica do dr. Cabral no Hospital da Misericórdia, e com um doente a bordo do vapor *Paraense*.

Apliquei como anestésico o clorofórmio, e não por ingestão, ou pelo método russo (em clisteres) e segui o chamado método de inalações graduais, até a tolerância, gradual, e cuidadosamente, aumentando moderadamente até à resolução muscular completa, apresentou absoluta cessação dos espasmos três minutos, pouco mais, ou menos, depois que o fiz inalar francamente os vapores anestesiantes. Dormiu três horas, depois do que reapareceram os sintomas, como anteriormente.

Nova cloroformização foi-lhe aplicada, novo cortejo de sintomas para menos até a cessação, e assim sucessivamente três vezes ao dia, havendo, em geral, três horas e meia, a quatro de sono, durante as quais prescrevi fricções com o clorofórmio gelatinizado ao longo da coluna vertebral.

Melhoras consideráveis declararam-se depois do segundo dia. À noite as melhoras continuam até às 2h da manhã do terceiro dia, em que sucumbe o doente, vítima de um novo, e mais forte acesso.

Pela sangria de oito onças e pela aplicação de 25 ventosas, ao longo, e aos lados da coluna vertebral, caiu em uma grande prostração, que era substituída intermitentemente com as contrações tetânicas, falecendo 48 horas depois.

Dois paraguaios, que tinham igualmente sido vítimas do tétano, foram submetidos ao seguinte tratamento:

Um, que a enfermidade ainda não havia passado ao estado crônico, circunstância, que no entender dos apologistas da medicação, que empreguei, é uma bela indicação, foi submetido à ação da estricnina, passando eu pela mesma decepção, que no antecedente, apesar de conhecer, por me narrarem, e ter lido fatos felizes em resultados pela sua aplicação.

O outro paraguaio foi submetido à ação da beladona, oferecendo consideráveis melhoras, e gradualmente foram sendo diminuídos seus acessos até o completo restabelecimento, que efetuou-se em três dias.

Empreguei interna, como externamente em tintura com água de louro cerejo, em fricções, em pomada, misturada com a pomada canforada, ao longo da espinha dorsal, por diferentes vezes, durante o dia.

Do que tenho dito pode deduzir-se que medicamentos de natureza tão oposta, e cujos opostos efeitos são indubitáveis, poderão curar a mesma moléstia! Essa, como que contradição nos resultados práticos, oferece belíssimas reflexões relativamente às bases da Escola Italiana. A outros porém caberia esta tarefa, visto como para mim o tempo é pouco para as questões de medicina e cirurgia em tempo de guerra.

CERCO A URUGUAIANA
Em que se conta da chegada de tropas argentinas, uruguaias e brasileiras e o cerco feito pelas forças aliadas à cidade de Uruguaiana; as desavenças entre as lideranças; as condições precárias dos acampamentos; a chegada do imperador e o definhamento dos paraguaios sitiados.

CARTAS
19 e 20 de agosto

Cartas trocadas entre chefes militares da Tríplice Aliança e Antonio Estigarribia, comandante das forças paraguaias em Uruguaiana.

Calculando Flores que a vitória de Jatay devia ser um golpe funesto para a coluna inimiga da margem esquerda do Uruguay, antes de passar para lá as suas tropas (para o que aliás não dispunha de meios) enviou a Estigarribia, por um oficial paraguaio prisioneiro, uma intimação para que se rendesse, assegurando a esse chefe que trataria como amigos, a ele e às tropas sob seu mando. A essa intimação juntaram outras os generais brasileiros João Frederico Caldwell e David Canabarro, e a todas o chefe paraguaio respondeu negativamente e com altivez.

Fausto de Souza

Carta de Venancio Flores a Estigarribia

O Presidente da República Oriental e General em Chefe de seu exército. — Quartel-general em marcha, 19 de agosto de 1865. — Sr. Comandante em Chefe D. Antonio Estigarribia.
No intuito de evitar a efusão de sangue que Vª. Sª. inutilmente vai fazer derramar, pois que está completamente perdido, dirijo esta a Vª. Sª. para cientificar-lhe que neste momento me estou preparando para passar o meu exército, que consta de oi-

Venancio Flores, presidente do Uruguai e comandante em chefe de seu exército

to mil infantes com quarenta peças de artilharia e quatro mil homens de cavalaria, resolvido a ir batê-lo. Por essa razão proponho-lhe que se renda prisioneiro com o seu exército, oferecendo-lhe sob minha palavra de honra todas as garantias que Vª. Sª. possa desejar para sua pessoa, chefes, oficiais e soldados, que serão tratados como amigos.

Os aliados não fazem a guerra aos paraguaios, mas somente ao tirano López que os governa e trata como a escravos; nosso fim é dar-lhes liberdade e instituições, nomeando vós um governo de livre eleição. Lembre-se, comandante Estigarribia, que Vª. Sª. pode ser um dos homens da república paraguaia, salvando seus compatriotas da morte e da ruína, se forem teimosos. Vª. Sª. entenda-se comigo e tenha fé que não o engano, porquanto não sou político e lhe falo com a franqueza de soldado. Não esteja iludido; o general Mitre está no encalço do exército paraguaio com mais de 36 mil homens, e Vª. Sª. não tem quem o salve. Não se demore em aceitar o único meio de salvação que tem. — Deus Guarde a Vª. Sª. muitos anos. — Venancio Flores.

Nota — Espero hoje mesmo sua resposta — Vale — Flores

Carta de Canabarro a Estigarribia

Davi Canabarro

Campo em frente a Uruguayana. — Quartel-general do comando da 1ª Divisão Ligeira em operações, 19 de agosto do 1865 às 5h da tarde.

O general abaixo firmado comandante da divisão.

Ao comandante-em-chefe do Exército paraguaio D. Antonio Estigarribia.

Adindo a inclusa carta do presidente da República Oriental deverá saber Vª. Sª. que, além das forças por ele citadas, tem à sua vista acima de nove mil homens todos dispostos a oferecer-lhe a mesma sorte, que junto à Restauração tiveram seus companheiros d'armas.

Os princípios de humanidade, o amor pelas instituições livres, fazem com que, na qualidade de aliado, me una ao Exmº. Presidente da República, acompanhando-o em toda a extensão de seu generoso oferecimento e de sua segura ameaça.

Muito breve espero neste quartel sua resposta; ela dever-nos-á servir de norma de conduta.

Com a devida consideração de Vª. Sª. — David Canabarro, brigadeiro.

Carta de Caldwell a Estigarribia

Quartel-general do comando interino das armas da província nas pontas do Imbahá. 20 de agosto de 1865.

Sr. Comandante.— Convicto de que já vos não é desconhecida a vossa precária situação, ultimamente ainda agravada pela total derrota da força do vosso estado, que se adiava em frente a Uruguayana no dia 17 do corrente; e desejando a todo custo poupar o sangue americano, quer pelo dever que nos impõe a quadra de civilização que atravessamos, como correspondendo às recomendações e vontade do meu augusto soberano, e, finalmente, dispondo de um exército composto das três armas e em número duplicado ao do vosso, além do exército ao mando do general Flores, que, sem dúvida alguma se achará em combate a meu lado, vos convido a depor as armas, dando-vos a garantia de vida a todos, sem exceção. Sr. Comandante, colocado como vos achais à frente de tantos soldados de quem não podereis dispor a essência humana para estoicamente barateardes suas vidas em um combate tão desigual e inevitável, é vosso dever, como cristão e chefe, o de aceitardes a presente oferta que faço, e que fica garantida pela minha honra de general brasileiro.

Deus guarde a Vª. Sª. — João Frederico Caldwell, Tenente General Graduado.

João Frederico Caldwell

Resposta de Estigarribia a Venancio Flores

Quartel-general em marcha. Uruguayana, 20 de agosto de 1865.

Viva a República do Paraguay!

Sr. General em Chefe, brigadeiro D. Venancio Flores.

Antonio Estigarribia, general em chefe das forças de ocupação paraguaias

Ontem à noite, bastante tarde, recebi a carta datada desse dia, e que me foi entregue pelo tenente prisioneiro de guerra José Zorrilla, que entregará a Vª. Exª. esta minha resposta. Li com a maior atenção a precitada nota, a fim de responder, como cumpre a um militar de honra, a quem o supremo governo de sua pátria tem confiado um posto delicado. Em consequência devo declarar a Vª. Exª. que como militar, como paraguaio e como soldado que defende a causa das instituições, da independência de sua pátria, rejeito a proposta de Vª. Exª., porquanto meu governo está firmemente resolvido a pugnar por seus direitos e a manter a integridade e o equilíbrio dos estados do Prata. Admitindo mesmo, como Vª. Exª. declara na nota a que respondo, estar eu perdido e não dever esperar proteção dos exércitos do Paraguay, a minha honra e a obediência que devo ao supremo governo de minha pátria me prescrevem o dever de preferir a morte, a entregar as armas que nos confiou Sª. Exª. o marechal presidente da República para que eu defenda os sagrados direitos de tão nobre causa contra um inimigo estrangeiro. Os chefes, oficiais e praças desta divisão, que comando, são do mesmo pensar, e estão todos dispostos a sucumbir no campo de batalha antes que a aceitar uma proposição que desonraria e encheria de eterna infâmia o nome do soldado paraguaio. Contente com a posição modesta que ocupo em minha pátria, não quero honras nem glórias que devam ser adquiridos com desar para a minha pátria e em proveito de alguns díscolos paraguaios consagrados ao serviço da conquista estrangeira. Como eu, toda a divisão sob meu comando deseja com ânsia o momento de provar a Vª. Exª. que o soldado paraguaio não conta o número de seus inimigos nem com eles transige quando defende tão caros e nobres interesses. — Deus guarde a Vª. Exª. muitos anos. —
Antonio Estigarribia.

Resposta de Estigarribia a Canabarro

Comando em chefe da divisão de operações sobre o Uruguay. — Acampamento em marcha, 20 de agosto de 1865. — A Sª. Exª. o Sr. Brigadeiro David Canavarro.

O mesmo oficial paraguaio prisioneiro no combate do dia 17, que me entregou sua nota e a do Brigadeiro Flores é portador da minha resposta.

A Vª. Exª. como ao general Flores digo que defendo e sustento a causa da República e a independência de minha pátria, e que como soldado de honra não posso nem devo aceitar proposição alguma. Confio muito na nobreza e reconhecido valor dos soldados paraguaios e ao lado deles me baterei, como já o souberam fazer com os soldados de Vª. Exª. nas pontas do Botuhy. — Com a devida consideração. — Deus guarde a Vª. Exª. por muitos anos. — Antonio Estigarribia.

Resposta de Estigarribia a Caldwell

Comando em chefe da divisão de operações sobre o Uruguay. — Acampamento em marcha, 20 de agosto de 1865. — A Sª. Exª. o Sr. Tenente General D. Frederico Caldwell, comandante interino dos armas imperiais.

Viva a República do Paraguay!

Os meus chefes, oficiais e tropas obedecem ao supremo governo do Paraguay e dele receberam o mandado de executarem minhas ordens. Em nenhuma das instruções que me foram dadas por Sª. Exª. o Sr. Marechal presidente da República por escrito, consta a de me render ao inimigo: pelo contrário há a de pelejar até sucumbir, em defesa dos sagrados direitos da pátria e da integridade da república.

Não aceito, portanto, proposição alguma; hoje como amanhã e sempre, Vª. Exª. me achará disposto a dar igual resposta. Se as forças de que Vª. Exª. dispõe são tão numerosas como afirma, venha e então compreenderá quanto deve esperar o Império do Brazil e seus aliados, do soldado paraguaio, que sabe morrer com glória ao lado de sua bandeira, mas nunca render-se! — Deus guarde a Vª. Exª. por muitos anos. —

Antonio Estigarribia.

Cerco

Cônego Gay

as negociações de paz entabuladas pelo general Flores tinham sido improfícuas, não tanto pela tenacidade de Estigarribia como pela vontade de ferro do frade Duarte.

Fausto de Souza

Não obstante o arreganho dessa resposta, o coronel Estigarribia expediu nesse mesmo dia um próprio ao ditador López pedindo reforços, impossibilitado como se achava de prosseguir em sua marcha, como reconhecera na véspera, em que fora rechaçada para dentro da praça a vanguarda da coluna que se aprestava para avançar.

Conde d'Eu, Caçapava

De súbito aparecem no horizonte as casas de Caçapava e não tardam a vir cavaleiros ao nosso encontro. Primeiro vem o Ministro da Guerra, depois vários grupos de oficiais ou de autoridades, finalmente o Imperador e Augusto, seguidos da sua escolta da Guarda Nacional ornada de lanças com bandeiras bipartidas de vermelho e branco. A não ser uma grande constipação que tem o imperador, estão de boa saúde, graças a Deus. Abraçamo-nos e entramos juntos em Caçapava; e passa-se o resto do dia a conversar da guerra, da viagem, de São Cristóvão e da Europa: é um nunca acabar.

Fausto de Souza

Conduzia a esquadrilha alguns oficiais engenheiros com 45 soldados, a companhia de zuavos bahianos e muitas munições de guerra; seu fim era reforçar a guarnição da cidade e fortificá-la, obstando a que dela se apossassem os paraguaios; a demora, porém, de quase mês e meio em que esteve ancorada em frente no Salto, à espera da subida das águas do Uruguay, burlou o plano, de modo que só a 17 de agosto pode a expedição seguir rio acima, vindo chegar quando há muitos dias flutuava na Uruguayana a bandeira paraguaia.

Cônego Gay

À vista desta resolução do chefe paraguaio encerrado na vila de Uruguaiana, os chefes das duas divisões aliadas, que se achavam na Restauração, principiaram, no mesmo dia 20, a passar com suas tropas o rio Uruguai. Ao pisar o solo brasileiro, o bravo general Flores expediu a seguinte ordem do dia:

"Soldados do exército de vanguarda! — Já estamos no território imperial, unidos às legiões dos valentes rio-grandenses que vos esperam ansiosos para novamente combater os escravos do déspota paraguaio que, fechados na rica vila de Uruguaiana, se divertem em incendiar os seus melhores edifícios, sem ter ânimo de dar um passo para diante e, ali mesmo, em poucos dias ficarão sepultados sob as ruínas da vila. Desde já me antecipo a saudar-vos como vencedores e triunfadores de Uruguaiana, porque perante vossas baionetas e vosso arrojo não há inimigo que resista. — Venancio Flores."

No dia seguinte, à tarde, chegou ao nosso campo o bravo general Porto Alegre, o herói de Moron, que, como já dissemos, fora nomeado comandante das forças em operação no Rio Grande.

Bernardino Bormann

Também nesse dia aportaram em frente a Uruguayana dois vapores de guerra, o *Taquary* e o *Tramandahy*, com mais alguma força brasileira, e duas *chatas*.

Estes vapores e o *Uruguay* começaram imediatamente a passar as forças dos generais Flores e Paunero da margem direita para a esquerda.

Acostumados os brasileiros a passarem as fronteiras da pátria com suas lanças, canhões e espingardas para libertar os povos platinos de seus tiranos; vinham, agora, estes estrangeiros a nossa terra para proteger-nos e auxiliar-nos contra um punhado de invasores, cuja destruição, iniciada em São Borja, prosseguida em Botuhy, deveria ter continuado no Passo das Pedras, e Ibicuhy e se teria completado, quando muito tardasse, nas coxilhas de Japejú ou no vão do Toropasso, sem que o patriotismo, a alma sensível, delicada e cavalheiresca de um povo, sofresse golpe tão profundo e doloroso.

A 21 de agosto, ao meio-dia, chegou nas águas de Uruguaiana nossa tão desejada esquadrilha com o exm°. sr. almi-

Cônego Gay

rante visconde de Tamandaré, que foi recebido com o maior alvoroço e alegria. Ela se compunha de quatro vapores e alguns lanchões, e trazia o Corpo de Zuavos baianos, e mais 1.500 praças de desembarque.

Bernardino Bormann

A 31 de agosto, chegou em frente ao Passo dos Livres, ou Restauração, o nosso vice-almirante Tamandaré em um pequeno vapor e, imediatamente, veio ao campo aliado para conferenciar com Porto Alegre, Flores e Paunero.

No dia 2 de setembro teve lugar a conferência.

Silveira da Mota

o general Flores que ali se achava com a pretensão de que, em sua qualidade de comandante da vanguarda do Exército Aliado, cabia-lhe a direção do ataque à povoação ocupada pelo inimigo, estaria resolvido a mandar executar um bombardeio. Tamandaré não só impugnou vivamente o comando-em-chefe que se arrogava o general Flores, em território brasileiro, sobre forças brasileiras muito superiores numericamente às orientais que ali se achavam, como se opôs, com energia, ao bombardeio da povoação, que considerava desnecessário para o fim de impor-se, mais dia menos dia, a rendição da coluna paraguaia, bloqueada como se achava, efetivamente, por água e por terra. E como Flores insistisse que lhe assistia autoridade para ordenar o bombardeio, Tamandaré, em um assomo de indignação patriótica, declara que o Brasil não precisava do contingente do general Flores para castigar o inimigo que ousara invadir a sua pátria, e que estava pronto a fornecer-lhe os meios de transporte para se retirar com suas tropas, ato contínuo, e que Flores errava crassamente pensando que ali encontraria oportunidade para proporcionar a seus compatriotas a satisfação de nossa desforra de Paissandu.

Bernardino Bormann

Flores e Paunero, manifestaram desejos de atacar imediatamente a vila; mas, nisso não concordaram os chefes brasileiros, porque, não só sabiam que o imperador aí vinha e desejavam que ele assistisse ao sítio, como também porque, esperavam mais força de infantaria, para apertar quanto possível o cerco e obrigar o inimigo a render-se à fome; pois, deste modo, evitava-

-se um ataque a viva força, em que se teria de empregar os canhões que, certamente, destruiriam a povoação.

Nessa conferência deram-se fatos desagradáveis.

Um dia antes, o general Flores mandara dizer ao bravo Porto Alegre que avançasse o seu acampamento; mas, em termos tais, que parecia uma ordem de superior para inferior, como se o general brasileiro fosse ali seu subordinado, acrescendo que o acampamento estava perfeitamente estabelecido.

Porto Alegre conservou-se com suas tendas de guerra no mesmo ponto.

Flores na conferência fez alusão a isso e, entusiasmado com a vitória de Jatahy, entre outras cousas, disse que Porto Alegre e Tamandaré "*o queriam fazer de tolo; que não estava por isso*" e "*que assim passaria para a margem oposta com suas tropas e que à frente delas, era capaz de bater e destruir a coluna de Estigarribia*".

Os nossos dois generais, que estavam assentados junto a uma mesa, ergueram-se e, com voz enérgica e gesto altivo, declararam a Flores "*que se deixasse de fanfarronadas e que não precisaram de auxílio estranho para bater as forças paraguaias*".

25 de agosto — Dia de São Luís. Que recordações e que contraste com a situação de hoje! O temporal previsto tornou, de fato, a rebentar de noite; e que triste cousa é um temporal no meio destes extensos campos! Ao sair dos carros patinha-se na água, para qualquer lado que se volte: esta terra, virgem de toda a cultura, estes pastos naturais, não podem absorver semelhantes torrentes de chuva que, portanto, cobrem toda a superfície.

<small>Conde d'Eu, da estância do sr. Chaves à estância do sr. Ferreira Marinheiro</small>

Mas é impossível arredar pé daqui. Em primeiro lugar, não é como no dia antecedente — "*a cavalhada disparou*", — mas "*a cavalhada morreu toda*". De fato parece que a chuva continuada fez terrível mortandade nos cavalos da escolta; em suma, a escolta acha-se, na maior parte, a pé, até que se mande vir nova cavalhada, de Caçapava ou de outra parte. Não é, todavia, grande a infelicidade, pois certamente o arroio não baixou durante a noite, de modo que, ou com cavalos ou sem eles, achamo-nos forçosamente imobilizados.

<small>André Rebouças, a caminho de Uruguaiana</small>

Informei-me do almirante se o general Osório tinha dado alguma providência sobre o material de sapa; disse que não sabia; fiz-lhe sentir a sua necessidade e ele autorizou-me a comprá-lo, e mais três peças de lona para se fazerem padiolas para a condução dos feridos. Fui imediatamente ao armazém do vice-cônsul; enquanto escrevia a lista dos objetos necessários, um soldado ébrio do batalhão argentino furtou-me a espada. Mandei logo soldados do 4º de Voluntários no seu encalço e foi com alguma dificuldade que o tal argentino largou a sua presa.

<small>Cônego Gay</small>

A chegada do sr. general Mitre, presidente da Confederação Argentina, ao exército aliado em frente de Uruguaiana teve lugar quase ao mesmo tempo que a do sr. conselheiro Ferraz, ministro da Guerra. É de supor que a vinda deste influísse sobre o ânimo do general-em-chefe para demorar o ataque contra o inimigo até a chegada de Sua Majestade, o Imperador, que, segundo ouço contar, manifestara desejo de atear fogo pessoalmente à primeira peça que atirasse contra os paraguaios.

A 30 de agosto, foi tomada pelas forças do general Flores uma partida paraguaia de seis homens, com um oficial e um vaqueano (correntino este), que saiu de Uruguaiana julgando escapar à vigilância de nossas avançadas. O oficial declarou que ia a Humaitá pedir reforço em nome de Estigarribia, porque a sua posição era mui grave, e ele julgava perecer. O vaqueano foi fuzilado por traidor. O oficial e os soldados foram postos em liberdade, mas todos declararam ao general Flores que desejavam servir no exército aliado, e pediram armas e alistamento.

Na noite do mesmo dia 30 de agosto, um oficial paraguaio com cinquenta soldados se passaram para o general Flores. Esses homens disseram que os paraguaios de Uruguaiana já tinham acabado seus comestíveis, que estavam reduzidos à última necessidade, sustentando-se com carnes de cavalo e de éguas.

Em princípios do mês de setembro, quando os aliados apertaram mais o sítio de Uruguaiana, onde estava encerrada a divisão inimiga, tratou-se de formar um novo corpo no centro dos municípios de São Borja e de Itaqui. Mui pouca gente se achava nesta campanha apta para o serviço militar; porém, pretendendo-se, a toda força, formar um novo corpo, os encarregados da reunião recrutaram quase todos os varões que encontraram, de 10 anos para cima, aptos ou não para o serviço, deixando ao desamparo e na desolação multidão de famílias, que ficaram sem um só homem para carnear, e comitivas de carretas de emigrantes sem um só homem para jungir os bois às carretas e, portanto, na impossibilidade de caminhar e de regressar para suas casas, agora que podem vir sem receio do inimigo.

Tínhamos de esperar mais um dia: tediosa perspectiva, quando apareceu uma diversão interessante. Vieram participar que se avistava da cidade a brigada de infantaria comandada pelo coronel Fontes, a qual, tendo saído da Cachoeira a 5 de agosto, era aqui esperada há muito. O imperador dirigiu-se logo para o rio; pôde ainda ver a coluna descer, serpenteando as encostas do lado oposto, seguida de seu cortejo de carros, e assistiu de pé à passagem de toda a brigada de uma margem para a outra.

Conde d'Eu, São Gabriel

Encontra-se a coluna em muito bom estado, apesar da sua marcha de 28 dias na pior estação do ano; bem vestida e bem calçada, mas a maior parte dos soldados prefere levar o calçado às costas a levá-lo nos pés.

Uma vez junta toda a brigada na margem esquerda do Vacacaí, pôs-se em marcha com passo firme, tocando as bandas de música, e atravessou toda a cidade, para ir acampar do outro lado. Foi recebida com alguns foguetes e com curiosidade da parte dos habitantes, mas com pouco entusiasmo: o sentimento que ao rio-grandense inspiram homens que, em primeiro lugar, não são da província, e que, além disso, andam a pé, é sempre de certo desdém. De fato, para ele só há no mundo três denominações, três classes de habitantes: rio-grandense, ou "filho do país"; castelhano, ou hispano-americano; e baiano. Para o gaúcho rio-grandense, quer um homem tenha nascido à sua porta, na província de Santa Catarina, quer venha da Lapônia, é sempre baiano. E se, para ele, o gaúcho castelhano é um rival odiado, ao menos considera-o seu igual, pois sempre é gaúcho; ao passo que o baiano é um ser inferior, porque não maneja bolas nem laço, não se tem por "centauro" e não entende ser desonra andar a pé.

À tarde foi o imperador visitar o hospital para ver os doentes da brigada Fontes. Entraram 89; mas, segundo dizem os médicos, metade deles sofre apenas de feridas nos pés produzidas pelo cansaço, ou, mais frequentemente, por frieiras, e que se vão curar rapidamente.

O que é digno de admiração é a paciência do imperador, que para ao pé de cada um daqueles 89 doentes, a perguntar-lhes ele próprio, de que se queixava e de que província é, e, sempre que o seu rosto mostra excessiva mocidade, que idade tem. Infelizmente, mais de um revela ter menos que a idade legal de 18 anos.

Cartas
2 e 5 de setembro

Trechos da carta dos chefes das forças aliadas a Estigarribia, propondo a rendição das tropas de ocupação paraguaias, e a resposta do comandante paraguaio.

Do comando das Forças Aliadas a Estigarribia

Venancio Flores, Tamandaré, Porto Alegre e Wenceslao Paunero, comandante argentino em Uruguaiana

Quartel-general, em frente a Uruguayana, 2 de setembro de 1885.
Ao sr. comandante em chefe do exército paraguaio em operações sobre a costa do Uruguay, coronel d. Antonio Estigarribia.

Os abaixo assignados, representantes do exército aliado da vanguarda cumprem um alto dever dirigindo-se a V^a. Exª. com o fim que esta nota exprime, esperando confiadamente que, para que ele se consiga, prestará V^a. Exª. a cooperação que sua posição e deveres lhe impõem.

Antes de romper as hostilidades, para que estamos preparados sobre a povoação da Uruguayana, ocupada por forças sob o seu comando, não teríamos satisfeito as prescrições mais sagradas da civilização e humanidade, se não lhe patenteássemos o nosso sincero desejo de cortar as grandes e inúteis desgraças que ocasionaria a resolução em que V^a. Exª. até agora tem permanecido de sustentar-se nessa praça.

Animados por estes sentimentos, não queremos ser de forma alguma responsáveis pelo sacrifício dos soldados que obedecem a V^a. Exª., sacrifício tão estéril na posição em que os pôs a sorte de guerra como desumano; porque é só permitido combater quando existe alguma probabilidade de triunfo, ou quando se pode alcançar qualquer vantagem para a causa que se defende.

V^a. Exª. está, segundo a opinião dos abaixo assignados, em um caso extremo, e do qual só pode esperar um fim desastroso, se persistir em repelir as propostas honrosas que lhe dirigimos; por conseguinte — as vidas de tantos compatriotas seus, confiados à sua direção, devem ser-lhe devidamente caras, para não imolá-las esterilmente — por uma mal entendida honra militar, que nas atuais circunstâncias, não pode ter justa e bem cabida aplicação.

Sem a menor intenção do ofender as opiniões políticas que V^a. Exª. professa, consideramos assim mesmo conveniente recordar-lhe que a guerra que fazemos atualmente se dirige tão somente ao presidente do Paraguay, de nenhuma maneira ao povo paraguaio, cuja independência e soberania estão garantidos solenemente pelas nações aliadas, e cuja liberdade interna se propõem elas assegurar também como base de futura paz a que aspiram e da boa inteligência dos seus governos.

Em virtude disto, não podemos deixar de ponderar a Vª. Exª. que nenhuma razão justa pode impeli-lo a derramar o sangue de seus compatriotas por uma causa reprovada e puramente pessoal e que Vª. Exª. mesmo não tardará em deplorar intimamente quando, graças à mudança política que se prepara na sua pátria, a vir entrar em uma existência nova e reparadora, respirando a liberdade que seu governante lhe roubou cruelmente, sujeitando um povo a arrostar eternamente a cadeia do escravo, tendo Vª. Exª. a consciência de haver sacrificado seus próprios compatriotas para resistir a esse imenso bem, em vez de trabalhar para alcançá-lo.

Esta é uma das razões por que nossos respetivos governos não olham o povo paraguaio como seu verdadeiro inimigo nesta guerra, mas sim o governante absoluto que o tiraniza e que o extraviou e arrastou à guerra inqualificável que provocou, e esta é também uma razão poderosa que aumenta a responsabilidade de Vª. Exª., se insistir em defender-se nessa praça contra o ataque que daremos, apoiados em vinte mil homens e cinquenta peças de artilharia, sem contar os numerosos reforços que sucessivamente vêm chegando.

Em virtude das considerações expostas, e de haver chegado ao conhecimento dos que as assinam que indivíduos da guarnição dessa praça têm mostrado a outros deste exército o seu desejo de conhecer por escrito as bases da convenção que proporíamos aos sitiados, redigimos as que constam da carta junta, também por nós assignada, e que juntamos para seu conhecimento.

Deus guarde a Vª. Exª. muitos anos. — Venancio Flores. — Visconde de Tamandaré. — Barão de Porto Alegre. — Wencesláo Paunero.

Bases do convênio

1ª. O chefe principal, oficiais e mais empregados de distinção do referido exército paraguaio sairão com todas honras da guerra, levando suas espadas, e poderão seguir para onde for do seu agrado, sendo obrigação dos abaixo-assinados ministrar-lhes para isso os necessários auxílios.

2ª. Se escolherem para a sua residência alguns pontos do território de qualquer das nações aliadas, serão obrigados os respetivos governos a prover a subsistência dos mencionados chefes e oficiais paraguaios durante a guerra, até sua conclusão.

3ª. Todos os indivíduos de tropa, desde sargento para baixo inclusive, ficarão prisioneiros de guerra, debaixo da condição do que serão respeitadas suas vidas, alimentados e vestidos devidamente durante o período da guerra, por conta dos mesmos governos.

4ª. As armas e mais petrechos bélicos pertencentes ao exército paraguaio serão postos igualmente à disposição do exército aliado. — Venancio Flores. — Visconde de Tamandaré. — Barão de Porto Alegre. — Wencesláo Paunero.

Resposta de Estigarribia em 5 de setembro

Viva a República do Paraguay!

Antonio Estigarribia

O comandante em chefe da divisão em operações sobre o rio Uruguay.

Acampamento na Uruguayana. 5 de setembro do 1865.

Aos senhores representantes do exército aliado da vanguarda.

O abaixo assinado, comandante-em-chefe da divisão paraguaia em operações sobre o rio Uruguay, cumpre o dever de responder à nota que Vª. Exª. lhe dirigiram com data de 2 do corrente, acompanhando as bases de um acordo.

Antes de tocar no principal da nota de Vª. Exª. seja-me permitido repelir, com a decência e elevação próprias de um militar de honra, todas aquelas proposições contidas na referida nota por demais injuriosos ao supremo governo do abaixo assignado.

Essas proposições, com perdão de Vª. Exª., colocam semelhante nota ao nível dos diários de Buenos-Ayres, os quais de alguns anos a esta parte não fazem outra cousa, não têm outra ocupação, senão denegrir grosseira e severamente o governo da

República do Paraguay; lançando ao mesmo tempo grosseiras calúnias contra o mesmo povo, que lhes respondeu, promovendo a sua felicidade doméstica por meio do trabalho honroso, o fazendo consistir a sua maior felicidade na sustentação da paz interna, base fundamental da preponderância de uma nação.

Se Vª. Exª. mostram-se tão zelosos por dar a liberdade ao povo paraguaio, segundo suas próprias expressões, por que razão não principiaram por dar a liberdade aos infelizes negros do Brazil, que compõem a maior parte de sua população, e que gemem na mais dura e espantosa escravidão, a fim de enriquecer, e deixar passear na ociosidade a algumas centenas de grandes do Império? Desde quando aqui se chama escravo a um povo que elege por sua livre e espontânea vontade o governo que preside aos seus destinos? Sem dúvida alguma desde que o Brazil se intrometeu nos negócios do Prata, com o propósito deliberado de submeter e escravizar as repúblicas irmãs do Paraguay, e talvez ao próprio Paraguay, se este não contasse com um governo patriótico e previdente.

Vª. Exª. hão de permitir-me estas digressões, visto que as provocaram, insultando em sua nota o governo de minha pátria.

Não concordo com Vª. Exª. em que o militar de honra, o verdadeiro patriota, deva limitar-se a combater quando tiver probabilidade de vencer.

Abram Vª. Exª. a história, e nesse grande livro da humanidade aprenderão que os maiores capitães, de quem o mundo ainda se recorda com orgulho, não contaram nem o número de seus inimigos, nem os elementos de que dispunham, mas venciam ou morriam em nome da pátria.

Lembrem-se Vª. Exª. que Leônidas, com trezentos espartanos, defendendo o passo das Thermopilas, não quis dar ouvidos às proposições do rei da Pérsia, e, quando um de seus soldados disse-lhe que os seus inimigos eram tão numerosos que escureciam o sol quando disparavam as flechas, respondeu-lhe: "Melhor, combateremos à sombra". Como o capitão espartano, não posso dar ouvidos às propostas do inimigo, porquanto fui mandado com os meus companheiros para pelejar em defesa dos direitos do Paraguay, e como sou soldado devo responder a Vª. Exª. quando enumeram as forças que comandam e as peças da artilharia de que dispõem: "Tanto melhor, o fumo da artilharia nos fará sombra".

Se a sorte me prepara um túmulo nesta vila da Uruguayana, nossos concidadãos conservarão a lembrança dos paraguaios que morrerão pelejando pela causa da pátria, e que enquanto viveram não entregaram ao inimigo a sagrada insígnia da liberdade da sua nação.

Deus guarde a Vª. Exª. muitos anos. —
Antonio Estigarribia.

Cerco

Às 7h pôs-me o prático na estrada para Federação; às 7h15 passava por frente da estância Francia; aí deixou-me o prático — por estar o seu animal tão fraco que não podia continuar viagem. O cavalo em que ia meu camarada, cansou pouco depois e foi necessário trocá-lo por outro que se achou entre os de uma estância com a orelha cortada (reúno) em sinal de pertencer ao governo brasileiro; há um sem número de animais que fogem, e ficam pelas estâncias. É ainda uma das desvantagens da guerra feita no estrangeiro.

André Rebouças, de Salto a Uruguaiana

7 — Setembro

Às 11h da manhã o *11 de Junho* aproximou-se a uma rocha calcária muito semelhante ao calcário hidráulico da ponte de Tatinga no Maranhão, e aí descarregou a tropa para poder vencer a cascata de São Gregório. Os soldados passaram imediatamente da tolda do vapor para a rocha, alta de dez a doze metros e a escalaram apesar de quase vertical, aproveitando os diversos bancos e cavidades nela formadas pelas intempéries.

Assistia junto ao almirante esta interessante operação e tinha na mão uma amostra de calcário, quando se aproximou de nós o general Mitre. O almirante apresentou-me dizendo "que eu era um dos irmãos Rebouças, engenheiros brasileiros muito distintos, e dos quais se esperava tão bons serviços como de seu pai, o conselheiro Rebouças, um dos primeiros advogados do Rio de Janeiro".

A pedido do Chefe do serviço da Armada, o dr. Santos Xavier, e ajudado pelo voluntário em serviço na esquadra Xavier Rocques, sócio do sapateiro Campos do Rio de Janeiro, cortei e preparei para serem cosidas pelos marinheiros, treze padiolas.

A estação invernosa, irregularíssima, nos dava depois de manhãs de sol abrasador, tardes tempestuosas seguidas de forte chuva e noites frigidíssimas, tornadas mais cruéis pelo terrível Minuano que enregelava os corpos, a ponto de pôr em risco a vida das desabrigadas sentinelas e vedetas, que por mais de uma vez foram encontradas quase mortas e tolhidas pelo frio.

Oficiais e soldados não possuíam, para resistir no rigor das intempéries, mais do que a roupa que traziam no corpo, e essa mesma já no fio ou rota pelas marchas forçadas.

Dos campos talados pelo invasor e devastados pela geada, nenhum alimento tiravam os magríssimos bois e cavalos, dos quais víamos morrer às centenas, inanidos de fome, caindo nos arroios e sangas onde se afogavam, na ocasião em que indo beber água, ficavam presos pelos pés no lodo, sem terem forças para sair.

Dizia-se à meia voz, mas com desesperadora insistência, que séria divergência lavrava entre os generais, a propósito de qual deles comandaria em chefe o exército aliado, acampado no nosso território!

A ser isso verdade, duas consequências deploráveis eram de temer: a procrastinação do sítio com todas as suas angústias, e o receio de um desfecho pouco honroso para a nossa bandeira. Além disso, a rivalidade que se revelava podia repercutir, no exército do general Osorio, e que influência fatal daí poderia provir para a Tríplice Aliança!!

Reais ou imaginários, esses boatos inquietadores nos faziam padecer seriamente, tanto mais que sentíamos fitos sobre nós os olhos de toda a nação, exigindo que lavássemos completamente a nódoa que desde 10 de junho manchava a nossa bandeira.

O nosso campo se preparou para receber o imperador no dia seguinte; o inimigo para resistir, melhorando as suas fortificações e arrasando as casas das entradas da vila que podiam embaraçar a ação de sua artilharia.

Bernardino Bormann

Em frente, pois, a Uruguayana, pela falta de patriotismo e erros de alguns chefes militares, encarregados de defenderem a fronteira; pelos erros também do governo imperial; estavam reunidos dois chefes d'Estado, estrangeiros, com suas tendas de guerra e bandeiras desfraldadas; com seus batalhões e regimentos, à espera do imperador para este testemunhar como eles iam libertar um pedaço do território brasileiro!
 Pobre pátria!

Todos os acontecimentos, por mais insignificantes que parecessem, tendo então para nós grande importância, julgue-se da surpresa que de nós se apossou, quando nos dois cavaleiros reconhecemos o ministro da guerra conselheiro Ângelo Ferraz e seu ajudante de ordens major Antonio José do Amaral! surpresa que subiu de ponto quando soubemos que eles eram portadores de uma nova felicíssima e do máximo alcance nas condições em que nos achávamos: o imperador vinha a marchas forçadas em direção ao exército e no dia seguinte, ao romper do dia, estaria em nosso acampamento!

Fausto de Souza

A alegria se denunciava em todos os semblantes; alegria imensa, porque assim que se divulgou a boa nova, todos, oficiais e soldados, formulavam em suas imaginações, com veloz intuição, as seguintes conclusões: a chegada oportuníssima do imperador, prova subida do seu acrisolado patriotismo e do amor a seus súditos, era também para nós a solução do terrível problema que nos inquietava; o fim das apreensões e ansiedade em que vivíamos; era o prenúncio da harmonia que ia reinar entre os chefes aliados; era a decisão e firmeza nas operações do sítio; era a certeza de um desfecho próximo e honroso; era, em suma, a terminação da atual fase da guerra e um largo passo para a conclusão da campanha contra o Paraguay.

<small>General Argolo, comandante do 2º corpo do Exército</small>

Ordem do dia nº 11
10 de setembro 1865
Sª. Exª. o Sr. General comandante-em-chefe, possuído da mais viva satisfação e júbilo, anuncia ao exército a próxima chegada a este acampamento, do nosso virtuoso e adorado Monarca.

Para receber convenientemente o mesmo augusto senhor, determina Sª. Exª. que, ao ouvirem os corpos o sinal de três tiros de artilharia com intervalos de 15s, formem em seus respetivos acampamentos e reunidos os de cavalaria da 1ª Divisão no ponto designado sobre a margem esquerda do Imbahá, e os da 2ª no acampamento que lhe foi hoje marcado, mandem os respetivos assistentes do deputado do ajudante-general a este quartel-general, para receberem as ordens à cerca do campo em que deve formar o exército.

<small>Conde d'Eu</small>

A infantaria e a artilharia do exército de Porto Alegre estavam formadas em batalha fora do acampamento, para receber o imperador, que passou lentamente pela frente delas.

Às 9h aparecem-nos as primeiras barracas do acampamento, ao longo de uma faixa de terreno arborizado. Não tardam a vir ao encontro do imperador o ministro com o barão de Porto Alegre, depois o general Caldwell, e por fim o simpático e valente marinheiro visconde de Tamandaré.

<small>Fausto de Souza</small>

Vestido com o singelo fardamento e chapéu de voluntário da pátria, sem manifestar fadiga pela longa e penosa viagem que acabava de fazer, o imperador recebia com a sua usual habilidade as saudações e homenagens de todos

Todos esperam com interesse a entrevista do imperador com os chefes das repúblicas, pois se sabia que o presidente da República Argentina tinha chegado do Sul na véspera, para se encontrar com o imperador.

Conde d'Eu

Esperava eu que os dois chefes chegassem a galope e que uma nuvem de poeira tornasse mais pitoresca esta reunião, única nos anais da América do Sul. Mas foi ao voltar a esquina do muro de um pomar de laranjeiras, que ambos apareceram, a três passos do imperador, seguidos de numerosíssimo Estado Maior. O imperador a princípio um tanto surpreendido, estendeu a mão a Mitre, depois a Flores, e fez-lhes sinal para se colocarem cada qual a um lado dele.

A chegada de sua majestade o imperador D. Pedro II ao exército, em cuja frente, na coxilha mais próxima ao inimigo, Sua Majestade mandou levantar sua tenda, produziu nele um efeito incalculável

Cônego Gay

Desde o amanhecer até o anoitecer, nossos soldados viam Sua Majestade, o sr. D. Pedro II, ora a pé, ora a cavalo, acompanhado de SS. AA. imperiais, os srs. conde d'Eu e duque Saxe, de seus ajudantes de campo etc., percorrer o acampamento, falar com os soldados, atendê-los, consolar os enfermos, fazer-lhes dar os socorros corporais e espirituais de que precisavam. Enfim, Sua Majestade era o verdadeiro pai dos soldados, que como tal o idolatravam. Não somente nossos chefes e generais, mas também os chefes e generais dos aliados, sobretudo o general Flores, presidente da República Oriental do Uruguai, e o general Mitre, presidente da Confederação Argentina, lhe tributavam as mais delicadas atenções de respeito e de veneração

Apesar das atenções e delicadezas dos chefes aliados, o imperador deveria ter a alma opressa, ao ver tremular os pavilhões argentino e o oriental ao redor de Uruguayana; e, sem dúvida, lastimava não poder dizer, atenta a sua alta posição social e política, que lhe impunha reservas, aos chefes militares que nos

Bernardino Bormann

haviam humilhado, aquilo que muitas vezes se murmurava nos acampamentos brasileiros quando ele os visitava;
"É indecoroso para nós a presença d'estes estrangeiros!"

Dirão, mas eles eram nossos aliados e deviam auxiliar-nos. Sim, eram aliados; mas, d'eles só precisávamos o território para nossas bases de operações e nada mais. Não tínhamos necessidade de suas baionetas, nem de seus cartuchos, principalmente para libertar o Rio Grande de um punhado de paraguaios.

André Rebouças

Informou-me o capitão Amaral que o imperador em luta com os ministros que não queriam deixá-lo partir, cortou a discussão dizendo: "Ainda me resta um recurso constitucional: abdicar e ir para o Rio Grande como voluntário da pátria". Na noite de 24 de agosto, cognominada pela comitiva "St. Barthélémy dos cavalos" (morreram uns quarenta) o imperador cobriu com o seu capote um soldado que estava a ponto de cair enregelado. Na de 25 recolheu à sua carretilha o criado particular Paiva, que gemia de frio.

Todos da comitiva vinham entusiasmados com a simplicidade, atividade e energia do imperador que sempre dormia na barraca "afim de experimentar os mesmos sofrimentos dos meus soldados".

Às 11 da manhã chegou o imperador à barraca onde jantei ontem com o ministro Ferraz. Os presidentes Mitre e Flores bem como o almirante Tamandaré vinham já no séquito. Os presidentes apertaram a mão ao imperador, que de muito longe principiou a chamar com o maior afeto pelo Tamandaré. Mitre estava fardado, como de costume; Flores fardara-se pela primeira vez nesta campanha; vinha envolvido num sobretudo preto e acompanhado do inseparável cão Coquimbo.

O imperador e os príncipes trajavam sobrecasacas militares, chapéus de feltro negro com o tope nacional, espada, botas, grandes ponches.

Também o monarca trazia ponche com gola bordada a ouro e grandes arabescos de cadarço de seda preta. Os cavalos estavam arreados à moda rio-grandense, com prateados. O imperador mostra-se animadíssimo, bem que continue a envelhecer a olhos vistos desde a questão Christie; os príncipes revelam alegria verdadeiramente juvenil.

Não sei o que ficariam a pensar de nós; a impressão que nos deixavam era decididamente favorável. Estamos tão habituados, no Rio de Janeiro, como na Europa, a ouvir criticar a pouca civilização destes hispano-americanos que é agradável surpresa encontrar entre eles pessoas corteses e trajadas com elegância. *Conde d'Eu*

Ao aproximar-me para lhe beijar a mão, o imperador saudou-me em voz alta pelo nome. Quisera que a emoção e os circundantes não me impedissem de dizer-lhe: — Agradeço como brasileiro, o ter Vossa Majestade vindo até aqui; Vossa Majestade acaba de salvar a dignidade do Brasil, a província do Rio Grande e a vida de cinco mil homens que teriam de perecer no ataque a Uruguaiana. *André Rebouças*

A cavalaria do general Canabarro, denominada 1ª Divisão Ligeira, ocupa uma série de acampamentos separados uns dos outros, alguns até do outro lado do Imbaá todos a nordeste da cidade, ao passo que a do barão do Jacuí guarda o lado de leste e do sul. Estes cinco mil homens de cavalaria encontram-se pois distribuídos por uma extensão de duas léguas ou mais, dispersão que poderá parecer muito pouco estratégica em frente do inimigo, mas que resulta necessariamente do sistema da cavalaria rio-grandense. *Conde d'Eu*

De fato, não havendo milho para dar aos cavalos, é preciso que pastem quando não estão selados. Ora, na estação presente o capim não abunda; dez mil cavalos (número mínimo, supondo que só haja dois cavalos para cada homem) não podem todos pastar no mesmo sítio. Forçoso é, pois, deixar à roda do acampamento de cada corpo um espaço livre, em que os animais possam pastar sem deixar de lhe ficar à mão. Ainda assim, não se evita que morram muitos, e os seus cadáveres, juntamente com os restos dos bois que se matam para a alimentação, enchem a atmosfera de exalações pestilentas, que já originaram casos de tifo. Há ordem de enterrar sem demora tudo quanto morre, mas as ferramentas não são em número suficiente para este trabalho.

André Rebouças

Mandaram os sitiados pedir permissão para fazer sair as mulheres e os estrangeiros, o que foi concedido. Consta que os chefes tentam evadir-se com auxílio de canoas que têm guardadas na cidade.

Como nos prevenissem que os Paraguaios tentariam uma surpresa, isso fez dormir sobre as armas o imperador e sua corte. O chefe Paraguaio que conduzia as mulheres, disse que tencionava desertar no dia seguinte com mais um irmão, não o fazendo no momento para não se comprometer.

Às 4 desabou o temporal, com cerração, chuva de pedra e trovões medonhos. A barraca de Porto Alegre foi logo ao chão; para que não sucedesse o mesmo com a em que me achava, sentei-me sobre a mesinha e com ambas as mãos sustentei o teto da barraca cujos tornos não podiam aguentar-se na delgada camada de terra que aí reveste o grés cinzento do solo.

Fausto de Souza

Desde as primeiras relações com os generais Mitre e Flores, o imperador havia conquistado a afeição e a confiança desses prestigiosos chefes; e pode-se dizer que, pelo fato de sua presença no acampamento, tudo ficara estabelecido em relação à posição recíproca dos generais das três nações aliadas. Flores, Paunero e o Barão do Porto-Alegre comandariam as suas respetivas tropas, independentes uns dos outros; cabendo, porém, ao general brasileiro toda a iniciativa nas operações gerais, visto se acharem em território do Império e em presença do soberano, sem mais alto representante. O general Mitre, sem comando ostensivo prestaria aos generais aliados o precioso auxílio de seus ilustrados conselhos, experiência e reconhecida capacidade. Desta sorte concorriam todos para o desejado fim de aniquilar o inimigo comum, castigando o invasor do nosso território, como já havíamos concorrido e íamos concorrer para fazer o mesmo no território de nossos aliados.

O pároco de São Borja é francês; é o padre Gay, nascido no departamento dos Altos-Alpes. É homem inteligente; mas, se devo dizer o que me parece, um pouco palrador. Sabe igualmente bem o português e o espanhol e envia artigos empolados tanto aos jornais da província do Rio Grande do Sul como aos do Estado Oriental e das províncias argentinas. Parece que a ocupação de São Borja foi o mais belo dia de sua vida. A quem o ouve, parece que só ele tinha, de há muito, adivinhado os planos dos paraguaios e avisado, mas inutilmente, as autoridades; contudo foi o único que não saiu de São Borja ao aproximarem-se as tropas inimigas; enterrou o tesouro da paróquia para subtraí-lo à avidez deles. Se bem me recordo, pôde presenciar os atos de vandalismo do inimigo e foi o último a sair da cidade em demanda de Itaqui. *Conde d'Eu*

12 — Setembro *André Rebouças*
Noite medonha. Nada menos de cinco trovoadas seguidas de grandes aguaceiros. Passei-a quase toda em claro, ora sentado ora deitado na mesinha. O capitão Amaral dormiu dum lado, sobre umas canastras do ministro; e o criado deste do outro lado, em cima de um couro.

Gabinete do Ministro da Guerra. — Acampamento em frente a Uruguayana, 12 de setembro de 1865. *Muniz Ferraz*
Ilmº. e Exmº. Sr. — O estado de penúria em que se acha o exército aqui acampado e a provável demora dos recursos de que posso dispor nesta província, atento o mau estado das estradas, a enchente dos rios, a falta ou incapacidade dos meios de transporte, me obriga a lançar mão do único meio que me resta nestas circunstâncias, em que vejo os hospitais em estado deplorável, a tropa nua e a cinco meses sem receber soldo, etc., etc., e vem a ser o de autorizar a Vª. Exª. a fazer quaisquer operações de crédito e remeter para este acampamento até a quantia de quinhentos contos de réis e tudo que for necessário para remediar estes males; prevenindo-lhe de que ao general Osorio oficio para que me envie do Salto alguns artigos. E porque não me reste tempo para oficiar já ao Ministério da Fazenda esta resolução, Vª. Exª. lhe enviará por cópia.

Deus Guarde a V\ª. Ex\ª. — Ângelo Muniz da Silva Ferraz. — Sr. Francisco Otaviano de Almeida Rosa.

Cônego Gay

a miséria a que estavam reduzidos os soldados paraguaios em Uruguaiana era extrema. Eles tinham, a princípio, gastado com prodigalidade e mesmo inutilizado, por malvadez, os grandes recursos de víveres que aí encontraram, pensando demorar-se menos tempo naquela vila. Em consequência, os comestíveis lhes tinham faltado. Havia tempo que eles se sustentavam com carne de égua, de cavalo, de gatos, de cachorros, de ratos e de outros insetos, que podiam encontrar dentro dos muros de Uruguaiana.

Conde d'Eu

Trouxeram também um soldado paraguaio que, estando de sentinela, atirara com a arma e passara para o nosso lado. Era um mancebo de 18 anos, de tez bronzeada e feições regulares, mas extraordinariamente sujo e miseravelmente vestido. Além do quepe de pano azul só trazia umas calças de linho ordinárias e uma espécie de manta de lã de riscas, a que os paraguaios chamam bichará. Só sabia falar guarani

Bernardino Bormann

Com a presença do chefe do Estado, as condições das nossas tropas melhoravam diariamente.

Chegavam carretas com fardamento e o estado de nudez, em que estavam muitos soldados, desaparecia.

Os soldos estavam atrasados; a cinco meses, d'eles se achavam privados oficiais e soldados e, para remediar isso, o ministro da Guerra autorizou o conselheiro Octaviano, nosso ministro, como já vimos, em Buenos-Ayres, a sacar importante quantia e assim realizou-se o pagamento.

Para se ocultar ao imperador as misérias e sofrimentos dos soldados, foram dispensados de formar muitos d'eles, de modo que o chefe da nação não pode ver aqueles, cujo uniforme, em uma estação glacial, resumia-se em pedaços de couro cru sobre as carnes.

Estes, só apareceram nas fileiras depois de fardados.

É nesta flotilha que está embarcada a 1º Companhia dos Zuavos Baianos, a mais linda tropa, a meu ver, de todo o exército brasileiro. Compõe-se unicamente de negros; brancos, indígenas ou mulatos são dela excluídos. Os oficiais são também todos negros, negros retintos; e nem por isso são piores oficiais; pelo contrário. Estive propositadamente a conversar muito tempo com eles; estão inteiramente a par de todos os pormenores do seu serviço e orgulhosos do seu batalhão. Quase todos eram oficiais inferiores da Guarda Nacional; um tem a medalha de prata de 1852. Deram a estes zuavos um uniforme vistoso, que muito bem diz com a cor de sua pele; calça encarnada, colete verde com galões amarelos, cinta encarnada, jaqueta azul, pescoço descoberto, fez encarnado. Sobretudo a supressão da gola, que os homens de cor muitas vezes não sabem ajustar convenientemente, é uma ideia felicíssima; só lamento que se não tenha completado com polainas brancas o seu aspecto militar. Estes uniformes, que se fizeram por subscrição pública na Bahia, estão maravilhosamente bem conservados. O trajo dos oficiais não tem de comum com os dos soldados senão a calça encarnada: vestem uma simples farda azul e têm no quepe as iniciais Z.B., pois que estes zuavos não foram incluídos na numeração geral dos corpos de Voluntários.

Conde d'Eu

13 — Setembro
Noite e manhã de chuva, com cerração até ao meio dia.

André Rebouças

Em poucos dias de acampamento comum os contingentes argentinos e orientais, desde o general até o último soldado, sentiam-se fascinados pela simplicidade, pela lhaneza e pela cordura do monarca brasileiro. Por minha parte confesso que nunca vira, nem antes nem depois, na pessoa de D. Pedro II, tanta força de sedução. Tudo o que havia de simpático e nobre em sua fisionomia apresentava-se naquela época com o aspecto mais favorável. A cavalo, com o seu ponche de gola bordada a ouro e chapéu negro de feltro de largas abas, parecia ser o monarca da conchilha idealizado pela gauchada.

Silveira da Mota

Carta
13 de setembro

De Estigarribia a Mitre (sem resposta)

Antonio Estigarribia

Viva a República do Paraguay!
O comandante-em-chefe da divisão paraguaia em operações sobre o rio Uruguay.
Sítio da Uruguayana, 13 de setembro de 1865.
A Sª. Exª. o Sr. General-em-Chefe do exército aliado brigadeiro D. Bartholomeu Mitre. — Exmº. Sr. — O abaixo assinado, comandante-em-chefe da divisão paraguaia sitiada em Uruguayana, tem a honra de dirigir-se a Vª. Exª., desejoso, tanto ou mais que SSª. Exª. os chefes da vanguarda de Vª. Exª., de evitar o derramamento do sangue dos seus concidadãos; mas, como os mencionados chefes fizeram ao abaixo assinado proposições indecorosas para um militar de honra, minhas respostas têm sido próprias dos oferecimentos, e dignas do homem a quem o governo de sua pátria confiou uma espada, espada de honra e de lealdade.

Se Vª. Exª. desejava evitar o derramamento de sangue, tem ocasião oportuna de fazê-lo na altura que Vª. Exª. desejaria em caso análogo ao meu.

Pode Vª. Exª. abrir proposições dignas e não duvide que se assim for, os desejos de Vª. Exª. e os meus serão satisfeitos.

Deus guarde a Vª. Exª. muitos anos. —
Antonio Estigarribia.

Cerco

Fausto de Souza

O dia 13, não obstante ter amanhecido debaixo de horrível temporal, foi destinado a uma conferência de generais, presidida pelo imperador, a bordo do vapor *Onze de Junho*; depois do que, passando todos para bordo do *Taquary*, procedeu-se a um minucioso reconhecimento à praça, do lado do rio, o qual durou mais de duas horas. A 14, os generais aliados procederam a outro reconhecimento a leste e sul da cidade; depois dele, reunidos em conferência sob a presidência do imperador e tendo presente a planta levantada pelos engenheiros, foram discutidas todas as fases prováveis do ataque e da defesa, assentando-se em um plano, cuja redação foi incumbida ao general Mitre. Terminada a conferência, foram todos convidados pelo imperador para um jantar de campanha, que foi modesto na variedade das iguarias, mas precioso pela cordialidade e harmonia que aí mais se acentuou.

Passaram-se alguns meses; deixou de existir o ministério do sr. Furtado. Sua Majestade resolveu ir fazer uma viagem ao Rio Grande do Sul, e eu tive ordem para acompanhá-lo. Estava então, sr. presidente, bem doente; levantei-me da cama para cumprir esse dever. Chegando ao Rio Grande, seguimos para Uruguayana; ali encontramos já dois generais estrangeiros e um brasileiro que se disputavam a primazia do comando. Chegando o imperador resolveu-se que se apertasse o cerco para apressar-se a tomada da praça e que se dispusesse o ataque para d'aí alguns dias, fazendo-se antes um reconhecimento. Foram convidados os generais estrangeiros que nunca tinham pisado aquele solo, e alguns outros generais brasileiros; mas eu fui excluído de assistir ao reconhecimento, eu, senhores, que tinha por duas vezes presidido a província do Rio Grande, que outras tantas vezes havia feito a guerra n'aquelas regiões e, portanto, até estado acampado n'esse mesmo lugar, e, como presidente, havia muitos anos mandado traçar o plano da povoação! Doeu-me sobremaneira um tal procedimento; mas resignei-me...

Marquês de Caxias, sessão do Senado de 15/7/1870

O imperador empregou a tarde em passar revista à cavalaria do general Canabarro. Nesta, como na de Chico Pedro, há grande mistura; há esquadrões bem vestidos com boas fardas de pano azul, outros há que não têm uniforme algum. Também entre eles há chiripás e bicharás como entre os orientais e os paraguaios. Nem mesmo a camisa é absolutamente obrigatória.

Conde d'Eu

À volta vimos fazer exercício um batalhão de linha, que eu ainda não incluí na nomenclatura de nossas tropas, porque só há dias chegou do sul pela via fluvial. É um belo batalhão, muito bem exercitado. Dizem que todo este exército do sul comandado pelo general Osório, encontra-se em muito bom estado, repousado e refeito, como está, por uma residência de meses em Concórdia ou nos arredores, ao passo que os batalhões do exército de Porto Alegre têm passado estes mesmos meses do inverno a percorrer em todos os sentidos a província do Rio Grande do Sul.

Fausto de Souza

Incansável em disciplinar o exército que lhe estava confiado, o general barão de Porto-Alegre passou no dia 15 uma rigorosa revista geral em ordem de marcha, que só terminou à tarde: e ao amanhecer do dia seguinte mandou ler aos corpos uma proclamação anunciando que brevemente, em presença do soberano e dos príncipes, tendo por companheiros os valorosos chefes e soldados das nações aliadas, iríamos infringir aos inimigos o castigo de seus crimes. Essa proclamação, a nomeação do general Caldwell para chefe do Estado Maior e os preparativos que se faziam, indícios de que se aproximava o momento tão almejado, encheu a todos de satisfação, acreditando que a marcha contra o inimigo se efetuaria nessa mesma tarde ou na manhã seguinte.

Não foi, porém, assim; duas circunstâncias obrigaram a adiar a operação, o general Mitre não tinha ainda apresentado o plano de ataque, de cuja redação fora encarregado; e além disso o general Paunero pedira uma demora de um ou dois dias, indispensável para que as forças sob seu comando se habilitassem a tomar parte na ação.

André Rebouças

Disse-me o Ferraz estar decidido o assalto a Uruguaiana, dependendo dia e hora do concerto dos generais, que tinham ficado cada um com o seu exército, servindo o imperador de "elo" entre os três. Indaguei do que havia feito apressar o assalto. Respondeu que a necessidade do exército entrar em operações. Ponderei-lhe que não havia nem bois, nem cavalos, nem armamento, nem roupa, que a artilharia ainda não tinha chegado e que tão cedo não estaria organizado o exército. Retrucou, como argumento irrespondível, estar grassando o tifo no exército, o próprio imperador correndo risco de adoecer!!! O tifo dependendo da tomada de Uruguaiana e não do estado de nudez das tropas, da penúria de recursos médicos, dos inúmeros cavalos que apodrecem no acampamento, da alimentação de carne cansada e farinha má, única de que dispõe a tropa! (Nem bolachas há!)

Ao glorioso 17º Corpo de Guardas Nacionais, ainda comandado pelo destemido Bento Martins, apresentou-se, na noite de 15 de setembro, um paraguaio faminto e informou que Estigarribia n'aquela noite pretendia escapar-se em canoas com toda sua gente.

Bernardino Bormann

Deram-se logo providências para que o inimigo não realizasse o seu plano de fuga.

A esse infeliz faminto, foi imediatamente fornecido alimento em abundância; ele não comia, devorava e tanta quantidade ingeriu que sucumbiu a uma terrível indigestão.

Esgotados todos os víveres que a princípio desperdiçavam, achavam-se reduzidos a apertadíssimas rações; já haviam carneado os bois e mulas das carretas, os cavalos dos oficiais e mesmo dos chefes; já haviam expelido, na manhã de 12, as últimas pessoas que existiam na cidade; e mesmo entre os chefes já se esvanecera a crença de que o ditador marchara de Assunção com 25 mil homens para socorrê-los. Inteiramente desanimados pelo silêncio de Mitre ao ofício enviado no dia 13, e reconhecendo-se incapazes de resistir aos poderosos elementos que contra eles se acumulavam, tomaram a desesperada resolução de fugir pelo rio, favorecidos pela escuridão da noite de 16, empregando para a execução desse plano uma porção de balsas ou jangadas de construção tosca porém forte, de tábuas alcatroadas e forradas de couros, as quais haviam sido de antemão preparadas e escondidas cuidadosamente das vistas da nossa esquadrilha. Mal, porém, as tinham impelido para a praia e quando as iam pondo a nado, alguns tiros de canhão do *Taquary*, ribombando subita-

Fausto de Souza

mente na solidão da noite, deram o sinal de alerta ao nosso exército e obrigaram os fugitivos a recolherem-se à praça, burlada a sua insensata empresa.

Conde d'Eu

17 de setembro — Devia ser meia-noite. Eu estava a dormir. O meu criado abre a portinhola da carretilha.

— Senhor, não sei que há, mas todos estes senhores estão lá fora.

— E o imperador?

— Também está lá fora.

Dali a um instante o próprio imperador me veio dizer que os inimigos tinham posto fogo à cidade e tentavam passar o rio; e que se tinham mandado avisar Flores e Tamandaré. Saí, de sabre e revólver, convencido de que teríamos de montar a cavalo para um combate noturno. Parece que a má nova fora dada por um soldado paraguaio ao corpo de Bento Martins, que ocupa a posição mais próxima do rio, do lado do sul. Realmente de tempos a tempos aparecia por cima da cidade um clarão que se podia atribuir a incêndio, que começasse na parte mais distante de nós. Mas à 1h já se não via este clarão; era, pois, evidente que pelo menos a primeira parte da notícia não era exata e que, se incêndio houvera, fora ele muito parcial; porventura tinha acidentalmente pegado fogo numa das numerosas cabanas de bambus disseminadas à roda da cidade.

Mandou-se ao barão de Jacuí ordem de reunir toda a sua cavalaria e, no caso de realmente partirem embarcações inimigas, segui-las ao longo da margem esquerda, ao mesmo tempo que o Tamandaré lhes daria caça no rio. Depois ficamos à espera de mais amplas informações, ora a passear de um lado para o outro, ora repelidos pela temperatura glacial para uma barraca, que o imperador mandara armar diante de sua carretilha. Por fim o barão de Porto Alegre decidiu que, em vista dos projetos que revelara o inimigo, já não era possível adiar o ataque e que o nosso exército se poria em movimento contra a cidade ao alvorecer, isto é, às 5h30.

Na manhã de 17 reuniram-se os generais em conselho, sendo-lhes apresentado o plano redigido pelo general Mitre, e sancionado com a aprovação do general em chefe barão de Porto-Alegre foram tomadas resoluções finais, ficando definitivamente assentado que no dia seguinte, 18, se efetuaria o ataque às posições inimigas. Nesse dia em os três acampamentos se fizeram os últimos preparativos para a mobilidade das tropas, reunindo os meios de transporte nos pontos convenientes, completando-se o municiamento dos soldados e designando-se a cada chefe as funções que lhe competiam; sendo tudo excetuado com o mais vivo entusiasmo e boa vontade.

Fausto de Souza

Pelas 3h da tarde desembarcaram três praças de Imperiais Marinheiros para irem servir na artilharia do exército. Às 4h30 o almirante chegou trazendo o duque de Saxe e o ex-ministro Delamare para presidir ao famoso bombardeamento. Que horrível coincidência! É contra uma cidade brasileira que o duque de Saxe almirante brasileiro, vai lançar as primeiras bombas.

André Rebouças

RENDIÇÃO DE URUGUAIANA
18 de setembro de 1865

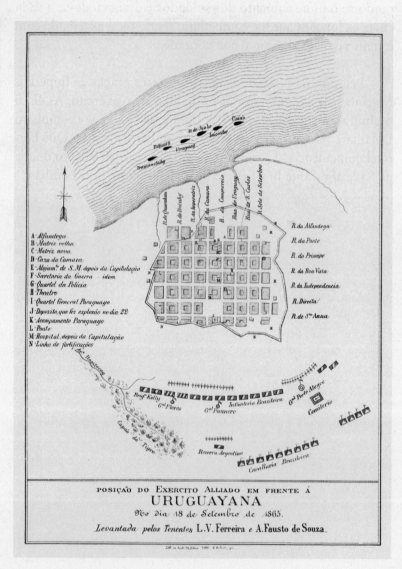

Posição do exército aliado em frente a Uruguaiana, mapa levantado por L. V. Ferreira e Fausto de Souza

No dia 18 de setembro de 1865, designado para o ataque dos paraguaios entrincheirados na vila de Uruguaiana, conforme as ordens do general em chefe o sr. barão de Porto Alegre, às 6h da manhã se achavam formadas em uma coxilha à margem esquerda do Imbaá todas as forças do exército imperial   Cônego Gay

18 de setembro — Efetivamente às 7h o imperador monta a cavalo. Sabem todos que é este o dia em que à força nos vamos apossar de Uruguaiana.   Conde d'Eu

Raiou finalmente o tão desejado dia! Ao toque de alvorada formou o exército brasileiro junto do arroio Imbahá e às 6h moveu-se em direção à cidade, tendo na sua frente, além do general em chefe barão de Porto-Alegre, um luzidíssimo esquadrão composto do imperador, o príncipe conde d'Eu, o ministro de Guerra, generais Caxias, Cabral, Caldwell e Beaurepaire, o Estado Maior do comando em chefe e a Comissão de Engenheiros. Chegando à coxilha fronteira à cidade aí fez alto por algum tempo, esperando que se lhe reunissem as divisões argentina e oriental; e ao aproximarem-se estas, os generais Mitre e Flores metendo a galope os seus cavalos, foram até o encontro do imperador, que, ao mesmo tempo era saudado pelas músicas e bandeiras dos batalhões aliados; depois do que, todo o exército, forte de 17.088 homens com 46 canhões, avançou para as linhas paraguaias.   Fausto de Souza

O cenário era então esplêndido. Ao numeroso grupo que seguia à frente, uniram-se ainda os generais aliados com seus ajudantes de ordens; as diferentes colunas rivalizando em disciplina e garbo, marchavam com a correção de ostentosa parada; multidão de estandartes das três nações, desfraldadas ao vento, mostravam suas brilhantes cores e franjas de seda e cetim, as bandas de música enchiam os ares de harmonias guerreiras e os corações de ardor musical; a artilharia rodava rápida através dos acidentes do terreno, como ansiosa de enfrentar com o inimigo; e quando, ao chegar ao dorso da cochila, se volvia os olhos para esse quadro imponente, iluminado pelos raios de fulgurante sol, como há muitos dias não esclarecia essas paragens, era intuitiva a convicção em todos de que, a tal exército não podiam os sitiados resistir, por mais exaltados que estivessem pelo fanatismo do seu supremo ditador, ou pelas fanfarronadas de heroísmo espartano do seu chefe Estigarribia.

Conde d'Eu

Os inimigos pareciam repartidos numa única fila por toda a extensão da trincheira, e o resto acumulado nos dois acampamentos do norte e do sul que poucos dias antes tínhamos observado do rio e que se achavam fora das duas extremidades da nossa linha. À roda da igreja, que aproximadamente correspondia ao centro argentino, não havia forças; e, o que mais admirava, as peças de artilharia do inimigo continuavam a estar invisíveis. Parecia que os paraguaios não tinham outro plano senão esperar na trincheira as nossas balas e depois as nossas baionetas e deixar-se matar como carneiros.

O vapor *União* chegara enfim do sul, de manhã, e desembarcara o batalhão de voluntários que se esperava; é o nº 4. Vê-se o batalhão avançar da margem, em massa compacta, e subir para onde nós estamos. Não tarda a chegar ao pé do imperador, e depois dos gritos de "Viva Sua Majestade o Imperador! Viva a Nação Brasileira!", entra em linha à esquerda da nossa artilharia.

Fausto de Souza

Minutos depois vimos também chegar o almirante Tamandaré com o duque de Saxe que estavam na esquadrilha; os quais dirigindo-se ao imperador, apresentaram-lhe duas cartas de oficiais paraguaios, entregues ao comandante de um dos vapores, declarando que, resolvidos a não pelejar contra os brasileiros, pediam que se os poupasse na ocasião do assalto, e indicavam os sinais que os fariam reconhecer. Esta comunicação era importantíssima, pois denotava que a indisciplina e o desânimo lavravam entre os sitiados; circunstância que, reunida às intenções pacíficas que observávamos nas linhas, davam-nos quase certeza de que os inimigos se entregariam sem resistência, quer o quisessem ou não os seus chefes.

Cônego Gay

Sua Majestade o Imperador interrogou o oficial, o qual disse que o exército inimigo em Uruguaiana estava reduzido à última desgraça e miséria, que mais da metade da tropa estava com vontade de se passar para nós, o que não tinham realizado por temor dos seus chefes, concluindo que, se Sua Majestade dilatasse o ataque para o outro dia, mais da metade do exército paraguaio se passaria durante a noite.

O aspeto formidável desse exército que, tendo à sua testa personagens do maior prestígio, apresentava grande arreganho e audácia; a pequena distância das trincheiras de seus adversários; o reflexo das polidas baionetas, espadas e lanças; o som das músicas de que, não obstante serem apaixonados os paraguaios, nenhum instrumento possuíam além de algumas cornetas e tambores; tudo isso parece ter acobardado e enchido de pasmo aos inimigos, os quais formados atrás de suas fortificações, assistiam silenciosos e imóveis a todas as manobras dos aliados.

Fausto de Souza

Por sua parte, o presidente da República Argentina assumiu em pessoa o comando do seu contingente, de sorte que o exército aliado forma como que três grandes divisões: 1ª, o exército de Porto Alegre; 2ª, os argentinos; 3ª, o resto do exército de Flores. Cada uma avança em duas colunas de infantaria com a sua artilharia ao meio, através das ondulações de verdejante planície e passa o Sauce, ou Salso, riacho que corre paralelamente ao Imbaá, a meia distância entre este e a cidade. Cai uma leve chuva e logo torna a fazer bom tempo.

Conde d'Eu

Preparado tudo para começar o combate, e de conformidade com o que fora anteriormente combinado, o general-em-chefe enviou por seu ajudante d'ordens, capitão Manoel Antonio da Cruz Brilhante, a intimação final aos inimigos, notificando-lhes que romperia o fogo e ordenaria o assalto, se dentro do prazo de duas horas, não se rendessem à discrição. Seguiu logo o capitão com uma bandeirola branca, e ao aproximar-se da praça subiu um oficial paraguaio, que recebeu a mensagem; e desde então toda a nossa atenção concentrou-se nesse lado da cidade, examinando os movimentos de oficiais e soldados, que perfeitamente distinguíamos nas suas linhas de trincheiras, e nas ruas que desembocavam em frente a nós.

Fausto de Souza

CARTAS
18 de setembro

De Porto Alegre a Estigarribia

Porto Alegre

A prolongação do rigoroso sítio em que se acham as forças sob o comando de Vª. Exª. deverá por certo tê-las convencido de que sentimentos meramente humanitários retêm os exércitos aliados em operações nesta província ante o ponto do território que Vª. Exª. ocupa.

Estes sentimentos que nos animam e sempre nos dominarão, qualquer que seja o resultado da guerra a que fomos levados pelo vosso governo, me obrigam a ponderar a Vª. Sª. que semelhante posição e estado de cousas devem ter um paradeiro, e em nome do imperador e dos chefes aliados anúncio a Vª. Sª. que dentro do prazo de quatro horas nossas operações vão começar.

Toda a proposição que Vª. Sª. fizer, que não seja a de renderem-se as forças do seu comando sem condições, não será aceita, visto que Vª. Sª. repeliu as mais honrosas que lhe foram pelas forças aliadas oferecidas.

Qualquer que seja, porém, a sua resolução, deve Vª. Sª. esperar de nossa generosidade o tratamento consentâneo com as regras admitidas pelas nações aliadas.

Deus guarde a Vª. Sª. — Acampamento junto aos muros da Uruguayana, 18 de setembro de 1865. — Barão de Porto Alegre. — Ao Sr. Coronel Estigarribia, comandante da divisão paraguaia em operações sobre o rio Uruguay.

Cônego Gay

Passadas as duas horas de prazo, mandou o comandante da praça pedir mais meia hora, porque estava em conselho de oficiais, resolvendo sobre a resposta que devia dar à referida nota: foi-lhe concedido.

De Estigarribia a Porto Alegre

Viva a República do Paraguay!

Antonio Estigarribia

O comandante em chefe da divisão paraguaia em operações sobre o rio Uruguay. A Sª. Exª. o Sr. Comandante em chefe do exército de operações na província do Rio-Grande.

Sítio em Uruguayana, 18 de setembro de 1865.

Com data de 13 do corrente dirigi uma nota a Sª. Exª. o Sr. Brigadeiro Mitre, general em chefe das forças aliadas, pedindo que se servisse mandar-me proposições para a rendição desta praça. Nenhuma resposta, tenho tido, apesar de meus veementes desejos de poupar sangue, porém agora que Vª. Exª. me intima sua última resolução, permita-me dirigir-lhe a que, em conselho geral de chefes e oficiais, tomei.

Vª. Exª. a achará junto a esta, na folha que a acompanha.

Deus Guarde a Vª. Exª. muitos anos. —

Antonio Estigarribia.

O comandante em chefe da divisão paraguaia oferece render a guarnição da praça da Uruguayana, sob as condições seguintes:

1ª O comandante da força paraguaia entregará a divisão do seu comando, de sargento inclusive para baixo; guardando o exército aliado para com ela, todas as regras que as leis da guerra prescrevem para com os prisioneiros.

2ª Os chefes, oficiais e empregados de distinção sairão da praça com suas armas e mais bagagens, podendo escolher o ponto para onde queiram dirigir-se, devendo o exército aliado sustentá-los e vesti-los enquanto durar a presente guerra, se escolherem outro ponto que não for o Paraguay, e devendo ser por sua conta conduzidos, se preferirem este último lugar.

3ª Os chefes e emigrados orientais que estão nesta guarnição ao serviço do Paraguay, ficarão prisioneiros de guerra do Império, guardando-se-lhes todas as considerações a que tenham direito.

Sítio da Uruguayana em 18 de setembro de 1865. —

Antonio Estigarribia.

Fausto de Souza   voltou o mesmo oficial paraguaio, com a resposta que entregou ao general-em-chefe, e por este logo passada ao imperador, que fazendo convocar os generais aliados, procedeu à sua leitura. O chefe paraguaio, esquecido do comportamento de Leônidas, e de toda a história militar dos tempos heroicos, declarava estar pronto a render-se sem combate, mediante três condições.

Conde d'Eu   Eram exatamente as condições que dezoito dias antes o inimigo tinha rejeitado. O imperador mandou reclamar a presença dos chefes aliados, que logo vieram, cada um seguido do seu numeroso Estado Maior. Todos se apearam, e os Estados-Maiores formaram à roda da conferência, na qual tomaram parte, além dos três chefes de Estado, o ministro, o Barão de Porto Alegre, e o Visconde de Tamandaré, que entrementes chegara.

Segunda carta de 17 de setembro das forças aliadas a Estigarribia

Muniz Ferraz   Os generais aliados concedem e admitem a 1ª e 3ª condições sem restrição alguma. Quanto à 2ª, admitem-na com as seguintes restrições:

Os oficiais de qualquer categoria se renderão, não podendo sair da praça com armas, sendo-lhes livre escolher para sua residência qualquer lugar que não pertença ao território do Paraguay.

Uruguayana, 18 de setembro de 1865, às 2h30 horas da tarde.

Pelos chefes aliados, o Ministro da Guerra do Império do Brazil Ângelo Muniz da Silva Ferraz.

A RENDIÇÃO

Fausto de Souza   Enquanto tinham lugar estas negociações, dava-se um fato inaudito e talvez único na história militar: a força inimiga que guarnecia a face da cidade, manifestava em altas vozes aos oficiais que acompanhavam o ministro brasileiro, que elas não combateriam e com a melhor vontade se entregariam. Desta sorte, a força paraguaia estava de fato rendida, antes que seus chefes (talvez ainda mais acobardados do que os soldados) tivessem assinado o ato que os constituía prisioneiros!

O ministro partiu para a cidade a levar estas condições; mas já não era tempo para negociações. A nossa cavalaria rio-grandense, como se sabe, nem sempre brilha pela disciplina. Logo que se soube que tinham ido parlamentares conferenciar com os inimigos, e que estes propunham render-se, a curiosidade, o desejo de ver de perto estes famosos inimigos, puderam mais que tudo. Primeiro oficiais e logo soldados se precipitaram para a trincheira, a despeito dos gritos de indignação do general Cabral. Por seu lado, os infelizes paraguaios, com certeza aterrados pela vista do exército que se estendia diante deles, reconhecendo que os nossos se aproximavam com intentos pacíficos e que portanto se lhes deparava meio de saírem de tão desagradável situação, entram a conversar com os nossos; daí a pouco deitam fora as armas, saltam o parapeito e montam na garupa dos cavalos dos nossos soldados. Em todas as direções se veem galopar cavaleiros rio-grandenses; cada um com um paraguaio na garupa. Ao ver-se tal coisa torna-se a curiosidade contagiosa: corremos todos à trincheira e vemos nossos infelizes inimigos debruçados com o ar mais filosófico que é possível, com as espingardas no chão atrás de si e a bandeira abandonada ao canto de um pardieiro. Aquilo que Estigarribia em suas altivas comunicações aos generais aliados intitulava "La División Paraguaia en Operaciones sobre el Rio Uruguai" cessara virtualmente de existir, justamente cem dias depois que entrara no Brasil, a 10 de junho.

Um outro fato ainda mais singular, seguiu essas declarações dos sitiados: muitos cavaleiros, paisanos e guarda nacionais, levados pela curiosidade de ouvirem o que diziam os paraguaios, tendo-se aproximado das trincheiras, um deles por gracejo ofereceu a garupa do cavalo àquele paraguaio que quisesse sair; no

Conde d'Eu

Fausto de Souza

mesmo instante, muitos largando as armas, saltaram os parapeitos e equilibrando-se nas garupas de outros cavalos cujos cavaleiros nisso consentiam, saíam a galope campo fora, sem oposição alguma da parte dos seus oficiais, que assistiam calados a esse abandono dos deveres militares!

Bernardino Bormann

Alguns cavalarios fogosos e não acostumados a dar a garupa, corcoveavam e estas cenas provocavam o riso, pelo receio que mostravam os paraguaios, agarrados à cintura dos ginetes rio-grandenses, para não caírem.

Mais de trezentos paraguaios, antes de concluída a negociação militar, estavam na nossa cavalaria, comendo *churrasco* frio que os previdentes ginetes traziam nos *tentos*.

Fausto de Souza

Desde então ninguém mais pensou em combate; e antes que houvesse regressado da cidade o enviado da aliança, os Generais Mitre e Flôres cumprimentavam o imperador pelo triunfo incruento que havia alcançado, assim como ao general barão de Porto-Alegre pela dignidade e perícia com que havia dirigido todas as operações.

*Resposta de Estigarribia
à segunda carta das forças aliadas*

Antonio Estigarribia

Comando da divisão paraguaia na vila sitiada de Uruguaiana, 18 de setembro de 1865.

O abaixo assinado aceita as proposições de V^a. Exª. o ministro da Guerra e deseja unicamente que Sua Majestade o Imperador do Brasil seja o melhor garante deste ajuste. A ele e a V^a. Exª. me confio e me entrego prisioneiro de guerra com a guarnição, submetendo-se às prescrições contidas por V^a. Exª.

O abaixo assinado espera que V^a. Exª. procederá imediatamente a ajustar com ele o modo como se deve efetuar o desarmamento e entrega da guarnição. — Deus guarde a V^a. Exª. — Assinado, Antonio Estigarribia.

Foi então que lhe trouxeram os dois chefes paraguaios, os quais, seguramente por se verem abandonados pelos soldados, entenderam que o melhor partido a tomar era virem pessoalmente implorar a clemência imperial. O coronel Estigarribia, chefe oficial da divisão, trazia quepe e uniforme azul escuro com gola e canhões encarnados, sem galões nem ornamento metálico. Figurava ter 35 anos; o seu rosto impassível indicava muito pouca inteligência. Contentou-se com uma só frase dita em voz baixa para recomendar-se à generosidade do imperador. O padre, que era, ao que parece, a verdadeira cabeça dirigente da expedição, chamava-se Duarte; poderia ter 40 anos; vestia batina e chapéu redondo. É a sua iniciativa que todos os testemunhos atribuem as atrocidades cometidas em São Borja e em Itaqui, e confesso que a cínica expressão do seu rosto inteiramente justificava esta suposição, também confirmada pelo terror que dele se apoderou ao ver-se no meio dos soldados brasileiros.

Não quis deixar o braço do general Cabral enquanto não chegou à presença do imperador, e foi com voz trêmula que fez uma pequena fala, que terminou por pedir ao imperador *protección para mi y la libertad de mi patria*. Ambas lhes foram facilmente prometidas, mostrando-se mais tranquilo; mas de repente o padre Gay (que desde pela manhã se juntara ao Estado Maior imperial), lança-se a ele, ameaça-o com o chicote e inunda-o com uma torrente de injúrias; foi preciso que alguns militares separassem à força aqueles dois ministros de Deus. Triste espetáculo! Esta cena acabou devido ao favor que, por sua erudição, gozava junto ao imperador o padre Gay.

Quanto ao indigno padre Duarte, alma danada da invasão, não lhe foi prestada atenção, recebendo ordem de recolher-se logo a bordo do *Onze de Junho*, pois que era grande o ódio que havia geralmente contra a sua pessoa.

Houve então um momento de confusão: cada um pedia que o deixassem entrar o mais depressa possível na cidade conquistada; mas o ministro não aparecia, e o imperador queria esperar por ele. De repente vemos avançar o primeiro dos batalhões argentinos que estavam parados, à nossa esquerda; ouviu-se então um grito único — "Os argentinos vão entrar antes de nós! Isto não pode ser!" e o imperador, cedendo, dirigiu-se para a cidade.

Entretanto tinha-se verificado que os nossos batalhões haviam passado para a frente dos dos nossos aliados, e resolveu-se que, antes de entrar na cidade, o imperador veria desfilar sem armas o exército inimigo, oficiais e soldados. Os chefes aliados, que, terminada a deliberação, tinham voltado a seus exércitos, foram convidados a tomar de novo os seus lugares ao lado do imperador; e então começou esse singular desfile

Cônego Gay

depois de terem entregue as armas, que eram recolhidas num depósito junto às mesmas trincheiras, saíram as forças inimigas desfilando a dois de fundo a formar em coluna cerrada para fora das muralhas, onde eram circuladas por nossas tropas.

Fausto de Souza

Querendo assistir a saída dos paraguaios, o imperador, seguido dos generais, aproximou-se das trincheiras e recomendando a moderação para com os vencidos, testemunhou até o fim, o ato de desfilarem a dois de fundo, depondo as armas em montes no chão, e indo em seguida reunir-se dentro de um grande quadrado, formado aquém da cidade, pelos nossos batalhões 11º de linha e 4º de voluntários. As duas primeiras bandeiras paraguaias que foram apresentadas ao imperador, foram por ele delicadamente oferecidas aos Generais Mitre e Flores, que agradeceram esta cavalheiresca atenção.

André Rebouças

Dir-se-ia uma procissão dos famosos habitantes da *Cour des miracles*; um levava um chapéu de senhora aberto; outro uma cadeira; outro panelas, todos sacos cheios de um milhar de cousas; mostravam uma satisfação e uma alegria, que em muitos era devida ao estado de embriaguez em que se achavam.

Conde d'Eu

Há homens de raça branca, como os há de raça indígena; porém na maioria são de raça mestiça. Estão evidentemente emagrecidos pela insuficiência da alimentação que tiveram durante o cerco; há entre eles, como entre nós, alguns que são ainda crianças; mas há muito maior proporção de velhos, de homens de barba grisalha.

Outro característico geral dos homens que estávamos vendo desfilar era a ternura infantil com que cada um parecia levar os objetos, muitas vezes incômodos e sem valor algum, que tinham roubado em Uruguaiana. Alguns, é verdade, iam carregados com sacos ou caixas, cujo conteúdo não podíamos ver; mas outros contentavam-se com uma cafeteira de folha ou com uma enorme panela; um tinha posto como chiripá um chale de senhora; outro apertava nos braços um guarda-chuva; um terceiro levava uma sombrinha de seda branca, aberta; quase todos levavam ferros de ponta aguda, certamente arrancados das grades das janelas e destinados a assar o churrasco. Cada soldado de cavalaria levava cuidadosamente à cabeça todos os seus arreios, incluindo um lombilho, muito semelhante aos dos rio-grandenses; e assim iam passando, um a um, curvados, com passo curto e apressado.

A evacuação da vila principiou às 4h da tarde e às 6 ainda saíam os invasores. Cônego Gay

Declarara Estigarribia, ao render-se, ter 5.013 praças de pret, ou, como se diz em espanhol, *"indivíduos de la classe de tropa"*, mas parece que novecentos tinham já desaparecido, na garupa dos cavalos dos nossos, ou de outro modo, nos primeiros momentos de confusão, porque a contagem só deu 4.113, além de 52 oficiais. Conde d'Eu

Perto do anoitecer ficou terminada a evacuação da praça, tendo sido anteriormente dadas as ordens para a distribuição do rancho às forças aliadas, ainda em jejum, assim como aos paraguaios, cujo físico bem demonstrava a necessidade que tinham de alimento, pois fazia dó vê-los, esquálidos, famintos e quase nus, olhando-nos com ar embrutecido e de humilde gratidão. Nós todos, vendo-os assim desfilar, nos sentíamos tomados de Fausto de Souza profunda compaixão por essas pobres criaturas, que assim se achavam, longe da família e de seus lares, à mercê da generosidade daqueles a quem eles haviam ofendido sem motivo, e unicamente pelo capricho de um tirano sem entranhas, só comparável a Nero, na antiguidade e a Rosas, nos tempos modernos.

Conquanto se avizinhasse a noite com rapidez, o imperador ansioso por visitar a cidade libertada, mandou abrir uma brecha em um ponto das trincheiras e entrando por ela, apenas teve tempo de percorrer algumas ruas e visitar o hospital, onde jaziam em completo abandono muitos paraguaios enfermos, para os quais ordenou que fossem logo chamados os nossos médicos militares, a fim de lhes prestarem os necessários socorros.

Dr. Xavier Azevedo

depois da rendição dessa vila, vimos os hospitais regurgitando de enfermos de moléstias infecciosas, os campos cheios de cadáveres, mal sepultados, nas trincheiras cavalos mortos, e em avançada putrefação. O prático achava-se no seio dessa infecção, que desenvolveu o tifo, a febre tifoide, o sarampo, a disenteria, a febre perniciosa, que flagelou os nossos soldados, que ocupavam a vila, sucumbindo muitos

Fausto de Souza

Todos os edifícios tinham sido mais ou menos arruinados; as portas, janelas, soalhos e forros, haviam sido arrancados para serem empregados na construção das trincheiras e das balsas; os móveis foram quebrados e consumidos como lenha; por toda a parte notava-se o cunho de ignóbil espírito de destruição. Em muitas casas que ainda guardavam vestígios de antigo tratamento e luxo, viam-se os tetos enegrecidos pelo fogo que acendiam nos pavimentos; e encontrava-se, espalhados pelo chão, pedaços de espelhos e de objetos de porcelana, teclas de piano, pés torneados, fragmentos de retratos e gravuras, copos e louças partidas; sendo muito curioso que só uma espécie de vasos merecesse escapar, pelo uso particular que lhes davam, os urinóis, que eram encontrados inteiros e contendo restos de comidas, indicando que tinham sido utilizados como terrinas ou sopeiras. Por toda a cidade sentia-se horrível fétido, que se exalava dos lugares onde estiveram acampados os paraguaios, os quais tendo a aparência de imundíssimos chiqueiros, conservavam insepultos muitos cavalos já em estado de putrefação; e mesmo cada casa era um foco de emanações deletérias, pois que, como um requinte de perversidade (dizem que praticado por ordem do padre Duarte) havia em cada cisterna ou poço das casas, um cão morto, um gato; peles de carneiro, ou couros em decomposição!

Os paraguaios feitos prisioneiros em Uruguaiana e que tocaram às forças argentinas e orientais foram incorporados a seus batalhões; porém, os que tocaram ao exército brasileiro ficaram confiados à guarda de alguns corpos nossos, porque Sua Majestade o Imperador não julgou conveniente incorporá-los às nossas forças. Apesar do bom trato e dos socorros que se lhes deu, bom número delas sucumbiram ao sarampo, ao tifo que grassava ao resultado de seus padecimentos.

Cônego Gay

Em a noite que se seguiu, pôde-se afirmar que ninguém dormiu. Intensa alegria reinava em todos os acampamentos pelo desfecho inesperado do sítio, pela capitulação sem sombra de resistência, sem o mínimo tributo de sangue, o que ninguém fora capaz de prever. Os generais aliados se congratulavam pela maneira feliz por que terminara essa fase da campanha; os oficiais, em grupos, nas barracas uns dos outros, comentavam os extraordinários acontecimentos do dia, calculando as consequências que deles resultariam para as operações subsequentes; quanto aos soldados, acercando-se dos grupos de prisioneiros e esquecidos totalmente da inimizade que lhes votavam algumas horas antes, davam expansão à sua curiosidade, muito natural, interrogando-os e procurando obter notícias e informações sobre o Paraguay e o ditador, assim como sobre os seus recursos e intenções relativos à guerra feroz e injusta que nos movera. O regozijo era, portanto, geral: e nem dele se excetuava o autor destas linhas, o único cujo sangue correra nesse dia, pois que quando fazia recolher as ferramentas dos sapadores, já depois da rendição, fora vítima de uma queda desastrosa do seu cava-

Fausto de Souza

lo, que o prostrou sem sentidos por muito tempo, resultando-lhe largo ferimento junto à fronte esquerda.

Silveira da Mota   O assédio e a capitulação de Uruguaiana, embora tenham sido incruentos, constituem um dos mais belos episódios da vida de D. Pedro II.

os dias

> Proclamação ao Exército — Pedro II
> Soldados!
> O território desta Província acha-se livre, graças à simples atitude das forças brasileiras e aliadas.
> Os inimigos renderam-se; mas não está terminada a nossa tarefa.
> A honra e dignidade nacional não foram de todo vingadas; parte da Província de Matto-Grosso e do território da Confederação Argentina jazem ainda em poder do nosso inimigo.
> Avante, pois, que a Divina Providência e a justiça da causa que defendemos coroarão nossos esforços.
> Viva a Nação Brasileira!
> Uruguayana, 19 de setembro de 1865.
> D. Pedro II. — Imperador Constitucional e Defensor Perpétuo do Brazil.

> logo no dia seguinte à ocupação reapareceram muitos habitantes; e as mulheres rio-grandenses a cavalo, com os seus chapéus de plumas, vieram ainda acrescentar novas cores ao espetáculo de desordem, que nesta cidade em confusão produziam os nossos uniformes e os dos nossos aliados. — Conde d'Eu

> 19 — Setembro — André Rebouças
> Fui depois do almoço visitar a mísera Uruguaiana. Estava toda cercada de uma ridícula trincheira, que até a cavalaria poderia assaltar. O fosso tinha de quatro a cinco palmos de largura, e três a quatro de profundidade.
> Por toda a parte viam-se canoas, balsas, jangadas e toda a sorte de meios para a fuga, alguns bem ridículos e ineficazes;

verbigratia uma escada com algumas tábuas amarradas em cima com tiras de couro (guascas), um gavetão em cima de duas pipas; uma gaveta de armário, forrada de couro. O que havia de melhor eram as canoas, construídas com as tábuas arrancadas dos forros e dos soalhos no mesmo modelo das que trouxeram do Paraguai.

Nas malas do cura e nas do chefe Estigarribia, em que se contara encontrar correspondência oficial da maior importância, só se acharam peças de seda, leques, joias etc.

Fausto de Souza

Todo o dia 19 foi consagrado às providências para a limpeza e desinfeção de alguns pontos da cidade: à distribuição dos prisioneiros pelas três nações aliadas; à arrecadação das munições e armamento. Dos prisioneiros, muitos quiseram alistar-se na 11ª legião paraguaia organizada pelo coronel Uriburu; os restantes foram divididos igualmente pelos aliados, tocando a cada um, cerca de 1.300. Os troféus da vitória consistiram em sete bandeiras, seis canhões, todo o armamento e correame, vinte carretas, alguns barris de pólvora e 231 mil cartuchos embalados; todos esses artigos foram também divididos em três partes iguais, à exceção dos canhões, dos quais tanto Mitre como Flores só aceitaram um como lembrança. A pólvora e o cartuchame recolhidos a uma casa perto das trincheiras, foram, alguns dias depois, destruídos por uma explosão casual. Quanto aos chefes submetidos, Estigarribia e os orientais haviam escolhido o Rio de Janeiro; o major Lopes e o padre Duarte, a cidade de Buenos-Ayres; e conforme lhes fora concedido, seguiram daí a poucos dias para esses pontos, acompanhados aqueles por um oficial brasileiro, e estes por um outro argentino.

Conde d'Eu

Tinham-se ajuntado as armas e munições dos paraguaios numa pequena casa de tijolo, e hoje estava um destacamento de prisioneiros a distribuí-los pelos exércitos aliados, sob a direção do coronel Magariños. Estavam a despejar-se as patronas, e dos cartuchos saía muita pólvora que ia caindo no chão. Por não sei que atrito, deu-se a explosão, que num instante incendiou toda aquela massa de cartuchos e destruiu parte do teto. Magariños, que estava à porta, foi arremessado ao chão, mas ficou apenas com a roupa chamuscada; e dez pessoas ficaram mais ou menos queimadas. Duas morreram logo, quase calcinadas: eram um cadete e um soldado brasileiros. As outras oito foram: um capitão oriental, do Estado Maior de Flores, um soldado brasileiro e seis paraguaios. Destas só se esperam salvar duas, que sofreram queimaduras parciais. Os outros infelizes encontram-se em horrível estado. Foi um dos mais dolorosos espetáculos que tenho visto, o dessas cabeças inteiramente enegrecidas pelo fogo e cobertas de sangue e os gemidos inarticulados que soltavam os desgraçados, enquanto os médicos os voltavam sobre o leito para lhes aplicar à roda do corpo o algodão e as ligaduras. Um dos paraguaios é apenas adolescente. O cadete brasileiro que morreu era também muito moço; parece que estava a servir no gabinete do ministro e acabara de chegar àquela casa com um ofício para Magariños, quando se deu a explosão!

A 18 de setembro renderam-se os inimigos paraguaios na cidade de Uruguaiana; essa notícia nos chegou no dia 20 do mesmo mês. Todas as bandas de música começaram a tocar simultaneamente; à noite houve grandes ágapes e assim festejamos durante três dias. Tudo isso foi promovido em regozijo da rendição dos doze mil paraguaios famintos.

Pedro Werlang, Concórdia

As tropas orientais voltaram à margem direita do Uruguay nos dias 21 e 22, seguindo-se depois as brasileiras que tinham vindo do acampamento da Concordia e finalmente as argentinas. Todas elas reuniram-se na Restauração, d'onde a 4 de outubro marcharam para Mercedes, ponto também para onde o general Osorio, com o exército aliado, se achava em marcha, pois, ele havia deixado o seu acampamento da Concordia, seguira para Curusu-Cuatiá, d'onde tomaria aquele destino.

Bernardino Bormann

Capítulo 5

SEGUNDO SEMESTRE DE 1865 ATÉ MARÇO DE 1866

Em que se conta da marcha das tropas brasileiras acampadas no Uruguai rumo ao território argentino; da saída das forças aliadas de Uruguaiana; da reunião destas forças nas margens argentinas do rio Paraná, próximo à cidade de Corrientes, defronte ao território paraguaio; da espera para a passagem do rio e consequente invasão do Paraguai; e da marcha de Taunay com as forças brasileiras de Uberaba, Minas Gerais, à serra de Maracaju, em Mato Grosso.

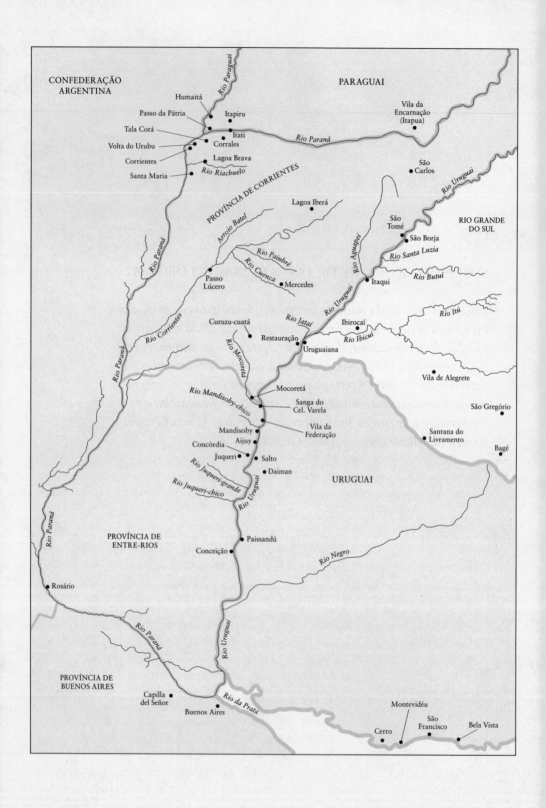

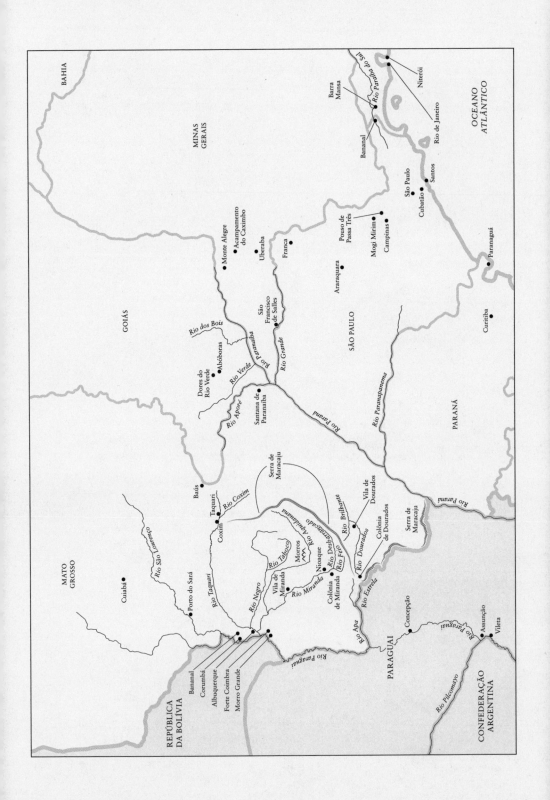

os dias

No Juqueri-chico meu regimento abarcou na encosta de uma coxilha, donde víamos, matizando de leve o campo amarelado pela crestadura das geadas, as manchas esbranquiçadas dos arraiais da Aliança, cujos fogões cavados no chão ou à flor dele, mal providos de lenha, demasiado escassa, além de úmida, desprendiam fumo sutil e quase tão branco quanto as alvas tendas salpicadas de gelo e irisando-se de leve aos beijos frios do triste sol de inverno. Os nossos canhões de bronze, limpos como ouro, não tinham o brilho vivo de fulgores radiantes, porque eram envoltos por tênue camada de orvalho. Estavam todos alinhados olhando mudos para o campo amigo.

Dionísio Cerqueira, margens do Juqueri-chico

A nossa demora foi de duas semanas, mais ou menos. Passamo-las açoitados pelos ventos frios dos pampas, zunindo nas guias das barracas, que mal podiam defender-se contra as rajadas violentas. Não raro a água amanhecia gelada nos baldes, e o faxineiro ia ao arroio buscá-la líquida para as nossas abluções matinais. De vez em quando ouvíamos algum soldado do regimento, composto de guascas em sua maioria, exclamar em tom de motejo aos camaradas do norte, quando as lufadas glaciais passavam gemendo: "mandai, Mãe de Deus, mais alguns dias de Minuano para acabar com tudo que é baiano".

Para eles o Brasil dividia-se em duas partes: — uma, muito grande e de bons ginetes, a que davam o nome de província; a outra — a Bahia — pequena, e de gente que não sabia montar a cavalo.

já no ano de 1865, corria célere por todos os recantos a notícia alarmante que o tirano Lopes teria feito uma incursão em

Nicolau Engelmann

nossa província do Rio Grande do Sul, perto de São Borja, com nove mil homens. Essa força, porém, já fora aniquilada quando lá chegamos. Muitos companheiros meus logo perderam a coragem quando viram o grande número de mortos no campo. Isso de nada adiantava; avançamos até São Borja, onde transpusemos o rio.

Alfredo Taunay, Campinas

Campinas, 18 de junho de 1865

Na véspera da partida sofri grande choque. Meu camarada que até agora ia muito bem, e em quem depositava confiança, desertou esta noite levando o meu animal, comprado por 230$000, no Narret! Faze ideia da minha aflição, tanto mais quanto o animal que eu tratava de engordar, com muito trabalho, estava lindo que metia gosto.

Alfredo Taunay, de Campinas a Mogi Mirim

E eis-me afinal, depois de horas de verdadeira angústia, a caminho, encontrando por toda a estrada vestígios da desordem que presidia a esta primeira marcha, soldados atrasados, cargueiros em disparada ou a pastarem ao lado de bagagens arrombadas, e fardos estripados, um mundo de mulheres e crianças por toda a parte, encetando às tontas penosa e longínqua viagem, carros e animais atolados

Jacob Franzen, capitão da Guarda Nacional, Capela de Sant'Anna

Em 30 de junho de 1865, o comandante do 11º Corpo de Guarda Nacional, major Augusto Loureiro ordenou que a 8 de julho comparecesse o pessoal de seu comando na capela de Sant'Anna. Nesse dia não compareci à revista porque eu era ainda soldado raso. Só apresentei-me a 16 de julho promovido a 1º sargento. Recebemos então um novo comandante, tenente-coronel Manoel José de Alencastro, que fez proposta para a nomeação de oficiais, na qual fui incluído isto em 14 de agosto de 1865, e nesse dia fui nomeado alferes e como tal marchei para a campanha.

Anfrísio Fialho, de Montevidéu a São Francisco

De Montevidéo seguimos embarcados até a margem do São Francisco, que fica perto de Paysandu. Aí vi chegar o batalhão de Zuavos da Bahia, composto exclusivamente de homens negros escolhidos. O aspecto dessa gente causou-me uma tal impressão, direi mesmo um tal entusiasmo, que fui imediatamente ao quartel-general pedir ao general Osorio que me encarregasse de instruí-los na esgrima de baioneta e consentisse que os comandasse na primeira ação em que tivéssemos de entrar.

Nossos valentes soldados habituavam-se às durezas daquela vida áspera, mas pitoresca, e, na verdade, cheia de atrações, suportando as contrariedades, de bom humor e cara alegre.

Dionísio Cerqueira

Fiz embarcar com destino ao Rio de Janeiro, cinco mulheres e três crianças das praças do corpo que já faleceram, a fim de que elas se recolham no Pará.

Albuquerque Bello, Concórdia

O Batalhão 11 foi unido ao Corpo da Paraíba por estar muito resumido.

cheguei ao novo acampamento às 8h da noite, bastante incômodo, e somente com cinco doentes, os outros ficaram pelo caminho por não poderem caminhar, dos quase muitos já estavam a expirar e não tive uma carreta para esse serviço!

Albuquerque Bello, de Concórdia a Aijuy

Reuni os doentes que ficaram ontem no caminho, e morreram alguns no campo sem o menor socorro.
Morreu também no caminho a velha Francisca, mãe do meeiro Sebastião.

Albuquerque Bello, Aijuy

Mudou-se o hospital do lugar em que estava por estar o terreno muito alagado; amanheceram hoje muitos doentes mortos dentro das barracas que estavam cheias d'água. As músicas dos corpos tocaram recolher no quartel-general.

Veio parte no quartel-general que três mulheres da 3ª Divisão tinham parido em marcha, que aperto!

Albuquerque Bello, de Sanga do Coronel Varela a Mocoretá

Quando o exército foi acampar junto da vila da Concordia (província de Entre Rios), já eu tinha deixado o contingente do

Anfrísio Fialho, Concórdia

batalhão d'engenheiros para ir comandar uma companhia no 1º Batalhão d'Artilharia a Pé, o qual estava sendo comandado pelo tenente-coronel Gurjão.

Nesse batalhão, como a bordo da *Bahiana* e em todos os corpos, discutiam os oficiais frequentemente sobre as coisas da guerra, e também ali não tardei a ser considerado como um pessimista.

Durante uma dessas discussões entre oficiais, vi aproximar-se do nosso grupo o comandante do batalhão. Vindo direito a mim, disse-me sem mais preâmbulos e com uma acentuação nervosa na voz: "Se eu soubesse que todos os meus oficiais pensam como o senhor a respeito do Paraguay, iria neste mesmo instante pedir ao general Osorio demissão do meu comando, porque em semelhantes oficiais não posso ter confiança".

Rodrigues da Silva, Daiman

Em São Francisco e no Daiman, proximidades do Salto, as tropas novatas e as antigas entregavam-se a continuados exercícios, conquanto as primeiras sofrendo imenso com a mudança radical do clima, da alimentação, mormente as procedidas do norte do Brasil.

Aí registramos baixas enormes, e os cemitérios atulharam-se.

Causava lástima ver como a disenteria ceifava impiedosamente.

Houve necessidade palpitante de suspenderem-se os exercícios diários e apressar a transposição do Uruguai.

Em dado momento, nos trasladamos à margem do Juqueri, penso, e atravessamo-lo para Concórdia, servindo-nos de uma ponte resultante da união de embarcações ancoradas no porto.

Rodrigues da Silva, Concórdia

Também nesse ponto, as nossas perdas pessoais se avolumaram.

Lembro-me ainda com mágoa que o infeliz Corpo de Polícia do Pará quase se extinguiu totalmente. As poucas praças que restaram foram incluídas em outros batalhões.

A esse tempo o inverno surgiu rigorosíssimo.

Larga foi a demora em Concórdia, despendida em sérios preparos para a travessia da República até a margem esquerda do Paraná, onde devíamos aguardar o momento de transpô-lo.

Nesta localidade recebemos grandes reforços e o exército já se apresentava bem numeroso. Avaliavam-no em perto de trinta mil combatentes, bem fardados, bem equipados, mas armados com as tais carabinas e mosquetões a Minié, de carregar pela boca com o auxílio indispensável da vareta que, uma vez desaparecida, impossibilitava a arma de funcionar, para servir-se o homem unicamente do sabre-baioneta.

Como se vê, um fuzil inconveniente, e, além de tudo, muito pesado.

No entanto, avantajava-se ao de pederneira, usado pelo inimigo.

O exército avançava vagarosamente, por não dispor dos meios próprios de condução do material, gêneros alimentícios, bagagens etc., vendo-se à inteira mercê de particulares que se encarregavam desses transportes e de fornecer os mantimentos e gado necessário ao consumo, o que tudo nos vinha de Buenos Aires, homens, coisas e animais.

Rodrigues da Silva, de Concórdia a Lagoa Brava

Hoje, eram os vapores de carga que encalhavam no Uruguai por falta de água; amanhã, o gado de corte que escasseava por magreza; no outro dia, a boiada enfraquecida pela dureza da estação invernosa, impossibilitava-se de conduzir a carretame; no outro, os caminhos intransitáveis. Em suma, os pretextos para as delongas abundavam, e assim foi que, só depois de trabalhosa e comprida jornada, conseguimos alcançar a Lagoa Brava, onde estacionamos muito tempo, aproveitando em exercícios frequentes e na reorganização do exército, porquanto os reforços aí recebidos diariamente eram importantíssimos, seis a oito batalhões de voluntários às vezes.

Os fornecedores estavam no seu papel, empenhando o máximo esforço em retardar o movimento do exército. Enriqueciam-se e enriqueciam a pátria, como se viu a olhos nus.

Comandante da Guarda Nacional da vila de Jerumenha, Piauí

a despeito dos esforços empregados, apresentaram-se apenas dez [guardas], recorrendo todos os mais à fuga, apoderados do pânico terror de que se acham possuídos os seus ânimos pelos boatos de guerra que a respeito do procedimento dos paraguaios propalam com feias cores, terror este que se tem desenvolvido não só nesta província como nas comarcas da província vizinha.

Cristiano Pletz, Lagoa Brava

Depois desses acontecimentos marchamos para Corrientes, chegando a Lagoa Brava, meia légua distante daquela cidade argentina, após mês e meio de marcha.

Em Lagoa Brava fizemos junção com o exército de Osório, que continuou marchando durante nossa expedição.

Em Lagoa Brava estivemos acampados durante dois meses, em exercício e descanso.

Francisco Joaquim Pinto Paca, tenente-coronel e comandante do 7º Batalhão de Voluntários, Ponte Alta

Acampamento do 7º Batalhão de Voluntários, em marcha, na Ponte Alta, 4 de agosto de 1865.

Ilmo. e Exmo. Sr.

Cumpre-me levar ao devido conhecimento de Vª. Exª. que ontem no acampamento dos meninos — sendo encontrado pelo ajudante do batalhão um soldado embriagado em uma taverna do mesmo acampamento e provocando desordem, mandou-o prender por duas praças e conduzi-lo ao corpo da guarda; e ao aproximar-se ao abarracamento da 2ª Companhia saiu-lhe à frente o soldado da mesma Francisco Manoel do Nascimento exigindo a soltura do referido soldado, com cuja audácia revoltando-se o mesmo ajudante, mandou-o também prender, a que se opôs o indicado soldado Francisco Manoel do Nascimento, não só com palavras insultuosas, como levando a sua audácia a ponto de desembainhar o sabre-baioneta e acometer o dito ajudante, correndo-lhe diversas estocadas, vendo-se assim o mesmo ajudante obrigado a desembainhar a sua espada para defender-se, o que visto da sua barraca pelo capitão Felicio Ribeiro dos Santos Camargo, saíra este em socorro do dito ajudante lançando mão de uma espingarda e dirigindo-se ao mesmo soldado, que se revoltou então contra o dito capitão, correndo-lhe também diversas estocadas, vendo-se assim também o mesmo capitão por sua vez obrigado a defender-se, e nessa defensiva deu-lhe com a coronha d'arma na cabeça, fazendo-lhe um leve ferimento contuso, que não interessou senão o couro cabeludo, mas que atordoando-o, fê-lo cair, conseguindo-se assim desarmá-lo e prendê-lo. Todo o ocorrido foi obra de poucos segundos. Convenientemente curado e vigiado o supradito soldado Nascimento, trato de proceder contra ele, nomeando um Conselho de Investigação para reconhecer e legalizar a criminalidade do facto, afim de responder a Conselho de Guerra, na forma das leis militares.

Até Uberaba, mesmo naquele ano de 1865, não havia sertão; todo o caminho tinha ao longo, à direita e à esquerda, mais ou menos próximas, casas, habitações e rancharias. Nelas tomávamos refeições às vezes bem abundantes e até de saboroso condimento, galinhas, ovos, lombo de porco, ervas à mineira, feijão-cavalo, arroz e farinha de milho.

À sobremesa, broas, bolos ou simplesmente rapadura, o que tudo pagávamos barato, mil, mil e quinhentos ou dois mil réis por pessoa. Frequentemente também comprávamos a umas mulheres velhas, gordas e barrigudas, umas espécies de pães-de-ló ou então sequilhos e um biscoito feito com ovos e conhecido por brevidade, de fato gostosos, e que deglutíamos com rapidez.

Alfredo Taunay, de Mogi Mirim a Uberaba

No dia 18 de julho chegamos à cidade de Uberaba. Quase quatro meses para vencermos 93 léguas, que tantas há entre Santos e aquele ponto!... Nesse andar, quanto tempo levaríamos para atingir Mato Grosso?

Ainda em Uberaba outra longa parada de 47 dias, não sei mais por que razão.

Alfredo Taunay, Uberaba

No dia da nossa entrada e da passagem da artilharia pela cidade, umas doze peças de calibre quatro La Hitte, escafederam-se nada menos de vinte guardas nacionais aquartelados havia mais de mês, pelo que as autoridades policiais impressionadas com a manifestação de tão inequívoco entusiasmo, ordenaram ficassem presos no quartel incomunicáveis os restantes, umas vinte e duas ou vinte e cinco praças.

Baldada providência! Escusado zelo! Todas as noites, um ou outro soldado se esgueirava quando não eram as sentinelas que fugiam todas, deixando as saídas perfeitamente francas a quem também desejasse safar-se.

O cirurgião da Guarda Nacional aquartelada andava furioso e debalde gastava eloquência, tentando comprimir e atalhar os contínuos acessos de terror da sua brava gente. Nada conseguiu e no fim de pouco tempo tudo quanto enchera o quartel havia-se evaporado, levando, por cima, o fardamento distribuído, utensílios de campanha, cantinas, cinturões e o armamento! A debandada fora completa, diremos até conscienciosa.

Alfredo Taunay, de Mogi Mirim a Uberaba

Que agradável emoção me causou a vista do primeiro *buriti*, um dos mais belos e ricos ornamentos do sertão! E para cá da margem esquerda do rio Grande umas cinco léguas. Marquei o dia e a hora em que meus olhos pela primeira vez pousaram naquela elegantíssima *Mauritia vinifera*. Entretanto, há ainda palmeira mais ostentosa, mais soberba, o *suaçu*, incomparável por um sem-número de razões, sem falar na folhagem prateada, por baixo, de maneira que, agitados os folíolos, por qualquer brisa, ao sol, o espetáculo é estupendo.

Albuquerque Bello, Aijuy

Faleceu hoje o tenente Fernando Martins Garrocho, foi para mim uma grande dor porque o Garrocho era um verdadeiro amigo; a sua morte foi geralmente sentida.

Azevedo Pimentel, de Concórdia a Gualeiguasito

Dia 7 de agosto — Formidável Pampeiro que levou pelos ares quase todo o abarracamento do exército. Caindo vento frigérrimo e chuva de pedra.

Dia 17 de agosto — Marchamos duas léguas além, indo acampar no Ayuy-grande ou campo dos Palmitos.

Dia 28 de agosto — Chegou ao acampamento à noite a notícia da derrota dos paraguaios em Jatahy.

Dia 30 de agosto — Deixamos Ayuy-grande e fomos acampar em Gualeiguasito, onde tivemos os primeiros dias de verão com um calor asfixiante.

Recebi cartas de minha mulher com data de 8 de julho; tive notícia da morte de meu primo e compadre João Chrysostimo. Escrevi à minha mulher e ao alferes Ferreira que está no Salto, e lhe remeti duzentos mil réis por intermédio do sr. Brabo fornecedor do exército.

Albuquerque Bello, Uruguaiana

O exército mudou o acampamento para junto deste arroio Mandisoby. Hoje pela manhã em marcha foi que encontrei meu camarada com a bagagem. Às 10h do dia um dos meus cavalos disparou e escangalhou toda a bagagem. Hoje Alfredo faz anos.

Albuquerque Bello, de Uruguaiana a Mandisoby

Dia 8 de setembro — Levantamos acampamento pela manhã descansando à noite em um sítio inóspito onde não havia água nem lenha.

Dia 9 de setembro — Continuamos a marchar, acampando ao meio-dia no Mandisoby.

Dia 14 de setembro — Prosseguimos até ao Mandisoby-chico.

Azevedo Pimentel, de Gualeiguasito a Mandisoby-chico

Constando-se que com Vª. Exª. haviam chegado alguns médicos e como neste exército haja deficiência deles, e alguns estejam doentes, por isso vou rogar a Vª. Exª. para dignar-se de dar suas ordens, a fim de que daí venham alguns para este exército, pois, além desta sensível falta, lutam os nossos hospitais com a de medicamentos.

Osório, ofício ao cirurgião-mor dr. Manoel F. P. de Carvalho

2ª — 18 de setembro de 1865
Dia bem triste para mim! O fatal dia da dissolvição do meu corpo! As praças foram incorporadas ao 6º de Voluntários. Concluíram-se afinal os desejos de meus inimigos. Fiquei junto do quartel-general-em-chefe. Quando fiz ler a ordem do dia dando publicidade a dissolvição do corpo, não foram só meus olhos que derramaram suas lágrimas, foram quase todos que estavam em forma! pobre gente! Depois de estarem no seu novo corpo, voltavam quase todos cada um de per si para fazerem as suas despedidas a mim, como um filho que se separa de seu pai; isto me tem comprazido o mais que é possível. Escrevi a minha mulher lhe dando parte deste terrível golpe, assim como ao presi-

Albuquerque Bello, Mandisoby-chico

dente do Pará; escrevi também a meu pai e lhe remeti pelo dr. Pitanga.

Alfredo Taunay, de Uberaba ao acampamento do Caximbo

De Uberaba seguimos rumo de noroeste, por meio de campos descobertos com vestígios de recentes queimadas, onde há, às vezes, belos capões, verdadeiros oásis de verdura, de onde quase sempre saem córregos e ribeirões.

Os sertanejos não se enganam. Sempre que avistam buritis sabem que por perto deve haver água.

Margem esquerda do rio Paranaíba, desenho de Taunay

Albuquerque Bello, Mandisoby-chico

4ª — 20 de Setembro

Faço hoje 38 anos. São 5h45 da manhã; acabo de fazer minhas orações a Deus por me ter conservado a vida até agora; pensava na minha família e nos meus soldados, quando o quartel-general-em-chefe toca o hino nacional, e todo o exército repete o mesmo e as [certas?] tocam alvorada; ainda não sei o que há de novo porque ainda estou na minha carpa e pessoa alguma me falou, a exceção do meu camarada Diogenes que me perguntou se quero café. O quartel-general toca debandar, porque o exército está em alarma; ouço agora os soldados dizerem que foi a tomada de Uruguayana.

23 — Setembro
Noite apenas fresca; manhã clara, muito bela e serena; dia de primavera, um pouco quente do meio dia às 2h da tarde.

André Rebouças, acampamento próximo a Uruguaiana

D. — 24 de Setembro
O Exército foi à missa em um altar em frente d'artilharia. Deu-se ordem para o exército marchar amanhã.

Albuquerque Bello, Mandisoby-chico

Desta vez é verdade, Uruguaiana cedeu, digo — os paraguaios cederam, e nós vamos guarnecer Uruguaiana; por isso sossega minha família. Vou entrar como vencedor, sem ter estado no sítio!

Miguel Freixo, próximo a Cachoeira

Esta vida material e estúpida de barraca me tem ou temo que me embruteça o espírito, por isso não repares nos erros, nos riscos e emendas desta carta. Se eu já não sei gramática... Que miséria!

P. S. Estes tratantes do Rio Grande são mais paraguaios que brasileiros. Falam que ninguém percebe e têm-nos uma gana a nós os filhos do Norte, que admira. Já me furtaram dois cavalos; esta noite não durmo, mas varo um guasca destes, ladrões! Quando voltar tenho muito que dizer destes canalhas, guascas!! Guascas!! A nós todos os nortistas eles chamam *baianos* — injúria que nós repelimos ou com pau ou os chamando *guascas* — epíteto que os dana.

2ª — 25 de Setembro
Às 5h da manhã o camarada aqueceu água em um fogo feito em bosta de boi, fez café que tomei; às 7h o exército se põe em marcha.

Albuquerque Bello, Mandisoby-chico

Dia 19 de setembro — Chegou ao Exército a notícia da satisfação dada ao Brasil pela Inglaterra, da chamada questão Christie. Houve salvas da nossa artilharia.

Azevedo Pimentel, Mandisoby-chico

Grande regozijo no Exército.

Dia 20 de setembro — Faustosa notícia da rendição de Uruguayana, a 18 desse mês, na qual capitulou toda a divisão de Estigarribia, em número de seis mil e tantos paraguaios, depondo o chefe a espada nas mãos do Imperador, que dirigia o cerco. Grandes festejos no acampamento.

Azevedo Pimentel, de Mandisoby-chico a Mocoretá

Dia 25 — Levantamos acampamento debaixo de um grande temporal; pernoitamos em uma estância velha e abandonada; choveu à noite.

Dia 26 — Seguimos a marcha, tendo à vista um campo interminável, verdejante, coberto de flores rasteiras, mas entremeado de amoroso, relva espinhosa que muito maltratou a tropa. Às 3h da tarde acampamos, depois de longa marcha, em Mocoretá.

Alfredo Taunay, Monte Alegre

Nosso estafeta que acaba de chegar trouxe-nos um telegrama de 2 de setembro que nos dá grandes esperanças. É a nova de uma vitória completa dos exércitos aliados sobre o inimigo.

Tal notícia, confirmada, deve mudar o aspecto dos negócios do Sul e precipitar os acontecimentos. Poderemos talvez augurar agora o fim da guerra, se os feitos de armas se sucederem sempre a nosso favor. Sentimos, no entanto, não termos um pedacinho da orelha do Paraguai a morder e não dar um golpe de mão de acordo com as proporções de nossa expedição.

Cônego Gay, em direção a Itaqui

Querendo se informar por si mesmo dos estragos feitos pelo inimigo nas vilas de São Borja e de Itaqui, Sua Majestade o Imperador, depois de ter assistido a um ofício fúnebre celebrado no dia 25 de setembro de manhã, pelo eterno descanso da alma do fundador do Império, Sua Majestade D. Pedro I, seu augusto pai, 31º aniversário do seu passamento, Sua Majestade o Sr. Pedro II embarcou a bordo do vapor *Onze de Junho*, que tinha as insígnias do Exmº. Sr. Almirante Visconde de Tamandaré, com o fim de seguir para Itaqui e São Borja.

Conde d'Eu, Itaqui

Às 7h30 da tarde ancoramos defronte de Itaqui, onde só brilhava uma luz. Tinha-nos o *Tramandaí* precedido para fazer lenha para si e para nós, porque o carvão é luxo ignorado na navegação fluvial destas paragens.

Muitas casas têm ainda portas e janelas hermeticamente fechadas, pois os moradores estão ausentes desde a invasão. Outras foram arrombadas e saqueadas; os tristes restos das mercadorias jazem em desordem pelo chão. Não foi, contudo, a devastação tão geral como em Uruguaiana.

Dá-me sempre grande prazer a vista de uma bela vegetação. Professam os rio-grandenses opinião oposta. Se a um deles elogiardes a beleza de algumas árvores que interrompem a monotonia da sua campina e lhe disserdes que é "bonito mato" ou "bonito capão" (termo rio-grandense que significa bosque), responde-vos: — "Isto é muito feio; mais para diante é mais bonito: lá não tem mato nenhum: é tudo bonito, tudo capim, tudo chão".

3ª — 26 de Setembro
Às 9h o general mandou tocar alto, sentamo-nos todos inclusive ele nos capins do grande campo que parece um oceano.

Albuquerque Bello, de Sanga do Coronel Varela a Mocoretá

Este trabalho nos prenderá aqui, creio, que até terça ou quarta. Aproveitamos este atraso para levantar o mapa, não somente hidrográfico, do rio até a sua curva mais pronunciada do lado sul, como também o mapa topográfico da freguesia. O interesse desses trabalhos reside unicamente na precisão topográfica destes lugares tão longínquos e tão pouco conhecidos.

Alfredo Taunay, margens do Paraíba

no dia 27 à noite, desembarquei em Cachoeira e, na mesma noite, armei barracas com o batalhão que já se achava acampado em frente a Cachoeira.

José Campello, Cachoeira

Acampamento do Batalhão nº 36, meia légua distante de Cachoeira,
29 de setembro de 1865.
Mundico:
Escrevo-te no meio de uma algazarra infernal. Pelo lado da

Miguel Freixo, a meia légua de Cachoeira

barraca passa-me, em exercício, o Batalhão em coluna de marcha; em frente joga o Barreto o gamão; na retaguarda os malditos cornetas no ensino; risotas, batidos etc. etc.!!

Demorei-me na cidade de Rio Pardo uns doze dias, mas lá não te escrevi, nem à minha família, porque, apelando de um dia para outro, esperava receber cartas tuas e de meu pai. Ainda não recebi uma só carta do Maranhão; talvez que a vocês aconteça o mesmo. Eu escrevo sempre e estou certo que vocês fazem outro tanto, e estou satisfeito.

O meu Batalhão de 380 praças está reduzido a 210?... O alferes Tancredo Serra do 35º morreu; o Fabrício está à morte; os outros oficiais ou doentes ou nas províncias, longe; é uma calamidade que faz desanimar o mais intrépido. Eu, graças a Deus, tenho sido poupado; só tenho uma defluxeira incômoda.

Meu Mundico, não te posso ser mais extenso, porque te escrevo de cócoras, fazendo da mala mesa. Escreve-me sempre, posto que as tuas cartas ainda me não tenham chegado às mãos. Olha para minha família, substitui-me. As verdadeiras amizades são raras, mas nós somos amigos.

Dá lembranças às famílias do Mendes, Perdigão, G. Pereira, José Ribeiro (meu tio), Fernandes, e a todas as moças bonitas de quem eu gosto e à todas as que gostam de mim, assim como às indiferentes.

<small>Albuquerque Bello, de Mandisoby a Mocoretá</small>

Na marcha o general apeou-se e pegou um tatu que viu dentro de uma moita de capim; há muitas perdizes nestes campos.

<small>Azevedo Pimentel, estância Esperisito</small>

Dia 5 de Outubro — Continuou-se a marcha, havendo um grande alarma, pois o nosso piquete que fazia a vanguarda observou em sua frente grandes colunas de poeira.

Parou então o piquete e voltou a comunicar ao exército, que vinha em marcha lenta a uma légua atrás.

O general mandou tocar alto e reunir e a soldadesca, ávida para medir-se com o inimigo que não conhecia ainda, arrojou-se para a frente em uma impetuosidade indescritível, dando es-

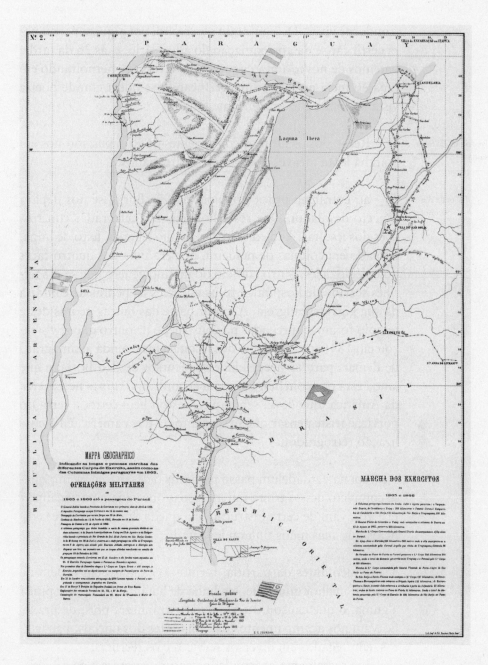

Mapa geográfico indicando as longas e penosas marchas dos diferentes corpos do Exército, assim como as das colunas inimigas paraguaias em 1865, por E. C. Jourdan

trondosos vivas. Descansando o exército, um piquete partiu para certificar-se da aproximação do adversário, e, às 2h da tarde, batemos de novo, a marcha forçada, até às 6h, pernoitando em uma estância no Esperisito, verificando-se que a grande poeira vista ao longe era uma enorme boiada.

Rodrigues da Silva, saída de Concórdia

Recebidos os últimos contingentes do Rio, pusemo-nos em marcha lenta através dos campos entrerrianos.

Conde d'Eu, São Borja

ao entrar na praça principal de São Borja, se nos depara aspecto desolador. Que resta hoje das tão celebradas construções dos jesuítas? Um edifício muito sujo e baixo, feito de taipa, apoiado em colunas de madeira, que era uma das quatro faces do colégio deles, outro edifício do mesmo gênero que se diz ter--lhes servido de hospital, e só os alicerces de pedras de cantaria da sua gigantesca igreja. A maior parte das outras pedras deste templo foram empregadas na construção de outro que se começou em 1846, menor que o dos jesuítas, mas, ainda assim, grande demais para as necessidades e recursos de São Borja, e que ainda está por concluir. Faz pena encontrar já ruínas nesta terra da América, que devia ser, e que é, estou bem certo, a terra do porvir; é triste pensar que neste canto da terra americana a civilização retrogradou.

Foi na verdade um passo para trás o desaparecimento quase completo desses trinta mil indígenas que viviam pacificamente e gozavam de certa instrução, e a queda dos imponentes edifícios que suas mãos tinham levantado.

Rodrigues da Silva, saída de Concórdia

Pouco antes da partida, formou o exército em ordem de marcha, melhor uniforme, em linha de batalha, sem faltar praça alguma, o que causou determinada estranheza, pois, de praxe, ficavam nos acampamentos os camaradas dos oficiais, bagageiros, empregados em diversos serviços e os recrutas.

Em semelhante ordem de formatura, compreende-se, a extensão ocupada no terreno orçava por muitos quilômetros, tanto mais que os argentinos e orientais concorreram igualmente.

Soube-se logo que a exibição da totalidade da força aliada, em argumento constante, tinha por fim provar ao general Urquiza, marombeiro velho, quais os elementos de que dispunha a aliança para levar com êxito a guerra ao Paraguai.

O célebre caudilho, governador de Entre-Rios, influência política na sua terra, espantalho do governo de Buenos Aires, havia reunido tropas para auxiliar López na contenda, e não acreditava na nossa pujança. A revista solene, porém, a que passou em companhia do ministro brasileiro Otaviano de Almeida Rosa, o general-em-chefe Emilio Mitre e general Osório, o levaram a recuar do propósito de dissolver os seus adeptos mobilizados.

O perverso tiranete arrojado, como todos do seu padrão, sucumbiu ao bacamarte compatriota.

São Gabriel, 24 de outubro de 1865

Miguel Freixo, São Gabriel

Salve! Três vezes salve o grande e mui faustoso dia 24 de outubro!!... Cem tiros da mais pura pólvora o saúdem nos canhões! Salve o dia de meus anos! Salve!

Nem uma palavra de tristeza, embora a saudade me... Mau! mal prometo vou faltando!

Que tu e tua família gozeis saúde é uma das coisas que contribuem para o meu bem-estar; por isso estimo muito; assim, estás bom? Folgo muito.

Em falta de matéria, vou dizer-te como festejo hoje os meus anos: às 5h da manhã, o corneta tocou a mais melodiosa alvorada, que jamais tuba alguma solfejou. Acordei. Gelava que fazia medo, frio de matar dez. Mal acordo, repete a corneta os sons, não suaves, mas sim ásperos e rouquenhos: Desarmar barracas e levantar acampamento!

Mundico, não podes calcular quanto me custa levantar assim, bruscamente, num dia de frio. Não há lã que resista; pois, olha, sou um dos mais valentes para o frio; como eu só o major José Luís. Bem. Monto, formo a companhia que comando e com o Batalhão sigo a marcha.

Às 8h o Nina apresenta-me o almoço. Sabes de que se compõe? Não te rias! De churrasco e farinha seca, tudo dentro de um bornal tão preto e imundo que faz arrepiar a pele ao janota mais mimoso dessa cidade. Tão porco como a saia da cozinheira mais desleixada, da tasca mais imunda. Afinal almocei como um frade, bebi água num cantil de soldado, e enquanto a almoço, disse.

Vamos ao jantar, e conquanto ainda agora seja meio-dia, já te posso dizer de que é feito. Há diferença do almoço, que foi churrasco e farinha; agora não, é farinha molhada e churrasco! Oh! Churrasco divino e saboroso, como te aprecio e amo!... E assim passado é o dia. Tu lá por mim que bebas um copo de vinho. Note-se: o almoço foi servido em cima do cavalo, andando; a mesa era o capote; o talher, o que Deus nos deu.

Dionísio Cerqueira, de Concórdia a Mocoretá

Desde Concórdia ao Mocoretá dir-se-ia que o Pampeiro da destruição varrera para longe os vestígios da civilização ainda rudimentar, então, daquelas paragens. Tudo era deserto e a paisagem desolada. Nem uma casa habitada, nem tapera abandonada que ao menos nos dissesse que outra gente ali vivia. De longe em longe, raramente, como baliza solitária, aparecia, no horizonte, o perfil, desmaiado pela distância, de um pé de *umbu*, árvore amiga do gaúcho, cuja sombra o abriga do sol nas sestas nos dias quentes do verão e o protege das chuvas que corta nas noitadas frias do inverno.

De vez em quando, tínhamos pela frente um banhado extenso que passávamos dificilmente, às vezes quarteando as viaturas. Não era raro atolarem-se carretas do nosso pesado transporte.

Albuquerque Bello, de Mandisoby-chico a Mocoretá

A viagem do Mandisoby-chico até aqui, é a mais bela possível; é um lindo campo, não há um só arbusto, é o mesmo que o oceano, as colinas e a oscilação dos capins pelo vento, representam as ondas; o horizonte é o mesmo que no mar; as manadas de cavalos e bois, nem todos reconhecem o exército em marcha, e ficam a distância de sessenta passos muito espantados, mas em uma posição muito elegante, reparam algum tempo como atraídos pelos toques, e depois disparam a toda carreira.

Nesse acampamento do Caximbo assisti, num domingo, a uma missa campal, que me produziu grande emoção. Não pude reter as lágrimas quando, formadas as forças em semicírculo em redor de uma barraquinha ornada de folhas de palmeira, romperam, ao levantar-se a hóstia, símbolo de suprema humildade, romperam todas as músicas, o Hino Nacional, e cornetas, clarins e tambores tocaram marcha batida em continência ao general-chefe, ao passo que a artilharia salvava!...

Mil pensamentos de ordens mui diversas tumultuaram-me na mente, sem exceção da lembrança pungente, lancinante da casa, de meu pai, de mamãe e da nossa vivenda, tão calma, da Rua do Saco do Alferes... Exatamente, por esse tempo, recebi carta, anunciando-me que tal nome havia sido pela Câmara Municipal trocado para outro bem mais pomposo de Rua da América.

É incrível a tal respeito — como incidentes tão pequenos, tão insignificantes, se gravaram fundo na minha memória; mas bem me recordo do prazer especial com que escrevi o novo endereço, em lugar do feio Saco do Alferes, que me era antipático desde criança.

Alfredo Taunay, acampamento do Caximbo

Passei hoje com o quartel-general, o rio Mocoretá, e ficamos acampados junto à margem esquerda do mesmo rio; passamos em um pontão de borracha e os cavalos a nado.

Albuquerque Bello, Mocoretá

À beira do rio enormes árvores se debruçam sobre as águas, por vezes colossais, servindo de poleiro a um número incontável de aves. Arapongas fazem ruído enorme por todos os cantos. Um soldado nosso camarada, ótimo caçador, num instante trouxe-nos uma enfiada de aves entre as quais diversas jacutingas, caça finíssima.

Alfredo Taunay, Pouso de Passa Três

Sempre que o *11 de Junho* dá fundo o Almirante vai uma, duas e mais vezes à terra; é rara a vez que não dá uma canelada ou não lhe acontece qualquer outro acidente: ontem à tarde disparou-lhe uma espingarda de caça na mão ferindo-lhe um dedo e matando quase um soldado, que fazia lenha; hoje caiu em um lamaçal ao saltar no mato de um tronco. Apesar de sofrer de

André Rebouças, a bordo do 11 de Junho

uma dupla quebradura, não perde ocasião de mostrar sua agilidade e andar como os moços mais ativos.

O Almirante Tamandaré é dotado de um apetite juvenil, apesar de uma atonia de estômago, que o faz emitir muito ar depois do jantar; é, porém, muito moderado no beber.

Miguel Freixo, São Gabriel

Chegamos às 10h de hoje, à cidade de São Gabriel, em cuja frente acampamos. À tarde irei por lá e o que houver de notável te direi.

Eu já posso falar duas horas sem que tu me entendas; já sou um guasca perfeito. Estou fazendo um dicionário desta linguagem. Adeus.

Alfredo Taunay, Monte Alegre

Até agora nada de notável atrapalhou-nos, a não ser os casos de varíola que nos acompanham desde Campinas, mal trazido do norte pelo Corpo de Artilharia do Amazonas.

Este pequeno contingente de 63 homens apenas chegou a Campinas reduzido a um terço e hoje deles só restam os oficiais e três ou quatro soldados que tinham sido vacinados.

Dionísio Cerqueira, de Mandisoby a Mocoretá

Do Mandisovi seguimos para o Mocoretá, afluente do Uruguai, que serve de linha divisória entre as províncias argentinas de Entre Rios e Corrientes. Para os lados do Paraná, o rio lindeiro é o Guaiquiraró.

Era raro dormirem os animais à soga, porque não só pasto nos acampamentos facilmente se destrói com o caminhar da gente, como naquela estação, as geadas crestam-no.

Preferiam mandá-los para o pastoreio, apesar das frequentes disparadas. Quando era dia de marcha, pela madrugada alta, nos levantávamos para pegar os cavalos. Às vezes o frio era tão intenso que nos entorpecia as mãos; e recorríamos aos dentes para auxiliá-las em apertar a *cincha*, puxando com eles o *látego sovado* e cheio de *graxa*.

Uma noite dormia debaixo de meu armão. Despertei ao estrépito de uma cavalhada que se aproximava em disparada e à vozeria dos soldados que descreviam com tições dos pequenos fogos, rápidos círculos luminosos. Alguns saltaram em *pelo* nos cavalos presos a longos *maneadores* e em gritos reuniram-se aos camaradas que corriam à rédea solta na frente e nos flancos da coluna desencabrestada e tumultuosa, procurando desviá-lo do rumo que levava.

Passaram rápidos como sombras pela frente do regimento e perderam-se na escuridão. A alarida dos homens, confundindo-se com a estrupida da cavalhada desfez-se no silêncio da noite; e o acampamento voltou ao sono reparador, perturbado por eles.

Mostrando hoje ao Cadete Jacinto Ferreira da Silva, empregado no quartel-general, o retrato da minha família e o meu diário, gostou muito da primeira parte, isto é; da declaração que faço legando a minha mulher e meus filhos, unicamente meu nome! Albuquerque Bello, Mocoretá

Meu camarada, o que escolhi em Campinas após a deserção do infame Soares, montando minha mula Dona Branca, é um bom sujeito. Até agora tem-se mostrado cheio de zelo e força de trabalho. Toda a minha roupa lhe é confiada e graças a ele ainda nada perdi. Alfredo Taunay, Monte Alegre

Uma faixa de mato rarefeito orlava as margens do Mocoretá, que ali não tinha grande largura. Não obstante a Angustura, o trem de pontes, a cargo do batalhão de engenheiros, era insuficiente para a construção de uma que fosse de riba a riba. Lançou-se um cabo de vaivém, e quem não podia cruzar a nado, passou em balsas construídas sobre pontões de borracha. Dionísio Cerqueira, Mocoretá

Depois de ter passado o Inhanduí tivemos duas agradáveis distrações. Foi a primeira o encontro de uma brigada de cavalaria de cerca de oitocentos homens, que vai de Bagé para Uruguaiana. É comandada por um coronel vulgarmente conhecido pelo nome de Severo. Tendo nós já diante de Uruguaiana cinco mil homens de cavalaria, para que se lhes vai juntar mais uma brigada, principalmente agora que lá não há mais inimigos? Não Conde d'Eu, próximo a Alegrete pude deixar de perguntá-lo. Responderam-me que era um reforço de cavalaria que pedia o general Osório, comandante do exército do Sul. Esta cavalaria é mais brilhante que toda quanta eu por ora tenho visto na província. Pelo menos, anda regularmente vestida, toda de encarnado; e a farda larga dos oficiais, de pano escarlate com gola de veludo preto, é elegante. Os cavalos são também melhores que os das divisões de Canabarro e Jacuí.

Os chapéus redondos têm em geral a inscrição "Voluntário Bageense". Pouco adiante tivemos ainda melhor encontro: a brigada de infantaria denominada de Fontes, que a 3 de setembro deixáramos em São Gabriel. Está porém, reduzida a três batalhões, 19º, 24º e 31º de Voluntários, porque o coronel Fontes foi destacado para São Borja com os outros dois (o de artilharia e o 29º). O resto da brigada passou a ser comandado pelo coronel Argolo Ferrão, excelente oficial que a mantém com o efetivo de 1.200 homens (porque os dois batalhões separados eram justamente os mais fracos), reduziu a catorze o número dos terríveis carros de bois e consegue que os homens pequenos do Norte marchem cinco léguas por dia! Entretanto a cavalaria do coronel Severo declarava não poder andar mais de duas léguas por dia! Parece incrível!

Dionísio Cerqueira, cruzando o Mocoretá

Acima do ponto onde o cabo de vaivém funcionava, havia um passo bastante correntoso. Por ele passou meu regimento. Foi um dia, para mim, de impressões festivas. Quando um *baiano* se mete a gaúcho, não há quem lhe tome a dianteira. O imitador porfia sempre por ir além do original; copiando, não raro, mais os defeitos do que as grandes qualidades. De calças arregaçadas até os joelhos e coturnos presos aos *tentos* da garupa, entrei no arroio de margens resvaladias e revolto pela gente que o atravessava, de envolta com a cavalhada. Tinha as pernas encolhidas à altura das abas do *lombilho*. De repente senti o reiuno afundar-se e sair adiante bufando, de canilhos inchados, ofeguento, com as narinas dilatadas e a cabeça levantada. Dei-lhe a mão, agarrei-me às crinas prolongando-me do *lado de laçar* e bracejando, nadei também, para aliviar a carga. O nado foi curto e quando o cavalo pôs os pés em terra, já o encavalgava, aprumado, molhado e satisfeito. Do outro lado do passo, estava o velho Mallet, também sem botas, fumando o inseparável cigarro de palha, forte de tanto sarro, ereto no seu grande cavalo escuro.

A água era fria e dava-me uma sensação de bem-estar indefinível. Aquela mata rarefeita, de paus retorcidos, a soldadesca que passava contente das suas fadigas pela pátria... tudo parecia partilhar da minha alegria. Meu cavalo adelgaçado estava mais vivo e ligeiro e eu preso aos arreios molhados já me imaginava tão bom ginete como os meus camaradas rio-grandenses, que não têm superiores nos beduínos de Hedjaz nem nos zaporogas da Ucrânia.

Muitos deles haviam substituído as calças por *chiripás*, outros não as tinham, e alguns, por atavismo, estavam até sem camisa, com *cueios* transformados em folhas de videira. Nenhum dos *bois de botas*, porém, deixava de ter em volta ao pescoço — o *pescocinho de sola*, que o nosso comandante nunca dispensava. Para o grande velho, como para outros bons chefes daquela época, a gravata de couro era essencial ao uniforme militar; era a peça substancial que dava ao soldado garbo e tom marcial, aprumando-o com mais altivez e fazendo-o olhar de cabeça levantada aos regulamentares vinte passos de distância.

Esta tarde os soldados da escolta apanharam muitos ovos de ema inteiramente amarelos, que logo foram furados e cuidadosamente acondicionados para com eles se ornarem os aposentos do Rio de Janeiro.

<small>Conde d'Eu, casa da sra. Cunha, a caminho de Santana do Livramento</small>

Convém notar aliás que quase todos os estancieiros desta zona do norte do Estado Oriental, são brasileiros. É este um grande mal, em primeiro lugar porque são braços que o Brasil perde, para irem trabalhar em terra estrangeira; mas sobretudo porque esses brasileiros se filiam com paixão nos partidos em que anda dividida a República Oriental (atualmente no partido "colorado") e conseguem, com os seus clamores, arrastar o governo brasileiro a intervir nestas dissensões, como infelizmente se viu o ano passado. Se perguntardes a esses filhos do Brasil por que motivo deixam a paz da sua terra natal para virem meter-se

<small>Conde d'Eu, Santana do Livramento</small>

num Estado entregue a contínuas desordens, responderão que no Estado Oriental o terreno é mais favorável à criação de gado. Nisto não creio: com exceção de um pequeno número de vales arborizados do lado brasileiro, que não passam de um fato isolado, é idêntico o aspecto do solo dos dois lados da fronteira. O que atrai esses emigrantes é o ser tudo mais barato do lado de lá, por ser o regime aduaneiro dos nossos vizinhos menos restritivo que o nosso.

Alfredo Taunay, margem do rio dos Bois

Ouvi os curiosos latidos das ariranhas, grandes lontras de que há muita abundância nas margens do rio. Dizem que quando aos bandos são temíveis para o homem a quem atacam estraçalhando-o como se fossem uma matilha de ferozes cães de caça. Contaram-me que os próprios jacarés receiam as ariranhas que até zombam das piranhas. São formidáveis mergulhadoras e pescadoras e o seu couro apreciadíssimo pelos sertanejos.

Peixes dos rios de Mato Grosso, desenho de Taunay

Temos sempre em nossas mesas os melhores peixes: os dourados do tamanho das garoupas grandes, piracanjubas iguais às deliciosas enchovas que tanto apreciamos. Já se pescou um piau que tinha sete palmos de comprimento e quatro de largo: os surúbis são ainda maiores. O rio é muito piscoso mas já nele se encontram algumas piranhas, tão perigosas e vorazes que em poucos momentos devoram um boi.

Celebre-se, pois, e celebre-se com ruído, a rendição da Uruguaiana; mas, por honra do Brasil e dos seus aliados, não se queira elevar até a categoria de uma epopeia aquele feito militar, considerado de per si.

Éramos ali quatro contra um; e tínhamos à nossa frente generais e generalíssimos, os primeiros vultos políticos e os primeiros capitães da América do Sul. O odioso inimigo só tinha por si a espada e o nome obscuro de um Estigarribia.

Estávamos dentro de nossos muros, inteiramente desassombrados; e ele o invasor cercado por terra e por água, já quase vencido pelas moléstias e pela fome.

> Visconde do Rio Branco, ministro plenipotenciário do Império

Antes de chegarmos ao acampamento o general para um pouco à espera da infantaria; apeei-me e amarrei o meu cavalo em uma árvore, e tendo aparecido um bando de porcos, os soldados saíram com bolas e foram pegá-los, e sucedendo balearem meu cavalo que estava perto dos porcos, o cavalo disparou e só uma hora depois foi que um soldado da Cavalaria me o trouxe com os arreios todo estragado.

> Albuquerque Bello, de Mocoretá a Bela Vista

Tem aparecido hoje grande quantidade de veados e avestruzes no acampamento e tem sido um divertimento ver os soldados atrás d'eles para pegar com bolas.

Ao entrar do sol apareceu a lua com a metade eclipsada.

Temos ordem para levantar amanhã ao toque de alvorada.

Marchamos às 5h da manhã e acampamos às 8h30 da manhã no lugar denominado Canhada del Laranjito, de onde levantamos às 2h e acampamos às 5h30 da tarde no lugar Sanga de Mocoretá; eu cheguei alguma cousa incomodado pelo grande sol que levei n'essa viagem; muitos soldados caíram no campo desfalecidos.

> Albuquerque Bello, de Bela Vista a Sanga de Mocoretá

> **Albuquerque Bello, Concórdia**

Chiquinha o que estarás pensando agora? Em teu marido não é assim? Tens coração cá, e eu tenho o meu aí junto a ti, só tenho o corpo e nada mais; não vivo, porque sem tu não posso viver. São 2h da tarde, a esta hora tu deves estar jantando rodeada de teus filhinhos; meu coração assim me diz e me mostra um aljofre caindo dos teus olhos e escapando-se pela face e desmanchar-se sobre teu colo! Adeus Chiquinha, são muitas saudades; envio-te um beijo e um abraço — Teu marido Albuquerque Bello

> **Albuquerque Bello, Montevidéu**

conciliei o sono, e te vi imediatamente muito alegre entre muitas pessoas; eu me aproximando de ti deitei a mão; tu me apertaste muito e me perguntaste como eu passava, e foi tal o penar que minha alma sentiu nessa ocasião sentindo tua mão apertando a minha que acordei! Ah! Quanto senti ter acordado minha cara Chiquinha fiz novamente esforço para dormir e sonhar contigo, mas quê! não pude conseguir!

Pela manhã entrou pela vigia do meu camarote uma borboleta e depois saiu; tem estado todo dia aqui e de vez em quando vai pousar-se no meu camarote, onde ainda se conserva agora mesmo que são 11 da noite; e isso me tem feito crer que seja tuas saudades que vem me observar! A Deus — abençoa a nossos filhos e se deita com um abraço meu.

> **Azevedo Pimentel, Caseros**

Dia 7 de Outubro — Seguimos ao toque da alvorada, acampando em Caseros, onde encontramos o exército argentino, que já se achava à nossa frente, o qual se compunha de oito ou nove mil homens.

> **Azevedo Pimentel, Curuzu-cuatá**

Dia 10 de Outubro — Continuou a marcha, indo acampar a 12, em Curuzucuatiá.

> **Azevedo Pimentel, de Curuzu-cuatá a Cuencas**

Dia 13 de Outubro — Saímos dessa vila às 6h da manhã e acampamos ao meio-dia. Passamos por um rio onde havia sanguessugas monstruosas.[7]

[7] Ao passar este rio (cujo nome não soubemos) fomos atacados, pessoal e alimárias, por grande número de sanguessugas

que se apegavam às pernas de todos e às ventas dos animais, que procuravam beber a água.

Muito soldado e oficial sangrados por elas acabaram a marcha nos sarros das ambulâncias.

Os pobres cavalos e bois pagaram caro o seu tributo de sangue.

O Cadete José Luiz Nery da Silva ficou tão picado delas que só pode continuar a marcha em um armão de artilharia.

Apanhamos nesta marcha um temporal tão forte que não foi possível armar barracas, não havendo lenha para cozinhar. O general comprou uma mangueira ou um curral por um conto de réis e distribuiu ao exército para fazer fogo. Continuamos a marcha até 19, acampando na vila de Mercedes ao longe. Às 2h da tarde, mudamos o acampamento para Cuencas, uma légua distante de Mercedes; aí encontramos o Exército Oriental; o temporal continuava medonho, pois todo o sul de Corrientes é um paul interminável, sempre que chove.

2ª — 9 de Outubro

Às 3 da tarde foi-me apresentado um aviso de 2 de outubro escrito de Uruguayana, mandando-me recolher a Corte, estou com ordem de seguir amanhã; falei com o general para me deixar ficar, mas ele não consentiu.

Albuquerque Bello, em marcha para Curuzu-cuatá

Faço hoje 22 anos de praça antes tivesse sido sapateiro do que abraçado a carreira militar na qual tenho passado por tantas decepções. Às 7 da manhã fui ao general-em-chefe receber as suas ordens por ter de seguir para o Brasil.

3ª — 10 de Outubro

Às 5h30 da manhã seguimos viagem. Às 9h30 paramos para descansar, quando escrevo estas linhas; estou deitado debaixo da carreta enquanto meu camarada me apronta o almoço; não unicamente as saudades da minha mulher e meus filhos que acabrunham; o que me faz mais sofrer, é a vergonha que tenho de me apresentar no Pará sem se ter concluído a guerra, e não ter

Albuquerque Bello, entre Sanga de Mocoretá e Cerrito do Mocoretá

o que responder pelo corpo que d'ali trouxe; tudo isso me mortifica; mas tudo sofrerei pelo amor de Deus; me apresentarei sem glórias e viverei triste entre os meus.

<small>Azevedo Pimentel, Cuencas</small>

Dia 21 de Outubro — Continua o temporal.

<small>Emílio Carlos Jourdan, tenente-coronel e membro da Comissão de Engenheiros</small>

A 23 de outubro os paraguaios evacuam Corrientes, batendo em retirada para o Passo da Pátria.

A cidade é imediatamente ocupada pelo general Caceres, que acossa o inimigo; e a 24 surge no porto a 3ª Divisão da nossa esquadra, que avança e vai bloquear as Três Bocas. O exército paraguaio repassa o Paraná; e o resto do ano escoa-se para o 1º Corpo de exército em marchas penosíssimas, na percussão de 96 léguas de péssimos caminhos, em estação chuvosa, de constantes e medonhas tempestades; o 2º Corpo organiza-se em São Borja, sob o comando do Barão de Porto-Alegre.

<small>Bernardino Bormann, Corrientes</small>

Enfim, chegara o momento das desilusões para o marechal Lopes.

Reconheceu que precisava retirar quanto antes de Corrientes todas as suas forças, porque nada lhe saíra à medida de suas esperanças e desejos; os aliados advinham, e, era assim, necessário deixar a ofensiva e esperar o adversário no solo paraguaio, do qual procurara, em vão, afastar a guerra, para, entre outras vantagens, viverem suas tropas à custa dos países inimigos.

Achava-se, então, Resquin com suas forças entre Bella Vista e São Roque.

A retirada começou no maior segredo.

A 12 de outubro (1865) já todo exército inimigo achava-se no Empedrado; o aliado, acampava em Mercedes, onde o deixamos.

Entretanto o segredo d'essa operação não podia durar por muito tempo; assim, o general Caceres percebeu pouco depois o movimento retrógrado e, avançou com sua cavalaria, vagarosamente, tiroteando os piquetes e guardas da retaguarda.

Se o rio tivesse água suficiente, funesto destino aguardaria a coluna de Resquin; porque a nossa esquadra colheria mais uma glória: cortar a retirada do inimigo, destruindo os poucos vapores e navios de que ele dispunha para transportar-se para o Paso de la Patria, ponto de concentração.

As águas, infelizmente, tinham baixado consideravelmente de modo que, apesar da esquadra se preparar para aquela empresa, apenas soube da retirada, e mover-se, subindo o rio; só o conseguia com muitas dificuldades.

Para dar uma ligeira ideia dos sofrimentos e perdas só do exército brasileiro, basta consignar que em seis meses de campanha já decorridos; isto é, da marcha de Montevideo a Mercedes, avançando vagarosamente, acampando longos dias em um ou outro ponto, já por causa do mau tempo, já pela deficiência de meios de mobilidade; as baixas, por moléstias, em nossas fileiras, eram computadas em cinco mil homens.

Não eram suficientes os males que todos sofremos por causa da invasão do inimigo; por que é que, estando eles livres, as infelizes famílias continuam a sofrer os mesmos males, e ainda piores vexames, como os que aponto aqui em termos demasiado brandos? Pela mesma falta de homens, durante o mês de outubro não se pôde estabelecer açougues em São Borja, e as famílias que a essa vila regressaram tiveram que passar muita fome, havendo aliás quase plena escassez de todos os gêneros alimentícios. O seu único recurso, até fins de outubro, foi um pedaço de carne, que lhes davam como de esmola de sua ração os soldados quando o podiam fazer.

Cônego Gay,
São Borja

CASTIGO

Dionísio Cerqueira, Cuencas

Não guardo lembrança viva de grande número dos nossos acampamentos, a ponto de distingui-los. Quase todos confundem-se na minha memória, com suas tendas brancas, alinhadas, formando grupos regulares; batalhões manobrando a toque de corneta ou à voz vibrante dos comandantes, que porfiavam por uma superioridade difícil de ser-lhes outorgada. Lembro-me, entretanto, de alguns, que me deixaram impressões indeléveis.

Entre todos, destaca-se o de Cuencas, pelas cores sombrias do quadro singularmente trágico, de que foi teatro.

Ali, recordo-me bem, o meu regimento acampou perto da orla da mata, em almargem ameno, onde o sol dourador da primavera, caindo sobre a relva verde e viçosa, dava à terra uns tons leves das nossas cores nacionais.

Bem cedo ainda, ouvimos o sinal de comando-chefe e o toque de reunir.

Que seria? Entramos apressados em forma. Em pouco tempo estavam reunidos, no limitado campo, os corpos, os regimentos e os batalhões das três armas. Sentia-se alguma coisa de grave, de extraordinário, no ar.

Manobraram e formaram um vasto quadrado. Clarins e corneteiros, em bandas completas, avançaram para o centro, empunhando as elásticas espadas de prancha regulamentares, sem ponta nem gume. Avançaram também, seguidos de escolta, dois soldados moços, brancos, esbeltos e fortes. Um capelão e um médico, jovens ainda, completavam aquele grupo dramático.

As notícias entre a tropa circulam, sem se saber como, rapidamente: aqueles dois homens iam ser castigados, por terem atacado um oficial estrangeiro. Dizia-se que o crime estava previsto no 18º artigo de guerra, e que a pena era capital. O mesmo crime, na Roma antiga, era punido com chibatadas até a morte *fuste verberari fustuarium*. Iam ser arcabuzados, sem a sanção do imperador?

Estávamos atentos e mudos, esperando o desenrolar do pungente quadro. Um dos presos deu alguns passos para a frente e parou, destacando-se do grupo. Obedecia a uma ordem.

Acompanharam-no dois corneteiros, cada um com a espada de prancha na mão direita. Postaram-se aos lados do paciente, cujos braços caíam frouxos e cuja cabeça pendia para o chão, de desalento ou de vergonha. As duas espadas reluziram ao mesmo tempo e caíram sobre os ombros largos daquele mancebo atlético. Em poucos instantes, aos golpes, que se sucediam num ritmo fatal, a camisa voou em tiras avermelhadas e as costas brancas tingiram-se de sangue rubro, que esguichava. Cruzou as mãos e estrincou os dedos de dor. Os corneteiros iam se substituindo aos pares e as espadas continuavam a cair surdas e pesadas, sobre a massa sanguinolenta das carnes maceradas. Contamos cinquenta pranchadas.

O castigo não parou! O querido general exorbitava! Cada um daqueles milheiros de homens que presenciavam o lutuoso espetáculo, sabia que ninguém podia castigar com mais de cinquenta pancadas de espada de prancha e que a lei estava sendo violada, mas não ousava dizê-lo ao camarada, que lhe sentia o toque do cotovelo.

O infeliz persistia sem um ai, sem um gemido. Cruzava os braços apertando o largo peito e constringindo o coração, cujas ânsias só ele sabia se eram pela dor ou pela desonra. O médico conservava-se triste, cabisbaixo e mudo. Era estudante ainda e oferecera-se para a guerra, sem imaginar que a disciplina lhe reservasse aquele amargurado transe.

Mais de cem já eram os golpes, quando irrompeu dos lábios ressequidos do condenado um gemido de aflição. A esse, outros e mais outros sucederam compassados, ritmados ao bater das espadas no corpo flagelado. Depois... não pôde mais... caiu de borco. Avançaram três homens. Dois colocaram sobre os ombros direitos uma carabina em posição horizontal e mantiveram-na segurando-a com a mão direita, um voltado para o outro. Dois corneteiros ergueram o corpo torturado, passaram-lhe os braços por cima da arma; e o terceiro homem, na frente, segurou-o pelos pulsos. Chamava-se a isso — *castigar nas armas*!

Continuou o suplício. Os gemidos iam pouco a pouco esmorecendo, até se extinguirem de todo. Ouvia-se somente, de vez em quando, um estertor do agonizante, cujas pernas bambaleavam. E as espadas continuavam a bater, vibradas por braços sem vontade, mas com muita força. O pobre desfalecia; a cabeça caia como desarticulada e o corpo era apenas sustentado pelos braços presos à carabina.

Aproximou-se o médico, tomou o pulso e fez um sinal. Ainda vivia. As pranchadas já tinham excedido de um milheiro... O pulso batia ainda e o coração do desgraçado ainda latejava. O castigo devia prosseguir! As espadas continuaram a bater, implacáveis e pesadas.

O mísero desmaiou e rolou na relva, rubra de tanto sangue. Não o pôde aguentar o camarada que lhe segurava os pulsos. Era, entretanto, um hércules. A compaixão relaxou-lhe os músculos de aço e deixou cair o companheiro quase exânime. Devia ser grande a mágoa desse homem, a avaliá-la pela minha, que era indescritível. Levantaram-no novamente, puseram-no semimorto nas armas e as pancadas continuaram surdas e pesadas.

Depois de passadas mil e quinhentas, o médico tomou-lhe o pulso outra vez e não o sentiu; auscultou o coração e nada ouviu. Estava morto? Levaram-no numa padiola.

O outro que assistia, só Deus e ele sabem como, àquela cena, avançou por seu turno para ser castigado até morrer. Aquilo já durava muito e nós que assistíramos angustiados ao suplício de um, íamos ver o do outro, com a alma cheia de lamentos e protestos, mas firmes e mudos. O segundo resistiu mais do que o primeiro, levou mil e oitocentas e tantas pranchadas!

Mais de uma vez, tomou-lhe o pulso e auscultou-lhe o coração o bom Izidorinho, que guardou para sempre na alma caridosa e boa a recordação acerba daquele dia doloroso. Teve como o outro uma síncope, que lhe paralisou os movimentos do coração e, como ele, também foi transportado para fora do quadrado em uma padiola, para ser sepultado.

Estava consumado o horrível *veredictum*.

os dias

Azevedo Pimentel, Cuencas

Dia 3 de Novembro — Toda a tropa formou para assistir a rigoroso castigo de dois soldados do 3º Regimento de Cavalaria Ligeira, que tentaram matar um oficial argentino.

Dia 13 de Novembro — Pela primeira vez formou o batalhão em quadrado: para ser castigado um aprendiz de corneta.

Azevedo Pimentel, de Cuencas às margens do rio Paraná

Dias 14 e 15 de Novembro — Continuamos as marchas pausadas e curtas até que alcançamos o rio Paraná. Desde esse dia por diante começamos a ver a destruição e a morte, que fizeram os paraguaios, quando das margens do rio Corrientes fugiram de nosso encontro. Era doloroso ver a desolação e o estrago; crianças inermes com alguns meses de nascidas, mortas e degoladas a par dos cadáveres de seus pais, irmãos e irmãs!
Povoados arrasados, casas queimadas, era tudo o que deixavam após si.

Antonio Carlos de Arruda Botelho, carta a João da Silva Carrão, presidente da Província de São Paulo, Araraquara

Tendo sido encarregado por Vossa Excelência para enviarmos recursos alimentícios aos moradores do Coxim da província de Mato Grosso, cabe-nos significarmos a Vossa Excelência que neste município não há tropa que conduza esses mantimentos para aquele lugar que desta vila dista mais de duzentas léguas, havendo por isso essa dificuldade para a remessa, e também a de encontrar-se uma pessoa que se encarregue de tomar conta da condução e distribuição naquela povoação a [seus] moradores. Estando Coxim [rodeado] de fazendas, daquelas que escaparam à invasão paraguaya parece que podem fornecer os recursos precisos para a alimentação daqueles moradores, poupando assim grandes despesas que será necessário fazer, enviando esses recursos desta província.

Araraquara, 23 d'Outubro de 1865.

Dava gosto ver esses moços, que o velho Mallet chamava de *inocentes passarinhos* e que, no seu conceito, não podiam ainda ser oficiais porque *não sabiam pelar bem uma costela*.

<small>Dionísio Cerqueira, passagem do rio Corrientes</small>

Que mudança de vida!!! Viver dentro de uma barraca exposto ao vento, ao rigor do sol, ao frio e à chuva, dentro duma casinha de pano, quem sempre morou em casas dormir em cima de duas caixas ou no chão, quem sempre teve boa cama! Que mudança de comida! Sair dum hotel para ir alimentar-se de carne assada, churrasco, farinha mate, quem sempre viveu de variada e diferentíssima comida?!!! Dois dias depois, todo o batalhão estava atacado de diarreia...

<small>José Campello, Cachoeira</small>

Entre os que em breve morreram lamentei a morte do infeliz Manoel Alves Batista, esse rapazinho índio da Vila Preguiça, herói no *Pedro II*, e cuja mãe m'o entregara com o coração partido de dor, banhada em lágrimas.

O Corrientes, a cujas margens chegáramos, estava de lés a lés, havia galgado os altos barrancos e se derramado pela mata. Estávamos no passo "Lúcero", que dava nado de margem a margem. Não tínhamos material suficiente para lançar uma ponte. Os nossos hábeis engenheiros prepararam balsas sobre pontões de borracha e barris vazios. Creio que aproveitaram também algumas embarcações.

<small>Dionísio Cerqueira, Passo Lúcero</small>

Quase todo o pessoal, os nossos canhões e o pesadíssimo material de transporte, com a bagagem do exército, passaram nas balsas. Assistia curioso àquele espetáculo, quando vi uma delas, carregada de soldados de infantaria, completamente equipados, adernar rapidamente, mergulhar uma das bordas e despejar os passageiros nas águas turvas e rápidas. Todos sabiam nadar; surgiram à tona bracejando desesperadamente e afundaram-se de novo para sempre, porque o peso dos cem cartuchos, do sabre, da roupa molhada na mochila era muito grande. A cavalaria, soldados de artilharia e outros tranaram, alcançando a margem direita muito abaixo, levados pela corrente impetuosa.

Conde d'Eu, margem esquerda do rio Piraí

Num alto há uma casa aparentemente rica, no meio de uma bela chácara. Porém o proprietário (fato felizmente sem exemplo) recusou a entrada ao imperador.

Parece que o ricaço é prodigiosamente avarento e que, para se não ver no dilema de fazer a despesa de um jantar, ou a má figura de o não dar, preferiu o recurso de mandar dizer que estava ausente. Tornamos pois a descer para mais perto do rio e mandou-se fazer o jantar na cabana de uma pobre mulher, oriental de nascimento e evidentemente de raça indígena.

Conde d'Eu, rio Restinga

Afastando-nos gradualmente da fronteira, atravessamos muitas torrentes arenosas e pantanosas que vão engrossar o Santa Maria. Por fim acampamos do outro lado da Restinga, curso de água mais importante que os outros, e diante da casa de um espanhol chamado Zarratea, que tem uma venda bem sortida. Arreios, chapéus, livros, fazendas de toda a espécie, porcelana, que sei eu? tudo há neste brilhante estabelecimento, que com surpresa se encontra assim perdido no meio do deserto. Suponho eu que na sua prosperidade entra por grande parte, o contrabando.

Alfredo Taunay, Abóboras

Incidente notável de nossa viagem estes últimos dias foi a morte de uma sucurí alentada, de suas cinco braças e tanto (mais de onze metros) que uns soldados mataram a cacetadas perto de ribeirão do Castelo. Estava entorpecida com a digestão de um veado mateiro. Ao seu lado achava-se outra ainda maior, que conseguiu fugir. Quando lhe abriram o buxo, foi tal o fétido que tivemos de mudar o local do pouso!

Estigarribia, pelo que Mana me conta, está no Rio. Deve fazer triste figura depois das suas fanfarronadas lacedemônias.

Dionísio Cerqueira, de Cuencas a Vila Mercedes

Marchávamos pelo coxilhão, divisão das águas que correm para os arroios Cuencas e Paiubré, afluentes do rio Corrientes.

Às pradarias planas, sem fim, com imensos banhados cheios de macegais, sucederam campos mais acidentados, matizados de capões, sentinelas avançadas das matas próximas, onde nos informaram viverem onças pintadas e tigres negros aos bandos.

O bosque sombrio era cortado por caminho difícil e estreito. As copas das árvores, que em alguns trechos se tocavam formando uma abóboda de folhagem, impediam que os raios do sol pousassem longas horas na estrada para enxugar o solo, profundamente encharcado. Eram barreiras à nossa marcha arroios de passos barrancosos, atoleiros sem desvios, caldeirões em longas filas e tremedais insidiosos, cobertos de relva cor de esmeralda. O nosso general fez destacar uma faxina colossal, de mais de dois mil homens, para melhorar o caminho, sob a imediata direção dos nossos dedicados engenheiros.

Apesar dos pontilhões lançados sobre os aguaçais, das rampas cortadas nos passos, dos grandes cocurutos achanados, das estivas nos borraçais, dos algares aterrados e da dedicação e habilidade do nosso velho capitão Machado, as viaturas da artilharia topavam, a cada passo, com obstáculos, e o pesado carretame do transporte de guerra, tirado por bois, não raro se atascava até aos eixos. A cavalaria desenvincilhava-se o melhor que podia, mas não tão bem como a infantaria, que mostrava sua superioridade, de arma de guerra por excelência, saltando, ágil e lesta, grandes barrais e passando por trilhas que abria no mato, quebrando galhos à mão ou cortando-os a sabre.

Após duas semanas, se bem me recordo, consumidas em marchas penosíssimas, chegamos à vila Mercedes, atualmente uma das mais prósperas cidades da província de Corrientes. Os dias que nos demoramos, ficaram gravados na memória dos que ali estavam, como período triste de angustiosas recordações. As chuvas torrenciais, longe de pararem, caíam cada vez mais copiosas, molhando tudo, apodrecendo as barracas, adoecendo a gente e transformando o campo num lamaçal imenso que cada vez atolava mais, pelo trânsito incessante de infantes, cavaleiros, cargueiros e veículos de todo o gênero, extenso barral onde enterrávamos as pernas até aos joelhos e além.

Dionísio Cerqueira, Vila Mercedes

A pouca lenha que tínhamos estava molhada até a medula dos paus e não pegava fogo senão depois de larga luta, em que acabavam por triunfar a constância e a habilidade do soldado, que saía extenuado de assoprar e com os olhos ardendo e inflamados de tanto banho de fumaça cáustica.

As carretas do comércio não chegavam; tinham ficado atoladas nos banhados ou nos passos dos arroios. Por isso os que tinham alguns cobres para os extraordinários, que custavam aliás preços *klondikianos*, ficaram privados de tomar a sua *jacuba* ou mate doce, com *pan caliente que quebrava los dientes*, segundo mercavam por pilhéria, os *panaderos* ambulantes.

Naqueles campos, levemente ondulados, não era fácil achar muitas eminências para acampar todo o exército. Ao meu regimento, apesar de ser de artilharia, foram mais de uma vez designadas pelo quartel-general, baixadas para armar as tendas. Acontecia que, depois de aguaceiros formidáveis, as águas cresciam; formavam-se enxurradas que enchiam as valetas das barracas dos mais precavidos, galgavam as pequenas trincheiras do lado interior, invadiam o recinto molhando as *caronas* e *pelegos* das nossas camas estendidas no cheio e despertavam-nos. Quando era muito pesado e as águas não subiam muito, continuávamos a dormir. Do contrário, emalávamos às pressas os arreios e continuávamos cochilando sentados sobre eles, com os pés dentro da água, até tocar alvorada.

General Osório, Riachuelo

além da marcha de concentração pelos exércitos aliados, feita para as imediações de Mercedes, nada de maior importância ocorreu até o fim de outubro, do meado de cujo mês em diante sofremos consideráveis temporais, que muitos prejuízos causaram ao material do exército. Logo que o tempo o permitiu marchamos para o rio Corrientes a fim de transpô-lo, o que se efetuou nos dias 12 a 15 de novembro, no passo do Luseiro, abaixo do Passo onde passaram os aliados. O general Flores com exército de vanguarda, depois de passar o rio Corrientes, seguiu por entre aquele rio e o Batel, em direção a Yaguaretécorá por onde lhe seria mais fácil obter cavalos e bois, de que muito carecia, para descer pela costa do Paraná até as proximidades do Passo da Pátria: estou hoje informado que tem sofrido grandes transtornos pelos maus caminhos e grandes banhados que tem encontrado.

Domingo, 26 de novembro após o desfile e depois dos cerca de 1.400 homens terem sido abençoados, fomos embarcados. No dia 28, nosso navio içou a âncora e nos lançamos na maré com ondas, de extras o enjoo e os trezentos polacos a bordo. No dia 29, chegamos à noite, com tempo bom, na altura de Rio Grande, em 1º de dezembro às 6h da manhã no farol de Maldonado e à tarde, às 2h, entramos no porto de Montevidéu. Descemos a terra firme, quatro oficiais alemães e três oficiais brasileiros.

Que cidade esplêndida, construída no estilo oriental! A noite inteira com vida animada sob a luz clara das chamas de gás, todas as lojas abertas, as igrejas também abertas, e que beleza de mulheres! Quem teria objeções ao fato de termos passado a noite inteira vendo, ouvindo e aproveitando o máximo possível — claro que tudo nos limites da decência.

Agora escrevo estas poucas linhas ajoelhado na cabine balançante sobre meu colchão; mas tenho de encerrar, porque o trabalho me chama.

<small>Wilhelm Hoffmann, alferes e correspondente do *Colonie-Zeitung* da Colônia Dona Francisca, atual Joinville, Montevidéu</small>

Apenas nas bandas de música transparecia dissonância particular, originada de uma rivalidade sem razão de ser.

Cada qual timbrava em sobressair vantajosamente.

Tínhamo-las de primeira ordem, em afinação, harmonia execução.

A da Polícia da Bahia, esplêndida como nenhuma, a do Pará, a do 3º, a do 10º, a do 11º e as de alguns outros corpos de infantaria, destacavam-se muito.

Davam retreta no quartel-general do comando-em-chefe, nas noites de quintas-feiras e domingos, escalando-se para o mister as mais capazes.

Não raro, os mestres e as primeiras figuras, chegavam a apunhalar-se.

<small>Rodrigues da Silva</small>

Os agressores eram sempre os vencidos no torneio.

Excetuando a anomalia curiosa, o congraçamento da oficialidade e da soldadesca da 1ª linha, Polícia, Guarda Nacional e Voluntários da Pátria, podia-se julgar perfeito.

<small>Albuquerque Bello,
Paso de Andarias</small>

Descobrimos hoje uma lagoa onde temos apanhado uma quantidade imensa de peixes.

ANTÔNIO CHIRU

Por esse tempo, recebeu o regimento um contingente de recrutas do Rio Grande. Eram quase todos mestiços de índio e branco, bonitos, fortes e moços. Melhores cavaleiros, mais guapos e elegantes sobre arreios não era possível encontrar. Entre eles, havia um, o Antônio Chiru, a quem coube um potro *zaino*, grande, delgado, crinito, de uma cavalhada nova. Parecia um animal feroz. Para selá-lo foi preciso vendar-lhe os olhos com um ponche e sujeitá-lo à força, passando-lhe um *pialo* ou pé de amigo. Concluída a operação, o jovem soldado, em mangas de camisa e arremangado, descalço, as calças arregaçadas até os joelhos, um lenço vermelho atado à cabeça com as pontas caídas para trás, na mão direita um *rebenque* curto de *açouteira* larga, colheu com a esquerda em voltas o *maneador* e, empunhando as fortes rédeas, saltou sobre o *lombilho*. Uns quatro gaúchos sujeitavam o cavalo. Tiraram-lhe a venda e o rapaz gritou:

— Largue, deixe que vá!

Ouvimos um berro e a cabeça daquele animal furioso sumiu-se entre as pernas dianteiras. Lançou-se para frente dando saltos medonhos. Agachava-se rápido, como se fosse *pranchear-se* e dava *priscos* formidáveis para a direita e para a esquerda. Nunca vi *velhaquear* como aquele *zaino*. O *gauchito* brincava sobre ele, levantando as pernas, como se estivesse em uma gangorra, olhando para os lados e virando-se para a garupa sem dar importâncias àqueles *corcovos* desencontrados. Parecia estar pregado ao *lombilho*. De vez em quando dava um forte *rebencaço* ou, inclinando-se sobre o pescoço, *tapeava* o potro nos canilhos. De repente, partiu como uma flecha campo afora e em

Dionísio Cerqueira, Vila Mercedes

pouco tempo voltava ao trote, batendo o isqueiro para acender um cigarro, que tinha preparado na galopada.

Passados alguns dias, fui acompanhar ao hospital alguns doentes do regimento e vi a Antônio Chiru dentro de uma carreta coberta de couro, deitado sobre pelegos de carneiro, manchado de pus varioloso. Estava disforme, desfigurado, o rosto enormemente inchado e cheio de pústulas denegridas, que exalavam um cheiro nauseabundo. Perguntei-lhe como estava; respondeu em voz muito rouca: melhor. Com ele estavam outros bexiguentos. Mais de um delirava. Dois dias depois, enterraram-no naquele deserto, e todos os companheiros de carreta seguiram-no na viagem derradeira.

os dias

Às 5h30 da manhã seguimos viagem. Às 9h30 paramos para descansar, quando escrevo estas linhas; estou deitado embaixo da carreta enquanto meu camarada me apronta o almoço;

Albuquerque Bello, de Sanga de Mocoretá a Concórdia

Em suma, muito ao acaso consegui ter comigo naquela imensa viagem toda, de Campinas ao fundo de Mato Grosso e à fronteira do Apa com o Paraguai, dois elementos de grande simplificação, excelente camarada, o Floriano, e ótimo animal de sela, o Paissandu.

Alfredo Taunay

Os camaradas moravam em esburacadas barracas ou pequeninos ranchos, cobertos de couro e folhas de palmeiras, tudo muito mal preparado e aberto aos ventos e às chuvas, frequentes naquela estação de pesados aguaceiros. Era, de fato, rara a tarde em que deixasse de desabar violenta trovoada após os ardores estivais do dia abafado e de rigorosa soalheira.

Quanto a mim tinha um jirau um tanto elevado, para dormir, e por cima desse leito incômodo, feito pelo meu camarada Floriano e em que eu sentia, por baixo de tênue camada de samambaia seca, os duros paus do forro, estendera uma rede de tucum, onde passava encafuado todo o santo dia.

Dia 7 de Dezembro — Chegamos à margem esquerda do rio Paraná, e, às 8h da manhã, atravessou o Exército Imperial a povoação Capilla del Señor, com bandeiras desfraldadas e batendo as músicas debaixo de aclamação de seus habitantes.

Azevedo Pimentel, Capilla del Señor

Era belo esse espetáculo; via-se à nossa esquerda o majestoso Paraná, cujas margens são bordadas de um lindo e verdejante bosque. Sua elevada barranca prende a atenção pela beleza natural que impõe; e para maior encanto do panorama o acaso pusera ali dois navios de velas empavesadas! Os batalhões desfilando pelas ruas da vila, comoviam, não só a quem fazia parte do Exército, como àquela população de lavradores.

Não menos de quatro horas gastou o desfilar da infantaria e artilharia, também numerosa, sem falar em sete mil homens de excelente cavalaria e a imensa bagagem que fazia a cauda do exército. Grande orgulho teve nessa ocasião o general Ozorio, que o comandava em chefe.

Azevedo Pimentel, de Capilla del Señor às margens do Riachuelo

Dia 9 de dezembro — Ao toque de alvorada levantamos acampamento; às 5h atravessamos o Empedrado e fomos acampar ao meio-dia.

Dia 10 de dezembro — Levantamos acampamento ao toque da alvorada, acampando às 10h da manhã. Neste lugar caiu um grande temporal alta noite, que inundou os campos e obrigou ao general a ordenar o prosseguimento da marcha nessa mesma hora para acampar junto ao Riachuelo.

Dionísio Cerqueira, arroio Batel

Quando abandonávamos os arraiais, o campo ficava coberto de destroços. Na área de alguns quilômetros quadrados, viam-se sapatos velhos, armas quebradas, pedaços de couro, panelas furadas, freios partidos, contos de lanças, latas abertas, caveiras de boi, baralhos espalhados, garrafas vazias, bonés sem pala, espartilhos em pedaços, saias rasgadas, paus de barraca fincados... As marchas eram diárias, a bagagem não diminuía e os acampamentos ficavam sempre juncados desses vestígios da nossa passagem! Os soldados explicavam o fenômeno, dizendo que tudo que lhes pertence rende muito, a começar pelo soldo, que é elástico.

As enfermidades e os desastres nos iam levando camaradas e abrindo claros nas fileiras. Em compensação surgia, às vezes, um novo habitante para aumentar a população das *aldeias*. Não era muito raro ouvir à noite depois do toque de silêncio um vagido de criança, que nascia. Na manhã, seguinte, fazia a sua primeira marcha amarrada às costas de alguma china caridosa ou da própria mãe, que, com a cabeça envolvida num lenço vermelho, cavalgava magro *matungo*, cuja sela era uma barraca dobrada, presa ao lombo por uma guasca.

Esses *filhos do regimento* criavam-se fortes e, livremente, cresciam nos acampamentos, espertinhos e vestidos de soldadinhos, com um gorro velho na cabeça e comendo a magra boia que com eles e as mães, repartiam os pais, brutais às vezes, mas quase sempre amorosos e bons.

Saí a rua e comprei diversas cousas para levar a minha mulher e filhos; inclusive um xale de toquin por 125 pesos fortes.

Albuquerque Bello, Montevidéu

Saí a rua comprei diversas cousas para minha família, e entreguei o xale por me informarem que já não está em uso; comprei entretanto um mantelete de filó de seda por 50 pesos fortes.

Saí a rua; comprei um bilhete de loteria.

Dia 16 de dezembro. Ainda estamos nadando no La Plata; é um rio enorme, mas tem muitos bancos rasos e, com o atual nível d'água, precisa ser navegado com cuidado, por isso a viagem longa. No meio do caminho, topamos com onze vapores cargueiros encalhados e também ficamos presos quatro vezes, mas sempre conseguimos nos safar.

Hoffmann, próximo a Montevidéu

As capivaras, outro bicho selvagem abundante, são tão dóceis aqui que esperam o vapor barulhento com tranquilidade. Algumas caças deliciosas resultaram daí.

No exército do legendário Osório contava-se muito com a natureza e nunca se distribuiu forragem. Os animais, vivendo do que lhes dava os raspados alagados, enfraqueciam a olhos vistos e iam ficando pelo caminho. Quando invadimos o Paraguai, a maior parte dos nossos corpos de cavalaria estava de pé, e dos poucos montados, a cavalaria deixava muito a desejar. Foi somente depois que Caxias tomou o comando do exército, que começou a remonta a fazer-se sistematicamente a par de apro-

Dionísio Cerqueira

visionamento de forragens, que consistia em alfafa e milho. Desde então, a nossa valente cavalaria ficou apta a praticar os altos feitos que a imortalizaram.

<small>General Osório, Riachuelo</small>

Não foi feita a marcha do exército sem dificuldades. Além da natureza física do terreno, encharcado em sua maior parte, o que também contribuiu para retardar-nos a marcha, tivemos grande perda de boiada e cavalhada, mortos de peste, em consequência dos excessivos calores que têm feito e que muito sentem os animais vindos do sul de Corrientes, e da grande quantidade de sevandijas dos campos: os cavalos sofrem ainda em razão da má qualidade do arreamento que se distribui às praças de cavalaria e artilharia. Assim é que tenho sempre comprado, e continuo a comprar tanto bois como cavalos para suprir as faltas que se vão dando.

<small>Dionísio Cerqueira, arroio Batel</small>

Apesar do cuidado e esforços que empregávamos para viver asseados e limpos, não havia soldado ou oficial que não fosse perseguido por bandos de *muquiranas*, que nos causavam a princípio indescritível repugnância, e afinal foram suportadas com resignação. Dizia-se que vinham dos *macegais*, onde viviam em grande abundância. Não sei que visos de verdade pode ter esta opinião. É um inseto repulsivo e nojento, que ataca os soldados nas campanhas prolongadas, em todos os continentes.

<small>General Porto Alegre</small>

continuam diariamente as deserções nos Corpos do Exército e principalmente na Guarda Nacional. E tendo razões para crer que elas são filhas da impunidade.

<small>Alfredo Taunay, Dores do Rio Verde</small>

No dia de Todos os Santos foi assassinado um oficial do Corpo de Voluntários, por nome Alexandre Magno de Jesus, por um inferior do seu batalhão! Diz-se que a causa do assassinato foi uma questão de mulher. Deu-se o crime pela madrugada e às cinco da tarde realizamos o enterramento da vítima, com todas as honras militares, sepultando-o sob um alpendre de palha contíguo à igreja matriz de Nossa Senhora das Dores.

Pensam todos que o assassino será condenado a fuzilamento pelo Conselho de Guerra. E com efeito é preciso fazer-se um exemplo severíssimo.

Fiquei muito impressionado com este crime; no meu álbum desenhei o local em que sepultamos o inditoso oficial, vitimado pela sanha do furriel.
Cada vez estou mais longe de casa!

Chegamos à margem esquerda do rio Corrientes. Era assombrosa a aguagem. As chuvas copiosas, que haviam caído, encheram, a transbordar, a imensa lagoa Iberá, água resplandecente, onde ele e o Miriñay têm as suas origens, perdidas nos balseiros emaranhados, que tantos obstáculos opõem ao explorador ousado, que se aventura por seus inextricáveis labirintos.

Dionísio Cerqueira, Lagoa Iberá

Essa enorme massa de água atinge, do lado do norte, quase as altas margens barrancosas do Paraná, na região das grandes ilhas e do salto do Apipé. Parece alimentada pelo grande rio, que se infiltra pelas terras correntinas adentro. Dela emergem numerosas ilhas cobertas de mato maninho, que vão ao fundo nas grandes cheias. Pelos campos apaulados das extensas margens, pastam rebanhos de milheiros de vacas e cavalos. Lugares há em que é bastante profunda; mas esteiras naturais de plantas aquáticas, trançadas quase à tona da água, permitem andar e arrastar pequenas embarcações sobre elas. No meio dos juncais a perder de vista, onde a correnteza mal se sente, aparecem grandes lagoas limpas, de superfície azulada, onde se lançam rios e riachos, que se perdem adiante nos balseiros, para surgirem de novo mais correntosos e claros. A sua área é de mais de quatro mil quilômetros quadrados. Na época das grandes enchentes, dizem que se pode passar por ela do Uruguai para o Paraná, subindo o Miriñay e descendo o Corrientes.

A imaginação popular, nas suas fantasias, povoou de misteriosos seres aquelas inexploradas solidões, mudando para lá os gigantes de quarenta palmos, do Carcarañal; os pigmeus dos Xaraiés, que vivem em tocas e saem somente à noite por medo das bicadas das grandes aves; os Cullus do Pilcomaio, de chifres curtos e pernas sem panturrilhas, com pés de avestruz, melhores na carreira do que os parelheiros mais velozes. Nas brenhas e silvados impenetráveis, vivem serpentes enormes com afiadas navalhas nas colas, e com elas alanham e dilaceram as presas. Outras com cauda de peixe e cabeça de homem, que se chamam — peixes-homens — e trocaram os vórtices vorazes do alto Paraná, onde moravam, pelas águas mansas da lagoa, entregando-se aos mesmos hábitos incontinentes dos *tucuxis* amazonenses, que se disfarçam em belos *curumiaçus* para festejarem as *cunhamocus* nas margens dos *igarapés*. Um intendente de São Tomé, que se presume de muito versado em história natural indígena, contou-me, não há muito tempo, ter visto na Iberá cobras monstruosas, bramando como touros amorosos, com garras de tigre e plumas de papagaio na cabeça. Há quem afirme ter ouvido nesses tétricos ermos, alta noite, repiques de sinos e dobres a finados e visto luzes movendo-se enfileiradas, subindo e apagando-se para se reacenderem mais longe. São tochas de procissões, que saem de um convento de jesuítas, que escaparam às perseguições de Bucareli y Ursua, o ímpio Vice-Rei. Alguns, dos muitos poucos que se têm arriscado a indagar os mistérios da lagoa encantada, perderam-se para sempre no dédalo, devorados pelo minotauro da fome.

<small>Conde d'Eu, Desterro</small>

6 de novembro — Quem vem do Rio de Janeiro não dá grande apreço à paisagem do Desterro; mas quando se volta do Rio Grande, parece um paraíso terrestre. Tornar a ver montanhas, de formas variadas, é grande prazer; sobretudo quando são arborizadas de alto a baixo, e suas últimas árvores vão, por assim dizer, banhar-se no mar.

<small>Alfredo Taunay, de Abóboras a Baús</small>

Nesta parte de Goiaz há numerosos papudos. A um destes desenhei: uma mulher cujo bócio era enorme, cheio de protuberâncias.

Mostrou-se o fazendeiro muito generoso. É proprietário de uma das melhores fazendas do sul da província de Goiaz. Possui enormes pastarias com extensos barreiros onde o gado vem gulosamente lamber a terra carregada do elemento salino salitroso, de cor cinzento clara.

É extraordinário como os animais domésticos e os selvagens se mostram ávidos de tal guloseima imperiosamente reclamada pelas condições fisiológicas. O gado lambe o chão, come o barro, bebe aquela água salobra e voltando a noite mostra o ventre empanzinado. Aos barreiros concorrem os veados, as antas, os catetos e queixadas e atrás deles, as onças, sucuris e jiboias.

tratamos de efetuar a remessa de quarenta bestas carregadas com sal, toucinho e farinha de trigo com a maior urgência possível, cumpr[o] cientificar a Vossa Excelência que é absolutamente impossível a remessa de porcos vivos, visto terem de percorrer mais de duzentas léguas [de] [passar] [no] Caminho e na presente estação [calmosa]

Estes animais depois de gordos e pesados como ficam, em relação às forças de que dispõe apenas caminham muito vagarosamente por estradas muito desembaraçadas.

Antonio Carlos de Arruda Botelho, carta ao presidente da Província de São Paulo

Desembarquei o corpo e mandei acampar no mato; minha barraca mandei armar embaixo da árvore que ontem abri as iniciais de minha mulher e meus filhos. Os soldados que estavam embarcados desde 26 do passado, têm dado pulos carreiras e tomado banho como loucos; não há nada como a liberdade!

Albuquerque Bello, Paso de Andarias

depois do jantar acompanhei aos oficiais n'um passeio nas praias do rio, acompanhada a música; os oficiais tornaram-se verdadeiramente crianças: correram, saltaram e dançaram como loucos pela praia até quase às 8h da noite que os mosquitos nos fizeram recolher aos aposentos

conquanto estas (as tropas) se achem em um pé respeitável, forçoso é contudo atender a que o seu desfalque proveniente de deserções, perdas de vidas e mutilações de praças, que pelo menos regulará na razão de 6 a 10 %, deve ser preenchido.

Muniz Ferraz

quanto a guerra atual seja em breve coroada de feliz êxito há necessidade de: 1º de serem substituídas as praças de linha que têm completado o tempo de serviço. 2º de serem preenchidas as vagas provenientes de perdas em virtudes de óbito, inutilização, deserção, os quais na roda do ano, em cinquenta mil homens, não poderão ser nunca menores de 5%.

Antonio de Sá e Camargo, comandante da Guarda Nacional de Guarapuava, Paraná

As famílias moradoras nos longes desta vila querem os seus filhos como apoio ao não abandono de suas casas pelo temor dos índios — outros falam em falta de meios para pagarem a quem cuide na lavoura

Nessa lista figuram guardas que servem de amparos às suas mães viúvas, pobres e afamilhadas, outros que socorrem a seus velhos pais, e outros reconhecidamente doentes, que não podem fazer o serviço que lhes está destinado e finalmente outros reconhecidos ter mais de 40 anos.

... Estevão — assim, certo de que Vossa mercê pode prestar um bom contingente, eu solicito de V. m. não só o envio de seu filho e meu sobrinho Alípio a reunir-se ao destacamento que tem de fazer parte de corpos destacados, mas também intervir para que todos os mais de boa mente se prestem. É deste modo que os homens adquirem direitos necessários para os atos da vida.

Azevedo Pimentel

Dia 15 de dezembro — Atravessamos o Riachuelo, rio de uma força superior a seu nome, e o general Andréa andou com a divisão de um lado para outro em busca de melhor acampamento.[8]

[8] Ao transpormos este rio, para a margem direita, marchamos cerca de 3 km, detendo-nos uma inumerável multidão de preás, que quase nos debandou a divisão. Quanto mais caminhávamos, mais crescia a onda desses roedores.

Foi necessário acampar ao escurecer. Ninguém pôde dormir durante a noite. Os soldados as matavam às centenas e, preparando-as e assando-as, dois dias não se alimentaram de outra cousa.

O general Ozorio chamou a essa praga: — Sevandijas do campo.

A primavera já se acercava do seu termo, e o sol dardejava raios mais a prumo sobre as nossas blusas de baeta vermelha, que ao pino do dia nos queimavam por aqueles campos desolados, onde as forças de Robles e de Resquín tudo assolaram.

Dionísio Cerqueira, às margens do rio Paraná

Havíamos deixado muito atrás o rio Santa Luzia e nos aproximado da margem do Paraná. A situação do exército melhorara consideravelmente, pela facilidade das comunicações. Margeando o grande rio, a pequena distância, fazia-se, facilmente, o abastecimento de víveres e de tudo que precisávamos. Passamos para a vanguarda dos aliados. Estávamos em fins de novembro e havia quase um mês que o território da província de Corrientes ficara limpo de inimigos. Cerca de vinte mil paraguaios, conduzindo mais de cem mil cabeças de gado vacum e cavalar e algumas centenas de carretas carregadas de despojos das estâncias e povoados correntinos haviam se recolhido ao seu território tranquilamente, cruzando, sem ser incomodados, o rio nas proximidades do Passo da Pátria. Retiraram, antes, em vapores, a artilharia que haviam assestado nas barrancas do Paraná e, em vapores também, embarcaram tropas na cidade de Corrientes, que evacuaram.

A nossa esquadra, entretanto, mantinha-se inativa e dormindo sobre os louros colhidos em Mercedes, Cuevas e Riachuelo, onde ficou aniquilada a paraguaia e assegurado completamente o domínio das águas aos aliados.

O Exército Imperial, continuando a sua marcha para este ponto, passou o rio Batel nos dias 18 a 20 de novembro, e o Santa Luzia nos dias 24 a 27 do mesmo mês. Do rio Corrientes mandei uma partida à capital com comunicações ao sr. general Barrozo chefe das forças navais do Império com quem desde então tenho estado em comunicação; e do arroio Pelado, no dia 30, fiz adiantar-se o chefe da comissão de engenheiros, a fim de examinar com a precisa antecedência lugares próprios para acampamentos, nas proximidades do rio Paraná, e a costa des-

General Osório, Riachuelo

se rio nas imediações do Passo da Pátria; pois é provável que por ali tenha de ser feita a passagem dos exércitos aliados.

<small>José Carlos de Carvalho, passagem do rio Mocoretá</small>

O Exército Aliado marchou para a margem do Mocoretá, onde chegou no dia 25.

Para a abertura dessa marcha, que tinha por fim levar o exército a operar na província de Corrientes e que oferecia à comissão lugar para dirigir uma bela operação, procedi aos reconhecimentos necessários dos pontos em que o rio facilitava a passagem. À vista desse estudo, três foram os pontos escolhidos: o Passo da Bica, meia légua acima da foz; o Passo da Cavalhada, um quarto de légua mais acima, e o Passo da Diligência, ainda duas léguas acima. Nesse último passou a brigada do general Neto, no dia 26, em uma balsa e uma grande barca de passagem; e, nesse mesmo dia, às 2h, começou a passar o exército nos outros dois passos, ficando terminada a passagem no dia 30, ao meio-dia, sem o menor acidente.

Os meios de que dispúnhamos constavam apenas de três pontões de goma elástica, quatro chalanas, construídas de propósito, e duas canoas, que foram compradas no Mandisobi.

Aqueles pontões prestaram-se maravilhosamente a seu fim e, se tivéssemos pelo menos mais seis, teríamos efetuado a passagem em dois dias em lugar de quatro.

Entretanto, a travessia de catorze mil homens, com grande bagagem, nove baterias e mais de duzentas viaturas sobre um rio como o Mocoretá, que, nessa ocasião, tinha cinquenta braças de largura e duas de profundidade e em tão curto espaço de tempo, é um fato tão novo nesses países, que chamou a atenção do exército argentino e da imprensa de Buenos Aires.

<small>Alfredo Taunay, de Abóboras a Baús</small>

As seriemas é que se mostram numerosíssimas e o seu cacarejar às horas do sol quente, ao meio de cerrados vem a ser das coisas mais características, dominando estas solidões.

Coleiros, bem-te-vis, canários, bicudos, tiês, serra-serras, azulões, lavadeiras, anús, pintassilgos, tudo a chilrar e saltitar pelos arbustos. Bandos e bandos de papagaios, maitacas, periquitos, nas franjas das árvores mais altas, graúnas, sabiás em revoadas imensas, pelas copas das palmeiras. Pombas caboclas cor de tijolo, rolas de cascavel, salpicadas de branco, brincam na areia e aí buscam a sua vida, ao passo que as trocazes voam em bando; as andorinhas de campo e as tesouras deslizam pelos capinzais, as gralhas fazem nos arbustos dos cerrados barulho ensurdecedor. E a toda esta passarada inspiram terror os gaviões em seus volteios a soltarem aqueles guinchos que recordam aos demais voláteis que o perigo ronda em torno de seus folguedos.

Como estimaria V. ver estes grandes panoramas animados por estes animais todos; Você que tanto compreende o Belo e a grandiosidade da Natureza!

Ia debaixo de formidável soalheira, só, tendo deixado atrás de mim, a certa distância, os camaradas que me haviam dado, quando de repente saiu da macega um homem inteiramente nu e trazendo uma espingarda. Assustei-me e puxei do revólver, receoso de alguma agressão por parte do sujeito que podia ser algum índio selvagem, como ainda os há por ali. Mas o homem pôs-se a andar pela estrada muito pausada e tranquilamente. Gritei-lhe que parasse e ele obedeceu incontinente. Perguntei-lhe quem era e porque estava nu. — Sou caçador de veados, explicou-me. É preciso ficar nu porque os veados têm extraordinário faro e fogem com a maior facilidade se desconfiam da presença do caçador.

E lá se foi o tal caçador que por sinal não era de todo acanhado, falando com desembaraço e precisão.

A nossa comissão seguindo à frente das forças fomos ter à margem do rio Verde que também é afluente do Paranaíba. Nas matas das vizinhanças deste rio há muitos índios bororós que fazem correrias atacando as fazendas. Soubemos que o fazendeiro Flores, há meses, perseguiu-os ativamente, em represália, agarrando diversos homens e mulheres. São índios altos, de olhos ovalados, sobrancelhas divergentes. Têm o nariz achatado e rosto largo. Usam rapar o cabelo na testa, racham às vezes o lábio inferior e fazem tatuagens com urucu. Nas imediações do rio Verde vimos escombros de uma fazendinha que haviam incendiado.

Nesta ocasião, conforme nos contaram, muitas outras propriedades agrícolas pequenas foram por eles devastadas tendo sido morto bastante gado e queimadas roças e casas.

<small>João Coelho de Almeida, levado prisioneiro de São Joaquim para Humaitá</small>

Em fins de novembro de 1865, fomos transportados desta capila para Vileta acompanhados pelo mesmo oficial e praças (já agora bem armadas) e notamos que durante a nossa viagem éramos então tratados com rigor. Chegando ao dito lugar dia 1º de dezembro. Aí estivemos oito dias, findos os quais nos fizeram embarcar no vapor *Iporá* com destino a Humaitá. Logo que entramos a bordo nos amarraram os pés com um cabo de linho bastante grosso, à exceção do coronel Carneiro de Campos sendo nós aliviados desse castigo logo que chegamos no nosso destino.

Não nos deram cousa alguma para comer durante o dia. Levaram para terra bastante doente o meu companheiro Sampaio, que veio a falecer no dia 28 de janeiro do dito ano.

<small>Rodrigues da Silva, de Concórdia a Lagoa Brava</small>

O exército avançava vagarosamente, por não dispor dos meios próprios de condução do material, gêneros alimentícios, bagagens etc., vendo-se à inteira mercê de particulares que se encarregavam desses transportes e de fornecer os mantimentos e gado necessário ao consumo, o que tudo nos vinha de Buenos Aires, homens, coisas e animais.

<small>General Osório, Riachuelo</small>

As chuvas e outros tropeços encontrados não impediram, porém, as providências para que fosse, como foi, mesmo em marcha, fardada a divisão que vem da Uruguayana, e que está duas marchas do grosso do exército, à qual mandei tudo quanto era preciso para mobilizá-la, e fazê-la sair da Restauração onde estava; cavalos, bois, carretas, abarracamento etc., nada faltou; só lhe falta pagar os vencimentos atrasados, o que fará tão logo como se efetue sua junção ao exército.

À capital de Corrientes têm já chegado dois mil homens pouco mais ou menos, dos que vêm pelo Paraná, incluindo nesse número os que estavam no Salto empregados nos hospitais, e os que tiveram alta. E informado de que há no Paraná encalhado catorze vapores com tropa, oficiei ao sr. general Barrozo, pedindo-lhe que fretasse vapores de pouco calado d'água e grande capacidade, a fim de irem buscar a tropa existente a bordo dos encalhados, d'onde é urgentíssimo tirá-la para impedir ou retardar ao menos o desenvolvimento que a estação favorecia, de alguma epidemia.

Em dezembro, um dia pouco antes de o exército fazer alto para acampar, passamos por um campo de alta pastagem, onde as *préas* eram tantas, que não houve soldado que não apanhasse uma pelo menos. Havia milhões. Chegamos à lagoa Brava, um dos acampamentos de recordações mais vivas para todos que pertenceram ao corpo do exército de Osório. Estávamos perto da cidade de Corrientes e fomos reforçados por grande número de corpo de voluntários, que tinha subido, embarcados, o rio Paraná.

Dionísio Cerqueira, Lagoa Brava

Recomendo ao Leandro que tenha muito cuidado com a tropa, que não comece a sair da invernada e fazer mal na cria. Ele que trate de ter bem segura a invernada para assim evitar incômodos e dar prejuízo.

Coronel Chicuta, Uruguaiana

Dia 18 — Chegou o 2º Corpo de Voluntários de Pernambuco, hoje 30º incorporando-se ao exército com a brigada comandada pelo coronel Alexandre Gomes de Argolo Ferrão.

Azevedo Pimentel, próximo a Riachuelo

Dia 20 — Chegamos a Lagoa Brava, distante da cidade de Corrientes duas léguas e aí acampamos; este lugar é bonito, conquanto muito paludoso. É um conjunto de lagoas mais ou menos extensas e rasas que oferecem um lindo panorama à vista, pela riqueza imensa que têm em pássaros aquáticos de todos os tamanhos, alguns a rivalizarem com as avestruzes, com a diferença que aquelas massas imensas de carne sustentam-se no ar como se fossem leves borboletas. À tarde esses pássaros suspendem o voo em extensa linha e começam a percorrer o espaço e

Azevedo Pimentel, Lagoa Brava

a soltarem pios comovedores que prendem a atenção geral. As Lagunas Bravas, como disse acima, são muitas lagoas semeadas e que ocupam uma planície sem exageração de duas léguas, mais ou menos.

Em toda essa extensão derramou-se o nosso exército, de sorte que de certos pontos as alvas barracas alinhadas semelhavam cidades flutuantes e fantásticas.

Os especuladores de Corrientes estabeleceram logo uma linha de rodagem e todos os dias nosso acampamento era frequentado por caleças, cabriolés e ônibus, que tornavam mais agradáveis aquelas localidades, não faltando abundância de frutas e leite. Aos domingos muitas carruagens cheias de famílias, e muitas senhoras montadas a cavalo visitavam nosso acampamento, dando assim mais realce àquela natureza risonha.

<small>Dionísio Cerqueira, Lagoa Brava</small>

Havia entre os voluntários um corpo, de uniforme estranho: — largas bombachas vermelhas presas por polainas que chegavam à curva da perna, jaqueta azul, aberta, com bordados de trança amarela, guarda-peito do mesmo pano, o pescoço limpo sem colarinho nem gravata e um *fez* na cabeça. Eram todos negros e chamavam-se — *Zuavos baianos*. Os oficiais também eram negros. Passados poucos dias, foi dissolvido e as praças distribuídas por outros batalhões. Muitos passaram a serventes dos hospitais. O general Osório teria podido tirar grande partido daquela gente forte e brava; mas o não fez, por não se lembrar talvez, naquele momento, do heroísmo e altos feitos com que os imortais terços de Henrique Dias, o heroico capitão negro, ilustraram a história pátria.

<small>Albuquerque Bello, Paso de Andarias</small>

Fiz uma caixa de papelão para guardar miudezas que tenho nas malas.

Mandei castigar um dos soldados que tinha desertado, e voltou para o acampamento dizendo-me que tinha desertado induzido pelo Forriel, o qual pretendia voltar para me assassinar e levar mais praças para o inimigo.

Finalmente no dia 20 embarcaram no vapor argentino *Uruguay* quatrocentos homens de cavalaria do Rio Grande, que aqui se achavam, com destino ao Salto, para dali seguirem para São Borja a incorporarem-se ao exército do barão de Porto Alegre.

Jornal do Commercio, correspondente de Montevidéu

Com esse embarque vagou um quartel, e foram acomodados os guardas nacionais que se achavam expostos ao sol, experimentando o calor de 86°F, chuva e umidade à noite; recolheram-se ao quartel no dia 21.

Apesar das dificuldades encontradas em Montevidéo, como porto de escala dos vapores que conduziam tropa brasileira para reforçar o nosso exército, que já então se achava na margem do Riachuelo, forçoso foi continuar a seguir o mesmo caminho, pois que outro não havia tão fácil para a cidade de Corrientes.

Nosso propósito é: depois da chegada em Corrientes, servir de cobertura a um navio de guerra. Nós, oficiais alemães, estamos livres para decidir se nos juntaremos às tropas em terra ou ocuparemos um navio de guerra. Parece mais perigoso estar à mercê do fogo das baterias inimigas no navio, mas as marchas em terra, com o equipamento desajeitado, pesado, por lugares quase intransitáveis, através de grama de seis a sete pés de altura, por brejos e atoleiros, por rios sem pontes — são ainda mais difíceis e eu, por minha vez, prefiro ter uma morte normal de soldado do que tombar durante uma marcha, miseravelmente e sem ajuda. O calor aqui é terrível. Cordiais saudações dos voluntários de Dona Francisca a todos os familiares e amigos em casa!

Hoffmann, próximo a Montevidéu

As moscas eram tantas, que dificilmente o bocado nos chegava à boca sem uma dúzia delas. A carne que algum cozinheiro previdente dependurava nos laços para amoxamar, ficava coberta rapidamente das larvas brancas das varejeiras. Lembro-me bem de um companheiro, que cansado de dar combate às moscas e desanimado com a multidão infrene, resolveu machucar no pirão ou no arroz as mais impertinentes e tragá-las. Vi-o uma vez tomar dura xícara de ferro estanhado, cheia de vinho Car-

Dionísio Cerqueira, Lagoa Brava

lon muito zurrapa, comprado numa carreta próxima, e bebê-lo coando nos dentes a massa de moscas que o engrossavam, cuspindo-as depois.

Albuquerque Bello, Corrientes

Esta noite fez um calor excessivo. Estive fora da barraca até depois de meia noite, e me recolhi muito cheio de saudades; o inimigo ontem deu três salvas de artilharia.

Hoffmann, a bordo do Araguari, Corrientes

20 de dezembro. Desde ontem estamos a bordo do navio movido a vela e hélice *Araguary*, comandado por um alemão, capitão Hohnholtz, e que se destacou com louvor em seis batalhas, especialmente na de Riachuelo. O trabalho no navio irrita alguns, mas a comida é boa e estamos animados. Às 5h da manhã o pessoal recebe uma aguardente, às 6h café e quatro biscoitos, na hora do almoço 375g de carne com legumes bons, mais uma aguardente, e às 5h da tarde caldo de carne com 250g de carne.

Os índios nos divertem muito, são figuras horríveis, principalmente as mulheres. Essas não usam camisas, nem mesmo uma crinolina! Andam no estado natural de Eva.

Rodrigues da Silva, Lagoa Brava

A vida na lagoa Brava foi de grande descanso para as tropas treinadas, as quais não se molestavam mais com os assíduos exercícios e o tirocínio dos acampamentos de guerra.

Se a soldadesca continuou de barracas armadas, a oficialidade instalava-se em cômodos ranchos, cobertos de palha e paredes de torrão.

Alguns camaradas de mais habilidade e paciência construíam curiosas mobílias que cobriam com fazenda, aparentando trabalhos de arte.

Bem confortáveis as moradias, todas na linha de bandeira, recursos relativamente abundantes, passavam-se os meses suavemente, alegremente, a ponto de esquecer-se a gente de que andava em campanha.

Logo ao cair da noite, principiavam a gemer os violões, cavaquinhos, violinos e flautas, até o toque de silêncio, seguidos dos clássicos descantes *à luz da sedutora lua*.

Com os mesmos materiais, levantavam-se teatros, salões para bailes, banquetes e jogos.

Quem dera, a esse tempo, o cinema; se já fosse uma realidade, claro, entraria em cena aberta!

Vivia-se, enfim, em constantes folguedos, e quem na pátria não houvesse deixado esposa nem filhos, gozava os dias em meio de perfeito regalão.

Um dia, à tardinha, estávamos nas baterias, olhando para o carretame do transporte, estendido em linha para as bandas da retaguarda, quando estremecemos ao estampido de medonha explosão. Coluna imensa de fumo alvadio subiu a grande altura levando no torvelinho rodas de carreta, cangas, couros, braços e pernas e outros destroços. Corremos todos. Cunhetes de munição conflagraram-se nas nossas carretas. Alguns homens morreram; outros ficaram horrivelmente queimados; mas o imenso transporte salvou-se quase todo, graças à coragem e à dedicação dos soldados, que se arrojaram impávidos no meio daquele turbilhão de chamas e alarida de gritos, ais e de gemidos. Boa gente a brasileira, abnegada, intrépida, sofredora, resistente, sóbria e sempre alegre.

Alguns dias depois, mudamos os nossos arraiais para o Tala-Corá. Estávamos já em pleno estio.

Dionísio Cerqueira, Lagoa Brava

Nossa divisão, a 1ª, tendo abarracado junto a uma lagoa de águas verdes, pois havia lagoas de todas as cores, e sendo nocivo o uso de suas águas, mudou-se o acampamento para cerca de 1 km.

Azevedo Pimentel, Lagoa Brava

Chegou ao acampamento um reforço de três a quatro mil homens em que veio a Guarda Nacional, que é o 4º de Pernambuco

Vamos não somente enviar ao Conselheiro Leverger o relatório geral desde o Rio de Janeiro como também o traçado do caminho de Piquiri que os paraguaios tentaram para marchar sobre Cuiabá.

Alfredo Taunay, Coxim

Fui em companhia de Juvêncio e mais alguns outros companheiros reconhecer a margem esquerda desse rio e voltamos pelo caminho de Coxim que corta a fazenda de Luiz Teodoro. Foi ela completamente destruída e do modo mais bárbaro. Nem as árvores escaparam! faz-nos pena ver magníficas laranjeiras ainda derribadas. Cento e cinco alqueires de arroz foram queimados e tudo num só dia virado de pernas para o ar!

O rio Taquari no lugar da passagem, desenho de Taunay

O caso Estigarribia parece preocupar o Rio em peso, com efeito é incrível que não o encerrem em alguma fortaleza já que suas infâmias foram descobertas no Rio. Infelizmente o nosso Governo respeitou demasiado a palavra dada a este indivíduo e vemo-nos obrigados a suportá-lo.

Jacob Franzen, de Visherem a Montevidéu

A 24 de outubro, do mesmo ano, o corpo marchou de Sant'Anna para "Visherem" (Pesqueiro)? onde acampamos até 29 de novembro. Veio ordem de seguir para Porto Alegre o que efetuou-se. A 11 de dezembro o corpo embarcou no vapor *Galgo* para o Rio Grande e, a 12 de dezembro, no *Guahyba* com destino a Montevidéo onde chegamos a 14 e ficamos até 20

5ª — 21 de dezembro
Faz hoje anos minha filha Chiquinha; Deus te abençoe minha filha, Deus te queira dar muitas felicidades.

    Albuquerque Bello, a bordo do Leopoldina, *entre Paso de Andarias e Corrientes*

6ª — 22 de dezembro
Às 8 da manhã passamos por Goya. Um oficial do Corpo Provisório deu uma bofetada num criado do vapor, pelo que houve uma grande questão entre os comandantes do corpo e do vapor.

As recomendações de Vª. Exª. para a instrução das tropas novas; para a dissolução dos corpos que por sua pequena força, são mais pesados que úteis ao serviço, e completando-se com as suas praças outros corpos; todas enfim, serão cumpridas.

    General Osório, Riachuelo

Passei a noite em barraca deitado sobre um girão de varas armado pelo meu novo camarada e voluntário do Ceará (26º) Tomaz. A barraca no verão, principalmente em noite sem chuva é tão agradável quão incomoda e insuportável nas misérrimas noites do Daiman e do Iuquerí.

    André Rebouças, Lagoa Brava

a 23 de dezembro, estava o general Osorio com o exército brasileiro, a uma légua da cidade de Corrientes, na Lagoa-Brava, tendo marchado cem léguas, distância entre Concordia e esse ponto.
O exército argentino, por sua vez, aparecia em São Cosme e, pouco depois, a ele se reunia o contingente oriental, às ordens do general Flores.
Aí acamparam.
Estamos perto do inimigo; agora, é operar e operar vigorosa e energicamente.
É preciso compensar o tempo gasto em longas e peníveis marchas; porque, cada dia que passa é um enorme sacrifício para o Brasil, só para o Brasil.
Mas, não se pode avançar, porque não temos meios de transporte apropriados para as forças atravessarem o rio Paraná.
Cumpre, pois, ficar o exército aliado na margem esquerda d'esse rio, acampado quatro longos meses, para se reunirem as

    Bernardino Bormann, margem argentina do rio Paraná

embarcações apropriadas àquele fim, porque nenhuma providência se havia dado n'esse sentido!

O general Osorio encarrega, então, ao hábil e infatigável chefe da comissão d'engenheiros, tenente-coronel José Carlos de Carvalho, de ir a Corrientes construir as embarcações que fossem necessárias e comprar em Buenos-Ayres as que ali não pudesse conseguir.

A demora das operações era, entretanto, muito favorável à República Argentina, nossa aliada.

O nosso ouro enchia os seus mercados; iniciava-se, assim, uma época de prosperidade, pouco comum nos anais da história dos povos.

Dionísio Cerqueira, Tala Corá

Passo da Pátria distava de nós uns 20 km apenas. Batíamos às portas do inimigo e precisávamos estar prontos para acometê-lo. O exército organizava-se. Cada uma das armas de infantaria e cavalaria tinha as suas divisões compostas de duas brigadas pelo menos e estas constituídas, no mínimo, por dois corpos. A artilharia estava à parte. Tinha o seu comando geral. Não havia brigadas mistas, nem artilharia e cavalaria divisionárias.

Nos quatro meses que passamos até a invasão do Paraguai, poderia o general, que fora um dos grandes chefes da nossa famosa cavalaria, ter feito a remonta dos corpos desta arma e engordado a cavalhada com forragem, que se obteria facilmente. Nada se fez, entretanto, e íamos transpor o Paraná com a maior parte da cavalaria, a pé.

Alfredo Taunay, Coxim

O fim do ano aproxima-se e não sei quando poderei ter o imenso prazer de me tornar a ver entre os meus. Que nos trará o ano novo? Esperemos que nos seja o mais propício e nos dê o final desta já longa guerra, com o triunfo completo das armas imperiais defensoras da causa da justiça do povo agredido tão brutalmente pela fúria de um déspota ambicioso e sem escrúpulos.

Adeus meu caro papai, o dia de Natal aí vem e vou passá-lo bem tristemente. Estou certo de que vocês aí também não o passarão alegremente, apreensivos, com a sorte de seu filho ausente. Será o que Deus quiser! Mamãe que não se aflija que ainda teremos muitos dias de felicidade de vida em comum.

No dia 24 deste mês (dezembro), veio Osório, o comandante, passou por Corrientes; ele avançou com seu exército para Passo da Pátria; por lá, Mitre já tomou posição com parece que doze mil homens. Osório comanda trinta mil

Ontem marcharam daqui três mil homens, eram de São Paulo, Ceará e Bahia, também parte de Santa Catarina. Diariamente chegam novas tropas, ontem outros trezentos voluntários de São Paulo, entre eles um filho de Gaensli.

O navio está otimamente equipado com armas de ataque e de defesa, assim como com munição e suprimentos. Toda a instalação é louvável e a tripulação está animada. Nosso navio, ao lado do *Belmonte* e do *Itajahy*, estão determinados abrir o baile.

Hoffmann, a bordo do Araguari, Corrientes

Domingo — 24 de dezembro
Véspera de Natal — Como estarão hoje os meus? Só pensam em mim só falam em mim! Teriam armado seu presepiozinho? Tudo é saudade

Albuquerque Bello, em direção a Lagoa Brava

6ª — 29 de dezembro
Marchamos hoje e chegamos ao exército às 2h da tarde junto à Lagoa Brava. Foi-me doloroso quando entrei no acampamento e passei pelo 15 de Voluntários onde tinha as praças do 13; os oficiais e soldados estavam todos na estrada a minha espera, e me abraçaram muitos tendo as lágrimas nos olhos.

No dia 5 de dezembro pela madrugada largamos da cidade do Desterro em direção a Montevideo, onde fundeamos a 8 do mesmo mês tendo porém deixado na primeira cidade algumas praças que por moléstias não poderão continuar viagem, e al-

Manoel Giraldo do Carmo Barros, major, de Desterro a Corrientes

gumas outras que tendo desembarcado não compareceram até a saída do vapor.

No dia 15 seguimos viagem pelo Paraná acima tendo a infelicidade de no dia 17 perdermos, em frente à Cidade do Rosario, o soldado da 3ª Companhia João Ciryno Nicolao, que desastrosamente faleceu esmagado pela roda do vapor.

No dia 19 chegamos à cidade do Paraná, onde saltou a tropa em uma ilha para lavar a roupa e refrescar-se, sendo esta a primeira vez que desde o Rio de Janeiro desembarcou-se a gente.

Tendo no dia 21 continuado a viagem para Corrientes perdemos mais em La Pás no dia 24 o particular da 6ª Companhia Jose Albino do Nascimento, que faleceu de varíola, e no dia 25 junto a Lanrilty o soldado da mesma companhia João Baptista da Crús também vítima da mesma enfermidade.

No dia 25 abicamos em Corrientes, tendo chegado quase simultaneamente os três corpos de São Paulo 7º, 42º e 45º; e d'aí seguimos a 29 para este acampamento, onde formamos com o 7º Batalhão de Voluntários e o Batalhão de Engenheiros

São estes os factos mais importantes que ocorreram em nossa viagem, que apesar das enfermidades, que apareceram, podemos contá-la como uma das mais felizes.

Aproveito a ocasião e reitero a V. Exa. o pedido dos guias dos oficiais, cuja falta já nos vai sendo assaz sensível.

E. C. Jourdan,
Lagoa Brava

A 10 de dezembro, o primeiro encouraçado que sulcara as águas do Paraná achava-se no porto de Corrientes, e a 23, as forças do general Osorio acampavam na Lagoa-Brava, a uma légua daquela cidade, o exército argentino em São Cosme, e, pouco depois, o general Flores, tendo feito uma penosa marcha, pelo centro da província de Entre-Rios, chegou ao mesmo ponto, subindo então o exército aliado em frente à margem inimiga a mais de 47 mil homens e a esquadra com quatro encouraçados, treze canhoneiras, cinco avisos, quatro transportes e um patacho de guerra, tudo guarnecido com 3.510 praças e 106 praças de artilharia. Além disto, sete grandes transportes fretados.

Quanto a operações futuras, nada posso por agora dizer a V. Exª. Só depois de conferências entre os generais aliados e o sr. visconde de Tamandaré, que ainda não chegou a Corrientes, se saberá de positivo o que se fará.
General Osório, Riachuelo

O plano é o seguinte: os três navios mencionados acima abrem a batalha, quando, diante das baterias da praia, cruzadores e monitores tomam posição e atiram nelas. Ao mesmo tempo, o exército em terra começa a avançar, a fim de conquistar Passo da Pátria; em seguida, a esquadra continua rio acima, tentando passar Humaitá (algo que, aliás, é osso duro de roer) e junto com o poderio em terra segue a Assunción.
Hoffmann, a bordo do *Araguari*, Corrientes

A Pátria e meus filhos são meus duendes.
José Campello, Volta do Urubu

FORMICA LEO

Alfredo Taunay, Coxim

Outro passatempo meu no melancólico e penoso acampamento do Coxim, à margem direita do largo e límpido Taquari, consistia em seguir e observar de perto o curiosíssimo trabalho do *formica leo*, inseto sobremaneira frequente naquelas paragens.

A larva é esbranquiçada, bastante parecida com o *cupim*, pesadona de corpo e com um abdome grosso e estufado, que lhe não permite translação rápida e até moderada locomoção. Nestas condições, difícil lhe fora prover os meios de subsistência, de modo que, pungida pelo aguilhão do voraz apetite, peculiar ao seu estado de transição, se vê obrigada a recorrer à mais engenhosa e bem-concebida das armadilhas, de feição para assim dizer científica.

Nesse intuito, traça no solo areento e fofo uma circunferência de quase meio palmo de diâmetro, curva fechada que descreve, com o maior rigorismo geométrico, de diante para trás, isto é, recuando sempre, desde o ponto de partida até voltar a ele.

Em seguida, põe-se a cavar de dentro da linha para o centro, atirando fora, por um movimento súbito e balístico da cabeça articulada, a terra sacada metódica e progressivamente no seguimento de linhas que, a princípio, parecem ao observador circulozinhos concêntricos, mas, melhor examinadas, são voltas de uma espiral cada vez mais apertada para o centro.

E assim aprofunda rapidamente um funilzinho, desde logo feito com tal arte e jeito, que qualquer objeto miúdo que caia nas bordas, rola prestes para o fundo.

Findo esse cone invertido e hiante, trata de alisar zelosamente as beiras, destruindo as mais ligeiras asperezas, e, com o entulho saído da abertura, forma vistoso e bem-socado terrapleno, como que a convidar despreocupados e amenos passeios; depois, agacha-se em baixo e, pacientemente, espera a presa que o acaso puser à sua disposição.

A máquina está montada; só faltam as vítimas!

Venham, então, formigas e outros insetozinhos caminhando despreocupados e alheios ao perigo que os espreita, e impreterivelmente se despenham pelos inopinados e pérfidos declives, sendo incontinenti apreendidos com verdadeira ferocidade e trucidados sem demora pelo astuto vencedor, que lhes suga a linfa vital.

Terminado o triunfal festim, o *formica leo*, segurando o mísero cadáver com as mandíbulas, o sacode fora, ou, quando pesado demais, o arrasta para longe, subindo e descendo a recuanços, e procedendo sem detença à reparação dos estragos produzidos pelas peripécias da queda e da luta.

Às vezes — e não raro assim sucede — a preiazinha não é de pronto precipitada ao fundo e consegue agarrar-se à parede, em situação mais ou menos distante do ávido algoz; este, então, com muita destreza e boa pontaria, lhe atira grãozinhos de areia, que apressam, para um, o desenlace da catástrofe e, para outro, a posse da apetecida caça.

Rápido e certo é, em geral, o triunfo do encapotado salteador, até com insetos de muito maior vulto, gafanhotozinhos e grilos, que ficam atarantados com o tombo e a violenta agressão; mas também acontece que coleópteros (cascudos), vindo abaixo, ao rastejarem por aí, dão a morte ao *formica leo*, o estrangulam e rapidamente se safam daquele abismozinho, que lhes ia sendo fatal.

Quase sempre de manhã cedo é que a colheita se torna mais copiosa, de maneira que as armadilhas se preparam de madrugada ou pouco depois, consumindo a execução quase quarenta minutos de aturado afã.

Reparei igualmente que, nas horas de maior calor, quando o terrível sol daquela região batia de chapa, os embiocados de-

sertavam o posto de ataque e, com a celeridade que lhes era possível, iam abrigar-se à sombra das ervinhas em cima, já para não ficarem torrados, já para dispensar inútil *tocaia*.
Como tudo isso é curioso!

Não duvido nada que essas larvas untem as bordas e paredes do funil com algum líquido visguento, secretado de propósito para tornarem a superfície mais escorregadia e lisa, e assim impedirem paradas, que não só obrigam a contínuas e laboriosas reparações, como dão à presa tempo de voltar a si da cruel surpresa e preparar-se para heroica defesa.

os dias

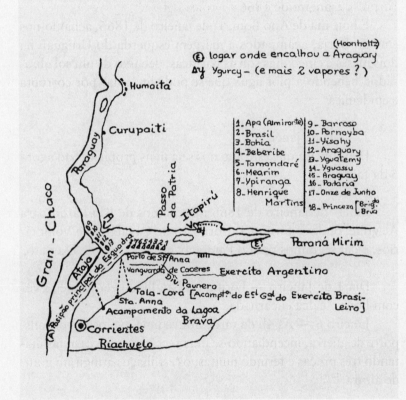

Forças aliadas às margens do rio Paraná, mapa feito a partir de desenho de André Rebouças em seu diário

seguimos para San Nicolau (Argentina), onde existia uma pequena ilha, na qual desembarcamos para tomar banho e proceder a uma limpeza geral. Tendo permanecido aí dois dias, embarcamos novamente e viajamos até Corrientes, onde chegamos exatamente no dia 1º de janeiro de 1866. Foi um dia mui-

Jakob Dick, de San Nicolau a Corrientes

to quente e dele não me esquecerei durante toda minha vida. Ameaçava trovoada e, por isso, foram distribuídas lonas de tenda. Mas nenhum de nós sabia armá-las conforme as instruções, razão pela qual cada grupo armou a sua ao bel prazer e com a maior indiferença. Durante a noite, porém, veio uma tempestade com chuva e granizo como nunca mais vi até hoje (1910). Pernoitáramos perto do rio e, ao amanhecer, via-se uma porção de tendas nadar rio abaixo. Além disso, tudo estava completamente molhado. Essa foi a nossa estreia no teatro da guerra.

José Campello, São Borja

1º de janeiro de 1866
É hoje dia de Ano Bom, 1º de janeiro de 1866, achamo-nos em São Borja, acampados à margem esquerda do Uruguai, há dois meses e cinco dias sob as barracas, debaixo de um sol abrasador, bebendo a pior água que se pode imaginar por corrupta e epidêmica

Albuquerque Bello, Lagoa Brava

2ª — 1º de janeiro
Deus queira que este ano nos seja mais propício. São agora 3 da tarde.

Adolpho Pritsch, de Rio Pardo a Alegrete

Em 1º de janeiro de 1866 marchamos de Rio Pardo para Alegrete, onde se formou o Corpo 16 de Cavalaria de Voluntários, e daí seguimos para o Paraguay no 2º Corpo de Exército.

Azevedo Pimentel, Lagoa Brava

Dia 1 de Janeiro — Formou o batalhão pela primeira vez com boné e calça encarnada.
Janeiro 6 — Às 4h da tarde houve uma explosão no transporte de guerra, incendiando-se uma secção de oito carretas matando três praças e ferindo muitas; os estilhaços atingiram grande altura.

Miguel Freixo, São Borja

Aqui um dia por outro fuzila-se um soldado. Lá de vez em quando há umas facadinhas de nada, e entretanto ninguém faz caso. Há dias um soldado deu umas cinco ou seis baionetadas numa pobre mulher e, quando vinha preso, ainda úmido com o sangue da vítima, passou por junto a minha rede, em que eu deitado lia — *Le Poignard de Cristal* — crês que nem me dignei lançar-lhe olhos?

Os perigos contínuos, as moléstias que assolam e devastam os nossos companheiros, tropeçando nós, aqui e ali, nas lousas de seus túmulos, e as peripécias fatais de que somos cotidianamente testemunhas, é que nos vão riscando d'alma o amor da vida e como que nos familiarizando com a morte. Entretanto sinto uma atração indefinível para estes perigos que me abalam o coração; as impressões fortes agradam-me, te disse uma vez e hoje com experiência to repito.

5ª sessão do hospital ambulante junto a Lagoa Brava, 5 de janeiro de 1866
Esqueceu-me informar a Vª. Exª. que nesta secção não existe canastra de ambulância de qualidade alguma e que os meios de transporte que tenho para os doentes Vª. Exª. teve ocasião de apreciá-los, são seis carretas em péssimo estado, impróprias do emprego a que têm sido destinadas.

> Dr. Julio César da Silva, primeiro-cirurgião da 5ª seção do hospital ambulante no acampamento de Lagoa Brava

Foi curta a nossa marcha da lagoa Brava, acampamento dos rigores estivais, à Tala-Corá, onde respiramos menos afogados, talvez pela situação topográfica mais despejada. Só quem experimentou o calor infernal daquela região nos meses de verão, pode bem avaliar o que sofremos nos dias bochornais de dezembro e janeiro. O vento norte assoprando abrasado como saindo de fornalhas, empolga os nervos, relaxa os músculos e entontece como o álcool. Desperta em uns, como em Francia, os instintos ferozes, e atormenta outros num torpor indescritível de laxidão física e moral.

> Dionísio Cerqueira, Tala Corá

O mês de janeiro de 1866 foi um chover sem cessar: isto é, manhãs radiantes de sol esplêndido, meio do dia calor quase intolerável e, das três da tarde até às seis ou sete, violenta tempestade, que, por vezes, tomava visos de ciclone. Era coisa sabida, infalível, pois começava a encenação de grossas nuvens, desde pela manhã, acumulando-se, reunindo-se a pouco a pouco, to-

> Alfredo Taunay, Coxim

mando todo o céu e desabando vibrantes aos toques da eletricidade condensada.

Depois, noite estrelada, sem o menor floco de bruma e bastante fresca, com as estrelas a cintilar violentamente, dando até luz, tão fortes os seus cambiantes reflexos.

Rodrigues da Silva, Lagoa Brava

Os soldados, pelo menos os de infantaria, entretinham-se em ver laçar o gado para a carneação, e, na pesca deliciosa aos jacarés, de que a lagoa era povoadíssima. Para isto, atravessavam um pedaço de madeira coberta com carne na extremidade de qualquer corda reforçada, e, assim, os fisgavam.

Na dificuldade de tirá-los da água, para o que se juntava grande número, consistia no passatempo predileto.

Alfredo Taunay, Coxim

É isto um mal de todos nós. Emagrecemos, bocejamos, falamos da volta e nada se faz.

Hoffmann, a bordo do Araguari, Corrientes

No dia 9 de janeiro chegaram aqui os 88 artilheiros alemães da província do Rio Grande do Sul. Eles esperavam por canhões novos com a melhor montaria — mas como se enganaram! De cavalos, há por aqui apenas alguns lamentáveis pangarés, que até os paraguaios acharam ruins demais para serem levados

E as bocas-de-fogo são do século passado, seus carrinhos precisam de boas vias para circular, mas não aqui, onde às vezes se passa por brejos e rios afundados até o pescoço.

Um ataque não acontecerá antes de seis ou oito semanas. A esquadra está longe de completa, muito menos o número de tropas, que chega a cinquenta mil e deve aumentar para oitenta mil.

Lopes instalou no rio — com a ajuda do engenheiro norte-americano Bell — uma porção de máquinas infernais debaixo d'água, a fim de explodir a esquadra brasileira pelos ares. Elas estão ligadas à margem com cabos elétricos. Um teste foi muito exitoso; quando um barco tocou o cabo, aconteceu uma explosão horrível, o barco foi lançado ao ar e ficou totalmente destroçado. Lopes instalou muitas minas em Passo da Pátria, Humaitá e Assunción.

Corrientes, destinada para base de nossas operações, engrandecia-se pela atividade que os generais aliados desenvolviam, criando ali hospitais, grandes depósitos, laboratórios etc., para os misteres inerentes aos movimentos que se preparavam. Chegavam diariamente transportes conduzindo tropas. Organizavam-se trens de passagem para de uma vez desembarcar um exército no território inimigo.

E. C. Jourdan, Corrientes

D — 7 de janeiro
Nada tenho que dizer hoje a minha mulher e meus filhos; fico bem, e o mais Deus salve. Dr. Pontes, dr. José Jorge de Carvalho me visitaram; soube que no hospital tem 1.100 doentes e em Corrientes novecentos. Às duas horas da tarde houve uma grande implosão no laboratório; arderam seis carretas, morreram três soldados e ficaram cinco gravemente feridos.

Albuquerque Bello, Lagoa Brava

Amanheci bom, sonhei toda noite com minha família. Recebi carta do Barra de 8 de setembro e umas relações; escrevi ao mesmo, a minha mulher, e ao Juca; mandei quatro retratos a minha mulher, um ao Barra; o capitão Cruz de Sergipe, esteve comigo.

Nosso serviço a bordo não exige muito. Pegar às 3h da manhã e não fazer nada o dia todo além de comer, beber, limpar, lavar e dormir.

Hoffmann, a bordo do *Araguari*, Corrientes

As coisas desagradáveis são exercícios de menos e, portanto, movimento de menos em relação à boa comida farta; as camas são bastante duras, o que causa dores nas costelas em alguns; em determinadas noites, há muitos mosquitos de um tipo bem importunador. O pagamento acontece de maneira muito irregular

Há povoações inteiras em que se não encontra de 12 anos para cima uma só moça donzela e isto porque aqui no Sul, de

Miguel Freixo, São Borja

Santa Catarina para cá, a farda é onipotente, onisedutora e oniquerida sem rival. Não encontra o mais insignificante obstáculo em sua marcha para seus fins — é despótica, faz o que quer. Admira mesmo a franqueza com que se abrem as portas de uma casa de família para receber-se um estranho sem outra recomendação mais que seus galões.

André Rebouças,
Lagoa Brava

11 — janeiro

É tal a escassez de utensílios para cortar mato, cavar terra, etc., que só o Batalhão de Engenheiros possui alguns já muito deteriorados pelos trabalhos na longa viagem de Concórdia a Corrientes. Sempre que qualquer divisão tem necessidade de pás, enxadas, manda pedi-las de empréstimo ao Batalhão de Engenheiros. Não foi mais feliz o general Andréa nas suas reclamações sobre o fornecimento de dietas para o Hospital Ambulante: todos os dias nas partes dos médicos da primeira divisão se lê: "Não foram enviadas pelo fornecedor as dietas pedidas para os doentes".

Alfredo Taunay,
Coxim

Para chegarem as forças a esse ponto, haviam caminhado, desde Santos, 264 léguas brasileiras de três mil braças ou 1.742 quilômetros e meio. Dessas léguas, 87,5 haviam sido na província de São Paulo, de Santos à margem esquerda do rio Grande; 43,5, na de Minas Gerais, da margem direita do rio Grande à esquerda do rio Paranaíba, 72,5 na província de Goiás de Santa Rita de Cássia ao rio Verde e 60,5 na de Mato Grosso, daquele rio ao Coxim.

Formaram acampamento em 91 pousos; 28 na zona paulista; 16 na mineira; 24 na goiana e 23 na mato-grossense.

Somando a este pessoal combatente os agregados necessários, bagageiros, carreteiros, mulheres, crianças, pode se afirmar que no Coxim, em começos do ano de 1866, estavam acampados para cima de 3.500 brasileiros, gente insuficientíssima para qualquer operação de guerra proveitosa em tão distantes e abandonadas paragens, mas exageradamente numerosa em vista dos meios de subsistência que elas lhe poderiam fornecer.

Marchar, quanto antes, pregavam as tais instruções ministeriais para Miranda, ocupar todo o distrito, desalojar o inimigo dos pontos que porventura ainda ocupasse e ir ter à fronteira do Apa, fazendo a bandeira nacional flutuar de novo na extrema divisa do Império!

Belo programa, na realidade; mas como executá-lo?

Com que socorros contar, ao sair-se daquela nesga enxuta do Coxim? Como atravessar imensos pantanais, formados por incessantes aguaceiros, que faziam transbordar córregos, riachos, ribeirões e grossos rios?

Onde achar alimentos, simples gado, quando todas as planícies ficavam debaixo d'água, podendo então ali navegarem naus? Que fazer contra a rudeza da região áspera, selvática, inóspita, inclemente?

Ah! bem fácil era, no comodismo de boa cadeira de braços, estar a determinar movimentos militares num mapa todo faceiro, colorido e mimoso, em que a escala de distâncias nem sequer dava ideia do que eram e facilitavam todas as facilidades.

Que valiam ali os temidos pantanais? Simples traços paralelos coloridos de rosa a representar convencionalmente água... e nada mais. Transpor tudo aquilo, dezenas e dezenas de léguas de pavoroso tremedal, oceano de lama em que podiam afundar-se montanhas, um pulozinho e estava tudo aplainado, vencidos os maiores óbices!...

A vida inativa que levava, as inquietações que me sobressaltavam, o mau e insuficiente passadio, as pequenas intrigas inerentes à existência em comum que tínhamos, acabaram afinal por me produzir, senão enfermidade grave, pelo menos arremedo disto. Cheguei então a supor que adquirira moléstia mortal do coração, tantas e tão insistentes eram as palpitações e pontadas que sofria, tal o mal-estar em que me achava, quando não podia dormir.

Quando me sentia mais aliviado das palpitações, ia pescar no Taquari, onde o pescado é abundantíssimo, e deveras, valeria à pena a distração se não me visse atormentado por nuvens de borrachudos e sobretudo pólvoras, cuja ferroada imita perfeitamente um grãozinho daquele explosivo que de repente se incendeia sobre a pele. Terríveis bichinhos!

Os peixes mais frequentes naquela volumosa corrente são *surubis* (e os há enormes, maiores que um homem), *piabas*, *abotoados*, *traíras*, *pacus* (poucos), *piranhas* — o peixe diabo — em quantidade não pequena.

José Campello, São Borja

Aqui só temos ocupado em exercícios, nenhuma chamada instrução. Os pobres oficiais e soldados diariamente ocupados em fazer faxinas, queimar cavalos mortos, enterrar intestinos e cabeças de boi e restos de carnes e, não obstante, a fedentina tal; acha-se tão infestado o ar que a febre tifo está desenvolvida.

Albuquerque Bello, Lagoa Brava

esta noite passou por junto de nossas barracas uma cavalada disparada, a levar no meio alguns dos cavalos dos oficiais. É muito perigosa estas disparadas, arrancam às vezes o abarracamento inteiro e matam muita gente.

Pela manhã quando o camarada foi mudar a cama para debaixo de um caramanchão que tem junto a barraca encontrou uma cobra jararaca, ainda que pequena, havia dormido comigo! estava muito bem enrolada de baixo do travesseiro; vê minha cara Chiquinha, que bela companheira tive esta noite?

Miguel Freixo, São Borja

Vê isto: quem me corta o cabelo é um soldado qualquer; calcula que obra não sai da mão deste meu novo Figueiredo! Quem me lava e conserta a roupa é o camarada, que com uma garrafa trata de engomá-la ao depois. Camarada em campanha é pior que um escravo: vai à lenha, carrega-a, cozinha, trata do cavalo, arma e desarma barraca, engraxa as botas, vai à fonte, lava a roupa, conserta e goma-a, a garrafa, bem entendido, como já disse; trata de tudo o que é do oficial e deve conservar sempre o que é seu limpo e asseado. Carrega as malas para o cavalo, trá-las para a barraca; enfim só um rapaz muito ativo e dedicado é que pode servir.

Desculpa o eu te escrever em meia folha de papel. Um caderno de papel almaço custa aqui $800 e deste de carta não temos. Assim aproveito as meias folhas em limpo das cartas que me escrevem e nelas escrevo a vossemecês do Maranhão, que não são de cerimônia.

Levo ao conhecimento de V^a. Exª. que nesta data comuniquei ao sr. major diretor do hospital militar que nas enfermarias já não cabem mais doentes, e que estes já se acham por fora das mesmas espalhados e mal acomodados por baixo das varandas, e que na deficiência de casas, precisa-se que se armem barracas para acomodá-los outrossim peço a abertura de buracos e mesmo a feitura de latrinas não só para evitar o escândalo de verem-se espalhados pelo campo os doentes a defecarem como também para que se guarde um convincente estado de salubridade junto aos hospitais, declarando que V^a. Exª. gravemente censura-nos pela falta de tal melhoramento já tantas vezes pedido por todos os encarregados de enfermarias. Peço a V^a. Exª. o seu forte e valioso empenho para que se possa conseguir esse melhoramento

Correspondência sem identificação do autor, 25/1/1866, Arquivo Histórico do Exército, Corrientes

O meu modo de vida está-se aproximando muito do de nossos maiores. Habito uma taba — casinha feita de capim e folhas secas — na qual só cabe a minha adorada rede, doce recordação de minha pátria, e as minhas malas. A comida, a mais frugal possível. Faço (e todos mais) qualquer operação em campo descoberto, em presença de seiscentos ou oitocentos homens em exercício. Só me falta um arco e uma flecha, um canitar etc. etc.

A dias insípidos se sucedem outros ainda mais insípidos.

Miguel Freixo, São Borja

Que tristes as tardes do Coxim! Quando acabado o aguaceiro habitual, ia o sol lentamente descambando, bem defronte da nossa palhoça! Por detrás de extensa cortina de mato desaparecia afinal, enfiando, pelos intervalos dos ramos e das folhas, compridos e frouxos raios de luz que punham manchas vivíssimas no rolo areento ou nas barrancas vermelhas e altas do Taquari.

E o rio deslizava sereno e majestoso, tomando com os toques do crepúsculo aspecto de larga lâmina de prata, que se fosse tornando cada vez mais fosca. Com o silêncio progressivo da

Alfredo Taunay, Coxim

Natureza crescia o ruído da corredeira do Beliago, ao passo que bandos de papagaios e pombos *torquazes* cruzavam os ares, silenciosos e com voo precipitado de quem vai com medo de não achar em tempo pouso e agasalho. A atmosfera purificada pela trovoada dava impressão de frescura, suavidade e leveza deliciosa e que os pulmões hauriam com avidez e alegria. Durava pouco esse gozo, uma, duas horas no mais. Mas era de grande intensidade.

Albuquerque Bello, Lagoa Brava

São 4h da tarde pareceu agora mesmo um carro com uma família que veio ver o acampamento; iam na boleia quatro meninas vestidas de branco, e lembrei-me de minhas filhas, que saudades me causam essas cousas!

Recebi hoje às 2h da tarde carta do Barra com data de 8 de dezembro e muito me admirou e me causou surpresa não ter recebido cartas de minha mulher; a última carta que dela recebi foi de 22 de outubro: entretanto que tenho recebido cartas de outras pessoas do mesmo lugar!

João José da Fonseca, alferes, de Antonina ao rio Paraná

De Curitiba para Antonina saímos a 17 de dezembro de 1865, chegando a 20. No dia imediato embarcamos na barca cliper *Luzitânia*, chegando à barra de Santa Catarina a 29.

Somente a 9 de janeiro de 1866 baixamos à terra. Novamente a caminho, no vapor *Deligente* saltamos no Lamego, indo para Montevidéu onde chegamos a 13, desembarcando para tomar o vapor *Imperatriz*.

A 17 saímos pelo rio da Prata, passando por Buenos Aires, Rosário e Paraná.

ANGÉLICA, A FILHA
DO FORNECEDOR GERAL DO EXÉRCITO

Vou contar-te o que me aconteceu na cidade de Cachoeira, uma das florescentes desta província; mas caluda, senão não conto. Demos um baile, festejando a rendição de Uruguaiana, e, graças aos meus belos olhos, fui nomeado com o Barreto e outros figurachos para receber as Excelentíssimas; que honra! No correr do baile, dei com uma menina, bela como uma Madona dos sonhos de Rafael. Teria a idade de Dona, e conquanto ainda não fosse uma moça, já se não podia chamar uma menina. Estava na idade interessante em que se opera aquela crise salutar para as mulheres; em que o coração, sonhando amores, palpita em busca da primeira afeição. Não é dessa beleza que caracteriza as nossas patrícias do Norte, e que tanto as aproxima da andaluza, de cabelos negros, face morena, toda desejos, com os olhares ardentes provocando os amantes a um prazer de fogo, indefinito, e que se deve acabar quando um ceder. Não é dessa beleza; as madeixas louras lhe caindo em bandós por sobre um colo de alabastro, os olhos de uma languidez sublime, em uma face alvirosada; toda volúpia, toda coquete, toda meiguice, eis a minha Diva do baile.

Compreendes? Uma é a maçã rosada e saborosa em que o amante sôfrego trinca os dentes, e sacia o desejo em que arde. A outra, o bago aveludado da ata açucarada, da qual o apreciador, com os olhos meio cerrados, saboreia a doçura...

Não sei por que a quando nos aproximamos um do outro; não sei mesmo o que se passou; sei que, quando ela se ia retirar, corada como uma romã, e com muitos rodeios, pediu-me que passasse noutro dia pela sua pobre choupana, e que, se eu me dignasse de aí entrar, seria bem acolhido. Isto dito por ela!... por

Miguel Freixo,
São Borja,
janeiro de 1866

ela, meu Deus! Não te admires, no Sul há destas franquezas com uma farda. Eu disse-lhe que, como não me dava com a família, acanhava-me... Ela chamou a irmã mais velha (Virgínia) e fez com que esta repetisse o convite. No outro dia, à tarde, monto a cavalo (acampava uma légua distante) e empurro-me para a cidade, e vou na direção do lugar em que devia estar a choupana da minha Diva. Olho em todos os sentidos e nada de casebres. De repente dou com os olhos na minha bela que se achava na janela, não de uma choupana e sim de um magnífico palácio, como mesmo na Corte há poucos, e que sorria a brejeira do logro que me pregara. Fiquei, como que desorientado; e acudindo a um aceno que me fazia, fui ter com ela. Convidou-me a entrar, mas, como estava ainda um pouco desaprumado, disse que ia primeiro ter com o comandante e mais tarde voltaria. Às 7h da noite cheguei; a casa estava iluminada; o pai, a mãe, a família enfim, esperava-me. Entrei e fui por ela apresentado a eles. Pediram que continuasse as minhas visitas, o que eu, como é de crer, facilmente prometi. Quando eu saí, a lua desenhava o seu disco de prata no horizonte, como no dia 17 de junho de 1865!

Daí a três dias houve um baile. Ela pediu-me que não fosse, e eu não fui!... Trocaram-se alguns mimos, e depois segui para a campanha. Ao despedir-me, recebi em meu peito as gotas de orvalho, cheias de perfume, que o vento rijo de uma separação sacudia do seio desta rosa mal desabrochada ainda! A mãe dela, para tranquilizá-la talvez, pediu-me que, quando voltasse, viesse pela Cachoeira. Prometi. Embalada nessa esperança, deixou-me partir. Voltarei?

Essa linda menina que teve a loucura de... de o quê? chama-se Angélica, e é filha do fornecedor geral do exército!... do homem mais poderoso do Sul, que possui mais de 1.800.000 $ em dinheiro, e que na presente guerra liquidará sem dúvida uns 3.000.000 $!!... Voltarei? Devo voltar a Cachoeira, Mundico? Se ela?... por ela eu...

os dias

Herborizando por minha conta e risco, sem método nem programa, desenhando no meu álbum flores que me pareciam características da região, secando e imprensando algumas, mais como recordação do lugar do que para qualquer outro fim, achei como ocupar também de modo bastante agradável muitas horas bem lentas, bem pesadas para os inativos e queixosos.

Alfredo Taunay, Coxim

Bignoniácea dos pântanos, desenho de Taunay

Abro o meu velho álbum de desenhos, encadernado de marroquim verde bastante desbotado, e nele encontro datas do Coxim que só por si, sem razão nenhuma especial, deveras me melancolizam — 15 de janeiro, 10 e 11 de fevereiro de 1866. Já lá

Alfredo Taunay, Rio de Janeiro

foram, pois, 26 anos bem completos, boa parte da minha existência e, entre as épocas de então e a de hoje, os períodos mais alegres, mais cheios e mais belos da vida que vivi ou tenha ainda de viver!

E, a tal respeito, entro agora em dúvida se é de prudência filosófica juntar elementos de recordação, assinalar nos tempos idos pontos mnemônicos como que fincar marcos à beira do caminho andado, a suscitarem um mundo de reminiscências, cujos espinhos nos arranham ou melhor nos pungem, de cada vez que o espírito se demore por um pouco junto deles, reconstituindo, em súbita evocação, cenas inteiras do longínquo passado.

De que me serve tanta nota tomada, de que valem essas flores e folhas murchas, esses esboços de lugares que jamais, jamais tornarei a ver, todas essas instigações à vivacidade da memória?

E na vida real para os que se adiantaram em anos, tudo quanto fica para a frente parece tão árido, tão cansativo, tão despido de encantos e prestígio, tão diferente daquilo que já deixamos pelas costas! O organismo físico, minado por moléstias insistentes, embora lentas em sua evolução destrutiva, já não responde às agitações do intelecto por mais ativo e imperioso que este ainda se imponha e, combalido, fraco, reclama descanso e paz. Mas, Santo Deus, o descanso é a atonia, a tristeza, o desalento! Trabalhar, trabalhar de qualquer modo, eis o lenitivo único aos desgostos, às decepções, ao desconsolo supremo, à acabrunhadora e letal melancolia!...

Albuquerque Bello, Lagoa Brava Depois da instrução ouvi missa no caramanchão onde se armou um altar para isso. Às 5 da tarde caiu um grande tufão de vento acompanhado de chuva de pedras; quase todas as barracas do acampamento voaram pelos ares

Hoje é o aniversario do meu filho Joaquim; a essa hora estarão se lembrando de mim.

Um soldado do 3º de Artilharia assassinou ontem uma mulher com duas facadas.

Houve uma questão hoje entre o comandante do 40 e o comandantete da Brigada por este ter marcado e castigado um soldado sem Conselho.

Esta semana tem sido mau para as mulheres dos soldados; ontem um outro soldado do 3º de Artilharia assassinou outra mulher, é a terceira esta semana.

Do modo porque deixei contado escoavam-se os dias no Coxim, longos, morosos, pesados. Só tínhamos notícia do resto do mundo por algum boiadeiro chegado de Goiás

Alfredo Taunay,
Coxim

A trovoada de ontem deixou cair um raio sobre a barraca de um oficial da Cavalaria e matou ele e uma mulher com que ele estava.

Albuquerque Bello,
Lagoa Brava

Passei mal a noite por ter chovido muito e alagado-me a barraca; passei a cama para cima das malas. Sonhei toda a noite com minha família; eu tinha chegado a abraçá-los cada um de per si etc.

E que esplendores no céu purpurado pelos últimos lampejos do dia!

Alfredo Taunay,
Coxim

do jantar fui fora do acampamento comprar mais um cavalo para minha bagagem, e me custou 4 libras.

Albuquerque Bello,
Lagoa Brava

Estive até depois da meia noite sem poder dormir, porque tendo havido um baile de vivandeiras junto ao quartel-general-em-chefe, a música que tocava fez-me distrair o sono.

Às 3 da tarde caiu um grande Pampeiro que fez as barracas voarem pelos ares; a chuva foi muita.

Os aguaceiros do verão eram constantes, as trovoadas muito pesadas; os víveres minguavam cada vez mais, e só se faziam parcas distribuições de carne de má, ou antes, péssima qualidade e de punhados de sal grosso. Sofria-se realmente fome; e não

Alfredo Taunay,
Coxim

era pouco frequente o indecente comércio a que se atiravam vários oficiais até, especulando com a penúria dos companheiros e até soldados.

Além disto, sabíamos por Juvêncio e o Capitolino, frequentadores do quartel-general, que os avisos do Ministério da Guerra se repetiam com insistência, ordenando fosse a coluna, e quanto antes, ocupar o distrito de Miranda, pois constava no Rio de Janeiro que os paraguaios estavam-se retirando, buscando a fronteira do Apa, chamados a reforçarem as forças do Sul.

Demais, tornava-se já sensível a deserção dos soldados que, a curtirem tantas necessidades, preferiam as aventuras da viagem, a sós ou em grupos, pelos sertões do Piquiri e Camapuã, procurando ou Cuiabá ou a vila de Sant'Ana de Paranaíba, na fronteira de Goiás, Minas Gerais e São Paulo.

Jakob Dick, província de Corrientes

Agora seguimos por terra através de Corrientes até chegar a um campo grande. Encontramos vários batalhões de infantaria, além de unidades da cavalaria e artilharia, pois estava sendo formado o 1º Corpo de Exército Brasileiro.

Durante a marcha fui acometido pela disenteria. Essa doença espalhou-se célere naquela época e fez muitas vítimas. Foi organizado um hospital, que recebeu o nome de "Batalhão de Inválidos". Nele baixavam todos os doentes que, igualmente, acompanhavam as marchas, até chegarmos ao rio Paraná.

Hoffmann, a bordo do Araguari, Corrientes

A bordo do *Araguary*, 25 de janeiro. Ainda estamos no porto de Corrientes e aguardamos os cruzadores, dos quais um já chegou, o *Tamandaré*. Há por aqui onze navios de guerra brasileiros de madeira e dois argentinos. Quase que diariamente chegam novas tropas, munição e equipamentos de cerco de todo o tipo. Mas acho que estamos longe de avançar para um ataque, visto que a condução de guerra como um todo está nos parecendo muito ingênua. Se ficarmos esperando até que os navios de guerra encomendados chegarem de Lisboa, da Inglaterra e dos Estados Unidos, o rio terá baixado tanto que a esquadra precisará retornar.

Acampamento junto a Lagoa Brava 27 de janeiro de 1866
Ilustríssimo Excelentíssimo Sr.

Havendo no hospital ambulante muita falta de pano para curativo, que aí existe em grande porção, rogo a Vª Excelência de dar suas ordens a fim de serem remetidas para cá algumas peças que se fazem muito necessárias para os curativos de grande número de doentes, que contêm o mesmo hospital ambulante.

Outrossim representando-me o cirurgião-mor de Brigada de Comissão dr. Manoel José de Oliveira, chefe da 4ª seção que a ferros existentes na mochila cirúrgica que [possue], acham-se em muito mau estado, só podendo ser utilizados para autópsias para que pede-me autorização, tenho a honra de levar o ocorrido ao conhecimento de Vª. Exª. que determinará o que entender conveniente.

Dr. Manoel Adriano de Santos Pontes, médico responsável pelo hospital ambulante no acampamento de Lagoa Brava

Determino a Exmº. Senhor Tenente General Barão de Porto Alegre, Comandante-em-Chefe do Exército, que o Ilmº. Sr. Chefe da Repartição de Saúde, mande quanto antes substituir o 2º cirurgião Ernesto Solidade, que se acha na 5ª brigada que é incapaz de assistir aos castigos corporais aplicados aos praças.

Comando em chefe do Exército em operações, São Borja

O governo cruelmente cortou-nos o único meio de correspondência e o estabelecimento de uma nova linha postal que contratamos com um sr. Pires, da vila das Abóboras, desde 20 de dezembro, só se restabelecerá com grande dificuldades.

Este bom homem não pode passar por uma queimada sem descer da mula para comer a crosta assada dos formigueiros, que lhe faz vezes de biscoitos, de maneira que chegou aos Baús em estado de fazer dó.

Continuou no entanto, a caminho de Uberaba, mas com um homem com um vício destes só esperamos ter cartas em março porque encontrará por toda a estrada muitos motivos de sedução.

Alfredo Taunay, Coxim

30 de janeiro.
Não calculas com que ânsias se passam os dias esperando uma carta de nossas famílias e amigos, e com que impaciência se rasga o lacre de uma e se devoram as linhas, e isto para achar-

Miguel Freixo, Passo de São Borja

-se quatro linhas que dizem: "Muitas coisas tinha que te contar, porém receando que esta não te chegue às mãos, aguardo-me etc.". És um imbecil! Tens medo de perder casamento por falar? Se tivesses sido minucioso em tua carta que me veio às mãos, eu agora não sabia essas muitas coisas que fico ignorando? Toma o meu exemplo, regula-te pelas minhas cartas e verás se me queixo.

Conquanto me digas que minha mãe, meu pai e mana estejam bons, por que me não escrevem?

Manda-me dizer como vão os negócios de meu pai lá pelo banco, se as entradas têm sido feitas pontualmente e se a marcha das coisas por minha casa é regular. Isto são coisas que muito me interessam, como sabes, e de que devo estar ao fato.

O Coriolano tem-se tornado mais e mais antipático. Tem sofrido prisões, repreensões etc. etc. Só falta brigar aqui com o bispo, por não ter encontrado. Nunca vi em um só homem tantos defeitos e admira-me que no Maranhão não desse com isso. Depois que brigou comigo em Porto Alegre, eu só o trato por Senhor Capitão, embora ele continue a me tratar por Freixo.

Por uma carta vinda do Maranhão para o Pulgão este soube que a mana estava magra e levava dias a chorar. Indaga-me este negócio bem. Desconfio que a pequena está prenhe...

Dionísio Cerqueira,
Tala Corá

A cavalaria do bravo general Hornos vigiava, na margem do rio, os movimentos do inimigo, que tinha assentado os seus arraiais no Passo da Pátria com um exército de mais de 30 mil homens, resistentes às fadigas, bravos por atavismo e capazes de todas as loucuras que *el Supremo* lhes ordenasse, tal o fanatismo por esse homem, que assumiu no seu espírito habituado ao jogo despótico proporções colossais, quase sobrenaturais. Pouco maior era o exército aliado, que não ia além de 40 mil combatentes, cuja grande maioria era de brasileiros. Havia dezesseis meses que se declarara a guerra. Apesar do entusiasmo despertado pelo decreto dos Voluntários da Pátria, apesar de terem sido chamados às armas corpos inteiros da Guarda Nacional, então uma realidade, principalmente no Rio Grande, apesar do recrutamento forçado, todo o exército brasileiro, incluindo o corpo do Barão de Porto Alegre, que se achava nas Missões, não ia muito além de 50 mil homens.

Parecia que López queria experimentar os seus guerreiros e acostumá-los ao aspecto dos soldados da Aliança antes que fosse invadido o território paraguaio. Parece difícil explicar de outro modo as incursões que mandou fazer a curtos intervalos no território de Corrientes, incomodando as forças argentinas, tiroteando com as suas avançadas, matando alguns, deixando outros fora de combate; voltando com falta de alguns mortos e conduzindo seus feridos nas pequenas flotilhas de canoas, que regressavam vogando tranquilamente, atopetadas e com as bordas na água. As notícias dessas escaramuças chegavam muito exageradas ao nosso acampamento. Nós as comentávamos com o espírito revoltado, perguntando o que faziam os navios da esquadra, que permitiam a flotilhas de canoas tripuladas por duzentos e trezentos homens atravessar a remo o largo Paraná, um dos maiores rios do mundo, para atacarem as guardas avançadas do exército aliado? Perguntávamos também por que o nosso general-chefe não ordenara que a divisão do general Hornos, que vigiava a margem do rio, castigasse essas audácias? Se ela não era suficiente, que mandasse mais gente.

Dia 29 de janeiro — Ouviu-se por espaço de três horas em direção norte, mais ou menos, forte tiroteio e canhoneio, que dava a entender um combate renhido ao longe. Formou a divisão e teve ordem de estar pronta à primeira voz.

Dia 30 — O tiroteio ouvido ontem foi originado pela passagem de algumas canoas paraguaias, que, partindo da margem direita, vieram à esquerda do Paraná (Currales), buscar pedras para o forte de Itapiru. O general argentino Caceres opôs-lhe tenaz resistência, fazendo-as retroceder.

Dia 31 — Das 11h às 2h da tarde outro renhido tiroteio na mesma direção do dia 29, ouvindo-se também tiros de grossa artilharia, foi o segundo grande combate de Currales, no qual se empenhou quase todo o exército argentino.

Azevedo Pimentel, Lagoa Brava

Às 4h da tarde chegou ao campo, vindo de Corrientes, uma porção de tropa em cujo meio estava o 21º Corpo de Voluntários (3º de Pernambuco) e a ala direita da polícia da mesma província.

BATALHA DE CORRALES
(ou Batalha de Ytaty ou de Pehuajó)
31 de janeiro de 1866

A 30 de janeiro López mandou surpreender os argentinos em Corrales, incumbindo o coronel Diaz desta operação. É preciso notar que nos dias anteriores guerrilhas de paraguaios haviam tomado o costume de passarem o rio e vir incomodar as avançadas argentinas. Eram as cavalarias de Hornos as mais adiantadas do lado do Paraná. O grosso do exército estendia-se de Tala Corá por um lado a Corrientes e por outro em direção a Corrales, sendo considerada frente a face do rio; os acampamentos argentinos ocupavam a ala direita, e por este fato se achavam mais próximo do inimigo.

E. C. Jourdan

A 31 de janeiro, a questão tomou caráter sério.
Não estando a margem esquerda do Paraná devidamente vigiada, e, sendo ela bordada de matas, em frente ao Passo da Pátria; foi o general Hornos, comandante da vanguarda das forças sob o comando do general Caceres, surpreendido pelos paraguaios que haviam saído de Itapirú a 30, e, desembarcando em Corrales, avançaram sobre os piquetes de cavalaria, levando-os até o arroio Pehuajó, a 500 m mais ou menos, da margem d'aquele rio.

Bernardino Bormann

Feito isso, o inimigo voltou para a margem e aí pernoitou.
Era esse facto extraordinário, porque os paraguaios costumavam vir pela manhã a nossa margem e retirar-se à tarde: d'esta vez assim não o fizeram.
Hornos comunicou o que se passava ao general-em-chefe que de seu acampamento ouvira o tiroteio.
O general enviou um reforço; assim, ao acampamento de Hornos, ao sul do arroio San Juan, pela manhã do dia 31, che-

gou o coronel Conesa, argentino, com 1.800 homens da guarda nacional de Buenos-Ayres e duas peças d'artilharia.

Conesa passou o arroio Pehuajó e emboscou-se.

A cavalaria de Hornos devia atrair para ali o inimigo.

Saíram, pois, os piquetes de cavalaria correntina a tirotear.

O comandante dos piquetes paraguaios, tenente Prieto, à frente d'eles, com uma estativa de foguetes a congréve, avança, e os correntinos, em obediência às ordens recebidas, vêm retirando e, assim, atraindo os adversários à emboscada, habilmente planejada.

Os paraguaios continuam a avançar sempre; passam o arroio Pehuajó, julgando levar adiante de si, pelo receio que infundem, os piquetes correntinos que se retiram para as proximidades de San Juan.

Prosseguem os paraguaios sempre e já estão a 300 m do ponto da emboscada, quando, infelizmente, o coronel Conesa entende que deve proclamar às suas tropas que prorrompem em vivas à nação argentina!

Com semelhante ruído, o inimigo não continua; volta atropeladamente à retaguarda e mete-se pelas matas.

Debalde o persegue a infantaria argentina.

Desordenadamente, assim percorre o inimigo uma extensão de 8 km, e aí se reorganiza em um terreno elevado, cheio de matas, tendo n'essa retirada trinta mortos. Essa localidade é Corrales, aonde ele havia desembarcado. Eram, então, os paraguaios em número de 450.

Ali, eles recebem os argentinos, que vêm chegando, a pé firme.

A luta começa e ardente.

Mais duzentos paraguaios, sob as ordens do tenente Saturnino Viveiros, chegam para reforçar os outros, e a contenda cresce.

Os argentinos batem-se a peito descoberto; o inimigo, porém, emboscado.

A artilharia argentina infelizmente emudece, porque as munições foram consumidas logo; eram muito poucas. O bravo 5º Batalhão peleja a baioneta; já queimou o último cartucho.

Corre sangue abundantemente.

Não podia ser mais inoportuna a proclamação de Conesa; ela estava custando enormes sacrifícios!

Os argentinos são em número de 2.500; eles conseguem desalojar o inimigo de alguns pontos e, parece que, afinal a vitória vai coroar a sua bravura.

Chega, porém, o tenente-coronel Diaz, depois general, com um reforço de oitocentos paraguaios.

Em vão lutam os argentinos de novo para desalojá-los, e no fim de cinco horas, são obrigados a desistir de tal empresa; mas não abandonam o campo d'ação.

À noite, aparece no campo argentino, o coronel Rivas com uma divisão; mas, não pode tomar parte na refrega por ter chegado muito tarde.

Ficaram, pois, os argentinos próximos às posições ocupadas pelo inimigo.

No outro dia, cedo, ele repassou em canoas o Paraná, hostilizado por alguns tiros de canhão.

A sua resistência foi digna de louvor, porque os bravos adversários se mostravam cada vez mais ardentes nas refregas, mantendo brilhantemente as suas gloriosas tradições. Ao cair da tarde, os paraguaios hostilizavam, ainda, com fuzilada bem dirigida. Os nossos aliados estavam já fatigados das brilhantes cargas sobre um inimigo, que se dissipava a cada arremetida e com as munições esgotadas pelo fogo demasiado intenso.

Ouviu-se o toque de retirada mandado dar pelo coronel Conesa; as músicas tocaram um hino marcial, e os batalhões argentinos deixaram garbosos o campo respeitados pelo inimigo que cessou o fogo e não ousou mais sair da mata.

O combate de Corrales foi festejado pelo exército de López como um grandioso feito. Os nossos aliados celebram também essa vitória.

No dia seguinte, os paraguaios vogavam nas suas canoas, para a margem oposta, e lá contaram a história desse feito, exaltando ainda mais a imaginação ardente do Ditador, — que mandou fazer pelo *Cabichuy*, pequeno jornal ilustrado paraguaio, a sua descrição humorística em guarani. O número onde a lemos encontrou-se no bolso de um oficial morto em Tuiuti.

E o inimigo voltou sem ser incomodado, nem pelos navios da nossa esquadra, que estavam fundeados vinte milhas abaixo, nem pela cavalaria argentina da divisão Hornos, que facilmente teria cortado a retirada da expedição que regressou com poucas baixas tendo aliás aberto nas fileiras valorosas da divisão Conesa grande número de claros.

os dias

O capitão Hermenegildo que veio de Corrientes deu-me a notícia que pelo Rio têm descido muitos paraguaios mortos em consequência dos tiros que temos ouvido no Passo da Pátria

Albuquerque Bello, Lagoa Brava

Às 5 da tarde fui com o major Barros e o ajudante Portela a uma casa que aqui tem perto para jantarmos uma galinha que eles haviam mandado preparar; voltamos às 8h30 com chuva e muito escuro à noite; ri-me muito com o capitão Augusto que não enxergando o caminho vinha pegando no meu braço, nós todos atolados de lama por ter caído dentro de um buraco; e mais adiante caí por cima de um cavalo que estava no caminho. São 9 da noite vou-me deitar.

Fui áo comércio com o comandante Rocha e compramos algumas cousas para nosso rancho. Depois fomos passear e estivemos em uma casa onde tem umas moças; aí o Rocha cozeu um pouco a saia de um vestido de uma que estava cozendo. Tinham me dito que as mulheres aqui comem piolho, eu duvidei, mas hoje n'essa casa vi uma moça estar catando outra e a comer os piolhos que pegava!

Ontem o serviço da cozinha andou regular. Não totalmente assim o das enfermarias. Faltam-lhes serventes a lhes levarem água com o número atual de serventes não pode-se ocorrer a esta precisão e juntamente fazer todo o serviço necessário nas enfermarias; e venho ordinariamente há queixar a respeito dele e ao mesmo tempo das faltas de água, principalmente nas barracas de mais difícil exame, como ontem aconteceu, quer nestas quer nas enfermarias.

Dr. José Ferrari, Hospital do Saladeiro

Do acampamento do Tala-Corá chegaram pelo meio-dia mais de cinquenta doentes, que sede e fome tinham de um dia inteiro. Foram socorridos imediatamente como era possível com a escassez de provisão aqui arrecadadas em depósito. Chegaram poucos depois outros e mais de vinte à noite, vindos do acampamento próximo de Corrientes; e a todos se agasalhavam do melhor modo possível.

Entre aqueles chegados de Tala-Corá veio o major Antonio Maria Rabelo do 1º Batalhão de Artilharia a Pé, em estado letárgico, quase moribundo. Por isso lhe lacrei; fiz tomar nota dos demais objetos dele e arrecadá-los. Ainda vive.

Tiveram ontem alta deste hospital números de quarentena de doentes restabelecidos. O barbeiro deste hospital (à vista da nota que apresenta) barbeou oito doentes, e cortou o cabelo de dezoito. Nada mais ocorreu que mereça especial menção.

Azevedo Pimentel, marcha de Lagoa Brava a Tala Corá

Dia 10 de fevereiro — Às 6h30 da tarde, tivemos ordem de seguir a marche marche para Currales, pois constava que López vinha realizar um desembarque nesse ponto; às 9h da noite passamos pela vila de Sant'Anna e descansamos fatigadíssimos à meia-noite.

Dia 11 de fevereiro — Depois de todas essas marchas forçadas em que deixamos à retaguarda um grande número de estropiados, acampamos em Talacorá às 11h da manhã, célebre acampamento atormentado pelas moscas. Tal era o número delas que nem de noite ingeria qualquer alimentação sem que envolta com ela fossem pelo menos uns tantos desses insetos para o estômago.[9]

[9] Estava escuro o tempo, ameaçando desabar grande tempestade. O calor sufocava.

À meia-noite, pouco mais ou menos, neste acampamento, presenciou-se um fenômeno raro.

Imagine o leitor um tapete em movimento, cuja pintura fosse feita com tintas fosforescentes e de todas as cores. Imagine mais que essa tela andante, com cerca de três metros de largura, obedecesse a todos os relevos do terreno. Cada traço, luminoso, sem solução de continuidade, mostrava o fogo verde, encarnado, amarelo, azul, roxo, branco e até a luz negra, formando as combinações caleidoscópicas as mais bizarras.

Tudo isso era uma imensa migração de lagartas, todas unidas e caminhando na mesma direção, as quais apelidamos de lagartas luminosas ou de fogo.

Era tão belo e tão formoso esse tapete ambulante que nos esquecemos maravilhados da repugnante origem dele.

Meia hora depois caia sobre o acampamento um pavoroso temporal.

Uma vez assente em tal decisão, ordenou ao nosso chefe Juvêncio Cabral de Meneses nomeasse sem demora dois engenheiros que fossem proceder ao reconhecimento da região que se estende até o rio Aquidauana, à entrada do distrito de Miranda, e providenciassem sobre os meios de transposição dos dois grandes rios, de maneira que a invasão da região ocupada ainda pelos paraguaios se fizesse com a maior celeridade e depois do estudo exato das localidades. Ora, o maior perigo e mais sério obstáculo de todo aquele empreendimento era não a presença do inimigo, porém a inundação de toda essa larga paragem, recanto dos vastíssimos pantanais conhecidos por lagoa Xaraiés e com essa denominação indicada, vaga e indeterminadamente, nos mapas da enorme província de Mato Grosso.

Alfredo Taunay, Coxim

Margear a serra de Maracaju, evitando, de um lado, a água demasiado profunda e, do outro, as asperezas da mata virgem, era fácil de ordenar e indicar, em sumárias instruções, mas, decerto, de quase impossível execução.

Tudo, com efeito, expus com a maior fidelidade, como já disse, no livro a que há pouco aludi. Também falei na justa desconfiança que nos inspiravam os soldados do antigo corpo de cavalaria debandado por ocasião da invasão paraguaia, em fins de 1864, e que deviam, então, servir-nos de únicos guias e auxiliares.

Deram-nos estes homens como indispensáveis elementos do bom êxito da tal comissão, mas, ao mesmo tempo, deixavam entrever que talvez nos assassinassem a meio caminho, em tão má conta eram ditos.

Foram o meu e o do Lago os nomes tirados à sorte, e exatamente com este companheiro andava arrufado e de ponta, não sei por que motivo, fútil, sem dúvida, pois nesse momento nos reconciliamos com verdadeira e sincera efusão.

Foi a 12 de fevereiro de 1866 que partimos e, atravessando o rio Taquari, demos para todo sempre costas ao Coxim

Albuquerque Bello, Tala Corá

O comandante Rocha, amanheceu doente; o tempo não está bom, muita lama nos acampamentos; está fazendo algum frio; são 7 da noite e já estou metido na capa cheio de saudades.

Manoel Carneiro da Rocha, capitão-tenente do estado-maior do vice-almirante Visconde de Tamandaré, São Nicolau

February 12 Monday
atmosfera fria, vento OSO, céu nublado.
Amanheceu fundeado o vapor de guerra argentino *Pavon*, vindo de Buenos Aires; um vapor inglês com a bandeira brasileira na proa. Desembarcou o Almirante com o Estado Maior, ouviu missa, e depois de um passeio pela cidade voltou para bordo. Veio a bordo o cônsul inglês, que foi com o *Tamborim* visitar o encouraçado *Barroso*. Foi a terra Almirante pagar a visita ao capitão dos portos e ao cônsul inglês. Chegou o Presidente e mais os navios que vinham a reboque. À 1h45 suspendeu-se, havendo antes se feito os sinais 356 e 362. Adiante da cidade do Rosário estavam dois brigues e uma barca, que conduziam material para a estrada de ferro. Os navios vêm na ordem seguinte: *Barroso, Parnaíba, Maracanã, Princesa*. Às 3h30 passou a *Parnaíba*, e deu reboque.

João José da Fonseca, Corrientes

A 8 de fevereiro passamos pelo *Marquês de Olinda*, inutilizado desde a batalha naval de 11 de junho do ano passado, e hora e meia depois, cruzamos a *Jequitinhonha*, em frente ao Riachuelo, chegando pouco depois à cidade de Corrientes onde desembarcamos a 9, às 2h da tarde.

Logo tivemos notícia de que os paraguaios nos viriam bater. Eram 10h da noite quando soubemos que o ataque seria na madrugada de 10.

Toda a noite estivemos acordados, à espera, mas não houve nada.

A 11 tivemos ordem de marcha, acampando a 12, por causa da chuva. A 13, quase à noite tivemos alarme falso.

Somente a 16 alcançamos o exército, com penosa marcha e acampamento debaixo de chuva.

É impossível descrever a bagunça no campo. Infelizmente a concordância não reina nas forças armadas. Mitre é o comandante-em-chefe; Osório, general dos brasileiros, claro que é subordinado a ele, mas apesar disso não apoia os argentinos e invoca a injunção do Ministério da Guerra. Porém, até o momento quem ataca é o inimigo, que não leva tal ordem formal em conta.

Hoffmann, a bordo do *Araguari*, Corrientes

Diariamente chegam navios de carga com carvão e de transporte. Ontem dois de dois deques, que trouxeram bombas, granadas e soldados para o cerco; em seguida, a embarcação foi transformada em hospital. O rio sobe muito.

O Tala-Corá foi o nosso penúltimo acampamento em terras correntinas. Ali permanecemos desde meado de fevereiro aos fins de março. O exército aliado estendia-se até as imediações de Itati, então miserável *pueblo*, saqueado e incendiado pelos paraguaios e, ainda hoje, insignificante e pobre. Ocupávamos a ala esquerda, os argentinos o centro e os orientais a direita. Da extrema esquerda, aos últimos acampamentos da aliança, a distância era de quase dez léguas geográficas. Conosco estava Osório. Com os argentinos, Mitre. Flores comandava os seus compatriotas e uma brigada de brasileiros à direita.

Dionísio Cerqueira, Tala Corá

As margens do alto Paraná, nas proximidades da confluência do Paraguai e muito além, são geralmente de altos barrancos, onde campos e matos rarefeitos se alternam. A pouca distância para o interior, tanto do lado paraguaio como do argentino, brejos extensos, povoados de *macegais*, lagoas juncosas, pauis maláricos e arroios atoladiços cobrem a vasta superfície, como grandes obstáculos que a natureza opõe à marcha das invasões. Os campos são matizados de capões, verdadeiras ilhas de mato como indica a sua origem *nheengatu*. A mata, às vezes espessa, estende-se ao longo das margens dos rios e das lagoas.

> José Carlos de Carvalho, Tala Corá

Para passar o rio Paraná existem no exército os seguintes meios: 43 canoas, completamente equipadas, podendo transportar 1.075 praças; dois batelões, que transportam 120, e nove pontões de goma elástica, que transportam 225; ao todo 1.420. Existe mais um vapor de excelente marcha para rebocar. Estão a chegar de Montevidéu e Buenos Aires mais dois vapores, destinados para o mesmo fim. O vapor *São Paulo*, fretado para o serviço do exército, pode empregar-se também nesse mister, e, segundo sou informado, transportar quatrocentas praças. Devem vir também brevemente dos mesmos portos acima mencionados pelo menos dez batelões, cada um dos quais poderá transportar quarenta praças. O exmº. sr. visconde de Tamandaré prometeu dar para o serviço da passagem quatro dos pequenos vapores da esquadra e três ou quatro chatas.

À vista da atividade com que se trabalha em Corrientes, ter-se-á, até o dia 10 do mês próximo futuro, mais cinquenta canoas para 1.250 praças, dois batelões para 120 e seis balsas para a artilharia, corretamente cavalhada, além dos meios de defesa que ali se estão preparando. Nos primeiros dias do mês de março, ficará pronta a grande chata que Vª. Exª. mandou construir em Corrientes. Temos na cidade de Corrientes oitocentos remos, 120 ancorotes de quatro a seis arrobas, quinhentos mil pés de pranchões de pinho, grande quantidade de cabos de diversas bitolas, ferro, pregos e, enfim, todo o material e matéria-prima de que se pode necessitar para empreender qualquer construção que o tempo permitir.

Acampamento em Tala-Corá, 24 de fevereiro de 1866

> João José da Fonseca, Corrientes

A 20 houve novo alarme às 4h da madrugada e às 5h formamos quadrado para assistir à punição de três soldados, condenados à chibata.

Pouco depois marchamos para acampar perto dos 1º e 14º de Voluntários.

No dia 22 de fevereiro de 1866 (meu aniversário natalício — 23 anos!) alcançamos a fazenda do rio Negro

Alfredo Taunay, à margem do rio Negro

Abrigamo-nos a desmantelado rancho quase de todo aberto às intempéries, depois de termos ido, enquanto os camaradas descarregavam, explorar a região até a margem daquele barrento e feio confluente do Aquidauana.

No dia 23 de fevereiro último deixamos saudosos a nossa querida pátria, o meu infeliz Brasil. Atravessamos em um pequeno vapor o Uruguai e viemos acampar a umas duas léguas da vila de São Tomé. Eis-me, pois, em um país estrangeiro, mas felizmente entre patrícios e alguns amigos, o que para nós nestas alturas é a suprema felicidade. Este batalhão é para nós um Maranhãozinho.

Miguel Freixo, São Tomé

Às 6h deu-se fundo no porto do Paraná. Estavam ancorados os vapores *Imperador* e *Imperatriz*, um pontão com carvão, um brigue francês, um brigue português e quatro escunas. Veio a bordo o vice-cônsul Ripeto cumprimentar o almirante. Fundearam o *Barroso*, o *Maracanã*, e o vapor inglês *Witheinch* (fretado) e o *Voluntário da Pátria*.

Carneiro da Rocha, Porto do Paraná

Ocuparam-se os navios durante o dia em receber carvão.

Grassando a bexiga no vapor *Princesa*, determinou o Almirante fossem conduzidos a Buenos Aires os doentes no vapor *Imperatriz*, acompanhados pelo médico do Exército, que de cima tinha vindo, no mesmo vapor.

Veio a bordo o comandante da *Parnaíba*. Às 10h30min suspendeu-se e seguiu-se, vindo na popa a *Parnaíba*. Passou o paquete *Espigador* para cima. O *Presidente* seguiu adiante. Ao meio-dia entramos em Corrientes, tendo passado por entre os navios, que com entusiasmo saudaram o Almirante, tendo a gente nas vergas. Às músicas tocaram hinos; e a oficialidade sobre os passadiços não cessava de cumprimentar aquele que vinha em pessoa participar dos trabalhos e fadigas da guerra.

Carneiro da Rocha, Corrientes

February 23 Friday
Céu nublado, vento NE, atmosfera fria. Às 7h15 veio a bordo o chefe argentino Muratori visitar o Almirante. Foi o Almirante ao *Amazonas*, de onde saiu com o chefe Barão do Amazonas a visitar o encouraçado *Barroso*. Depois foram para terra, a fim de escolherem o melhor local para fundar-se um hospital e visitaram os acampamentos do 1º, 15º e 54º Corpo de Infantaria; e examinaram o fabrico das canoas para a passagem do Exército. Estavam em construção duas grandes, para conduzir trinta homens cada uma, e mais uma para artilharia e cavalhada.

Soube-se algumas notícias sobre o Humaitá e Passo da Pátria, por um paraguaio, que passou o Chaco. Diz não haver torpedos, e serem sessenta as bocas de fogo em Humaitá.

Médico responsável pelo Hospital Avalos, Corrientes

As dietas de carne que costumam ser pedidas assadas, foram distribuídas cozidas, por não terem vindo toucinho, e como preparadas assim são menos nutrientes, e contêm mais água e fumo, o que não deixa de influir para a demora da cura, mormente de indivíduos que sofrem de diarreia e inflamação de intestino, cujo número é inegavelmente o maior deste hospital, me parece que se remediarão tais inconvenientes substituindo-se o toucinho nos dias em que falta, com banha de porco ou manteiga. As dietas de carneiro não houve, mas remediou-se a falta com galinhas. Os ovos, como consta, se inutilizaram por estarem alterados.

Albuquerque Bello, Tala Corá

2ª — 26 de fevereiro
Hoje é dia aziago neste acampamento; tem havido bebedeiras de soldados por desmaiar por demais; um soldado puxou uma faca para um oficial; e outro matou um pobre homem que tinha uma carreta de negócio; os dois soldados são da 3ª de Infantaria.

QUARTA-FEIRA DE TREVAS

Como fomos de carnaval? Como fomos de procissões de Quaresma? Como vamos de Semana Santa? Hoje é quarta-feira de trevas. Como não estará a Sé cheia de povo?

Miguel Freixo, Corrientes

Domingo de ramos passei uma noite como D. Juan. Fugi do acampamento à noite e, evitando as vedetas, ganhei o rio. Sobre uma ponta de rochedos, que se avança para o rio, com uma corrientina de São Tomé chamada Alexandrina — fiz e descrevi ao luar uma das mais belas páginas de minha vida. Éramos eu, o Lago e outros. Havia vinho, café, mulheres. Havia a brisa fresca do rio, o perfume de algumas poias de merda, o escarpado dos rochedos, o roçar das ondas na areia iluminada pelo luar. Havia o desejo aguçado pela proibição. Havia muita poesia!... Logo contar-te-ei isto por miúdo.

Mundico, faço votos para que Deus lance os seus olhos de bondade para o teu amor e coroe a tua felicidade, dando-te a bela A... para companheira de teus dias e para ser minha comadrinha. Eu conheço, Mundico, o amor que tens a essa menina e acho que não deves estragar a tua alma com insignificantes namoros, com que nada lucras.

Guarda o teu coração ainda perfumado do primeiro amor e tua alma virgem de prostituições para dar a essa moça, que te deve fazer feliz, pois só no lar doméstico e no amor da esposa é que o homem encontra a felicidade. Esquece-te de mim, que perdi o perfume dos meus amores, sorvendo o aroma dos cabelos negros das filhas de Córdova.

Amei muito uma moça, mas nunca lhe dei a menor demonstração e morreria de vergonha se ela pudesse ler em meus olhos o amor que sinto por ela. É uma esquisitice — ela também é excêntrica. Foi com ela no pensamento que eu rejeitei um casamento rico na Cachoeira. Ela nunca saberá o que eu penso, nem que a amo, nem o que eu tenho feito, e isto agrada-me. Peço-te, pois, que nunca fales em mim a d. Beneditinha; deixa que ela se esqueça, de uma vez, de quem poucas vezes se lembrou. E demais eu... sou uma besta!

os dias

No dia seguinte, muito tivemos que sofrer à margem do rio Negro.

Encontramos aquela corrente quase a transbordar, rolando águas sujas, sombrias, terríficas, ao passo que as bordas, em distância considerável, empantanadas, lodacentas e revolvidas bem mostravam os efeitos ainda recentes de um desses temidos transvasamentos. Tivemos, pois, que passar a noite trepados nas árvores mais corpulentas e sujeitos às ferroadas de nuvens e nuvens de mosquitos e pernilongos.

Ah! que horas aquelas, a ouvirmos aterrados, como em pavoroso sonho, o rolar precipitado e ameaçador do rio intumescido e sujeitos às mil e mil picadas dos insaciáveis sugadores, encarniçados inimigos que nos faziam sofrer indizíveis torturas!

Havia uns, os pernilongos chamados de cervo, cujo feroz aguilhão atravessava as roupas mais compactas, chegando até a varar a baeta!

Que longo sofrer, amarrados aos galhos para não cairmos nos vaivéns de atribulado sono, e a curtirmos os horrores de situação já por si tremendo pesadelo!

Os nossos animais, exasperados com as ferroadas dos mosquitos, haviam rompido tudo, cabrestos e sogas, e disparado para trás até encontrarem local menos inóspito e doloroso.

Decidimos, desde logo, transpor o rio e alcançar a outra margem em que víamos o tope de relvosa colina a nos sorrir aos raios do alegre sol, como boa esperança.

Alfredo Taunay, travessia do rio Negro

Passei primeiro em pelota, nu em pelo, já se sabe, e equilibrando-me, como melhor podia, na fragilíssima embarcação de couro.

E passei sem novidade alguma, além do natural sobressalto: mas o pobre Lago esteve a afogar-se, e não foi sem custo que escapou da morte, enquanto tudo quanto levávamos de víveres se submergia e, para sempre, desaparecia no fundo das águas.

Alfredo Taunay, do rio Negro à serra de Maracaju

Estávamos, pois, sem mantimentos. Que fazer? Retrogradar? Não pensariam no Coxim que aquilo tudo nada mais fora do que mero pretexto? Como nos acolheria sobretudo o quartel-general sempre tão prevenido contra nós, membros da Comissão de Engenheiros?

Decidimos, depois de breve apreciação das circunstâncias e cotejo dos prós e contras, continuar viagem tanto mais quanto ao nosso lado esquerdo se alteava, como vistosa e segura atalaia, a serra de Maracaju, em cujas fraldas deveríamos ir encontrando, segundo afiançavam os nossos soldados da cavalaria, gado em abundância. Avante pois e a mercê de Deus!

Serra de Maracaju, Pouso da Aflição, desenho de Taunay

Uma feita, no pouso que denominamos da *Aflição*, cresceram por tal forma os nossos males que deveras nos supusemos de todo perdidos. Atormentados, noite e dia, por ondas e ondas de mosquitos, rodeados de pantanais, parados em lugar encharcado, vimo-nos impossibilitados de continuar a andar, já pela debilidade, já pela fuga dos animais e na contingência de morrermos dentro em pouco de inanição absoluta e irremediável.

Eu também já tinha dificuldade em engolir a saliva, tão apertada sentia a garganta!... Não, a coisa se tornara muito, muito séria!...

Assim mesmo o que nos salvou a todos naquele desgraçado pouso foram os rebotalhos meio putrefatos de um garrote (touro novo, já acima do mamote ou novilho grande) morto por uma onça, sem dúvida para lhe chupar o sangue.

<small>Alfredo Taunay, Aflição</small>

Assisti a rendição dos Paraguaios, em Uruguaiana, a 18 de setembro. Passei a fazer o serviço de sargento-ajudante, a 27 de setembro e a 28 atravessamos o rio Uruguai. Fui promovido a sargento-ajudante a 2 de outubro. Em Lagoa Braba, requeri baixa de posto. A 18 de dezembro, o coronel Nery, reverteu-me a 1º sargento da 6ª, dizendo-me que era para castigar-me por não querer eu possuir divisas. Fui preso uma vez por ter respondido com "altivez" (dado em detalhe) ao major fiscal, o muito digno Felix "Gato", tudo no ano de 1865. Em 6 de fevereiro de 1866, requeri e obtive baixa do posto de 1º sargento. Estava eu com o requerimento pronto, esperando ocasião propícia, que se apresentou nesse dia. Depois de pequena altercação de palavras que tive com o tenente comandante da Companhia, entreguei-lhe o requerimento e ele, ainda chocado pela aspereza com que lhe respondi, deu despacho favorável.

Marchamos para Tallacorá onde fui preso um dia, por faltar ao alarma das 4h da manhã. Daí marchamos para a barranca do rio Paraná.

<small>Francisco Barbosa, margens argentinas do rio Paraná</small>

Alfredo Taunay, Taboco

Nesse pouso do Taboco, além da muita chuva que tivemos de aturar, fomos assaltados por enorme correição de grandes formigas que em poucos instantes nos causaram, apesar da contrariedade que lhes opusemos, sensível dano em tudo quanto leváramos em pano e couro.

Carneiro da Rocha, Corrientes

March 1 Thursday
Tempo bom, vento pelo Sul, temperatura agradável. Foi o Almirante pela manhã ver umas chatas e alguns navios próprios para a passagem do Exército; foi depois ao *Beberibe* ver a chata paraguaia; regressou a bordo. Desembarcaram do *Princesa* caixões com medicamentos. Foi o Almirante à tarde ver as obras do hospital. Saiu o vapor oriental *Príncipe Odonell* para Buenos Aires. Desembarcou contingente do 1º Batalhão de Infantaria.

March 3 Saturday
Bom tempo, vento E, temperatura agradável até às 11h e depois calor; à noite, umidade.

March 8 Thursday
Tempo claro, vento E fresco, temperatura fria.
Entrou o vapor *Provedor*. Foi à tarde o Almirante à terra, visitou o hospital em construção, a ferraria, e, indo depois ver o Conselheiro Antônio Manoel de Melo, encontrou-o cadáver! Vítima de uma febre e diarreia, sucumbiu em poucos dias tão distinto homem.

Médico responsável pelo Hospital Avalos, Corrientes

No serviço de dia a este hospital — durante as últimas 24 horas que decorrerão, notei que o jantar fora às 3h e isto devido, segundo as informações do enfermeiro-mor, a demora que levou-se em trocar dois carneiros esqueléticos em putrefação por outros sadios; que as dietas de carne de vaca e carneiro não pesaram as dez onças da tabela, eram cinco onças e quando muito oito e dez com os ossos; e que finalmente houve a acostumada falta de galinhas, que foram substituídas por 46 rações de carne de vaca. Às 5h da tarde apresentaram-se mais duas praças, trazendo numa rede uma outra do 22 de Voluntários bastante ébria e ensanguentada em virtude de um ferimento da artéria auricular esquerda, e que tive de recebê-la apesar de existir neste hospital ordem para não se receber mais doente, por ser uma coisa d'importância e em que a medicina deve logo obrar. Foi pronta e convenientemente curada e distribuída para enfermaria própria. Mais tarde, às 7h, vieram do Hospital do Saladeiro cinco praças com — varíola — uma das quais semi-moribundo mas que foi imediatamente medicado e colocado na enfermaria em que estão os doentes da mesma moléstia.

Afinal, a 11 de março de 1866, após subida, em extremo pitoresca, da serra de Maracaju, chegamos ao ponto terminal da nossa jornada, o acampamento em que estavam foragidos os habitantes da vila e do distrito de Miranda desde os começos de 1865, quando os paraguaios haviam invadido toda aquela região.

Alfredo Taunay, serra de Maracaju

Como o olhar, à medida que mais e mais nos alçávamos, alcançava longe, abrangia, entre as abertas da possante e soberba vegetação, espaços enormes, campos e campos coloridos pelos mais singulares e mais suaves tons rosicler, roxo e avermelhado!

Lá embaixo surgiam colunazinhas de fumaça, máculas acinzentadas na coloração azulada uniforme do fundo do quadro: era o fogo que os paraguaios ateavam a certos pontos da planície. E encheu-me o coração um movimento de indignação e dor ao ver assinalada, ali, diante de mim, irrecusavelmente, a ocupação do solo da Pátria pelo feroz inimigo!

Alfredo Taunay, Morros, serra de Maracaju

De súbito, porém, tudo desaparecia, tão fechada a cortina da folhagem de possantíssimas árvores escalvadas no dorso da montanha, algumas verdadeiros colossos na corpulência.

Então, eram as vistas atraídas pelas muitas cascatinhas, formadas por córregos, cuja linfa puríssima se entornava de todos os lados, saltando, em quedas mais ou menos elevadas, de grossos penhascos ou deslizando por entre eles.

E que algazarra ao pedirem notícias do resto do mundo, pois já haviam passado um ano e muitos meses isolados de tudo, metidos naquelas recônditas brenhas, após terríveis peripécias, a vagarem de mata em mata famílias inteiras, velhos, mulheres e crianças, sem acharem abrigo bastante seguro para escapar às atrocidades do selvático invasor.

Os paraguaios têm, em todo o distrito de Miranda, mil soldados; creio que os conservam por causa da grande quantidade de carne seca que enviam todos os meses para Assunção. Nossas forças devem pôr-se em marcha lá para os primeiros dias de maio. Montam, creio a dois mil e alguns homens a que poderemos agregar quinhentos índios, constituindo excelente guarda irregular. Desde o começo da invasão são eles somente os que hostilizam os Paraguaios de maneira tão terrível e cruel que se tornaram temidos mais do que ninguém.

Não há dois meses puderam apanhar dois pobres diabos, após haverem morto cinco ou seis em um encontro. Queimaram-nos a fogo lento durante três dias. A guerra do outro lado faz-se com eles segundo as mesmas normas de modo que, creio, seja o receio recíproco.

Os paraguaios têm poupado sempre os missionários brasileiros, tratando-os mesmo, como dizem, com bondade, mas exercem as mais horríveis crueldades sobre os índios: ultimamente foram encontrados no campo três jovens índias quiniquinaos empaladas! Estamos aqui no meio de quatro grandes tribos — os terenas, os quiniquinaos, os laianas e os guaicurús. As duas primeiras se distinguem pela beleza das mulheres. As quiniquinaos, sobretudo, são muito elegantes e de belo tipo. Já compus pequeno dicionário do idioma de cada uma das nações.

José Campello, Itaqui

República de Corrientes, 16 de março de 1866
Ainda estivemos na vila de São Borja até o dia 21 de fevereiro, dia em que passou o nosso corpo para esta República: foi para nós esta marcha um dia de festa, tal era a alegria que se

divisava no semblante de todos os oficiais e praças de *pret* — tudo estava cansado de maçadas, três meses de tempo perdido para quem não quer fazer profissão das armas, e enorme prejuízo para o Estado, sustentando sem a menor utilidade milhares de indivíduos, vencendo soldo, gratificação etc., e consumindo fardamento, equipamento etc., além do mal maior que tem reduzido à metade esses corações dedicados à integridade e honra de sua Pátria, que tão pressurosos têm acudido a seu reclamo; infelizes Voluntários da Pátria... Falo dos hospitais, epidemias etc.

Minha brigada fez exercício, e o meu corpo trabalhou melhor; havia tantas moscas no campo, que estando o corpo em linha e dando uma carga, tive de mandar fazer alto porque não se via por onde se avançava! E os soldados estavam todos asfixiados; era uma nuvem espessa de moscas.

Albuquerque Bello, Tala Corá

A divisão foi hoje à missa. Às 2h da tarde caiu um rodamoinho de vento, passou pelo flanco esquerdo da 8ª e 7ª Companhia e pelo abarracamento dos oficiais, e foi suspendendo tudo quanto foi barraca, caramanchão roupa papéis etc., e levou tudo a uma altura extraordinária.

O Jesuino almoçou hoje comigo; o tenente João Pedro caiu hoje do cavalo e quebrou um braço. O general passou revista a 6ª divisão. As moscas não me deixam sossegar hoje; não pude jantar; é uma praga terrível.

Missa — sou cristão — mas não sei que seja ato de religião; obrigar-se um Exército cansado a ouvir todos os domingos e dias santos missa, na distância de uma légua, equipado em ordem de marcha, porque nesse lugar morava o general!
A missa podia ser dita nos acampamentos, e porque não o eram, os censores diziam que o general queria mostrar à Dulcineia as suas tropas (depois da missa, desfilávamos pela sua porta e fazíamos a continência devida); o homem não queria incomodar-se e incomodava milhares de homens!

José Campello, Itaqui

Albuquerque Bello, Tala Corá	Mandei castigar hoje com pranchadas a seis soldados por diferentes faltas.
José Campello	Que de prisões!? A guarda do Exército chegou a contar noventa presos; exceto os desertores e alguns outros crimes, a maior parte era um escândalo: era preso um oficial por não ter feito a continência de espada por uma forma sim por outra (ignorância); um soldado porque não soube perfilar-se etc., etc., etc., etc.
Albuquerque Bello, Tala Corá	Passei em revista uma ordem de marcha, e dei licença algumas praças pelo asseio com que se apresentaram.
	Pela manhã mandei castigar quatro praças a vista do conselho peremptório.
Médico responsável pelo Hospital Avalos, Corrientes	Às 10h as luzes d'algumas enfermarias estavam a extinguir-se que necessário foi eu dar aos lampiões mais força e conheci que os enfermeiros faziam isto de propósito para o gás dar para mais dias, afim de não comprarem mais a sua custa
Carneiro da Rocha, Corrientes	March 11 Sunday Tempo nublado, calor, aragem do NE:N. Postos as horas de costume.
	Foi o Almirante ouvir missa no *Amazonas*. Esteve a bordo senhor Machaim, que deu algumas notícias; entre elas, disse que avaliava o exército paraguaio de 16 mil homens no Passo da Pátria; mas somente 8 mil podiam ser considerados como prontos.
	Que não há minas, e sim algumas máquinas infernais; e que destas foi descoberta uma, que consiste em um caixão cheio de pólvora hermeticamente fechado e calafetado.
	Continua o rio baixar. À noite houve invasão de mosquitos.
Hoonholtz	A chata é um grande e possante batelão de fundo chato, tendo convés à proa e à ré, e uma abertura no meio, como um poço de 2 m de profundidade; nesse fundo assenta um trilho cir-

cular sobre o qual gira a carreta do enorme canhão, cuja boca (estando o eixo da alma horizontal) fica pouco mais de um palmo acima do rio e às vezes a bajular na água. As pontarias podem ser em elevação e em todas as direções do horizonte.

Assim carregadas, as embarcações estavam quase submersas, e no poço do rodízio abrigava-se a guarnição, que se comunicava com os paióis de munição sem se expor. Só uma bomba atirada por elevação ou o ricochete casual de uma bala podiam inutilizar alvo tão difícil de atingir, ao passo que seus artilheiros tranquilamente girando a carreta não deviam errar um tiro.

Estas baterias flutuantes, de imenso efeito em operações de guerra em um rio, eram da mais sólida construção, bem fechadas por grossas curvas de ferro, e todas de madeira do país, tão rija qual a sucupira das Alagoas, e melhor do que ela, pois apresentava mais elasticidade, como a teca da Índia. Mediam 16,5 m de quilha, 4,6 m de boca e 0,80 m de pontal; o fundo não tinha delgados, ou, como geralmente se chama, era todo chato. Roda de proa a prumo, assim como o cadaste, no qual girava o leme com larga porta, tendo na cabeça a barra ou cana de ferro. Na caverna-mestra e nas contíguas encaixilhava a plataforma, sobre a qual assentava o estra do rotatório da carreta. O convés quase ao lume de água, sem borda; larga escotilha a meio para campo de tiro de grosso canhão; tudo impossibilitava outro motor que não fosse o reboque. Dois ancorotes à proa, talingados a amarretas de ferro. A guarnição regulava por trinta praças.

Joaquim Inácio da Fonseca, chefe de divisão

O conselheiro Octaviano mal pode chegar ao lanço esquerdo da linha; teve de voltar a toda a pressa para aliviar urinando as dores horríveis que suportava.

Criticarão os rigoristas não se ter apresentado fardado: deviam porém, refletir antes no imenso sacrifício que fez vindo tão doente esforçar-se para acelerar a conclusão desta interminável campanha.

André Rebouças, Tala Corá

Lembro-me da dor agudíssima que certo dia me deu a ferroada de grande mutuca, amarela, cor de ouro. Urrei, pulei, atirei-me ao chão, tendo, entretanto, a feroz alegria de esmagar nos

Alfredo Taunay, Morros, serra de Maracaju

dedos aquele terrível inseto que voa em rodopio e de que se temem em extremo os animais e o gado.

<small>Carneiro da Rocha, Corrientes</small>

March 13 Tuesday
Tempo bom, calor, calma. Soube-se haver chegado do acampamento os generais Osório e Neto, foi o almirante visitá-los, e encontrou-os em casa do cônsul. Ao pôr-do-sol entrou de Buenos Aires o vapor brasileiro *Cisne*, trazendo a seu bordo o conselheiro Otaviano e sua comitiva, que logo desembarcou e foi ao encontro do almirante.

Houve conferência entre os generais de mar e terra.

March 14 Wednesday
Ao nascer do sol embandeiraram em arco todos os navios da esquadra.

Veio a bordo o general Osório. Vários comandantes vieram cumprimentar o almirante, por ser aniversário do nascimento da S. M. A. Imperatriz.

Foi o almirante a terra examinar as obras do hospital e da ferraria e, depois visitou o conselheiro Otaviano.

Houve diversos brindes, sendo o primeiro às S. S. M. M. Seguiram-se outros ao Exército e à Armada, ao povo brasileiro, aos Voluntários da Pátria, à "ciência e força" reunidas nos dois generais de mar terra e ao diplomata. Às 8h, concluído o banquete e ameaçando trovoada, todos os convivas se retiraram.

<small>Alfredo Taunay, serra de Maracaju</small>

Como não podíamos usar de arma de fogo, os índios, que levávamos como escolta, armavam, com muita arte, engenhosos labirintos, cujas paredes altas de taquara levavam os pássaros e aves a grande praça central, da qual não sabiam mais como sair.

Era inacreditável a quantidade de suculentas *jaós* e *aracuãs* que se apanhavam à mão, sem falar nas metediças e insuportáveis *gralhas*, cuja carne dura e preta para nada serve.

<small>Albuquerque Bello, Tala Corá</small>

Acordei agora, acendi a vela, e fui ao relógio que marca 4h da madrugada; eu sonhava com a minha família, e chorava soluçava; a sentinela que está junto a minha barraca me acordou;

quem sabe se a essa hora mesma Chiquinha sonha comigo, e que sua alma despregando de seu corpo, veio me visitar! quem sabe por quê! chorava eu tanto estando dormindo, a ponto de a sentinela me acordar! Deus queira ter compaixão de nós; vou me deitar outra vez.

O capitão Hermenegildo me visitou hoje, e disse-me que ontem suicidou-se com um tiro o tenente Gomes da 6ª de Infantaria.

16 de março (6ª feira) — Dia todo de sol refrescado por fraca viração de NE.

André Rebouças, Tala Corá

A despesa infrutífera, que está fazendo o Tesouro público com os atuais enfermeiros, não seria por certo excedida com a necessária para obter aquelas muitas mulheres que em muito menor número são satisfatórias a todas as necessidades do tratamento.

Dr. Luiz Alencastro dos Santos, médico

MULHERES

José Campello, acampamento de Itaqui

Continuam as ordens as mais absurdas. O exército tinha muitas mulheres, muitas que desde as mais remotas províncias tinham acompanhado seus maridos, muitas solteiras nas mesmas circunstâncias, e outras que se têm vindo ligando em diferentes partes mais ou menos distantes: o general ordenou que todas essas mulheres, casadas ou solteiras, boas ou más, fossem arrancadas do Exército, transpusessem o Uruguai e fossem ficar em São Borja, responsabilizando logo os comandantes dos corpos pela pronta execução de semelhante ordem.

Um bom dia, tiveram essas miseráveis ordem para levantar acampamento e retirar-se para São Borja, repassando o Uruguai, para deixarem seus filhos, maridos, parentes e amigos que, desde os confins do Norte acompanham sofrendo todos os incômodos que se pode imaginar de viagens por mar e terra, naufrágios, marcha a pé, fome, privações, afinal, de toda espécie.

Quem já viu entre nós, em algum tempo, exército sem mulheres?...

Em que podem as mulheres transtornar ou servir de embaraço ao serviço das armas? Mulheres da ordem dessas que saem acompanhando exércitos? Mulheres que, quando o marido está fraco, carrega-lhe a mochila, que depois de uma marcha forçada, quando o marido é tirado para a guarda, o piquete ou o que quer que for, faz-lhe a comida e vai levá-la pressurosa, que cose-lhe a roupa, ajuda-o a tratar das armas, concorre diretamente para sua limpeza e asseio, cura-lhe as feridas, minora-lhe e adoça-lhe afinal os trabalhos da guerra? Mulheres que, sendo necessário, em frente ao inimigo portam-se como verdadeiras amazonas.

Por este lado, é a ordem mais desumana e imoral que se pode imaginar — desumana porque vai arrancar do soldado essa máquina de guerra mais que passiva, quase que o único laço que o prende à humanidade, vai dilacerar o coração do homem generoso que fez à Pátria o sacrifício de sua vida, arrancando-lhe em um país estrangeiro a mulher ou amiga de quem era único protetor; imoral porque tirem-se do exército as poucas mulheres — poderosa barreira contra a horrorosa sodomia e não sodômitos serão raros; essa aberração da natureza e da humanidade tem na ordem que arranca ao exército as mulheres um poderoso incentivo para sua torpe existência.

As pobres mulheres, às 12h, foram agarradas e atiradas para fora dos acampamentos; fugiram dos condutores, armaram-se contra eles; muito poucas ou nenhuma transpôs o Uruguai. Estão espalhadas pelos matos, fugidas pelos campos.

Hoje amanheceu metade das carretas de negócio; os carreteiros, que tinham dado guarida a algumas dessas mulheres repelidas pelo exército, tiveram ordem para as entregarem, porque além destas, eles tinham as suas — foram confundidas — e a ordem para ser exequível era necessário que se estendesse a todas: os carreteiros foram-se e nós estamos sem o recurso das carretas, que não obstante a enormidade do preço dos gêneros, era um antídoto contra churrasco e o mate.

os dias

André Rebouças, Tala Corá

17 de março (Sábado) — Manhã clara; dia todo de sol refrescado por um NE fraco.

Às 4 da tarde chegou ao nosso acampamento o major d'Estado Maior Carlos Resin trazendo afinal o seu velho pai o coronel Resin; é de estatura baixa e reforçada, olhos azuis, cabelo louro, e de uma bonomia no trato, que mal se pôde combinar com a sua proverbial bravura.

O jantar serviu-se às 6h30; foi abundante em manjares, mas pouco notável em speeches. O presidente Mitre fez, com voz que mal se ouvia a seis passos, um brinde ao imperador, que começava assim: — Os louros, que se vão acrescentar à coroa de D. Pedro II, & &.

18 de março (Domingo) Dia todo de sol e de NE forte.

Azevedo Pimentel, Tala Corá

Dia 18 de março — Formou pela primeira vez o Exército com o efetivo de 33 mil homens das três armas, para ser passado em revista pelo nosso ministro plenipotenciário, conselheiro Francisco Octaviano de Almeida Rosa.

Albuquerque Bello, Tala Corá

Às 3h da tarde o exército formou para o ministro passar revista; a formatura foi pela ordem seguinte; a infantaria formada em colunas contíguas de brigada; a artilharia no centro, e a cavalaria nos flancos; estendeu uma linha que o general passando a trote de cavalo gastou uma hora; o ministro compareceu muito simples, num cabriolé, vestido de paletó e chapéu do Chile! Houve uma concorrência imensa de pessoas estranhas ao exército que vieram assistir a revista; foi a primeira vez que vi um exército de trinta mil homens, formado em linha de batalha; apresentar um aspecto respeitável.

Faleceu de diarreia um foguista do vapor *Ipiranga*, sepultou-se na margem esquerda.

Carneiro da Rocha, Corrientes

um quarto depois do meio-dia, passamos pelo forte do Itapiru, do qual recebemos seis tiros de peça, vindo um a cinco braças de distância. Contou-se oito peças em toda a bateria. Depois fizeram mais dois tiros das chatas sobre a *Mearim*, perto da qual passou uma pela popa. Saiu fora da ilha um vapor paraguaio e recolheu-se. A menor água que encontrou-se foi oito pés, junto do ilhote de pedras, pelo canal da margem Correntina. No outro canal da margem paraguaia encontrou-se 10 pés, menor água; por ele vieram três vapores de guerra. Às 2h saiu o vapor paraguaio rebocando uma chata, e fez cinco tiros, que foram respondidos pela Esquadra.

Carneiro da Rocha, Ponta de Itapiru

Em todo o trajeto, a menor água foi de 3 braças escassas, estando o rio baixo. Às 4h15 deu-se volta águas abaixo. Às 6h15 principiou a atirar o forte, e a Esquadra a responder para o vapor e a chata que tinham então novamente saído fora; pouco depois, quando estavam perto os navios que desciam, fizeram também descarga sobre os mesmos objetos até que escureceu e cessou o fogo de terra. No Passo, perto do ilhote de pedra, encalhou o *Voluntário* em uma pedra, e tendo manobrado o *Tamandaré* para dar a volta, a fim de socorrê-lo, juntamente com o *Henrique Martins*, encalhou também aquele.

Carneiro da Rocha, rio Paraná

Entre exercícios, guardas e missa aos domingos passamos até 27 de fevereiro, dia em que soube da morte de Joaquim Teixeira Pimentel.

João José da Fonseca, margens argentinas do rio Paraná

Mesma vida até 12 de março; fui preso aí, com o capitão Manoel Elias, o João da Luz e o Claro.

A 13 fiz ronda sendo preso o Braga por entrar em forma sem gravata.

A 18 de março houve ordem de marcha e o general Osório passou em revista todo o exército.

<small>Hoffmann, a bordo do *Araguari*, Corrientes</small>

O exército de solo encontra-se na mesma altura que nós e pronto para atacar. Enxergamos o inimigo à nossa frente. Todos os homens estão cheios de coragem, sim, verdade! Acabamos de ouvir a ordem de avançar, finalmente, finalmente! (uma hora mais tarde). A ordem foi retirada, recebemos a injunção de nos juntar à 3ª Divisão. Os navios limparam todos seus mastros, isto é, tiraram as antenas e mastros, além de descer todas as velas e cordas do alto, as máquinas estão quentes, esperamos pelas coisas que devem acontecer.

21 de março: após uma noite tranquila, nasceu mais um dia sem novidades. Duvido muito que hoje... mas é curioso — acabamos de receber a ordem de avançar! Tudo está se mexendo, mas já fomos enganados tantas vezes. Isso não é uma guerra, mas um teatro de comédia.

<small>André Rebouças, Tala Corá</small>

Voltou a força de cavalaria, que daqui partiu a 3 de março, trazendo a boiada e a cavalhada do Exército, que tinham ficado na invernada de Santa Luzia.

<small>Médico responsável pelo Hospital Avalos, Corrientes</small>

O jantar d'ontem foi dado às 3h em consequência do fornecedor ter mandado as galinhas depois de meio-dia. As dietas foram regularmente distribuídas, em todas as enfermarias, notando-se apenas uns seis doentes das 1ª enfermarias, de medicina e cirurgia se queixarem da falta d'arroz.

<small>André Rebouças, Tala Corá</small>

22 de março (5ª feira) — Noite pouco fresca; manhã clara, dia todo de sol quente com fraca viração de NE. Ouviram-se das duas às 3 da madrugada dez ou treze tiros d'artilharia grossa com intervalos de cinco, dez e quinze minutos sem acompanhamento de tiros d'infantaria.

Das 9h30 às 10h da manhã ouviram-se de novo seis tiros com intervalos de dois e três minutos.

A Divisão Paunero, disseram soldados argentinos, que vieram ao acampamento vender, como de costume, calçado e roupa, marchou pela madrugada para o Passo da Pátria.

Às 10h30 da manhã o Chefe d'Estado Maior Brigadeiro Jacintho Pinto deu ordem finalmente ao general Andréa para aproximar a cavalhada e ter os corpos prontos a marchar à primeira ordem.

Às 4h da tarde veio o ajudante d'ordens do marechal (Manoel Luiz Osório), comunicar ao general Andréa a ordem de enviar amanhã ao Passo do Itapiru quatro canhões La Hitte de calibre 12 acompanhando, sob o comando do major Valente, comandante do 1º d'Artilharia a 6º Divisão d'Infantaria.

Cumpre-me declarar a Vª. Exª. que todo o trem de que precisamos para a passagem do exército está completamente pronto e de conformidade com as ordens que de Vª. Exª. recebi; e que, portanto, as operações podem ter começo, desde que Vª. Exª. julgue acertado; entretanto, como me parece fora de dúvida que o sítio de Humaitá se seguirá imediatamente à passagem do rio, estou aproveitando o tempo em acabar de preparar o material de que precisaremos para o sítio, convindo notar que só resta acertar algumas máquinas, distribuir e fazer embarcar os meios precisos para o trabalho de fortificação!

José de Carvalho, Tala Corá

Às 9h30 da manhã de hoje (22) subiram o *Mearim* e o *Voluntário da Pátria*, sob o comando do capitão-de-cavalaria Ataliba Manoel Fernandes, para continuar a sondar e sofreram alguns tiros dos quais o mais certeiro passou a uma braça por cima do *Voluntário da Pátria*.

André Rebouças, Tala Corá

Às 9 da noite veio o major Valente, comandante do 1º Batalhão d'Artilharia, que está armado com os doze canhões de calibre 12, participar ao general Andréa que o marechal Osório acabava de resolver que a 6ª Divisão marchasse só para o Passo da Pátria e que as experiências de tiro fossem feitas em um campo que há no caminho que vai do acampamento da Brigada Ligeira ao Porto de Sant'Anna.

Bem que contrariado por esta mudança fiquei de ir, como tinha prometido, preparar essa linha de tiro.

Hoffmann, a bordo do Araguari, rio Paraná

22 de março, 6h da manhã. Uso o momento para prosseguir com minhas notícias. Realmente avançamos rio acima, uma divisão da esquadra composta por cinco navios se postou na foz do Paraguai e a outra, maior, subiu o Paraná até as trincheiras de Passo da Pátria. Estávamos com os últimos. O comandante de nosso navio *Araguary* recebeu ordem de subir ainda mais o rio, juntamente com o *Henrique Martins*, a fim de medir o rio bem próximo das trincheiras. Para tanto, diversos oficiais com formação científica vieram a bordo, entre eles um sueco e um polonês.

Depois de subir o rio por cerca de uma hora, sempre fazendo medições, enxergamos do lado esquerdo um pequeno vapor inimigo e uma bateria inimiga, chamada *Itapirú*, que estava armada com sete bocas-de-fogo, pelo que pude contar. O pequeno vapor logo se retraiu sob a proteção das baterias e simultaneamente avistamos um segundo vapor. Também o inimigo parecia surpreso, pois deixou o *Henrique Martins* e o cruzador *Tamandaré* passarem incólumes. Mas quando nos encontrávamos na altura da bateria, surgiu uma nuvem de vapor branca e, logo depois, escutamos o tiro; a esse seguiu-se um segundo e um terceiro, mas nenhum alcançou nosso navio. Como nossa tarefa era a de medir e não a de atacar, prosseguimos nosso caminho sem revidar. Nisso, o inimigo parou de atirar.

Quanto mais nos aproximávamos de Passo da Pátria, mais notávamos pessoas armadas na margem. Daí, um barco com tripulação inimiga veio de encontro a nós, subindo o rio. Ele passou o *Henrique Martins* e quando estava numa distância em que podiam nos ouvir, gritamos para que se rendessem e subissem a bordo. Parece que a opinião da tripulação estava dividida, pois alguns acenaram enquanto outros prosseguiam remando intensamente. Assim, o barco inimigo passou nosso navio numa distância em que podia ser alvejado com uma espingarda. O comandante Hohnholtz instou o tenente Friedenreich, que havia trazido sua espingarda de casa, para alertar o inimigo com um tiro. Ele atirou, ouvimos a bala bater no barco e, ao mesmo tempo, vimos como um dos tripulantes se curvou para a frente e não apareceu mais

Escrevo as últimas palavras sobre o tubo de um canhão, ao redor soldados e marinheiros se acotovelando, o deque inundado com água. Acabamos de retornar à divisão, no meio do caminho fomos alvo de muitos tiros de boca-de-fogo.

22 de março
Um soldado da minha Companhia, Cândido Inácio da Rocha, natural da província do Paraná, a quem tiraram a mulher, acaba de desertar; era bom soldado. Resultado da expulsão das mulheres.

José Campello, de Itaqui a Corrientes

23 de março (6ª feira) — Noite muito quente; dia todo de sol de calor exorbitante com pouca viração de NE.

André Rebouças, Tala Corá

A 6ª Divisão seguiu efetivamente para o Passo da Pátria. Às 11h30 da manhã ouviram-se seis tiros d'Artilharia, cinco às 2 da tarde e dez às 4 da tarde todos na direção da bateria da Itapirú e com intervalos de três a cinco minutos.

André Rebouças, de Tala Corá ao Passo da Pátria argentino

March 24 Saturday
Continua encalhado o *Tamandaré*, e em seu auxílio o *Beberibe*, o *Mearim* e o *Henrique Martins*. Às 10h principiou o forte Itapiru a dar tiros sobre nossos navios, e atirou cinco balas que ficaram aquém. Às 11h safou felizmente o *Tamandaré*, o que muito nos preocupava; desceu águas abaixo o *Voluntário* para Corrientes.

Carneiro da Rocha, rio Paraná

Às 11h10 fez o *Beberibe* o sinal 557 (está desencalhado)

A demora que tem havido em decidir-se o ponto por onde se deve realizar esta operação tem permitido ao inimigo aproveitar-se dos recursos de que dispõe em seu território para hostilizar a esquadra constantemente.
Os obstáculos que se encontram na navegação do Alto Pa-

Tamandaré, a bordo do Apa, em frente ao forte de Itapiru

Hoffmann, a bordo do *Cisne*, Corrientes	Domingo, 25 de março. Às 4h da tarde, o inimigo abriu fogo. É muito significativo para condução da guerra como um todo que sempre é o inimigo que abre o fogo, embora seja fraco em relação à nossa força.
Tamandaré, a bordo do *Apa*, em frente ao forte de Itapiru	Dia 24 de Março — O vapor paraguaio com a mesma chata tomou a posição do dia antecedente e fez muitos tiros sobre a esquadra, conseguindo acertar uma bala no *Brasil* acima da portinhola de vante a bombordo.
André Rebouças, Passo da Pátria argentino	25 de março (Domingo) — Noite quente; manhã muito clara: dia de sol de calor intensíssimo.
Carneiro da Rocha, rio Paraná	Às 2h50 saiu fora o vapor paraguaio rebocando uma chata, que colocada em posição conveniente principiou a atirar em direção do *Apa*; imediatamente se fez o sinal 13 e depois 83. Todos os navios principiaram a atirar, a chata e o vapor fugiram, tendo feito quatro tiros de peça, um em retirada. Foram boas as direções e supõe-se que uma bomba arrebentou na chata, e outra na popa do vapor, tendo ao todo dado a Esquadra 28 tiros. Fez-se às 3h o sinal 45 (cessar o fogo) logo que desapareceu o vapor.
Tamandaré, a bordo do *Apa*, em frente ao forte de Itapiru	Dia 26 de Março — Às 2 horas da tarde uma outra chata paraguaya veio tomar a posição do dia antecedente, e às 2 horas e 30 minutos começou a atirar sobre este vapor, no qual acertaram 3 balas de 68, sendo 2 na caixa da roda e uma quase na linha d'água.
André Rebouças, arroio Pehuajo	Às 1h15 chegamos a Pehuajo, insignificante arroio, cujo leito, superficialmente seco, formava um terrível tremedal em que se viam, mortos ou moribundos, grande número de animais.

Às 3h30 exatamente quando chegávamos à margem do Paraná, fazia explosão incendiada pelo encouraçado *Tamandaré*, uma chata que os paraguaios tinham conseguido trazer à sirga para a frente do *Apa* e fazer-lhe dois tiros, que arrebentaram-lhe a caixa das rodas e fizeram algumas contusões em uma praça de bordo.

André Rebouças, Tala Corá

O *Tamandaré* depois da explosão da chata, deu ainda um magnífico tiro, que lançou abaixo uma [*ilegível no texto manuscrito*] e toda a zona da muralha do forte que lhe correspondia com grande aplauso nosso e dos Oficiais argentinos que assistiam ao bombardeamento. A face paralela ao rio ficou só com três canhoneiras, nas quais não se vê canhão algum.

O combate tem só lugar entre as chatas e os encouraçados. As muralhas do forte parecem construídas (são de tijolo) de grés-itapirú com argamassa de terra. Todas as habitações são cobertas de palha e com paredes de pau a pique. Não há uma só blindagem; no sistema a fortificação é muito anterior a Vauban.

Às 7 da noite o coronel Gurjão dirigiu-se ao Batalhão d'Artilharia com o seu Estado Maior e estava dispondo os soldados para conduzir os canhões aproveitando o magnífico luar quando chegou um Ajudante de ordens do general Sampaio com ordem sua para suspender o trabalho.

Fomos ter com o Brigadeiro Sampaio: disse-nos ter sido mal transmitida por um Ajudante de Ordens a ordem dada pelo Marechal Osório para fazer fogo, e que temia começando as hostilidades contrariar alguma coisa do resolvido pelos Presidentes e pelos Generais na conferência que a bordo do *Apa* tinham tido com o Conselheiro Octaviano.

Uma chata e dez canoas tinham sido metidas a pique por um vapor inglês ao fundear em Corrientes. O *Voluntários da Pátria* torcera a hélice, e *Fidelis* quebrara um parafuso. Disse ter estado na conferência a bordo do *Apa* e que tinham resolvido apoderar-se da Ilha amanhã à noite; que infalivelmente seria colocada em posição pela manhã a artilharia para o que mandaria vir a ferramenta necessária.

Hoffmann, a bordo do Cisne, Corrientes

27 de março. Novamente quentíssimo, agora estamos todos tão magros, ah, tão magros como arenques: a comida não é propícia nesse calor terrível.

o inimigo alvejou de uma chata e lançou, como mira terrivelmente precisa, seus tiros contra o cruzeiro *Tamandaré*. Duas bombas entraram no navio pelos buracos das armas, destruíram as correntes esticadas como proteção contra tiros de espingardas, e causaram um estrago medonho no interior do navio ao explodirem.

CATÁSTROFE DO *TAMANDARÉ*
27 de março de 1866

27 de março (3ª feira) — Noite belíssima de luar; dia encoberto sem viração alguma e de grande calor; trovoada sem chuva às 3h30 da tarde limpando o tempo das 5h em diante.

André Rebouças

Às 11h, reunido no *Apa* o conselho, composto dos comandantes das Divisões e dos navios que ontem atiraram, leu o almirante as partes de cada um, constantes dos tiros feitos e fez diversas reflexões. Ao meio-dia principiou a chata a vir para fora, e à 1h30 começou o fogo contra o *Apa*, sobre o qual atiraram oito a dez tiros, três dos quais foram aproveitados; um na caixa da roda, outro acima do lume d'água, e outro tangenciando a caixa da roda.

O da caixa da roda foi à despensa e cozinha e parou junto da caldeira; o segundo feriu imperial marinheiro.

Carneiro da Rocha

Às 2h30 da tarde principiou um encarniçado combate entre os encouraçados *Tamandaré* e *Bahia* e uma chata e um canhão de muito grande calibre que os paraguaios tinham assentado em K na crista da rampa ao lado da primeira palhoça. Durante este bombardeamento os encouraçados acabaram de desmoronar a face do forte, paralela ao rio.

André Rebouças

Mau dia
(Foi ferido nas costas o chefe Alvim)
Veio uma bala ao costado do *Apa*. Às 5h30 desceu o *Tamandaré*, tendo o sinal 126, parou, e foi a bordo um ajudante, que desgraçadamente trouxe a notícia de terem duas balas pe-

Carneiro da Rocha

netrado na casamata e produzido a morte aos tenentes Vassimon e Silveira, o Comissário Accioli e ao Escrivão Alpoim e a mais seis imperiais, tendo ficado feridos o comandante Barros, os tenentes de Lamare e Manhães, o alferes Tourinho, o mestre, um sargento, um cabo e dezesseis marinheiros, e mais um guarda--marinha; ao todo 25 feridos.

André Rebouças

Recebi, por intermédio do amigo tenente de Cavalaria Pantaleão, uma carta do meu cunhado Rios, que dá os seguintes detalhes sobre o combate dos Encouraçados: "Faleceram a bordo do *Tamandaré* o comandante Barros, o 1º tenente Vassimon, o 1º tenente Silveira, o escrivão, o comissário e cerca de trinta e tantos imperiais marinheiros; uma bala lançada por uma das chatas, partiu-se de encontro a uma portinhola, e arremessou a rede de correntes, que a fechava, no interior da casamata produzindo esta fatal catástrofe".

Dionísio Cerqueira

Uma bala paraguaia penetrou na casamata por uma das portinholas e, aos ricochetes, matou e pôs fora de combate 35 homens, entre os quais sobressaía o jovem comandante, que acabou pedindo aos amigos desolados que o acompanharam nos últimos momentos, que dissessem ao velho pai, o glorioso Visconde de Inhaúma, que ele morria honrando o seu nome. Diziam que o sangue, nessa casamata trágica, subira à altura dos tornozelos.

Silveira da Mota

Ao segundo ataque os nossos práticos e comandantes, já mais conhecedores do rio, conseguiram aproximar-se bastante da chata, para metralhá-la tão rigorosamente que os seus artilheiros foram compelidos a abandoná-la. Vendo a chata desguarnecida, ordenou-me o Almirante que mandasse, no seu escaler de 14 remos, o Prático Etchebarne e o Piloto Antônio Joaquim, levando forte espia de bordo de um dos navios mais próximos, para aboçar na chata de modo a trazê-la a reboque, continuando os navios a metralhar a margem do rio. A ordem do Almirante foi cumprida com entusiasmo e eu, em outro escaler, em companhia do comandante Mariz e Barros, dirigi-me para a chata. Deixaram os paraguaios que se achavam mascarados na mata que chegássemos à distância de poucos metros da chata, quando romperam sobre nós intenso fogo de fuzilaria.

Como, porém, eles atiravam com muita elevação para se conservarem abrigados da metralha dos navios, as balas passavam por cima de nossas cabeças, e essa agressão, como aliás contávamos, não nos teria feito recuar se não tivéssemos verificado que a chata, além de encalhada, estava amarrada a terra por grossas correntes de ferro, que tornava inútil a tentativa de arrancá-la com uma simples espia.

Naquelas escaramuças do Passo da Pátria, combatia-se como os gladiadores na arena do Coliseu, sob os olhos de 80 mil espectadores das duas armadas em presença, nas margens do Paraná.

Nas condições, porém, de combate singular que se travou com o primeiro navio da vanguarda, a vantagem tática era toda da chata. O alvo que apresentava limitava-se à boca da sua peça, a reduzida distância igualava-se à precisão do tiro e ela estava imóvel enquanto o *Tamandaré* tinha de mover-se embora lentamente para poder, contra a correnteza do rio, manter a posição que escolhera e é sabido que com plataforma imóvel pode-se sempre fazer melhor pontaria, mesmo sobre alvo móvel.

A princípio, nem todos compreenderam que na defensiva estratégica em que se achavam os paraguaios, era muito mais inteligente, como meio de dificultar a passagem do rio, empregar a artilharia pesada em embarcações que lhes davam mobilidade, do que em baterias fixas em terra, que teriam de cair inevitavelmente em poder do invasor.

E foi o que confirmou o acidente que pôs fora de combate o *Tamandaré* na lutuosa jornada que venho descrevendo. O inimigo já apercebido de que com os seus projéteis de ferro fundido da sua artilharia de alma lisa não podia pôr a pique os navios encouraçados, só alvejava as portinholas, que eram em número de oito nos navios casamatados, duas em cada face. Essas portinholas de forma retangular eram bastante grandes para permitir boa pontaria no tiro horizontal, isto é, pequena distância, o que constituía o maior defeito nos encouraçados da classe do *Tamandaré*.

Bastava, todavia, que as balas chocassem a couraça nas imediações das portinholas para que os seus estilhaços, pela força de projeção que traziam, penetrassem pelas suas aberturas produzindo no interior das casamatas o efeito da mais perigosa metralha.

No *Tamandaré* havia-se procurado reduzir a abertura das portinholas, contra o risco dos estilhaços e das balas de fuzil, guarnecendo-as de cortinas de cerradas redes de ferro, precaução esta que como se viu depois só podia ser inspirada pela mais absoluta inexperiência da guerra.

O projetil fizera-se em pedaços chocando contra a aresta de uma das portinholas e reduzira a tiras as cortinas de malha de ferro, indo todos os estilhaços incrustar-se na massa compacta de homens que enchia a casamata!
Indescritível o horror da cena!
O comandante ferido mortalmente, o imediato e todos os oficiais, a exceção de um, mortos, o cirurgião, o escrivão e o comissário mortos, um guarda-marinha ferido gravemente, doze marinheiros mortos, maior número ainda destes feridos! Pertences de artilharia, armas de mão, objetos de equipamento, tudo destroçado, naquele espaço apertado. Dos combatentes e outros que enchiam a casamata, ficaram fora de combate 34: 17 mortos ou mortalmente feridos e mais 17 mais ou menos gravemente feridos. O único oficial ileso que assumiu o comando do navio, foi o então jovem 2º tenente Manhães Barreto, hoje contra-almirante. O 2º tenente ferido gravemente, é hoje o capitão de mar-e-guerra reformado José Vítor Delamare. Ambos continuaram a combater até o fim da campanha.

Hoffmann   O tanque içou imediatamente a bandeira de emergência: Médicos a bordo! e se recolheu.

O esperançoso Mariz e Barros teve um joelho fraturado; amputada a perna no dia seguinte, falecia em poucas horas depois da operação.

Silveira da Mota

os dias

<small>Carneiro da Rocha, Itapiru</small>

Voltaram os vapores que tinham subido até o Itati, e na passagem, sofreram alguns tiros da chata e forte. Veio a bordo o general Flores, que acabava de chegar da exploração do Itati. À tarde, duas peças raiadas de 12, do exército, colocadas no alto da barranca, fizeram fogo sobre o forte Itapiru com muita vantagem. Às 6h suspendeu o *Barroso*, e foi fundear perto do *Bahia*. Desceu para Corrientes o *11 de Junho* com os feridos, e o *Lindoia* com outro do *Bahia*. Foi a *Belmonte* reforçar os encouraçados.

<small>Azevedo Pimentel, Tala Corá</small>

Dia 27 de março — Chegou ao exército a notícia de um desastre pela entrada de uma granada de calibre 68 pela portinhola da casamata do encouraçado *Tamandaré*, a qual mutilou quase toda a guarnição que nela se achava. Este tiro foi dado por um canhão do forte de Itapiru.

<small>André Rebouças, Tala Corá</small>

28 de março (4ª feira) — Noite de luar; manhã clara, dia todo de sol de calor abafador.

Ao toque d'alvorada fui ao acampamento do Batalhão de Engenheiros: o general Sampaio passava então revistando os corpos em alarma: pedi-lhe permissão para fazer sair da forma os homens, de que necessitava para abrir a nova picada, no que acedeu.

Nas carretas do Batalhão de Engenheiros só encontrei em bom estado dois machados!! Felizmente havia um caixão de facas de mato, com as quais armei 144 homens, divididos em doze turmas, sob o comando de doze cabos, seis sargentos e dois alferes.

Dirigi-me à posição da mata, que supunha corresponder à mais curta distância d'esta margem ao forte, e graças às indicações d'um soldado correntino achei uma picada que ia sair ao rio muito proximamente no pé da perpendicular baixando do forte sobre sua margem esquerda.

Às 7h30 principiei a melhorar esta picada e a abrir a nova picada R.

Os soldados trabalharam com tal atividade que, logo às 9h, pude voltar ao acampamento do coronel Gurjão participar-lhe que já podiam colocar-se em bateria quatro canhões.

Às 9h30 conduzimos efetivamente para a picada os quatro canhões puxando-os a braços.

Na viagem do *11 de Junho* morreu um dos imperiais que ia ferido. Às 7h seguiu o vapor *Brasil* para o lugar da chata, indo a seu bordo o ajudante de ordens C. da Rocha com certas instruções. O *Brasil*, depois de fundeado em três braças, distante da terra duas amarras, principiou a atirar. A chata não cessou o fogo, e quase todas as balas vieram sobre o costado, fazendo-se em pedaços. Uma das balas passou entre as pernas do Prático Echibarne, que estava em cima da casamata, uma outra atravessou o canudo, vazou a trincheira e feriu mortalmente o guardião de um imperial e atirou longe o boné e os óculos do tenente Veiga. Uma carga de bala e metralha do *Brasil*, indo sobre a chata, estragou-a a meio, ficando os cabeços de fora, feridos dois homens, que foram vistos ser conduzidos por outros, sendo um oficial, naturalmente o que dirigia as pontarias e que era sempre visto com um binóculo.

Carneiro da Rocha, rio Paraná

Às 11h30 foi o *Tamandaré*, com novo comandante Barbosa, aproximar-se dos encouraçados e acabar de destruir a chata. Principiou a nossa artilharia de terra a atirar bombas sobre o forte Itapiru. À 1h45 fez-se o sinal 65 (cessar fogo). Voltou o *Tamandaré*, dizendo estar completamente destruída a chata, e partida a peça pelo segundo reforço.

A bateria rompeu fogo sobre o forte e as casas adjacentes às 2h30 da tarde.

André Rebouças, Tala Corá

As melhores pontarias foram feitas pelo tenente d'artilharia Greenhalghi e capitão Rego. Verificou-se, o que previra, que as quatro peças por mim montadas bateriam muito melhor o forte. As duas do dr. Carvalho fizeram maus tiros, obrigando-o a aumentar a carga o que produziu mau resultado.

O bombardeamento durou até às 4 da tarde tendo-se feito 86 tiros; calou-se o fogo, por ordem do general Osório, que ainda pode aplaudir a umas últimas pontarias.

Os Paraguaios não fizeram um só tiro contra a bateria inteiramente encoberta pela mata; durante o bombardeamento uma chata tentou sem consequência tomar posição na ponta leste da ilha, onde se abrigou logo que lhe caíram perto algumas granadas.

<small>Tamandaré, a bordo do *Apa*, em frente ao forte de Itapiru</small>

O encouraçado *Barroso*, que também fora destruir a chata, teve seis feridos graves, dos quais um foi o distinto 1º tenente Luiz Barbalho Muniz Fiúza, todos feridos dentro da casamata.

O *Brasil* teve um imperial-marinheiro morto e outro ferido, que se achavam fora da casamata por terem ido largar a âncora.

O *Barroso* ficou com a chaminé das fornalhas quase completamente cortada, e com uma peça raiada de 120 inutilizada por uma bala que bateu-lhe na boca.

<small>Hoffmann, a bordo do *Araguay*, Corrientes</small>

A bordo do *Araguay*, 28 de março. Hoje pela manhã chegamos ao *Araguay*, que é uma banheira velha podre.

Quase a totalidade do nosso pessoal, entre eles todos de Dona Francisca, estão decididos a solicitar dispensa e abrir mão da gratificação de trezentos mil réis. Eles têm razão! Nossa divisão prossegue diante do rio Paraguay, ainda inativa, mas a tensão é constante devido à proximidade do inimigo, dia e noite em vigília, de dia pressionados pelo calor horrendo e de noite, torturados pela miríade de mosquitos, além disso um navio apertado, ruim, comida ruim e que não mata a fome. Nesse sentido, a batalha seria um prazer; nenhum de nós a teme, mas ninguém quer expirar de maneira lenta e nada heroica no cavalete de torturas dessas condições.

29 de março José Campello, Itaqui

É amanhã Sexta-feira da Paixão. Hoje, quinta-feira, fui obrigado a comer carne, não sei amanhã o que será.

Às 3h30 da madrugada ouviu-se um tiro de canhão e depois umas doze descargas de fuzilaria. André Rebouças, Tala Corá

O coronel Gurjão e o seu assistente o capitão Tamborim e o ajudante de ordens Amaral montaram a cavalo e foram apresentar-se ao general Sampaio. Fui pela picada nova imediatamente à bateria e lá soube que os tiros tinham sido trocados entre os encouraçados *Brasil*, *Tamandaré*, *Bahia* e os paraguaios, emboscados na mata próxima, provavelmente em alguma tentativa de reconquistarem a chata.

O general Ozorio, que pernoitara na barraca do general Neto, mandou chamar o coronel Gurjão e disse muito mal da artilharia confiando nas informações dos seus afeiçoados: (Neto, Victorino, Sampaio, etc.) À tarde, depois de voltar da Esquadra, onde elogiaram muito as pontarias da bateria de terra, veio procurar o coronel Gurjão à sua barraca, dizer-lhe que "todos diziam que os tiros tinham sido bons" (!!!).

É verdade, quero saber a quem mostraste uma carta minha do Rio, em que te noticiava a retirada do Batista e falava do Barreto e Antônio Augusto; porque do Maranhão escreveram ao comandante citando um pedaço de minha carta em que o chamava "melro" e fazia um juízo um pouco desfavorável dele. É mau que mostres, assim, aí, cartas a pessoas que não forem de nossa confiança. O resultado é este: o comandante soube, ficou um pouco sentido e eu um pouco desaprumado. Miguel Freixo, Itaquá

11h da noite, a lua brilha no céu. Seis navios da 2ª Divisão da esquadra brasileira se mantêm imóveis na foz do Paraguay, as ondas do Paraná batem suavemente contra os cascos e as correntes das âncoras. Uma leve brisa empurra a neblina sobre a superfície da água e acabou-se o sossego — um tiro estrondeia da corveta *Magé* e as balas crepitantes atingem a vegetação da margem. Hoffmann, a bordo do *Araguay*, Corrientes

Uma chata inimiga tinha se tornado visível. A *Araguay* soltou-se da âncora baixada e imediatamente subiu o Paraguay, a fim de interromper a retirada do inimigo. Um barco com 22 homens desceu da corveta *Magé* e também o *Araguay* despachou um barco com um suboficial e doze soldados. Atacado por três lados, o inimigo começou a atirar intensamente desde a chata e a terra firme, sendo contra-atacado da melhor maneira pela tripulação do *Araguay*; as bocas-de-fogo lançaram uma verdadeira chuva de balas em direção à terra firme. Quando o barco com a tripulação alemã já estava muito próximo da chata, ouviu-se a ordem: "Fogo"! e doze balas chispantes de espingardas mostraram aos paraguaios que era hora de abandonar a chata. As adagas-de-caça estão firmemente empunhadas e a tripulação se prepara para a abordagem. Depois de algumas remadas, os voluntários alemães sobem no barco, mas igualmente rápido os inimigos pulam na água do outro lado.

Ao mesmo tempo, chegou o barco do *Magé*, que gostaria de disputar a chata com os alemães, mas uma corda do *Araguay* já estava a postos e, com isso, o canhoneiro foi rebocado pela nossa tripulação. A chata era novinha e deveria ser levada ao forte Itapirú. Ela continha 25 armas, em parte fabricadas em Potsdam, em parte espingardas a Minié, doze camisas vermelhas de lã, um tanto de facas e sabres, uma caixa com apetrechos de oficiais e cerca de duzentos mil réis, duas caixas com rapadura e uma boa porção de pão de milho, um quarto traseiro bovino bastante gordo, tabaco e muitos cigarros, cachimbos e isqueiros.

André Rebouças, Tala Corá

30 de março (6ª feira Santa) — Noite de luar, quase fria com Leste fresco da meia noite às 2h da madrugada; manhã clara dia muito quente.

Não houve um só tiro: respeitou-se o dia em que a Igreja celebra a morte d'Aquele que veio ao mundo ensinar aos povos "Igualdade" e "Fraternidade". Permita Deus que se terminem quanto antes os sacrifícios feitos para a emancipação dos míseros paraguaios! Oxalá que sirvam de resgate às gerações vindouras os trinta mil mortos já sacrificados n'esta campanha!

Foi o Almirante à chata que se tomou, e encontrou alguma roupa branca em duas caixas, um pequeno saco com sal, um pouco de milho e amendoim; pedaços de jornais velhos, e uma relação de espólio do tenente do 6º Batalhão de Infantaria Francisco José de Souza Neiva. Havia um toldo novo e algum cartuchame de fuzil.

Carneiro da Rocha, Itapiru

Os navios estiveram durante o dia com as bandeiras a meio pau. Ao pôr-do-sol sobreveio uma forte neblina. Às 11h30 principiou a lua a encobrir-se até 50 minutos depois de meia-noite, quando completamente encoberta.

Meia hora depois de meia, principiou o combate no passo da Pátria e durou até uma e meia da madrugada. O quartel-general marchou para a frente, e nós estamos com ordem de marcha para depois de amanhã. Tenho passado bem triste hoje, o capitão Pinto jantou comigo bacalhau e um pouco de pirão que meu camarada arranjou.

Albuquerque Bello, Tala Corá

Em fim de março, avançamos para a margem do Alto Paraná, que estava próxima e armamos as tendas nos dilatados esparçais que se estendem ao longo das altas *barrancas* do rio, largo, imenso e correntoso, única barreira a nos separar do inimigo.

Dionísio Cerqueira, margens do Alto Paraná

Muitas condições devem satisfazer o ponto que se escolher para a passagem do exército, das quais porém a principal é a de poder-se deste ponto marchar de modo que se possa contornar o grosso das forças inimigas acampadas a duas léguas do Passo da Pátria.

Tamandaré, a bordo do *Apa*, rio Paraná

essa noite sonhei muito com minha mulher, talvez por estar muito no pensamento a carta que ontem lhe dirigi. Sonhei também que o Lopes tinha proposto paz.

Albuquerque Bello, Tala Corá

Sábado — 31 de março
Agora que é noite, estou arrumando as minhas malas para marchar amanhã.

Anexos

SOBRE OS AUTORES DOS FRAGMENTOS E SOBRE A GUERRA

*Lúcia Klück Stumpf**

---

* Mestre e doutora pela Universidade de São Paulo, com pesquisa voltada às relações entre arte, cultura visual, história e antropologia em suas diversas concepções. No doutorado, realizou pesquisa sobre a Guerra do Paraguai. A tese "Fragmentos de guerra: imagens e visualidades da guerra contra o Paraguai" ganhou o prêmio de melhor tese em Humanidades pela Latin American Studies Association — Brazil Section, em 2020. É coautora, com Lilia M. Schwarcz e Carlos Lima Jr., de *A Batalha do Avaí: a beleza da barbárie* (Sextante, 2013) e *O sequestro da Independência: uma história da construção do mito do Sete de Setembro* (Companhia das Letras, 2022).

LISTA DE AUTORES DOS FRAGMENTOS, PELA DENOMINAÇÃO ADOTADA NESTE LIVRO, E SUAS QUALIFICAÇÕES

Adolpho Pritsch — voluntário da pátria.

Albino de Carvalho — presidente da Província de Mato Grosso do início da guerra até agosto de 1865.

Albuquerque Bello (Joaquim Cavalcanti d'Albuquerque Bello) — tenente-coronel.

Albuquerque Portocarrero (Hermenegildo Albuquerque Portocarrero) — comandante interino do Forte Coimbra.

Alfredo Taunay (Alfredo d'Escragnolle Taunay) — segundo-tenente da Comissão de Engenheiros.

Álvaro Augusto de Carvalho — primeiro-tenente, comandante da canhoneira *Ipiranga*.

Ambrósio Leitão da Cunha — presidente da Província do Maranhão.

André Augusto de Pádua Fleury — presidente da Província do Paraná.

André Rebouças — engenheiro militar.

Anfrísio Fialho — major.

Antonio Carlos de Arruda Botelho — tenente-coronel da Guarda Nacional.

Antonio de Sá e Camargo — comandante da Guarda Nacional de Guarapuava (Paraná).

Antonio Estigarribia — general em chefe das forças de ocupação paraguaias.

Antonio Fernandes de Lima — coronel.

Antonio José Osório da Fonseca — presidente da Câmara Municipal de São Paulo.

Antonio Silva — delegado de Lençóis.

Antonio Valentino — prático argentino da corveta *Parnaíba*.

Antunes (Euzébio José Antunes) — secretário e ajudante de ordens do almirante Tamandaré.

Argolo (Alexandre Gomes de Argolo Ferrão Filho) — general, comandante do 2º Corpo do Exército.

Augusto Leverger — presidente da Província de Mato Grosso, de agosto de 1865 até o final da guerra.

Augusto Stellfeld — farmacêutico.

Aurélio Garcindo Fernandes de Sá — capitão-tenente, comandante da corveta *Parnaíba*.

Azevedo Pimentel (Joaquim Silvério de Azevedo Pimentel) — tenente.

Balduino José Ferreira — comandante da lancha *Jauru*.

Baltazar de Araújo Aragão Bulcão — presidente da Província da Bahia.

Barão de Nagé (Francisco Vieira Tosta) — comandante superior da cidade de Cachoeira (BA).

Barrios (Vicente Barrios) — comandante das forças paraguaias.

Barroso (Francisco Manoel Barroso da Silva) — comandante da Armada brasileira na Batalha do Riachuelo.

Bartolomeu Mitre (Bartolomé Mitre Martinez) — presidente da Argentina.

Benjamin Constant — tenente-coronel.

Bernardino Bormann — primeiro-tenente.

Bonifácio Joaquim de Sant'Ana — capitão-tenente, comandante da corveta *Beberibe*.

Calógeras (João Batista Calógeras) — primeiro-oficial de gabinete do Ministério dos Negócios Estrangeiros.

Carlos Augusto de Oliveira — coronel-comandante de armas no Baixo Paraguai.

Carlos de Castro — ministro das Relações Exteriores do Uruguai.

Carneiro da Rocha (Manoel Carneiro da Rocha) — capitão-tenente do estado-maior do almirante Tamandaré.

Caxias (Luís Alves de Lima e Silva) — general do Exército brasileiro e senador do Império.

Cesar Sauvan Vianna de Lima — ministro-residente em Assunção.

Chicuta (Francisco Marques Xavier) — coronel.

Coelho de Almeida (João Coelho de Almeida) — escrivão do vapor *Cuiabá*.

Conde d'Eu (Gastão de Orléans) — esposo da princesa Isabel, genro de Pedro II.

Cônego Gay (Jean-Pierre Gay) — cônego de São Borja (RS).

Cristiano Pletz — major.

Davi Canabarro — comandante das fronteiras no Sul.

Dias da Silva (José Antônio Dias da Silva) — tenente-coronel.

Dionísio Cerqueira — cadete.

Dr. Caminhoá (Joaquim Monteiro Caminhoá) — primeiro-cirurgião.

Dr. João Severiano (João Severiano da Fonseca) — segundo-cirurgião tenente.

Dr. Joaquim da Costa Antunes — segundo-cirurgião de comissão.

Dr. José Ferrari — médico do Hospital do Saladeiro.

Dr. Julio César da Silva — primeiro-cirurgião encarregado da 5ª seção no hospital ambulante do acampamento de Lagoa Brava.

Dr. Luiz Alencastro dos Santos — médico.

Dr. Manoel Adriano de Santos Pontes — médico responsável pelo hospital ambulante do acampamento de Lagoa Brava.

Dr. Pereira Guimarães (José Pereira Guimarães) — segundo-cirurgião.

Dr. Xavier Azevedo (Carlos Frederico dos Santos Xavier Azevedo) — médico, chefe de divisão e cirurgião-mor da Armada.

E. C. Jourdan (Emílio Carlos Jourdan) — tenente-coronel e membro da Comissão de Engenheiros.

Elisário José Barbosa — primeiro-tenente, comandante da canhoneira *Mearim*.

Emílio Nunes Correa Menezes — delegado substituto da Repartição das Terras Públicas e Colonização na Província do Paraná.

Fausto de Souza (Augusto Fausto de Souza) — primeiro-tenente.

Fidelis Paes da Silva — coronel.

Francisco Barbosa (Francisco Pereira da Silva Barbosa) — sargento.

Francisco Joaquim Pinto Paca — tenente-coronel e comandante do 7º Batalhão de Voluntários da Pátria.

Francisco Moniz Barreto — poeta baiano, autor do hino dos Zuavos Baianos.

Frei Mariano (Mariano de Bagnaia) — vigário de Miranda.

Frutuoso Dutra — intérprete do Paraná.

George Thompson — inglês, tenente-coronel e engenheiro militar do Exército paraguaio.

Gualter Martins e João Batista — cidadãos baianos.

Hoonholtz (Antônio Luís von Hoonholtz) — comandante da canhoneira *Araguari*.

Jacob Franzen — capitão da Guarda Nacional.

Jakob Dick — voluntário da pátria.

João Crispiniano Soares — presidente da Província de São Paulo.

João Frederico Caldwell — tenente-general, comandante das armas do Rio Grande do Sul.

João José da Fonseca — alferes.

João José de Oliveira Freitas — cadete.

Joaquim do Nascimento Costa da Cunha e Lima — juiz municipal.

Joaquim Francisco de Abreu — primeiro-tenente, comandante interino da canhoneira *Belmonte*.

Joaquim Inácio da Fonseca — chefe de divisão.

Joaquim José Pinto — capitão-tenente, comandante interino da corveta *Jequitinhonha*.

Jorge Maia — tenente-coronel.

José Campello (José Campello d'Albuquerque Galvão) — tenente.

José Carlos de Carvalho — tenente-coronel e chefe da Comissão de Engenheiros.

Justino José de Macedo Coimbra — primeiro-tenente, comandante da canhoneira *Iguatemi*.

Lafaiete Rodrigues Pereira — presidente da Província do Maranhão.

Luís Manoel de Lima e Silva — comandante superior da Guarda Nacional de Porto Alegre.

Luiz Nicoláo Varella — diretor do Seminário de Educandos.

Manoel Barros (Manoel Giraldo do Carmo Barros) — major.

Manoel Cavassa — comerciante português estabelecido em Corumbá.

Manuel Lucas de Oliveira — coronel.

Mena Barreto (João Manuel Mena Barreto) — comandante do 1º Batalhão de Voluntários da Pátria.

Miguel Freixo (Miguel Antônio Freixo) — tenente.

Muniz Ferraz (Ângelo Muniz da Silva Ferraz) — ministro da Guerra.

Nicolau Engelmann — segundo-sargento do Corpo de Pontoneiros.

Octaviano (Francisco Octaviano de Almeida Rosa) — ministro plenipotenciário do Brasil.

Oliveira Mello (João de Oliveira Mello) — segundo-tenente.

Osório (Manuel Luís Osório) — general.

Pedro II — imperador do Brasil.

Pedro Werlang — alferes.

Porto Alegre (Manuel Marques de Sousa) — comandante do exército brasileiro em Uruguaiana.

Quirino Antônio do Espírito Santo — tenente veterano da Guerra da Independência, capitão-comandante da 1ª Companhia de Zuavos Baianos.

Rodrigues da Silva (José Luís Rodrigues da Silva) — primeiro-cadete.

Rufino de Elizalde — ministro das Relações Exteriores da Argentina.

Sezefredo Alves Coelho — tenente-coronel.

Silveira da Mota (Artur Silveira da Mota) — secretário e ajudante de ordens do almirante Tamandaré.

Tamandaré (Joaquim Marques Lisboa) — almirante e comandante da Armada brasileira.

Tristão de Araújo Nóbrega — tenente-coronel.

Urquiza (Justo José de Urquiza) — capitão-geral argentino.

Venancio Flores (Venancio Flores Barrio) — presidente do Uruguai, comandante em chefe de seu exército.

Vicente Barrios — coronel e comandante das forças paraguaias.

Visconde de Camamu (José Egídio Veloso Gordilho de Barbuda Filho) — ministro da Guerra.

Visconde do Rio Branco (José Maria da Silva Paranhos) — ministro plenipotenciário do Império.

Wenceslao Paunero — comandante das tropas argentinas em Uruguaiana (RS).

Wilhelm Hoffmann — alferes e correspondente do jornal *Colonie-Zeitung*, da Colônia Dona Francisca, atual Joinville.

SOBRE OS AUTORES E SEUS ESCRITOS

Na lista abaixo, foram mencionadas apenas as primeiras edições das obras. Para este romance, em muitos casos a autora consultou e citou edições posteriores, listadas nas fontes.

ABREU, Joaquim Francisco de (primeiro-tenente, comandante interino da canhoneira *Belmonte*)

Nascido em 1836, em Rio Grande, ingressou na Marinha aos 15 anos de idade, em 1851. No início da Guerra do Paraguai ocupava o posto de primeiro-tenente, tendo participado do bloqueio a Montevidéu e da Tomada de Paissandu, além dos combates de Riachuelo, Curupaiti e Angostura e das passagens de Mercedes, Cuevas e Timbó. Na Batalha do Riachuelo, comandava a canhoneira *Belmonte*, que sofreu avarias e precisou passar por reparos antes que pudesse seguir combate. Foi promovido a capitão de mar e guerra em 1869 e alçado a vice-almirante em 1890. Morreu em 1895, quando ainda estava ativo no serviço da Marinha. Os trechos de sua autoria foram retirados do "Relatório ao almirante Barroso", transcritos do livro *A Guerra da Tríplice Aliança*, de Louis Schneider, publicado no Rio de Janeiro pela editora Garnier em 1902.

ALMEIDA, João Coelho de (escrivão do vapor *Cuiabá*)

Natural da Província de Mato Grosso, era escrivão extranumerário do Corpo de Oficiais da Fazenda da Armada. Foi feito prisioneiro de guerra pelo Exército paraguaio no episódio do aprisionamento do vapor *Marquês de Olinda*, em 12 de novembro de 1864, que serviu de estopim para o conflito. Entre 1864 e 1869, passou por diversas prisões, sofrendo privações de toda ordem e sendo sujeito a trabalhos forçados. Devido às más condições impostas aos prisioneiros, dos 42 tripulantes do vapor *Marquês de Olinda*, sendo sete oficiais da Armada, apenas Coelho de Almeida e João Cilão Pereira Arouca sobreviveram. No retorno ao Brasil, após o término de sua licença, o ex-prisioneiro retomou a carreira na Armada, onde galgou o posto de capitão de mar e guerra, até ser reformado em 1910. Os trechos de sua autoria foram transcritos da publicação de seu "Relato ao Ministério da Marinha" na seção "Parte Oficial do Ministério da Marinha" do *Diário do Rio de Janeiro* de 22 de setembro de 1869.

ANTUNES, Euzébio José (secretário e ajudante de ordens do almirante Tamandaré)

Nascido na Bahia, em 1827, assentou praça de aspirante de guarda-marinha em 1844 e em 1852 foi promovido a segundo-tenente. Foi à Guerra do Paraguai como capitão-tenente da Armada, atuando como secretário e ajudante de ordens do almirante Tamandaré, entre 1864 e 1866. Durante o bombardeio de Paissandu, comandou a canhoneira *Parnaíba*. Finda a guerra, foi nomeado chefe de seção da Secretaria da Marinha. Eleito deputado pela Província de Mato Grosso em 1877, foi nomeado cavaleiro da Ordem de Avis, oficial da Ordem da Rosa e comendador da Ordem de Cristo, além de condecorado com medalhas de guerra. Faleceu no Rio de Janeiro em 1879. Os trechos de sua autoria constam de seu livro *Memórias das campanhas contra o Estado Oriental do Uruguai e a República do Paraguai*, publicado pelo Serviço de Documentação da Marinha, em 2007, como parte das comemorações pelo bicentenário de nascimento do almirante Tamandaré.

ANTUNES, Joaquim da Costa (segundo-cirurgião de comissão)

O fragmento de seu relatório descrevendo os feridos da Batalha do Riachuelo foi retirado do livro de Carlos Frederico dos Santos Xavier Azevedo, *História médico-cirúrgica da esquadra brasileira nas campanhas do Uruguay e Paraguay de 1864 a 1869*, publicado no Rio de Janeiro pela Typograhia Nacional em 1870.

ARGOLO, Alexandre Gomes de (general, comandante do 2º Corpo do Exército)

Alexandre Gomes de Argolo Ferrão Filho (1821-1870) foi comandante da Guarda Nacional da Bahia e lutou na Guerra do Paraguai como comandante do 2º Corpo do Exército. Foi designado por Caxias para construir a estrada do Gran Chaco, que permitiu às forças brasileiras avançarem sobre o território paraguaio. Participou das batalhas de Tuiuti e de Itororó, onde foi ferido. Deixou o Paraguai em 1869 e morreu um ano depois, em decorrência dos ferimentos de guerra. Foi agraciado com o título de 1º Visconde de Itaparica. Os trechos de sua autoria foram transcritos do livro *A redempção de Uruguayana*, de Fausto de Souza, livro publicado em 1905 a partir de relatos em primeira pessoa reproduzidos na *Revista do Instituto Histórico e Geográfico Brasileiro* em 1886.

AZEVEDO, Carlos Frederico dos Santos Xavier (chefe de divisão e cirurgião-mor da Armada)

Nasceu em 1825 em Montevidéu, Uruguai, e faleceu em 1893, no Rio de Janeiro, como vice-almirante-mor da Armada, reformado. Cumpriu todos os postos da carreira na Marinha atuando como médico, o que não o impediu de muitas vezes ir a campo como combatente. Participou da repressão à Revolução Praieira, em 1848, das campanhas do rio da Prata, em 1852 e da Guerra do Paraguai, de 1864 a 1870. De volta ao Brasil, foi designado responsável na ação contra a epidemia de cólera que se disseminava na Bahia. É autor de uma série de tratados médicos em que discorre sobre o combate a doenças e questões sanitárias no Brasil. Os trechos de sua autoria foram retirados do livro memorialístico que publicou logo após seu retorno da guerra, *História médico-cirúrgica da esquadra brasileira nas campanhas do Uruguay e Paraguay de 1864 a 1869*, publicado em 1870.

BAGNAIA, Mariano de (frei em Miranda, Mato Grosso)

Nasceu em 1820 em Bagnaia, Itália. Em 1847 chegou ao Brasil como missionário da Ordem dos Capuchinhos e logo foi designado a atuar na Província de Mato Grosso, junto aos indígenas Terena, Quiniquinau e Guaicuru. Quando a cidade de Miranda foi tomada pelos paraguaios, em janeiro de 1865, frei Mariano foi feito prisioneiro. Com o fim da guerra permaneceu em Mato Grosso, tornando-se vigário de Corumbá em 1877. Em 1886 mudou-se para o Rio de Janeiro, cidade onde faleceu dois anos depois, em 1888. Os trechos de sua autoria foram retirados da "Carta de frei Mariano de Bagnaia", manuscrito de 1869 publicado pela primeira vez em 1871, conforme transcrição em *Memórias da Grande Guerra*, organizado por Valmir Batista Corrêa e Lúcia Salsa Corrêa.

BARBOSA, Elisário José (primeiro-tenente, comandante da canhoneira *Mearim*)

Nasceu na Bahia em 1830 e tornou-se aspirante a guarda-marinha em 1843. Era primeiro-tenente da Armada quando a Guerra do Paraguai foi deflagrada. É considerado um dos heróis da Batalha do Riachuelo, em que comandava a canhoneira *Mearim*. Participou ainda do combate de Corrientes e das passagens de Mercedes e Cuevas, durante o conflito no Prata, em que comandou também a fragata *Amazonas* e o encouraçado *Tamandaré*, sendo o último comandante em chefe da Esquadra em Operações na Guerra do Paraguai. Foi gravemente ferido durante as operações de passagem da fortaleza de Curupaiti, em 15 de agosto de 1867, quando seu navio precisou ser rebocado com auxílio do encouraçado *Silvado*. Foi levado à corte para tratar os ferimentos, que resultaram na amputação de seu braço esquerdo e, uma vez recuperado, retornou ao teatro de operações, em 1868. Por sua atuação na guerra, foi condecorado com várias medalhas: do Mérito Militar, da Campanha do Prata, da Campanha Oriental, da Campanha do Paraguai e do Combate Naval do Riachuelo. Seria ainda condecorado como comendador da Ordem de Cristo e oficial da Imperial Ordem do Cruzeiro. Foi ministro da Marinha sob a presidência de Prudente de Moraes (1894-1896). Reformado como almirante graduado em 1898, veio a falecer em 1909. Os trechos de sua autoria foram retirados do "Relatório ao almirante Barroso", transcritos a partir de *A Guerra da Tríplice Aliança*, de Louis Schneider.

BARBOSA, Francisco Pereira da Silva (sargento)
Nasceu em 1843, filho de fazendeiros, atuou como suboficial e oficial inferior no 1º Batalhão de Voluntários da Pátria, mais tarde incorporado ao 23º, de 1865 a 1869. Atuou em São Borja, assistiu à rendição de Uruguaiana, chegando ao território paraguaio em abril de 1866, onde participou de batalhas importantes e acompanhou a tomada de Assunção pelo Exército brasileiro em janeiro de 1869. Em março do mesmo ano, seguiu marcha no rastro de Solano López, na Campanha da Cordilheira, quando a fome e os infortúnios assolaram as tropas brasileiras. Em dezembro de 1869, seu batalhão foi recolhido e enviado de volta ao Brasil, em movimento repetido com todos os corpos de voluntários, substituídos por batalhões de linha. Depois da guerra, foi promovido a tenente honorário do Exército e recebeu o hábito de cavaleiro da Ordem da Rosa. Faleceu em 1931. Os trechos de sua autoria foram transcritos do *Diário da Campanha do Paraguai*, escrito durante a guerra e publicado na internet por seus descendentes em 2001.

BARBUDA FILHO, José Egídio Veloso Gordilho de (Visconde de Camamu) (ministro da Guerra)
Nascido na ilha da Madeira em 1808, era filho do primeiro visconde de Camamu. Ingressou cedo no Exército brasileiro, chegando ao posto de marechal de campo em 1859. Foi ministro da Guerra por um breve período, entre fevereiro e maio de 1865. O trecho do ofício de 1865, em que analisa a precariedade dos corpos do Exército brasileiro, foi retirado do artigo de Johny Araújo, "O corpo da guarnição da Província do Piauí e a mobilização para a Guerra do Paraguai".

BARRETO, Francisco Moniz (poeta baiano, autor do Hino dos Zuavos Baianos)
A parte inicial do hino foi retirada do artigo "Os companheiros de Dom Obá: os zuavos baianos e outras companhias negras na guerra do Paraguai", de Hendrik Kraay.

BARRETO, João Manuel Mena (comandante do 1º Batalhão de Voluntários da Pátria)

João Manuel Mena Barreto, nascido em 1824 em Porto Alegre, participou das campanhas do Uruguai, em 1864, sendo promovido a coronel em 1865, após a Batalha de Paissandu. Enviado ao Paraguai como comandante do 1º Batalhão de Voluntários da Pátria, deslocou sua tropa para São Borja, quando soube da invasão paraguaia ao território brasileiro. Sua atuação foi decisiva na defesa daquela cidade, permitindo a retirada em segurança dos civis sitiados. Participou do cerco a Uruguaiana e, mais tarde, promovido a brigadeiro, lutou nas batalhas da Dezembrada de 1868. Como comandante da 1ª Divisão de Cavalaria, foi ferido no combate de Peruíbe, vindo a falecer alguns dias depois, em agosto de 1869. Foi condecorado com a medalha da Campanha do Estado Oriental, com o grau de cavaleiro da Imperial Ordem de Cristo e de São Bento de Avis, com o grau de oficial da Imperial Ordem do Cruzeiro e de grande dignitário da Ordem da Rosa, além da medalha de Mérito Militar. Os trechos de sua autoria, retirados do "Ofício a João Francisco Caldwell", foram transcritos a partir do livro *A Guerra da Tríplice Aliança*, de Louis Schneider.

BARRIO, Venancio Flores (presidente do Uruguai e comandante em chefe do Exército uruguaio)

Venancio Flores Barrio (1808-1868) foi um militar e político uruguaio, presidente da República Oriental do Uruguai por dois mandatos (1854-55 e 1865-68). Em 1863 comandou uma rebelião, denominada Cruzada Libertadora, contra o presidente *blanco* Bernardo Berro, que culminou em uma guerra civil. Apoiado por Brasil e Argentina, o movimento liderado por Flores tomou Montevidéu em fevereiro de 1865, empossando-o presidente. A intervenção estrangeira no conflito civil oriental foi a causa alegada por Solano López, apoiador de Berro, para deflagrar a guerra contra o Brasil. Flores participou do Estado Maior da Guerra do Paraguai e, no retorno ao Uruguai, em fevereiro de 1868, foi assassinado por um grupo opositor. Os trechos de sua autoria se referem a cartas trocadas entre os exércitos em Uruguaiana transcritas a partir do livro *A Guerra da Tríplice Aliança*, de Louis Schneider.

BARRIOS, Vicente (comandante das forças paraguaias)

Vicente Barrios Bedoya (1825-1868) foi um oficial e político paraguaio, cunhado de Francisco Solano López. Como coronel do Exército paraguaio, comandou um efetivo de mais de sete mil homens na invasão a Mato Grosso, pelo porto de Corumbá, realizada em janeiro de 1865. Promovido a major--general em 1867, acabou executado a mando de Solano López, acusado de traição, no episódio conhecido como Massacre de San Fernando, em dezembro de 1868. Os trechos da carta que ele escreve ao comandante do Forte Coimbra foram transcritos do livro *A invasão do Mato Grosso*, de Jorge Maia, cuja primeira edição, póstuma, data de 1964, publicada no Rio de Janeiro pela Biblioteca do Exército, como parte das comemorações do 1º centenário da Guerra do Paraguai.

BARROS, Manoel Giraldo do Carmo (major)
Fez carreira na Guarda Nacional, onde ingressou nos anos 1850. Foi exonerado da função de diretor da colônia militar do Avanhandava, em São Paulo, em 1864. Em outubro de 1865 foi nomeado major de comissão do 21º Corpo de Voluntários da Pátria desta província, sendo designado para atuar na Guerra do Paraguai. Em 1866 foi graduado major do 4º Batalhão de Infantaria, por antiguidade. Os trechos de sua autoria foram retirados do livro *Os voluntários paulistas na Guerra do Paraguai*, de Edgard Luiz de Barros.

BELLO, Joaquim Cavalcanti d'Albuquerque (tenente-coronel)
Pernambucano, nascido em 1847, iniciou carreira militar como voluntário no 2º Batalhão de Artilharia a Pé, em 1843. Em 1845 foi promovido a primeiro-cadete, ingressando no corpo de oficiais. Chegou ao Pará em 1855, transferido para o 11º Batalhão de Infantaria. Em 1864 foi nomeado comandante do Corpo de Caçadores da polícia paraense, no posto de tenente-coronel, posição que ocupava quando a Guerra do Paraguai teve início. Nessa condição, comandou o 1º Corpo de Voluntários da Pátria da Província do Pará no teatro de guerra. Tendo participado de importantes batalhas, foi o comandante do primeiro batalhão a ocupar Assunção, em janeiro de 1869. Condecorado cavaleiro da Imperial Ordem do Cruzeiro, cavaleiro de São Bento de Avis, oficial e comendador da Ordem da Rosa. Recebeu ainda as medalhas de Mérito Militar pelos reiterados atos de bravura e de oficial da Imperial Ordem do Cruzeiro, e a medalha geral da Campanha do Paraguai com o passador de ouro. Faleceu no mesmo ano em que foi promovido a brigadeiro, em 1886. Os trechos de sua autoria foram transcritos a partir de publicação feita pela Biblioteca Nacional em 2011, na série *Documentos Históricos*, intitulada *Diário do tenente-coronel Albuquerque Bello*.

BORMANN, José Bernardino (primeiro-tenente)
Nascido em 1844, alistou-se no Exército brasileiro em 1862, aos 14 anos, usando uma certidão de seu irmão mais velho. Participou da guerra contra Aguirre, no Uruguai, em 1864, e seguiu para a Guerra do Paraguai junto ao 5º Batalhão de Voluntários da Pátria. Foi promovido a segundo-tenente, em 1866. Terminada a guerra, foi ajudante de ordens de Caxias, a quem acompanhou em viagem pela Europa. Já durante a República, em 1901, foi eleito de-

putado estadual pelo Paraná. Atuou como ministro da Guerra no governo de Nilo Peçanha, entre 1909 e 1910. Foi escritor, romancista e tradutor de diversas obras. Faleceu em 1919. Os trechos de sua autoria foram retirados de seu livro *História da Guerra do Paraguai*, publicado pela editora Jesuino Lopes e Cia., de Curitiba, em 1897, em três volumes, quando era coronel do Estado Maior do Exército.

BOTELHO, Antonio Carlos de Arruda (tenente-coronel da Guarda Nacional)
Nascido em 1827, foi um dos fundadores, em 1857, do que viria a se tornar o município de São Carlos, no interior de São Paulo. Em 1864 foi eleito deputado provincial e neste mesmo ano foi encarregado de promover o recrutamento de voluntários para combater na Guerra do Paraguai, providenciar o abastecimento das tropas, com o envio de gêneros alimentícios, e manter os caminhos que levavam até Mato Grosso. Por sua contribuição ao esforço de guerra, recebeu o título de Coronel Comandante Superior da Guarda. Atuou na Assembleia Legislativa Provincial de São Paulo, como deputado, sendo eleito presidente da casa em 1882 e 1883. Em 1887, recebeu o título de conde do Pinhal. Faleceu em 1901. Os trechos de sua autoria foram retirados do Acervo Digital da Fazenda do Pinhal (São Carlos, SP), do Arquivo Nacional (RJ) e do Arquivo Público do Estado de São Paulo.

BULCÃO, Baltazar de Araújo Aragão (presidente da Província da Bahia)
Foi deputado pela Província da Bahia entre 1857 e 1860. Sua carta ao ministro da Guerra, alertando-o do perigo de as cidades ficarem expostas aos levantes de africanos, por conta do envio da Guarda Nacional para a Guerra do Paraguai, foi retirada da dissertação de mestrado de Marcelo Santos Rodrigues, "Os (in)voluntários da pátria na guerra do Paraguai (a participação da Bahia no conflito)".

CALDWELL, João Frederico (tenente-general, comandante das armas do Rio Grande do Sul)
Nascido na cidade de Santarém, em 1801, assentou praça no 1º Regimento de Cavalaria do Rio de Janeiro. Combateu a Revolução Pernambucana, em 1817, e participou da Campanha da Cisplatina, em 1822. Retornou ao Rio Grande do Sul para se estabelecer como comerciante, junto a sua família, em 1834, e lá atuou contra a Revolução Farroupilha como major da brigada. Foi nomeado comandante das armas do Rio Grande do Sul em 1857, função que ocupava no início da Guerra do Paraguai. Os trechos de sua autoria foram transcritos do livro de Walter Spalding, *A invasão paraguaia no Brasil*, publicado em 1940.

CALÓGERAS, João Batista (primeiro-oficial de gabinete do Ministério dos Negócios Estrangeiros)

Nascido na Grécia, em 1810, João Batista Calógeras estudou em Paris antes de mudar-se para o Brasil, em 1841, país no qual naturalizou-se. Foi educador, atuando como professor de História e Geografia no Ateneu Fluminense, fundado por ele, no Colégio Pedro II, ambos no Rio de Janeiro, e no Colégio Kopke, em Petrópolis. Intelectual ativo, colaborou com diversos periódicos do Brasil e da França, em artigos que versavam sobre política externa, imigração, economia e questões educacionais, entre outros. Teve uma carreira destacada na burocracia do Império atuando como primeiro-oficial da Secretaria de Estado dos Negócios Estrangeiros, diretor da Secretaria de Estado dos Negócios do Império e primeiro-oficial do gabinete do Ministro dos Negócios Estrangeiros, além de membro da Sociedade Auxiliadora da Indústria Nacional. Como oficial do Ministério dos Negócios Estrangeiros, participou ativamente dos debates diplomáticos sobre a Questão Christie, em 1862. Os trechos de sua autoria foram retirados de cartas escritas para a esposa durante a guerra, publicadas no livro *Um ministério visto por dentro: cartas inéditas de João Batista Calógeras, alto funcionário do Império*, de Antonio Gontijo Carvalho.

CAMARGO, Antonio de Sá e (comandante da Guarda Nacional de Guarapuava, Paraná)

Os trechos de sua correspondência sobre o recrutamento no Paraná foram retirados da tese de Zeloi Martins dos Santos, "Visconde de Guarapuava: um personagem na história do Paraná".

CAMINHOÁ, Joaquim Monteiro (primeiro-cirurgião)

Nascido em Salvador em 1836, formou-se pela Faculdade de Medicina da Bahia em 1858. No ano seguinte ingressou no Corpo de Saúde da Armada, prestando serviços como segundo-cirurgião no posto de segundo-tenente. Sob essa patente participou da campanha do rio da Prata e da Guerra do Paraguai. Em 1865 levou sua esposa e seus filhos para o teatro da guerra, onde passaram a atuar como enfermeira e ajudantes nos hospitais de sangue de Corrientes. Finda a guerra, Caminhoá reformou-se como primeiro-cirurgião sob o posto de primeiro-tenente, sendo agraciado com diversas condecorações de honra em reconhecimento pelos seus serviços. Pertenceu a diversas instituições e sociedades científicas, no Brasil e no exterior. Ao longo de sua vida, publicou uma série de tratados científicos especialmente dedicados aos estudos botânicos. Faleceu em 1896, no Rio de Janeiro. Os trechos de sua autoria foram retirados do livro *História médico-cirúrgica da esquadra brasileira nas campanhas do Uruguay e Paraguay de 1864 a 1869*, de Xavier Azevedo, e da tese

"Um laboratório a céu aberto: os caminhos da medicina na Guerra do Paraguai", de Janyne Paula Pereira Leite Barbosa.

CANABARRO, Davi José Martins (comandante das fronteiras no Sul)
Nascido em 1796, foi militar de carreira, iniciando sua atuação na primeira campanha da Cisplatina, em 1811, sendo mais tarde um dos líderes da Revolução Farroupilha. Com o título de coronel, atuou na campanha do Uruguai, em outubro de 1864, e depois na Guerra do Paraguai. Foi acusado de incompetência pelo episódio de invasão do Rio Grande do Sul pelos paraguaios, em 1865. Depois disso, presenciou a rendição de Uruguaiana e em seguida se retirou para sua estância em Santana do Livramento. Faleceu em 1867 em consequência de um ferimento no pé. Os trechos de sua autoria foram retirados de cartas enviadas por ele desde os campos de batalha, transcritas a partir de dois conjuntos de fontes: *Anais do Arquivo Histórico do Rio Grande do Sul*, volume 6, publicado em 1958, e do livro de Walter Spalding, *A invasão paraguaia no Brasil*.

CARVALHO, Alexandre Manuel Albino de (presidente da Província de Mato Grosso do início da guerra até agosto de 1865)
Nascido em 1812, foi presidente da Província de Mato Grosso de 15 de julho de 1863 a 9 de agosto de 1865, sendo precedido por Augusto Leverger. Serviu às Forças Armadas imperiais até 1881, quando foi reformado no posto de marechal de campo. Foi dignitário da Ordem da Rosa, comendador da Ordem de São Bento de Avis, oficial da Ordem do Cruzeiro, condecorado com a medalha do Exército em operações no Uruguai em 1852, e com a do Exército em Operações na Guerra contra o Paraguai, ambas com o passador de ouro. Faleceu em 1894. Os trechos de sua autoria foram retirados do "Relatório do brigadeiro Alexandre Manoel Albino de Carvalho a Augusto Leverger, agosto de 1865, sinopse da Guerra do Paraguai na mesma província".

CARVALHO, Álvaro Augusto de (primeiro-tenente, comandante da canhoneira *Ipiranga*)
Nascido em Desterro (hoje Florianópolis), Santa Catarina, em 1829, seguiu para o Rio de Janeiro para se matricular na Academia de Marinha, em 1847. Em paralelo à carreira militar, foi dramaturgo, tendo várias de suas peças encenadas em sua terra natal. Era primeiro-tenente quando assumiu o comando da canhoneira *Ipiranga*, em fevereiro de 1865, sendo designado para a campanha do Prata. Nessa posição participou da Batalha do Riachuelo, em 11 de junho, e da Passagem de Cuevas, em 12 de agosto. Durante a viagem, foi acometido de febre tifoide. Morreu em Buenos Aires, para onde foi deslocado a fim de realizar tratamento médico, em setembro de 1865. Os trechos

de sua autoria, retirados do "Relatório ao almirante Barroso", foram transcritos a partir do livro *A Guerra da Tríplice Aliança*, de Louis Schneider.

CARVALHO, José Carlos de (tenente-coronel e chefe da Comissão de Engenheiros)
Nascido no Rio de Janeiro, em 1847, ingressou na Escola da Marinha aos 17 anos, em 1864, como praça de aspirante. Foi enviado ao teatro da guerra em 1865, onde atuou no reconhecimento do rio Paraná. Formou-se guarda-marinha em 1867, durante o conflito, e foi promovido a segundo-tenente em 1868, como reconhecimento à sua atuação no combate da Passagem do Humaitá, do qual saiu ferido. Participou de toda a campanha, retornando ao Brasil em março de 1870. Em 1887 liderou a Comissão de Engenheiros na expedição de recolha do meteorito do Bendegó, encontrado no sertão baiano, proximidades da atual cidade de Monte Santo. Em 1891 participou da Revolta da Armada, insurreição que levou à renúncia do presidente Deodoro da Fonseca. Foi eleito deputado federal por dois mandatos, entre 1894 e 1896 e entre 1906 e 1911. Em 1910 tomou parte nas negociações com os amotinados da Revolta da Chibata, liderada por João Cândido. No mesmo ano foi alçado a contra-almirante da Marinha e em seguida reformou-se do serviço militar. Publicou em livro um relato autobiográfico intitulado *O livro da minha vida*, em 1912. Faleceu em 1934, aos 86 anos. Os trechos dos quais é autor foram retirados da tese de doutorado de Janyne Paula Pereira Leite Barbosa, "Um laboratório a céu aberto: os caminhos da medicina na Guerra do Paraguai", e do livro *Os Voluntários da Pátria na Guerra do Paraguai*, de Paulo Queiroz Duarte, publicado no Rio de Janeiro pela Biblioteca do Exército em vários tomos entre 1981 e 1992.

CASTRO, Carlos de (ministro das Relações Exteriores do Uruguai)
Carlos de Castro (1835-1911), nascido em Montevidéu em 1835, foi enviado por sua família para a Itália, onde formou-se em direito. De volta ao país natal, tornou-se professor da Universidade da República. Faleceu em 1911. Foi Ministro das Relações Exteriores no governo de Venancio Flores, entre 1865 e 1866, função pela qual participou das negociações do Tratado da Tríplice Aliança. Parte deste tratado, assinado também por Carlos de Castro, foi transcrita do livro de Louis Schneider, *A Guerra da Tríplice Aliança*.

CAVASSA, Manoel (comerciante português estabelecido em Corumbá)
Nascido em Lisboa, veio à América do Sul em 1842, fixando residência em Buenos Aires. Comerciante pioneiro, chegou a Corumbá em 1857, onde foi o primeiro a construir uma casa de alvenaria, local em que instalou seu armazém. No período anterior à Guerra do Paraguai, prosperou nos negócios,

intermediando a venda de couro, sal, tecidos e outros gêneros de primeira necessidade. Com isso, incentivou a ida de parentes e amigos para se estabelecerem na Província de Mato Grosso. Foi feito prisioneiro e levado ao Paraguai em agosto de 1866, regressando a Corumbá apenas no final da guerra, em 1870, quando o Exército brasileiro ocupou Assunção. Os trechos de sua autoria foram retirados do "Memorandum de Manoel Cavassa", carta de 1893, conforme transcrição publicada em *Memórias da Grande Guerra*, livro organizado por Valmir Batista Corrêa e Lúcia Salsa Corrêa.

CERQUEIRA, Dionísio Evangelista de Castro (cadete)
Nascido em 1847, ingressou nas fileiras do Exército como voluntário da pátria, no batalhão baiano, em fevereiro de 1865, quando era estudante da Escola Central no Rio de Janeiro. Durante a guerra serviu na artilharia e na infantaria e só retornou ao Brasil em fevereiro de 1870, promovido a tenente. Paralelamente à carreira no Exército, onde reformou-se como general de brigada, durante a República exerceu funções políticas como deputado por três mandatos e depois como ministro das Relações Exteriores, da Guerra e de Obras Públicas durante a presidência de Prudente de Moraes (1896-1898). Os trechos de sua autoria foram transcritos a partir do livro *Reminiscências da Guerra do Paraguai*, editado postumamente em 1935, a partir de compilação de artigos publicados na década de 1910 no *Jornal do Commercio* do Rio de Janeiro.

COELHO, Sezefredo Alves (tenente-coronel)
O trecho de sua correspondência com Davi Canabarro sobre a iminente chegada dos paraguaios em Itaqui foi retirado do livro *História da guerra do Brasil contra as repúblicas do Uruguay e Paraguay*, vol. 2, de Francisco Félix Pereira da Costa, publicado no Rio de Janeiro pela editora A. G. Guimarães em 1870.

COIMBRA, Justino José de Macedo (primeiro-tenente, comandante da canhoneira *Iguatemi*)
Nascido em 1826, entrou para a Marinha em 1842. Era primeiro-tenente quando assumiu o comando da canhoneira *Iguatemi*, em abril de 1865, e recebeu a missão de bloquear os portos sob o controle paraguaio na localidade de Três Bocas, no rio Paraguai. Participou dos combates de Corrientes e do Riachuelo, ocasião em que a *Iguatemi* seguiu em auxílio da *Jequitinhonha*, que havia encalhado. Nesse episódio, Justino Coimbra sofreu ferimentos no pé e seu imediato foi morto por um tiro da artilharia paraguaia. Os trechos de sua autoria, retirados do "Relatório ao almirante Barroso", foram transcritos a partir do livro *A Guerra da Tríplice Aliança*, de Louis Schneider.

CONSTANT Botelho de Magalhães, Benjamin (tenente-coronel)
Nascido em 1837, Benjamin Constant ingressou na Escola Militar em 1852. Em 1859 foi promovido a primeiro-tenente, mesmo ano em que se matriculou na Escola Central para estudar química, mineralogia e geologia. Em 1861 ingressou como praticante do Observatório Astronômico da corte. Com o início da Guerra do Paraguai, foi promovido a capitão em janeiro de 1866 e em agosto do mesmo ano foi incorporado às tropas em ocupação deste país. Realizou missões exploratórias junto à Comissão de Engenheiros do 1º Corpo do Exército, responsável por definir o roteiro de avanço das tropas lideradas por Caxias. Acometido por malária, retornou ao Rio de Janeiro em setembro de 1867, onde ocupou a função de diretor do Instituto dos Meninos Cegos, escola na qual lecionava. Seguiu carreira na magistratura, acusado de subversivo por sua suposta simpatia a ideais evolucionistas e socialistas. Em 1889, como membro do Clube Militar, presidiu a sessão em que foi decidido o golpe republicano, responsável pela queda da Monarquia. Faleceu poucos anos depois, em 1891. Os trechos de sua autoria foram transcritos de *Cartas da guerra: Benjamin Constant na Campanha do Paraguai*, livro publicado pelo IPHAN em 1999.

CUNHA, Ambrósio Leitão da (presidente da Província do Maranhão)
Nascido em Belém do Pará, em 1821, foi presidente da Província do Maranhão por quatro vezes, entre 1863 e 1869, e senador do Império do Brasil, entre 1870 e 1889. Foi condecorado com o título de barão de Mamoré em 1883, em honra aos esforços empreendidos na construção da estrada de ferro Madeira-Mamoré. Os trechos de sua correspondência com o ministro da Justiça sobre a organização do recrutamento no Maranhão e o perigo de se deixar a província desprotegida foram retirados do volume 2, tomo 4, de *Os Voluntários da Pátria na Guerra do Paraguai*, de Paulo Queiroz Duarte.

DICK, Jakob (voluntário da pátria)
Alistado como voluntário da pátria, integrou o 1º Corpo do Exército. Chegou a Corrientes em janeiro de 1866 e adentrou em território paraguaio em maio do mesmo ano. Participou da Batalha de Tuiuti, onde ficou acampado por cerca de dois anos. Depois acompanhou o avanço sobre o território paraguaio, participando de diversas batalhas, até alcançar Assunção em janeiro de 1869. Seguiu o exército na Campanha da Cordilheira, até o final da guerra, em 1870. Os trechos citados em seu nome foram retirados do "Diário do forriel Jakob Dick" reproduzido no livro *Alemães e descendentes do Rio Grande do Sul na Guerra do Paraguai*, de Klaus Becker, publicado em 1968 pela editora Hilgert, de Canoas.

DUTRA, Frutuoso (intérprete do Paraná)
O trecho de sua correspondência a respeito do recrutamento de indígenas da tribo dos Coroados, do Paraná, foi transcrito da dissertação "A serviço da pátria: o recrutamento militar na Província do Paraná durante a Guerra do Paraguai (1865-1870)", de Edilson Pereira Brito.

ELIZALDE, Rufino de (ministro das Relações Exteriores da Argentina)
Nascido em 1822, foi ministro das Relações Exteriores da Argentina entre 1862 e 1867, durante o mandato de Bartolomé Mitre. Faleceu em 1887. Como ministro, participou das negociações que resultaram na assinatura do Tratado da Tríplice Aliança. Parte desse tratado, assinado também por Rufino de Elizalde, foi transcrita do livro de Louis Schneider, *A Guerra da Tríplice Aliança*.

ENGELMANN, Nicolau (segundo-sargento do Corpo de Pontoneiros)
Filho de imigrantes alemães, nasceu na localidade de Dois Irmãos, Rio Grande do Sul, em 1845. Como membro da Guarda Nacional, foi deslocado para São Borja quando houve a invasão paraguaia àquela cidade, em 1865. Passou então a compor o 1º Regimento de Caçadores a Cavalo. Atuou nos campos de batalha paraguaios por cinco anos, retornando ao Brasil apenas ao fim da contenda, em abril de 1870. Como veterano de guerra, Engelmann publicou um relato sobre sua participação no evento histórico em forma de verso, inspirado pelos *Knittelvers*, poemas épicos praticados em países de língua alemã. Faleceu no Rio Grande do Sul, aos 75 anos, em 1920. Os trechos de sua autoria foram retirados do "Diário do segundo-sargento Nicolau Engelmann" reproduzido em *Alemães e descendentes do Rio Grande do Sul na Guerra do Paraguai*, de Klaus Becker, publicado em 1968.

ESTIGARRIBIA, Antonio de la Cruz (general em chefe das forças de ocupação paraguaias)
Pertencia ao Estado Maior paraguaio desde 1864. Comandou uma coluna de cerca de doze mil soldados rumo ao Rio Grande do Sul em maio de 1865. Invadiu o território brasileiro por São Borja, seguindo para Itaqui e, finalmente, em 5 de agosto, tomou a cidade de Uruguaiana. Em 18 de setembro, enquanto o exército aliado se posicionava para assaltar Uruguaiana, foi dado um ultimato a Estigarribia para que se entregasse. Aceitas as condições, imediatamente após o episódio conhecido como Rendição de Uruguaiana, Estigarribia se retirou para o Rio de Janeiro, onde permaneceu até o fim do conflito como exilado. Os trechos de sua autoria se referem a cartas trocadas entre os exércitos em Uruguaiana, transcritos a partir do livro *A Guerra da Tríplice Aliança*, de Louis Schneider.

FERRARI, José (médico do Hospital do Saladeiro)
Parte de seu comunicado sobre as condições do Hospital do Saladeiro foi retirado da tese "Um laboratório a céu aberto: os caminhos da medicina na Guerra do Paraguai", de Janyne Paula Pereira Leite Barbosa.

FERRAZ, Ângelo Muniz da Silva (ministro da Guerra do Império)
Nasceu na Bahia, em 1812, e em 1834 formou-se na Faculdade de Direito de Olinda. Em 1842 elegeu-se deputado, função que exerceu até 1848. Nomeado presidente da Província do Rio Grande do Sul de 1857 a 1859, foi então indicado para a presidência do Conselho de Ministros. Assumiu o Ministério da Guerra em 1865 e nesta função comandou o processo de negociação que resultou na Rendição de Uruguaiana, com a capitulação do general paraguaio Estigarribia. Devido a este feito, foi agraciado com o título de barão com grandeza de Uruguaiana. Os trechos de sua autoria se referem a cartas trocadas entre os exércitos em Uruguaiana, transcritos a partir do livro *A Guerra da Tríplice Aliança*, de Louis Schneider.

FERREIRA, Balduino José (comandante da lancha *Jauru*)
Nascido em 1825, estabeleceu-se capitão de fragata em 1861, na Província de Mato Grosso. Teve atuação destacada no combate do Alegre, ocorrido no rio São Lourenço, em 11 de julho de 1867. Faleceu em 1875. Os fragmentos publicados foram extraídos de seu relatório sobre a retirada de Corumbá auxiliando várias famílias que de lá fugiam após a invasão paraguaia, transcritos do livro *A invasão do Mato Grosso*, de Jorge Maia.

FIALHO, Anfrísio (major)
Assentou praça na Escola Central, no Rio de Janeiro, em 1858, aos 17 anos, na intenção de se formar engenheiro. Entre 1860 e 1864 cursou artilharia na Escola Militar da Praia Vermelha. Recém-formado, em dezembro de 1864, foi incorporado ao contingente do batalhão de engenheiros enviado ao Uruguai para participar do cerco a Paissandu. Como capitão, comandou a bateria de voluntários alemães no momento da invasão do território paraguaio, em 1866. Promovido a major, participou da campanha militar até fevereiro de 1870, quando, às vésperas da morte de López, pediu licença devido às consequências de um tiro na perna. Em 1885 publicou um relato autobiográfico, *Recordações*, em que narra, entre outros acontecimentos, os cinco anos que passou nos campos de batalha. É desse livro que foram recolhidos os trechos em seu nome. Em 1890 foi eleito deputado constituinte. É autor de outros três livros sobre a história política e administrativa na transição do Império à República no Brasil.

FLEURY, André Augusto de Pádua (presidente da Província do Paraná)
Nascido em Cuiabá, em 1830, bacharelou-se pela Faculdade de Direito de São Paulo, da qual foi posteriormente diretor. Foi presidente das províncias do Espírito Santo, do Paraná e do Ceará, além de ministro da Agricultura e dos Transportes no gabinete Paranaguá (julho de 1882 a maio de 1883). Parte da carta informando do desembarque na Corte da primeira tropa de paranaenses foi retirada da tese "A serviço da pátria: o recrutamento militar na Província do Paraná durante a Guerra do Paraguai (1865-1870)", de Edilson Pereira Brito.

FONSECA, Antonio José Osório da (presidente da Câmara Municipal de São Paulo)
O trecho de seu pedido ao presidente da Província de São Paulo solicitando a dispensa do recrutamento do caseiro do Matadouro Municipal foi retirado do artigo de Paulo R. de Andrade, "Só se ouve falar em guerra, necessidade de soldados, de ordens apertadas: o recrutamento e a designação de trabalhadores livres na Província de São Paulo durante a Guerra do Paraguai".

FONSECA, João José da (alferes e cadete do 1º Corpo de Voluntários)
Chegou ao teatro da guerra em janeiro de 1866 e em abril do mesmo ano desembarcou em território paraguaio. Participou da Batalha de Tuiuti e seguiu em marcha avançando sobre território inimigo até setembro de 1867, quando, doente de cólera, foi dispensado dos serviços. Chegou de volta a sua casa em 16 de novembro do mesmo ano. Os trechos de sua autoria foram retirados do "Diário de viagem e de campanha do alferes voluntário João José da Fonseca" reproduzido no livro *O Paraná na Guerra do Paraguai*, de Davi Carneiro, publicado no Rio de Janeiro pela Biblioteca Militar em 1940.

FONSECA, João Severiano da (segundo-cirurgião tenente)
Nascido na capital de Alagoas, em 1836, contrariou o destino de seus sete irmãos ao matricular-se na Faculdade de Medicina do Rio de Janeiro em 1858, em detrimento à carreira militar. Recém-formado, porém, ingressou em 1862 no Corpo de Saúde do Exército, onde atuou como cirurgião. Como segundo-tenente, foi enviado ao Uruguai em dezembro de 1864 e permaneceu no teatro da guerra até o fim da campanha, em 1870, prestando serviços médicos. Cinco de seus irmãos também participaram do conflito como oficiais do Exército, sendo que três deles morreram em combate. Em 1880 foi nomeado membro da Academia Imperial de Medicina e do Instituto Histórico e Geográfico Brasileiro. Irmão de Deodoro da Fonseca, proclamador da República e primeiro presidente do Brasil, nos primeiros momentos do novo regime João Severiano foi promovido a coronel e passou a compor o Conselho Militar de

Justiça, além de ser eleito para o Senado. Publicou em vida o livro *Viagem ao redor do Brasil (1875-1878)*, em dois volumes. Os trechos dos quais é autor foram retirados da biografia *João Severiano*, escrita por Alberto Martins da Silva e publicada no Rio de Janeiro pela Biblioteca do Exército em 1989.

FONSECA, Joaquim Inácio da (chefe de divisão)
O trecho de sua descrição de uma bateria flutuante, ou chata, foi retirado do livro *História da guerra entre a Tríplice Aliança e o Paraguai*, volume 2, de Tasso Fragoso.

FRANZEN, Jacob (capitão da Guarda Nacional)
Participou de toda a campanha da Guerra do Paraguai, de 1865 a 1870. Iniciou como alferes no 2º Corpo de Caçadores e mais tarde passou a atuar junto ao Corpo de Pontoneiros, como capitão. Na Batalha de Humaitá, ajudou a dinamitar as muralhas da fortaleza, apoiando sua invasão. Trabalhou na construção da Estrada do Chaco, sob o comando de Caxias. Foi nomeado cavaleiro da Ordem da Rosa pelos serviços prestados na guerra. Durante a campanha escreveu o "Diário do capitão Jacob Franzen" reproduzido no livro de Klaus Becker, *Alemães e descendentes do Rio Grande do Sul na Guerra do Paraguai*.

FREITAS, João José de Oliveira (cadete)
Foi engenheiro dirigente da Colônia Militar do Chapecó, em Xanxerê, nos primórdios da colonização do oeste catarinense. Os trechos de seu depoimento sobre a resistência à invasão paraguaia em São Borja foram transcritos a partir do livro do Cônego Gay, *Invasão paraguaia na fronteira brasileira do Uruguai*, publicado pela primeira vez em 1867 pelo *Jornal do Commercio*, e impresso no mesmo ano pela Tipografia Imperial e Constitucional de Villeneuve e Cia., no Rio de Janeiro.

FREIXO, Miguel Antônio (tenente)
Nasceu em 24 de outubro de 1842, em São Luís, cidade na qual formou-se no Liceu do Maranhão. Aos 21 anos, mudou-se para Guimarães, no interior do estado, onde alistou-se como voluntário da pátria nos primeiros dias da campanha, em 21 de março de 1865. Em agosto, embarcou rumo ao teatro da guerra, promovido a ajudante de campo. Um ano mais tarde, Freixo cruzou a fronteira paraguaia junto a seu destacamento, atuando como tenente-secretário do 36º Batalhão de Voluntários do Maranhão. Foi ferido na Batalha de Curupaiti, em setembro de 1866, e depois de passar por tratamentos em hospitais de sangue de Corrientes, Buenos Aires e Rio de Janeiro, voltou reformado ao Maranhão. Morreu anos mais tarde, sem deixar descendentes.

Os trechos de sua autoria foram retirados do livro *Guerra do Paraguai: indiscrições de um soldado (cartas do voluntário Miguel Antônio Freixo)*, organizado por João Cunha.

GALVÃO, José Campello d'Albuquerque (tenente)
Nascido na vila de Floresta, Pernambuco, em 1834, atuava como advogado no Tribunal de Relação da província. Quando a Guerra do Paraguai começou, morava em Mamanguape, na Província da Paraíba, onde tinha um escritório de advocacia. Em março de 1865 se apresentou em Alagoas como voluntário no quartel-general do Exército e em maio embarcou rumo ao teatro de operações. Terminada a guerra, Galvão retornou a Mamanguape onde retomou a carreira de advogado, tendo sido eleito deputado provincial da Paraíba por dois mandatos. Os trechos de sua autoria foram transcritos de seu livro *Diário da Guerra do Paraguai*.

GAY, Jean-Pierre (cônego de São Borja)
Jean-Pierre Gay, ou João Pedro Gay, nasceu em Châteauroux, na França, em 1815, e ingressou no sacerdócio aos 8 anos de idade, sendo ordenado em 1840. Partiu para a América do Sul em 1842, aportando em Montevidéu. Em 1843 viaja ao Brasil e instala-se na corte do Rio de Janeiro, naturalizando-se brasileiro. Em 1848 tornou-se vigário na vila de Alegrete, região fronteiriça do Rio Grande do Sul. Em 1849 foi promovido vigário da matriz de São Francisco de Borja, na mesma província. Em São Borja, além de sua ocupação eclesiástica, dedicou-se à prática da homeopatia e ao estudo de botânica, geologia e história, sendo autor de um extenso estudo intitulado *História da República Jesuítica do Paraguai* e apresentado ao Instituto Histórico e Geográfico Brasileiro em 1862. Como era habitual à época, estabeleceu família estável com Carolina Laramedy, paraguaia com quem teve oito filhos. Quando ocorreu a invasão de São Borja pelas tropas paraguaias em junho de 1865, o sacerdote se refugiou, junto com um grande número de civis, no interior do município e depois seguiu a Uruguaiana, onde se reuniu à comitiva imperial, junto a quem assistiu ao episódio da rendição das tropas paraguaias. Os trechos de Cônego Gay foram transcritos a partir do livro *Invasão paraguaia na fronteira brasileira do Uruguai*, de sua autoria.

GUALTER MARTINS e JOÃO BATISTA (cidadãos baianos)
O fragmento de sua correspondência sobre a organização de voluntários foi retirado da dissertação "Os (in)voluntários da pátria na guerra do Paraguai (a participação da Bahia no conflito)", de Marcelo Santos Rodrigues.

GUIMARÃES, José Pereira (segundo-cirurgião)
Nascido no Rio de Janeiro, em 1843, graduou-se pela Faculdade de Medicina do Rio de Janeiro aos 21 anos, em 1864. Atuou como médico da Marinha durante a Guerra do Paraguai, embarcado no navio *Belmonte*, tendo atuação destacada na Batalha do Riachuelo. De volta ao Brasil, tornou-se professor da Faculdade de Medicina, em 1871. Após a instauração da República, foi nomeado pelo Governo Provisório, em 1890, como Inspetor de Saúde Naval, com o posto de contra-almirante. Publicou vários tratados médicos até seu falecimento, em 1915. Os trechos de sua autoria foram retirados do livro de Xavier Azevedo, *História médico-cirúrgica da esquadra brasileira nas campanhas do Uruguay e Paraguay de 1864 a 1869*, publicado em 1870, e da tese de Janyne Barbosa, "Um laboratório a céu aberto: os caminhos da medicina na Guerra do Paraguai".

HOFFMANN, Wilhelm (alferes e correspondente do jornal *Colonie-Zeitung*, da Colônia Dona Francisca, atual Joinville)
Como ajudante fiscal de Joinville, Santa Catarina, foi responsável por organizar os esforços de alistamento e recrutamento para a Guerra do Paraguai naquela cidade. Em setembro de 1865 publicou no *Colonie-Zeitung*, periódico local, uma convocação aos habitantes da colônia para formação de um batalhão de voluntários alemães, à qual 23 homens atenderam. Atuou no teatro da guerra como alferes, compondo a formação que ficou conhecida como Batalhão de Caçadores. Retornou a Joinville em 1867, em estado de completa pobreza, tendo que assistir à penhora de sua casa e terreno pela direção da colônia local. Os trechos dos quais é autor foram retirados do diário que passa a registrar em dezembro de 1865, enviado em forma de cartas à redação do *Colonie-Zeitung*, e posteriormente compiladas no livro *Deutsche Kolonisten im Paraguay-Krieg*, de Carlos Ficker.

HOONHOLTZ, Antônio Luís von (comandante da canhoneira *Araguari*)
Nascido em 1837, assentou praça de aspirante a guarda-marinha em 1852, foi promovido ao posto de segundo-tenente no ano de 1857, e exerceu comando como primeiro-tenente, em 1861, a bordo da canhoneira *Ativa*. Atuou na Guerra do Paraguai como comandante da canhoneira *Araguari*, tendo participado da campanha em Corrientes, nos combates em Riachuelo, nas passagens de Mercedes e Cuevas e, ainda, nas ações em Curuzu e Curupaiti. Finda a guerra, foi promovido a capitão de fragata. Além das honras e méritos militares, teve atuação destacada por seus conhecimentos hidrográficos, pelo que participou de diferentes missões de demarcação de fronteiras. Membro do Instituto Histórico e Geográfico Brasileiro, foi agraciado com o título de barão de Teffé em junho de 1873. Recebeu o grau de oficial das imperiais

Ordens do Cruzeiro e da Rosa, além de ter recebido a grã-cruz das Ordens de São Bento de Avis e de Isabel, a Católica. Faleceu em 1931. Os trechos de sua autoria foram transcritos a partir de *A batalha naval do Riachuelo contada à família em carta íntima poucos dias depois d'esse feito*, de sua autoria, publicado em 1865 pela editora Garnier no Rio de Janeiro.

JOURDAN, Emílio Carlos (tenente-coronel e membro da Comissão de Engenheiros)

Nasceu em Namur, na Bélgica, em 1838. Formado em engenharia, viajou ao Brasil em 1863, estabelecendo-se no Rio de Janeiro. Naturalizado brasileiro, alistou-se como voluntário no Corpo de Engenheiros do Exército imperial quando eclode a Guerra do Paraguai. Participou do conflito por quase cinco anos, até seu término, em março de 1870. Faleceu no Rio de Janeiro em 1900. Os trechos de sua autoria foram transcritos do seu livro *Guerra do Paraguai*, publicado em 1871 pela Typographia Perseverança.

LEVERGER, Augusto João Manoel (presidente da Província de Mato Grosso de agosto de 1865 a maio de 1866)

Nasceu em Saint-Malo, França, em 1802, e se naturalizou brasileiro em 1844. Graduado segundo-tenente da Armada Imperial em 1824, ano em que chegou ao Brasil, galgou diversas patentes até reformar-se como chefe de esquadra, em 1858. Voluntariou-se para comandar a resistência brasileira à invasão paraguaia ocorrida em dezembro de 1864, sendo nomeado comandante superior da Guarda Nacional da Província de Mato Grosso. Por sua atuação, foi agraciado com o título de barão com grandeza de Melgaço. Exerceu por três vezes a presidência da Província de Mato Grosso (1851-57, 1865-66 e 1869-70). Faleceu em 1880. Os trechos de sua autoria foram transcritos do "Relatório do vice-presidente da Província de Mato Grosso, chefe da esquadra, Augusto Leverger, na abertura da sessão ordinária da Assembleia Legislativa Provincial, 17 de outubro de 1865", publicado em 1866 pela Typographia do Commercio, no Rio de Janeiro.

LIMA, Antonio Fernandes de (coronel)

Nascido em 1803, foi designado comandante do quartel de Itaqui, na fronteira do Rio Grande do Sul, quando a Guerra do Paraguai teve início. Foi destituído do cargo devido à demora na organização da resistência aos avanços paraguaios, que resultaram no cerco da cidade de São Borja. Faleceu em 1875. Os trechos de sua correspondência foram retirados dos livros de Walter Spalding, *A invasão paraguaia no Brasil*, e de Louis Schneider, *A Guerra da Tríplice Aliança*.

LIMA, Cesar Sauvan Vianna de (ministro-residente em Assunção)
Nascido em 1824, foi diplomata, servindo em diversas legações, entre elas Buenos Aires, Berlim e Assunção. Era ministro-residente na capital paraguaia quando a guerra foi deflagrada. Recebeu o título de barão de Jauru em 1873. Faleceu em 1897. Os trechos de sua carta ao governo brasileiro, em que descreve o estado do Exército paraguaio, de modo apressado, segundo Euzébio José Antunes, autor de *Memórias das campanhas contra o Estado Oriental do Uruguai e a República do Paraguai durante o comando do Almirante Tamandaré*, foram retirados desse mesmo livro.

LIMA, Joaquim do Nascimento Costa da Cunha e (juiz municipal)
O trecho de seu relato sobre a retirada dos habitantes de Uruguaiana foi extraído do livro de Walter Spalding, *A invasão paraguaia no Brasil*, publicado pela Companhia Editora Nacional, de São Paulo, em 1940.

LISBOA, Joaquim Marques (Visconde de Tamandaré) (comandante da Marinha brasileira na Guerra do Paraguai)
Joaquim Marques Lisboa (1807-1897) participou das Guerras de Independência, em 1822, na Bahia, onde iniciou sua carreira na Marinha como voluntário da Armada Imperial. Atuou na repressão a revoltas ocorridas durante o primeiro Reinado, como a Cabanagem, em 1835, a Sabinada, em 1837, a Revolução Farroupilha, em 1838, e a Balaiada, em 1839. Recebeu o título de barão em 1850. Em 1864 assumiu a função de comandante das operações navais brasileiras no conflito do Prata. Assistiu à rendição de Uruguaiana junto a d. Pedro II, em 1865, e em 1866 liderou a operação militar do Passo da Pátria, garantindo o sucesso do desembarque das tropas aliadas em território paraguaio. No mesmo ano, provocou desavença entre a Armada Imperial e o comando das tropas aliadas por discordar da estratégia orientada por Bartolomé Mitre. Temendo pela esquadra brasileira, Tamandaré atrasou em vários dias a ordem de ataque ao forte de Curupaiti, naquela que foi a maior derrota aliada na guerra. Pelo resultado da operação e para aplacar as tensões com os aliados, Tamandaré acabou destituído do comando da esquadra em dezembro de 1866. Em 1867, já fora do teatro de operações, foi promovido a almirante e nomeado conselheiro de guerra. Foi elevado a marquês em 1888, mas foi reformado em 1890, após renegar o golpe republicano. Faleceu em 1897, ainda fiel à Monarquia. Os trechos de sua autoria se referem: 1º) a cartas trocadas entre os exércitos em Uruguaiana e ao documento "Comunicações ao ministro da Marinha" transcritos a partir do livro *A Guerra da Tríplice Aliança*, de Louis Schneider; e 2º) a cartas enviadas durante a campanha a destinatários envolvidos no conflito, inclusive uma carta em forma de diário enviada ao conselheiro Francisco de Paula da Silveira Lobo, retirada do livro *História*

da guerra do Brasil contra as repúblicas do Uruguay e Paraguay, de Francisco Félix Pereira da Costa, publicado em 1870.

MAIA de Oliveira Guimarães, Jorge (tenente-coronel)
Nascido em 1842, ingressou na carreira militar como alferes da Guarda Nacional. Atuou junto à 5ª Companhia do 26º Corpo de Voluntários da Pátria, do qual foi nomeado capitão em junho de 1865. Condecorado cavaleiro da Ordem de Cristo em setembro de 1866, pelos serviços prestados na Guerra do Paraguai, e oficial-comendador da Ordem da Rosa, em 1868. Era tenente-coronel quando foi transferido para a reserva. Os trechos de sua autoria foram transcritos de seu livro *A invasão do Mato Grosso*.

MELLO, João de Oliveira (segundo-tenente)
Sentou praça nas Forças Armadas imperiais em 1851 e foi transferido para o Corpo de Artilharia de Mato Grosso em 1861. Era o segundo-tenente do Forte Coimbra quando ocorreu a invasão paraguaia, em 27 de dezembro de 1864. Depois de dois dias de resistência, comandou a retirada das tropas e de civis em direção a Corumbá. Na evacuação dessa cidade liderou uma marcha que durou quatro meses e ficou conhecida como Coluna Mello. Foi promovido a capitão em 1867, patente pela qual seguiu atuando na Guerra do Paraguai. Reformado em 1898 como general de brigada, faleceu no ano seguinte. Os trechos de seu depoimento sobre a saída de Corumbá foram retirados do livro *A invasão do Mato Grosso*, de Jorge Maia.

MENEZES, Emílio Nunes Correa (delegado substituto da Repartição das Terras Públicas e Colonização da Província do Paraná)
Sua solicitação para que as canoas do aldeamento de São Pedro não fossem usadas, pois poderiam ser necessárias ao esforço de guerra, foi transcrita da tese "A serviço da pátria: o recrutamento militar na Província do Paraná durante a Guerra do Paraguai (1865-1870)", de Edilson Pereira Brito.

MOTA, Artur Silveira da (Barão de Jaceguai) (secretário e ajudante de ordens do almirante Tamandaré)
Nascido em 1843, ingressou na Escola Naval do Rio de Janeiro aos 15 anos, concluindo o curso em 1860. Em fevereiro de 1865 seguiu para a região do Prata a fim de se incorporar à esquadra em combate. Em março, foi nomeado secretário e ajudante de ordens do almirante Tamandaré, comandante em chefe das forças navais imperiais. Durante o conflito, foi promovido a capitão-tenente e obteve o grau de conselheiro do Cruzeiro, sendo nomeado comandante do encouraçado *Barroso*. À frente desta nau, tomou parte na Batalha de Curupaiti e, mais tarde, foi o responsável pelo grande feito da Passagem

de Humaitá. Ao fim da guerra foi promovido a capitão de mar e guerra e recebeu o título de barão de Jaceguai. Estudioso dos sistemas navais e de questões hidrográficas, pediu reforma em 1887, no posto de chefe de esquadra. Fora da vida ativa, foi nomeado diretor da Biblioteca, Museu e Arquivo da Marinha e redator da *Revista Marítima Brasileira*. Em 1900 foi nomeado diretor da Escola Naval e, em 1907, eleito membro da Academia Brasileira de Letras. Faleceu em 1914. Os trechos de sua autoria foram transcritos de seu livro *Reminiscências da Guerra do Paraguai*.

NÓBREGA, Tristão de Araújo (tenente-coronel)
Nascido em Rio Pardo, em 1791, teve importante participação no combate de São Borja, ocorrido em 1865. Coronel de cavalaria da Guarda Nacional, foi nomeado comandante do 22º Corpo Provisório de Cavalaria para atuar no conflito do Prata. Estava à frente do esquadrão de clavineiros na defesa da vila de São Borja durante a invasão paraguaia. Participou ainda no combate do Butuí, em junho de 1865, quando foi ferido por artilharia inimiga. Condecorado com a Ordem Imperial do Cruzeiro por sua atuação na guerra, faleceu em 1889, aos 98 anos. O trecho de sua autoria foi transcrito do livro de Cônego Gay, *Invasão paraguaia na fronteira brasileira do Uruguai*.

OLIVEIRA, Carlos Augusto de (coronel-comandante de armas no Baixo Paraguai)
Foi comandante de armas da Província de Mato Grosso sob a presidência de Albino de Carvalho (1863-1865). Coronel do Exército, bateu em retirada da vila de Corumbá, em 2 de janeiro de 1865, sem antes realizar qualquer esforço de resistência aos invasores paraguaios, deixando os cerca de mil habitantes daquela localidade à mercê do exército inimigo. Os trechos de suas cartas a Albino de Carvalho foram transcritos do "Relatório do brigadeiro Alexandre Manoel Albino de Carvalho a Augusto Leverger, agosto de 1865, sinopse da Guerra do Paraguai na mesma província".

OLIVEIRA FILHO, Manuel Lucas de (coronel)
Nascido em 1795, foi um dos líderes da Revolução Farroupilha, designado ministro da Guerra da República Rio-Grandense, proclamada em 1836 e vigente até 1845. Organizou um dos corpos de Voluntários da Pátria, em 1865, a partir da cidade de Pelotas. Marchou com sua tropa até São Borja, onde incorporou-se ao 2º Exército comandado por Manoel Marques de Sousa. Depois, transpôs o Uruguai em direção ao teatro da guerra, onde participou de 29 combates. Faleceu em 1874. O trecho de sua autoria foi transcrito do *Diário do coronel Lucas de Oliveira (1864-1865)*, publicado pelo Arquivo Histórico do Rio Grande do Sul.

ORLÉANS, Gastão de (Conde d'Eu) (genro do imperador Pedro II e comandante em chefe das tropas aliadas)

Louis Philippe Marie Ferdinand Gaston d'Orléans, nascido no castelo de Neuilly-sur-Seine em 1842, era neto do rei Luís Filipe I da França. Membro da Casa Real, recebeu o título de conde d'Eu e renunciou aos direitos à linha de sucessão do trono francês quando se casou com Isabel de Bragança, Princesa Imperial do Brasil, em outubro de 1864, tornando-se príncipe-consorte. Estava em viagem de núpcias na Europa quando as forças paraguaias invadiram as províncias de Mato Grosso e Rio Grande do Sul, no início de 1865. Retornou às pressas ao Brasil, a mando do imperador Pedro II, junto a quem foi se reunir em Uruguaiana, onde assistiu à rendição das tropas paraguaias. No retorno à corte, teria intervindo por duas vezes junto ao imperador, ao solicitar que fosse enviado ao teatro de guerra para participar dos combates, dada sua formação militar junto aos exércitos franceses. Apenas em 1869, após o pedido de demissão de Caxias, foi nomeado comandante em chefe das tropas aliadas, operando na chamada Campanha da Cordilheira, no encalço de Solano López, que viria a ser executado em março de 1870. Com o fim do regime monárquico e o consequente exílio da família real, retornou à Europa, onde viveu até 1922. Morreu durante uma viagem de navio ao Brasil, para onde viria participar das comemorações do centenário da Independência. Os trechos de sua autoria foram transcritos de *Viagem militar ao Rio Grande do Sul*, diário em que relata o período de agosto a novembro de 1865, organizado e publicado por Max Fleiuss em 1919.

OSÓRIO, Manuel Luís (general)

Nascido em 1808 no litoral do Rio Grande do Sul, alistou-se voluntário na Cavalaria da Legião de São Paulo aos 15 anos de idade, para atuar nas guerras da Independência, em 1823. Entre 1825 e 1828 combateu na Guerra Cisplatina. Durante a Revolução Farroupilha atuou em favor dos rebeldes, até a proclamação da República Rio-Grandense, em 1836, momento em que se integra às forças imperiais por não aceitar a feição separatista assumida pelo movimento. Era um militar de prestígio na região do Prata quando a Guerra do Paraguai foi deflagrada. No início de 1865 assumiu o comando do 1º Corpo do Exército Imperial. Em julho do mesmo ano foi promovido a marechal e em abril de 1866 comandou as tropas brasileiras na ocupação do território paraguaio, sendo dito o primeiro a pisar em território inimigo. No comando das forças imperiais, participou dos principais combates ao longo do conflito. Era admirado por sua valentia ao assumir posição de vanguarda nas batalhas e entre os soldados corria o mito de que seu poncho era blindado, dada a sua invencibilidade frente ao inimigo. Foi ferido com um tiro no maxilar durante a Batalha do Avaí, em dezembro de 1868. Ainda enfermo, assumiu o comando das tropas na Campanha da Cordilheira, entre 1869 e 1870. Em 1869 foi agraciado com o título de marquês do Herval. Em 1877 recebeu a patente de marechal do exército e no ano seguinte foi nomeado ministro da Guerra, cargo que ocupou até sua morte, em 1879. Os trechos de sua autoria foram retirados dos livros *A Guerra da Tríplice Aliança*, de Louis Schneider; *A invasão paraguaia no Brasil*, de Walter Spalding; *João Severiano*, de Alberto Martins da Silva; *Os Voluntários da Pátria na Guerra do Paraguai*, de Paulo Queiroz Duarte; e *História da guerra do Brasil contra as repúblicas do Uruguay e Paraguay*, de Francisco Félix Pereira da Costa.

PACA, Francisco Joaquim Pinto (tenente-coronel e comandante do 7º Batalhão de Voluntários)
Parte da carta em que narra o episódio de indisciplina de um soldado bêbado foi retirada do livro de Edgard Luiz de Barros, *Os voluntários paulistas na Guerra do Paraguai*.

PARANHOS, José Maria da Silva (Visconde do Rio Branco) (ministro plenipotenciário do Império)
Nascido em 1819, tornou-se aspirante de marinha em 1841 e no mesmo ano foi estudar na Real Academia de Artilharia, Fortificação e Desenho, na capital da corte. Foi eleito deputado provincial pelo Rio de Janeiro em 1845 e nomeado ministro das Relações Exteriores em 1855. Atuando como diplomata, foi enviado como ministro plenipotenciário ao Uruguai em 1864, com o objetivo de construir um acordo político para o conflito civil enfrentado naquele país. Sua atuação forjou as bases do Tratado da Tríplice Aliança, formalizado em 1865. Foi chamado ao Paraguai em 1869 quando, após a conquista de Assunção, o Brasil tentou negociar o fim da guerra com o governo daquele país. Seus esforços foram reconhecidos e ele foi agraciado com o título de visconde do Rio Branco. Posteriormente foi presidente do Conselho de Ministros, em 1871, ano em que foi aprovada a Lei do Ventre Livre, que alforriava os filhos de escravizadas. Morreu em 1880 em decorrência de um câncer na boca. Os trechos de sua autoria foram selecionados no "Folheto sobre a tomada de Uruguaiana", transcrito a partir de *A Guerra da Tríplice Aliança*, de Louis Schneider.

PAUNERO, Wenceslao (comandante das tropas argentinas no cerco a Uruguaiana)
Nascido na Banda Oriental, Uruguai, em 1805, atuou no Exército argentino como homem de confiança de Bartolomé Mitre. Ocupando o posto de coronel, participou da repressão de inúmeras rebeliões provinciais e indígenas, que lhe renderam a promoção a general. Teve atuação destacada na retomada

da cidade de Corrientes e no cerco de Uruguaiana. Participou ainda da Batalha de Tuiuti e da derrota de Curupaiti. Retornou a Buenos Aires em 1868, nomeado ministro da Guerra, para enfrentar novas rebeliões provinciais contra o governo de Mitre. Nomeado embaixador no Brasil, morreu no Rio de Janeiro em 1871. Os trechos de sua autoria foram selecionados de cartas trocadas entre os exércitos em Uruguaiana, transcritas a partir de *A Guerra da Tríplice Aliança*, de Louis Schneider.

PEDRO II (imperador do Brasil)
Pedro de Alcântara João Carlos Leopoldo Salvador Bibiano Francisco Xavier de Paula Leocádio Miguel Gabriel Rafael Gonzaga (1825-1891) foi elevado imperador do Brasil aos 5 anos de idade, quando seu pai, d. Pedro I, abdicou do trono para retornar a Portugal em 1831. Devido à sua pouca idade, foi aclamado, coroado e consagrado em 1841, quando efetivamente assumiu o trono. Seu reinado foi marcado por um período de relativa paz entre as províncias e, por outro lado, pela participação do Brasil no maior conflito armado ocorrido na América Latina. Finda a Guerra do Paraguai, o Brasil encontrava-se endividado e com a economia interna fragilizada, ao mesmo tempo que o movimento abolicionista ganhava força na sociedade. A dita "Lei Áurea", assinada pela princesa regente, Isabel, em 13 de maio de 1888, na ausência do imperador — na Europa para tratamento de saúde —, fez do Brasil o último país a abolir a escravidão nas Américas. Pedro II foi deposto por força do golpe republicano impetrado por militares na madrugada de 15 de novembro de 1889, pondo fim ao regime monárquico no Brasil. Viveu seus últimos anos junto da família, exilado em Paris, onde faleceu, em 1891. Os trechos de sua autoria são "Proclamação do Imperador D. Pedro II aos Rio-Grandenses em 16 de julho de 1865", retirado de *A Guerra da Tríplice Aliança*, de Louis Schneider, e "Proclamação ao Exército Brasileiro em 19 de setembro de 1865", retirado de *A redempção de Uruguayana*, de Augusto Fausto de Souza.

PEREIRA, Lafaiete Rodrigues (presidente da Província do Maranhão)
Nasceu em Queluz (RJ), em 1834. Foi advogado, jornalista e político, tendo exercido a presidência das províncias do Ceará e do Maranhão entre 1864 e 1866. Finda a guerra, foi ministro da Justiça, da Fazenda e presidente do Conselho de Ministros. A partir de 1885 assumiu diversas funções diplomáticas, até a proclamação da República em 1889. Foi eleito membro da Academia Brasileira de Letras pelo conjunto de sua obra jurídica. Faleceu em 1917. Partes das cartas sobre as características do recrutamento na província e sobre o entusiasmo de jovens para servirem na guarda pessoal do Imperador, no Rio Grande do Sul, foram retiradas do volume 2, tomo 4, de *Os Voluntários da Pátria na Guerra do Paraguai*, de Paulo Queiroz Duarte.

PIMENTEL, Joaquim Silvério de Azevedo (tenente)

Foi o primeiro voluntário da pátria a alistar-se na cidade de Rio Formoso, no sul de Pernambuco, onde nasceu no ano de 1844. Participou de toda a campanha da Guerra do Paraguai, entre 1865 e 1870, tendo atuado como segundo-sargento e depois tenente do 1º Batalhão de Voluntários da Pátria, incorporado aos batalhões 11º e 42º. Como veterano de guerra, foi diretor da *Tribuna Militar*, criada em 1881 como órgão de defesa dos interesses das classes armadas. Publicou nesse jornal os primeiros contos memorialísticos sobre o período vivido nos campos de batalha, posteriormente reunidos em forma de livro. Os trechos assinados por ele foram retirados dos livros de sua autoria *Episódios militares*, publicado em 1887, e *Guerra do Paraguay: o Onze de Voluntários da Pátria*, publicado em 1909. Pimentel era general honorário do Exército brasileiro quando faleceu, em 1939.

PINTO, Joaquim José (capitão-tenente, comandante interino da corveta *Jequitinhonha*)

Nascido em 1826, assentou praça de aspirante a guarda-marinha em 1842, mesmo ano em que se matriculou na Academia de Marinha. Tomou parte da Guerra do Paraguai como capitão-tenente, quando comandava a corveta *Jequitinhonha*. Atuou nos combates de Corrientes e do Riachuelo, quando a embarcação sob seu comando encalhou e precisou ser abandonada e incendiada, de forma a impedir seu uso posterior pelas forças inimigas paraguaias. Faleceu em 1884. Os trechos de sua autoria, retirados do "Relatório ao almirante Barroso", foram transcritos do livro *A Guerra da Tríplice Aliança*, de Louis Schneider.

PLETZ, Cristiano (major, voluntário da pátria)

Cristiano Pletz alistou-se como voluntário da pátria junto de seu irmão, João José Pletz, em fevereiro de 1865, formando junto ao 4º Batalhão de Voluntários. Participou do cerco a Uruguaiana, em 1865, e da Batalha de Tuiuti, em 1866. Os trechos de sua autoria foram retirados de "Memória de um voluntário da pátria", texto reproduzido no livro *O Paraná na Guerra do Paraguai*, de Davi Carneiro.

PONTES, Manoel Adriano de Santos (médico responsável pelo hospital ambulante no acampamento de Lagoa Brava)

O fragmento do texto relatando o estado precário do abastecimento do hospital de Lagoa Brava foi retirado da tese "Um laboratório a céu aberto: os caminhos da medicina na Guerra do Paraguai", de Janyne Paula Pereira Leite Barbosa.

PORTOCARRERO, Hermenegildo de Albuquerque (comandante interino do Forte Coimbra)

Nascido em 1818, primeiro e único barão de Forte Coimbra, título que lhe foi concedido em julho de 1889. Era comandante do Forte Coimbra, em Mato Grosso, quando este foi invadido pelas forças paraguaias em janeiro de 1865. Com uma pequena guarnição de soldados e artilharia limitada, resistiu por dois dias e uma noite à invasão, até evacuar o local sem a morte de nenhuma pessoa. Faleceu em 1893. Os trechos de sua autoria foram retirados do "Relatório ao comandante das armas da Província de Mato Grosso", transcrito a partir de *A Guerra da Tríplice Aliança*, de Louis Schneider.

PRITSCH, Adolpho (voluntário da pátria)

Alemão nascido na Prússia, em 1848, imigrou para o Brasil aos 9 anos de idade, fixando-se com a família em São Lourenço, Rio Grande do Sul. Alistou-se como soldado em janeiro de 1866, compondo o 2º Corpo do Exército. Atuou no teatro da guerra até o fim do conflito, em 1870, participando em dezesseis combates. Os trechos citados em seu nome foram retirados de "Depoimento do voluntário Adolpho Pritsch", reproduzido no livro *Alemães e descendentes do Rio Grande do Sul na Guerra do Paraguai*, escrito por Klaus Becker, publicado em 1968.

REBOUÇAS, André Pinto (engenheiro militar, oficial voluntário)

André Pinto Rebouças (1838-1898), nascido na Bahia, negro, neto de uma liberta, mudou-se ainda criança para o Rio de Janeiro, seguindo seu pai, Antônio Pereira Rebouças (1798-1880), deputado e conselheiro de Pedro II. Aos 17 anos, assentou praça como voluntário no 1º Batalhão de Artilharia a Pé, matriculando-se quatro anos depois, em 1859, na Escola Central, de onde receberia as honras de engenheiro militar, com patente de tenente, depois de concluir seus estudos na Europa. Com o início da guerra, alistou-se como voluntário da pátria, atuando como oficial engenheiro, função pela qual desenvolveu um torpedo utilizado com sucesso na campanha. Rebouças foi um intelectual de destaque no Segundo Reinado, quer por suas realizações como engenheiro, como na ocasião em que resolveu a crise hídrica do Rio de Janeiro em 1870, quer por suas defesas da causa abolicionista e da modernização do país. Acompanhou a família real no exílio imposto após a proclamação da República. Viveu entre Portugal e França até 1891, quando, após a morte de Pedro II, mudou-se para a África, onde atuou como engenheiro em diferentes países. Morreu em Funchal, na Ilha da Madeira, em 1898. Os trechos de sua autoria foram transcritos do *Diário de notas autobiográficas*, organizado por Ana Flora e Inácio José Veríssimo, publicado em 1938, e do *Diário da Guerra do Paraguai (1866)*, transcrição do quinto caderno de seu *Diário*, que cobre o período entre 15 de março e 23 de junho de 1866, cujo original encontra-se no Setor de Manuscritos da Biblioteca Nacional, publicado pela primeira vez em 1973 pelo Instituto de Estudos Brasileiros da USP.

Relatórios da Repartição dos Negócios da Guerra, de 1865 a 1866. Registros de ofertas feitas em prol dos esforços de guerra, como o oferecimento de pessoas para lutarem no front, de dinheiro para a vestimenta de determinado grupo, ou o registro da própria pessoa como voluntária. Tais relatórios foram retirados do livro de Ricardo Salles, *A Guerra do Paraguai: escravidão e cidadania na formação do exército*, publicado em 1990.

Rocha, Manoel Carneiro da (capitão-tenente do estado-maior do almirante Tamandaré)
Manoel Carneiro da Rocha nasceu em 1833 na Bahia e sentou praça de aspirante a guarda-marinha em 1848. Em 1865 foi nomeado ajudante de ordens do comandante em chefe da esquadra em operações na região do Prata. Foi destacado para comandar a embarcação *Itajaí* em 1866, com a missão de fazer expedições de reconhecimento no Alto Paraná. Em 1889 foi promovido a contra-almirante e dirigiu a Escola Naval entre 1890 e 1892. Faleceu em 1894. Os trechos de sua autoria foram transcritos do *Diário da campanha naval do Paraguai*, livro de sua autoria publicado pelo Serviço de Documentação da Marinha em 1999.

Rosa, Francisco Octaviano de Almeida (ministro plenipotenciário do Brasil)
Nascido no Rio de Janeiro, em 1825, formou-se na Faculdade de Direito de São Paulo aos 20 anos. Atuou como advogado até ser eleito deputado geral, função que exerceu entre 1853 e 1866. Com a eclosão da Guerra do Paraguai, foi enviado como ministro plenipotenciário ao Uruguai e à Argentina, função pela qual negociou e assinou o Tratado da Tríplice Aliança, em 1º de maio de 1865. Foi eleito senador em 1867, cargo que ocupou até sua morte, em 1889. Os trechos dos quais é autor foram retirados do livro de Walter Spalding, *A invasão paraguaia no Brasil*, e do relato de Augusto Fausto de Souza, *A redempção de Uruguayana*.

Sá, Aurélio Garcindo Fernandes de (capitão-tenente, comandante da corveta *Parnaíba*)
Natural de Sergipe, nasceu em 1829 e assentou praça de aspirante a guarda-marinha em 1845, quando iniciou sua formação na Academia de Marinha do Rio de Janeiro. Designado comandante da canhoneira *Parnaiba* em junho de 1864, participou da Guerra do Paraguai como capitão-tenente desta nau.

Atuou na Batalha do Riachuelo, quando a *Parnaíba* foi abordada por paraguaios, dando início a um intenso combate corpo a corpo. Com o apoio dos demais navios brasileiros, conseguiu reverter a situação e pôde abordar o vapor paraguaio *Salto*, fazendo vários prisioneiros, inclusive seu comandante. Participou ainda das passagens de Mercedes e Cuevas até ser ordenado a deixar o posto da *Parnaíba* em agosto de 1865, quando foi preso após julgamento de suas ações durante a Batalha do Riachuelo. Acabou absolvido pelo Conselho Superior Militar de Justiça e promovido a capitão de fragata em 1866. Retornou ao Paraguai outras duas vezes, em 1867 e 1868, tomando parte nas ações em Curupaiti, Humaitá e Angostura. Faleceu em 1873, como capitão de mar e guerra, em consequência de uma série de moléstias adquiridas durante o conflito do Prata. Os trechos de sua autoria, retirados do "Relatório ao almirante Barroso", foram transcritos a partir do livro *A Guerra da Tríplice Aliança*, de Louis Schneider.

SANT'ANA, Bonifácio Joaquim de (capitão-tenente, comandante da corveta *Beberibe*)

Assentou praça de aspirante a guarda-marinha em 1838, aos 16 anos de idade. Era tenente-capitão quando a Guerra do Paraguai teve início e nesse posto comandou a corveta *Beberibe* nos combates de Corrientes e Riachuelo e na Passagem de Mercedes. Foi atingido por um projétil paraguaio durante a passagem realizada em junho de 1865, vindo a falecer a bordo dois dias depois do ocorrido, aos 43 anos de idade. Os trechos de sua autoria foram retirados do "Relatório ao almirante Barroso", transcrito a partir do livro *A Guerra da Tríplice Aliança*, de Louis Schneider.

SANTO, Quirino Antônio do Espírito (tenente veterano da Guerra da Independência, capitão-comandante da 1ª Companhia de Zuavos Baianos)

O trecho de declaração pública em que se oferece como voluntário para defender o Brasil foi retirado do artigo "Os companheiros de Dom Obá: os zuavos baianos e outras companhias negras na Guerra do Paraguai", de Hendrik Kraay.

SANTOS, Luiz Alencastro dos (médico no Hospital Avalos)

O comentário sobre a superioridade das mulheres nos cuidados aos enfermos foi retirado da tese "Um laboratório a céu aberto: os caminhos da medicina na Guerra do Paraguai", de Janyne Paula Pereira Leite Barbosa.

SILVA, Antonio (delegado de Lençóis)

O trecho de carta sobre a dificuldade de os voluntários pobres viajarem até a capital para se apresentarem foi retirado da tese "Um laboratório a céu aberto: os caminhos da medicina na Guerra do Paraguai", de Janyne Paula Pereira Leite Barbosa.

SILVA, Fidelis Paes da (coronel)
O trecho do relato sobre um episódio na Batalha de Jataí foi retirado de *A invasão paraguaia no Brasil*, de Walter Spalding.

SILVA, Francisco Manoel Barroso da (Almirante Barroso) (comandante da Armada brasileira na Batalha do Riachuelo)
Nascido em Lisboa em 1804, veio ao Brasil junto com sua família aos 4 anos de idade. Ingressou como aspirante na Academia de Marinha em 1821. Participou da Guerra do Paraguai como chefe de divisão, comandando a força naval brasileira que venceu a batalha naval do Riachuelo, em 11 de junho de 1865. Neste episódio, a esquadra paraguaia foi praticamente dizimada, perdendo condições de reação ou restabelecimento. Foi reformado como almirante e, após a guerra, agraciado com o título de barão do Amazonas, em referência à fragata que conduzia durante o conflito no Prata. Faleceu em 1882, quando residia em Montevidéu. Os trechos em seu nome foram transcritos a partir do artigo "Vencedores do Riachuelo: extrato de diário particular", publicado na *Revista Marítima Brasileira* em 1883.

SILVA, José Antônio Dias da (tenente-coronel)
Era comandante do Distrito Militar de Miranda, em Nioaque, quando as forças paraguaias, lideradas pelo coronel Francisco Isidoro Resquín, ocuparam a colônia de Miranda, em 30 de dezembro de 1864. O tenente-coronel Dias da Silva comandou a resistência brasileira, que acabou derrotada depois de uma batalha rápida. Os trechos de sua autoria foram transcritos do livro *A invasão do Mato Grosso*, de Jorge Maia.

SILVA, José Luís Rodrigues da (primeiro-cadete)
Compunha as tropas regulares do exército na cidade fronteiriça de Jaguarão, como oficial-superior reformado, quando o Brasil invadiu o Estado Oriental do Uruguai, intervindo de maneira definitiva nos rumos da guerra civil deflagrada naquele país, em outubro de 1864. Atuou na frente de batalha ao longo de quase toda a Guerra do Paraguai, até 1869, ocupando o posto de primeiro-cadete e segundo-sargento do 4º Regimento de Cavalaria Ligeira sob o comando do general José Luís Mena Barreto. Os trechos de sua autoria foram transcritos de seu livro *Recordações da Campanha do Paraguai*, publicado em 1924.

SILVA, Julio César da (primeiro-cirurgião encarregado da 5ª seção no hospital ambulante do acampamento de Lagoa Brava)

O fragmento da carta em que relata a ausência de carroças para o transporte de doentes no hospital de Lagoa Brava foi retirado da tese "Um laboratório a céu aberto: os caminhos da medicina na Guerra do Paraguai", de Janyne Paula Pereira Leite Barbosa.

SILVA, Luís Alves de Lima e (marquês de Caxias) (general do Exército brasileiro e senador do Império)

Nascido em 1803, foi um militar e político conservador de ação destacada no Império do Brasil. Lutou nas guerras de Independência (1822-23) e da Cisplatina (1825-28). Comandou a repressão às revoltas populares que se desencadearam no período da regência, pelo que ganhou as alcunhas de "Pacificador" e "Marechal de Ferro". Em outubro de 1866 o então marquês de Caxias é nomeado comandante de todas as forças brasileiras na Guerra do Paraguai e por sua decisão o comandante da Marinha, Tamandaré, foi substituído pelo visconde de Inhaúma no comando da esquadra imperial. Na mesma ocasião Caxias suspendeu todas as operações do exército entre outubro de 1866 e julho de 1867, período em que treinou os soldados, equipou melhor as tropas e investiu em infraestrutura e saneamento nos acampamentos. Após esse período, comandou o avanço sobre o território paraguaio. Para tanto, mandou construir uma estrada sobre a região pantanosa do Chaco, que permitiu o ataque às forças inimigas pela retaguarda e culminou nos episódios conhecidos como Dezembrada, em 1868. Com a conquista da capital Assunção, em janeiro de 1869, Caxias deu por encerrada a guerra. O comandante estava fatigado pela campanha e sabia que já não havia chance de reação paraguaia. É conhecido o relato de seu desmaio durante a missa realizada na catedral de Assunção. Pedro II, porém, condicionou o fim da guerra à rendição de Solano López. Frente à fuga do líder paraguaio, Caxias retornou ao Rio de Janeiro à revelia das ordens do imperador e sem nenhum aviso público. Apesar do gesto de insubordinação, Pedro II elevou-o ao título de duque, o mais alto da nobreza brasileira, e com isso Caxias se tornou a única pessoa a receber tal título. Após a guerra, Caxias compôs o Conselho de Estado até 1878. Com a saúde debilitada, renunciou à função pública em janeiro deste ano, vindo a falecer em maio de 1880, aos 77 anos de idade. Os trechos de sua autoria foram retirados de seu depoimento no Senado, em sessão de 15 de julho de 1870, acerca de sua participação na Guerra do Paraguai, transcritos no livro *História da Guerra do Paraguai*, de José Bernardino Bormann.

SILVA, Luís Manoel de Lima e (comandante superior da Guarda Nacional de Porto Alegre)

O trecho da carta em que se compromete a armar e disciplinar um batalhão de Voluntários da Pátria foi retirado do volume 2, tomo 4, de *Os Voluntários da Pátria na Guerra do Paraguai*, de Paulo Queiroz Duarte.

SOARES, João Crispiniano (presidente da Província de São Paulo)

Nascido em São Paulo em 1809, foi bacharel e posteriormente professor da Faculdade de Direito de São Paulo. Foi também presidente da Câmara Municipal de São Paulo, deputado por Mato Grosso e presidente da Província de São Paulo. Os trechos de duas cartas, uma sobre deserções de soldados em Campinas e outra com ordem para recrutar vadios e turbulentos para a guerra, foram retirados da dissertação de mestrado "Mantendo a ordem. Correspondência e ofícios sobre a Guerra do Paraguai (1865-1870): indisciplinas, coerção e cotidiano durante a guerra", de Alexandre Florenciano Alonso. Já os trechos da carta em que contrata serviço para manter o abastecimento de víveres e animais entre São Paulo e Mato Grosso foram encontrados na documentação da família Soares Brandão, no Arquivo Nacional.

SOUSA, Manuel Marques de (barão de Porto Alegre) (comandante do exército brasileiro no cerco a Uruguaiana)

Nascido em 1804, ingressou no Exército em 1817. Na Revolução Farroupilha atuou contra os revoltosos, ao lado do governo imperial. Foi nomeado ministro da Guerra no gabinete Zacarias em 1862 e voltou ao serviço militar com o estopim da Guerra do Paraguai. Sucessivamente barão, visconde e conde de Porto Alegre, assumiu o comando do Exército brasileiro em Uruguaiana em agosto de 1865 e manteve uma atitude belicosa em relação à cúpula do exército aliado, recusando-se a acatar ordens dos comandos de Bartolomé Mitre e Venancio Flores. Esteve à frente de uma importante vitória na Batalha de Curuzu e participou da derrota de Curupaiti. Durante a segunda Batalha de Tuiuti, Porto Alegre foi ferido e acabou dispensado em janeiro de 1868. Elevado a conde, foi eleito deputado em 1872. Faleceu em 1875, sendo sepultado sob honras militares. Os trechos de sua autoria se referem a cartas trocadas entre os exércitos em Uruguaiana, transcritas a partir do livro *A Guerra da Tríplice Aliança*, de Louis Schneider, e da dissertação de mestrado "Mantendo a ordem", de Alexandre Florenciano Alonso.

SOUZA, Augusto Fausto de (primeiro-tenente)

Nascido em 1835 no Rio de Janeiro, formou-se bacharel em ciências físicas e matemáticas na Escola Militar em 1858. Ingressou no Exército em 1853 e ocupava o posto de primeiro-tenente quando a Guerra do Paraguai teve início. Foi promovido a capitão em 1866 por seu desempenho no conflito do Prata. Alcançou o posto de tenente-coronel do Exército em 1883 e foi nomeado presidente da Província de Santa Catarina em 1888. Dedicou-se aos estudos de história militar, especializado em fortificações brasileiras, pelo que se tornou membro do Instituto Histórico e Geográfico Brasileiro. Os trechos de sua autoria foram transcritos de seu livro *A redempção de Uruguayana*.

STELLFELD, Augusto (farmacêutico)
A carta ao presidente da Província do Paraná, em que propõe o fornecimento gratuito de remédios para as famílias de voluntários da cidade de Curitiba, foi retirada de *O Paraná na Guerra do Paraguai*, de Davi Carneiro.

TAUNAY, Alfredo Maria Adriano d'Escragnolle (segundo-tenente da Comissão de Engenheiros)
Nasceu em São Cristóvão, no Rio de Janeiro, no dia 22 de fevereiro de 1843, filho de Félix Émile Taunay, pintor paisagista e diretor da Academia Imperial de Belas Artes. Em 1861 ingressou no Exército Imperial, no 4º Batalhão de Artilharia. Em 1863 formou-se em ciências físicas e matemáticas na Escola Militar e ingressou no curso de engenharia militar. Em 1865 Alfredo Taunay foi incorporado à Comissão de Engenheiros, anexa ao corpo expedicionário que seguiu para a Província de Mato Grosso, onde permaneceu até julho de 1867. Em 1869 foi convidado pelo conde d'Eu, comandante das forças brasileiras em operação no Paraguai, para voltar ao front, dessa vez como responsável por redigir o "Diário do Exército", que em 1870 foi reproduzido em livro de mesmo nome. Terminada a guerra, Taunay foi promovido a capitão e retomou o curso de engenharia militar. Em 1872, ingressou na vida política, tendo atuado como deputado, senador e presidente das províncias de Santa Catarina e Paraná. Neste mesmo ano publicou *Inocência*, considerado seu principal romance. Foi um dos fundadores da Academia Brasileira de Letras e da Academia Brasileira de Música. Foi nomeado oficial da Ordem da Rosa e cavaleiro das ordens de São Bento, de Avis e de Cristo. Como parlamentar, atuou em defesa da abolição da escravidão. No dia 6 de setembro de 1889, recebeu de Pedro II o título de visconde, com honras de grandeza. Faleceu no Rio de Janeiro, no dia 25 de janeiro de 1899. Os trechos de sua autoria, neste volume, foram transcritos a partir dos livros *A retirada da Laguna*, publicado originalmente em francês em 1871, *A cidade do ouro e das ruínas* (1923), *Cartas da campanha do Mato Grosso* (1942) e *Memórias* (1946).

THOMPSON, George (tenente-coronel e engenheiro militar do Exército paraguaio)
Inglês, chegou ao Paraguai em 1858, quando passou a trabalhar na cons-

trução da malha ferroviária Assunção-Vila Rica. Com o início da guerra, ofereceu seus serviços ao então presidente Solano López, ainda que não tivesse formação em armas. Atuou junto às forças armadas paraguaias como chefe de engenharia militar, sendo promovido a tenente-coronel do Exército. Feito prisioneiro na Batalha de Angostura, acabou retornando à Inglaterra, onde publicou em 1869 um relato em primeira pessoa sobre a guerra e sua convivência com López. O trecho em que conta como as mulheres brasileiras foram maltratadas pelos oficiais paraguaios durante a invasão de Mato Grosso foi feito indiretamente a partir do livro de Jorge Maia, *A invasão do Mato Grosso*.

TOSTA, Francisco Vieira (Barão de Nagé) (comandante superior da cidade de Cachoeira, Bahia)
Nascido em 1804, foi proprietário de engenho e político em Cachoeira. Faleceu em 1872. O fragmento de sua comunicação sobre a vestimenta de guardas nacionais recém-recrutados foi retirada da dissertação de Marcelo Santos Rodrigues, "Os (in)voluntários da pátria na guerra do Paraguai (a participação da Bahia no conflito)".

VALENTINO, Antonio (prático argentino da corveta *Parnaíba*)
Natural da Argentina, era o prático da corveta *Parnaíba* por ocasião da Batalha do Riachuelo, em 1865. Pouco se sabe dele, além de sua nacionalidade. Os trechos de sua autoria foram transcritos do documento "Informes del capitán Antonio Valentino", a partir de depoimento colhido em 21 de abril de 1888, na cidade paraguaia de San Fernando, pelo historiador argentino Estanislao Zeballos e publicado no livro *La Guerra del Paraguay en primera persona: testimonios inéditos (Fondo Estanislao Zeballos)*, de Liliana Brezzo, pela Editorial Tiempo de Historia, em 2015.

VARELLA, Luiz Nicoláo (diretor do Seminário de Educandos)
O trecho de ofício ao presidente da Província de São Paulo sobre a falta que fará ao educandário o alfaiate recrutado para a Guarda Nacional, exatamente no período em que está a manufaturar as roupas dos educandos, foi retirado do artigo "Só se ouve falar em guerra, necessidade de soldados, de ordens apertadas: o recrutamento e a designação de trabalhadores livres na Província de São Paulo durante a Guerra do Paraguai", de Paulo R. de Andrade.

WERLANG, Pedro (alferes)
Nascido na cidade de São Leopoldo, em 1836, atuou como oficial do Exército brasileiro durante a Guerra do Paraguai. Participou da Batalha de Paissandu, no Uruguai, pelo que foi condecorado por bravura e recebeu a comanda da Imperial Ordem da Rosa. De lá seguiu para o Paraguai, já promo-

vido a tenente. No final da guerra havia galgado o posto de capitão. No retorno ao Brasil, foi eleito vereador em Santa Cruz do Sul, no Rio Grande do Sul. Os trechos de sua autoria foram transcritos do *Diário de campanha do capitão Pedro Werlang*, traduzido do original em alemão e publicado originalmente na *Gazeta do Sul*, em 1959. Foi posteriormente reproduzido na revista *A Defesa Nacional* em 1966.

XAVIER, Francisco Marques (Chicuta) (coronel)

Nascido no Paraná em 1836, recebeu o apelido de Chicuta devido à sua baixa estatura. Militar de carreira, foi promovido a alferes em outubro de 1864 e em seguida ascendeu a tenente-quartel-mestre do 5º Corpo de Cavalaria da Guarda Nacional. Em 1865 foi enviado ao teatro de operações da Guerra do Paraguai, onde permaneceu até 1869, tomando parte em 22 batalhas. Ao fim da guerra, Chicuta retornou a Passo Fundo aclamado herói e ingressou na vida pública como vereador da cidade. Foi um importante líder do Partido Republicano Rio-Grandense. Foi morto em 1892, ao negar voz de prisão efetuada por forças policiais liberais que o acusavam de subversão. No mesmo ano havia sido alçado ao posto de coronel do Exército. Os trechos de sua autoria foram transcritos a partir do livro *Coronel Chicuta: um passo-fundense na Guerra do Paraguai*, publicado em 1997.

CRONOLOGIA RESUMIDA DA GUERRA

1ª fase
OFENSIVA PARAGUAIA E REAÇÃO ALIADA
outubro de 1864 a março de 1866

1864
12-16 de outubro: Tropas brasileiras entram no Uruguai, em apoio aos *colorados* que, liderados por Venancio Flores, pedem a deposição do presidente Bernardo Berro, do partido *blanco*.

12 de novembro: Aprisionamento do vapor brasileiro *Marquês de Olinda* e toda a sua tripulação, por forças paraguaias, como retaliação à intervenção brasileira no Uruguai.

2 de dezembro: Cerco e tomada da cidade de Paissandu, no Uruguai, por tropas brasileiras em apoio aos *colorados*.

13 de dezembro: Solano López declara guerra ao Brasil.

28 de dezembro: Ocupação do Forte Coimbra, em Mato Grosso, por tropas paraguaias.

1865
2 de janeiro: Tomada das colônias militares de Miranda e Dourados e da vila de Nioaque, na Província de Mato Grosso, pelos paraguaios.

4 de janeiro: Ocupação da cidade de Corumbá, Mato Grosso, por tropas paraguaias, sem encontrar resistência.

7 de janeiro: Decreto imperial cria os corpos de Voluntários da Pátria no Brasil.

12 de janeiro: Ocupação paraguaia da vila de Miranda, em Mato Grosso.

20 de fevereiro: O ministro plenipotenciário do Império, José Maria da Silva Paranhos, assina um acordo com os *blancos* no Uruguai,

513

que garante o reconhecimento de Venancio Flores como presidente do país, encerrando a chamada "Campanha Oriental".

23 de março: O Paraguai declara guerra à Argentina.

10 de abril: Parte de São Paulo a expedição a Mato Grosso, relatada por Alfredo Taunay.

13 de abril: A cidade de Corrientes, na Argentina, é tomada pelos paraguaios.

15 de abril: A expedição a Mato Grosso chega à cidade de Campinas, onde ficaria estacionada até 20 de junho à espera de reforços de tropas vindas de diferentes pontos do país.

24 de abril: Tropas paraguaias chegam a Coxim, em Mato Grosso, ponto máximo do avanço sobre o território brasileiro.

1º de maio: Assinatura do Tratado da Tríplice Aliança entre Brasil, Uruguai e Argentina, em Buenos Aires. Elenca como objetivos a destituição de Solano López e a garantia de livre navegação nos rios da bacia do Prata.

25 de maio: Retomada de Corrientes com a evacuação paraguaia.

10 de junho: Tropas paraguaias invadem a vila de São Borja, no Rio Grande do Sul.

11 de junho: Batalha naval do Riachuelo. Tendo sido dizimada a esquadra paraguaia, a batalha resultou no controle aliado da navegação dos rios da bacia do Prata até a fortaleza de Humaitá.

20 de junho: A expedição a Mato Grosso retoma a marcha, saindo de Campinas depois de 66 dias de espera.

18 de julho: A expedição a Mato Grosso chega à vila de Uberaba, em Minas Gerais.

5 de agosto: Ocupação e tomada da cidade de Uruguaiana, no Rio Grande do Sul, por tropas paraguaias lideradas pelo general Antonio Estigarribia.

13 de agosto: As tropas de Voluntários da Pátria começam a ser deslocadas ao teatro de operações, na região do Prata.

11 de setembro: A comitiva imperial de Pedro II chega ao acampamento militar de Uruguaiana.

18 de setembro: Rendição de Uruguaiana. Tropas paraguaias comandadas pelo general Estigarribia se rendem na presença do imperador Pedro II e dos presidentes Bartolomé Mitre e Venancio Flores.

Setembro a novembro: Tropas paraguaias em território argentino e no Rio Grande do Sul recuam para o Paraguai.

22 a 30 de setembro: A expedição a Mato Grosso realiza a travessia do rio Paranaíba.

8 de outubro: A expedição a Mato Grosso chega às margens do rio dos Bois, em Goiás. A travessia durou catorze dias.

17 de dezembro: A expedição a Mato Grosso, então composta por cerca de dois mil homens, chega à cidade de Coxim, em Mato Grosso, onde monta acampamento às margens do rio Taquari, local em que permanece estacionada por 114 dias.

1866
30 de janeiro: Batalha de Corrales. Assalto de tropas paraguaias comandadas pelo general Resquín ao acampamento argentino localizado às margens do rio Paraná.

1º de fevereiro: Tropas paraguaias cruzam o rio Paraná, de volta ao território paraguaio, se refugiando no forte de Itapiru.

13 de fevereiro: Alfredo Taunay deixa o acampamento de Coxim para realizar uma missão de reconhecimento da área até as margens do rio Aquidauana.

18 de fevereiro: A missão de reconhecimento da qual participava Taunay alcança o vale do Potreiro, junto à serra de Maracaju.

26 de fevereiro: A missão de reconhecimento atravessa o rio Negro.

10 de março: A missão de reconhecimento alcança a margem do rio Taboco e encontra o aldeamento indígena de Piranhinha.

11 de março: A missão de reconhecimento alcança o acampamento dos fugitivos de Miranda, em Morros, na serra de Maracaju.

Início de abril: Forças aliadas reúnem-se em acampamentos ao longo da margem argentina do rio Paraná à espera da ordem de invadir o Paraguai.

APANHADO HISTÓRICO SOBRE A GUERRA

A guerra que opôs Brasil, Argentina e Uruguai, conformando a Tríplice Aliança, contra o Paraguai, foi o maior conflito bélico internacional ocorrido na América do Sul. Para além dessa afirmação, pouco se pode dizer de forma taxativa sobre esse evento, que tem sido alvo de polêmicas e disputas de versões desde o seu término, há mais de 150 anos.

Consagrado na historiografia brasileira como "Guerra do Paraguai", o confronto é chamado de *"Guerra de la Triple Alianza"* na Argentina e no Uruguai, enquanto no Paraguai o acontecimento que marcou tragicamente a história do país é conhecido como *"Guerra Grande"* ou, em guarani, *"Guerra Guasú"*. Quanto aos marcos de seu início, pode-se considerar que o conflito foi inaugurado em 13 de dezembro de 1864, quando Solano López declarou guerra ao Brasil e ordenou a invasão paraguaia ao território de Mato Grosso (hoje estado de Mato Grosso do Sul). Há, porém, análises que reputam a decisão do Brasil de intervir a favor de Venancio Flores na disputa deflagrada entre *blancos* e *colorados* pelo governo da então República Oriental do Uruguai, em agosto de 1864, como gesto inaugural da guerra.

A mudança de datas, assim como de nomenclatura, altera o peso da responsabilidade de cada país ou dirigente pelo confronto. Não há neutralidade em nenhum dos casos: quem fala e de onde se fala são questões centrais que revelam valorações sobre o que está sendo dito.

Em poucas palavras, pode-se afirmar que a guerra ocorreu como consequência do acirramento de tensões regionais, que envolviam litígios sobre questões de fronteira e direitos de navegação na bacia do Prata. Iniciado no final de 1864, o conflito se arrastou por cinco anos, até 1º de março de 1870, data em que Solano López foi morto pelo Exército brasileiro em território paraguaio e a guerra foi oficialmente encerrada.

No que diz respeito a números, as variantes são ainda mais problemáticas. Estima-se que entre cem e duzentos mil brasileiros foram enviados ao teatro de operações no decurso da guerra. Desses, cerca de cinquenta mil morreram. Diante de uma quantidade insuficiente de voluntários, e sem contar com um exército efetivo, a partir de 1866 o Império valeu-se do recrutamento forçado de homens para suprir as baixas, que se avolumavam. Esta medida atingiu sobremaneira a população pobre e os escravizados e, como resultado, estima-se que entre 7% e 10% das tropas brasileiras eram compostas por libertos, ou seja, ex--escravizados alforriados sob a condição de lutarem pelo Brasil.

Com a mesma fragilidade de fontes, estima-se que a Argentina mobilizou cerca de 25 mil homens em seu exército, dos quais dezoito mil teriam morrido; enquanto o Uruguai contou com 5.600 combatentes, dos quais cerca de três mil não retornaram. No que diz respeito ao Paraguai, as cifras são ainda mais incertas, posto que não há um censo anterior à guerra que informe a quantidade de habitantes daquele país até 1864. Estima-se que 60% da população paraguaia tenha morrido durante o transcurso da guerra e, dentre esses, 80% dos homens maiores de 10 anos.

Em ambos os lados, a maior parte das mortes foi causada não em batalhas, mas por doenças endêmicas, especialmente o cólera, que se disseminavam com facilidade entre as tropas, dadas as condições de insalubridade e a má nutrição impostas aos combatentes e aos civis sitiados pela guerra.

Sobre os eventos que conformam a guerra, há diferentes periodizações, a partir de análises e interpretações diversas. O ordenamento apresentado nesta trilogia *Guerra* identifica três fases distintas. O volume "Ofensiva paraguaia e reação aliada" abrange a primeira fase da guerra, que contém a ofensiva paraguaia, quando os exércitos de Solano López ocuparam territórios das províncias brasileiras de Mato Grosso (dezembro de 1864) e do Rio Grande do Sul (maio de 1865), e invadiram o território argentino de Corrientes (13 de abril de 1865), e a reação aliada, que tem como marco a Batalha do Riachuelo, em junho de 1865.

O segundo volume, "Ofensiva aliada", refere-se aos eventos transcorridos entre 1866 e 1869, quando o conflito passou a se desenrolar em território paraguaio, após a invasão daquele país pelas tropas da Tríplice Aliança em abril de 1866. Nesse período, deram-se as maiores e mais mortais batalhas: Tuiuti (24 de maio de 1866) e Curupaiti (22 de setembro de 1866). Foi também nesse momento que, no Brasil, o apoio popular à guerra arrefeceu, e o governo do Império passou a ser criticado pela longa duração do conflito. Em julho de 1867, depois de um longo período de guerra de posições, em que os exércitos ficaram estacionados, as tropas aliadas retomaram a "marcha para Assunção". Após a conquista da fortaleza de Humaitá (25 de julho de 1868) e a série de batalhas conhecidas como "Dezembrada" (Itororó, Avaí, Lomas Valentinas, Angostura), em dezembro de 1868, o Paraguai encontrava-se militarmente derrotado e impossibilitado de reagir. A capital, Assunção, foi ocupada pelas tropas aliadas em 1º de janeiro de 1869, sem encontrar resistência.

A terceira fase da guerra inicia-se quando, contrariando a opinião do comando do Exército e da Marinha, Pedro II recusa proclamar a vitória aliada enquanto Solano López não fosse feito prisioneiro. A partir de então desenrolou-se a chamada "Campanha da Cordilheira", em que coube ao exército brasileiro, agora comandado pelo conde d'Eu, a perseguição a López, que se estenderia por mais um ano. Em 1º de março de 1870, o presidente paraguaio foi morto nos campos de Cerro Corá ao recusar a rendição e a guerra foi, finalmente, dada por encerrada. A despeito do fim da guerra, é preciso dizer que o Paraguai foi submetido à tutela do Brasil até 1876, período em que o país existiu como uma espécie de protetorado do Império, com autonomia política limitada. Nesse período, o Brasil manteve uma mobilização permanente de cerca de dois mil soldados ocupando Assunção.

Se nos momentos iniciais a guerra serviu para enaltecer o Império brasileiro e a figura de Pedro II, a longa duração do conflito acabou por dar forma às oposições que foram responsáveis, no limite, pela deposição da Monarquia, levada a cabo em 15 de novembro de 1889. O final da guerra marcaria, assim, o início do ocaso do Império. Por outro lado, a guerra provocou a construção de um sentimento de unidade e identidade nacionais brasileiras, a partir da emulação dos símbolos e sentimentos pátrios provocados pelo conflito, que apaziguou diferenças e tensões regionais. Além disso, o conflito do Prata teve um papel relevante no fortalecimento do movimento abolicionista, uma vez que os esforços de guerra e as políticas de emancipação estavam unidas de maneira ambígua no Brasil, marcada de forma indelével pela participação de libertos nas fileiras do Exército.

1ª FASE: AGOSTO DE 1864 A MARÇO DE 1866

Os momentos iniciais do que hoje se entende como Guerra do Paraguai se confundem com a então chamada "Campanha Oriental", ocorrida entre 10 de agosto de 1864 e 20 de fevereiro de 1865, que ora é entendida como precursora, ora como parte da guerra contra o Paraguai. Nesse conflito, o Império brasileiro e o governo da Argentina apoiaram a insurreição do Partido Colorado uruguaio, liderado por Venancio Flores, contra o então presidente Bernardo Berro, cujo mandato havia se encerrado no início de 1864 sem que fossem convocadas novas eleições. Berro recebeu apoio do Paraguai e da oposição argentina na guerra civil que se deflagrou naquele país. Nem o Brasil nem a Argentina declararam guerra ao Uruguai, mas seus exércitos atuaram em apoio aos insurretos *colorados*, de maneira a forçar a capitulação do presidente Berro, ocorrida em 20 de fevereiro de 1865. A ação militar mais contundente se deu sobre a cidade de Paissandu, que foi cercada em 3 de dezembro de 1864 e finalmente conquistada em 2 de janeiro de 1865. Sob a gestão de crise liderada por José Maria da Silva Paranhos, ministro plenipotenciário enviado pelo Brasil, os *blancos* apoiadores de Berro assinaram um acordo que reconheceu Venancio Flores como presidente uruguaio e pôs fim à guerra civil em curso. Com Flores à frente do governo, em 1º de maio de 1865 foi assinado o tratado da Tríplice Aliança que formalizou o estado de guerra destes três países contra o Paraguai.

O aprisionamento do vapor brasileiro *Marquês de Olinda*, em novembro de 1864, e a posterior declaração de guerra ao Brasil feita pelo Paraguai em 13 de dezembro do mesmo ano foram justificadas pela intervenção do Império no conflito uruguaio, segundo Solano López. A partir de então, o conflito intensificou-se rapidamente até a invasão do território brasileiro do sul de Mato Grosso por duas colunas de tropas paraguaias em 28 de dezembro de 1864. Importante dizer que os locais ocupados pelas tropas de López eram áreas de contendas, zonas de fronteira entre os dois países que, reivindicadas pelo Brasil e ocupadas por brasileiros, conformando vilas, cidades e colônias militares, estavam em litígio de demarcação. O avanço paraguaio deu-se sem maior resistência, dado que as atenções militares do Império estavam todas voltadas ao confronto do Prata. Dessa forma, no início de 1865 a guerra acontecia simultaneamente em dois flancos fronteiriços do Brasil, pelo extremo sul e pelo centro-oeste.

Para responder à ocupação paraguaia em Mato Grosso, província de baixo adensamento populacional e que até então era pouco conhecida e mal demarcada pelo governo do Império, organizou-se uma expedição militar exploratória que partiu de São Paulo em 10 de abril de 1865 com destino àquela região. A expedição a Mato Grosso foi constituída por uma tropa pequena e de baixa instrução, conduzida por uma Comissão de Engenheiros, entre eles Alfredo Taunay, cuja missão era explorar a região oeste do Brasil, e planejar uma possível ocupação do Paraguai pela fronteira do rio Apa, em Mato Grosso.

A expedição militar a Mato Grosso, empreendida como parte dos esforços de guerra entre os anos de 1865 e 1867, não chegou a cumprir papel relevante no conflito. Ao longo dos dois anos de viagem pelo interior do Brasil, as tropas não participaram de nenhuma batalha. A coluna tinha o objetivo declarado de expulsar os invasores paraguaios do território brasileiro. Impedidos de alcançar Mato Grosso por rio, principal via de transporte à longínqua província, dado que para isso seria necessário navegar em águas controladas pelos paraguaios, a expedição tinha também um caráter exploratório. A Comissão de Engenheiros da qual Taunay fazia parte tinha a missão de relatar ao Ministério da Guerra as condições do terreno para o planejamento de uma possível ação, que não chegou a ocorrer. Tinha também a tarefa de delimitar o território e reafirmar as fronteiras nacionais, que haviam sido corrompidas pala invasão paraguaia à Província de Mato Grosso. Daí a relevância dada à Comissão de Engenheiros nesta expedição, responsável pelas tarefas de notação cartográfica e levantamento de plantas diversas.

Ao mesmo tempo que a expedição a Mato Grosso seguia a passos lentos rumo ao território invadido, no sul do país a guerra ganhava corpo. Voluntários da Pátria e contingentes da Guarda Nacional e do Exército arregimentados para o esforço de guerra partiam de diversos pontos do Brasil. Aqueles vindos das províncias do Norte e Nordeste se reuniam no Rio de Janeiro, de onde partiam rumo à bacia do Prata, sobretudo de navio. As viagens de navio eram muitas vezes seguidas por longas marchas, nem sempre tranquilas, em direção aos acampamentos em que realizavam treinamentos militares, para então se deslocar rumo às margens argentinas do rio Paraná, onde o exército aliado se reuniu para organizar a invasão ao território paraguaio. As diferenças culturais e climáticas encontradas na chegada ao sul do continente e a falta de preparo do exército para enfrentá-las ocasionaram muitas mortes antes mesmo da chegada ao teatro da guerra. O frio e a mudança na alimentação debilitaram muitos soldados, deixando-os enfraquecidos e mais suscetíveis a doenças endêmicas.

Em 13 de abril de 1865 Solano López ordenou a ocupação da cidade argentina de Corrientes, realizada sem resistência. E, ao mesmo tempo, o exército paraguaio organizava o avanço rumo ao sul do Brasil em coluna comandada pelo general Robles. Nesse contexto, foi assinado em Buenos Aires o Tratado da Tríplice Aliança, em 1º de maio de 1865, que tinha como objetivos finais a deposição de Solano López e a manutenção da livre navegação na bacia do Prata, além de redefinir fronteiras a partir da tomada de porções do território paraguaio.

Tendo a bacia do rio da Prata como foco do conflito, a Marinha era força estratégica na guerra. O Brasil era o país com a maior e mais equipada esquadra e logo deslocou seu efetivo para a região. Além da ação direta de artilharia, os navios cumpriam a importante missão de suprir as tropas em terra, permitindo o avanço sobre o território inimigo. Era pelos rios que chegavam alimentos, medicamentos, correio, novos recrutas e material bélico de toda ordem. Para o Paraguai, o controle de navegação da bacia do Prata garantiria o acesso ao Atlântico, que lhe permitiria o livre trânsito e o comércio internacional.

A estratégia adotada pela Armada Imperial, única força que não estava subordinada ao comando aliado, por acordo no Tratado da Tríplice Aliança, foi a de bloquear o trânsito das naves paraguaias, impedindo o avanço para além da já ocupada cidade argentina de Corrientes. A fim de vencer o bloqueio, a esquadra paraguaia orquestrou um ataque surpresa aos navios brasileiros na madrugada do dia 11 de junho de 1865, a partir de uma emboscada armada desde o arroio Riachuelo, situado a poucas léguas de Corrientes.

No momento do ataque, a esquadra brasileira contava com nove navios de guerra, armados com 59 bocas de fogo e cerca de 2.500 combatentes sob o comando do almirante Barroso. A marinha paraguaia, comandada pelo comodoro Pedro Inácio Mezza, era composta por oito navios de guerra, armados por 38 bocas de fogo, além de sete chatas, que levavam cerca de 1.500 combatentes. A batalha, narrada em detalhes pelos homens que dela fizeram parte, desenrolou-se das 9h da manhã até as 17h30, encerrando-se com a vitória brasileira. O Paraguai perdeu quatro navios e quatro chatas no combate, ficando sem nenhuma condição de ofensividade por água. O Brasil teve uma de suas mais expressivas vitórias, garantindo o controle de navegação aos aliados.

Ao mesmo tempo, as tropas paraguaias avançavam por terra para o sul, marchando sobre o território argentino em direção à vila brasileira de São Borja, ocupada no dia 12 de junho de 1865. Seguindo sem encontrar grande resistência, invadiram a cidade de Uruguaiana em 5 de agosto. As forças aliadas organizaram o cerco à cidade, que ficou isolada, sem comunicação e sem receber suprimentos, até que fossem aceitos os termos de rendição assinados pelo general Estigarribia. No dia 18 de setembro, na presença do imperador do Brasil, Pedro II, e dos presidentes da Argentina e do Uruguai, Bartolomé Mitre e Venancio Flores, deu-se a rendição oficial dos exércitos paraguaios.

Com a retomada das cidades de Uruguaiana, São Borja e Corrientes, as tropas inimigas que haviam avançado sobre o sul do território brasileiro e argentino iniciaram o recuo rumo ao forte de Itapiru, no Paraguai. Em novembro de 1865 o avanço paraguaio sobre o Brasil se restringia à área fronteiriça de Mato Grosso.

Nesse momento, as tropas aliadas organizavam a ofensiva, reunindo seu efetivo no lado argentino das margens do rio Paraná, em uma longa preparação visando o avanço sobre o território paraguaio, que só ocorreria em abril de 1866.

FONTES

ALMEIDA, João Coelho. "Relato ao Ministério da Marinha", seção "Parte Oficial do Ministério da Marinha", *Diário do Rio de Janeiro*, Rio de Janeiro, 22/9/1869.

Anais do Arquivo Histórico do Rio Grande do Sul, vol. 6, 1983.

— Fragmentos de cartas de Davi Canabarro.

ANDRADE, Paulo R. de. (2019). "Só se ouve falar em guerra, necessidade de soldados, de ordens apertadas: o recrutamento e a designação de trabalhadores livres na Província de São Paulo durante a Guerra do Paraguai", *Hydra: Revista Discente de História da UNIFESP*, 2 (3), pp. 184-208. Disponível em: <https://doi.org/10.34024/hydra.2017.v2.9107>.

— A partir do texto de Paulo R. de Andrade e da consulta direta aos acervos do Arquivo Público do Estado de São Paulo e da Hemeroteca Digital Brasileira da Biblioteca Nacional (RJ) foram retirados fragmentos de artigos do *Diário de S. Paulo* e do *Correio Paulistano*, além de cartas e comunicações de Antonio José Osório da Fonseca e Luiz Nicoláo Varella.

ANTUNES, Euzébio José. *Memórias das campanhas contra o Estado Oriental do Uruguai e a República do Paraguai durante o comando do Almirante Tamandaré*. Rio de Janeiro: Serviço de Documentação da Marinha, 2007.

— Além de trechos das memórias do autor, também foram retirados fragmentos de carta de Cesar Sauvan Vianna de Lima.

ALONSO, Alexandre Florenciano. "Mantendo a ordem. Correspondência e ofícios sobre a Guerra do Paraguai (1865-1870): indisciplinas, coerção e cotidiano durante a guerra". Dissertação de mestrado. Universidade Salgado de Oliveira (UNIVERSO), campus Niterói, 2003. Disponível em: <https://ppghistoria.universo.edu.br/wp-content/uploads/dissertacoes/2013/Dissertação-Alexandre.pdf>.

— Fragmentos dos textos de Manuel Marques de Sousa (barão de Porto Alegre) e João Crispiniano Soares.

ARAÚJO, Johny Santana de. "O corpo da guarnição da Província do Piauí e a mobilização para a Guerra do Paraguai", *Revista Brasileira de História Militar*, ano III, n° 7, 2012, pp. 25-40.

— Fragmento de ofício do visconde de Camamu.

ARQUIVO NACIONAL (RJ). "Família Soares Brandão, Conde do Pinhal", "Estrada de Ferro Rio Claro", QE.0.CPH, ERC.88, 1864.

— Carta de João Crispiniano Soares, presidente da Província de São Paulo, a Antonio Carlos de Arruda Botelho. São Paulo, 30/12/1864.

ARQUIVO PÚBLICO DO ESTADO DE SÃO PAULO. "Secretaria de Governo da Província de São Paulo. Administração geral, ofícios do interior. C00806, caixa 12, pasta 1, 1865". Foram inseridos:

— Foram retirados trechos de cartas de Antonio Carlos de Arruda Botelho (documentos 080 e 081) e do ofício da comissão encarregada de enviar gêneros alimentícios da Vila de Araraquara a Coxim (documento 083).

AZEVEDO, Carlos Frederico dos Santos Xavier. *História médico-cirúrgica da esquadra brasileira nas campanhas do Uruguay e Paraguay de 1864 a 1869*. Rio de Janeiro: Typographia Nacional, 1870.

— Além de trechos escritos pelo próprio autor, foram retirados fragmentos dos textos de Joaquim Monteiro Caminhoá, José Pereira Guimarães e Joaquim da Costa Antunes.

BARBOSA, Francisco Pereira da Silva. *Diário da campanha do Paraguay* (1870). Disponibilizado por seus descendentes em 2000: <https://www.myheritage.com.br/FP/newsItem.php?s=24527501&newsID=11&sourceList=dir&tr_id=m_8mnjbiag4h_n4ukr7ek7s>.

BARBOSA, Janyne Paula Pereira Leite. "Um laboratório a céu aberto: os caminhos da medicina na Guerra do Paraguai". Tese de doutorado. Universidade Federal Fluminense (UFF), 2023.

— Fragmentos dos textos de Joaquim Monteiro Caminhoá, José Carlos de Carvalho, José Pereira Guimarães, José Ferrari, Manoel A. S. Pontes, Luiz Alencastro dos Santos, Antonio Silva e Julio César da Silva.

BARROS, Edgard Luiz de. *Os voluntários paulistas na Guerra do Paraguai.* São Paulo: Imprensa Oficial, s.d.

— Fragmentos dos textos de Manoel Giraldo do Carmo Barros e Francisco Joaquim Pinto Paca.

BECKER, Klaus. *Alemães e descendentes do Rio Grande do Sul na Guerra do Paraguai.* Canoas: Hilgert & Filhos, 1968.

— Trechos dos diários de Jakob Dick, Jacob Franzen, Adolpho Pritsch e Nicolau Engelmann.

BELLO, Albuquerque. *Diário do tenente-coronel Albuquerque Bello.* Introdução e notas de Ricardo Salles e Vera Arraes, série *Documentos Históricos*, vol. CXII, Rio de Janeiro, Biblioteca Nacional, 2011.

BORMANN, José Bernardino. *História da Guerra do Paraguai.* Curitiba: Jesuino Lopes e Cia., 1897.

— Além de trechos relativos à participação do autor na guerra, foram retirados fragmentos do depoimento de Caxias no Senado, em sessão de 15 de julho de 1870.

BREZZO, Liliana. *La Guerra del Paraguay en primera persona: testimónios ineditos (Fondo Estanislao Zeballos).* Assunção: Tiempo de Historia, 2015.

— Fragmentos de "Informes del Capitán Antonio Valentino, del vapor Río Paraná, práctico de la coberta Parnahyba em el combate del Riachuelo", de onde foram retirados trechos do depoimento de Antonio Valentino, traduzidos por Angela Mariani.

BRITO, Edilson Pereira. "A serviço da pátria: o recrutamento militar na Província do Paraná durante a Guerra do Paraguai (1865-1870)". Dissertação de mestrado. Universidade Federal de Santa Catarina (UFSC), 2011. Disponível em: <Repositório.ufsc https://repositorio.ufsc.br/xmlui/handle/123456789/130864>.

— Fragmentos de textos de Frutuoso Dutra, André Augusto de Pádua Fleury e Emílio Nunes Correa Menezes.

CARNEIRO, Davi. *O Paraná na Guerra do Paraguai.* Rio de Janeiro: Biblioteca Militar/Companhia Editora Americana, s.d.

— Fragmentos dos diários e cartas de João José da Fonseca, Cristiano Pletz e Augusto Stellfeld.

CARVALHO, Antonio Gontijo. *Um ministério visto por dentro: cartas inéditas de João Batista Calógeras, alto funcionário do Império.* Rio de Janeiro: José Olympio, 1959.

— Fragmentos de cartas de João Batista Calógeras.

CARVALHO, Alexandre Manoel Albino. *Relatório apresentado ao illm. e exm. sr. chefe de esquadra Augusto Leverger, vice-presidente da Província do Matto-Grosso — pelo brigadeiro Alexandre Manoel Albino de Carvalho ao entregar a administração da mesma província em agosto de 1865. Contendo a synopsis da história da invasão paraguaia.* Rio de Janeiro: Typographia do Commercio de Pereira Braga, 1866.

— Além de trechos relativos à participação do autor na guerra, foram retirados fragmentos de cartas de Carlos Augusto de Oliveira.

CERQUEIRA, Dionísio. *Reminiscências da Guerra do Paraguai.* Rio de Janeiro: Biblioteca do Exército, 1980.

CONSTANT, Benjamin. *Cartas da guerra: Benjamin Constant na Campanha do Paraguai.* Transcrição, organização e notas de Renato Lemos. Rio de Janeiro: IPHAN, 1999.

CORRÊA, Valmir Batista; CORRÊA, Lúcia Salsa (orgs.). *Memórias da Grande Guerra.* Campo Grande: Instituto Histórico e Geográfico do Mato Grosso do Sul, 2018.

— Fragmentos de "Carta de frei Mariano Bagnaia" e "Memorandum de Manoel Cavassa".

COSTA, Francisco Félix Pereira da. *História da guerra do Brasil contra as repúblicas do Uruguay e Paraguay.* Rio de Janeiro: A. G. Guimarães, 1870.

— Fragmentos de texto de Sezefredo Alves Coelho.

CUNHA, João. *Guerra do Paraguai. Indiscrições de um soldado. (Cartas do voluntário Miguel Antônio Freixo).* Uberaba: Pinti Editora, s.d.

— Fragmentos de cartas de Miguel Antônio Freixo.

DUARTE, Paulo Queiroz. *Os Voluntários da Pátria na Guerra do Paraguai*. Rio de Janeiro: Biblioteca do Exército, vol. 2, tomo 4, 1981-1992.

— Fragmentos de textos de Ambrósio Leitão da Cunha, Lafayete Rodrigues Pereira, Luís Manuel de Lima e Silva e José Carlos de Carvalho.

D'EU, Conde. *Viagem militar ao Rio Grande do Sul*, vol. 4, tomo 2. Belo Horizonte/São Paulo: Itatiaia/Edusp, 1981.

FAZENDA DO PINHAL — Acervo Digital

— Trecho de carta de Antonio Carlos de Arruda Botelho a sua esposa.

FRAGOSO, Augusto Tasso. *História da guerra entre a Tríplice Aliança e o Paraguai*, vol. 2. Rio de Janeiro: Biblioteca do Exército. 2009.

— Trechos de textos de Joaquim Inácio da Fonseca.

FIALHO, Anfrísio. *Recordações*. Rio de Janeiro: edição particular, 1885.

FICKER, Carlos. "Deutsche Kolonisten im Paraguay-Kriek", *Staden-Jarbuch*, 1966. Trad. Claudia Abeling.

— Fragmentos do diário de campanha de Wilhelm Hoffmann.

GALVÃO, José Campello d'Albuquerque. *Diário da Guerra do Paraguai*. Coordenação e revisão de Maria José Limeira. S.l.: Unigraf, 1995.

GAY, Cônego João Pedro. *Invasão paraguaia na fronteira brasileira do Uruguai*. Brasília: Edições do Senado Federal, 2014.

— Fragmentos de textos do próprio autor e de João José de Oliveira Freitas e Tristão de Araújo Nóbrega.

HOONHOLTZ, Antonio Luiz von. *Memórias do Barão de Teffé*. Rio de Janeiro: Garnier, 1865.

JOURDAN, Emílio Carlos. *Guerra do Paraguai*. Rio de Janeiro: Typographia Perseverança, 1871.

KRAAY, Hendrik. "Os companheiros de Dom Obá: os zuavos baianos e outras companhias negras na guerra do Paraguai", *Afro-Ásia*, nº 46, 2012. Disponível em: <https://periodicos.ufba.br/index.php/afroasia/article/view/21264>.

— Fragmentos de textos de Francisco Moniz Barreto e Quirino Antonio do Espírito Santo.

LEVERGER, Augusto. *Relatório do vice-presidente da provincia de Matto-Grosso, chefe da esquadra, Augusto Leverger, na abertura da sessão ordinária da Assembleia Legislativa Provincial, 17 de outubro de 1865.* Cuiabá: Typ. de Souza Neves e Comp., 1865. Disponível em: <http://memoria.org.br/ia_visualiza_bd/ia_vdados.php?cd=meb000000473&m=3900&n=rpemgrosso1865b>.

MAIA, Jorge. *A invasão do Mato Grosso*. Rio de Janeiro: Biblioteca do Exército Editora, 1964.

— Fragmentos de textos do próprio autor e de Vicente Barrios, João de Oliveira Mello, José Antônio Dias da Silva, Balduino José Ferreira e George Thompson.

MOTA, Artur Silveira da. *Reminiscências da Guerra do Paraguai*. Rio de Janeiro: Serviço de Documentação Naval da Marinha, 1982, 2ª ed.

OLIVEIRA, Manuel Lucas. *Diário do coronel Lucas de Oliveira (1864-1865)*. Transcrição e revisão de Paulo Roberto Staudt Moreira. Porto Alegre: Arquivo Histórico do Rio Grande do Sul/Edições Est, 1997.

PIMENTEL, Joaquim S. de Azevedo. *Episódios militares*. Rio de Janeiro: Biblioteca do Exército Editora, 1968.

_____. *Guerra do Paraguay: o Onze de Voluntários da Pátria*. Rio de Janeiro: Typ. do Jornal do Brasil, 1909.

REBOUÇAS, André. *Diário da Guerra do Paraguai*. Introdução e notas de Maria Odila Leite da Silva Dias. São Paulo: Instituto de Estudos Brasileiros da Universidade de São Paulo, 1973.

_____. *Diário e notas autobiográficas*. Seleção e notas de Ana Flora e Inácio José Veríssimo. Rio de Janeiro: José Olympio, 1938.

ROCHA, Manuel Carneiro da. *Diário da campanha naval do Paraguai — 1866*. Introdução e anotações de Lauro Nogueira Furtado de Mendonça. Rio de Janeiro: Serviço de Documentação da Marinha, 1999.

RODRIGUES, Marcelo Santos. "Os (in)voluntários da pátria na guerra do Paraguai (a participação da Bahia no conflito)". Dissertação de mestrado. Universidade Federal da Bahia, 2001. Disponível em: <https://ppgh.ufba.br/sites/ppgh.ufba.br/files/4_os_in_voluntarios_da_patria_na_guerra_do _paraguai_._a_participacao_da_bahia_no_conflito.pdf>.

— Fragmentos dos textos de Barão de Nagé, Baltazar de Araújo Aragão Bulcão, Gualter Martins e João Batista.

SALLES, Ricardo. *Guerra do Paraguai: escravidão e cidadania na formação do exército*. São Paulo: Paz e Terra, 1990.

— Fragmentos dos relatórios da Repartição dos Negócios da Guerra.

SANTOS, Zeloi Martins dos. "Visconde de Guarapuava: um personagem na história do Paraná". Tese de doutorado. Universidade Federal do Paraná, 2005. Disponível em: <https://acervodigital.ufpr.br/handle/1884/2776>.

— Fragmentos dos textos de Antonio de Sá e Camargo.

SCHNEIDER, Louis. *A Guerra da Tríplice Aliança*. Trad. Manoel Tomás Alvez Nogueira. Notas de José Maria da Silva Paranhos [visconde do Rio Branco]. Porto Alegre: Pradense, 2009.

— Fragmentos dos textos de Joaquim Francisco de Abreu, José Elisário Barbosa, João Manuel Mena Barreto, Venancio Flores Barrio, Álvaro Augusto de Carvalho, Justino José de Macedo Coimbra, Antonio Estigarribia, Ângelo Muniz da Silva Ferraz, Antonio Fernandes Lima, Joaquim Marques Lisboa (almirante Tamandaré), Manuel Luís Osório, Joaquim José Pinto, Wenceslau Paunero, Pedro II, Hermenegildo de Albuquerque Portocarrero, Aurélio Garcindo Fernandes de Sá, Bonifácio Joaquim de Sant'Ana, Manuel Marques de Sousa (barão de Porto Alegre), José Maria da Silva Paranhos (visconde do Rio Branco), Rufino de Elizalde e Carlos de Castro.

SILVA, Alberto Martins da. *João Severiano*. Rio de Janeiro: Biblioteca do Exército, 1989.

— Fragmentos de textos de João Severiano da Fonseca e Manuel Luís Osório.

SILVA, Francisco Manoel Barroso da. "Vencedores do Riachuelo em 11 de junho de 1865 — Extractos do diário particular do almirante Barroso", *Revista Maritima Brazileira*, 11/6/1883. Disponível em: <https://bibliotecanacional.gov.py/biblioteca/vencedores-do-riachuelo-em-11-de-junho-de-1865-extracto-do-diario-particular-do-almirante-barroso/>.

SILVA, José Luiz Rodrigues da. *Recordações da Campanha do Paraguai*. Brasília: Edições do Senado Federal. 2007.

SOUSA, Jorge Prata de. *Escravidão ou morte: os escravos brasileiros na Guerra do Paraguai*. Rio de Janeiro: Mauad X, 2022, 3ª ed.

— Fragmentos de anúncios sobre escravos fugidos retirados do *Jornal do Commercio*, Rio de Janeiro.

SOUZA, Augusto Fausto de. *A redempção de Uruguayana — Revista do Instituto Histórico e Geográfico Brasileiro*, vol. 73, 1886. Disponível em: <http://dami.museuimperial.museus.gov.br/handle/acervo/7377>.

— Fragmentos de textos do autor e de Alexandre Gomes de Argolo, Pedro II e Francisco Octaviano de Almeida Rosa.

SPALDING, Walter. *A invasão paraguaia no Brasil*. São Paulo: Companhia Editora Nacional, 1940.

— Fragmentos dos textos de João Frederico Caldwell, Davi Canabarro, Manuel Luís Osório, Francisco Octaviano de Almeida Rosa, Antonio Fernandes de Lima, Joaquim do Nascimento Costa da Cunha e Lima e Fidelis Paes da Silva.

TAUNAY, Visconde de [Alfredo d'Escragnolle]. *Memórias*. São Paulo: Iluminuras, 2005.

_____. *Cidade do ouro e das ruínas*. São Paulo: Melhoramentos, s.d., 2ª ed.

_____. *Cartas da Campanha do Mato Grosso (1865-1866)*. Afonso Taunay (org.). Rio de Janeiro: Biblioteca do Exército, s.d.

_____. *A retirada da Laguna*. Trad. e organização de Sergio Medeiros. São Paulo: Companhia das Letras, 1997.

WERLANG, Pedro. "Diário de campanha do capitão Pedro Werlang". Trad. Harry Edgar Menchen. *A Defesa Nacional*, nº 609, 1966. Disponível em: <http://ebrevistas.eb.mil.br/ADN/article/download/5012/4293>.

XAVIER, Francisco Marques [coronel Chicuta]. *Coronel Chicuta: um passo-fundense na Guerra do Paraguai*. Ari Carlos R. M. Fernandes, Jandira M. C. Spalding, Lucia T. S. Palma e Marília Mattos (orgs.). Passo Fundo: EDIUPF, 1997.

— Além de fragmentos de textos de sua autoria, foram retirados trechos de textos de Joaquim da Costa Antunes.

PERIÓDICOS CITADOS

O Alabama: periódico crítico e chistoso (1866-1882), Salvador, BA.

— Fragmentos retirados de: "Os companheiros de Dom Obá: os zuavos baianos e outras companhias negras na guerra do Paraguai", de Hendrik Kraay.

A Coalição (1862-1866), São Luís do Maranhão, MA.

— Fragmentos retirados de: "A mobilização, o voluntariado e a formação dos corpos de voluntários da pátria no Maranhão para a Guerra do Paraguai", de Johny Santana de Araújo.

Colonie-Zeitung — und Anzeiger für Dona Francisca und Blumenau (1862-1941), Joinville, SC.

— Fragmentos retirados de: "Deutsche Kolonisten im Paraguay-Kriek", de Carlos Ficker.

Correio Paulistano (1854-1963), São Paulo, SP.

— Fragmentos retirados de: "Só se ouve falar em guerra, necessidade de soldados, de ordens apertadas: o recrutamento e a designação de trabalhadores livres na Província de São Paulo durante a Guerra do Paraguai", de Paulo R. de Andrade.

Dezenove de Dezembro (1854-1890), Curitiba, PR.

— Fragmentos retirados de: "A serviço da pátria: o recrutamento militar na Província do Paraná durante a Guerra do Paraguai (1865-1870)", de Edilson Pereira Brito.

Diário do Rio de Janeiro (1821-1878), Rio de Janeiro, RJ.

— Os trechos do depoimento de João Coelho de Almeida foram retirados da edição de 22 de setembro de 1869.

A Imprensa — Órgão do Partido Liberal (1862-1889), Teresina, PI.

— Fragmentos retirados de: "A mobilização, o voluntariado e a formação dos corpos de voluntários da pátria no Maranhão para a Guerra do Paraguai" e "A divulgação e propaganda da Guerra do Paraguai nos jornais piauienses, 1864-1869", de Johny Santana de Araújo.

Jornal da Bahia (1855-1877), Salvador, BA.

— Fragmentos retirados de: "Os (in)voluntários da pátria na guerra do Paraguai (a participação da Bahia no conflito)", de Marcelo Santos Rodrigues.

Jornal do Commercio (1827-2016), Rio de Janeiro, RJ.

— Fragmentos retirados de: *História da guerra do Brasil contra as repúblicas do Uruguay e Paraguay*, de Francisco Félix Pereira da Costa, e *Escravidão ou morte: os escravos brasileiros na Guerra do Paraguai*, de Jorge Prata de Sousa.

Liga e Progresso — Jornal Político (1862-1865), Teresina, PI.

— Fragmentos retirados de: "A mobilização, o voluntariado e a formação dos corpos de voluntários da pátria no Maranhão para a Guerra do Paraguai", "A divulgação e propaganda da Guerra do Paraguai nos jornais piauienses 1864-1869" e "O corpo da guarnição da província do Piauí e a mobilização para a Guerra do Paraguai", de Johny Santana de Araújo.

AGRADECIMENTOS

Agradeço

Por eu estar aqui para contar esta história,
a Matias, Daniel e Julia,
Andrew Seidman e Artur Katz.

Por suas leituras generosas e críticas,
a Ana Cristina Cintra Camargo, Angela Mariani, Candido Bracher, Daniel Mariani, Daniela Moreau, Eduardo Bracher, Gisela Moreau, Jorge Caldeira, Lucia Murat, Lúcia Klück Stumpf, Luis Claudio Figueiredo, Mariana Moreau, Matias Mariani e Nuno Ramos.

Por sua colaboração para que este livro fosse escrito,
a Alain Moreau, Camila Russo, Ed Willian, Fátima Jacomino, Fernanda Diamant, Flávio Castellan, Giorgia Limnios, Guilherme Wanke, Helena Carvalhosa, Jorge Bastos, Julia Monteiro, Julio Haddad, Maria Fernanda Alves Rangel, Mariana Silva de Lima, Roberta Kimura, Sandra Antunes Ramos e Sinésio Siqueira.

Pesquisadoras e pesquisadores brasileiros, trabalhadores e trabalhadoras de bibliotecas, livrarias, sebos, editoras e acervos brasileiros, muito obrigada, sem vocês este livro não existiria.

FONTES DAS EPÍGRAFES E IMAGENS

p. 11: Carlos Drummond de Andrade, "De mãos dadas", em *Sentimento do mundo*, Rio de Janeiro, Pongetti, 1940.

p. 11: Alberto Tassinari, "Eu acuso", *Folha de S. Paulo*, 13/12/2018.

p. 11: João Cabral de Melo Neto, "IV. Discurso do Capibaribe", em *O cão sem plumas*, Barcelona, edição do autor, 1950.

p. 13: Graciliano Ramos, entrevista a Homero Senna, *Revista do Globo*, nº 473, 1956.

pp. 20, 82, 132, 212, 332 e 333: mapas desenhados por Cynthia Cruttenden para esta edição com a supervisão de Giorgia Limnios.

pp. 175 e 182: mapa e desenho relativos à Batalha do Riachuelo, reproduzidos por Jorge Bastos a partir do livro *Memórias do Almirante Barão de Teffé*, de Antônio Luís von Hoonholtz;

p. 185: desenho de Edoardo de Martino, acervo da Diretoria do Patrimônio Histórico e Documentação da Marinha, Rio de Janeiro;

pp. 234 e 312: mapas com a posição do exército aliado em frente à Uruguaiana e com o itinerário da invasão do Rio Grande do Sul, reproduzidos por Jorge Bastos do livro *A redempção de Uruguayana*, de Augusto Fausto de Souza, Biblioteca Brasiliana Guita e José Mindlin, PRCEU/USP;

pp. 344, 358, 394, 415 e 438: desenhos de Alfredo Taunay, acervo do Museu Paulista da USP, reproduções realizadas por Hélio Nobre e José Rosael;

p. 349: mapa com as marchas dos corpos do exército aliado e das colunas paraguaias em 1865, reproduzido por Jorge Bastos do *Atlas historico da guerra do Paraguay*, de Emílio Carlos Jourdan (Rio de Janeiro, Lithographia Imperial de Eduardo Rensburg, 1871), Biblioteca Brasiliana Guita e José Mindlin, PRCEU/USP;

p. 403: mapa feito a partir de desenho de André Rebouças com a posição das forças aliadas às margens do rio Paraná, reproduzido por Jorge Bastos do livro *Diário da Guerra do Paraguai*, de Rebouças.

SOBRE A AUTORA

Beatriz Bracher nasceu em São Paulo, em 1961. Formada em Letras, foi uma das editoras da revista de literatura e filosofia *34 Letras*, e uma das fundadoras da Editora 34, onde trabalhou de 1992 a 2000. Com seu pai e Marta Garcia, fundou em 2019 a Chão editora, da qual é conselheira editorial.

Publicou em 2002, pela editora 7Letras, o romance *Azul e dura* (reeditado pela Editora 34 em 2010), seguido de *Não falei* (2004), *Antonio* (2007), *Anatomia do Paraíso* (2015), e dos livros de contos *Meu amor* (2009) e *Garimpo* (2013), todos pela Editora 34. Escreveu com Sérgio Bianchi o argumento do filme *Cronicamente inviável* (2000) e o roteiro do longa-metragem *Os inquilinos* (2009), prêmio de melhor roteiro no Festival do Rio 2009. Com Karim Aïnouz escreveu o roteiro de seu filme *O abismo prateado* (2011).

Meu amor recebeu o Prêmio Clarice Lispector, da Fundação Biblioteca Nacional, como melhor livro de contos de 2009. *Garimpo* venceu o Prêmio APCA na categoria Contos/Crônicas em 2013 e recebeu menção honrosa no Prêmio Casa de las Américas, de Cuba, em 2015. O romance *Anatomia do Paraíso* (2015) venceu o Prêmio Rio de Literatura e o Prêmio São Paulo de Literatura em 2016.

Antonio foi publicado em espanhol (Caceres, Editorial Periférica), alemão (Berlim, Assoziation A), inglês (Nova York, New Directions) e italiano (Milão, Utopia). *Não falei* foi publicado em inglês (New Directions) e alemão (Assoziation A).

Este livro foi composto em Sabon
pela Franciosi & Malta, com CTP
e impressão da Edições Loyola em
papel Pólen Natural 70 g/m² da Cia.
Suzano de Papel e Celulose para a
Editora 34, em outubro de 2024.